LA LIONNE DE BELFORT

DU MÊME AUTEUR
AUX ÉDITIONS DE L'ARCHIPEL

De Gaulle, l'irréductible, 2000.

La France et ses paysans, 2001 ; éd. augmentée, 2004.

PIERRE MIQUEL

LA LIONNE DE BELFORT

suivi de

LE FOU DE MALICORNE

et de

LE MAGASIN DE CHAPEAUX

romans

l'Archipel

Hormis les figures historiques – Pétain, Clemenceau, Foch, etc. –, toute ressemblance avec des personnes vivantes ou ayant réellement existé serait pure coïncidence.

www.editionsarchipel.com

Si vous désirez recevoir notre catalogue et être tenu au courant de nos publications, envoyez vos nom et adresse, en citant ce livre, aux Éditions de l'Archipel,
34, rue des Bourdonnais 75001 Paris.
Et, pour le Canada, à
Édipresse Inc., 945, avenue Beaumont,
Montréal, Québec, H3N 1W3.

ISBN 978-2-8098-0007-4

LA LIONNE
DE BELFORT

PREMIÈRE PARTIE

LA CHANSON DES BLÉS D'OR

I

LE TUNNEL DE CHAMPAGNEY

Le convoi soufflait et sifflait, venant de Vesoul, sur la rampe de Champagney. Il devait atteindre Belfort avant la nuit, qui tombait plus vite en cette fin d'août, où les mirabelliers des coteaux vosgiens avaient déjà formé leurs fruits.

Du moins pour ceux que les canons du duc de Wurtemberg, postés autour d'Altkirch, avaient épargnés. Certains jours, les « gros noirs » s'abattaient sans répit, ne laissant, à la place des vergers, que d'immenses entonnoirs aussitôt remplis de boue. À trente kilomètres de là, les Krupp du Kaiser tiraient au jugé et tuaient au hasard. Les gens de Belfort y étaient habitués : en 1917, trois années après le début des combats, le front s'était fixé à quatre lieues de leurs foyers.

Les hommes qui s'entassaient dans les quarante wagons à bestiaux avaient forcé l'admiration du monde en sauvant Verdun. Naguère recrutés dans le pays, autour de Neufchâteau, ces réservistes de vingt-cinq ans avaient été rappelés très vite, à peine leur service terminé, pour renforcer les troupes de couverture. Certains étaient jeunes mariés. Jean Tardy, originaire de Colombey-les-Belles, n'était pas mécontent d'avoir quitté le plateau de Craonne et de respirer l'odeur des sapins des Vosges. Il ne se plaignait pas de la lenteur du convoi où dormaient, sur un lit de paille, ses camarades du 226e.

Les officiers au képi galonné bénéficiaient d'un traitement particulier : ils avaient pris place dans les voitures de voyageurs, qui, pour une fois, avaient été accrochées à la rame.

Il fallait bien que les civils aient une idée du front. Aux gares d'étape on voyait descendre, des compartiments de première, de lourds parlementaires en mission qui portaient un chapeau melon, quand ils n'avaient pas l'idée, à l'instar du président Poincaré, de s'affubler d'une casquette de chauffeur… On les entendait parler fort avec des colonels sans régiments.

Le convoi s'arrêta en rase campagne, dans le bruit strident des freins fatigués. Jean et ses amis sautèrent aussitôt à terre, et relevèrent, saisis par le froid, le col de leurs capotes bleu horizon. En queue de convoi, le sifflet du chef de train les rappela à l'ordre.

— Tout le monde dans les wagons ! Nous allons repartir !

Sans hâte, pour ne pas avoir l'air d'obéir à un planqué des chemins de fer, les soldats grimpèrent sur le marchepied des wagons.

— Ils attendent une deuxième loco envoyée de Belfort. Celle-ci date du Second Empire. Elle ne peut pas monter la côte.

Les volutes de fumée sortaient en anneaux de la longue cheminée anachronique. Les roues patinaient sur les rails. Les soldats se penchaient au-dehors, observant la campagne. Ils avaient devant eux la ligne sombre des Vosges et, en contrebas, la belle vallée du Rahin.

— Regardez tous, dit Frédéric, l'ami de Jean originaire d'Épinal. Là-haut ! Au-dessus des sapins…

Le soleil couchant éclairait des petits nuages blancs, dorés par en dessous. Des éclats d'obus entourant un avion ennemi.

— Les taubes, ce sont les taubes. Nos canons vont leur régler leur compte.

— Du calme ! Ils ne viennent pas pour bombarder.

Jean avait beau scruter le ciel, il ne distinguait qu'un seul avion.

— Un Albatros de 1914. Il n'a même pas de mitrailleuse. Nous pourrions le descendre d'une rafale.

Le petit appareil perdait de l'altitude pour repérer le train. Les soldats sautaient de nouveau sur le ballast. À la fenêtre des compartiments de première classe, des civils, visages anxieux, traits tirés. Quelques silhouettes de femmes en chapeau. Le chef de train avait disparu.

— Le revoilà !

L'Albatros tournait sur lui-même, plongeait sur la rame, prenait sans doute une photo. On pouvait lire des inscriptions à côté des croix noires de Prusse qui tranchaient sur les ailes entoilées de jaune. L'avion s'élevait maintenant, se stabilisait au-dessus des sapins.

— Cet Alboche n'est pas franc du collier.

Jean n'eut pas le temps de terminer sa phrase... Le petit avion avait viré de bord et s'était perdu dans le crépuscule. Mais un grondement emplissait soudain la vallée.

— Les gros noirs ! les gros noirs !

Au pied de la montagne, des arbres décapités, hachés, marquaient la chute des obus ennemis. Des sapins de trente mètres furent projetés dans les airs. Une dizaine de geysers de terre jaillirent autour d'une bergerie en ruine. Les adjudants hurlaient :

— Aux wagons, aux wagons ! La deuxième loco est attelée, le train va repartir.

Ils regroupaient les hommes, rudement, et bousculaient les rares civils qui s'étaient risqués sur la voie, les autres ayant préféré rester à l'abri dans leurs compartiments, tous rideaux tirés.

La nouvelle locomotive sifflait. Des hommes s'accrochaient aux barres de cuivre, se bousculaient pour entrer dans les wagons. Il était temps : avec une secousse, le train s'était remis en marche, commençant l'ascension de la rampe. Il fallait échapper aux gros noirs. Le taube était revenu après avoir envoyé les signaux à ceux de la batterie ennemie : les artilleurs allemands corrigeaient le tir. La prochaine salve serait meurtrière.

— Je ne veux pas mourir dans un train, dit Jean.

Mais Frédéric connaissait la ligne :

— Porte pas peine, petit frère, encore trois minutes, et nous entrons dans le tunnel de Champagney. Il est si long qu'on n'en voit pas le bout. Les Boches ne pourront pas nous y déterrer.

Le convoi avançait sur la ligne unique à la vitesse d'un homme au pas. Les poilus avaient fermé les portes des wagons de marchandises, bouchant les fenêtres grillagées avec des journaux, car la fumée rendait l'air du boyau irrespirable. Le train s'arrêta en crachant un nuage de vapeur, à quelques mètres de la sortie, alors que l'on apercevait encore le soleil couchant. Les freins grincèrent, les roues usées des vieux wagons vibrèrent sur les rails. Projetés contre les parois par les secousses, les hommes juraient.

— Aux masques à gaz, cria un briscard. Ils vont nous enfumer comme des rats !

Jean se taisait : sous le tunnel, au moins, ils étaient en sécurité.

— N'ouvrez pas la portière… vous allez suffoquer.

Le caporal avait raison. Ceux qui ne supportaient plus la boue glacée des tranchées toussaient déjà beaucoup. D'autres humectaient leurs mouchoirs pour se protéger le nez et les yeux, ainsi qu'ils l'avaient fait dans l'Artois, pendant les premières attaques aux gaz.

Mais la curiosité fut la plus forte : après un quart d'heure d'attente, impossible d'empêcher les plus mal en point de sauter à terre, pour chercher un peu de fraîcheur. Le courant d'air du boyau commençait à dissiper la fumée. Dans l'obscurité, les hommes s'interpellaient :

— La voie est coupée ! Ils ont démoli le ballast…

La nouvelle se répandit d'un wagon à l'autre : l'avion avait bien rempli sa mission, ceux d'en face avaient repéré la ligne. Ils tiraient maintenant pour empêcher la montée des renforts, pour faire sauter les trains de munitions. Ils avaient manqué leur cible, mais les Français étaient enfermés dans la taupinière. Les Allemands devaient fêter leur exploit en buvant de la bière.

— Combien de temps allons-nous rester là-dessous ?

— Toute la nuit, répondit Jean, et peut-être tout le jour.

— Déjà dix jours de tape-cul depuis le Chemin des Dames !

C'est vrai, ils avaient quitté le front, avec tous ceux de la 70e division, en plusieurs convois interminables. À vingt kilomètres à l'heure, ils avaient eu le temps d'admirer le paysage.

— Le cantonnement n'est pas pour demain, dit le caporal. Préparez-vous à coucher encore plusieurs nuits dans la paille.

Une bordée d'injures lui répondit :

— On dirait que ça te fait plaisir !

Le caporal était débordé : les hommes sautaient sur le ballast en se poussant les uns les autres. Les nouvelles se transmettaient, dans le noir.

— Nous ne sommes pas loin de Belfort. À peine une journée de marche.

— Pourquoi ne pas mettre le sac au dos ?

Jean et ceux de l'escouade, Frédéric aux yeux de Chinois, Paul Nicaire, le petit bûcheron, Fitou le décharné, surnommé « le Désossé », tous anciens des Flandres et de Verdun, avaient, une fois de plus, oublié leur caporal bougon qui se retrouvait seul dans le wagon, vociférant dans le noir. Ils remontaient le convoi en se dirigeant vers la sortie, longeant la paroi humide du tunnel. La progression était rendue difficile par des groupes de soldats qui s'arrêtaient au bord de la voie pour reprendre leur souffle. Peu à peu, ils approchèrent pourtant du but, heureux de respirer un air plus frais.

— Stop, dit le Désossé.

Les chasseurs du 44e, baïonnette au canon, barraient la voie ferrée et gardaient la sortie.

— Retournons, dit Fitou. Ces têtes de mules ne nous laisseront pas continuer.

Impossible de discuter avec les chasseurs, Jean les connaissait bien. Des durs parmi les durs. Au Bois des Caures, à Verdun, ils s'étaient fait tuer jusqu'au dernier. Il avait souvent participé à des coups de main en leur compagnie. C'est avec eux qu'il avait gagné sa médaille militaire, la seule décoration qu'il consentît à porter, étant plein de mépris pour la croix de guerre, que l'on donnait aux pékins et aux embusqués.

— Hé ! Tardy, lui lança un caporal au passepoil jonquille, rejoins ton unité ! On ne passe pas.

— C'est à moi que tu dis ça ?

— À toi comme aux autres.

Les autres gagnaient du terrain en repoussant le cordon, qui n'osait pointer ses baïonnettes contre les poitrines des copains. Un gradé aux galons d'argent s'approcha.

— Filons, dit Fitou, ça va se gâter.

— Peux-tu dire au moins quand ce fichu train va repartir?

— On attend les wagons-grues. La première machine a déraillé.

Jean connaissait la suite… Il avait plusieurs fois, au cours des lents déplacements d'unités, assisté à des accidents. Si le dépôt de Belfort manquait de matériel, ils seraient bons pour une marche de nuit.

— Rappelle-toi la retraite de Morhange, dit-il à Fitou. Nous l'avons bien faite à pied, pour aller nous faire tuer devant le Grand Couronné de Nancy.

Fitou baissa la tête, sans mot dire. Beaucoup de leurs copains étaient morts dans ces premières batailles, en pantalons rouges. Trois ans déjà! La plupart, faute de casques, avaient reçu des éclats d'obus dans le drap des casquettes.

— Dis-moi, chasseur, les tringlots vont-ils envoyer des voitures?

— Des voitures! (L'autre rit.) Pour les civils, peut-être… Il paraît qu'il y a des femmes dans le convoi… Pas même de chevaux pour les officiers! Tu voudrais qu'ils marchent aussi à pied?

Jean ne s'avouait pas vaincu. Sans un mot pour ses amis qui se repliaient en bon ordre, il disparut de l'autre côté de la voie, et se cacha sur les tampons, entre deux wagons. À maintes reprises, dans sa vie de soldat, sa vigilance l'avait sauvé. À la Targette, dans l'Artois, quand il faisait la guerre de mines. Depuis qu'il avait passé plusieurs mois dans les galeries étroites qui risquaient toujours de s'effondrer sur lui, il ne pouvait supporter d'être enfermé. Il avait réellement peur de mourir étouffé sous le tunnel bombardé. Il cherchait l'air libre. Personne au monde ne pourrait l'empêcher de passer.

Il était impossible de le repérer. Il avait grimpé sur le toit du wagon et s'était aplati aussitôt le long de la rampe d'aération. Cet ancien braconnier au visage rude, taillé dans la masse, nourrissait les copains, à la tranchée, en capturant la nuit les lièvres égarés. Ses yeux noirs, avides, mobiles, étaient ceux des chiens de meute. Il scrutait le tunnel, attentif au moindre bruit venu de l'extérieur. Les cheveux plantés dru, la broussaille de la barbe noire au bas du visage, il n'avait pas son pareil pour s'introduire dans une tranchée ennemie et étrangler une sentinelle de ses mains de charbonnier. Ses dents surtout faisaient peur, quand il éclatait d'un rire féroce. Il les soignait le soir en les frottant avec la cendre de sa pipe, arrosant le tout d'un quart de gnôle. Ses copains l'appelaient « Dents blanches », mais pas trop fort, parce que Jean de Colombey était susceptible. Il avait même failli gifler un adjudant à qui sa barbe déplaisait.

Jean avait gagné, en rampant, le toit du premier wagon. Il dressa l'oreille, attentif à un bruit inhabituel. Le bombardement venait de reprendre. Il identifiait les obus. Des Français, à n'en pas douter. Le tir des « gros noirs » avait cessé. Sans doute nos batteries avaient-elles réduit l'ennemi au silence.

Un chuintement insolite affaibli par le tintamarre attira son attention à peu de distance. Jean le braconnier connaissait tous les bruits de la nuit. Jamais les grenadiers allemands n'avaient pu le surprendre, quand il était de guet, car il repérait avant les autres les cisailleurs de barbelés qui précédaient les attaques. Il voulut en avoir le cœur net. Après tout, les passepoils jonquille étaient moins dangereux que les ennemis. Ils n'oseraient pas tirer sur lui... Mais il devait être prudent. On y voyait encore clair dehors.

Il avait sauté dans le tas de charbon de la seconde locomotive. Le tender était un bon poste d'observation. Il put enfin identifier le chuintement qui l'avait intrigué dans le tunnel : la première machine semblait expirer à demi couchée sur la voie. Des sapeurs du génie tentaient de la dégager à l'aide de treuils passés à l'avant et fixés aux tampons. Mais la charge était trop lourde : la vapeur continuait de s'échapper, aveuglant les sauveteurs.

— Découpez-moi le monstre au chalumeau, hurla un major, et balancez-le dans le ravin !

Les hommes haussèrent les épaules... Il faudrait des heures. Et comment les wagons-grues pourraient-ils s'approcher, alors que la voie était coupée sur cinq cents mètres ?

Jean vit bientôt monter de la vallée un convoi aux wagons plats chargés de rails et de travailleurs. Allons ! On ne traînait pas ! Les chefs étaient pressés d'arriver à Belfort... À en juger par leur petite taille, les hommes de renfort étaient des Annamites. À peine arrivés, ils sautèrent du haut des wagons, pelles et pioches à la main. Sous les ordres des sous-officiers français, des vieux de la territoriale, ils reconstituèrent le ballast, comblant les trous d'obus.

Le tir des canons wurtembergeois n'avait pas repris et Jean était rassuré : leur délivrance n'était plus qu'une question de temps. Il crut entendre grimper sur la rampe une machine de manœuvre, celle qui tirait les wagons-grues, sans doute, et il enjambait le tablier du tender quand il fut aperçu par un chasseur.

— Qui va là ?

II avait déjà contourné le premier wagon, se hissant de nouveau sur le toit, par-derrière. Mais les passepoils jonquille étaient en alerte. Ils s'avançaient des deux côtés du convoi, cherchant leur proie. Aux armées, on croyait voir des espions partout, et ces soldats étaient persuadés d'avoir repéré un agent ennemi.

Jean n'avait guère de chance de s'échapper. Les autres progressaient plus vite que lui, même s'ils y voyaient de moins en moins clair, à mesure qu'ils s'enfonçaient dans le boyau. Quand il fut dans l'obscurité complète, il se laissa glisser le long du toit bombé, plaçant ses pieds sur le rebord d'une portière. La vitre était restée ouverte et il n'hésita pas à sauter dans le compartiment, les pieds les premiers, au risque de se rompre le cou. Il se reçut très mal, sur le plancher d'un wagon de troisième classe : autour de lui, dans la pénombre, il distinguait deux banquettes, et des silhouettes endormies. Au-dehors, les chasseurs crièrent aux hommes de se ranger. Les ordres et les contrordres ne réveillèrent pas les dormeurs. Un chasseur eut l'idée d'ouvrir les portières pour contrôler les voyageurs en les éclairant avec une lampe tempête. Il dut renoncer. Dans chaque compartiment, il se faisait insulter, et parfois par des officiers. Jean sourit. Qui viendrait le chercher là, parmi les civils ?

Il s'était fait une place sur la banquette sans susciter trop de protestations. Impossible d'apercevoir ses voisins. Il se sentait mieux là, pour attendre le départ, que dans le wagon à bestiaux. Naturellement, il devait rester attentif, et ne pas s'endormir. Si le colonel décidait de poursuivre la route à pied, il ne voulait pas être considéré comme un déserteur. Il faudrait rejoindre au plus vite.

Jean se cala sur le banc très dur, épousant l'arrondi prévu pour le dos des voyageurs. Il n'osait trop bouger, de crainte de réveiller ses voisins. En troisième, il ne risquait pas de rencontrer d'officiers, mais peut-être quelque adjudant de retour de convalescence, lentement remis de sa « fine blessure », celle qui permettait, sans être défiguré ou invalide, d'échapper à plusieurs mois de front. Ses voisins étaient immobiles. Comment les reconnaître ? À l'odeur ? Le compartiment sentait la suie, la fumée, aucun parfum, pas même celui du cuir des bottes ou des valises. Non ! Il fallait attendre les premiers bruits, les froissements d'étoffes, épier le raclement des chaussures sur la longue bande métallique qui chauffait le compartiment entre les deux banquettes. À l'affût, Jean envisagea le pire. S'il n'avait pas un juteux comme voisin, il pouvait tomber sur un ecclésiastique, un de ces missionnaires de l'arrière envoyé pour écrire un article sur la vie des poilus qui paraîtrait dans *La Croix*. S'il entendait les cris des chasseurs, le prêtre n'hésiterait pas à le dénoncer. C'était prendre trop de risques : pourquoi ne pas ouvrir brusquement la portière, et sauter sur le ballast ?

Mais Jean était bien. Il se détendait. Tout contre lui, une forme indéfinissable se rapprochait, gagnait de la place à ses dépens. Il n'osait se dérober, acceptait cette chaleur imprévue. Il sentait l'angle aigu d'une jambe repliée. « Une femme, se dit-il. Une femme qui en prend à son aise. Elle s'est lovée sur la banquette pour dormir en rond comme un chat. »

Cette image l'attendrit. Les autres ne voudraient pas le croire quand il raconterait qu'il avait attendu le départ du train sur une banquette de civils, assis à côté d'une fille. Car la fille était jeune, il en aurait juré. Quelle dame respectable oserait se conduire ainsi ? Jean avait, sur ce point, des idées fort précises. Une femme de bien, en voyage comme à la messe, ne retirait jamais sa voilette ni ses gants. Que ses pieds quittassent le sol lui semblait une incongruité, presque une provocation. Peut-être était-elle très jeune… une enfant.

« Oui, c'est une enfant ! » Sur cette idée rassurante, il se serra pour laisser un peu plus d'espace à sa voisine. Elle le repoussait dans son sommeil, cherchant à détendre ses jambes. Il sentait contre sa capote la pointe d'un talon, une petite bottine impatiente qui voulait toute la place. L'insolente !

Optant pour la résistance, il prit appui sur l'arrondi de la banquette pour contenir fermement l'intruse. À sa grande surprise, sa voisine changeait de position, détendait d'un coup ses jambes pour les étaler sur la forme endormie qui lui faisait face sans susciter la moindre protestation. Ainsi, l'enfant n'était pas seule ; elle voyageait sans doute avec sa mère, et cela expliquait ses familiarités.

— À boire, je veux boire !

Rêvait-elle ? Elle implorait en murmurant. Il fallait être tout près d'elle pour comprendre le sens de ses paroles. Jean avait l'habitude d'offrir sa gourde aux blessés. Il la sortit de son ceinturon, non sans peine, et l'approcha des lèvres de la petite. Elle but sans rechigner quelques gorgées de vin coupé d'eau, puis, reconnaissante, se remit en boule en repliant ses jambes, reprenant, en somme, sa place, tout contre Jean. Très vite résigné, habitué presque à cette chaude présence, il en oublia d'être vigilant, cherchant de la tête l'appui en bois dur qui facilitait le repos des voyageurs. Il franchit en peu de temps la frontière qui sépare la somnolence du sommeil profond, ne se rendant même pas compte que son bonnet à pointes était tombé sur ses genoux : le géant de Colombey-les-Belles était terrassé.

Le petit jour devait le surprendre dans cette position. Il faisait frais dans le compartiment où le silence était seulement troublé par le ronflement d'un voyageur de commerce. Jean ne pouvait bouger. Une tête blonde était appuyée sur son épaule, une touffe de cheveux sales, pleins de poussière, de brindilles, de fils de laine blanche. Le bonnet qui lui cerclait le front avait disparu, le grand châle qui lui entourait le torse était plissé, fripé, croisé en tout sens sur une sorte de justaucorps d'un bleu très pâle surmontant une jupe ample, de couleur violine. Jean, qui n'avait jamais vu d'aussi près une femme de la ville, admirait sans oser bouger le visage enfantin, la peau claire et fraîche sous les traits fatigués, la bouche savamment ourlée, dont tout maquillage avait disparu. Le ravissait surtout la grâce de l'inclinaison de la tête qui étalait le cou dans sa splendeur, offert dans un arrondi délicat, souligné par une petite chaîne d'or dans sa fragilité. La petite, en dormant, avait changé de position. Les jambes croisées de l'autre côté, tout contre la portière du compartiment, elle s'appuyait entièrement sur Jean. Ses mains entrelacées se reposaient sur son bras, des mains minuscules aux longs doigts fins chargés de bagues de peu de prix.

« Des poignets d'enfant ! » songea Jean en examinant sa voisine, dont les lèvres étaient entrouvertes. Une fille, certes, mais au plus jeune âge. Que pouvait-elle faire dans ce train ?

En face d'elle, une noiraude aux cheveux courts, à peine plus âgée. Elle dormait, enveloppée dans une couverture de cheval, et rien au monde n'aurait pu la réveiller, tant son sommeil paraissait profond. Le repos ne détendait pas ses traits, il les durcissait au contraire, plissant les rides du front, creusant des fossettes de part et d'autre de la bouche épaisse. Nul n'aurait pu dire au juste la couleur de sa tignasse. À l'origine, elle devait être celle des châtaignes, mais avec des mèches d'un blond vif, qui tirait sur le vert ou sur le bleu-vert, comme si elle avait subi des tentatives malheureuses de décoloration. Les pommettes saillantes de la dormeuse, son front bas et volontaire indiquaient une énergie peu courante. Arc-boutée dans son coin de compartiment, elle affichait une expression impénétrable.

Jean n'avait pas un regard pour les autres passagers de ce train arraché au tunnel. Un mouvement de surprise. Pourquoi y voyait-on clair ? Le train avait fait quelques kilomètres, et s'était immobilisé de nouveau. Ses camarades avaient dû le chercher. Peut-être le caporal l'avait-il porté manquant. Il fallait partir au plus vite. Mais comment repousser la tête blonde abandonnée contre son épaule ?

La dormeuse brune s'éveilla la première, plissant les yeux, faisant grincer ses dents en déplaçant lentement ses fortes mâchoires, d'avant en arrière et de gauche à droite. En entendant ce bruit, Jean sourit, soudain plein de tendresse. Mais la fille le dévisageait avec son regard dur : que faisait son amie appuyée sur l'épaule du militaire ? D'où venait-il ? Sans plus de ménagement, elle la réveilla en lui pinçant la jambe.

— Gabrielle, nous arrivons...

— Non, non et non ! s'écria la blonde. Nous n'arrivons pas, nous n'arriverons jamais. Je te prie de me laisser tranquille.

Sans un regard pour Jean, elle s'enfonça dans le coin de la banquette, abandonnant à regret la chaleur de son épaule, se retournant trois fois contre le bois avant de trouver une position acceptable. Jean la suivait du regard sans mot dire, attentif à la grâce de tous ses gestes, et même à la moue de colère qui déformait son visage. La brune, en face, le dévisageait sans indulgence. Que faisait-il dans un compartiment de civils ?

Soudain, la porte s'ouvrit à grand fracas, laissant pénétrer une bouffée d'air frais. Un lieutenant de hussards au képi bleu ciel salua militairement, s'excusant de troubler le repos des voyageurs.

— Je vois qu'il n'y a pas de place, dit-il avec regret.

Jean se leva :

— Il y a la mienne, mon lieutenant.

Avant que l'officier ne puisse lui poser la moindre question, il avait disparu. Quelques secondes plus tard, il frappait à la porte du wagon à bestiaux. Pour lui, cette nuit avait été comme un songe.

II

LA SALLE DES PAS PERDUS

Le train entrait enfin dans la gare de Belfort, sous la verrière obscurcie par la fumée. Sur le quai, des officiels attendaient les civils de marque, escortés jusqu'au front dans des automobiles de couleur bleu pâle. Un gradé en grand uniforme remettait une gerbe de fleurs à une haute dame à chapeau de velours : sans doute une cantatrice, ou une artiste du théâtre aux armées. Pas de poilus pour l'accueillir : les wagons à bestiaux avaient été détournés vers Giromagny ou Rougemont-le-Château, pour que les hommes puissent prendre immédiatement position sur le front des Vosges, après quelques journées de repos.

Gabrielle et son amie – qui se faisait appeler Gilda – avaient ramassé leurs paquets et piétinaient dans la foule des voyageurs anonymes.

— Il aurait pu nous aider, grommela Gilda.

Elle parlait du lieutenant de hussards à la fine moustache blonde. Il leur avait fait un brin de conversation, puis s'était empressé de sauter sur le quai pour se joindre à l'escorte de la cantatrice.

— Les gens comme lui n'aident personne. Ils ont l'habitude d'être servis.

Tant de pertinence et d'aigreur dans la bouche d'une jeune fille pouvait surprendre. En fait, Gabrielle était déçue. Elle s'était recoiffée dès l'arrivée dans le compartiment du gentil militaire, elle avait débrouillé ses cheveux blonds, qu'elle pouvait porter fort longs. Elle avait fait mine de se remaquiller, comme les dames de la ville, utilisant un miroir de poche sorti de son grand sac. Le hussard, amusé par ses mimiques, n'avait pas manqué de lui lancer quelques propos d'une grande banalité, s'attirant des réponses brèves, mais polies. S'il en voulait davantage, se disait Gabrielle, il fallait qu'il se donne plus de mal.

Elle avait épousseté sa jupe violine, défait le châle, offrant à son voisin de gracieux mouvements du cou et quelques déhanchements de qualité. Se laisserait-il attendrir ?

« Un Parisien, songeait Gabrielle sur le quai de la gare. Il sentait l'eau de lavande. »

— Dans la cavalerie, ajouta tout haut Gilda, ils n'aiment pas toutes les femmes.

— Celui-là les aimait, mais propres, élégantes, délicatement parfumées. Tu n'as pas vu sa pelisse doublée de vison, et ses bottes à tige de cuir de Russie ? Celles-là ne venaient pas des magasins de l'habillement.

— Un fils à papa, il y en a beaucoup par ici. Les autres sont à Verdun.

Portant balluchons et sacs de voyage, elles entraient enfin dans la salle des pas perdus. Elles croyaient y avoir rendez-vous.

— Gaston a bien dit : sous l'horloge. Il ne va pas tarder.

— Comment veux-tu qu'il sache l'heure d'arrivée de ce train ? Il n'était pas sous le tunnel !

Sous l'horloge, pas de Gaston. D'ailleurs personne ne connaissait Gaston. Gilda ne l'avait jamais rencontré. Une copine lui avait dit qu'il cherchait des filles pour un beuglant, à l'arrière des lignes, un endroit chic, pour officiers. Elles n'avaient pas hésité à prendre le billet de Belfort. Gaston était prévenu de leur arrivée.

— Un monsieur très bien, avait dit la copine, la crème des patrons, attentif, attentionné, toujours aux petits soins. Chez lui, on se sent en famille.

On ne s'entendait plus dans la gare : la fanfare du régiment des hussards donnait une aubade à la cantatrice, qui souriait, émue par cet accueil. Gilda s'approcha de la fenêtre.

— Tu ne viens pas voir ?

Gabrielle boudait. Elle n'aimait pas les réceptions destinées aux autres... Pleine de mépris pour ce grand cheval à perruque qui allait hennir dans les casernes, elle s'assit sur son sac, et se boucha les oreilles.

Personne ne la remarqua. La salle était comble. Des permissionnaires partant pour le pays, des bourgeois de Belfort qui rentraient en famille de la campagne, où ils avaient passé le mois d'août. Gilda trépignait. Elle adorait la musique militaire. La foule était dense, dans la cour, pour applaudir la vedette venue de Paris. Les enfants criaient et faisaient partir des pétards. Les chevaux des hussards caracolaient autour d'une voiture à la d'Aumont : quatre chevaux attelés, et deux postillons en habit, comme pour un chef d'État.

— Qui est-ce ? demanda Gilda à un permissionnaire qui regardait comme elle par la fenêtre.

— Tiens donc... C'est la Guilbert. Ici, on n'a pas droit à la Miss... Elle préfère gagner ses mille francs par jour aux Folies-Bergère.

— Qui est la Guilbert ?

— Pas une jeunesse ! Son *Fiacre* est fatigué, il patine dans les côtes. Mais elle garde ses gants noirs, et sa robe d'évêque. Ça suffit pour les colonels de hussards...

Les cris redoublaient au-dehors... La Guilbert, ravie de l'accueil des gens de Belfort, allait chanter du haut de l'escalier de la gare : *Le Fiacre,* justement, son air le plus populaire... Gilda n'y tenait plus, elle voulait voir de près le spectacle. Abandonnant Gabrielle, toujours renfrognée, elle se précipita dans la cour.

Elle n'était pas la seule : la salle des pas perdus s'était vidée, les cheminots eux-mêmes abandonnaient le service. Sur le toit du buffet, un opérateur du cinéma des armées tournait la manivelle de sa caisse en bois montée sur un trépied de mitrailleuse. Flattée d'être filmée, prise en photo, encensée par les hourras des hussards qui arboraient pour elle leur tenue d'avant-guerre, dolman bleu ciel et shako à plumes vertes, la Guilbert terminait en apothéose le refrain du *Fiacre,* repris en chœur par la foule grisée. C'était la fête à Belfort.

— Pas besoin d'un bourrin pour mimer la scène, disait le biffin. Avec ses dents de jument, ils peuvent l'atteler tout de suite à la d'Aumont.

La voiture était partie, escortée par les hussards. La Guilbert montait en ligne. Elle suivait ainsi l'exemple de toutes les vedettes fanées de la Belle Époque. Eugénie Buffet, qui organisait la « chanson aux blessés », terrifiante dame patronnesse des centres hospitaliers, restait dans le monde du spectacle, alors que Mme Otero vieillissait sur la Côte, et que la Goulue du Moulin-Rouge vendait des carottes rue Lepic. Elles étaient rares, celles qui pouvaient se flatter de continuer à chanter pour les soldats. Ève Lavallière, vrai Gavroche féminin, éblouissait encore les poilus des tranchées de 1916 mais, depuis lors, personne ne l'avait revue.

— Elle est entrée en religion, disait à Gilda le biffin qui savait tout.

— Pas vrai ! La Lavallière ? en religion ?

— Oui, et pas loin d'ici. À Thuillières, dans les Vosges... Elle serait, à ce qu'ils disent, en odeur de sainteté.

Gilda pensa que le permissionnaire se moquait d'elle. Ève Lavallière était connue pour ses frasques et ses scandales.

— Il faut vous lancer, vous, les petites mômes, nous en avons assez des chevaux de retour. Tiens, toi, tu n'es pas plus mal qu'une autre. Pourquoi ne viens-tu pas danser et chanter au quartier ?

— Allons donc ! C'est un métier !

Gilda avait horreur qu'on lui parle de son physique. Elle se croyait laide et n'attachait aucune importance à la beauté. Quand elle tournait des obus ou agrafait des casques chez Japy, on ne lui demandait pas si elle était un homme ou une femme. Le militaire l'agaçait. Encore un paysan mal dégrossi, pour qui les femmes devaient se donner en spectacle.

— Tiens, hier, j'étais à Paris !

Gilda pouffa de rire. Sans doute disait-il vrai, mais son air avantageux était comique.

— Je suis allé au théâtre. Pas pour voir la Sarah Bernhardt, qui n'a plus qu'une jambe. Non, j'ai vu une jeune, une de ton âge. Elle s'appelait Gabrielle. Non ! Gaby, Gaby Morlay. Et je te prie de croire qu'elle brûlait les planches.

Un grondement accompagna le départ des hussards de la Guilbert. Le cinéaste des armées rangea précipitamment son matériel, et descendit comiquement du toit du buffet en utilisant une échelle.

— Le canon !

En quelques secondes, la place se vida. Les Belfortains rentraient chez eux, prêts à se cacher dans les caves si le tir se rapprochait. Les petites ouvrières des ateliers de textile travaillant pour l'armée couraient en poussant des cris. Les vieux des ateliers de munitions, sans hâte, longeaient les murs. Les permissionnaires refluaient dans la gare, se regroupant près des tableaux qui annonçaient la marche des trains. Du moins ceux qui partaient. Car les soldats de retour s'alignaient au contraire sur la place, restaient seuls en colonnes, ajustant leurs molletières et comptant leurs sacs. Peut-être passeraient-ils la nuit dans la citadelle, si les routes vers le front étaient bombardées. Les premiers marchaient déjà en bon ordre le long du faubourg de France.

Gilda avait vu disparaître sans regret le permissionnaire. Elle n'aimait pas les hâbleurs. Elle sourit en observant les gosses qui accompagnaient les soldats en marche. Elle aussi, autrefois, avait fait la conduite aux unités qui traversaient son village, dans la boue glacée de Champagne. En avait-elle vu traverser Vauchamps, depuis qu'elle était petite ! Les uhlans, elle s'en souvenait encore avec terreur, ceux qui venaient de Dormans par la grand-route, au temps de la bataille de la Marne. Elle n'avait alors que seize ans. Elle avait dû se cacher dans la cave, avec sa mère et ses jeunes sœurs, pour échapper aux représailles. Les Allemands considéraient comme francs-tireurs tous ceux qui tiraient sur eux, et même les soldats débandés des arrière-gardes françaises. Alors, gare aux civils ! Les Prussiens n'avaient pas leur pareil pour brûler les maisons en jetant dans les caves des bidons de pétrole enflammé. Depuis la Lorraine, de bourg en bourg, de ferme en ferme, le long récit des atrocités s'était transmis et amplifié. Pendant trois mois, la famille de Gilda (qui s'appelait en réalité Marguerite Bouchardon) avait vécu dans la terreur. Le père et le frère aîné étant aux armées, un seul homme valide restait auprès des femmes : le grand-père. Il avait bientôt été enlevé comme otage, avec le curé de la paroisse. On ne les avait pas revus.

Un jour, Gilda était partie, elle avait pris la route, avec d'autres adolescents, en suivant une colonne de militaires qui gagnait l'arrière. Mieux valait s'enfuir que de grossir le troupeau de la main-d'œuvre levée de force, qui devait sarcler les betteraves ou réparer le ballast des chemins de fer. Quand les filles n'étaient pas l'objet des assiduités des occupants... Elle avait abandonné famille et village, ferme et paroisse, errant de ville en ville à la recherche de petits emplois. Sans doute les Allemands étaient-ils partis. Quand ils s'étaient retirés vers le Nord, les rues de Vauchamps étaient tapissées de tessons de bouteilles de champagne. Gilda en avait assez de la guerre. Ailleurs, en France, les gens vivaient normalement. Pourquoi tout subir, à seize ans ?

Enfonçant rudement ses poings dans les poches de sa veste d'homme, elle chassa ses souvenirs. La frange trop longue de ses cheveux dissimulait les larmes qu'elle repoussait avec rage. Elle n'aimait pas s'attendrir sur son passé.

— Il faut vous mettre à l'abri. Un bombardement s'annonce.

Pourquoi était-elle revenue dans cette maudite zone de guerre ? L'homme qui l'avait mise en garde se dirigeait prestement vers la gare. Elle reconnaissait sa démarche : c'était le lieutenant de hussards. Il avait laissé cheval, shako doré et dolman d'opérette. Casque sur la tête, pèlerine sombre sur les épaules, il rejoignait sans doute son corps. Qu'avait-on fait de la cantatrice ? Peut-être buvait-elle du café dans les caves de la préfecture, réconfortée de ses émotions par quelque serviteur galonné de la République ? Un taube survolait la ville, poursuivi par les petits points blancs des obus français. Des éclats crépitaient sur le pavé. Oui, il fallait trouver un gîte. D'urgence.

Alors seulement, Gilda se souvint de Gabrielle. Elle l'avait totalement oubliée. Elles n'étaient pourtant pas des compagnes d'un jour. Depuis deux ans, elles couraient la guerre ensemble, partageant leurs maigres joies. Leur dernière place ? Japy, à Lafeschotte. En avaient-elles rivé des cimiers sur les casques, agrafé des coiffes, ajusté des couvre-nuques ! Pas assez d'hommes pour découper les tôles en disques. On avait vu des femmes évacuées comme des grands blessés : elles avaient perdu un doigt, parfois une main, à l'atelier de découpoir mécanique. Les presses étaient encore plus dures : deux équipes travaillant chacune douze heures se relayaient jour et nuit. Tous les soirs, les wagons attendaient, en convois, pour conduire au front les milliers de casques. La cadence ne devait pas se relâcher.

Pour des enfants de seize ou dix-huit ans, c'était trop, même si on les utilisait aux travaux les moins pénibles. Gilda et Gabrielle ne supportaient plus les remarques acerbes, les propositions enrobées de menaces des contrôleurs militaires toujours présents dans les ateliers. Ces vieux adjudants de la territoriale, réemployés dans les entreprises, se croyaient tout permis. Elles gagnaient de l'argent, certes, et comptaient leurs sous, exténuées, le soir, à la lumière des chandelles, dans les baraquements de fortune qui abritaient la main-d'œuvre. Mais que faire de cet argent ? Elles ne pouvaient pas aller, comme les hommes, dans les cafés de Fesche-le-Chatel. Elles s'étaient enfuies à Vesoul, où il y avait au moins des coiffeurs et des cinémas. Mais elles n'y avaient pas trouvé de travail, sinon en usine. C'est alors que Gilda avait entendu parler de Gaston, et de son beuglant de Belfort.

Dans la salle des pas perdus, la foule était si dense que Gilda dut jouer des coudes pour retrouver Gabrielle, dans l'encoignure de la fenêtre. Quand elle y parvint enfin, après avoir enjambé des montagnes de sacs et heurté des valises, elle ne trouva plus son amie. La fenêtre était désormais occupée par une famille nombreuse. La mère distribuait des galettes au chocolat à ses enfants.

— Avez-vous vu une jeune fille blonde ?

La pauvre femme secoua la tête. Elle avait bien du mal à garder ses gosses auprès d'elle. Comment pourrait-elle renseigner Gilda ? Elle désigna du regard un sergent de ville qui faisait dégager les guichets. Gabrielle ferait-elle la queue pour repartir ?

« Assurément non, se dit Gilda. Elle m'aurait attendue. »

Elle n'était jamais repartie seule. Elle avait trop peur des militaires, surtout de ceux qui se saoulaient dans les gares en chantant *Les Fraises et les Framboises* ou d'autres chansons obscènes. Sans doute s'était-elle cachée quelque part. Gilda avisa les salles d'attente de la compagnie. Elle fendit la foule pour approcher des troisième classe. Elle cria « Gaby ! Gaby ! ». Mais sa voix ne pouvait couvrir le brouhaha. La cohue était telle que l'on ne distinguait même plus les banquettes où les gens dormaient assis, serrés les uns contre les autres.

— Elle n'aurait pas le toupet d'aller en seconde ?

La salle des seconde était pareillement comble. Ses fauteuils plus confortables avaient été pris d'assaut. Des femmes distinguées étaient outrées de devoir accueillir, sur les larges accoudoirs, des bandes d'enfants qui criaient, tancés par des mères exténuées. Des officiers subalternes fumaient le cigare, dont l'odeur empestait dans cette atmosphère confinée. Le seul espace protégé était celui des première. Des sergents de ville à moustache y montaient une garde vigilante, surveillés par un officier. Il était impossible d'entrer. Gilda jeta un coup d'œil furtif. Elle n'en crut pas ses yeux.

Sur une élégante ottomane de velours rouge, qui n'aurait pas déparé dans un salon de sous-préfecture, Gabrielle faisait des grâces. La salle d'attente des première classe de la gare de Belfort était, de loin, l'endroit le plus luxueux où elle eût jamais pénétré. Elle était aux anges.

Quand tous les badauds s'étaient précipités sur la place pour entendre la chanteuse, elle s'était baguenaudée dans la gare, traînant son sac, à la recherche d'un endroit tranquille pour dormir. Quand rien ne piquait sa curiosité, Gabrielle dormait. Elle pouvait ainsi rester vingt heures par jour ensommeillée, sans éprouver le moindre désir. Mais un rien pouvait l'exalter, et changer la dormeuse en Ménade, en Bacchante, en joueuse de thyrse ou danseuse de cancan. Gilda avait souvent assisté à ces transformations soudaines. L'enfant blonde devenait alors imprévisible, infatigable. Un rien pouvait la conduire au paradis des pyrales et des pyraustes, ces papillons maléfiques qui dormaient une année entière dans leur cocon, avant de s'élancer sur les champs de fleurs et les vignes.

La petite avait découvert la salle d'attente des première classe. Le grand lustre en faux diamants, les rivières de perles qui entouraient les lampes à lumière tamisée, ornant chaque table basse, au pied des fauteuils ; les peintures murales, chef-d'œuvre du pompiérisme, où les villes de Belfort et de Vesoul, transformées en Flore et en Pomone, se faisaient face dans des arabesques savamment dénudées, devant des voyageurs en huit-reflets qui sortaient du train comme d'un bal des Petits Lits blancs, étonnés d'être accueillis, sous des frondaisons d'oliviers, par des créatures aussi manifestement inspirées par Hermès, le dieu des voyages, des nuages et des messages.

Dans les toilettes attenantes – tout était beau chez les riches – où les parois d'acajou étaient éclairées discrètement par des lampes d'albâtre décorées de groupes de danse, Gabrielle avait décidé de changer de vie. Retirant avec soin tous ses vêtements, elle s'était lavé le visage et les bras avec une savonnette vert pâle, celle que l'on vendait aux Dames de France. Elle s'était inondée d'une eau de toilette délicate, que l'on renouvelait en permanence au-dessus des lavabos, sans doute destinée à ranimer les passagères fatiguées. Puis elle avait retiré du fond de son sac une blouse de soie jaune paille, payée une fortune, deux jours avant, chez Conchon-Quinette à Vesoul. Changeant ses bottines fatiguées contre de hautes chaussures à lacets, complétant l'ensemble par une jupe droite, qui épousait ses formes, elle prit tout son temps – entendant par la fenêtre entrouverte la Guilbert attaquer son grand air – pour brosser ses longs cheveux blonds, et les coiffer à la florentine, par un ruban argenté qui les retenait en chignon, puis les laissait se répandre tout autour de sa tête en cascades de bouclettes fines.

Portant sur elle ce qu'elle avait de plus précieux, ajustant bagues et colliers en toc, passant sur ses épaules une écharpe en indienne, elle faisait sur le parquet ciré de la salle d'attente une entrée digne de Versailles. Un cavalier l'attendait au fond, surpris par tant de grâce. Le lieutenant de hussards, en habit de guerre. Il était stupéfié par cette apparition. Devant les haies de fauteuils où les voyageurs affalés ne songeaient qu'à leur salut, la jeune fille s'avançait, et le lieutenant lui baisait galamment les doigts. Il lui avait offert son bras pour la conduire en grande pompe à l'autre bout de la salle, et s'était incliné jusqu'à terre pour qu'elle pût s'installer commodément dans l'ottomane. Il était à ses pieds, lissant sa moustache, essuyant son monocle, échangeant avec elle des propos sans signification, et la belle lui répondait par des sourires. Elle n'avait pas besoin de parler, elle était là pour lui. Dans l'étrange et soudaine panique de la gare de Belfort, le lieutenant ne savait à qui attribuer cette apparition.

Repoussée par les sergents de ville, Gilda s'obstinait à rester au premier rang de la foule qui prétendait envahir la salle d'attente des première. Elle ne voulait rien perdre de la scène. Le hussard s'était dressé, avait fait un geste. Un garçon au long tablier blanc avait surgi, puis disparu, bientôt de retour avec des flûtes de champagne.

« Elle n'a jamais bu d'alcool de sa vie », se dit Gilda, que la scène exaspérait. Pourquoi son amie perdait-elle son temps avec ce bellâtre ? Que pouvait-elle attendre de lui ? Assurément, il se moquait d'elle.

Avec un rire haut perché, Gabrielle vida la coupe d'un trait, la jetant ensuite derrière elle, comme elle avait vu faire, chez sa mère, à des cavaliers prussiens. Le hussard, riant aux larmes, l'imita d'un geste large, et les flûtes prêtées par la compagnie allèrent se briser derrière l'ottomane, dans la cheminée de granit. La jeune fille se précipita ensuite dans les bras de son compagnon, l'entraînant dans un pas de danse sur une musique imaginaire. L'officier commençait à être gêné. Les hommes d'affaires vosgiens, aux favoris poivre et sel, qui contemplaient la scène dans les fauteuils de cuir, étaient sans indulgence. Une voyageuse à voilette, des oiseaux noirs croisés sur son chapeau, avait tiré son face-à-main, interrompant sa conversation avec deux jeunes infirmières à pèlerine bleu marine et voile blanc qui prenaient congé d'elle pour attendre un train de blessés.

— Il faut partir, dit l'officier. Comment vous nommez-vous ?

— Gabrielle de Chevreuse, lui répondit-elle tout de go, très fière de s'être inventé un nom.

— Je suis Antoine de La Salle, répliqua le jeune homme en s'inclinant de nouveau.

Puis il la saisit par la taille, l'entraînant vers la sortie, sous le regard indigné de la dame aux oiseaux noirs.

— Avez-vous un bagage ?

— Ma suivante (elle avait employé, faute de mieux, un nom qu'elle avait entendu au théâtre), ma suivante s'en chargera. Je l'aperçois dans la foule. Gilda, s'il vous plaît !

Elle désigna le fond de la salle. En maugréant, Gilda se mit en quête du sac de sa nouvelle maîtresse, pendant que les sergents de ville laissaient passer le militaire et sa compagne, non sans échanger des clins d'œil goguenards. Mais un lieutenant de hussards, pour un bâton blanc de Belfort, était un puissant seigneur. On lui devait, ainsi qu'à sa suite, tous les égards.

— Au feu, les hussards ! cria un permissionnaire aviné.

L'officier, avec le plus grand calme, ajusta son monocle et entraîna la belle. Sa Dorsay attelée l'attendait dans la cour, conduite par l'ordonnance. On attendit un instant Gilda, qui prit place, avec ses hardes, sur la banquette avant.

— Fouette cocher, chez Gaston !

Comme une reine, Gabrielle traversait la ville au trot. La Dorsay avançait rapidement dans le faubourg de France, que l'alerte aux obus avait vidé de tout charroi. D'un geste, le lieutenant désigna le théâtre, où l'on donnait, à l'occasion, des concerts ou des spectacles pour les soldats. Franchissant la Savoureuse, la voiture s'engagea dans la place de la République, puis la place d'Armes, où des soldats, de retour du front, avaient formé les faisceaux. Des automobiles aux canons pointés vers le ciel y guettaient les taubes, et les serveurs attentifs n'avaient pas un regard pour la voiture d'un autre âge qui conduisait en garnison un lieutenant ayant oublié la guerre.

Gilda, sur la banquette avant, ne répondait que par monosyllabes aux clins d'œil de l'ordonnance qui aurait voulu engager une conversation discrète. En revanche, Gabrielle s'extasiait. Elle battit des mains devant le Lion, gros monument de grès rouge que le lieutenant trouvait affreux.

— Comme toutes les œuvres de Bartholdi, précisa-t-il. Un Alsacien au goût allemand. Il aurait pu signer la gare de Metz.

Gabrielle ne connaissait pas Bartholdi, ni la gare de Metz, mais la matinée était radieuse, la Savoureuse avait la fraîcheur d'un torrent des Alpes. Elle regrettait que l'on eût évité la citadelle, et se promettait de se faire conduire bientôt en haut du rocher, pour y découvrir les montagnes. Elle se croyait en vacances.

La voiture avait quitté la vieille ville par la porte de Brisach, gardée par des sentinelles à qui l'ordonnance avait lancé le mot de passe. Sur la route de Mulhouse, on entrait dans la guerre. Plus de civils, plus de camions de livraison ou d'attelages porteurs de lait frais. On approchait de la zone des armées. À moins d'une lieue, l'ordonnance mit ses chevaux au pas. Il arrêta devant le perron d'une vaste maison de campagne, qui semblait abandonnée. Au coup de sifflet du militaire, quatre domestiques, de fortes femmes aux bras nus, ouvrirent une porte basse de la façade et accoururent. L'une d'elles s'empara de la bride des chevaux, comme un palefrenier ; l'autre se chargea des bagages et, sans poser de questions, aida Gilda à descendre de son siège. Le lieutenant s'occupa lui-même de Gabrielle.

— Princesse, vous êtes arrivée !

— Si tôt ?

Elle descendit avec grâce de la Dorsay et, au bras du hussard, monta les marches du perron, protégées des intempéries par une véranda.

— Maître Gaston est-il au logis ?

— Il repose, monsieur l'officier, dit une femme. Il n'est que 10 heures.

— Faites-lui savoir, je vous prie, qu'Antoine de La Salle et Mme de Chevreuse sont arrivés avec leur suite.

— Si monsieur l'officier veut bien me suivre… Mon maître ne saurait tarder.

Elle les introduisit d'un pas traînant dans une vaste pièce où régnait une odeur de fumée irrespirable. Le hussard lui-même toussotait. Gabrielle resta sur le seuil, incapable d'avancer dans cette obscure tabagie. Mais la femme de charge tirait à la hâte les épais rideaux de velours, ouvrait les fenêtres, débarrassait deux fauteuils recouverts de capotes d'officiers et de mirlitons.

— Vous avez eu la fête, hier ? demanda La Salle.

— Comme tous les soirs. Ils étaient plus de quinze.

Sur le pas de la porte, Gilda n'osait entrer. Elle devinait la suite. Gaston ne se fit pas attendre. Il s'enferma dans le billard, avec l'officier, laissant les jeunes filles seules. Gilda épiait son amie dont le visage se transformait à vue d'œil. Elle se recroquevillait dans un fauteuil Louis XV assez large pour accueillir un notaire. Elle reprenait la position du train, celle de la dormeuse. La brillante Pyrale rentrait dans son cocon. Les cheveux dénoués se relâchaient, perdaient leur éclat. La peau du visage se marbrait, les yeux devenaient ternes. Voûtée, vaincue, abandonnée, Gabrielle ne voulait plus voir personne. En un instant, le monde avait perdu tout son intérêt. Ses poings crispés indiquaient seuls que le désappointement ne l'avait pas rendue moins combative. Mais pour l'heure, elle hivernait.

Comme toujours, Gilda prit la relève. C'est à elle que revenaient les épreuves les plus dures, celles où il faut serrer les dents.

Gaston était revenu, sans l'officier ; celui-ci jouait au billard avec un aspirant de dragons, qui avait passé la nuit dans la maison.

— Veuillez entrer dans mon bureau.

Gilda avait suivi Gaston, seule. Gabrielle s'était endormie. Gaston l'avait un instant fixée, d'un regard scrutateur, professionnel. Il avait haussé les épaules.

— Si vous n'avez pas plus de santé…

L'homme était en manches de chemise et en gilet. Favoris noirs descendant presque jusqu'au menton, sourcils épais et très bruns, tranchant sur les cheveux blancs, séparés en deux hémisphères par une raie droite. La cinquantaine. L'allure d'un ancien militaire, ou peut-être d'un policier. Il épiait Gilda, sans mot dire, heureux d'avoir devant lui ce visage dur, ce regard sans concession. Avec elle, pensait-il, on peut parler.

Ce qu'ils avaient à se dire tenait en peu de mots. Dans son beuglant, il ne recevait que des officiers. L'élite, ponctuait-il d'un coup de règle en fer sur le bureau, oui, l'élite. De l'argent et de grands noms, des cavaliers démontés, des Parisiens sans femmes. Ils venaient tous là pour se donner l'illusion du plaisir, de la vie de l'arrière. Les femmes devaient chanter et danser, boire du champagne, exclusivement du champagne. Si elles avaient envie d'aller plus loin, ça les regardait. Gaston, lui, ne voulait rien savoir. Il avait pourtant l'autorisation de loger certains officiers attardés dans les chambres. Discrètement. Gilda le comprenait-elle bien ?

Elle avait tout compris.

— Mon amie Gabrielle peut chanter. Elle connaît tous les airs de Mistinguett. Et c'est une danseuse remarquable. Quant à moi, je peux être habilleuse, maquilleuse, ou serveuse.

— À tout prendre, je préfère serveuse, dit Gaston qui savait juger son monde. J'ai quelqu'un pour la scène. Si elle peut chanter, tant mieux. Il leur faut toujours du nouveau. Mais je vous préviens, pas de scandale, pas de vague à l'âme… ceux qui viennent ici ne le supporteraient pas.

Gilda allait partir. Il fut pris d'un scrupule tardif.

— Êtes-vous majeures, au moins ?

— Ni l'une ni l'autre. Nous avons dix-neuf et vingt ans.

— C'est bon. J'arrangerai cela. Marie va vous conduire dans votre chambre. Je vous prends à l'essai. Nous discuterons plus tard des conditions.

De la salle de billard montaient des bruits de conversation, des rires. Gabrielle s'était réveillée.

— Où sommes-nous ? demanda-t-elle à Gilda, qui l'entraînait vers l'escalier.

— À la guerre ! lui dit-elle.

Et, comme son amie se retournait pour scruter le fond de la pièce, Gilda ajouta :

— Ne l'attends pas. Raie-le de ta mémoire. Nous sommes de nouveau seules, comme chez Japy.

III

LE HUSSARD À LA TRANCHÉE

Sa partie terminée, Antoine de La Salle s'était fait conduire au meilleur tabac de la ville, où il avait acheté des cigares. Puis il avait pris la route du front, ajustant son casque de ses mains gantées de blanc. Il trouvait étrange cette époque où le vicomte Antoine de La Salle, premier de Saumur, devait, au lieu de charger les uhlans, descendre à la tranchée comme un paysan.

Le vicomte, comme tous les hussards de Belfort, était quasiment au repos. Il avait fait son devoir comme les autres, rejoignant Lunéville aux premières heures de la mobilisation pour éclairer, avec son régiment, l'armée qui devait percer en Lorraine. Il avait tiré, à la carabine, sur les chapskas sombres des Prussiens, et même rompu quelques lances en bambou mâle du Tonkin. Foin de ces escarmouches : à la retraite de Morhange, les hussards démontés protégeaient de leur arrière-garde les biffins en déroute. La débandade commençait.

On avait cru se reprendre après la Marne, quand le père Joffre envoya aux cuirassiers l'ordre de poursuite. Mais ils n'avaient, pas plus que les hussards, de fers aux pieds des chevaux. Les montures fourbues s'étaient arrêtées sur la ligne de l'Aisne. Maudite guerre qui s'enlisait dans la boue de l'hiver. On ne coucherait pas à Berlin.

Ni même à Strasbourg. Antoine était fier de son alezan de Tarbes, quand il caracolait, partant pour la manœuvre, dans les rues de Lunéville. Sa carrière était tracée : il serait général comme son père, sinon amiral comme son oncle. Les

La Salle avaient fait toutes les guerres, depuis Louis XIV. Antoine n'avait pas une seconde songé à se dérober à celle-là, sous prétexte qu'elle avait été déclarée à la République. Quand il fallait en découdre, les hussards étaient en première ligne, comme en 70. Il y avait de la gloire pour tous, et les La Salle n'en étaient pas chiches. Aux premières batailles, il avait récolté sa blessure : une large plaie à l'épaule due au sabre d'un hussard de la mort.

Ces temps heureux n'avaient pas duré. Depuis 1915, on les avait déguisés en biffins, avec l'horrible casque en acier Adrian qui ressemblait à un saladier. C'est à peine si les hussards avaient pu garder leurs signes caractéristiques, les fameux nœuds hongrois qui les distinguaient de leurs frères ennemis, les chasseurs.

Dans le salon de sa mère, à Versailles, il laissait à d'autres le soin de conter les histoires de poux et de rats. Il n'évoquait jamais la tranchée. À quoi bon ? Il préférait parler de la jument blonde importée d'Amérique que son colonel lui avait laissé choisir pour les exercices de manège, à l'arrière. Il faisait rire aux larmes son père, le général, quand il lui décrivait le dressage de l'animal, pur mustang venu des Rocheuses, et vendu comme cheval de selle aux officiers trop naïfs de la remonte. Quand on manquait de tarbais, il fallait bien dresser les texans, même si ceux-ci n'étaient guère utilisables.

À la guerre, Antoine gardait le sens des convenances. Les officiers de cavalerie jouissaient de certains privilèges. Ainsi, ils pouvaient entretenir à leurs frais un attelage d'un autre temps et passer les jours de repos dans des lieux confortables, où ils montaient, ressortaient les vieux uniformes et paradaient en ville à l'occasion. On pouvait mourir dans la boue, et se laver à l'eau chaude quand on sortait de la tranchée.

En sortirait-on jamais tout à fait ? Le dernier espoir d'Antoine, c'était le Chemin des Dames. Fâcheuse affaire. L'offensive, mal préparée par Nivelle, avait échoué. Les pertes étaient immenses. Les hussards avaient, comme les autres, attaqué les creutes à la grenade, et neutralisé les mitrailleuses que l'artillerie avait oubliées. Comme les biffins, ils avaient cherché leur souffle dans les masques à gaz quand les obus moutarde coupaient les arrières et pourrissaient le vent de l'ouest. Nivelle promettait une large percée, jusqu'aux frontières peut-être. Il imaginait son entrée dans les villes libérées. Il n'était pas à Limoges, mais à Alger, et la gangrène avait pourri l'armée.

Antoine avait jusque-là, pour les paysans des tranchées, une estime polie, une vive admiration qu'il dissimulait de son mieux, tant les discours de l'arrière sur le courage du poilu lui paraissaient vulgaires et faux. Le vrai courage, se disait-il, est de regarder la mort en face, et de n'en pas parler. Le moindre des combattants des tranchées avait, de ce point de vue, des leçons de pudeur à donner aux députés. Comme son père et son grand-père, Antoine détestait les parlementaires et la République, tout en servant fidèlement dans ses armées. Se faire tuer, soit, mais pour la France.

— Le général en chef est annoncé dans le secteur, lui dit l'ordonnance. Étiez-vous au courant, mon lieutenant ?

— Vous voulez dire Pétain ?

— Il n'y en a pas d'autre.

La voiture s'arrêta pour laisser passer un convoi Decauville. Antoine suivit du regard la petite locomotive de mineurs, et les wagons bas chargés de caisses d'obus. Les batteries à longue portée étaient sans doute cachées dans le bois. C'est par là qu'arriverait Pétain.

Pour un La Salle, Pétain n'était pas un aventurier, mais un mal nécessaire. Par inclination, il lui préférait les Curières de Castelnau, les Franchet d'Esperey, les Foch, tous ceux qui avaient l'offensive pour doctrine et la baïonnette comme idole avec, en prime, le Sacré-Cœur pour viatique. Mais Antoine avait vu le feu. À l'évidence, les politiciens médiocres de Paris n'étaient pas seuls responsables des revers des armées, des massacres organisés de l'Artois, des Flandres et de Champagne. Avec Pétain, c'était différent.

— Quand l'arrivée du général est-elle prévue ?

— Un jour très proche. Le régiment est prêt à rendre les honneurs à Belfort.

— Il vient en train ?

— Non, mon lieutenant, en automobile ; comme toujours. Mais il passe en revue, sur la place d'armes, une unité du 18e corps. Celui de Craonne...

— Tout juste, dit le lieutenant assez sèchement.

Il ne souhaitait pas s'étendre sur l'épisode fâcheux des mutineries, qui avait désorienté l'armée depuis le mois d'avril.

— On dit que le général en chef va remettre une fourragère, ajouta l'ordonnance.

Antoine ne répondit pas. Pétain faisait de son mieux pour rétablir le moral et châtier les mutins aux moindres frais. Qu'il distribue des hochets était dans l'ordre. Le sacrifice de masse exigeait la recherche de récompenses nouvelles. On prêtait à Pétain l'intention de créer une fourragère rouge, aux couleurs de la Légion d'honneur. Pourquoi ne pas distribuer collectivement aux paysans du front cette médaille de comices agricoles ? Chez les La Salle, on ne fleurissait pas les boutonnières.

— Voulez-vous, monsieur, me faire le plaisir de tenir cette nuit le boyau de Constantinople ?

— C'est un honneur, mon commandant, répondit La Salle au garde-à-vous.

Ses bottes reluisantes, armées, par pure coquetterie, d'inutiles éperons, sa musette remplie de grenades, le masque à gaz en bandoulière, Antoine descendait à la tranchée comme on va à la cave. La boue suintait sur le caillebotis. Pour ne pas glisser, les hommes marchaient en inclinant le corps en avant, et descendaient lourdement les échelles de bois qui conduisaient aux abris. Le PC du lieutenant était au bout de la tranchée, baptisée Constantinople en souvenir des croisades. Le sous-lieutenant Robert de Courteheuse l'attendait au rapport.

— Pas d'incident cette nuit. On dit que von Gündell n'est pas rentré de vacances.

— Prend-il les eaux à Baden-Baden ?

Le général allemand était désormais moins entreprenant. Verdun avait usé aussi l'armée du Kaiser. Les meilleures troupes étaient dans le Nord, sur l'Aisne ou sur la Somme. Devant les Vosges, des vieux de la Landwehr, des réservistes qui se reposaient en secteur, tout comme les Français.

— Comment se comportent les nôtres ?

— Rien à signaler. Ils s'abstiennent de répondre aux rares tireurs d'élite. Si le général visite le secteur, il ne risque rien.

Antoine remonta le boyau pour se rendre, par une adjacente, au poste d'écoute, si proche des lignes allemandes que l'on entendait, le soir, les gens du Wurtemberg chanter entre eux. Ici l'on parlait à voix basse, de crainte de s'attirer une rafale de mitrailleuse.

— Pas de mines ?

Dans le grès vosgien, il était plus difficile de creuser des galeries que dans la craie de Champagne ou l'argile des Flandres. Même les tranchées était moins profondes. Le secteur, pour ceux qui revenaient de l'Argonne ou de l'Aisne, était un pays de cocagne.

Derrière les sacs de sable entourés de barbelés, les hommes restaient vigilants. Ils étaient toujours à la merci d'un coup de main : plusieurs fois, des groupes d'assaut étaient intervenus la nuit, pour faire des prisonniers et informer leur état-major sur les mouvements des unités.

— D'où proviennent les coups de pioche ?

— Du talus d'en face. Ils installent un nouveau poste de mitrailleuse sous abri bétonné.

— Ils n'ont pourtant rien à craindre, dit Antoine.

Les hussards n'appréciaient pas la décontraction du lieutenant. À trois jours de la permission, ils ne voulaient pas d'incident, et encore moins d'une surprise. Pas un n'avait envie de se retrouver en bourgeron, dans un camp de prisonniers de la Forêt-Noire.

— Comment est l'arrière, mon lieutenant ?

Un rougeaud au visage éveillé avait posé la question. À la limite de l'insolence. Les frasques d'Antoine étaient connues dans la troupe. Quand il partait pour Belfort dans son cabriolet, les cavaliers se poussaient du coude.

— L'arrière tiendra, répondit Antoine, avec la pointe d'ironie qu'il jugeait recevable par des butors dont le plus instruit avait été facteur rural dans la Meuse.

Sans se soucier des sarcasmes, Antoine passa la tête dans un créneau, observant à la jumelle les lignes adverses. À portée de fusil, il apercevait distinctement une casquette galonnée qui entrait dans un abri. Un officier supérieur, assurément, si l'on en jugeait par la lourdeur de la démarche, la maladresse avec laquelle il descendait l'échelle. Il venait en inspection.

— Une carabine, vite !

Les hussards, blêmes, s'observaient en silence. Un coup malheureux et la fusillade crépiterait sur toute la ligne. Qui sait, peut-être un bombardement d'artillerie ? Le lieutenant était devenu fou. Le rougeaud tendit son arme.

Antoine visa posément. Le silence s'était installé dans le poste. Les hommes retenaient leur souffle. Ceux du service d'écoute remettaient leurs casques. Les autres se cachaient derrière les sacs de sable, se fondaient contre la paroi. Quelques secondes, interminables. Un bruit de culasse. Le lieutenant n'avait pas appuyé sur la détente.

— Votre arme est vide. Je vous note pour une punition.

Pas un instant il n'avait songé à abattre l'officier allemand par surprise. Il connaissait le tarif : pendant plusieurs jours, le secteur serait devenu intenable. En outre, le tir au lapin n'était pas son fort. Il s'attendait à la ruse du rougeaud. Il voulait seulement leur faire sentir qu'il n'était dupe de rien. Le silence se prolongea longtemps après son départ. Gandin, mais pas bravache, le lieutenant. Supportable, en somme.

Retour au poste de commandement. Robert, la mine réjouie, montrait à Antoine la lettre qu'il avait reçue du corps d'armée.

— J'ai ma mutation. Je pars pour Versailles. À l'entraînement.

Il avait opté pour l'aviation, et proposé sa candidature trois mois plus tôt par la voie hiérarchique.

— Félicitations !

Antoine restait songeur. Il aurait pu, comme tant d'autres, s'engager dans une escadrille et faire la guerre des chevaliers, échappant à la boue des tranchées. Il en avait parlé longuement avec son cousin Villeroy, du 2e cuirassiers. Le grand cirque de von Richthoffen, l'escadrille des Cigognes, rien de plus tentant pour un jeune homme du monde. Un succès fou auprès des jeunes filles, pas de contraintes. La mort certaine, mais propre, aristocratique.

— Facile, trop facile ! disait-il à Villeroy. Notre place est aux pires endroits. On meurt aisément partout.

Il ne ferait rien, naturellement, pour décourager Courteheuse. Avait-il des leçons à donner ? Des citations à rédiger ? Il laissait ce ridicule aux vieilles culottes de peau. Chacun était libre de mourir par les voies qui lui semblaient convenables.

— Adieu, Courteheuse. Allez prendre un bain chaud. Tout est calme dans le secteur. Je garderai seul, ce soir, Constantinople.

Le silence de la nuit était impressionnant. Au clair de lune, on se serait cru en manœuvres. À peine le grondement lointain d'un canon, et des bruits de moteur, là-bas, sur les bords de l'Ill. Le Rhin n'était pas loin. Y serait-on jamais ? Le lieutenant ne pouvait trouver le sommeil. Sa cravache en main, il sortit du poste, suivit le boyau sur toute sa longueur, observant au passage les guetteurs transis derrière leurs créneaux. Ceux-là ne dormaient que d'un œil. Ils le saluèrent en inclinant leur casque. Il grimpa sur le talus, observa la ligne assoupie des Wurtembergeois. Pas une fusée éclairante, pas même un rougeoiement de cigarette. Les voisins ne prenaient aucun risque. Ils tenaient, eux aussi, à leurs permissions.

La nuit était fraîche. Il rentra emmitouflé dans sa vareuse fourrée.

— Un café, mon lieutenant ?

L'ordonnance s'était réveillé. Il était habitué aux caprices du chef. S'il avait décidé de ne pas dormir cette nuit-là… Il ralluma la bougie, disposa deux tasses de porcelaine, un sucrier d'argent. Le lieutenant était attaché à ce cérémonial. C'est tout juste s'il n'avait pas fait descendre à la tranchée une malle de linge de table. Antoine but le premier le café brûlant. L'ordonnance l'accompagna.

— Les cartes ?

Avec un sourire, l'ordonnance enleva les tasses, installa sur les billots de bois qui servaient de table un tapis vert, étala le jeu de piquet. Il tira la donne au sort, retourna la onzième carte. Mais Antoine n'avait pas l'esprit à l'écarté.

Il commettait bévue sur bévue. L'ordonnance observa qu'il oubliait à plusieurs reprises la couleur de l'atout.

— Voulez-vous que j'appelle le maréchal des logis pour une manille ?

— Inutile, dit Antoine. As-tu peur de perdre ?

Il reprit le jeu, sans plus de succès. L'ordonnance gagna tous les points, sans difficulté. Il connaissait bien son chef : s'il n'était pas au jeu, c'est qu'il était soucieux.

Avec ses galons de première classe, gagnés sur le banc de la Dorsay, Philippe Dupuy, ancien garçon au Café de la Paix, était un Parisien avisé qui avait su gagner la confiance de son jeune chef sans se montrer jamais familier. Depuis qu'il avait rencontré Antoine, il se considérait comme un privilégié de la guerre. S'il avait naguère gagné la croix aux Éparges, le temps de l'héroïsme était pour lui passé. Il n'avait qu'un souci : servir agréablement en évitant les mauvais coups. Antoine n'exigeait de lui que du zèle et de la discrétion. Il ne lui viendrait pas à l'idée de l'exposer inutilement.

— Les nouvelles de chez Gaston sont bien séduisantes, lança-t-il à tout hasard.

Antoine le toisa d'un œil sévère.

« Allons bon, se dit l'ordonnance, il est pincé. Et pour une pierreuse, encore ! On aura tout vu dans cette guerre ! »

La partie s'interrompit. Antoine s'étendit sur sa couche : une simple paillasse sur laquelle il avait disposé un plaid écossais. L'ordonnance n'insista pas. Il savait qu'il avait touché juste. Antoine ne pouvait dormir. Il fuma un cigare, les mains derrière la tête. Il rêvait de la petite Loreley de la gare de Belfort. Il la voyait resplendir au fond de l'abri, éclairée soudain par un lustre en cristal. Elle dansait pour lui dans les voiles de Salomé. La reverrait-il jamais ? Gaston la chasserait, pour sûr. Elle était si différente… Comment pourrait-elle se faire à ce métier ? S'il pouvait l'emmener avec lui à Paris.

À Paris ? Voilà qu'il divaguait ! De quoi aurait-il l'air, chez Maxim's, avec cette vierge des calicots ? Savait-elle seulement parler ? Elle ne lui avait pas dit un mot. Non, son charme tenait du miracle, il s'évanouirait à la première réplique. Il est plus facile de danser comme une déesse que de parler comme elle. Oublions la petite déesse de gare.

Pourquoi l'oublier ? N'était-elle pas une étincelante providence dans l'ennui de cette guerre ? Antoine était aux tranchées comme en garnison. Il faisait son temps, à la section, sans surprise et sans gloire. La tranchée – le beuglant, le beuglant –, la tranchée. Était-ce une vie pour un as de Saumur, un major de Saint-Cyr ? Il enrageait, quand il écrivait à son père, de n'avoir rien d'autre à lui annoncer que de rares coups de main et des sorties de routine. Il pouvait se faire tuer, sans doute, mais comme à Paris, sous un échafaudage, ou par l'omnibus de la rue Royale. Voyons, comment s'appelait cette petite ?

— Gabrielle, monsieur, Gabrielle. C'est une bien jolie personne.

L'ordonnance, qui ne s'endormait jamais avant son chef, avait, une fois encore, deviné sa pensée, et prévenu ses désirs.

— J'ai déjà demandé à Gaston qu'on vous la réserve, lors de votre prochaine descente sur Belfort.

Ce qui surprenait le plus Antoine n'était pas de penser à cette fille – il avait eu plusieurs fois des toquades pour les nouvelles de chez Gaston – mais qu'il la jugeât si différente. Qu'avait-elle donc de plus que les autres ? La fraîcheur ? Elle était rouée comme une professionnelle. De ce point de vue, elle n'aurait rien à apprendre.

« Rien n'est plus difficile à définir que le charme, se disait Antoine, chez les duchesses comme chez les cocottes. Pourquoi Mme de Caillavet a-t-elle séduit Anatole France ? Ni plus belle, ni plus cultivée qu'une autre. Le charme... Mais cette fille est différente. Est-ce son air de liberté qui donne à ses gestes leur grâce ? Du naturel dans le port de tête et dans la démarche ? Ou une sorte d'avidité ? Ses dents. Bien sûr. »

Antoine avait trouvé. Des petites dents fines, aiguës, éblouissantes. Une enfant avide, qui voulait mordre et retenir sa proie. Allons donc ! Elle était inoffensive. Incapable de calcul, de piège. Trop instable pour se fixer sur une proie. Dents de sirène. Dents pour rire et pour chanter.

— Mon lieutenant veut-il du cognac ?

Antoine s'était levé pour dissiper son rêve. Soudain, il saisit le bras de l'ordonnance.

— As-tu entendu ?

Dehors, dans le silence, une plainte. Les deux hommes se précipitèrent dans le boyau, sans mot dire. Ils gravirent la pente du poste d'écoute. À leur grande surprise, tous les hussards étaient debout, les armes à la main. Oui, ils avaient entendu. Un blessé, entre les lignes. Un Français, il appelait à l'aide. Antoine saisit la carabine d'un cavalier, lui demanda son casque.

— Qui vient avec moi ?

Le rougeaud le suivit, sans hésiter. Ils rampèrent vers les chevaux de frise, s'engageant silencieusement dans la chicane. Les Allemands n'avaient rien entendu, c'était une chance. Peut-être étaient-ils aux aguets. Mais ils hésitaient à se risquer.

Antoine observa le terrain : la lune se reflétait sur les étangs, à l'orée de la forêt de Carspach. Le blessé n'était guère éloigné : cinquante mètres peut-être. Mais il était difficile de le repérer. Les Français, comme les Allemands, avaient étendu assez loin leurs réseaux de barbelés. Les canons du Burgerwald avaient accentué l'ondulation naturelle de la plaine qui descend vers l'Ill, en créant de vastes entonnoirs et des buttes artificielles. Les hussards avaient l'habitude des patrouilles de nuit, du repérage des travaux ennemis, des coups de main. Antoine était en tête, installé dans un trou d'obus. Il fit signe au rougeaud de prendre garde : le fond était plein de boue et de vase. Attention à l'enlisement ! Ils étaient tous les deux attentifs à la voix qui les appelait.

— Ce n'est pas un blessé, dit le rougeaud.

— Et si c'était un piège ?

— Il ne geint pas. Il demande de l'aide, pas du secours.

Ils repartirent en scrutant le sol faiblement éclairé par la lune. La voix était plus proche. Mais ils ne voyaient toujours rien.

— Plus loin, dans les barbelés ! dit Antoine.

Le rougeaud n'était pas convaincu. Mais il ne pouvait raisonner son chef. Il le suivit de près.

— Nous allons nous faire tuer pour rien.

Il montra, à dix mètres, les premiers barbelés ennemis, des boucles de fer hérissées, déroulées sur des kilomètres.

— Les cisailles, dit Antoine.

Le rougeaud lui prit le bras.

— La voix vient de l'arrière. Nous sommes trop loin.

Antoine dut en convenir. Pourtant il entendait de moins en moins les appels.

— Peut-être a-t-il réussi à gagner nos lignes.

— Impossible. Nous l'aurions vu.

Contournant les trous d'obus, franchissant les haies, ils s'écorchèrent les mains dans un champ de blé en friche, couvert de ronces. Ils s'arrêtèrent de nouveau pour prêter l'oreille.

— Il est peut-être mort, dit Antoine.

— Non, j'en suis sûr. Ce bougre-là n'est pas même touché.

Ils approchèrent des bords d'un étang, signalés par des roseaux. Le sol devint humide, spongieux. Ils progressaient avec difficulté. Soudain, le rougeaud se dressa. À vingt pas, une silhouette avait surgi, boulant aussitôt dans l'herbe.

Antoine se précipita, obligeant le rougeaud à se coucher, à baisser la tête. Ils avancèrent prudemment, toujours en rampant. Devant eux l'homme fit un nouveau bond, disparut derrière une haie.

— Patrouille ennemie, murmura Antoine. Les autres ne doivent pas être loin.

Le rougeaud prépara son mousqueton. Le déclic de la culasse produisit un bruit terrifiant. Antoine lui arracha presque l'arme des mains.

— Ne tirez pas, et ne faites aucun bruit. Ils ont dû tuer les nôtres à l'arme blanche.

Il montra au rougeaud le poignard qu'il tenait en main. L'autre fit signe qu'il avait compris, et sortit à son tour une baïonnette de sa ceinture. Progressant de bond en bond, l'Allemand était déjà loin. Les hussards se retirèrent vers l'étang. Ils n'entendaient plus aucune plainte, pas le moindre bruit.

— Il a dû se noyer, dit Antoine.

Ils observèrent la surface : pas un clapotis, pas une ride. Des carcasses de barques vermoulues sur les bords.

— Rentrons, dit Antoine.

Ils longèrent l'étang, revinrent vers les lignes françaises. Au loin, vers Altkirch, l'aube commençait à poindre. Impossible de poursuivre les recherches. Dans une heure, les guetteurs ennemis pourraient les voir à la jumelle. Ils se hâtèrent vers la zone des trous d'obus, avançant à quatre pattes, pour aller plus vite. Ils devinaient déjà les lignes sombres des sapins de la forêt de Carspach.

— Vous entendez ?

Antoine s'était arrêté brusquement. La plainte était faible, mais elle était proche, très proche. Le hussard retenait son souffle.

— À l'aide !

L'homme était à moins de dix mètres. Mais Antoine avait beau scruter le moindre repli de terrain, il ne distinguait rien : pas la moindre forme humaine sur ce sol plat.

— À l'aide !

Le hussard partit le premier, en bondissant. Antoine le perdit brusquement de vue. Un cri étouffé.

— Où êtes-vous, répondez !

C'est le hussard qui avait à son tour disparu.

— Par ici, mon lieutenant, vite !

Il était enfoncé jusqu'au ventre dans une mare de boue. Antoine tâta le terrain de sa botte avant de s'engager. Heureusement le rougeaud était au bord de l'entonnoir, un trou d'obus géant. Antoine tendit son mousqueton. L'autre s'en empara comme un noyé d'une bouée.

— Pas de gestes, pas de bruit, laissez-vous tirer.

Il talonna le sol, pour trouver une prise solide, puis s'arcbouta de son mieux. Le hussard, centimètre par centimètre, s'extirpait de la boue. Il rampa sur le sol spongieux pour couvrir la dernière distance. Le lieutenant put enfin le tirer par les bras.

— L'autre est plus loin, à dix mètres, dit le rougeaud. Il en a jusqu'aux yeux. Il va mourir.

— Une branche, un pieu, une rame…

Antoine repartit vers l'étang, au risque de se faire tuer par un guetteur. Il approcha du bord, avisa une longue rame. Dans l'eau jusqu'à la ceinture, il la détacha de la carcasse de la barque échouée et vermoulue. Il revint en courant, quitta sa vareuse et ôta ses bottes.

— Votre ceinture, votre cartouchière !

Il attacha le tout pour constituer une sorte de longe, se l'enroula autour du corps, puis plongea résolument dans la mare, en s'aidant de la rame qui lui permettait de sonder le fond. Il arriva ainsi à portée de l'homme qui disparaissait presque entièrement dans le cratère. À deux mètres, il avait encore pied, mais de la boue jusqu'à la poitrine. Il s'avança encore d'un pas, désespérant d'aller plus loin. Il prit alors la rame à deux mains, et la mit à l'horizontale, la tendant à peu de distance de la surface, en direction du casque. L'homme était-il mort ? Antoine sentait son corps que heurtait la rame. Il poussa alors un cri de victoire ! L'homme avait bougé. Il s'appuyait sur la rame, il la saisissait.

Antoine fit signe au hussard. Il fallait revenir. L'homme était maintenant agrippé, accroché comme un naufragé, la tête sortait de la boue, mais il ne voyait rien, ne pouvait rien voir, le visage recouvert de terre détrempée.

— Laissez-vous aller. Tâchez de respirer.

Il soufflait bruyamment, crachait la vase, s'époumonait. Mais l'espoir de survivre lui rendait son énergie.

— Pas de mouvement brusque, reprit Antoine, qui tirait doucement sur la rame.

Lui-même n'osait bouger, de crainte de glisser vers le fond de l'entonnoir. Il devait tirer sur la rame par le seul effort des bras, un effort bientôt récompensé : l'homme était à portée. Il pouvait le saisir.

Le plus difficile restait à faire : Antoine devait le redresser, le remettre debout, sans faire lui-même un seul pas. Il y parvint, non sans mal. Heureusement l'homme était de grande taille, il toucha le fond plus vite que prévu. À peine sur ses jambes, il lâcha la rame, s'accrocha à Antoine. Ils risquaient tous les deux la mort.

— La rame, mon lieutenant. Vite.

Le rougeaud avait tout vu. Il était entré à son tour dans la boue, sans lâcher pour autant la longe de cuir. Il se l'attacha rapidement autour de la taille puis il saisit des deux mains la rame, tirant de toutes ses forces. Les deux hommes chancelaient, s'écroulaient dans la boue, mais Antoine tenait bon, et le rescapé s'agrippait toujours à sa chemise en lambeaux. Ils gagnaient un mètre, pas plus. C'était la vie. Antoine touchait du talon le sol solide, ils étaient saufs !

Alors, seulement, l'étreinte de l'inconnu se relâcha. Il reprenait confiance, se laissait guider. L'un après l'autre, le rougeaud les hissa hors de l'entonnoir. Ils s'allongèrent aussitôt sur le sol, incapables du moindre mouvement. Assis par terre, la tête entre les jambes, le hussard épuisé cherchait sa respiration. Ils restèrent ainsi, longtemps, immobiles. L'aube au loin surgissait du bois de l'Altenberg. Le hussard se frotta les yeux, le premier. Il fallait rentrer très vite dans les lignes. On y voyait déjà comme en plein jour. Heureusement, un léger brouillard, sur les bords de l'Ill, les cachait aux regards de l'ennemi.

Le rougeaud s'approcha de la masse boueuse du géant inanimé. Il lui arracha son casque, essuya son visage. L'autre revenait à la vie, presque en même temps qu'Antoine. Il rouvrit enfin les yeux.

— Merci, dit-il dans un murmure.

— Comment t'appelles-tu ?

— Jean. Jean Tardy.

IV

L'HÔPITAL DES PREMIERS SECOURS

L'école publique de Dannemarie était une cour des miracles. Les blessés de toutes origines, en provenance du front très proche, y étaient rassemblés, en attendant d'être orientés vers les centres de soins spécialisés. Sur la place de l'Église, toute proche, une tente abritait le service spécial des « autochir », trois voitures chargées de faire fonctionner une salle d'opérations. Groupe électrogène et chaudière géante ; une armée de toubibs et d'infirmières, pour les plus touchés : ils étaient opérés sur-le-champ.

On avait conduit au centre, sur brancards, Jean Tardy et le lieutenant de La Salle. Les hussards les avaient découverts dans un tel état que le commandant les avait fait évacuer immédiatement, pour examen : qui pouvait savoir si l'épaisse couche de boue qui recouvrait leur corps ne cachait pas une blessure ?

Déshabillés, douchés, examinés par le major, ils étaient apparemment intacts. Mais il avait ordonné leur hospitalisation pour quarante-huit heures. Aux fins d'observation.

À l'école de Dannemarie, on ne faisait pas la différence entre gradés et seconde classe : tous les blessés étaient égaux. Ceux qui portaient sur les yeux des bandeaux ouatés avaient subi une attaque aux gaz. D'autres avaient reçu des coups de baïonnette, des éclats d'obus dans la tête. Les amputés d'urgence attendaient leur évacuation. Des blessés râlaient jour et nuit. Certains mourraient avant l'aube. L'antenne n'avait pas toujours assez de médicaments pour abaisser les fièvres, ni même pour opérer sans douleur. C'était avec difficulté qu'on s'était procuré les doses de vaccin contre le tétanos injectées à Jean et au lieutenant de La Salle.

Ils étaient côte à côte, dans la salle des blessés légers en observation. En regardant de près, le major avait trouvé la trace d'un coup de couteau ou de poignard dans l'épaule du biffin. Il ne lui avait pas posé de question. Mais l'inflammation, autour de la plaie peu profonde, était à surveiller. Quant à Antoine, ses pieds sans bottes avaient heurté, au fond de l'entonnoir de boue, des objets métalliques, probablement des morceaux de barbelés. Il avait de vilaines égratignures qui suppuraient.

— Prenez leur température, avait dit le major.

Deux jeunes filles s'étaient approchées. Sûrement pas des infirmières professionnelles, lesquelles n'avaient, pour les blessés, ni hésitations ni ménagements. Elles renvoyaient aussitôt en ligne ceux qui se plaignaient de maux imaginaires. Elles avaient l'œil à tout, et les hommes les détestaient.

Non, ces deux-là en étaient, sans doute, à leur premier stage. Elles avaient laissé au vestiaire leurs longues capes bleues et portaient très près des sourcils le voile immaculé qui les faisait ressembler à des bonnes sœurs. Jean, le plus lucide, distinguait l'insigne de la Croix-Rouge sur la blouse blanche d'une blonde ravissante, qui ne devait pas avoir vingt ans. Son petit tablier en pointe boutonné sur la blouse soulignait ses formes. Elle éclata de rire, dévoilant des dents nacrées, quand le soldat refusa de prendre le thermomètre dans sa bouche.

— Ça se porte sous le bras, mon petit, comme un parapluie !

Mais pour cela, il fallait retirer la chemise, se mettre torse nu, et donc recourir aux soins des deux demoiselles, dont la seconde, petite et noiraude, avec un soupçon de duvet trop sombre en haut des lèvres, n'était pas à la hauteur de la première. Il n'importe, elle était plus solide. Jean se confiait, sans déplaisir.

— Inutile de retirer votre gilet de flanelle, dit la noiraude. Glissez vous-même le thermomètre sous votre aisselle.

Jean s'exécuta, confus. Il n'en était pas à sa première blessure. Mais il avait toujours, devant les jeunes filles de la ville, une sorte de pudeur dont il ne parvenait pas à se défaire.

Impossible de réveiller le lieutenant, son voisin. Le major lui avait fait administrer un calmant pour que ses nerfs se rétablissent par le sommeil. La jeune fille brune avait ouvert sa chemise, pas trop maladroitement, et avait elle-même mis le thermomètre en place. Jean observait avec attention l'enfant blonde. Il croyait l'avoir déjà rencontrée. Qu'il ne pût l'identifier l'inquiétait. Avait-il, dans le trou d'obus, perdu la mémoire ?

— Vous êtes de Belfort ?

— Oui, répondit-elle doucement, en tapotant un oreiller avant de le lui glisser sous la tête.

— J'y suis, dit Jean, je vous ai rencontrée dans le train de Vesoul.

II se rappelait tout, le tunnel, l'avion allemand, la nuit dans le compartiment. La chaleur du jeune corps. En avait-il rêvé, depuis, dans la tranchée.

— Je ne suis pas allée à Vesoul, répondit la jeune fille, et je n'ai pas pris le train depuis l'année dernière.

Jean ne l'entendait pas. Il voulait garder sa vision intacte, son illumination. Il ne regardait plus l'infirmière, craignant peut-être que son image ne vînt se substituer à l'autre. Il fermait les yeux, s'efforçant de se souvenir de son visage, au petit jour, quand elle dormait comme une enfant. Avait-il eu de la tendresse pour sa mine chiffonnée, ses yeux qui refusaient de s'ouvrir à la lumière du jour, ses cheveux en boule ? Il ne pouvait se rendre compte que le lieutenant étendu à son côté était celui qui avait interrompu son rêve en pénétrant dans le compartiment. Il ne pouvait se souvenir. Il n'avait d'yeux que pour la petite. Partir avait été un arrachement. Depuis très longtemps, il n'avait connu pareille douceur. Elle l'envahissait de nouveau, avec force, lui faisant oublier l'accident, la boue, la mission de nuit, les dangers encourus. Il ne parvenait pas à se rappeler précisément ses traits, ni bien sûr sa voix, puisqu'elle ne lui avait jamais parlé. Pourtant, elle lui avait manqué. Il aurait aimé la revoir. Il avait été heureux de croire un instant qu'elle était, en « ange blanc », dans cet hôpital de fortune. Elle l'avait habitué aux apparitions. Il attendait la suite, craignant comme un enfant d'être démenti. Pourquoi brisait-on son rêve ?

Le lieutenant se réveillait. Le major était revenu, hochant la tête en regardant le début de la courbe de température.

— Elle peut grimper d'un coup, avait-il dit à l'infirmière, une vraie de vraie, avec cocarde tricolore au voile et étoile d'or à cinq branches…

— C'est bon, ils restent sous surveillance.

— Quarante-huit heures au moins, avait insisté le major. Il faut prévenir l'infection. C'est comme s'ils sortaient d'un égout. D'ailleurs, nous allons avoir besoin de héros, gardez-les au chaud, disait-il à la duègne avec un clin d'œil.

Le lieutenant avait fort bien entendu la dernière phrase. Il regardait, sur le lit de droite, son compagnon d'infortune.

— Ont-ils caché nos bottes ?

— Je n'ai pas de bottes, mon lieutenant, mais seulement des molletières. Je vous signale que les vôtres ont dû nourrir cette nuit plusieurs compagnies de rats.

— C'est que je dois sortir d'ici, au plus vite, dit-il à voix basse, évitant de rencontrer le regard de la principale.

— Je ne vous cacherai pas que je me sens aussi bien là qu'ailleurs. D'habitude, on leur fait des grâces, à ces matones, pour ne pas être renvoyé. Essayez le contraire. Ça marchera peut-être. Mais avec la barbe que vous avez, vous ferez peur aux civils dans la rue.

Antoine était anxieux. Il voulait bien tout tenter pour s'évader, à condition d'être impeccable. Il avait un regard horrifié pour la barbe broussailleuse de Jean que celui-ci, par défi, avait disposé en éventail sur le drap très blanc.

— Ma sœur, dit-il en agitant une sonnette qui se trouvait à son chevet. Ma sœur.

La voix n'était pas implorante, mais impérative.

— Voulez-vous m'appeler madame la principale et non pas ma sœur ! rectifia sèchement l'intéressée. Vous devriez savoir, mon lieutenant, qu'une infirmière militaire n'a rien d'une religieuse, même si elle croit en Dieu.

— Je vous prie de m'excuser, dit Antoine.

— Quelque chose ne va pas ? Vous sentez-vous mal ?

— Eh bien, dit-il confus. Je voudrais un miroir.

— Un miroir ! Voyez-vous ! (Elle feignait l'attendrissement.) Et pourquoi pas un flacon d'eau de lavande ?

— Cologne, plutôt. Jean-Marie Farina exclusivement, précisait Antoine comme s'il passait commande.

— Arrêtez vos insolences, lieutenant. Vous savez bien que les Boches utilisent tout leur alcool pour faire de la poudre sans fumée.

La principale avait trop l'habitude des blessés, de leurs roueries, de leurs cachotteries, pour ne pas soupçonner le lieutenant de quelque entreprise illicite. Elle s'approcha du lit, vérifia sa température, le borda soigneusement, comme pour l'empêcher de mettre le pied à terre.

— Vous ne devez surtout pas prendre froid.

Elle tourna autour d'Antoine, fit mine de rechercher l'ordonnance du major sur la table de chevet. Elle s'attardait, comme un gardien dans la chambrée d'un camp de prisonniers, quand il redoute un projet d'évasion. Elle plissait son front et deux grandes rides se creusaient de part et d'autre de son nez fin et busqué, croisant à angle droit le trait d'une bouche mince et serrée.

— Il faudra demander à votre ordonnance de vous apporter des vêtements quand vous sortirez, dit-elle sur un ton neutre. Vous n'avez plus rien ici. Nous avons jeté ce que vous aviez sur vous. Pour l'instant vous n'avez que cette chemise, un cadeau du major.

Elle s'éloigna en faisant flotter son voile, comme un Touareg, laissant Antoine fort perplexe. Il ne pouvait « faire la belle » en chemise de nuit et sans bottes. Il était au désespoir quand la stagiaire blonde s'approcha de lui.

— J'ai un miroir dans mon sac. Ne bougez surtout pas.

— Il me faudrait aussi un rasoir, murmura Antoine. Et des ciseaux pour la moustache.

Il ne reconnaissait pas son visage dans la petite glace ronde que la jeune fille lui avait donnée. Les poils poussaient en tout sens. Sa moustache blonde n'avait plus de forme. Il l'étirait en vain, pour l'affiner. Telle quelle, c'était une bacchante d'artilleur. Ses yeux gris-vert, abattus par la drogue du major, avaient perdu leur éclat. Des favoris poussaient le long de ses joues, ce qu'il estimait du dernier vulgaire. Il veillait avec soin à ce que rien ne déparât l'ovale parfait de son visage – un visage de fille, lui disait affectueusement sa mère – et demandait toujours à son coiffeur de tailler abondamment dans sa chevelure trop drue. Les cheveux blonds n'avaient d'autre intérêt que de former autour de la tête une auréole discrète. Les exhiber trop faisait peuple.

« Allons-nous assister à la toilette du lieutenant ? » se demandait, goguenard, Jean Tardy, assis sur le bord de son lit.

La principale surgit.

— Recouchez-vous immédiatement. Qui vous a donné l'autorisation de vous asseoir ?

— Le major.

— Tiens donc ! Voulez-vous que je l'appelle ?

Dans sa chemise de nuit blanche qui lui descendait jusqu'aux pieds, Jean était en situation d'infériorité.

— Je vous assure que je me sens parfaitement bien. Pourquoi voulez-vous me retenir ?

— Ce n'est pas à vous d'apprécier votre état. Ne m'obligez pas à demander des sanctions.

Avec une force inattendue, elle renversa le géant dans son lit et appela l'assistante qui l'aida à border le soldat.

— Ne m'obligez pas à attacher vos draps !

Antoine réprima un sourire. Les exploits du grand fantassin, son sauvetage miraculeux, tout cela n'était rien pour la principale : elle appliquait les consignes avec fanatisme. Elle aurait tenu au lit, si le major lui en avait donné l'ordre, le général Pétain lui-même.

Quand elle se fut éloignée, apaisée par l'attitude conciliante de Jean qui avait de nouveau étalé sa barbe sur le drap blanc, Antoine fit signe à la jeune fille blonde.

— Vous qui avez la chance de pouvoir sortir, pouvez-vous joindre mon ordonnance ? Vous avez entendu la principale. Elle m'a elle-même conseillé de le faire. Demandez-lui d'urgence deux capotes de cavalerie, dont une de grande taille, et deux paires de bottes.

Jean, qui avait entendu, remercia d'un sourire. Le lieutenant l'associait à son évasion.

— L'hôpital est gardé en permanence par deux sentinelles, dit la jeune fille en rougissant : vous n'avez pas une chance d'en sortir.

— Nous avons fait pire, dit Antoine. Joignez seulement mon ordonnance.

Son air décidé l'impressionnait. Mais elle se disait avec une ombre de mélancolie que si le beau hussard voulait partir si vite, c'est qu'il avait en tête une affaire de cœur.

Antoine avait engagé sans hésitation son voisin dans son entreprise. Il n'avait pas même songé à le consulter. Un homme perdu dans un entonnoir entre les lignes ne pouvait être qu'un brave. Il était donc de sa race, même s'il ne portait pas la particule. Il ne pouvait, comme lui, supporter d'être enfermé dans un hôpital, sans blessure grave, retenu par des soins inutiles.

— Comment vous appelez-vous ?

Il s'apercevait seulement qu'il ignorait jusqu'à l'identité de l'homme qu'il avait sauvé. Il ne l'avait pas questionné sur son passé, ses exploits, ses actions d'éclat. Ceux qui avaient survécu à trois années de tuerie n'aimaient pas en parler. Antoine savait gré à son voisin d'être peu loquace. La meilleure preuve d'estime qu'il pouvait lui donner était de l'associer à son projet. Ainsi, ils étaient frères, frères d'armes.

Jean l'entendait bien ainsi. Avec finesse, il savait distinguer, chez les officiers, les ganaches qui songeaient encore à l'avancement et les autres. Les ganaches avaient fait largement leurs preuves, dans l'Argonne, au moment des mutineries. Ils s'étaient surpassés. Heureusement, les autres étaient là. On avait évité le pire.

Il ignorait tout des intentions de ce blanc-bec à la moustache blonde. Qu'il eût été capable de mourir pour sauver un homme lui suffisait. Il trouvait plaisant de le suivre et d'échapper ainsi à la duègne sèche qui le poursuivait avec son thermomètre. Jean voulait respirer et le vent d'ouest lui manquait.

— Je suis Jean Tardy, dit-il simplement, et j'ai bien envie de retrouver mes copains.

Antoine ne répondit pas. Il ne posa aucune question. Il n'avait pas, lui, de « copains ». Des relations, tout au plus. Certes, il aurait sauvé aussi bien Courteheuse, s'il avait été en danger, que ce gaillard à la barbe trop noire. Il n'avait aucune affection particulière pour son rescapé et n'attendait de lui aucune reconnaissance. Arracher un noyé à la boue était simplement un devoir. Il n'y avait pas de quoi s'en flatter. Pour lui l'exploit consistait à enlever à la charge un drapeau impérial de Prusse, comme aux temps anciens de la cavalerie. Le sacrifice quotidien lui paraissait banal, il regrettait que les faits de ce genre encombrent les communiqués.

— Nous dînerons ce soir chez Gaston.

Il dit cela simplement, comme s'il avait invité son voisin chez Maxim's. Jean, qui ne savait pas qui était Gaston, était toutefois alléché par la perspective d'un bon repas. En compagnie d'un officier, la chère serait délectable, assurément. Il trouvait pourtant étrange que ce jeune homme, non seulement lui eût sauvé la vie, mais prît en plus le soin de l'introduire, lui, infime fantassin de première classe, à une table de chefs. Il ne fallait pas le contrarier dans ses lubies.

— Quand partons-nous ?

— Immédiatement. L'aube n'est pas levée. Les sentinelles doivent être assoupies.

L'école était parfaitement silencieuse. On entendait le ronflement de l'infirmière principale, qui avait laissé ouverte la porte du bureau où elle dormait. Avec des ruses de Sioux, Antoine rampait sur le sol, pour éviter les ombres sur les murs, car la salle commune restait éclairée la nuit. Jean le suivait. Ils avaient atteint la grande pièce de l'entrée et pouvaient apercevoir les casques des sentinelles, affalées sur les cartouchières de leurs poitrines. Effectivement, elles dormaient.

Antoine se redressa, fit signe à Jean : capotes et bottes étaient en place, dans le vestiaire des élèves. Ils s'habillèrent à la hâte. Antoine se préparait à ouvrir la porte pour bondir au-dehors. Il n'en eut pas le temps : le major se tenait devant lui, le képi posé de travers sur le crâne. Il venait de l'autochir, où il avait donné un coup de main pour une opération de nuit, et c'est lui qui avait poussé la porte, de l'extérieur.

— Où allez-vous ? demanda-t-il.

— Nous allions prendre le frais, mon capitaine, dit Antoine, flegmatique. Rien n'est plus beau que le lever du soleil sur les Vosges.

— Vous me prenez pour une bûche ?

— Je puis vous assurer que nos intentions...

— Je me moque de vos intentions. Enlevez-moi ces capotes. Qui vous les a données ? Des capotes de cavalerie ! (Il empoignait avec rage l'écusson bleu foncé au col de Jean, comme s'il voulait le dégrader.) Je vous croyais dans l'infanterie.

Jean baissait les yeux, impressionné. Les réactions des officiers étaient imprévisibles, en cet été de 1917.

— Vous mériteriez le Conseil ! Ce que vous faites est une désertion.

Antoine leva les yeux pour protester.

— Parfaitement, une désertion. Et je vous prends sur le fait. Voulez-vous que j'appelle des témoins ? La principale se fera un plaisir.

— Monsieur, je suis à vos ordres, dit Antoine, avec hauteur.

— Ne le prenez pas sur ce ton, vous pourriez vous en mordre les doigts. Ici, c'est moi qui commande. Enlevez-moi immédiatement ces bottes, et regagnez vos lits.

Jean était déjà en chemise de nuit.

— Je demande à parler à mon commandant, dit Antoine. J'exige que vous le mettiez au courant. Vous avez porté des accusations graves. Vous aurez à les justifier, comme nous aurons à nous défendre.

Le major, soudain, baissa les yeux. Après tout, si ce béjaune exigeait un rapport, il serait le premier embarrassé. La surveillance, dans son hôpital, laissait à désirer. Les malades couraient la nuit... les blessés étaient à l'abandon... Pas de rapport, pas d'enquête.

— Je vous tiens quitte. Votre commandant sera informé. Mais, en attendant, rejoignez vos lits, et attendez mes décisions. Elles ne manqueront pas de vous surprendre.

Antoine, sans mot dire, entra dans la salle commune en bottes et en capote, se jetant simplement sur son lit, comme s'il s'attendait à partir. Le bruit des pas avait éveillé la principale. Elle passa la tête par la porte entrebâillée, poussa un cri et s'habilla en toute hâte. L'aurore éclairait les rangées de lits. Les uns après les autres, les blessés se redressaient, demandaient à leurs voisins des nouvelles. Certains se levaient et la principale se précipitait sur eux, pour obtenir qu'ils se recouchent. En un instant la chambrée fut dans le plus grand désordre.

Une voix forte se fit entendre, venue du bout de la salle. C'était le major.

— Vous avez deux heures pour vous préparer. Le général en chef vient en personne visiter l'hôpital. Que chacun regagne sa couche et sorte son livret militaire. Visite générale dans une demi-heure.

Placé à la tête des armées françaises après l'échec du Chemin des Dames, Pétain – colonel d'infanterie en 1914 – était arrivé par le feu. Il ne devait rien aux amitiés d'école militaire, ni aux jésuites, ni aux francs-maçons, ni aux cabinets ministériels. Un cas, dans l'armée française. On ne l'appelait jamais volontiers, mais seulement dans la plus extrême nécessité : à Verdun, en 1916 ; à l'état-major en ce printemps de 1917, où les mutineries touchaient de nombreux bataillons.

Il avait recommandé de réprimer les troubles avec une très grande fermeté, et félicité bruyamment, par télégramme, tous ceux qui avaient « fait preuve d'énergie dans la répression ». Ce télégramme, le général de Boissoudy, qui commandait l'armée des Vosges, l'avait reçu comme les autres. Il n'avait heureusement pas de cas d'indiscipline à déplorer dans son armée : ceux qu'on lui envoyait, venant des secteurs pourris de l'Aisne, étaient déjà des convalescents de la révolte. Les « meneurs » avaient été châtiés, éliminés, parfois exécutés.

Après le bâton, la carotte : pour « reprendre la troupe en main », les grands chefs ne ménageaient pas leurs efforts.

Pétain voulait s'assurer par lui-même que l'on améliorait réellement la vie du troupier, pour éviter le retour à la « grève de la guerre ». Gares, popotes, tranchées, hôpitaux étaient l'objet de ses soins vigilants. Surtout les hôpitaux de première urgence. Il n'avait pas voulu quitter le secteur de Belfort sans en voir au moins un.

Quand il poussa la porte de l'école de Dannemarie, il voulut d'abord inspecter les cuisines, les magasins, les réserves de médicaments. Les malades attendaient, rasés et pomponnés. Les infirmières étaient au garde-à-vous au pied des lits, en une longue rangée d'anges blancs. Tous se demandaient si le général n'allait pas repartir sans les voir, et dans la chambrée où l'on n'entendait pas, pour une fois, craquer le parquet de sapin sous les bottines de la principale, les messes basses des blessés, d'un lit à l'autre, devenaient peu à peu un murmure gênant, embarrassant. Si l'attente se prolongeait, on pouvait craindre que le général ne fût pas reçu avec le respect désirable. Déjà deux tringlots, blessés fort légers, prenaient des paris pour savoir qui le premier ferait sortir de ses gonds la principale, figée dans un garde-à-vous digne des grognards de l'Empire…

En fait Pétain, minutieusement, vérifiait les rations, les pansements, les stocks. Il demandait à voir le livre de bord de l'hôpital, pour se rendre compte du rythme de sortie des blessés légers.

— Tout le monde, disait-il au major, doit avoir sa part de la bataille, du repos et de la tranchée. À l'hôpital, il faut éviter toute injustice. Que ceux qui doivent sortir sortent. Mais nul ne doit être renvoyé précipitamment. Avant tout, être juste.

Le major acquiesçait. Il avait gardé, pour faire plus vrai, son tablier blanc à grandes poches.

— Avez-vous prévu un plus grand nombre de lits en cas d'offensive ?

— Le secteur est calme, mon général, répondit le major, comme pour s'excuser de n'avoir en effet rien prévu de ce genre.

— Qu'en savez-vous ? Connaissez-vous les intentions de l'ennemi ?

Ce que Pétain ne disait pas, c'est qu'une action coordonnée des différentes unités de la 7e armée était à l'étude : des divisions de renfort allaient débarquer. Les Français devaient déboucher de la vallée de la Thur et des avant-postes de Belfort, pour se jeter sur la Haute-Alsace.

— Le moral des blessés ?

— Il est excellent. La plupart sont des blessés légers. Nous avons opéré hier des hommes pris par un bombardement d'artillerie lourde sur la route de Giromagny. Des jambes cassées, une trépanation.

— Ils avaient encore oublié leur casque ! C'est la même chose pour les gazés. Ils mettent toujours leur masque au dernier moment !

Pétain avait visité le fort et la position de Giromagny. Les batteries à longue portée qu'y avait installées l'artillerie de la 7e armée pouvaient battre les lignes allemandes devant Mulhouse. Mais elles manquaient d'avions de reconnaissance. Il avait pu se rendre compte par lui-même que tout ce qui volait dans ce secteur était allemand. Ainsi, dès que les canons français tonnaient, ils étaient presque immédiatement repérés et contrebattus. Les officiers d'active ne parvenaient pas à s'adapter à la guerre moderne.

— Comment se fait l'évacuation des blessés graves sur l'arrière ?

— Par voie ferrée, répondit le major, embarrassé.

Pétain savait, comme lui, à quel point la ligne de Belfort pouvait être submergée. Pour éviter les transports inutiles, il avait prescrit, la veille, de lâcher dans les champs en friche les innombrables chevaux de l'artillerie. Cela éviterait les livraisons de fourrage. Ce secteur de Belfort lui faisait la plus fâcheuse impression. En cas de coup dur, rien ne pourrait arrêter la panique. Pire qu'à Verdun, au début.

Le major qu'il avait devant lui était à l'image de l'état-major de Boissoudy : inefficace, imprévoyant. Ils s'étaient tous installés dans cette partie du front comme dans une dépendance lointaine. Les troupes venaient y prendre un peu de repos. Ils disposaient d'un matériel dépareillé, et sans doute la discipline était-elle relâchée dans les corps. Le service des renseignements avait signalé au général plusieurs incidents dans la gare de Belfort : sur les quais, les permissionnaires, de retour en secteur, chantaient l'*Internationale* ou la trop célèbre chanson de Craonne : « Adieu, la vie, adieu l'amour ! adieu, toutes les femmes. » Il se surprit, en visitant les cuisines, à rechercher cette mélodie. Il se l'était fait chanter par l'un de ses jeunes officiers d'état-major.

« Adieu, les femmes ! se disait-il... est-ce que j'en vois, moi, des femmes ? »

Il se doutait bien que les généraux, dans la confidence des ragots de popote, le soupçonnaient du pire dans ce domaine. N'avait-on pas dû rechercher l'alerte sexagénaire dans un hôtel parisien, tout près d'une gare, pour lui confier naguère le commandement de l'armée de Verdun ? Il était alors, disaient ses détracteurs, en galante compagnie. On assurait même qu'il quittait souvent l'armée pour se rendre dans l'hôtel de la Haute-Mère-de-Dieu, à Châlons-sur-Marne. Des officiers bien intentionnés l'avaient prévenu : il était suivi, épié, espionné.

Il songeait à tout cela lorsqu'il entra dans la grande salle. Il avait toujours une sorte d'appréhension, quand il visitait un hôpital. Une jeune femme fort riche, Yvonne de Baye, qui consacrait sa fortune et l'ardeur de ses vingt-quatre ans à l'organisation de formations sanitaires, avait jeté son dévolu sur lui et prétendait se faire épouser. Elle le poursuivait jusqu'à son quartier général. À plusieurs reprises, il l'avait rencontrée dans des hôpitaux de campagne. Allait-il tomber sur elle dans l'école de Dannemarie ?

La vue de l'infirmière principale, au front respectable, le rassura tout de suite. C'est d'un pas lent, solide, presque majestueux, un pas de fantassin, qu'il fit son entrée dans la grande salle. Son célèbre visage marmoréen, ses cheveux blancs inspiraient le respect. Ses yeux bleus et froids regardaient attentivement chacun des hommes couchés, et s'éclairaient parfois d'un sourire. Sur sa veste très simple, il ne portait qu'une décoration, celle des soldats, la médaille militaire. Il avait un mot pour ceux dont il reconnaissait l'unité et que lui désignait le général de Boissoudy. Les plus agités se taisaient, épiant la réponse émue de ceux qu'il avait distingués, le plus souvent quelques mots embarrassés, bredouillés d'une voix inaudible. Le général n'avait pas un regard pour les jeunes infirmières, dont certaines étaient fort jolies, qui se tenaient au garde-à-vous au pied des lits. Il demandait parfois quelques explications au major sur la nature des blessures ou la durée des soins. Il s'attardait devant chacun, le plus souvent sans parler, ce qui gênait encore plus le blessé. Il parvint enfin au bout de la salle, où reposaient Jean et Antoine.

Ils étaient confus d'être au lit. Jean s'était demandé s'il ne devait pas se dresser pour saluer militairement.

— Allons donc, en chemise ? Vous seriez ridicule, lui avait dit Antoine à voix basse.

Mais il ne se sentait pas plus fier. Si le général lui parlait de sa blessure, il risquait de perdre son calme. Il estimait plus que jamais qu'il n'avait aucune raison d'être ici. Pourquoi l'avait-on gardé de force ?

Pétain s'approchait de sa démarche calculée. Il fit un signe à Boissoudy, qui prit des mains d'un officier d'état-major un papier officiel.

— Lieutenant Antoine de La Salle, je vous décore de la croix de guerre avec palme et citation à l'ordre de l'armée.

Antoine était extrêmement surpris d'apprendre qu'en sauvant le soldat Tardy, de la 70e division, qui rentrait de patrouille, il avait rendu à l'armée un service inestimable. Il écoutait le général en chef lire d'une voix unie, sans lunettes, le texte bref rappelant son exploit, comme s'il n'était pas lui-même concerné et que Pétain se fût trompé de récipiendaire...

« Va-t-il décorer aussi le rougeaud ? se disait-il... Car s'il est vrai que j'ai sauvé celui-là, c'est le rougeaud qui m'a sauvé... »

Le général lui serra la main, épingla la médaille sur sa chemise, et se pencha pour lui donner l'accolade. Deux infirmières s'étaient glissées derrière le blessé, et lui avaient redressé la tête et le torse, comme s'il n'avait pas eu la force de le faire lui-même.

« À quoi rime cette comédie ? se demanda Antoine. Sont-ils tous devenus fous ? »

Boissoudy, à son tour, lui serra la main, pendant que Pétain passait au chevet de Jean Tardy. Un gradé bizarrement habillé se tenait derrière le commandant d'armée. Il s'approcha d'Antoine pour le prendre en photo. Il portait une tenue kaki, comme dans la coloniale, aucune décoration, et le grade de capitaine. Un officier de l'état-major qu'Antoine reconnut tout de suite – c'était le sous-lieutenant de Pierrelatte – semblait le guider et lui donner des ordres en lui parlant à voix basse dans le creux de l'oreille.

Jean n'avait pas attendu les secours de la principale pour se dresser à angle droit sur son lit. Il salua militairement, bien qu'il fût tête nue, et Pétain, amusé, fronça les sourcils, approchant la croix de la vareuse où brillait déjà la médaille militaire. Jean ne voyait rien. Il avait le regard dirigé droit devant lui, vers le mur de l'école. Il entendait à peine le discours du général en chef. Il resta figé dans un garde-à-vous comique d'homme assis, comme s'il eût été cul-de-jatte. Il avait les larmes aux yeux.

Antoine, en revanche, ne perdait pas un mot des éloges destinés à son voisin. Il apprit que le jeune Lorrain avait rampé la nuit dernière avec ses camarades dans les lignes allemandes, capturant un officier d'état-major porteur d'un plan d'offensive dans sa sacoche, où étaient figurées toutes les unités de l'armée du duc de Wurtemberg. Pour permettre le retour de la patrouille vers les lignes françaises, Jean s'était sacrifié, attirant les poursuivants, tuant de ses mains quatre d'entre eux à l'arme blanche. Cet exploit était la suite d'une série de faits d'armes qui avaient valu à Jean Tardy la plus haute distinction du poilu, cette médaille militaire que le général en chef lui-même arborait avec une simplicité marquée.

Sa moustache blanche balaya la joue de Jean qui, dans son inconscience, respira une vague odeur d'eau oxygénée. Pétain à peine redressé, l'officier photographe officia. Jean sentit la colère le gagner. Allait-on relever le courage des gogos de l'arrière en montrant leurs bobines dans les journaux ? Il fixait Pierrelatte de ses yeux fulminants. L'autre avait un sourire emprunté. C'est vrai, la guerre avait pris un tour imprévu. Même Pétain, si discret, si ennemi du tapage, se préoccupait d'utiliser la presse.

Il avait fait signe à son chef d'état-major, qui lui tendait un écrin de velours rouge.

— Soldat Tardy, disait-il, vous êtes un grenadier d'élite. Vous porterez désormais cet insigne en or.

Le photographe s'était débarrassé de son appareil. Il prenait en note sur un calepin le discours du général en chef, sans en perdre un mot.

— Certes, dans l'armée de la République, l'assaut n'est pas le privilège d'une élite. C'est le geste suprême auquel chaque soldat est tenu de s'associer. Certes, le fantassin français n'a pas besoin de détachements d'entraîneurs pour donner l'assaut comme les soldats du Kaiser. Pourtant votre adresse et votre audace exceptionnelle entretiennent dans votre compagnie l'esprit de dévouement, de ténacité et de bonne humeur. Il est normal que vous soyez distingué.

Une fois le général sorti, Pierrelatte se rapprocha du lit d'Antoine de La Salle pour lui serrer la main et le féliciter.

— Qui est le photographe ? lui demanda Antoine.

— Un de ces nouveaux correspondants de guerre que Pétain vient de créer. De sacrés loustics ! Ils touchent vingt francs par jour, chauffés, nourris et habillés.

V

LA SOIRÉE CHEZ GASTON

Bras dessus, bras dessous, Antoine et Jean s'étaient fait la paire. Le major avait pris le parti d'en rire. Peut-on retenir deux héros contre leur gré ? Au reste, il n'avait gagné du temps que sur ordre. Le général en chef tenait absolument à décorer des soldats dans un hôpital de campagne du front. Ces deux-là étaient présentables. On leur avait soigné des blessures imaginaires.

Ils avaient touché des uniformes flambant neufs, sortis des magasins de l'armée de Belfort. Ce soir, c'était fête, et Antoine avait exigé un dolman bleu ciel, dans la tradition des hussards. Jean avait eu droit à une capote d'officier, dont on avait retiré les galons. Ils avaient grimpé en riant aux éclats à l'arrière de la Dorsay, que l'ordonnance avait amenée juste devant la porte de l'école. Les sentinelles rendaient les honneurs. Un départ de légende... Il n'y manquait guère que la photo du correspondant de presse. Mais comment faire croire aux Parisiens qu'un officier de hussards au shako à plumes vertes grimpant dans son cabriolet sortait réellement d'un hôpital de premiers secours ?

Au trot, l'ordonnance les avait conduits chez Gaston. Ils avaient fait une entrée fracassante, salués en héros par les officiers présents. Aucun n'avait marqué d'étonnement à la vue du première classe Jean Tardy, bien qu'on n'eût pas l'habitude, chez Gaston, de recevoir les uniformes sans galons. Les croix qui brillaient sur sa poitrine lui tenaient lieu de sésame.

Antoine reconnaissait dans la pièce quelques officiers qui avaient accompagné le général en chef dans sa visite. Notamment Pierrelatte, son ancien camarade, et le capitaine Figeac. Venaient-ils en éclaireurs ? Les grands chefs avaient-ils rejoint leurs états-majors ?

Déjà, au milieu des hourras, les bouchons de Möet et Chandon sautaient. Jean et Antoine buvaient à leur libération, à leur retour à la vie. Les toasts succédaient aux toasts. Un officier américain, qui accompagnait Pierrelatte dans sa mission, montrait à cet exercice beaucoup d'ardeur. Quelques femmes dans l'assistance, effacées, en retrait, effrayées par ce débordement de joie. On portait des toasts à la reine d'Angleterre, au tsar de toutes les Russies, et même à la grande-duchesse du Luxembourg.

Antoine s'en inquiétait. Il voulait une fête plus intime, pas un mess d'officiers.

— Rassurez-vous, mon cher, lui avait dit Pierrelatte. Ici, pas de photographes !

Antoine, s'éloignant du groupe trop bruyant, présenta son nouvel ami à l'une des femmes, qu'il avait un peu connue.

— Ma chère Marguerite, connaissez-vous Jean ? C'est mon frère.

Jean, très gêné, salua et se tint immobile, ne trouvant rien à dire à la jeune femme, élégante et souriante, qui lui tendait la main.

— Marguerite est de Vesoul, si ma mémoire est bonne. Faites plus ample connaissance. Les autres ne vont sûrement pas tarder. Il est encore tôt pour ces dames.

Antoine parlait en familier des lieux. Laissant son compagnon auprès de Marguerite, qui pria Jean de s'asseoir à son côté à une table ronde du salon, il se dirigea vers la salle de billard, où Gaston faisait les honneurs des lieux à un colonel américain.

— Vous n'avez pas de billard avec des trous ? lui demandait celui-ci dans un français approximatif.

— Non, mon cher : les nôtres sont aussi lisses que la surface du lac Érié pris par les glaces.

— C'est dommage, dit l'Américain, je ne peux pas jouer.

Mais Pierrelatte arriva. Il s'empara d'une queue et défia Antoine.

— Que parions-nous, ce soir ?

— Mon gage n'est pas encore là, répondit Antoine qui regardait avec insistance l'honnête Gaston.

Celui-ci leva les bras au ciel.

— Je ne sais, mes seigneurs, de qui vous voulez parler. Excusez-moi, je n'ai pas envoyé de cartons d'invitation. Ici, c'est l'auberge espagnole…

Après une heure de jeu, l'ambiance était celle d'un café de Versailles ou de Lunéville, en pleine paix. Une épaisse fumée de cigare, des verres à moitié vides sur toutes les tables, et même sur le rebord en acajou du billard. Pierrelatte gagnait aux points, Antoine, malgré tous ses efforts, ne parvenait pas à le rattraper.

— Je ne suis pas de taille, dit-il plaisamment, à vaincre un officier d'état-major. Vous avez désormais trop de pratique. Jouez-vous tous les soirs ?

— Presque, répondit cyniquement Pierrelatte. Le général est du matin. Cela nous laisse quelques loisirs. Il est vrai que nous voyageons beaucoup.

— La preuve : vous voilà chez nous. Resterez-vous longtemps à Belfort ?

— Le général est déjà reparti. Quarante-huit heures de permission de détente à Paris ! Mais, dès son retour, nous allons dans l'Argonne. Hier, nous étions à Nancy. Je ne vide jamais mon sac et je n'ai pas de chemises propres. Je me sers dans les magasins d'habillement.

— Votre détresse me fend le cœur. Me permettrez-vous de vous prendre un point ?

Ayant réussi un triple bande fort bien calculé, Antoine reprenait espoir. Il n'avait nullement l'intention de se laisser battre par Pierrelatte, qui avait été son cadet à Saint-Cyr.

— Que voulez-vous, enchaîna le jeune homme, la guerre n'est plus ce qu'elle était. Le général annule toutes les offensives !

— Le regretteriez-vous ?

— Pas le moins du monde. Mais les chefs de corps se plaignent de leur inactivité. Votre Boissoudy par exemple.

Que diable ! Il faut bien reprendre la troupe en main. Le général passe son temps à cela. Il vérifie partout les rations de vin, les tours de permission. Il fait un travail d'adjudant-major.

— De nos jours, dit Antoine d'un ton faussement pénétré, c'est ainsi qu'on gagne les guerres. Les généraux sont des comptables et des propagandistes. Quant à l'héroïsme, il se mesure à la quantité de boue que vous pouvez supporter.

Pierrelatte reprenait l'avantage avec désinvolture. Il avait réussi coup sur coup trois points, par sauts de puce.

— Ne prenez surtout pas trop de risques, cher ami, cela troublerait le jeu.

Antoine venait de faire voler en éclats le ballet des trois boules, les expédiant à vive allure sur les quatre bandes. Il en avait assez et du jeu et du partenaire. Les discours du galonné d'état-major l'assommaient.

— Allons-nous dîner ? Mais j'y songe, dit-il pour s'excuser de planter là Pierrelatte. Où est mon ami Jean ? Je manque à tous mes devoirs.

Jean était fort occupé à suivre la conversation de la jeune Marguerite, une Piémontaise qui parlait un français cahotant, d'autant plus incompréhensible que les officiers américains autour du bar chantaient le *Yankee Doodle* et d'autres airs moins martiaux. Antoine lui fit signe de le suivre dans une autre pièce, tout aussi vaste, où des tables rondes étaient dressées. Les rares femmes présentes y avaient trouvé refuge, avec leurs compagnons, et commandaient des plats en riant. Jean et Marguerite n'étaient pas fâchés d'échapper au grand chœur du bar.

— Je connais cette fille, dit Antoine en regardant fixement la serveuse. Où l'ai-je rencontrée ?

Elle était sémillante dans sa jupe un peu courte, son corsage un peu leste, ses cheveux coupés très court. Mais ce visage dur, ce front bas, ces rides prématurées autour de la bouche…

— J'y suis, dit-il en frappant dans ses mains. C'est une des petites de la gare de Belfort !

Gilda s'était rapprochée.

— Que désirez-vous boire ?

— Nous désirons, mon enfant, coupa Antoine avec emphase, tout connaître de votre vie, non seulement de la vôtre, mais de celle de la jeune fille qui vous accompagne et que je ne vois point ce soir.

— Je suis là pour vous servir, dit Gilda d'un air bourru. Pas pour autre chose.

— Ne le prenez pas mal. Je m'informais seulement de la santé de votre amie. Ne sera-t-elle pas parmi nous ce soir ?

— Avez-vous choisi un menu ?

Le ton de Gilda ne prêtait pas au dialogue. Antoine était trop poli pour insister. Il pressentait que le séjour chez Gaston de la belle inconnue avait été prématurément interrompu. Cette fille était trop belle, et trop jeune. La réalité était très au-delà de ses soupçons. Dès le premier soir, Gaston avait exigé que la jeune Gabrielle s'habillât pour souper avec deux officiers de passage : l'un d'eux, dans l'intendance, facilitait les importations d'alcool du patron, désormais surveillées, et contingentées. Il tenait à lui être agréable.

— Je suis sûr que tu seras la plus belle et la plus gentille. Crois-moi, tu n'y perdras rien.

Gabrielle s'était retirée dans sa chambre. Elle s'était laissée tomber sur le lit, s'installant en rond sans bouger, les jambes repliées. Gilda n'avait pu la convaincre de passer la robe fort décolletée qu'une fille du beuglant lui avait prêtée. Elle repoussait tout, refusait tout, restait sourde aux sollicitations comme aux menaces.

Gaston était intervenu. Avec brutalité. Il l'avait mise en demeure de passer la robe et de descendre ou de prendre la porte. Sans papiers. Avec une dénonciation à la prévôté.

Gabrielle avait cédé. Elle avait passé la robe, trop grande et trop longue, qui bâillait sous les épaules et tuyautait autour de la taille. Elle avait dû chausser des bottines à très haut talon pour ne pas trébucher à chaque pas dans le bas en organdi qu'elle avait déjà déchiré. On lui avait demandé de se maquiller : elle avait exagéré le noir des yeux, jusqu'à les rendre charbonneux, le trait bleu-vert qui, au lieu d'en souligner l'éclat, l'éteignait. Elle avait dessiné sur ses pommettes de larges ronds rouges et mis à ses lobes d'oreille des pendentifs de gitane du plus mauvais goût. Ainsi attifée, elle avait produit sur les officiers de l'intendance la plus fâcheuse impression. Elle n'avait pas daigné sourire de tout le repas, ni répondre à leurs questions. Ses coudes rageusement plantés sur la table, elle se prenait la tête dans les mains, le regard vague. Quand Gaston s'approchait, elle bornait ses efforts à servir du champagne, qu'elle buvait aussitôt cul sec, comme un troupier. Elle posait alors aux deux hommes des questions saugrenues, à la limite de l'insolence. Elle leur demandait, par exemple, s'ils s'amusaient, d'ordinaire, dans des endroits de ce genre, ou s'ils ne pouvaient profiter de leur liberté pour rentrer dans leurs foyers.

L'un des officiers avait pris Gaston à part, pour se plaindre.

— Elle est jeune, avait dit le gargotier. C'est la plus jeune de toutes mes filles. C'est aussi la plus jolie. À vous de la convaincre. Vous avez l'habitude.

L'homme avait des cheveux gris, un air bonasse qui le désignaient en effet pour les missions d'apprivoisement de chats sauvages. Il avait plusieurs fois « étrenné » chez Gaston les petites nouvelles peu au courant des usages. Mais il s'avouait vaincu.

— Celle-là ne restera pas.

Son verdict devait se confirmer. L'officier avait invité Gabrielle à danser. D'autres couples étaient sur la piste. Ils alternaient les fox-trot, de nouveaux airs importés d'Amérique par les soldats qui s'entraînaient dans des camps proches de Belfort, et les valses à la française, rapides et nerveuses, ponctuées de goualantes de chanteuses réalistes. Gaston n'avait pas d'orchestre. Mais ses disques n'étaient pas rayés et la fille qui s'occupait du phonographe enchaînait sans arrêt les airs les plus dansants : un rapide, un lent, pour satisfaire à la fois ceux qui voulaient s'amuser et ceux qui n'avaient qu'une idée : convaincre leurs compagnes d'aller finir, dès que possible, la soirée ailleurs.

Gabrielle était entrée dans la danse avec l'idée bien arrêtée de décourager définitivement l'officier riz-pain-sel. Marchant sur la pointe de ses bottes de ses talons fins, marquant deux temps au lieu de trois dans la valse et tendant résolument son bras pour s'écarter de son partenaire dans les danses rapprochées, elle gardait les yeux obstinément fixés sur le bas de sa robe – l'attitude des débutantes – et répondait à peine à ses questions. Elle n'avait pris la parole que pour lui demander si sa fille savait danser et comme l'homme, exaspéré, levait les yeux au ciel :

— Soyons net, lui avait-elle dit, vous pourriez être mon papa.

Elle l'avait planté là, troussant sa robe à deux mains pour grimper l'escalier qui conduisait aux chambres. Il avait jugé inutile de la poursuivre. Gilda, qui servait à table, avait repéré sa retraite précipitée. Elle s'était arrangée pour la rejoindre. Gabrielle était déjà rhabillée. La robe de bal gisait à terre, à côté des bottines à hauts talons. Elle avait remis ses hardes.

— Je rentre à Belfort, à pied. Retrouve-moi à la salle d'attente des troisième. La gare doit être ouverte la nuit.

— Tu n'y songes pas, à cette heure ?

Son balluchon sur l'épaule, Gabrielle était sortie par la porte de service.

Gilda était restée. Il fallait bien survivre. À l'aube, quand les derniers officiers étaient partis, elle avait retrouvé sa compagne, transie de froid, endormie sur une banquette. Comme toujours, Gilda avait une solution à proposer : elle l'avait convaincue de la suivre dans la maison de la cuisinière de Gaston, sur la route de Belfort. Tout était arrangé. Elles auraient une grande chambre, bien chauffée. Elle ne reviendrait plus au beuglant. Gilda y travaillerait seule. Gabrielle s'était laissé convaincre. Elle s'était endormie, au chaud, tout contre son amie. Quand le jour s'était levé, elle lui avait annoncé qu'elle partait pour chercher du travail à Belfort. Elle pouvait se rendre utile dans les hôpitaux militaires, faire la vaisselle, le ménage, changer les blessés, aucun travail n'était plus rebutant que le service chez Gaston.

Elle avait tenu une semaine, lavant des piles d'assiettes dans les cantines de l'armée, exposée aux plaisanteries des permissionnaires. On l'avait refusée dans les hôpitaux : il fallait avoir des appuis pour y trouver un emploi, même subalterne. Prétendre soigner les blessés relevait de la plus folle ambition. Seules les jeunes filles de la bonne société pouvaient porter le voile blanc et la cape bleu marine de la Croix-Rouge. Elle avait pourtant réussi, en faisant du charme à un major, à se vêtir d'une blouse blanche pour travailler à la buanderie d'un hôpital de campagne. Elle n'avait pu y rester. Le soir même, l'adjudant préposé au service ne lui avait pas caché qu'il entendait user de son droit de cuissage. Si elle refusait, elle pouvait prendre la porte.

Gabrielle n'était pas bégueule. Elle avait eu des aventures multiples avec des compagnons de passage. Elle pouvait suivre un garçon dans la rue, coucher avec un compagnon de voyage, ou même séduire par les moyens les plus rapides un homme important qui l'impressionnait pour des raisons souvent obscures. Mais elle ne cédait jamais au chantage. À Gilda, qui lui reprochait ses frasques inutiles, elle répondait qu'elle était trop malheureuse, trop démunie pour pouvoir se passer d'amour. Mais elle gardait le respect de son corps, de sa personne, et prétendait en disposer librement. Ainsi, ayant essayé six places en une semaine, et essuyé six échecs, elle rentrait dans sa chambre de village, le désespoir au cœur, regrettant presque sa vie dans l'usine des casques.

Gilda s'accrochait chez Gaston : cette place les faisait vivre. Elle expliquait au patron que sa camarade était malade, mais qu'elle pourrait bientôt revenir dans de bonnes dispositions. Gaston, qui manquait toujours de filles, avait décidé d'être patient. D'autant qu'il était fort satisfait des services de Gilda. Peu attirante pour les officiers, elle s'efforçait d'être avenante. Bien faite et sachant s'habiller, quand il le fallait, de manière aguichante, elle n'avait rien négligé pour ne pas détonner dans ce lieu de plaisir. Aux officiers trop entreprenants, qui, trompés par sa silhouette, se risquaient à lui faire des avances, elle servait des réponses toutes prêtes, de son visage fermé qui refroidissait les plus courageux. Ainsi pouvait-elle survivre sans se compromettre. Elle s'ingéniait du reste à rendre service, tenait un compte exact des consommations, réglait le spectacle de danse et de chants destiné à créer l'ambiance, attentive aux lumières, aux jeux de scène, au recrutement des « artistes ». Levée la première, bien qu'elle passât toutes ses nuits jusqu'à l'aube dans le beuglant, elle s'était, en une semaine, rendue à ce point indispensable que l'indolent Gaston croyait avoir enfin trouvé la perle, l'employée modèle, plus qu'une employée, se disait-il, une collaboratrice…

Elle avait aussi pris en main le moral de Gabrielle. Elle savait qu'elle n'aimait rien tant que la parade et qu'elle rêvait des paillettes du spectacle. Elle dansait mieux qu'une autre et ne chantait pas plus mal que les malheureuses recrues de Gaston, tout juste capables d'imiter de leurs voix éraillées les vedettes des grands beuglants parisiens. Avec un répertoire frais, coquin, dans le coup, quelques nouveaux airs américains par exemple, elle pouvait faire la conquête de ce public peu exigeant, à qui l'on pouvait la présenter comme une jeune danseuse des Folies-Bergère, ce temple des plaisirs parisiens. Gabrielle avait refusé les Folies-Bergère. Mais qu'elle pût se produire et chanter l'avait exaltée. Qu'on pût la présenter comme une Parisienne l'avait émerveillée. C'était juré : elle retournerait chez Gaston.

Elles avaient longuement répété, avec des disques et un phonographe. Gabrielle connaissait une chanson anglaise ou américaine, sur un air de fox, baptisée *Ketty*. Elle en avait appris les paroles par cœur. Elle pouvait aussi se risquer dans deux airs de boulevards, *Le Fiacre*, qu'elle reprenait à la grande Yvette Guilbert, et la *Chanson des blés d'or*, un air sentimental qu'elle tenait de sa grand-mère. Gaston avait un peu tiqué sur les blés d'or, mais la fille avait une jolie voix. Elle pouvait apporter du rêve aux officiers. Il l'avait engagée, lui promettant un cachet à la soirée. Elle n'aurait plus à faire boire les clients.

Tout était prêt pour la première. On avait commandé, pour elle, une robe à Belfort, chatoyante et pleine de rubans et de dentelles. Le chapeau de paille, qui ne dissimulait rien de ses longs cheveux blonds, lui allait à ravir. Elle était folle de joie en se regardant dans la glace. Mais le trac l'avait empêchée de descendre l'escalier de la scène. Elle était restée dans la loge, prostrée, sans pouvoir articuler un mot. Gaston, furieux, l'avait découverte, cheveux défaits, yeux rougis, effondrée sur un banc. Il avait insulté Gilda, lui avait promis qu'il les mettrait toutes les deux à la porte. En vain, Gilda avait tenté de calmer Gabrielle, de lui rendre sa joie de vivre, son désir de paraître sur scène. Rien n'y faisait. La petite restait obstinément muette.

Le lendemain, à sa grande surprise, Gilda l'avait trouvée métamorphosée. Elle s'était levée la première et chantait dans la chambre en ouvrant la fenêtre.

— Ce soir-là, avait-elle juré, ce soir, je danserai.

Ce soir, Antoine était dans la salle. Mais Gabrielle ne le savait pas. Elle était de nouveau dans sa loge, assise à même le sol derrière un fauteuil. Elle se mordait les poings, se griffait le visage. Rien ne pouvait la convaincre. Elle allait partir, et ne reviendrait plus.

Gilda avait regagné la salle, et servi le champagne que réclamait Marguerite. Prise d'une inspiration subite, elle s'était penchée pour parler au lieutenant.

— Vous n'allez rien voir du spectacle, lui dit-elle à voix basse. Rapprochez-vous de la scène.

— Du spectacle ! Comme tu y vas ! Mais je le connais par cœur. Les chanteuses ne valent rien.

— Vous avez tort. Ce soir, c'est la première d'une toute nouvelle, qui vient de Paris.

— Voyons cela, dit le lieutenant qui commençait à comprendre. Et comment l'appelez-vous ?

— Gaby.

Curieux de vérifier ses dires, il avait entraîné Jean et Marguerite à une table du premier rang. Assistant du fond de la salle à cette bruyante installation, les officiers du bar s'étaient calmés : ils devenaient soudain attentifs. Figeac et Pierrelatte s'étaient approchés de la scène, exigeant une table voisine de celle d'Antoine. Gaston prenait les commandes en tremblant. Il redoutait un coup monté.

Gilda ne perdit pas de temps. Elle rejoignit Gabrielle en laissant les portes ouvertes derrière elle. On entendait la salle scander : « Gaby ! Gaby ! » Antoine dirigeait les chœurs.

— Il faut y aller, dit-elle. Ils t'attendent.

Gabrielle se bouchait les oreilles, roulait des yeux comme un animal terrorisé.

— Tu vois bien que je ne peux pas. Je t'en prie, fais quelque chose. Je ne veux plus les entendre.

— Tu seras surprise.

— Je ne veux pas être surprise. Je veux m'en aller.

— Laisse-moi te dire... Il est là. Il est venu pour toi. Avec tous ses amis.

En un instant, Gabrielle s'était calmée. Elle était devenue soudain attentive, les sens en éveil.

— Qui ça, lui ?

— L'officier à la Dorsay, le beau hussard. Il est là, je te répète, en grande tenue.

Elle mimait la démarche du lieutenant, droite et cambrée, jambe ronde.

— Dolman bleu ciel, plumes vertes. La tenue de gala ! Et tous ses amis de Paris sont là.

— Ses amis de Paris ? Vite, Gilda, aide-moi. Mes fards, mon rouge, mon miroir !

Avec une précision et une sûreté de gestes qui étaient pour Gilda un perpétuel sujet d'émerveillement, elle souligna le vert de ses yeux d'un léger coup de crayon, se frictionna les joues avec énergie, comme pour les décaper, atténuant ensuite le feu de ce massage impitoyable avec de la crème blanche, qu'elle répartit avec décision. Gilda la zélée, qui avait assisté cent fois à cette veillée d'armes, tendit ensuite le rouge, non sans appréhension. Allait-elle encore se déguiser en clown ? Non, cette fois, une pincée seulement : de quoi rehausser sa pâleur.

Elle rejeta les habits de scène qu'on lui destinait. Pas de robe à falbalas, ni plumes, ni rubans. Sa tenue de la gare de Belfort, jupe droite et discrètement fendue, et la blouse de soie jaune paille de chez Conchon-Quinette. Sa seule concession au beuglant était un long collier de fausses perles qu'elle avait enroulé en plusieurs anneaux autour de son cou, pour en souligner la minceur, la fragilité. Les perles allaient bien à sa carnation de blonde. À la lueur des lampes à arc, elles illumineraient sa pâleur.

Ainsi parée, elle s'apprêta à descendre l'escalier de la scène, et les officiers, apercevant le bas de sa jupe droite et ses bottines à boutons, scandèrent des hourras. Elle remonta aussitôt. Gilda redoutait le pire. Son amie allait de nouveau renoncer.

— Mes cheveux, mes cheveux, je ne suis pas coiffée.

Superbes, ses cheveux blonds s'étalaient sur le corsage, en liberté. Mais elle venait de se souvenir qu'elle les avait retenus, dans sa grande parade de la gare de Belfort, par un peigne au sommet de la tête. Elle voulait la même coiffure, impérieusement, et se montrer à lui telle qu'il l'avait découverte. En un tour de main, saisissant l'élastique de fortune que lui tendait Gilda, elle empoigna sa lourde chevelure comme une gerbe, la serra à la base et la laissa s'épanouir en rivières de boucles. Puis elle plaça avec coquetterie une mouche grand siècle sur sa joue gauche, juste au-dessus de la fossette.

Son apparition, sur l'air de *Kelly*, eut un succès inouï. Antoine et Pierrelatte avaient donné le signal. Les bougies tremblaient et fumaient soudain comme des cierges. Les tables marchaient toutes seules, frappées en cadence par cent poings énergiques. Au fond de la salle, les Américains reprenaient en chœur et tapaient dans leurs mains. La petite dansait le fox-trot à petits pas, prisonnière de sa jupe trop serrée. Elle avait, au début, une ombrelle à la main. Elle l'avait jetée dans la salle pour s'emparer, sur une table, d'une rose à longue tige dont elle jouait subtilement, promenant les pétales sur son visage, le long de son cou, sur ses bras nus, avant de planter la fleur avec délicatesse dans son corsage.

— *Le Fiacre, Le Fiacre!* scandaient les hommes du bar.

Dans la chanson de la Guilbert, elle était éblouissante. Elle frappait le sol de ses talons pour mimer la marche du petit cheval, elle arrondissait sa bouche pour exhaler les mots d'amour d'une voix chavirée.

Antoine, n'y tenant plus, fit signe à Gilda.

— N'omettez pas d'inviter Gaby à notre table à la fin du spectacle. Faites-lui passer ma carte.

— Je doute que Mademoiselle accepte, répondit Gilda. Elle ne vient jamais dans la salle.

— Allons donc, j'irai la chercher moi-même.

Gabrielle, sa chanson terminée dans un tonnerre d'ovations, s'était retirée en coulisses, exténuée. Elle était dans un état second. Gilda l'avait rejointe, lui tendant la carte du lieutenant.

— Ils veulent te voir, après ta dernière chanson.

— Je n'ai pas pu l'apercevoir. Je ne voyais rien, ni personne. Où était-il ?

— Au premier rang, avec tous ses amis. Il ne t'a pas quittée des yeux.

Les applaudissements secouaient de nouveau la salle.

— Ils t'attendent, dit Gilda, dépêche-toi.

— Laisse-moi seule un instant.

Les officiers s'impatientaient. Pour gagner du temps, Gaston, averti par Gilda, avait mis sur le phonographe un air à succès : *Rosalie*... Des hurlements l'avaient obligé à retirer le disque, en vitesse.

— Veux-tu qu'on casse ton bastringue ? lui lançait un artilleur. Ce sont des chansons pour pékins.

Et les hommes scandaient :

— Gaby ! Gaby !

Une autre « vedette » du beuglant prit la relève, attaquant *Frou-Frou*. Elle fut huée, sifflée à la troisième mesure. Indignée, elle insulta la salle, ramassant, pour s'enfuir plus vite, la traîne de sa longue robe.

— Ils sont horribles, dit Marguerite en poussant Jean du coude.

Celui-ci n'était pas en état de lui répondre. Ému par l'apparition de cette jeune femme qu'il avait reconnue, il ne pouvait chasser de sa mémoire la douce sensation de chaleur éprouvée dans le train de Belfort. Il l'avait eue, tout contre lui, pendant des heures. Sa métamorphose ne l'émerveillait pas. Elle l'attristait au contraire, et même l'effrayait. Comment une femme pouvait-elle changer à ce point ? Était-elle réellement, petite fleur de campagne timide, pâle et sans défense, une vedette parisienne ? Il n'arrivait pas à le croire. Pour lui, elle était une enfant perdue.

Antoine s'impatientait. Ce retard ne lui disait rien qui vaille. Il était trop au fait des spectacles et des vedettes de la nuit parisienne pour ne pas imaginer la détresse de la petite chanteuse, qui, sans doute, ne s'était encore jamais produite. Cette nouveauté le fascinait. Une étoile était née dans un beuglant de Belfort, pour lui, seulement pour lui. Il avait senti qu'elle le cherchait dans la lumière brutale des lampes à arc, et qu'elle ne l'avait pas trouvé. Sans plus attendre, il bondit sur la scène, prit d'assaut l'escalier en colimaçon qui conduisait aux loges, suivi de près par Gilda, tremblante de rage : croyait-il pouvoir tout se permettre ?

Il fit irruption dans la loge lépreuse, bouscula un paravent, ouvrit les placards à fanfreluches.

— Allez-vous tout mettre à sac ? lui dit Gilda, avec la gracieuseté d'un prévôt. Vous ne comprenez donc pas qu'elle est partie ?

VI

LA PLANCHE DES BELLES FILLES

— Allons dans les sapinières, sur la route de Giromagny. Nous y respirerons l'air pur, dit Gabrielle.

Gilda ne demandait pas mieux. Passer ses nuits dans la fumée des cigares... quelle joie de prendre la route avec sa camarade de guerre. Gaston serait furieux? Il devrait se débrouiller seul pour les achats de la nuit? La belle affaire. Aujourd'hui, c'était fête : un jour sans Gaston.

Elle prit aussitôt des initiatives. Un panier, une nappe, des gobelets d'étain. La Thermos des grands jours, celle qu'on emportait en voyage. Du café chaud, du sucre. Des fromages de chèvre enveloppés dans un linge humide, pour qu'ils gardent leur fraîcheur. Du beurre dans une feuille de chou. Une boule de pain de seigle, qui se conserve bien.

— Nous achèterons les fruits au marché. Ils ont des prunes et des abricots.

Gilda était rayonnante. On disait chez elle, dans son enfance : « Sors, va prendre un bol d'air, cela te donnera des couleurs. » On prenait un bol d'air comme un bol de lait, pour la santé. Le lait chaud, l'air frais. Oui, elle retrouvait soudain l'odeur de la ferme en Champagne, elle avait hâte d'être sur la route, pour sentir l'air vif du petit matin rosir ses joues et son front.

Gabrielle n'était pas moins empressée : elle entassait des chandails dans son sac, comme si elle partait pour la montagne. Chaussures basses, jupe de velours côtelé, évasée pour la marche. Les cheveux pris dans un foulard de couleur, elle était prête. Gilda se faisait attendre. Par précaution, elle roulait une couverture qu'elle arrimait, comme les soldats, en haut de son sac.

— Tu pourrais la porter en bandoulière, disait Gabrielle en riant, comme les Russes.

En avait-elle connu, de ces Russes fous qui faisaient la guerre à l'ouest dans des brigades spéciales. Ils ne parlaient pas un mot de français mais poursuivaient les filles et dansaient au bal en chantant, quand ils descendaient de la tranchée. Ils avaient disparu. Peut-être étaient-ils rentrés chez eux.

Sur la route de Giromagny, elles marchaient côte à côte, comme deux troupiers. En peu de temps, dans le brouillard, elles distinguèrent Sermamagny. Franchissant la Savoureuse sur un pont de pierre, elles furent arrêtées par un sergent.

— Poste de garde. Où allez-vous ?

— Nous travaillons au fort.

— Avez-vous des papiers ?

Gilda n'avait pas prévu la question. En zone militaire, il fallait des laissez-passer.

— Aujourd'hui, intervint Gabrielle avec un sourire engageant, nous avons congé. Pas vous, sergent ? Quand quittez-vous la garde ?

— Encore trois heures, bougonna le malheureux qui se surprit lui-même à répondre aux questions de cette fille.

Sans doute aurait-il préféré la suivre près des étangs.

— Prenez à main gauche, leur dit-il. La route de Giromagny est gardée. Mais sur Lachapelle-sous-Chaux, vous pouvez passer. Vous serez vite à Auxelles par le bois de Lachapelle.

— Pour arriver où ? demanda Gilda.

— Pardi, à la Planche des Belles Filles…

Elles partirent précipitamment. Un gradé se dirigeait vers le pont, sans doute pour demander des explications au sergent. Un convoi d'artillerie se présenta en haut de la pente. De lourds tracteurs à chenille, qui laissaient des traces profondes dans le sol boueux, tiraient des canons aux très longs tubes. Des cavaliers les précédaient.

— Ne perdons pas de temps, dit Gilda. Nous ne devons rien voir, rien entendre.

L'officier, qui les avait vues disparaître, les interpellait de loin.

— Hé là, revenez !

Elles s'en gardèrent bien, et prirent le pas de course pour échapper aux poursuivants. Mais qui s'occupait des filles ? La traversée de la Savoureuse, sur le petit pont de pierre, par des pièces de 155 long à grande portée, c'était un spectacle. Une armée d'artilleurs s'affairait, accaparant d'un coup toute l'attention des soldats de garde.

— Après Lachapelle, dit Gilda, nous n'aurons plus de difficultés. Nous pourrons couper par les bois.

Gabrielle marchait en tête. Elle avait un pas très rapide, nerveux et saccadé. Gilda avait du mal à la suivre. Elle avait hâte de franchir la zone des étangs, où elles étaient à découvert. Plus de soldats : ils étaient tous sur la route de Giromagny. Elles étaient pourtant dépassées par des automobiles militaires, des ambulances.

— Ils doivent avoir un hôpital à Auxelles.

— Ou un bordel, dit Gilda. Les médecins aiment les poules, c'est bien connu.

Parfois le chauffeur ralentissait, étonné de rencontrer des filles portant un si gros sac.

— Vous allez loin ? Montez !

Gilda prit son air des mauvais jours. Gabrielle détourna les yeux. Les conducteurs n'insistèrent pas.

— Il est encore tôt. Ils ne sont pas saouls ! À partir de midi, cette route va devenir infréquentable.

Elles marquaient le pas, pestaient contre les voitures qui dégageaient derrière elles un épais nuage de poussière blanche. Une patrouille de chasseurs, à bicyclette, se montra plus entreprenante.

— Où vous croyez-vous ? dit l'adjudant. Dans le bois de Chaville ?

— Ce n'est pas le temps du muguet, ajouta un autre.

Ils allaient mettre pied à terre et, pour ralentir, traçaient déjà des huit dans la poussière autour des filles.

— Vous avez tort de vous attarder, s'écria Gilda. Le colonel vient de passer en voiture. Il vous attend au col du Querti. Il a l'air furieux.

Même si les chasseurs n'attachaient aucune importance aux propos d'une gamine, l'idée que le colonel avait pu les précéder relançait leur zèle.

— Prenez garde au loup, cria l'adjudant.

Ils disparurent en riant, traînant derrière eux une petite voiture surmontée d'une mitrailleuse.

En se retournant, Gilda vit apparaître au loin un peloton de cavaliers porteurs de lances.

— Viens, dit-elle, coupons à travers champs. Rien n'est plus bête qu'un dragon.

Même le petit village de Lachapelle-sous-Chaux était noir de soldats. On les apercevait de loin, groupés autour de l'église. Sans doute se préparaient-ils pour un défilé. Les officiers adoraient ces prises d'armes à l'arrière du front, destinées à « maintenir le moral de la troupe ». Ils distribuaient des citations, des décorations. Un haut gradé prononçait son discours. Et l'on repartait dans les cantonnements, attendant la montée en ligne. En vérité, rien n'indisposait plus les hommes que ces parades incessantes, qui se terminaient par la traversée de villages déserts au pas cadencé.

Les deux filles entendaient, de loin, les flonflons de la clique.

— En longeant l'étang, dit Gilda, nous sommes tout de suite dans le bois.

De loin, on pouvait les prendre pour des paysannes, avec leurs fichus sur la tête et leur pas rapide. Elles traversaient les champs sans hésiter, et se penchaient parfois pour relacer leurs chaussures, durement malmenées par les tiges piquantes du blé coupé. Car on moissonnait à Lachapelle. Les soldats donnaient un coup de main, tout heureux de retrouver les gestes de chez eux, et de se rendre utiles aux femmes qui gardaient les fermes. Avant le bois, le bel étang de la Claire était désert.

— J'ai très envie de plonger, dit Gilda. L'eau est transparente. Il n'y a personne.

En un tour de main, elle s'était débarrassée de son sac, de ses vêtements, ne gardant sur elle qu'un maillot qui lui descendait à mi-cuisse. Gabrielle pouffa de rire en la voyant courir dans les roseaux, puis disparaître dans l'eau pour ressortir dix mètres plus loin, dans une belle nage à l'indienne.

— Viens avec moi.

— Je ne sais pas nager.

Mais Gabrielle avisa une barque, attachée à un pieu. Elle retira ses chaussures, ses bas, et s'approcha prudemment, pieds et jambes nus dans la vase, sa jupe retroussée. Elle monta dans la barque, parvint difficilement à la détacher, s'empara des rames et s'éloigna enfin du bord, triomphante, entraînant la lourde barque dans une navigation incertaine, virant d'un bord à l'autre en riant, ses cheveux dorés jaillissant du fichu. Gilda, après cent cabrioles, la rejoignit d'une brasse rapide, se hissa dans la barque, puis plongea à nouveau.

— Je vais chercher mes vêtements. Attends-moi, ne bouge plus. Nous déjeunerons sur la barque. Personne ne viendra nous y chercher.

Son sac sur la tête, elle revint lentement, marchant dans la vase. L'eau montait à chaque pas, atteignant la ceinture, puis la poitrine. Une pierre la fit trébucher, et elle ramassa son chargement. À la nage, elle récupéra le sac trempé, les vêtements dispersés et jeta le tout dans la barque aux pieds de Gabrielle prise de fou rire.

— Nous nous sécherons sur l'autre rive, à l'orée du bois. Il n'y a personne.

Avec autorité, elle s'empara des rames et maintint le cap en serrant les dents. À 11 heures, le soleil était chaud et Gabrielle avait retiré, l'un après l'autre, les trois chandails qui l'emmitouflaient. Elle était en corsage, et sa jupe, retroussée, dévoilait ses jambes blanches. La pudeur s'envolait avec la crainte. Ne risquant pas d'être découvertes, elles retrouvaient une liberté d'enfants.

La rameuse était elle-même gagnée par la douceur de cette fin d'été. La sapinière se profilait devant elles, un mur d'arbres aux branches basses, et leur assurait sa protection. Gilda se rendit compte qu'elle n'avait plus à ramer pour atteindre sans effort une petite plage de graviers, juste en face. Il suffisait de laisser filer la barque. Fermant les yeux, elle s'étendit sur le banc de bois, comptant sur le soleil pour sécher très vite ses vêtements trempés.

— Tu devrais retirer ton maillot, lui dit sournoisement Gabrielle.

La proue de la barque s'était échouée. Elle sauta à terre, dans la crique accueillante, étendit la couverture humide, sortit de son sac tous les vêtements qu'elle étala. Puis elle enleva son maillot et s'étendit nue, en face du soleil.

Gabrielle savait Gilda capable du pire. Elle s'habillait en homme, portait la casquette et fumait des cigarettes de troupe. Courtaude et musclée, bien découpée, elle avait la robustesse et l'équilibre d'une statue grecque primitive, de celles qui défendaient les Acropoles. Qu'elle fût nue n'avait rien de choquant, cela affirmait, ou confirmait la vérité du personnage : ainsi plantée sur la grève, elle s'intégrait au décor. Comme un arbre. C'est Gabrielle qui était gênée. Elle se sentait confuse de n'avoir pas son aplomb, son assurance, d'être, en somme, différente, encombrée d'oripeaux qui donnaient le change, qui la masquaient aux yeux des autres.

Très vite, Gilda eut trop chaud au soleil. Elle plongea de nouveau dans l'étang, cherchant la fraîcheur. Après trente brasses, elle se retourna :

— Enlève tout, viens me rejoindre !

Pas de réponse. Mais Gabrielle s'enfuit en courant quand l'autre, sortant de l'eau, se jeta sur elle pour la déshabiller de force et l'entraîner dans l'étang.

— Je vais t'apprendre à nager.

Gabrielle fut sauvée par un bruit de moteur terrifiant : un avion. Le pilote passa en rase-mottes ; il avait parfaitement aperçu les deux filles.

— Pour une fois qu'on voit un avion français, dit Gilda, il faut qu'il tourne au-dessus de nous !

Il tourna et retourna, multipliant les acrobaties pour les éblouir. Gilda avait remis son maillot et sa jupe en toute hâte. Elle ne supportait pas d'être surprise. Gabrielle, en revanche, avait retrouvé sa superbe. Elle faisait au pilote, dont on distinguait la silhouette entre les haubans, des signes avec son foulard, trépignant et poussant des cris de joie quand il piquait en looping, redressant son appareil juste devant la ligne des sapins pour se perdre dans le ciel, revenir en double tonneau et faire un dernier passage, éblouissant, au ras de l'eau, si proche que l'on distinguait sa moustache.

— S'il avait pu atterrir, il l'aurait fait ! (Gilda haussa les épaules.) Tous les mêmes ! Toujours prêts à risquer leur peau pour faire les farauds !

— Quel dommage qu'il n'ait pu atterrir, dit Gabrielle, soudain rêveuse. Crois-tu qu'il aurait pu me prendre dans son avion ?

Gilda ne répondit pas. Elle avait l'habitude d'être ainsi oubliée par sa camarade dès qu'un beau garçon surgissait à l'horizon. Pourquoi l'aurait-il enlevée, elle, Gilda ? Il n'avait en effet aucune raison. Elle admirait pourtant que Gabrielle, qui avait peur d'entrer dans l'eau, n'eût subitement aucune crainte à s'élever dans le ciel avec le spécialiste du double tonneau.

— Ils sont extraordinaires, dit Gabrielle, toujours en extase. Ma cousine Marthe gardait les moutons chez moi, dans un vallon, sous le viaduc du chemin de fer.

— Chez toi ? Tu n'y es pas allée depuis plus de deux ans !

— C'était au début de la guerre. Un de ces avions apparaît soudain dans le ciel. Le pilote l'aperçoit.

— Et il se jette à ses pieds.

— Comment as-tu deviné ? Il est passé sous l'arche du viaduc et il s'est posé comme un oiseau, au bord du ruisseau. Les moutons courent encore…

Pour la première fois, Gabrielle évoquait ce petit village de Lorraine, proche de la frontière, où elle avait été élevée par ses grands-parents. Elle avait été pourtant heureuse, à Baudrecourt. Ses parents avaient, en gérance, un café à Nancy. Ils ne pouvaient venir la voir souvent, mais elle adorait son grand-père, qui lui construisait, quand elle était enfant, des moulins en bois sur le ruisseau et des poupées de son qu'elle habillait elle-même, avec des chiffons. Elle disait toujours à l'école qu'elle voulait être couturière. Une enfant sage, qui ne jouait pas avec les garçons.

Pour elle, la guerre fut un désastre. Avec une troupe en exode, elle avait quitté son village menacé par des raids de uhlans avant même les premières batailles. Évacuées par précaution, sur ordre des autorités militaires, les populations des villages frontaliers avaient dû tout abandonner. Certaines s'étaient installées dans les fermes de parents ou de connaissances. Mais la main-d'œuvre était trop rare pour qu'on s'encombrât, à la campagne, de bouches inutiles. Les malheureux avaient reflué sur les villes, où l'on ne savait que faire d'eux. Mal logés, souffrant l'hiver du froid et de la faim, les grands-parents protégeaient la petite comme ils pouvaient. Le père était aux armées. La mère, assumant seule la gérance, ne voulait pas d'une fille dans le café. Gabrielle – dont le véritable prénom était Olympe – s'était retrouvée à Reims, dans un groupe de réfugiés nourris et logés par la municipalité. Elle passait la plupart du temps dans les caves, où l'on faisait la classe aux enfants des écoles, car la ville était bombardée tous les jours.

Elle n'avait pas trouvé de travail, mais elle avait rencontré Octave. Son premier amant. Beaucoup plus âgé qu'elle, Octave était lieutenant dans l'artillerie à cheval. Il venait de Paris, il avait fait les écoles. Il était aussi grand qu'elle était fragile et frêle. Il savait tout et parlait d'abondance, de la guerre et de la paix, de Paris, des boulevards, des spectacles et même de la mode. Gabrielle n'avait jamais un regard pour les garçons de son âge qui lui semblaient futiles, grossiers, brutaux, sans intérêt. Elle avait toujours aimé les hommes capables de l'éblouir par leur assurance, leur savoir-faire. Lorsque Octave l'emmenait dans un restaurant de la ville, qu'il commandait pour elle, après avoir sollicité galamment son avis, les mets les plus rares et les plus coûteux, elle était au comble du bonheur. Elle s'épanouissait, regardait la salle du haut de ses dix-huit ans, comme si elle eût été une de ces élégantes de la ville qu'elle admirait sur les gravures de mode. Octave avait poussé le raffinement jusqu'à la conduire dans les rares magasins de Reims qui ne fussent pas encore en ruine, pour lui acheter une garde-robe. Les grands-parents suivaient avec tristesse les transformations de la petite fille. Ils n'osaient lui faire part de leur angoisse : elle leur assurait qu'elle avait trouvé du travail dans une boutique de confection.

Un jour, Octave était parti. Il avait changé d'affectation. Il avait écrit plusieurs fois de son secteur postal, dans l'Artois. Puis elle n'avait plus reçu de lettres. Était-il mort ? L'avait-il oubliée ? Elle se souvenait de ses discours sur la condition des femmes : elles avaient changé. Elles changeraient plus encore. À Paris, elles remplaçaient les hommes au travail. Certaines conduisaient les tramways et les autobus, ce qui semblait enchanter Octave. Elles balayaient les rues, elles poinçonnaient les tickets dans le métro.

— Qu'est-ce que le métro ? avait-elle demandé.

— Le chemin de fer métropolitain. Il fonctionne à merveille et circule sous la terre. Il passe même en dessous de la Seine. Une prouesse technique.

C'était le sujet favori d'Octave. Il pouvait parler une heure du métropolitain dont les stations, disait-il, étaient comme des palais. Gabrielle – c'est lui qui avait trouvé ce prénom : « Olympe est trop vieillot », disait-il – l'écoutait parler sans l'interrompre. Ce qu'il disait de la ville lui semblait magique : elle le regardait fixement, sans comprendre le bonheur qu'elle éprouvait à l'avoir rencontré. Comment rester à Reims sans lui ? Où trouverait-elle un garçon capable d'évoquer pour elle le sourire de la cathédrale, cette statue de l'ange bardée de sacs de sable et rendue invisible par la défense passive ? Il l'avait accompagnée un jour dans l'édifice qui n'était pas encore la cible des bombardements, mais qui était transformé en hôpital. Elle s'étonnait des grands cercles de lumière vive qui illuminaient le transept. Plus de vitraux, les rosaces avaient été soigneusement démontées. Octave les avait alors décrits, avec flamme, évoquant la lumière bleutée, les rougeoiements du soleil sur la pourpre des légionnaires romains, les ocres des villes de Palestine imaginées par les verriers, le vert des rameaux d'oliviers.

Avec le peu d'argent qu'il lui avait laissé, elle avait pris le train pour Paris, presque sans bagages. Elle avait erré dans les rues de la capitale, achetant *Le Petit Journal* pour trouver, dans les annonces, des offres d'emploi. N'étant pas majeure, elle était repoussée : on lui demandait l'autorisation de ses parents et elle ne pouvait produire qu'une carte de réfugiée. Elle avait échoué en banlieue, à la poudrerie de Sevran. Le travail y était si dur que les contremaîtres étaient peu regardants sur l'embauche. On avait consenti à la prendre à l'essai. Elle n'avait pas tenu un mois. La main-d'œuvre arabe, annamite, chinoise était la majorité. Les femmes étaient nombreuses, pressées, exaspérées par les contrôleurs qui voulaient à toute force maintenir et même améliorer les cadences : l'armée manquait de poudre B. Les vapeurs de soufre toxiques étouffaient les malheureuses. Gabrielle, dans la chambre humide et sale qu'elle avait louée à Livry, tout près de la poudrerie, toussait toute la nuit et se réveillait épuisée. Quand elle s'était aperçue, un dimanche, devant sa glace, que ses beaux cheveux blonds avaient des mèches verdâtres, elle s'était enfuie en pleurant, prenant aussitôt un billet pour Nancy. Sa mère ne l'avait pas gardée. Elle lui avait fait comprendre très vite qu'elle devait retourner à Reims, avec ses grands-parents. Gabrielle n'avait pas tardé à s'apercevoir que le père absent était remplacé au logis. Un garçon d'origine étrangère, probablement belge, servait en terrasse, surveillant sans arrêt la caissière. Redoutait-il que l'arrivée de la petite ne lui fît perdre sa place ? Il pouvait se rassurer : Gabrielle était trop triste. Elle ne pensait guère à son père, qu'elle n'avait pas connu, mais à la déchéance de cette femme perchée sur son tabouret, encaissant dans un bruit métallique à longueur de journée l'argent des buveurs de bière. C'était sa mère ! Elle était partie sans mot dire, refusant la « consommation » que le Belge lui avait proposée. La caissière avait haussé les épaules.

Le regard de Gabrielle se reporta avec tendresse sur Gilda, sœur de détresse, grande sœur au cœur généreux, en dépit de son air bourru. Elle s'était complètement rhabillée, de crainte d'une nouvelle surprise. Gabrielle en fit autant. Sac au dos, elles s'engagèrent dans la forêt, abandonnant la barque comme une épave.

— J'ai une boussole, dit Gilda, nous ne risquons pas de nous perdre.

Elle lui tendit un œuf dur et du pain.

— Prends des forces, nous allons grimper.

Gilda avait adopté une conduite prudente. Elles restèrent à couvert, sous les arbres, mais au lieu de s'enfoncer droit dans la sapinière, elles marchèrent en lisière, un œil sur la fraîche vallée de la Rhôme, petit torrent vosgien qui se jetait, à quelques lieues de là, dans la Savoureuse.

— On se croit toujours seule quand on marche en forêt, dit Gilda. Et pourtant, regarde !

Une grande cascade coupait le cours de la Rhôme, en plein bois. Les deux filles s'y seraient volontiers rafraîchies, mais deux soldats aux jambes nues y guettaient les truites, les saisissant à la main quand elles se glissaient sur le lit peu profond de gravier rose.

— Allons manger leurs truites, ce sont de beaux garçons.

— Hélas, ils parlent ! dit Gilda.

Elle mit le cap vers le nord, en suivant un sentier qui serpentait entre les ronces. Gabrielle s'écorcha un peu les mains : les hautes tiges piquantes accrochaient sa jupe et la déchiraient. Elles sortirent enfin du bois, pour traverser la route d'Auxelles.

— Il y a encore des soldats. Évitons le village.

La course reprit, encore plus dure. Le sentier grimpait, raide, sur les pentes de la montagne.

— Il faudrait une mule, dit Gabrielle.

Mais Gilda n'avait aucune pitié. Elle voulait à toutes forces parvenir au sommet et ne ralentissait pas son rythme. Épuisée, Gabrielle s'assit sur un rocher.

— Continue seule. Je ne peux plus te suivre.

Un bruit assourdissant coupa la réplique de Gilda.

— L'avion, cria Gabrielle. L'avion s'est écrasé !

Ce n'était pas un bruit de moteur. Il avait cessé presque aussitôt, pour reprendre quelques minutes plus tard. Les branches de sapin hachées gémirent douloureusement.

— Viens voir, dit Gilda.

Du haut de la montagne, un homme se précipitait à l'arrière d'une sorte de traîneau porteur de bûches géantes. Un schlitteur. Chemise, culotte et bandes molletières. Il travaillait pour l'armée, apportant à la ligne des tranchées le bois qui lui était nécessaire.

Les jeunes filles franchirent la voie de schlittage. Juste à temps. Un nouveau convoi se précipitait dans la vallée. L'homme, qui avait repéré les filles, hurlait des insultes. Gabrielle ne se faisait plus prier pour courir, de rocher en rocher, jusqu'au sommet.

Quand elles y furent enfin, essoufflées, échevelées, une patrouille sur le pied de guerre sortait des sapins pour les accueillir.

— À la Planche aux Belles, il y a des belles ! dit finement le caporal Nitau.

Ils étaient tous là, alléchés par leur capture, Paul Nicaire le bûcheron, Frédéric, dit le Chinois, Fitou le Désossé et Jean de Colombey. La meilleure patrouille du 226e, au repos dans la région.

— Il me semble reconnaître le grand à barbe noire, dit à voix basse Gilda.

D'un air sévère, le caporal demanda les papiers.

— Nous n'en avons pas, murmura Gabrielle en s'avançant d'un pas très étudié.

— Des espionnes ! lança Frédéric.

— Penses-tu ! Des drôlesses, des petites muguettes des bois. Venez à la ferme. Vous pourrez vous reposer, dit un autre à Gabrielle en lui prenant la taille.

— Où vous croyez-vous ? gronda le caporal. Suivez-moi, vous autres, en vitesse. Je vous arrête. Vous vous expliquerez au poste de garde.

— Laisse tomber, dit Jean, très grand seigneur. Je les connais, je m'en porte garant. Elles sont de Belfort.

Le caporal haussa les épaules. Depuis le dernier exploit de Jean, il n'était plus maître de l'escouade. L'autre faisait autorité. Il n'avait pas les galons, il les avait toujours refusés. Mais les hommes le suivaient partout.

— Je vous rejoins, dit-il à ses camarades, sans même s'adresser au caporal. Il faut les remettre sur la route. Elles vont se perdre.

Avec un sourire narquois, le caporal entraîna la troupe.

— Dépêchez-vous, dit Jean, en s'adressant aux jeunes filles : le soleil baisse. Avant deux heures, il fera nuit. Et pas de lune, ce soir, vous pouvez me croire.

— Je suis exténuée, dit Gabrielle en s'étendant sur un rocher gris rosé, chauffé toute la journée par les rayons du soleil. Je ne pourrais pas faire dix pas. Et j'ai mal à la cheville.

— Permettez-moi.

Gilda haussa les épaules et disposa la couverture par terre, s'éloignant de dix pas dans la clairière. Jean avait retiré la chaussure plate de Gabrielle, avec délicatesse. Elle avait elle-même fait glisser son bas. Dévotement le soldat prit le pied mince, cambré, délicat, dans ses mains larges et rudes.

— Vos pieds sont glacés. C'est bizarre, après une aussi longue marche.

Gabrielle n'osa lui raconter l'épisode de la barque, des pieds nus, des bas humides. Elle ne savait comment lui parler. Il l'impressionnait de sa masse, de sa stature. Elle se laissa aller à la détente, sentant le souffle chaud du garçon sur le haut du pied, ses mains autour de la cheville. Les muscles avaient durci, le massage était délicieux. Elle ferma les yeux de plaisir.

« Quelle étrange manière de faire sa cour, se dit Gilda, qui, à l'écart, contemplait la scène ; celui-là, au moins, n'est pas bavard ! Il est vrai qu'un fantassin, les pieds, ça le connaît… »

— Avez-vous des chaussettes ? lui lança Jean, puis, se retournant vers Gabrielle, il ajouta : Vous avez une ampoule.

Il tira de sa poche un morceau de coton, qu'il fixa à la cheville avec du caoutchouc. Couvrant le pied dans un papier journal, il enferma le tout dans la chaussette.

— Demain, il n'y paraîtra plus.

— Merci, docteur, murmura Gabrielle.

— Mais ce soir, vous ne pouvez pas rentrer.

— Je dois partir, insista Gilda. Dans deux heures, mon travail m'attend.

— Dans ce cas, rentrez seule. Je me charge d'elle. Elle dormira dans la marcairerie.

Chargeant son petit sac sur une seule épaule, il la prit dans ses bras, sans effort. Pas un mot de regret pour Gilda, qui était partie sur la route, poings serrés dans ses poches. Gabrielle était toute au plaisir de l'enlèvement, de l'imprévu d'une nuit en pleine forêt, avec un inconnu. Était-il fort ! Depuis trois kilomètres, il marchait sans la déposer un seul instant, la serrant contre sa poitrine pour qu'elle n'ait pas froid.

— Arrêtez, lui dit-elle soudain.

Il crut qu'elle avait mal, qu'elle ne pouvait plus respirer.

— Je veux voir le soleil se coucher sur le ballon d'Alsace.

C'était un caprice… Jean obéit aussitôt, recherchant un rocher bien plat, qui ait gardé la chaleur du jour. Heureux de tenir dans ses bras la petite boule chaude du train de Belfort, il la déposa à regret, se tenant tout près d'elle. Il n'était pas surpris, mais ému de la sentir reprendre sa place, roulée tout contre lui, jambes repliées. Comme si elle ne l'avait jamais quitté.

Ils regardèrent en silence la plongée du soleil dans la plaine du Rhin, au loin, derrière les Vosges, et l'assombrissement progressif des lignes de sapins qui semblaient s'endormir à leurs pieds, les uns après les autres. Les oiseaux du jour rentraient au nid, passant la relève à ceux de la nuit, qui commençaient à hululer.

— Pourquoi dit-on le ballon d'Alsace ? Il n'est pas rond.

— Je ne saurais vous dire.

Jean regardait les dentelures, les arêtes vives. On devinait la descente rapide, abrupte du sommet sur le versant rhénan.

— Les Alsaciens l'appellent *belchen*. Ce n'est sans doute pas la même chose.

Il retomba dans son mutisme. Gabrielle n'avait pas l'habitude des garçons qui ne parlent pas. Ceux des villes étaient intarissables. Elle pouvait à peine leur répondre, et ils ne l'écoutaient d'ailleurs pas. Elle s'habitua au silence, et lui trouva même du charme.

— J'ai froid, dit-elle, quand les derniers rayons embrasèrent la montagne. Pouvons-nous rentrer ?

Il l'emporta de nouveau pour gagner la marcairerie. L'endroit était désert. Des chauves-souris s'envolèrent à leur approche.

— Je les crains plus que les rats ! s'exclama Gabrielle, crispée dans les bras du géant.

— Attendez un instant sur le banc de pierre.

Il avait allumé du feu dans une cheminée rudimentaire. Les bûches, très sèches, flambaient en crépitant, mais sans fumer. Gabrielle était entrée pour se réchauffer. Elle battait des mains devant le foyer, sautait sur ses jambes. Jean avait toujours en poche une bougie. Il l'avait fichée sur la vieille table de chêne, au milieu de la pièce. À l'arrière des paillasses, des claies pour le fromage. On y affinait naguère le délicieux géromé, qui faisait la fortune des gens de Gerardmer. Mais, depuis longtemps, les troupeaux n'avaient pas pris, l'été, le chemin de la montagne. Les cloches à vaches abandonnées témoignaient du désastre.

Jean apporta deux paillasses qu'il avait trouvées dans le fond de la pièce.

— Détendez-vous, dit-il à Gabrielle, je vais préparer le cantonnement.

Il battit la paille avec un gourdin, pour faire tomber la poussière, bouchonna la surface, installa une des paillasses sur un banc devant le feu.

— Allongez-vous, je prépare le dîner.

Il tira de son sac trois ou quatre pommes de terre qu'il plaça dans la braise, découpa un saucisson en fines tranches, versa de l'eau dans un bidon pour la faire chauffer sur le feu.

— Il n'y a pas de soupe, mais j'ai du Viandox !

Gabrielle, qui avait retiré les chaussettes pour approcher du feu ses pieds nus, redécouvrait les plaisirs simples : avoir chaud, boire chaud, manger des patates avec la peau, s'étendre sur la paille sans rien faire, regarder seulement le grand garçon qui s'affairait pour prévenir ses moindres désirs. Jamais repas ne lui avait paru plus somptueux. Jean aplatissait les pommes de terre comme des galettes et les servait sur les claies à fromage. Il avait même trouvé, au fond de son sac, une douzaine de reines-claudes cueillies le matin dans le verger d'un village abandonné.

C'était sa fête à lui, celle dont rêvaient tous les poilus, et aussi les dames de Paris, marraines de guerre et autres dévouées mondaines. Que n'auraient-elles donné pour partager le pain du héros ? Gabrielle trouvait les pommes de terre trop chaudes et le Viandox imbuvable. Mais elle admirait qu'on pût illuminer une masure, et rendre vivable un nid de chauves-souris. D'une ruine, Jean avait fait un palais des Mille et Une Nuits. Pour elle.

Toujours sensible aux changements imperceptibles du climat affectif, elle était entraînée dans le courant chaud, dans les alizés des mers du Sud, la chaleur gagnait aussi son cœur. Elle était belle quand, toutes boucles défaites, elle regardait Jean attiser le feu, remettre des bûches, faire craquer dans son poing les noix dont il déposait les cerneaux sur ses lèvres humides. Elle souriait en buvant du vin chaud qu'il avait préparé dans son quart avec deux doigts de cannelle.

— C'est meilleur que la tisane, lui dit-il, et cela fait faire de beaux rêves.

— Je ne rêve jamais.

— Du moins dormirez-vous, car il faut dormir.

Elle était stupéfaite. Il la prenait de nouveau dans ses bras, et la déposait avec douceur sur la couche qu'il avait aménagée devant le foyer. Allait-il la laisser seule ? La panique la gagnait. Il était soldat, il allait partir. Elle s'était sottement attendue à ce qu'il dorme auprès d'elle. N'était-elle pas prête à tous les abandons ?

Un bruit. Quelqu'un grattait à la porte puis l'entrebâilla pour faire signe à Jean. Gabrielle se leva précipitamment, redoutant le pire. Jean était sorti. Mais elle entendit très bien le dialogue.

— Tu dois rentrer. Ils te cherchent. Le caporal est furieux.

— Dis-lui de fermer sa gueule. Je serai demain au rassemblement. À 6 heures. D'ici là arrangez-vous. Je ne peux la laisser seule. Que le vaguemestre passe avec sa voiture. Il la ramènera à Belfort.

— Mais l'adjudant…

— Dis à ce jean-sucre qu'il y a toujours à la guerre des balles perdues pour les salauds.

Déjà il repoussait la porte, pour rassurer la petite. Elle avait disparu.

— Gabrielle ! Gaby ! Où êtes-vous ?

Elle était cachée dans le coin le plus sombre de la pièce. Bondissant près du feu, elle se campa en caryatide, la tête au niveau de la grande poutre de chêne, les bras nus arrondis comme ceux d'une amphore, les jambes libres. Jean s'approcha, elle se déroba en riant, prenant une autre pose, plus alanguie, les bras sur la table, la tête inclinée. Puis elle lui sauta au cou, le serrant de ses jambes, l'embrassant sur les lèvres. Le malheureux n'avait pas l'habitude des ballets amoureux. Il se tenait immobile, et s'efforçait de ne pas regarder les bras et les jambes nues de la belle naïade.

— Vous allez prendre froid, dit-il enfin, au risque de rompre le charme.

Saisissant sa couverture de tranchée, il enveloppa la jeune fille et l'allongea sur le lit de paille. Elle se laissa faire, attendrie. Il ne l'avait pas quittée. Il allait dormir là, tout contre elle, et l'inonder de sa chaleur.

VII

LA JAVA DU COLONEL

Jean s'était éveillé avant l'aube, comme à la tranchée. Il avait quitté la couche avec d'infinies précautions pour ne pas faire crisser la paille. Rallumant le feu en soufflant sur la braise, il avait déposé deux grosses bûches sur les brandons incandescents, pour que Gabrielle n'eût pas froid.

Il avait rencontré en chemin la voiture du vaguemestre. Ce bougre-là, toujours en retard, avait juré de conduire la petite à bon port, en tout bien, tout honneur. Jean pensait qu'il l'avait assez terrorisé pour qu'il tînt scrupuleusement parole. Les vaguemestres n'avaient pas la partie belle au front, comme les cuisiniers. Les poilus les traitaient de planqués, d'incapables, les accusaient de perdre les lettres. De ses poings et de ses coups de gueule, Jean avait défendu celui-là : il ne lui manquerait pas.

Au bout du plateau déboisé, de la Planche des Belles Filles, il s'était retourné pour penser, ne fût-ce qu'un instant, à cette nuit qu'allait exécuter l'aube intraitable. Il l'aurait volontiers prolongée de vingt-quatre heures, comme un permissionnaire indélicat. Les hommes comptaient les jours pour partir. Il aurait donné volontiers son tour pour rester ici, caché dans la grande marcairerie oubliée de la Vosge. Rien ne l'attirait au pays, personne ne l'attendait. On se mariait tard, à la campagne, et la « vie de garçon » dont parlaient les Parisiens en lissant leurs moustaches n'avait guère de sens à Colombey, où l'on devait espérer les belles plus qu'il n'était raisonnable. Il avait, pour la fille qui s'était offerte, et qu'il s'était bien gardé de prendre, une tendresse religieuse, une sorte de vénération. Comment un être aussi précieux, aussi rare, pouvait-il être offert aux moindres, accessible, disponible ? Cette idée le tourmentait. Oui, la petite avait besoin de sa protection. Lui, Jean, le plus fort de la compagnie, le plus rusé du régiment, le brave entre les braves n'avait que faire de cette guerre qui lui semblait soudain dérisoire. Il devait survivre pour elle, et l'arracher à son mauvais destin.

Comment le lui faire comprendre ? La revoir, très vite, coûte que coûte. Les copains l'aideraient. Il devait lui expliquer. Il lui avait à peine parlé. Il s'en voulait de sa timidité. Les autres, ceux de la ville, avaient l'habitude des femmes. Ils savaient trouver les paroles qu'elles attendaient, celles qu'elles lisaient tous les jours dans les mauvais romans. Mais lui, pauvre buse de Colombey, que trouverait-il à lui dire ? À quoi bon la revoir, si, une fois de plus, il ne pouvait pas lui parler ?

Pourtant, il avait le sentiment d'être compris. Il ne l'avait pas traitée comme les autres. Il lui avait montré qu'il la respectait trop pour la prendre sur une botte de paille. Lui en savait-elle gré ? Pensait-elle, au contraire, qu'elle n'avait su lui plaire, qu'il la trouvait trop légère, disons le mot – qui lui nouait la gorge – trop facile ? Allons donc ! Elle n'était pas sotte, fine au contraire, et différente des autres. Elle lui était reconnaissante de son empressement, de ses silences, de sa réserve. Peut-être rêvait-elle de lui, elle qui ne rêvait jamais, quand ce butor de vaguemestre était entré dans la masure ? Il ne savait plus rien. Mais il était heureux comme il ne l'avait été depuis très longtemps. Il remontait à sa première enfance pour rechercher le souvenir d'un bonheur équivalent. Aujourd'hui commençait la vie nouvelle de Jean Tardy, de Colombey-les-Belles.

À grandes enjambées, il dévala le sentier pentu qui conduisait au cantonnement. Il apercevait les fumées du hameau de Chauveroche, où son régiment était au repos. Il devait être dans la grange qui servait de dortoir à sa compagnie avant 6 heures, et ne pas se laisser surprendre par le clairon du réveil.

À l'approche des fermes, le silence était seulement troublé par les ronflements des hommes. Jean se glissa dans la grange, sans faire de bruit, puis secoua doucement le Chinois.

— Rien de cassé, Frédéric ?

— Tout va bien. L'adjudant a hurlé. Mais le Désossé lui a fait entendre raison. Tu peux te lever la tête haute. D'ailleurs, regarde ta couche.

Sur la paillasse de Jean, un polochon avait été placé de façon à donner l'illusion que le soldat dormait, recouvert par une couverture de cheval.

— Tu vois, tu ne nous as pas manqué. Était-elle belle, au moins ?

Jean ne répondit pas. Son camarade comprit tout de suite que l'aventure était sérieuse, et qu'il ne fallait pas plaisanter.

— Plus que belle, dit-il enfin sombrement.

— Maintenant, prépare-toi à la danse. C'est jour de noce. Tu connais la java du colonel ?

Le clairon sonna. Trois mille hommes se réveillèrent en même temps, pestant contre la guerre qui, même à l'arrière des lignes, n'épargnait pas le troupier.

En quelques minutes, ils sortirent par groupes, torse nu, courant dans l'herbe humide vers la Savoureuse qui avait plutôt l'air d'un torrent que d'une rivière. Des malins avaient aménagé une douche, avec deux roues, actionnées à la manivelle, et sur lesquelles étaient fixées des boîtes de conserve géantes. Les hommes se précipitèrent sous les boîtes, se frottant le torse avec d'énormes morceaux de savon noir. Les plus matinaux chantaient. On était loin des Allemands, loin des obus. Depuis peu de temps, les grands chefs avaient eu l'idée de mettre les poilus au repos assez loin des tranchées pour qu'ils ne fussent pas réveillés par les bombardements : c'était un progrès. Pendant des mois, ils n'avaient pas connu de cantonnements à l'abri. Ils restaient, même s'ils n'étaient pas en secteur, dans la ligne de feu.

Après la douche, le rasoir. Chacun fixait, sur le tronc des arbres, ou sur les murs des fermes, des miroirs de campagne qui n'étaient souvent que des morceaux de glace, des fragments recueillis dans les maisons bombardées. L'eau chaude bouillait dans la marmite. On fit la queue pour y remplir son bidon. Il fallait se dépêcher, et ne pas se faire d'estafilades avec les lames des grands rasoirs à manche. Le colonel n'aimait pas ça. Il n'appréciait pas davantage les barbes hirsutes comme celle de Jean. Mais le temps n'était plus à la persécution. Aucun adjudant n'aurait osé risquer une remarque sur les « nids à poux » que certains arboraient par plaisir et, quelquefois, par défi. Le colonel prétendait que la barbe laissait passer le gaz moutarde. Jean était la preuve vivante du contraire.

Habillés en tenue de campagne, sanglés de cartouchières, les jambes bien prises dans les molletières très serrées, les hommes s'alignaient au commandement, pour le rassemblement au drapeau. Ils présentaient les armes, comme à la caserne. La sonnerie « Ouvrez le ban » leur commandait de rester sur place, la cérémonie une fois terminée. Le colonel allait venir.

— La java va commencer, murmura Frédéric.

Le colonel arriva au trot, sur un cheval blanc. Il avait déjà inspecté les chasseurs, qui campaient plus haut, aux Roches-du-Cerf. Visage fin, dont la délicatesse était démentie par une moustache à la Joffre, trop épaisse ; lunettes à monture de fer, joues glabres, front haut. Un képi mal posé sur le crâne. Un officier de réserve, dans une division de réserve. Il n'avait pas l'allure martiale. Les adjudants ne s'y trompaient pas. Les ordres qu'ils répercutaient manquaient de vigueur.

— Vous êtes au repos depuis trois jours et vous n'êtes pas montés en secteur depuis longtemps, leur dit-il doucement, sans forcer la voix. Vous devez être prêts à reprendre le combat.

« Ce qu'il oublie de dire, pensa Jean, c'est que la division, depuis janvier 1917, a changé quatre fois d'armée (elle était à la Ire, puis à la IIIe, dans la région de Noyon. C'est là qu'elle avait participé à l'offensive Nivelle. En juin, elle avait été rattachée à l'armée Maistre, la VIe, celle qui tenait le Chemin des Dames, avant d'être expédiée, à la fin de juillet, au sud des Vosges.) Ainsi le colonel – tiens, c'était un nouveau colonel ! D'où venait-il au juste ? –, le colonel avait la mémoire courte. Peut-être était-il dans un état-major pendant qu'ils allaient au casse-pipe dans l'Argonne. »

— Vous n'êtes pas montés en secteur depuis longtemps…

« Était-ce leur faute si l'on avait repoussé de jour en jour la fameuse offensive de juillet ?… Pétain avait mis le holà. Il ne voulait attaquer qu'à coup sûr. Ce colonel était-il au courant ? »

— Il faut se remettre à l'instruction, poursuivait-il de sa voix monocorde, dans un esprit résolument moderne, en recherchant l'efficacité.

Jean ne décolérait pas. Ce petit homme à lunettes de fer prétendait-il leur apprendre à faire la guerre ? L'état-major avait retiré les divisions l'une après l'autre du Chemin des Dames, parce que les positions étaient intenables. Au moment d'attaquer, les Français avaient été surpris par un feu ennemi d'une violence inimaginable.

— Vous devez avoir dans l'esprit les nouvelles dispositions de l'attaque. Elles ont été profondément modifiées par l'état-major. Vous ne partirez plus sans avoir la certitude absolue de l'emporter.

« Cause toujours ! se disait Jean. On a modifié cent fois la tactique et Nivelle a rédigé d'innombrables instructions. Mais derrière les hésitations, il y a les nids de mitrailleuses. »

— Le général Pétain prend lui-même en main la préparation de toutes les opérations offensives. Aucune action ne sera décidée sans avoir été mûrement préparée.

« C'est vrai, pensaient les hommes dans les compagnies. Il était temps qu'il arrive, celui-là. Depuis sa prise de commandement, on les laissait en paix. On avait renoncé aux grandes tueries : ce n'était pas un mal. »

— Un nouveau type d'action est nécessaire. Il repose sur la compétence des meilleurs, sur l'éducation des nouveaux par les anciens, sur la solidarité dans la discipline. À cette condition, nous vaincrons.

Jean ne pouvait oublier – il l'avait appris par les camarades du 18e corps, en ligne désormais devant Altkirch – que la 10e armée avait beaucoup souffert des attaques allemandes, après avoir été aux premières loges de l'offensive. Si l'on avait prélevé sur la partie la plus exposée du front les bonnes unités, si on les avait envoyées dans le secteur calme des Vosges, c'est que l'on craignait la révolte des soldats. Les mutineries du mois de mai avaient effrayé l'état-major. Pour reprendre l'armée en main, les offensives avaient été décommandées, les unités dispersées.

Jean se souvenait parfaitement de l'arrivée en ligne de sa division, le 21 juin. Ce jour-là, ils avaient quitté le camp d'instruction d'Estrées-Saint-Denis. Par camions, on les avait transportés dans le secteur de la ferme Malval et de l'Épine de Chevregny. En vue d'une attaque, naturellement. Ils n'avaient pas pu attaquer. Ils avaient subi, pendant un mois, une offensive incessante de l'ennemi. Les officiers, eux-mêmes, déploraient les mauvaises conditions du combat. Pas d'abris pour les hommes, des boyaux en petit nombre, mal creusés. Les chasseurs du 44e avaient placé, au risque de leur vie, des chevaux de frise en avant des lignes, pour stopper l'attaque allemande. Mais les barbelés étaient en mauvais état, les positions de mitrailleuses trop rares. Les Allemands criblaient les premières lignes de *minenwerfer* et de bombes à ailettes. Tous ceux qui avaient échappé à cet enfer disaient qu'ils préféraient Verdun en 1916. Les hommes étaient à bout, avant même de recevoir l'ordre d'attaque. Les avions ennemis survolaient les lignes matin et soir, particulièrement dans la région de Chevregny. Les Allemands avaient devancé les Français : c'est eux qui donnaient l'assaut, avec leurs troupes spécialisées, et, naturellement, les lance-flammes. Ils s'étaient reposés près de Laon, ils avaient minutieusement préparé leur offensive. Le régiment de Jean avait perdu, ce jour-là, quatre cent trente-neuf soldats et dix-huit officiers, dont le colonel. On en avait nommé un nouveau, ce vieil homme venu de l'arrière, que personne ne connaissait.

— Les compagnies de mitrailleurs, de grenadiers, de lance-flammes et d'éclaireurs commenceront immédiatement leur nouvel entraînement. Les autres peuvent vaquer au cantonnement et veiller à l'entretien de leurs armes.

Le colonel avait fait rompre les rangs. Jean, avec sa compagnie, restait mobilisé. Pour lui, la fête commençait. À peine quatre jours de repos. Il fallait reprendre tout de suite, pour répondre au vœu du nouvel état-major. Il enrageait. Impossible de s'absenter, et de s'enfuir vers Belfort.

— Vous vous souvenez de l'affaire de juillet, sur le Chemin des Dames ?

Oui, Jean s'en souvenait. On avait soigneusement préparé une attaque locale, en avant des lignes, entre le boyau des Chasseurs et le boyau du Vertige. Tous les secours étaient prévus, artillerie lourde, avec une batterie de 270 – aviation de soutien. Un tout petit nombre de fantassins devait partir à l'assaut, pour enlever à peine un kilomètre et demi de tranchées, à deux mètres de la ligne de départ. Les attaquants devaient immédiatement se cacher, une fois l'objectif atteint, dans les abris naturels de la pente du Chemin des Dames, attendant les renforts pour repousser les contre-attaques. Quelques jours plus tard, l'opération avait échoué. Le général Maistre, commandant la 6e armée, se plaignait d'avoir un front non stabilisé, constamment attaqué par les Allemands. Pourtant on avait utilisé, pour cette attaque, une tactique nouvelle.

Pour Jean et ses camarades, ces journées de juillet avaient été un enfer. Ils avaient subi, pendant des heures, un « tir d'épouvante ». À peine les canons s'étaient-ils tus que les PC étaient investis par les troupes d'assaut qui s'étaient faufilées dans les boyaux. Impossible de tirer. Elles étaient mêlées aux soldats français, qu'elles assaillaient à la grenade ou à la baïonnette. Une boucherie. Les hommes de première ligne s'étaient fait cueillir, éparpillés dans la tranchée. Une vingtaine d'agresseurs décidés, armés jusqu'aux dents, les avaient surpris dans le brouillard. Les barbelés avaient été cisaillés, les nids de mitrailleuses neutralisés. Pour résister, les escouades, commandées par des caporaux, étaient insuffisantes. Celle de Jean avait pu se replier de justesse, en sautant dans un autre boyau. Il aurait été nécessaire de regrouper plusieurs escouades, avec des combattants spécialisés dans le corps à corps. Pétain l'avait parfaitement compris : aussi, sans encourager la formation, à l'allemande, d'unités d'élite pour l'assaut il avait donné des instructions afin que les meilleurs baroudeurs fussent distingués, décorés, cités en exemple et engagés comme instructeurs, pour former les autres. Jean était de ceux-là.

Les échecs du Chemin des Dames avaient fait réfléchir le général de Boissoudy, qui commandait la 7e armée. Les rapports des avions de reconnaissance signalaient le renforcement des unités allemandes du duc de Wurtemberg. Allait-il lancer une offensive ? On craignait une opération dans la vallée de la Thur, à partir de Cernay. Il n'était donc pas question pour les Français d'attaquer, mais de se défendre. On étudiait un plan de renforcement autour de Belfort. Dans cet esprit, la 70e division avait été transportée à l'est par chemin de fer.

— Le général en chef a constaté, disait le colonel aux compagnies d'élite rassemblées autour de lui pour l'exercice, que les hommes, dans la bataille d'Arras, ont utilisé très peu leurs fusils. Ils se sont battus à la grenade. C'est un tort. Il faut se souvenir que vous autres, fantassins, vous êtes d'abord des voltigeurs. Accessoirement des spécialistes. Je vous suggère donc de revenir au tir et à l'exercice de combat à la baïonnette.

L'adjudant Jalbert reprenait du poil de la bête. On ressortait les plastrons, comme à la caserne. On plaçait des boules sur la pointe des « rosalies », et l'on se préparait pour l'assaut traditionnel.

— Baïonnette au canon ! Pointez, parez, pointez, parez !

Oui, Jalbert se donnait du bon temps. Il en oubliait la guerre. Mais Jean, Frédéric et tous ceux qui avaient échappé aux tueries de l'été 14 grinçaient des dents. On disait que le président du Conseil voulait organiser des championnats de rosalie interrégimentaires, avec des prix et des médailles, encore des médailles. Ne savaient-ils pas, les beaux messieurs de Paris, que les voltigeurs des tranchées, ceux qui étaient les premiers à franchir le parapet pour les attaques, ne se servaient jamais de la baïonnette au bout du fusil. Ils rampaient et bondissaient jusqu'aux boyaux adverses sans bruit, étranglaient ensuite leurs ennemis ou les égorgeaient. Les « nettoyeurs des tranchées » n'avaient de conseils à recevoir de personne, et surtout pas des Ratapoil de boulevards...

Pendant une heure, ils avaient dû croiser le fer. Ils avaient oublié ces exercices qui ne servaient jamais vraiment qu'à l'instruction des conscrits. Les tranchées et les nids de mitrailleuses se nettoyaient, n'en déplaise au général, à la grenade : c'était l'arme la plus efficace. À l'arrière, ils chantaient les mérites de « Rosalie ». Ils avaient aussi composé une chanson sur « la mimi, la mimi, la mitrailleuse ».

Jean, qui n'avait guère dormi, se croyait quitte après une heure d'entraînement théorique, où l'on avait répété toutes les figures de l'assaut et de la défense ; mais l'adjudant Jalbert était en pleine forme.

— À mon commandement, alignement ! hurla-t-il dans la clairière.

Les soldats d'élite, exténués, attendirent le signal du « Rompez les rangs ! ». Las ! Ils furent aussitôt engagés dans une folle attaque au pas de course, baïonnette au canon, selon les nouvelles normes de l'état-major.

— Distance, alignement ! cria Jalbert. Attention à l'exercice d'attaque. Le front du bataillon ne doit pas dépasser quatre cents mètres. Éloignez-vous les uns des autres. Distance réglementaire : quatre mètres ! Exécution !

Ils durent franchir deux cents mètres au pas de course, sac au dos, baïonnette au canon, en s'aplatissant tous les dix mètres, en bondissant au coup de sifflet.

— Il nous prend pour de la bleusaille, dit Jean. Arrêtons-nous en fin de parcours.

Donnant le mauvais exemple, Jean, le premier à la course, planta sa crosse dans la glaise contre le fusil du Désossé ; les autres tendirent les leurs, pour former un faisceau. Toute la compagnie les imita, caporaux en tête. L'énorme Frédéric, qui ressemblait à un bouddha aux yeux plissés, sortit sa pipe en terre de sa poche. Les autres roulèrent des cigarettes.

— Rassemblement ! hurla l'adjudant à trois cents pas.

Personne ne bougea, ni ne répondit. D'une démarche saccadée, Jalbert, furieux, se rapprocha, prêt à mordre.

— Refus d'obéissance ? Vous savez ce qu'il vous en coûtera. Les instructions du colonel sont formelles. Exercice toute la journée.

— Nous ne refusons pas l'exercice, dit Jean. Mais nous ne sommes pas des bleus. Si vos méthodes nouvelles sont celles des casernes de 1910, vous pouvez les enseigner à l'arrière, pas ici.

— Je rendrai compte, dit Jalbert, ulcéré.

Les hommes l'entourèrent, formant autour de lui un cercle menaçant. Jalbert avait entendu parler des mutineries. Il savait qu'on avait menacé, dans certaines unités, les officiers eux-mêmes.

— Ah ! mes gaillards, une mutinerie ! Vous êtes bons pour les bataillons disciplinaires ou pour le peloton.

— Pas du tout, Jalbert, pas du tout ! Nous allons te donner une leçon d'attaque-surprise. Tu restes là.

Jean le conduisit au pied d'un arbre. Les autres reprirent leurs fusils, firent cliqueter les culasses. L'adjudant pensait qu'ils allaient le passer par les armes. Jean le rassura d'un geste.

— Je reste avec toi. Nous représentons les lignes allemandes. Les autres vont donner l'assaut. Retourne-toi, Jalbert, et compte jusqu'à dix.

La compagnie s'était égaillée en un instant. Les autres avaient compris le jeu. Regagnant la ligne de départ, ils étaient partis à l'attaque, par bonds successifs.

— Retourne-toi.

Jalbert n'en crut pas ses yeux. Il ne voyait plus personne.

— Ils sont partis.

— Du calme, dit Jean, lui désignant les bouquets d'arbres.

Les hommes avaient profité de tous les accidents du terrain pour se dissimuler. Au signal du caporal, ils bondissaient de trois mètres, se plaquant de nouveau au sol.

— Tire à quarante centimètres, vide ton chargeur, dit Jean.

L'autre s'exécuta. En pure perte. Il ne voyait toujours pas les hommes ramper.

— Attention aux grenades !

Non dégoupillées, elles tombèrent à ses pieds par dizaines, comme des œufs. Il tremblait de peur. Les voltigeurs surgissaient de partout, ils étaient cernés et l'adjudant ne s'était rendu compte de rien.

— Cette fois, Jalbert, lui dit Jean devant tous les hommes rassemblés, tu pourras mettre dans ton rapport que tu as assisté à une attaque. Une vraie. Pas de celles que tu contrôles à la jumelle, au PC du colonel. Tu as été aux premières lignes. Tu vois que tu n'as pas de leçons à nous donner. Veux-tu qu'on t'aide à rédiger ?

Le soir, au cantonnement, les hommes rêvaient après la soupe. L'après-midi avait été calme : séance de tir. Tous étaient des champions. Il n'était pas utile d'améliorer leurs performances. Le colonel en personne les avait félicités. Il n'avait pas été question de l'incident du matin. L'adjudant s'était gardé d'en faire état à la nouvelle popote où les sous-officiers, sur ordre de Pétain, étaient désormais rassemblés : ils ne mangeaient plus avec la troupe.

IL n'y avait pas d'offensive en préparation. Ils étaient seulement venus renforcer la 7e armée pour prévenir une attaque allemande. Jean préférait cela. Ils allaient être transformés en terrassiers et en bûcherons. On leur ferait construire des boyaux, étayer des tranchées, implanter des nids de mitrailleuses. Mais ils échapperaient à l'hécatombe.

Les événements de mai et juin avaient profondément marqué la troupe. Le régiment était dans le secteur critique. Il avait été sensible au mouvement, il n'avait pas échappé à la contagion. Le 8 juillet, il avait refusé de monter en ligne…

— Tu sais que les gars du 18e corps sont en position devant Altkirch, dit le Désossé. Si on veut les faire attaquer, gare ! Ils étaient à Craonne.

— Ils ne nous lanceront plus dans une offensive, répondit Jean. Rappelle-toi notre montée en ligne, au Chemin des Dames, ce que racontaient les sous-offs sur la 10e armée…

— On n'en savait rien, dit Frédéric, mais les choses avaient commencé bien avant. Dès avril... à la ferme du Choléra... six hommes dont un caporal !

— Cinq fusillés.

— Et l'attaque de Suippes, ajouta le Désossé, dans la division Mordacq... On engage le 108e dans un secteur impossible. Les gars sont morts de fatigue, ils ont été transportés par camions. Douze ont été condamnés à mort pour abandon de poste.

— Ils n'ont pas été fusillés, dit Jean. On les a graciés... de bons soldats ! Mais ils en avaient assez d'obéir à des ordres stupides qui les envoyaient à la mort. Je suis sûr que ceux d'en face ont réagi de même. La preuve : au mois de mai, ils nous ont foutu la paix.

— Pas tellement. Et chez nous, que de mutins ! Tiens, ceux de Mourmelon. Deux cents d'un coup qui disparaissent dans les bois. Ils étaient au repos, comme nous en ce moment.

— Si on te disait que tu dois attaquer demain sur la ligne de Cernay, irais-tu de bon cœur ? demanda le Désossé.

— Je râlerais, mais j'irais, répondit Jean. J'y suis toujours allé. Tes gars de Mourmelon étaient des dégonflés. Ils se sont cachés dans les bois. D'autres ont pris des vêtements civils pour rentrer chez eux. Quand on a quelque chose à dire aux gradés, il faut le leur dire en face... même aux colonels. Les fuyards ont toujours tort. Mais je trouve aussi que ceux-là devaient payer. On a fusillé des braves, qui ne l'avaient pas mérité.

— Tu oublies les conditions... Rappelle-toi, au début de juillet, quand il y a eu des abandons de poste chez nous ; depuis quinze jours et quinze nuits, on était attaqués sans arrêt par les Boches, sans être jamais relevés. II est normal qu'une compagnie ait flanché.

— Je ne jette pas la pierre, dit Jean. Même ceux de la coloniale, même les chasseurs à pied ont flanché. Le turbin était trop dur. Rappelez-vous la 18e division. Des braves, qui venaient tous de Tours, d'Angers, de Cholet, des gars de la campagne, comme nous. On les a lancés sur la tranchée de Lützov et le bois des Chevreux. Ils ont tout subi, y compris les lance-flammes et les gaz. Tout supporté, pendant une semaine. On les a mis au repos. Quatre jours après, à peine, les gars ont pris le chemin du bois des Couleuvres... autant dire du cimetière. Le général leur avait promis huit jours de repos. Il n'avait pas tenu parole. Une compagnie s'est révoltée, les autres ont suivi. Ils ont refusé de monter en ligne. La grève, comme ils disent dans les usines.

— Ils y sont allés quand même.

— Sûr ! On a condamné un caporal à mort – il a du reste été gracié – et les autres sont remontés en ligne. Plus de la moitié n'avaient pas obtenu de permission depuis quatre mois.

— Il y a pire, ajouta Frédéric. Ceux du 66e ! Ils n'avaient pas eu de repos depuis six mois. Un record ! Résultat ? Plus de quatre-vingts mutins, dont la moitié de condamnés.

— Ce qui ne les a pas empêchés, reprit Jean, d'attaquer avec cœur deux jours plus tard pour enrayer une attaque allemande...

— C'est la même chose au 18e, dit le Désossé. Ils voulaient tout détruire, tout avaler, ils chantaient l'*Internationale*, ils parlaient de prendre le train pour Paris. Finalement ils se sont laissé encadrer par les gendarmes et ils sont remontés en ligne. Bravement. Seulement, cette fois, il y a eu trois exécutions.

— Le quatrième s'est taillé, dit Jean. On ignore son nom. Mais, à ce qu'on dit, c'était un paysan des Landes, très brave, cité plusieurs fois à Craonne.

— Pourquoi ne l'ont-ils pas gracié ?

— Il avait menacé un sergent avec son Lebel.

— La belle affaire...

— Aucune armée au monde, dit Jean d'un ton péremptoire, ne peut admettre que ses officiers soient couchés en joue par les soldats, ni même giflés ou bousculés.

— Dans la colère, dit Frédéric, les coups partent tout seuls.

— Il faut se dominer. Ceux de la division Mangin ont eu tort de croire les bobards imprimés à l'arrière par des gens très bien intentionnés, qui ne sont pas soldats et qui gagnent quinze francs par jour. Tu sais ce qu'ils disaient ?

Qu'à Paris les tirailleurs indochinois abattaient leurs femmes à la mitrailleuse.

— Ce qu'ils veulent, c'est faire cesser la guerre. Tout de suite. Une paix sans victoire obtenue par la grève de la guerre.

— Ils disaient ça déjà en 14. Et nous voilà dans la boue depuis trois ans. Il n'est pas né, dit le Désossé, celui qui mettra la guerre hors la loi.

— Il faut être deux pour faire la paix, dit Jean. Rappelle-toi la bataille de l'Ailette. Tous les jours, toutes les nuits, ils nous attaquaient sans relâche. Pourtant ils en ont assez, eux aussi, de la guerre. Non, nous n'avons pas le choix.

— L'arrière, toujours l'arrière, dit le caporal. Il paraît qu'ils sont tous en grève. Qui reprendra en main notre pauvre pays ?

— Tais-toi, papa, tu parles comme un président. S'ils font la grève, ils ont leurs raisons, dit le seul Parisien de la compagnie. Moi qui te parle, je suis de Bagnolet. En 14, avant le commencement de la danse, j'avais déjà fait six grèves. Ça n'a pas empêché le pays de marcher. Aujourd'hui encore, s'ils ne tiennent pas leurs promesses pour les perms et le temps de repos, je te garantis que je la referai, la grève. Et tu pourras toujours me dire de monter en ligne...

— C'est moi qui commanderai le peloton pour t'envoyer à Biribi, tête de pioche... En attendant, extinction des feux. La journée de demain sera dure.

— Soyons bien d'accord, lui dit Jean en se dressant de toute sa taille. La java du colonel, nous l'avons déjà dansée.

— Nous ne sommes pas du 269e. Nous n'avons jamais refusé de monter en ligne, ajouta le Désossé, tout aussi menaçant.

— Et nous obéissons aux ordres au combat, dit Frédéric. Même quand ils sont très durs.

— Mais nous ne sommes pas prêts à user nos forces en exercices inutiles. Fais-le savoir à qui de droit.

Jean regardait partir vers le PC du bataillon le pauvre caporal au dos voûté, à la démarche hésitante. Même dans les défilés, il ne pouvait jamais marcher droit. Il revint peu après, triomphant. Il avait parlé au lieutenant. La 5e compagnie était dispensée d'exercice pour l'après-midi. Elle assurerait seulement dans la matinée l'entretien des armes. De vibrantes ovations ponctuèrent son discours.

Jean guettait le retour du vaguemestre. Il avait en tête une idée folle : pourquoi ne pas partir pour Belfort, aussitôt après le déjeuner, en profitant de la voiture du courrier ? Pourquoi ne pas y passer la nuit ?

VIII

LA NUIT BLEUE DE LA SAINT-FIACRE

Les hussards étaient au repos à Rougegoutte. Antoine en profitait pour lancer au galop sa jument d'Amérique dans la prairie aux herbes sauvages. Il s'amusait à faire sauter le pur-sang au-dessus d'un petit ruisseau qui serpentait entre les étangs, la Rosemontoise. Des poules d'eau, des canards s'envolaient presque sous les sabots nerveux de la monture, qui projetait les mottes de terre à dix mètres, en hennissant. Antoine dédaignait le gibier à plumes. Il chassait seulement à courre, une fois l'an, avant la guerre, dans la forêt de Vierzon.

Un dragon s'essoufflait à le suivre, sur un cheval plus lourd. C'était le vicomte Henri de Vallombreuse, un ami d'enfance.

— Ces bêtes sont superbes, dit Antoine en mettant la jument au pas. Quel dommage qu'il en meure parfois la moitié pendant la traversée. Les lads italiens qui les accompagnent n'ont pas assez de fourrage…

— J'en ai vu débarquer à Saint-Nazaire, dit Vallombreuse. Dans un état lamentable. Il fallait quatre hommes pour leur mettre la bride. Des chevaux sauvages, très mal nourris. On voyait leurs côtes.

Ils rentraient tous les deux vers Belfort, rencontrant, à la traversée des routes, des colonnes de fantassins qui ne levaient pas les yeux sur eux. Accablés par le barda, ils n'avaient aucune envie de voir caracoler des officiers montés. En fait, ils auraient dû s'exercer au manège, au lieu d'être à la promenade. S'ils ne voulaient pas qu'on leur tînt rigueur de leur escapade, ils devaient au plus tôt rendre leurs montures à l'écurie de la caserne, avant de rejoindre leurs cantonnements.

Depuis qu'il connaissait Vallombreuse, Antoine ne se lassait pas de souligner ses ridicules. Certes, le jeune homme portait beau : sa haute taille, son nez bourbonien, son regard dominateur lui valaient des succès féminins, qu'il ne recherchait pas outre mesure. Il lui arrivait cependant de s'en flatter, ce qu'Antoine trouvait de mauvais goût. Surtout quand il s'agissait de petites dindes de province rencontrées dans des bals de garnison. S'il avait séduit une jeune fille du monde, comme le lui permettait son nom, ou quelque théâtreuse en vogue – sa fortune autorisait tous les caprices –, Antoine aurait mieux supporté le récit de ses aventures. Il se demandait, non sans irritation, ce qu'Henri lui raconterait au cercle, quand il aurait mis pied à terre, abandonnant aux palefreniers son cheval au trop large poitrail, le seul de la cavalerie française qui pût supporter un cavalier de sa taille.

— Quelle étrange soirée ! dit-il, les yeux dans le vague, en attaquant un porto vieux d'un siècle.

Antoine observait la pomme d'Adam d'Henri. Sur son cou trop maigre, elle ressortait à chaque gorgée. Le géant avait une voix flûtée, presque féminine. Pour conter ses souvenirs, il arrondissait la bouche, donnant ainsi plus de prix à ses confessions.

— Savez-vous, mon cher, que j'ai eu le plus grand mal à trouver un lit à ma taille chez Gaston…

Louis XIV en voyage. Cela flattait le jeune fat de ne pouvoir coucher qu'à Versailles. Partout où il daignait se rendre, il aurait trouvé bon qu'on fît suivre ses commodités. Il lui fallait aussi un historiographe, témoin de ses campagnes et de ses exploits amoureux. Le grand roi ne se gênait pas pour trousser les marquises à la chasse, afin que toute la cour pût témoigner de son exceptionnelle virilité. Ainsi était le jeune Henri, pensait Antoine. Il avait couché chez Gaston. Quel événement !

— Une fille exquise, une inconnue.

Antoine tendit l'oreille. Henri ménageait ses effets. Il était passé maître dans l'art de l'évocation. Il voulait à toute force retenir l'attention de son public et savait doser les révélations.

« Une nouvelle chez Gaston, cela n'a rien d'étonnant, se dit Antoine. Dans les trains, dans les gares, à l'arrière du front, on rencontre de nombreuses femmes seules. Les unes forcent les barrages pour voir leur mari, leur amant. Les autres, les déracinées de la guerre, parcourent les arrières à la recherche d'une bonne fortune. Combien sont-elles à avoir passé au moins une nuit chez Gaston ? »

— J'ai connu cent filles chez Gaston, poursuivait, royal, le dragon. Aucune ne ressemblait à celle-là.

« Une fleur d'automne, un papillon perdu », se dit Antoine. Sans doute est-elle déjà repartie, comme cette admirable Loreley, cette blonde aux bras trop blancs qu'il avait un soir découverte, pour la perdre aussitôt, avant la rosée du matin. Il semblait au contraire que l'expérience d'Henri eût été plus concrète, plus durable. Antoine s'en irritait.

— Comment s'appelle-t-elle ?

— A-t-elle un nom ? Je n'arrive même pas à me souvenir de leurs prénoms. À quoi bon ? Tout ce qui me reste d'elle, c'est le charme d'une rencontre imprévue. Convenez que, dans un tel endroit, c'est un plaisir rare.

Antoine, peu complaisant, souhaitait en rester là. La platitude du langage d'Henri lui faisait craindre le pire. S'il poursuivait sur ce registre, il risquait d'endommager sérieusement l'image de la madone des Beuglants. Antoine eut pourtant le désir de pousser l'identification plus loin, pour vérifier une hypothèse.

— Était-elle blonde ?

Au lieu de répondre à l'interrogatoire soudain pressant d'Antoine, l'autre se rapprocha de la fenêtre pour observer à l'horizon les sapins noirs de Giromagny…

— Blonde, oui. Mais la blondeur du lin, pas celle des blés.

— A-t-elle chanté ?

— Divinement.

Henri avait répondu avec négligence. Que lui importait qu'elle chantât ? Très légèrement myope, sans qu'il voulût en convenir, il ne regardait jamais les femmes. Il lui suffisait de penser en toutes circonstances qu'elles chantaient, ou dansaient pour lui, qu'il était soudain devenu leur centre d'intérêt, qu'il les attirait irrésistiblement.

— Une grâce stupéfiante, ajouta-t-il en esquissant de la main sa silhouette.

Antoine ne supportait plus cette vulgarité. L'avait-il approchée, touchée… Il voulut savoir.

— A-t-elle accepté de boire à votre table ?

Antoine se souvenait que la blonde danseuse, sa compagne d'un soir, avait disparu sans laisser de trace.

— Je n'invite pas des femmes de cette qualité dans la salle, dit Henri, qui avait soudain le sentiment qu'il prenait sur son camarade, sur son insupportable rival, un avantage décisif. Elle aurait probablement refusé. Non, j'ai fait dresser une table dans une salle du premier. La nappe était convenable. On avait même trouvé des chandeliers. Je ne sais si vous connaissez les lieux… La cheminée est admirable et la lueur du feu de bois sied bien aux blondes.

Antoine blêmissait. Se pouvait-il que le Vallombreuse eût réussi là où il avait échoué ? En amour comme à la guerre, se disait-il, la fortune est aveugle : elle transforme un sot en héros, un pied-plat en séducteur. C'est pourquoi il est aussi vain d'étaler ses conquêtes que ses décorations. Elles sont le fruit du hasard.

— Voulez-vous dire, mon cher, que vous n'eûtes aucun mal à convaincre cette jeune beauté ?

Il rougit d'avoir posé cette question. Non seulement, et pour la première fois, il écoutait les récits d'Henri, mais il lui donnait l'impression d'y prendre un intérêt particulier et personnel. Si peu attentif qu'il fût, celui-ci avait fini par s'en apercevoir.

— Vous oubliez qu'en campagne comme à la ville je ne manque jamais d'arguments.

Oui, Antoine se souvenait. Il avait maintes fois partagé les dîners fins d'Henri. L'ordonnance, qui ne le quittait jamais, ne manquait pas de Veuve Cliquot. Il tenait même à disposition quelques cadeaux achetés rue de la Paix, tout à fait susceptibles d'attendrir les grisettes.

— Il me semble que je me souviens de son nom, ajouta Henri. Elle s'appelait Gaby.

Dans la Dorsay qui le conduisait à Belfort, Antoine se demanda pourquoi les propos du vicomte l'avaient à ce point impatienté. Cela ne laissait pas de l'inquiéter. Qu'il eût manqué d'obstination dans la conquête de l'admirable Gaby ne l'étonnait guère. Pourquoi lui aurait-il accordé une telle importance ? Fait-on sa cour dans un beuglant ? Avec ses méthodes de vieux trotteur, Henri s'y prenait probablement mieux. Antoine avait poussé la curiosité maladive jusqu'à l'inviter, ce soir, chez Gaston. Il jugerait sur pièces. Après tout, l'autre avait peut-être imaginé un récit à sa convenance.

Qu'avait donc cette fille de plus que les autres, pour qu'elle retînt à ce point son attention ?

« Oui, se disait-il, c'est la vraie question. Ne suis-je pas amoureux de Gaby ? »

La silhouette. Rien d'une déesse de gare. Svelte et mince, et nerveuse. Elle ne ressemblait pas aux cartes postales pour soldats. Une fille d'un nouveau genre, sans épaules lourdes, sans chignon, rien de convenu, de déjà vu. Des cheveux modelables à sa fantaisie, en longues tresses, en pluie de boucles, en auréole. Des bras minces et cependant voluptueux, la taille fine à l'extrême mais les hanches également, contrairement aux chanteuses à la mode qui s'épanouissaient dans les courbes généreuses d'un autre temps. La grâce du cou élancé, flexible, capable de donner au visage toutes les inclinaisons, de lui permettre de s'exprimer sans déformer les traits, seulement par sa position, la démarche vive et preste, mais qui pouvait aussi traduire une certaine langueur, par le souple arrondi du dos, la précision, la délicatesse du mouvement des jambes et des pieds. Il n'était certes pas surprenant qu'Antoine l'eût distinguée. N'était-elle pas exceptionnelle ?

Aussi imprévisible de comportement que d'allure, passant de la totale apathie à l'emportement : le temps n'avait pas pour elle de signification objective. Une succession de longs moments où elle restait sans conscience, et de brusques irruptions de plaisir. Elle semblait incapable elle-même de prévoir ces réveils de son être, ces bouffées de désir où la lumière soudain s'accrochait à ses gestes, à ses cheveux, à sa peau. Une fille de la guerre, sans avenir et sans durée, attentive aux rares instants d'extase, repliée sur elle-même.

La nuit tombait sur Belfort quand il entra par la porte de Brisach. Il était trop tôt pour aller au beuglant. Antoine se fit conduire au Café de Paris, devant le théâtre, sur les bords de la Savoureuse. La place était le point de rassemblement d'un régiment du 18e corps, qui partait en secteur devant Altkirch. Les hommes venaient de débarquer du train. Ils avaient formé les faisceaux, attendant de prendre la route de nuit. En ce dimanche 30 août, il se trouvait des dames de la Croix-Rouge pour leur tendre des bols de soupe et des verres de vin. Ils les accueillaient avec plaisir et bavardaient avec elles pendant que les officiers, casques sur la tête, entraient au Café de Paris pour s'y restaurer rapidement, au comptoir, avant de prendre la route avec les soldats. Ils avaient un regard surpris pour le hussard au dolman bleu ciel, installé confortablement en terrasse, comme s'il était en garnison.

— J'ai vu des planqués à l'arrière, dit un capitaine, mais j'ignorais ceux du front.

— Celui-là n'a pas dû être toujours à l'abri, répondit un autre. Ici la tranchée est à tout le monde.

Les Allemands avaient-ils été informés par les nombreux espions qu'ils entretenaient dans la région de cet important mouvement de troupe ? Un avion d'observation avait fait son apparition dans le ciel, aussitôt poursuivi par deux spads.

— Mauvais signe, dit le capitaine, ils pourraient bien canarder la route cette nuit.

— Et peut-être la ville, ajouta l'autre, comme à Reims, ou à Nancy. Il faudrait bombarder Cologne, en représailles. Castelnau le demande depuis longtemps.

— Les civils ne veulent pas. Ils ont peur pour Paris.

— Paris, toujours Paris ! Mais ils n'ont pas les moyens d'y arriver avec leurs petits avions !

— À cent kilomètres du front ? Tu veux rire. Les taubes lâchent leurs prunes comme ils veulent. Ils ont dû monter des 75 sur plates-formes pour leur tirer dessus !

Le clairon sonnait le rassemblement sur la place. En quelques minutes, sous les vivats de la foule et devant les dames en cape bleue, les soldats partirent, en colonnes par quatre, franchissant la Savoureuse sur le pont de pierre. Antoine, dans quelques jours, partirait aussi de nouveau pour la tranchée. Attaquerait-on enfin ? L'allure décidée des officiers pouvait le faire présager. Et aussi la mine sombre des hommes. Ils ne venaient pas relever un autre corps, mais le renforcer. Il était clair que l'état-major projetait dans le secteur une de ces petites offensives dont il gardait soigneusement le secret depuis que Pétain était au commandement. S'agissait-il de repousser les Allemands jusqu'au Rhin ? Antoine était sceptique. Ils étaient trop solidement retranchés. Des forces beaucoup plus nombreuses auraient été nécessaires, et surtout de l'artillerie.

Il était sûr de passer dans le beuglant, sur la route du ballon d'Alsace, une nuit calme, une des dernières nuits chaudes de l'été. On entrerait ensuite dans le quatrième hiver de la Grande Guerre. À quoi bon s'en plaindre ? Antoine ne croyait plus à une solution militaire rapide. On attendait les Américains. Les adversaires s'apprêtaient à se tapir dans la terre gelée. Celui qui tiendrait le « dernier quart d'heure » serait déclaré vainqueur. Aux points. Rien d'exaltant pour un hussard.

Antoine était las de cette guerre dont on ne pouvait attendre aucune surprise. Las ou mélancolique ? Se sentait-il soudain un cœur pour aimer, pour rêvasser au coucher du soleil ? Il chassa cette idée de son esprit.

« Il ne manquerait plus, se dit-il, que j'aimasse comme un sot. C'est Henri qui a raison. Allons boire du champagne en compagnie des belles, pour fêter la Saint-Fiacre sans penser au lendemain. »

Le bar était complet, comme à l'accoutumée, Antoine dut se frayer un chemin dans la tabagie du beuglant. Il hésitait à souper tout de suite. Se souvenant des propos de Vallombreuse, il n'écarta pas la possibilité d'une rencontre heureuse. Son ami n'était pas là, mais les dames arrivaient en voiture, souvent conduites par des militaires. Il les connaissait toutes, elles lui adressaient un sourire affectueux en entrant. Quelques cavaliers parmi les officiers, mais surtout des artilleurs, qui descendaient des montagnes où ils tenaient position. Antoine reconnut Gilda, qui prenait les premières commandes dans la salle. Ainsi donc, Henri ne l'avait pas trompé. Elles étaient encore là.

Antoine regardait les femmes. Elles étaient habillées à la dernière mode. C'était à croire qu'elles faisaient le voyage de Paris pour se procurer des vêtements ! Jupes courtes et bottes hautes pour les moins élégantes, robes amples de mousseline, vaporeuses et décolletées pour les autres. Les corsages s'ouvraient par-devant, et les satins ondoyants découvraient les dos nus. Des bottes de chevreau, lacées à la façon des aviateurs, mettaient en vedette la finesse des pieds, le galbe des jambes. Antoine s'attardait à contempler les bas de soie, qui faisaient fureur même à Belfort, et que dévoilaient les jupes courtes. Une petite brune délurée affectait de boire au bar, avec les hommes, le whisky d'Amérique. Elle tenait à la main un stick anglais, longue badine de jonc qui effrayait ses voisins.

— As-tu pensé à mon petit cadeau ? demanda-t-elle à un artilleur gras et rose qui la dévorait des yeux.

— Tu l'auras tout à l'heure, si tu es gentille.

— Tout de suite, tout de suite, dit en trépignant la « badineuse ».

L'homme tira de sa poche un collier rudimentaire, fabriqué avec des ceintures de cuivre d'obus de 75.

La fille sauta de joie, puis, apercevant Antoine qui se dérobait derrière l'artilleur :

— Et toi, tu ne m'as rien apporté ? Que sait-on faire, chez les hussards ?

— Rien, sauf l'amour, dit grassement l'artilleur.

Antoine avait du mal à se dégager : la fille était pendue à son cou.

— Tu n'es pas dans ton assiette, lui dit-elle, câline. Des peines de cœur ?

Il fut sauvé par un mouvement de curiosité qui se dessinait près de la porte, et gagnait de proche en proche toute la salle. Gabrielle fit son entrée. Corsage blanc, strict, au ras du cou. Jupe droite noire, en soie sauvage. Les cheveux blonds, retenus par un diadème de brillants étincelants, tombaient dans le dos, moutonnant jusqu'à la ceinture. Elle avançait sans rien voir, sans saluer personne. Les officiers se retiraient pour lui faire place, en un vaste cercle silencieux.

Derrière elle, un géant, qui ne la quittait pas d'une semelle. Henri de Vallombreuse était trop grand seigneur pour oublier les usages. Il salua de la main, princièrement, commandant à Gaston du champagne pour tout le monde. Il voulait, disait-il, boire à la santé des vingt ans de Gaby, la future grande vedette des music-halls parisiens. Il avait dit « music-hall » avec emphase, pour montrer sa culture anglo-saxonne. Des applaudissements frénétiques saluèrent sa déclaration. On chercha Gaby des yeux. Elle avait disparu.

Henri était le plus déconcerté. Il ne pouvait, sans ridicule, la suivre dans le petit escalier en colimaçon, devant les officiers hilares. Force était d'attendre. II avait toujours son verre levé pour porter le toast en l'honneur de la belle.

— Buvons à nos amours, messieurs, dit-il avec un clin d'œil.

Déjà, les artilleurs chantaient *Auprès de ma blonde*. L'incident était oublié. Mais Antoine se demandait pourquoi, après cette entrée en grand équipage, Gaby avait infligé au dragon, qui se posait comme son amant en titre, le plus cruel démenti.

— Je suis navré d'être en retard, lui dit Henri qui l'avait enfin aperçu. J'ai dû faire quelques arrêts dans les rares boutiques de Belfort.

Antoine pensait à la blouse blanche, à la jupe de soie, aux brillants ornant la chevelure de Gabrielle.

« Il l'a achetée comme un cheval de course, se dit-il. Mais il n'a pas encore réussi le dressage. »

Le dragon entraîna son camarade à la meilleure table, juste devant la scène, et Gilda apporta aussitôt du champagne. Empressée, mais toujours renfrognée.

— Prévenez Mademoiselle, dit Henri qui affectait de considérer Gilda comme une domestique, que nous souperons ensemble après le spectacle.

Gilda haussa les épaules, servant Antoine le premier, comme un invité.

— Dites-le-lui vous-même. Vous n'avez pas besoin de moi pour cela. D'ailleurs, je ne suis au service de personne, tenez-vous-le pour dit !

Antoine admira que le vicomte de Vallombreuse, qui avait répandu une pluie d'or dans ce beuglant, pût ainsi se faire moucher par une fille de salle laide, qui était en outre la compagne de sa prétendue maîtresse. Tout confirmait qu'il n'était pas encore introduit au logis. Les temps avaient changé. Deux filles libres, qui faisaient au front leur propre guerre, n'avaient pas à témoigner de respect à un millionnaire parisien. Gilda l'envoyait au diable. Qui sait ? Peut-être aussi Gabrielle. Justement à cause de ses munificences. Henri ne vivait pas avec son temps. Il croyait encore pouvoir s'offrir une grisette, comme dans la Nouvelle-Athènes, quand les banquiers installaient des filles dans des hôtels particuliers de Clichy. Oui, les temps avaient changé. Gabrielle prenait les bijoux, mais humiliait le donateur. Peut-être en ferait-elle cadeau quelque jour à Gilda...

Le vicomte, devenu silencieux, se cala dans son fauteuil, et la mince flûte de champagne disparut presque sous les poils de la brosse brune qui lui tenait lieu de moustache. Autour d'eux les officiers parlaient à voix haute, chantaient, jouaient aux dés. Personne ne manifestait la moindre impatience de voir le spectacle. Beaucoup devaient ignorer qu'il y en eût un dans ce beuglant. Les femmes étaient affairées. Elles intriguaient pour pousser les plus huppés vers les tables, et leur faire commander un repas. Personne n'adressait la parole à Vallombreuse, qui ne connaissait vraiment qu'Antoine dans la salle.

Sortant de sa torpeur, le dragon appela Gaston.

— Il est tout de même insensé, lui dit-il du ton qu'il devait employer avec son maître d'hôtel, que personne ne se préoccupe du spectacle. Va-t-il commencer, oui ou non ?

— Tout de suite, répondit Gaston, obséquieux et empressé.

Il frappa dans ses mains, et fit signe à Gilda d'allumer les projecteurs.

— Messieurs, voici Irma la Grande des théâtres parisiens, qui va vous interpréter *Le rêve passe*...

Une sorte de travesti descendit sur scène, accrochant son boa aux barreaux de l'escalier, sous un tonnerre d'applaudissements. Antoine vit se décomposer le visage majestueux du dragon. Que signifiait cette plaisanterie ? Il était venu pour Gabrielle. On lui montrait un prisonnier prussien habillé en femme, donnant un spectacle de bidasse. La fille blonde, aux traits virils, déploya un drapeau tricolore et attaqua bravement, d'une voix de basse, la célèbre chanson patriotique, qui arracha des fous rires aux moins ivres. Dans le dernier couplet, la cantatrice prétendit s'envelopper dans le drapeau.

— À poil ! crièrent les artilleurs.

Henri était outré. Comment des officiers français pouvaient-ils se laisser aller à ces vulgarités de corps de garde ? Il prit Antoine à témoin.

— Où vous croyez-vous, mon cher ? Au Casino de Paris ? Cette malheureuse fait ce qu'elle peut. Elle est laide, soit. Mais n'oubliez pas que Polaire fait les délices de Bobino en proclamant devant tous les journalistes qu'elle est la femme la plus laide du monde, ce qui n'est pas loin d'être exact. Aux États-Unis, elle gagnait dix-huit mille dollars par mois.

— Je me moque de Polaire, répondit Vallombreuse excédé. Et je veux Gabrielle !

Une autre chanteuse apparut : ses cheveux blonds plats et tirés en arrière lui donnaient l'air d'un garçon.

— Celle-là veut ressembler à la Forzane, dit Antoine, pour apaiser l'impatience de son ami.

— Je ne sais pas qui est Forzane.

— Comment ? Vous ignorez la nouvelle coqueluche de Paris, la garçonne, la « bombe » ? Lisez la presse, mon ami, vous y verrez plus d'échos sur elle que sur le président Poincaré.

Henri ne voyait rien, n'entendait rien. C'est en vain qu'Antoine fit resservir du champagne. Habitué aux caprices de Gabrielle, notre hussard comprenait trop bien qu'elle ne chanterait pas ce soir.

Le bruit sourd d'une explosion avait à peine troublé le numéro de la femme-garçon, qui se termina dans des hurlements. Les artilleurs demandèrent à la malheureuse de sauter en cadence. Certains étaient montés sur la scène pour la lancer en l'air et la rattraper ensuite, comme un jouet en peluche. Les rieurs se turent d'un coup : les explosions se rapprochaient. Un capitaine sortit pour observer le ciel. Antoine l'accompagna. Il avait planté là Henri, qui ne s'intéressait plus qu'à la bouteille de champagne.

Des projecteurs trouaient la nuit obscure, cherchant leur proie. Des coups brefs claquaient, tout proches.

— Les 75 sur plates-formes de Belfort, commenta le capitaine.

— J'entends plusieurs avions, dit un autre.

— Ils bombardent la gare, c'est sûr !

Rares étaient les officiers qui avaient pris la peine de sortir. Ils étaient au repos, en congé de guerre, et n'avaient pas envie de s'intéresser à ce nouvel épisode. Pourtant, les grondements s'accentuaient, dans le lointain.

— Ce n'est pas seulement un bombardement, dit un artilleur. Toute la ligne canonne. Un tir à longue portée. À nous les « gros noirs ». Ils doivent viser notre concentration.

— Les batteries de Giromagny ripostent. Le duel d'artillerie est engagé. Il faut rentrer.

— Vous n'y pensez pas, dit le capitaine. C'est un tir de routine. Nous en verrons les effets demain. À chacun sa peine.

Ils rentrèrent en silence, satisfaits de leur reconnaissance approximative. Antoine était plus inquiet. Les explosions se rapprochaient, les obus tombaient à quelques centaines de mètres. Et les avions tournoyaient toujours. Il se rappelait les confidences d'un aviateur. Les bombardiers étaient désormais constamment utilisés contre les gares et les voies ferrées. Les Allemands étaient nombreux ce soir dans le ciel, cela ne faisait aucun doute. Comment osaient-ils bombarder la nuit ? Toutes les lumières étaient voilées, les fenêtres des maisons calfeutrées, peintes d'un bleu opaque. Pouvaient-ils se repérer ? Antoine regarda le mince croissant de la première lune, haute dans le ciel. Les aviateurs devaient en distinguer le reflet dans les fleuves et les étangs. Sans doute suivaient-ils le cours de l'Ill.

Les 75 aboyaient rageusement, si proches qu'Antoine pouvait entendre les éclats ricocher sur les tuiles du toit, ou sur les pierres du chemin.

— Mettons-nous à l'abri, dit un artilleur. Ces bougres sont au-dessus de nous.

Pour lui donner raison, une explosion embrasa le ciel, à trois cents mètres.

— Ils ont eu le dépôt d'essence du corps d'armée, dit l'officier. Nous n'avons pas les moyens d'éteindre l'incendie. Il va brûler toute la nuit !

Par petits groupes, les hommes sortirent du beuglant pour venir aux nouvelles. Le feu se propageait dans la forêt, atteignait le hameau tout proche. Les premiers secours arrivaient, de l'infanterie. Les hommes sautaient des camions qui affluaient par la route de Giromagny. Ils se précipitaient dans la direction du brasier, avec des pelles et des seaux.

— Allons-y, dit un capitaine. Si le feu gagne le dépôt de munitions, qui n'est pas très éloigné, je vous promets un beau feu d'artifice. Dix mille obus de 75 explosant d'un coup, quel spectacle !

Dégrisés, les officiers prenaient des initiatives. Ils faisaient évacuer les civils des fermes du hameau, repéraient les points d'eau, organisaient des chaînes de seaux. Les hommes attaquaient le brasier à la pelle. Mais la forêt desséchée par l'été flambait comme une torche. Antoine avisa des biffins, demanda des haches.

— Il faut faire un contre-feu, tout de suite.

Les hommes lui obéirent, comme s'il eût été de leur régiment. À la hache, ils abattirent rapidement les arbres, et taillèrent une allée.

« Il faudrait des tracteurs », songea Antoine.

Heureusement, les engins lourds de l'artillerie arrivaient. Les larges chenilles s'enfonçaient dans le sous-bois, écrasant les pousses, aplatissant les haies, dégageant les masures abandonnées sur leur chemin. Les artilleurs s'affairaient autour des câbles, dont ils entouraient les gros arbres, pour les abattre à l'arraché, sans perdre de temps. En une heure, un vaste espace nu était dégagé, à droite de la route, juste devant le village.

« Opportunément qu'il n'y a pas de vent », se dit Antoine.

Impossible d'éteindre l'incendie du dépôt d'essence. Il brûlerait pendant plusieurs jours. On avait dressé des mitrailleuses en batteries, pour empêcher le retour des avions. Les projecteurs n'avaient plus besoin de fouiller les nuages, les ombres noires des taubes avaient disparu. Les aviateurs avaient miraculeusement atteint le point sensible et devaient déjà être au rapport, de l'autre côté du Rhin, fêtant leur victoire. Un tel exploit était rare lors des bombardements nocturnes, qui n'en étaient qu'à leurs débuts.

Antoine s'éloigna du brasier, épongeant son front et retirant son dolman. La chaleur, à cinq cents mètres, était intenable. Il aperçut, le long de la route, au milieu des camions militaires, des animaux errants, vaches, moutons, chèvres, chevaux, qui avaient fui les étables et les écuries en flammes. Les paysans avaient le plus grand mal à les calmer, à les regrouper dans les champs. Eux-mêmes passaient, visage hagard, sans savoir où ils finiraient cette nuit d'épouvante. Ils étaient tous très jeunes ou très âgés. Les femmes s'occupaient des enfants arrachés au sommeil. Une vieille pleurait, sur une bassine renversée.

— J'ai tout perdu, disait-elle. Maudite guerre !

Une autre voulait à toutes forces approcher du hameau embrasé, pour sauver des meubles, ou des effets. Deux soldats l'empêchèrent de passer.

— Vous ne pouvez rentrer chez vous, madame, lui dit doucement Antoine, en la prenant dans ses bras. Il y a du danger : demain, vous y verrez plus clair.

— Demain, je n'aurai plus rien.

Antoine la reconnut, malgré ses traits crispés : c'était la cuisinière du beuglant. Celle qui logeait les filles. Gabrielle aussi était sinistrée.

« Qu'est-elle devenue ? » se demanda le hussard.

Dans la panique de la nuit bleue, il l'avait oubliée. L'aube se leva et les fantassins exténués, effondrés sur les bancs de leurs camions, se demandaient ce qui faisait courir ce hussard en chemise blanche.

Il courait vers la maison au perron majestueux. Elle semblait déserte, comme à l'approche de l'ennemi.

— Mon lieutenant ! Mon lieutenant !

Qui l'appelait ? Il resta sourd. Un grand fantassin se dressa, sa pelle au bout des bras. C'était Jean Tardy. Il avait reconnu son hussard, son bienfaiteur, son sauveur. Toute la nuit, le visage noirci par la fumée, Jean avait travaillé dans le sentier du hameau. Sa compagnie d'élite, comme on disait sous l'Empire, avait combattu le feu en mettant ses masques à gaz pour respirer malgré la fumée. Par bonheur, Jean n'avait pas pu se libérer et descendre à Belfort. Son absence eût été fâcheusement remarquée.

— Arrêtez, mon lieutenant, il n'y a personne !

Quand l'incendie eut été maîtrisé, Jean, épuisé, avait trouvé la force de se traîner jusqu'au beuglant. Il n'y avait plus que des dormeurs, des épaves de la nuit. Pas de filles, elles avaient toutes disparu.

Antoine ne tourna pas la tête, et poursuivit sa route comme un somnambule. Tout lui revenait brusquement en mémoire : la suffisance et la convoitise d'Henri, le diadème étincelant de la petite, ses habits neufs. Où était Henri ? On ne l'avait pas vu, aux premiers secours. Pas davantage dans les équipes de bûcherons qui dégageaient l'allée du contre-feu. La lutte contre l'incendie était-elle indigne d'un dragon ? Avait-il passé la nuit avec la belle, l'emportant loin du danger sur son cheval ?

À cent mètres du beuglant, des soldats, torse nu, se lavaient auprès d'un puits. Ils se réveillaient en s'aspergeant de seaux d'eau. Antoine, la chemise déchirée, noir de suie, n'eut pas l'idée de les imiter, de se rendre plus présentable. Le hussard, d'habitude tiré à quatre épingles, gravissait maintenant le perron à grands pas, les vêtements en lambeaux. La porte était grande ouverte, la maison vide. Quelques dîneurs attardés, endormis sur place. Parmi eux, Henri de Vallombreuse. Le silence, les rougeoiements de l'incendie à travers les vitres. Soudain, une voix fraîche, qui venait de l'étage supérieur. Antoine la reconnut immédiatement ; une voix modulée, presque moelleuse, caressante, doucement timbrée. Elle s'élevait sans effort et ne se perchait pas, acide, dans les notes élevées. Quand elle devenait grave, c'était avec des vibrations de plaisir.

— *Ah ! Quand le ciel descendra sur la terre...*

Gabrielle parut. Antoine lui tendit les bras. Elle devina sa présence : quand elle entrait en scène, c'était pour lui.

— *Et que le rossignol viendra chanter encore...*

Oui, elle avait retardé son entrée pour ne pas donner la primeur d'une chanson qu'elle aimait à des hommes qui n'en étaient pas dignes. Pour lui seul elle chanterait la *Chanson des blés d'or.*

Elle modulait les notes en bougeant faiblement les lèvres. Son visage restait immobile. Seul le regard exprimait la force d'un sentiment qui venait de loin, et dont elle faisait l'hommage au hussard. Antoine n'osa plus bouger, ni parler. Il ferma les yeux, se laissa prendre par des sons qui l'enveloppèrent, s'insinuèrent en lui, le tinrent sous le charme.

Henri s'éveilla. Il sursauta en découvrant le spectacle. Dominant son impatience, il attendit que la petite, mains jointes et bras tendus vers Antoine, eût terminé sa chanson. Même alors, il n'osa se manifester. Il eût été du dernier mauvais goût de l'enlever dans ces circonstances. Il supportait pourtant difficilement qu'elle déposât un baiser sur les lèvres d'Antoine et qu'il la soulevât dans ses bras pour la sortir du beuglant. Que faire ? Provoquer son ami en duel pour une chanteuse de Belfort ? Ridicule ! Accablé par le sort, Henri se rendormit. À l'extérieur, on entendit le bruit d'un attelage.

C'était la Dorsay. L'ordonnance avait retrouvé son maître. Antoine le remercia d'un sourire. Il déposa Gabrielle dans une fourrure douillette, l'enveloppa dans la capote que lui tendait le jeune garçon. La tête blonde de la petite était sur son cœur quand il s'éloigna, au petit trot, sur la route de Belfort. Un homme les avait reconnus, un grand diable de fantassin qui pleurait silencieusement sur le bord du fossé. C'était Jean.

SECONDE PARTIE

L'ORAGE

IX

LE NID D'AMOUR

Trois semaines s'étaient écoulées. À la fin de septembre, les Belfortains avaient allumé des feux de bois dans les cheminées. Des bûches flambaient dans les fourneaux. Pas de charbon, il était rare et cher : plus de quinze francs le sac de cinquante kilos chez le bougnat.

Dans la rue, des files d'attente s'étiraient devant les magasins d'alimentation, dès le petit matin. Le lundi et le mardi étaient des jours « sans » pour la viande, les lapins, les volailles. Il fallait prendre ses précautions : dès le vendredi les ménagères se levaient de bon matin pour acheter du lard et de la viande. D'autres préféraient la boucherie municipale, moins chère, qui ouvrait à 9 heures. Elles piétinaient sur place depuis deux heures, pour être servies les premières. La municipalité organisait, selon les arrivages, des ventes de légumes et d'œufs.

Les femmes poussaient les feuilles mortes dans les caniveaux, les femmes conduisaient les taxis et même les fiacres. L'hiver, elles balaieraient la neige. La vie était chère et l'argent devait rentrer.

Le facteur qui tendit un paquet de lettres à Antoine, au 15 de la rue Marceau, avait tout juste quatorze ans. L'officier lui donna une pièce. Le garçon remercia d'une pirouette, dans sa pèlerine bleue d'écolier.

Antoine chercha ses clés. Il était trop tôt pour qu'il sonne. À quoi bon carillonner pour entrer chez soi ? Dans ce petit hôtel discret, qu'il avait choisi à dessein, pour ne pas attirer l'attention, dans le faubourg de Montbéliard, à l'opposé de la route de Giromagny, il avait pris des habitudes bourgeoises. Ses parents n'avaient eu aucun mal à comprendre qu'il avait besoin d'un pied-à-terre pour se reposer de la vie en secteur. Antoine avait pu l'obtenir à bon prix, d'un magistrat de la ville qui partait en retraite dans le Midi, fuyant les bombes et les obus. Quand il éclaira l'entrée, il distingua une forme sombre qui dormait sur le canapé, enveloppée dans une couverture. Il passa au salon. Une tête ébouriffée dans un sac de couchage. C'était Gilda. Elle se frotta les yeux, se leva en vitesse.

— Qui est-ce ? demanda Antoine en désignant de sa cravache la forme allongée de l'entrée.

— La cuisinière du beuglant. Gabrielle l'a recueillie dans la rue. Elle ne savait pas où dormir.

Il découvrit avec stupeur, au fond du salon, un autre dormeur, aux cheveux longs et hirsutes.

— Et celui-là ?

— Un cousin de Champagne. Il part demain en permission. Je l'ai rencontré à la gare.

Sans retirer sa capote, Antoine grimpa l'escalier, maîtrisant sa colère. Allait-il trouver une famille de réfugiés dans la salle de bains ? Un chat angora descendit majestueusement les marches. Il se frotta à ses bottes, en signe de bienvenue. Antoine l'écarta : il détestait les chats, les chiens, et autres animaux d'intérieur. Il loua le ciel que Gabrielle n'eût pas encore introduit dans la maison un perroquet ou un poisson rouge.

Quand il entra enfin dans la chambre, sa colère tomba d'un coup. La petite avait les lèvres entrouvertes, les joues roses, elle avait rejeté les couvertures et dormait sur le dos, les jambes joliment disposées. Il faisait chaud, trop chaud. Le poêle en fonte ronflait doucement. Antoine ôta ses vêtements et les jeta sur un fauteuil. Il se glissa contre elle.

Quand elle se réveilla, il était 11 heures. La maison, malgré son imposante garnison, restait étonnamment silencieuse : personne ne voulait déranger la petite maîtresse, ni la cuisinière, ni le cousin de Champagne, ni Gilda la farouche, qui refusait de coucher dans une chambre et préférait camper dans le salon…

— Si tu me donnes une cigarette, je te dirai la surprise.

Antoine détestait cette habitude de fumer le matin, qu'elle avait prise au beuglant, ou à l'usine. Il alluma cependant une américaine blonde. Elle battit des mains.

— Où les as-tu trouvées ?

Les américaines étaient rares, mais les soldats au feutre de boy-scouts s'entraînaient dans un camp très proche de Neufchâteau. Ils vendaient à prix d'or les précieuses cartouches, ainsi que des paquets de chewing-gum. Antoine avait du chewing-gum. Un correspondant de guerre lui en avait donné. Triomphant, il l'offrit à la petite, toujours avide de nouveautés.

— N'avale pas, lui dit-il, c'est du caoutchouc.

Elle rejeta la petite boule parfumée au gingembre ou à la cannelle et sa moue était si comique qu'Antoine se dressa et l'embrassa. Elle lui vola sa cigarette blonde et disparut dans la salle de bains, laissant la porte ouverte.

— Tu ne veux pas voir ta surprise ? lui dit-elle, sous la douche.

Il s'approcha, ébloui par l'avalanche de perles qui tombaient et rebondissaient sur le corps de Gabrielle.

— Ma surprise, c'est toujours toi, si belle...

Il n'avait rien trouvé de moins banal. Déçue qu'il ne cherche pas à deviner ce qu'elle avait imaginé pour lui, elle dirigea la pomme de la douche vers son visage, pour interdire l'accès de la salle de bains. Antoine n'en avait cure. La chemise trempée, il baissa la tête, enleva la naïade, la jeta toute ruisselante sur le lit. Sans oser se l'avouer, elle détestait qu'Antoine la prenne par surprise, et dérange son petit rituel du matin. Elle devait apprendre, se dit-elle, à apprivoiser cette brute. Elle jugeait plaisant de parler ainsi du fin vicomte, modèle de délicatesse. Elle seule connaissait sa vraie nature.

— J'ai froid, réchauffe-moi !

Il se leva, chercha son peignoir. Elle en profita pour s'échapper, se draper dans une serviette qui laissait ses longues jambes nues. Elle comprit très vite que cette nouvelle tenue n'était pas de nature à calmer vraiment Antoine.

— Phi-Phi, dit-il, Mamzelle Phi-Phi ! C'est toi.

Elle défila devant lui, comme au théâtre, dénudant par éclairs le haut de son corps. Il fut très étonné de l'entendre chanter la dernière opérette en vogue à Paris.

— *Faire voir ses deux seins, c'est laid, je le concède. Mais si les seins sont beaux, la chose est bien moins laide !*

Pour échapper à Antoine, qui la poursuivait autour de la chambre, elle tira sur un cordon : on entendit un bruit de clochette et la porte s'ouvrit. Le lieutenant, honteux, plongea dans le lit pour s'y cacher, le drap par-dessus la tête. Quand il osa émerger, Gabrielle, toujours à demi nue, resplendissante, lui présenta un adorable négrillon d'une dizaine d'années, qui roulait des yeux effarouchés. Il était habillé de satin argenté, coiffé d'une sorte de turban à l'indienne.

— Et voici Boubou ! cria-t-elle en levant un bras, comme si l'enfant allait entrer en scène.

— Pour une surprise, c'en est une ! dit Antoine qui prenait son petit déjeuner. Un plateau fort bien dressé, avec jus d'orange, service en argent, et le journal *Le Gaulois* disposé en évidence, contre un vase délicat orné d'une rose blanche. Il n'aurait pas été mieux servi au Ritz. Gabrielle avait des voyageurs dans son salon et des sinistrés dans sa cuisine, mais elle assurait impeccablement le service de son amant. Avec classe.

— Nous l'avons recueilli dans la rue. C'était un enfant perdu. Je l'ai trouvé charmant.

Elle le regarda avec inquiétude, craignant que la « surprise » ne fût pas appréciée.

— Il l'est en effet, dit Antoine, un peu froid. Mais il me rappelle quelque chose... Voyons, n'as-tu pas lu dans *Le Gaulois* qu'une actrice connue avait un groom noir ?

— Pas dans *Le Gaulois*, répondit immédiatement Gabrielle, qui dévorait toute la presse de Paris. Voyons... Naturellement, tu as lu les échos de *L'Assiette au beurre*.

— Parfaitement ! C'est la Polaire, oui, la Polaire : l'histoire est assez plaisante. Elle a ramené d'Amérique un groom noir, qui porte une plaque autour du cou, comme un chien. On peut y lire : « Je suis à Polaire, prière de me renvoyer chez elle. »

— Boubou n'est pas un chien, s'exclama Gabrielle, et je déteste cette histoire. Combien de Noirs comme lui crèvent de froid dans tes tranchées ! Tu n'as pas de cœur. Tu n'aimes pas Boubou...

— Mais si, j'aime Boubou, répliqua Antoine qui ne voulait pas engager un débat sur les Noirs de Mangin. J'adore Boubou, dit-il en la saisissant par la taille, pour l'asseoir de force sur ses genoux. Le promèneras-tu dans Belfort ?

— Tu ne peux t'empêcher d'être désagréable, dit-elle entre deux soupirs. Et si je sortais Boubou, où serait le mal ? Me sors-tu, toi, dans Belfort ?

Antoine ne répondit pas. C'était un fait : depuis qu'il avait installé la petite dans cette maison, il ne l'invitait plus en ville. Il n'était naturellement pas question qu'elle se produisît au beuglant. Elle restait donc cloîtrée dans le faubourg de Montbéliard, sortant dans la journée pour promener son chat sur les bords de la Savoureuse. La cuisinière se chargeait des courses. Gabrielle était allée une fois seulement entendre la messe à l'église voisine de Notre-Dame-des-Anges. Elle avait dû renoncer : les dames en noir lui lançaient des regards féroces et les dames en bleu, celles de la Croix-Rouge, ne lui adressaient pas la parole bien qu'elle eût, à plusieurs reprises, et à l'insu d'Antoine, proposé au curé ses services à l'honorable institution. Gabrielle souffrait de ces rejets, dont elle ne comprenait pas la raison. Elle ne pouvait s'imaginer qu'à son âge on s'attirât tant d'inimitiés dans le tout petit monde d'un faubourg de Belfort. Que lui enviait-on ?

— Je voudrais bien savoir, lui dit Antoine pour la calmer, où tu as trouvé les paroles de *Phi-Phi*.

— Je peux aussi te les chanter.

Elle avait retrouvé sa gaieté, fredonnait en dansant devant lui. Elle avait à cœur de briller à ses yeux, d'être la première informée, pour lui plaire, des potins de Paris, des petits événements du boulevard. Elle voulait aussi lui montrer ses dons. Pourquoi ne chanterait-elle pas un jour dans un vrai théâtre ?

— Tu vas être étonné. J'ai une autre surprise pour toi.

Elle alla chercher, dans le secrétaire qu'il lui avait acheté chez un antiquaire lors de sa précédente permission à Paris, une lettre et un paquet de feuillets imprimés.

— J'ai écrit à Jeanne Granier.

— Quoi? Jeanne, celle du *Petit Duc*?

— *Tout est au duc, ici, monsieur, tout est au duc, tout est au duc, tout est au duc!*

Elle virevoltait autour de lui, les feuilles à la main.

— Elle a fondé une école spéciale d'opérettes. Elle recherche des interprètes dans toute la France. Regarde, elle m'a envoyé les livraisons des derniers airs à la mode... *La Petite Bonne d'Abraham, Phi-Phi, La Fille de Madame Angot.*

— *C'était pas la peine, évidemment, de changer de gouvernement!* chantonna Antoine.

Elle reprit à l'octave supérieure vocalisant sans effort. Il la serra dans ses bras, et tout *Madame Angot* défila dans la chambre, car Gaby savait déjà par cœur les grands airs.

Surpris qu'un don aussi incontestable enflammât une fille qui ne savait pas lire une note, il réfléchit en ajustant son pantalon.

— As-tu répondu à Jeanne Granier?

— Naturellement, le soir même. Je lui ai dit que je m'inscrivais à ses cours, et que je brûlais de chanter l'opérette.

Nouvel étonnement pour Antoine: savait-elle vraiment rédiger une lettre de cette nature?

— Ainsi, tu seras bien obligé de m'emmener à Paris.

Elle lui avait glissé la phrase dans l'oreille, en se rapprochant de lui, soudain câline.

— As-tu demandé rendez-vous?

Antoine, inquiet, imaginait le pire: que Gabrielle exigeât d'habiter Paris en permanence, qu'elle devînt une liaison lointaine, une sorte de marraine de guerre.

— Pas encore. Elle demandait des références. J'ai promis de lui en envoyer...

Antoine explosa:

— Des références, comme une domestique! Où vas-tu trouver des références?

— Je me suis arrangée avec Gilda. Gaston lui a promis de lui faire une lettre.

Antoine éclata de rire :

— Gaston ! Des références ! Il faudrait qu'il en eût lui-même. Il trempera sa plume Sergent-Major dans l'encre violette et te consignera un beau rapport d'indicateur, avec trois fautes à la ligne.

La petite se jeta sur le lit et éclata en sanglots : c'était ainsi chaque fois qu'elle voulait l'éblouir. Il ne comprenait jamais qu'elle se dépensait sans compter pour qu'il l'admirât, parce qu'elle l'aimait. Pourquoi manquait-il à ce point de sentiments ? Il ne l'aimait pas, il ne l'aimerait jamais. Elle mourrait s'il était tué au front. Il l'oublierait en trois jours s'il la quittait.

Antoine comprit soudain tout l'espoir qu'elle avait investi dans cette pauvre entreprise, sans aucun doute promise à l'échec. C'est lui qu'elle voulait conquérir, et non le public parisien. Il la consola de son mieux, et crut l'apaiser en lui murmurant à l'oreille.

— Mon oncle, Étienne de Galard, propriétaire du *Journal des Débats*...

— Je ne veux rien savoir de ton oncle, ni de ta famille qui est tout pour toi. Je n'irai jamais à Paris, je ne répondrai pas, si elle m'écrit encore, à la Granier. Tu peux être tranquille. Je ne serai jamais un souci pour toi.

— Tu as tort. Mon oncle est administrateur de nombreux théâtres. Il n'a qu'un mot à dire. Pourquoi n'irions-nous pas le voir, à ma prochaine permission ?

— Je ne veux voir personne. C'est toi seul qui me manques. Jure-moi, jure-le-moi, que tu n'iras plus à Paris sans moi...

Antoine jura tout ce qu'elle voulut. Il détestait qu'elle fût triste, ou résignée. Il l'aimait libre et provocante. Elle comprît qu'elle ne l'avait pas convaincu. Mais elle était trop fine pour en rien laisser paraître. Un armistice, se dit-elle, un de plus.

Antoine n'avait jamais revu Henri de Vallombreuse. Depuis qu'il avait, grâce à lui, retrouvé Gabrielle, il goûtait les joies d'un bonheur tranquille, qu'il voulait discret et bourgeois. Il avait enfermé son rêve à domicile. Son petit amour de guerre avait pignon sur rue.

À trente ans, le lieutenant n'était pas un débutant dans la carrière amoureuse, même s'il n'était pas un homme à bonne fortune, il avait couru le monde et le demi-monde. Trop peu, au gré de son père. Bien que la famille fût riche, et possédât un hôtel dans le faubourg, des domaines en Dordogne et des chasses en Alsace, Antoine n'avait pas les moyens d'entretenir des étoiles de l'Opéra. Mais il aurait pu, pensait son père, étaler des aventures brillantes qui eussent fait de lui la coqueluche des grandes marieuses de la capitale, des duchesses au face-à-main impitoyable, de celles qui faisaient et défaisaient les fortunes matrimoniales. Au lieu de courtiser et d'enlever quelque flatteuse citadelle, Antoine avait surtout des amitiés masculines et portait ses faveurs aux femmes inconnues dans le monde, des jeunes femmes en vogue, non parce qu'elles jouaient au théâtre ou à l'opéra comique, mais parce qu'elles pilotaient des avions, participaient aux concours hippiques et tiraient à la carabine mieux que les hommes. La formidable vogue du sport, des courses automobiles ou aéronautiques enthousiasmait aussi les femmes. Certaines étaient du meilleur monde. On avait vu Antoine, au bras de l'une de ces amazones, assister à un match de boxe. Il les accompagnait volontiers au Bois à bicyclette, et non à cheval. Les temps avaient changé. Les jeunes gens comme Antoine ne recherchaient plus des maîtresses, mais des partenaires. Qui sait ? Peut-être étaient-elles les deux à la fois, se disait le vieux général.

La guerre avait encore accru la bizarrerie du comportement de son fils. Il semblait de moins en moins attaché au train du monde, qui n'avait cependant pas cessé dans Paris. À chaque séjour dans la capitale, il le trouvait plus détaché des ambitions et des carrières. Le général ne savait s'il devait attribuer cette morosité à l'ennui de cette guerre, tout à fait impropre à enthousiasmer un jeune, ou au dégoût du pouvoir. Il avait certes connu, dans sa propre famille, la haine des ministres et du personnel républicain. Mais diantre ! se disait le général, les temps avaient changé. Il admirait que Lyautey – qui avait été son patron au Maroc – eût été choisi comme ministre de la Guerre, même s'il avait trop vite démissionné. Les « coloniaux » avaient investi la République, régnant sur les affaires, présidant les conseils d'administration. Le général de La Salle était membre de la puissante Société de géographie, où l'on rencontrait tous les créateurs d'empire, les disciples de Ferry le Vosgien. Il dînait chaque semaine à *La Revue des Deux Mondes*. Il était au Jockey Club, certes, de droit divin en quelque sorte. Mais il fréquentait aussi les cénacles du vrai pouvoir. Un fauteuil à la Compagnie de Suez avait récompensé les loyaux services qu'il avait jadis rendus en Orient. Il s'était intégré à la haute société républicaine dont il avait jadis dit tant de mal. Elle était attentive aux avis éclairés des hommes d'affaires, et ceux-ci avaient l'habileté de s'entourer de gens du monde ayant rendu des services dans l'armée, la marine ou les chancelleries de la République.

Antoine n'avait aucune idée de son avenir. Il n'aimait Paris que s'il pouvait s'y distraire, y rencontrer des gens d'esprit. Le salon de sa mère l'amusait plus que les autres, parce qu'elle savait d'un mot rendre coi un pédant, déconcerter un important, décourager les fâcheux : ceux qui survivaient au tir cruel de ses reparties avaient seuls le courage d'être fidèles. Ce petit groupe s'était fait une réputation de cénacle. Les plus hauts politiques brûlaient d'y paraître. Mme de La Salle était flattée plus qu'elle ne voulait dire quand elle recevait ces redingotes de haut vol. Mais pour un Clemenceau, que de Péret assommants, de Klotz tristes ou de Loucheur trop pressés. Les écrivains étaient plus drôles et le charmant Maurice Donnay n'avait pas son pareil pour faire vivre en un soir toutes les marionnettes du Paris mondain en une sorte de guignol distingué, avec les plus fines reparties. Comment Antoine n'aurait-il pas aimé le salon de sa mère, où il rencontrait, à côté des amuseurs de talent, un Bergson venu de l'Académie française, un Émile Boutroux fascinant, un Debussy au sommet de son art, et même un Claudel entre deux ambassades ? S'il n'avait aucune envie de figurer dans les conseils d'administration de son père, il serait mort d'ennui s'il n'avait pu dîner quelquefois chez sa mère. Elle était l'esprit, la vraie gloire de la famille. Il l'admirait plus que toute autre, et ne voyait pas dans le monde quelqu'un qui pût lui être comparé.

Mme de La Salle était encore plus inquiète que le général de l'évolution d'Antoine. Elle lui écrivait tous les jours, parfois de simples billets, qui ne contenaient jamais rien de fâcheux. Elle l'amusait de la vie du monde, de la suffisance étalée, des beaux sentiments arborés en sautoir, des mille ridicules d'une capitale faite pour le plaisir et l'insouciance, qui s'habituait mal au tragique. Il avait longtemps répondu, avec ses moyens de tranchée, émaillant le récit de sa vie quotidienne de mille traits amusants. La correspondance d'Antoine était certainement un chef-d'œuvre d'irrévérence pour tous ceux qui, à l'arrière, fabriquaient à longueur d'année les clichés sur la guerre. Si Mme de La Salle l'avait fait lire à Maurice Barrès, le vibrant chroniqueur patriote de *L'Écho de Paris*, il serait tombé du haut mal : se pouvait-il qu'un officier français étalât son argenterie de famille à la tranchée, et traitât son ordonnance comme un cocher ? Antoine n'avait-il pas raconté, avec force détails, la réception qu'il avait donnée à son prisonnier wurtembergeois, un sous-lieutenant de uhlans fort titré qui l'avait fait mourir d'ennui ? Pouvait-il y avoir encore, après trois ans de guerre, de bons Allemands ? Antoine n'avait-il rien d'autre à raconter que des chutes de cheval ou des histoires de cercle ? Il avait fait rire sa mère aux larmes quand il avait troussé, à sa manière, l'histoire Vallombreuse. Lui enlever sous le nez, dans l'incendie du dépôt d'essence, une Loreley séduite, c'était la guerre en dentelles, la guerre de Sept Ans, celle de ses ancêtres ressuscités des guerres de Louis XV. Celle-là ne risquait-elle pas d'être tout aussi absurde ? Même si nous étions vainqueurs, n'allions-nous pas, une fois encore, « travailler pour le roi de Prusse » ? Non, certes, Antoine ne faisait pas la même guerre que Barrès. Il faut dire qu'il était, lui, au front.

Attentive aux moindres sentiments de son cher fils unique, folle d'admiration pour ses boutades, ses trouvailles, et même ses incartades, Mme de La Salle était inquiète ; depuis l'histoire de la Loreley, les lettres se faisaient plus rares, plus tristes. Antoine racontait la guerre comme une vie de garnison sans grand risque. Il s'ennuyait peut-être ? Elle avait un instant caressé l'idée de se rendre au front. Clemenceau lui arrangerait cela. Elle irait en train jusqu'à Belfort, et louerait ensuite un fiacre. Mais le moyen de surprendre son fils ? Qui lui dirait où il pouvait être ? Il y avait bien ce pied-à-terre de Belfort. Elle trouvait surprenant qu'il l'eût loué pour lui seul. Elle devinait que, pour la première fois, Antoine ne lui disait pas tout. Peut-être craignait-il d'étaler une aventure à laquelle lui-même ne trouvait plus rien d'amusant. Était-ce une raison pour se rendre à Belfort ? Il devait s'en tirer seul.

Ils avaient passé la journée sans sortir. Quand Antoine revenait, c'était toujours ainsi. Gabrielle avait fait préparer un souper aux chandelles, Antoine avait pris le parti de la laisser seule un instant : il savait que, pour leurs retrouvailles, elle aimait l'éblouir. Il n'était pas indifférent à cette attention, mais descendait l'escalier très circonspect, craignant à chaque pas de découvrir un nouvel inconnu.

La maison était vide. Gilda, comme tous les soirs, était au beuglant. Le négrillon se cachait. Le cousin de Champagne avait dû faire son sac et se rendre à la gare. Même le billard était disponible. Avait-on couché dessus la nuit dernière ?

Curieux de savoir qui préparait le repas, Antoine ouvrit la porte de la cuisine. Un des plaisirs de son installation avait été de pénétrer dans cette pièce vaste et bien chauffée, dont la grande cuisinière de fonte et de cuivre rougeoyait sous les anneaux concentriques qui supportaient marmites et casseroles. Il n'avait jamais vu, de sa vie, une cuisine. Au début de leur vie de ménage, il s'amusait à faire cuire des plats pour Gabrielle. Elle s'ingéniait à préparer des sauces immangeables, des viandes trop cuites ou des légumes trop durs. Une forte femme régnait aux fourneaux. C'était la cuisinière du beuglant. Elle ne pouvait plus prendre la route de Giromagny, et passer devant son hameau brûlé. Gabrielle l'avait recueillie, elle ne demandait pas de gages. Elle l'aidait de son mieux, et veillait sur elle en silence.

L'entrée du lieutenant la surprit. Boubou fut franchement effrayé, il se cacha dans ses vastes jupes, craignant le pire. Elle le rassura en lui tapotant la joue.

— Je suis bien aise de vous voir, chère Marcelle.

Antoine avait la politesse de son milieu. Il se souvenait toujours du prénom des domestiques. La pauvre femme était émue aux larmes. Qu'il connût son prénom lui semblait la marque d'une touchante affection. Elle se souvenait qu'il l'avait prise dans ses bras, le soir du drame, quand elle voulait mourir. Antoine sentit qu'elle allait éclater en sanglots. Il prit le parti de s'approcher des marmites, de soulever un couvercle.

— Que préparez-vous de bon ce soir ?

— Du lapin sauté chasseur. Gaby m'a dit que c'était votre plat préféré.

— Quelle bonne idée ! dit Antoine, soudain joyeux. Viens avec moi, Boubou, je vais t'apprendre à jouer au billard.

Boubou ne comprit rien. Mais Marcelle, en lui souriant dans ses larmes, lui fit signe qu'il pouvait aller avec le grand monsieur. Il prit la main d'Antoine, prêt à le suivre au bout du monde. Il eut un mouvement de recul quand il vit l'officier saisir une queue de billard. Allait-il le battre ? Mais l'autre éclata de rire, jetant les boules sur le tapis vert. L'enfant regarda, émerveillé.

— Madame va descendre, annonça la cuisinière, attifée d'une petite coiffe à dentelle et d'un tablier blanc.

Antoine se posta à l'entrée du salon, au débouché de l'escalier, pour ne rien perdre du spectacle. Boubou applaudit avec des cris de joie. Gabrielle, retenant sa jupe d'une main, planta avec sûreté ses talons aiguilles sur le tapis rouge. Le corsage, bleu pastel, était décolleté en rond, soulignant l'élancé du cou, resserré à la taille par une large ceinture de cuir noir. La coiffure était somptueuse, botticellienne, cheveux tirés, redressés en arrière, des tresses s'enroulant en coquilles au-dessus des oreilles. Comment avait-elle réussi, en aussi peu de temps et seule, ce chef-d'œuvre ? Antoine admira son adresse à se parer, la délicatesse de son maquillage, quand ils dînèrent en tête à tête, à la lueur des bougies.

Ces moments étaient pour elle, bien qu'elle n'en laissât rien paraître, une épreuve. Antoine y retrouvait inconsciemment ses habitudes mondaines, parlant d'abondance sans manquer en rien aux convenances, sachant boire, manger et rire avec l'assurance innée d'un gentilhomme. Pour elle, tout était appris, maîtrisé, retenu. Elle répondait à peine, et seulement par des mimiques, aux propos d'Antoine pour ne pas risquer un impair. Le dos droit comme à l'école, elle surveillait tous ses gestes, épiant ses propres défaillances, attentive à retenir l'attention de son amant par des sourires, des moues, des regards alanguis. Son manège réussissait à merveille, jusqu'au fromage. Les propos d'Antoine s'enchaînaient à l'entrée. En général, il la faisait rire, comme il aurait fait chez sa mère, avec des anecdotes de tranchées, des histoires surprises dans la presse des « poilus », des nouvelles de l'arrière lues dans les journaux. L'absence de réplique l'inquiétait, quand on servait le bœuf Marengo ou la daube. Il interrogeait alors Gabrielle sur sa vie à Belfort, en son absence. C'était le plus sûr moyen de la rendre muette. Elle prenait l'initiative de lui raconter, aussi drôlement que possible, des histoires qu'elle avait lues dans la presse, sur le monde du spectacle et la politique.

« Je me tiens comme une idiote ! se disait-elle sans cesse. Comment pourrais-je lui plaire, lui qui connaît ce que Paris a de plus brillant ? Me voici raide comme une caissière, débitant des banalités. »

Elle en eût pleuré de dépit. Elle avait répété longtemps, devant un miroir, les quelques récits retenus dans les rubriques « parisiennes » du *Gaulois*. Mais le dépouillement de cette presse représentait pour elle un gros effort. Parlait-elle de Robert de Rothschild, que l'on avait surpris conduisant un tramway pendant une grève des transports parisiens ? Antoine citait aussitôt dix traits d'esprit du baron, évoquait sa présence aux courses, ou à Deauville avant la guerre. Les bizarreries de la famille n'avaient pas de secrets pour lui. Rapportait-elle une anecdote sur Clemenceau ? Il énumérait aussitôt ses duels, ses maîtresses, comme si le Tigre était son oncle, ou son cousin. Elle en était quitte pour se replier sur la littérature, car elle avait remarqué la relative discrétion d'Antoine sur ce sujet. Elle s'était procuré des livres, grâce à un service de prêt de la bibliothèque de Belfort. Elle pouvait évoquer Rostand ou France, dont il avait parlé déjà avec elle, lui recommandant certaines lectures. Quand elle s'était enthousiasmée pour *Cyrano*, allant jusqu'à lui dire avec un ton assez juste quelques vers de Roxane, il répliquait en affirmant que la meilleure pièce de Rostand, qui lui avait dédicacé

L'Aiglon chez sa mère le jour de sa première communion, était *Chantecler*, et que les Parisiens étaient des sots d'avoir aussi mal accueilli cette œuvre. Gabrielle admirait l'aisance, l'adresse du discours d'Antoine, elle faisait les plus grands efforts pour tenter de lui donner la réplique, mais ce rôle ingrat l'accablait, la persuadait, chaque jour davantage, qu'elle ne serait jamais pour lui qu'un second rôle, qu'elle ne pourrait pénétrer de plain-pied dans cette vie mondaine où il respirait à l'aise, où il se sentait bien. Lorsqu'il parlait de Rostand ou des autres personnages connus qu'il avait rencontrés dans le salon de sa mère, le rose lui montait aux joues, ses yeux pétillaient, ses gestes devenaient plus vifs, plus expressifs. Se contenterait-elle longtemps d'être le faire-valoir d'un mondain en exil, d'un prisonnier de la guerre ? Ces dîners finissaient généralement par des crises de larmes. Mesurant son impuissance, elle sanglotait comme une enfant.

— Es-tu malade ? demandait Antoine, affolé.

Il ne se doutait pas des causes réelles de son malaise. Il ne se rendait pas compte des efforts qu'elle s'imposait pour se hisser jusqu'à lui. Il était sous le charme. Qu'elle fût belle et plaisante lui suffisait. Il croyait seulement la distraire par sa conversation, il n'avait nulle intention de l'éduquer, et encore moins de l'humilier. Le rituel des fins de dîners était toujours le même : il la prenait dans ses bras et la remontait dans sa chambre. Blottie contre sa poitrine, elle n'avait plus peur. Antoine attribuait ces indispositions à la santé de la petite, et aussi à son isolement.

« Il faut qu'elle voie du monde, se disait-il. Mais comment la sortir, dans Belfort ? »

Il ne tenait nullement à afficher sa liaison. Pouvait-il inviter et recevoir dans cette maison ? Un Vallombreuse, un Courteheuse y seraient ridicules. Non, il fallait quelqu'un de plus simple, en qui il pût avoir confiance, un ami, qui donnerait à ces dîners un tour moins cérémonieux, quelqu'un qui la ferait rire, parler de tout et de rien… Antoine avait trouvé.

— Je crois que j'inviterai un ami, à mon retour du front. Un ami sûr, qui te plaira, je l'espère. C'est un homme simple et bon, que j'ai rencontré ici.

Gabrielle était soudain émue. S'il invitait chez elle, c'est qu'il l'associait un peu plus à sa vie. Aurait-elle franchi une étape ? Elle n'osait y croire. Recevoir quelqu'un de Paris… un ami d'Antoine. Elle s'y préparerait avec soin, elle y parviendrait sans doute. Elle pourrait même lui plaire, et se l'attacher. Il serait aussi son ami. Qui pouvait-il être, l'inconnu du prochain séjour ?

Antoine songeait à Jean Tardy.

X

LE TROU NOIR DE FOUSSEMAGNE

Jean avait abandonné Giromagny pour Foussemagne. De l'autre côté de Belfort, un autre cantonnement, plus proche des lignes. Le jour, les taubes en observation, la nuit les patrouilles. Les Allemands avaient fait beaucoup de prisonniers ces temps-ci. Leurs officiers de renseignement devaient les interroger sans relâche.

Le régiment attendait l'ordre de départ pour Dannemarie et, de là, pour les tranchées du bois de Hirtzbach. La vie de château allait recommencer. Qui s'en plaignait ? Les hommes étaient résignés. Ils en avaient assez de jouer à la guerre avec le nouveau colonel, qui, décidément, ne s'habituait pas à une troupe de première ligne. Au feu, on le dresserait, pensait le Désossé. Les « gros noirs » lui feraient du bien.

À Foussemagne : des étangs, des bois, et, dans la vallée, le sinistre canal du Rhône au Rhin, rectiligne, étroit, désert. La compagnie s'ennuyait. La proximité de l'action rendait les officiers plus compréhensifs.

— Ils ont peur qu'on ne veuille pas monter, disait le Chinois.

— Auront-ils des ordres ? Vous avez lu les journaux ? Ça se passe dans l'Artois, loin, très loin de chez nous. Pour une fois les Anglais sont les seuls à trinquer.

Jean ne disait rien. Il ne parlait plus, depuis l'incendie du dépôt. Les copains comprenaient qu'il s'était passé quelque chose. Ils le ménageaient, le dorlotaient, comme un malade.

Frédéric, qui recevait des colis de Lorraine, lui offrait des confitures et des chaussettes de laine. Car Jean ne recevait rien. Sauf les paquets de l'aide au soldat, distribués par la Croix-Rouge. Il en faisait profiter tous les autres, gardant seulement pour lui le tabac. Il n'avait jamais fumé de sa vie : il consommait désormais deux paquets de cigarettes par jour.

Il n'accompagnerait pas les autres en secteur, car le lendemain, ce serait son tour de permission, après quatre mois. Le régiment attendait, pour libérer les permissionnaires, le retour du dernier contingent qui devait se présenter en gare de Belfort. Cette fois, Jean ne partirait pas. Personne ne l'attendait à Colombey-les-Belles. Son père était mort, sa mère réfugiée en Bretagne, les sœurs étaient à l'usine, Dieu sait où. Il recevait du courrier de temps en temps. Mais rien ne l'attachait plus au pays. Les précédentes permissions avaient été décevantes. La ferme était abandonnée. Il avait donné un coup de main aux voisines, qui étaient de bonnes gardiennes. Elles avaient tenu sur leur lopin, ces deux sœurs dont les maris étaient morts aux premières batailles. Le fils, qui avait quinze ans, les aidait de son mieux ; le grand-père avait remis la main à la pâte. La fille de dix-huit ans travaillait comme un homme, binant, raclant, piochant du matin au soir. Elle regardait Jean sans tendresse, mais avec intérêt. Il savait faire vêler les vaches et soigner les jambes des chevaux.

Il l'avait taquinée, sans penser à mal, et même un peu bousculée au premier mai. À sa grande surprise, elle s'était laissé faire. Les filles de la campagne avaient changé, elles aussi. Jean n'en revenait pas. Rentrant au pays, il avait parcouru à pied la route de Neufchâteau à Colombey : devant chaque ferme, les vieux, sur le pas de la porte, attiraient le permissionnaire, lui offraient à boire, tâchaient de le retenir jusqu'au soir. Pour qu'il voie les filles, à la rentrée des champs.

« Les temps ne sont plus à la dot des filles, se dit Jean. La dot, c'est les bras des hommes ! Ils nous jaugent comme des bestiaux, les vieux bougres ! »

Il en était resté là avec la voisine, parce qu'il n'imaginait pas de s'installer dans une ferme sans hommes, juste en face du bien de son père, et d'être jour après jour le témoin de la ruine de son foyer. Il était parti en se jurant de ne plus revenir.

Où aller? Il rêvait souvent, en secteur, aux nuages de fleurs des mirabelliers, devant les maisons du village alignées le long du ruisseau. S'il trouvait une femme qu'il aime, et qui pût supporter la campagne, il se sentait les épaules assez solides pour retourner la terre à lui tout seul. Il valait un bœuf au labour, un cheval à la moisson. Avec ses primes, il achèterait du bétail. Oui, retrouver son bien, aller voir le propriétaire, discuter avec lui d'un nouveau contrat de métayage, rentrer au pays...

« Non, se disait-il, pas dans ces conditions, pas en vaincu, la rage au cœur. Cette guerre a mis la terre en friche et dispersé les gens. La terre restera en friche. Pour cent ans. Et les gens ne reviendront plus. Ils resteront à la ville... les filles deviendront putains. »

Les amis l'entouraient, sans pouvoir le sortir de ses noires pensées.

— Allons au village, dit le Désossé. Après tout, il y a un café, et la fille qui sert n'est pas si laide.

— Du café, leur dit-elle. Seulement du café! Ne me demandez pas autre chose.

— Appelle le patron.

Il surgit, l'air sévère, de derrière son comptoir. Il s'occupait de l'épicerie, vendant aux soldats, à des prix fort élevés, des cartes postales, du chocolat et des cache-col en laine. Il n'avait plus le droit de leur servir du vin. Depuis les mutineries, les ordres de Pétain étaient stricts : on contingentait les livraisons d'alcool dans les débits de boissons. Le général en chef ne voulait plus d'ivrognes sur les quais de gare, encore moins dans les cantonnements. Il avait, du reste, fait réduire l'attribution des soldes. L'argent était comptabilisé sur un carnet : le soldat le toucherait à la démobilisation.

Mais les hommes avaient des réserves, et ils entendaient bien ne pas se passer de vin.

— Du café, d'accord, dit le Désossé, mais arrosé!

— Taisez-vous, je vais voir.

Le patron revint avec quatre tasses de café noir imbuvable, renforcé pour moitié de gnôle.

— Pour le prix, tu peux ajouter une bouteille, dit le Désossé.

Le patron, un quinquagénaire robuste, ayant la pratique de l'arrière du front, connaissait son monde. Il savait qu'il ne pouvait pas leur en conter. Il les introduisit dans une arrière-salle, où un quarteron de privilégiés jouaient aux cartes en buvant du rouge. Un tripot. « Décidément, la corruption était partout », se dit Jean, pensant peut-être au beuglant de Belfort.

Il avait essayé en vain de chasser de son souvenir les images heureuses de la montagne, la folle nuit de la Planche des Belles Filles. Il voulait biffer Gabrielle de sa mémoire. Mais l'incendie ? Il en rêvait la nuit. Le lieutenant en chemise, noir de suie. Le départ en Dorsay, la scène de l'enlèvement...

« Pourquoi ne m'a-t-il pas laissé mourir dans mon trou ? se disait-il. Pourquoi cet exploit, si c'était pour tuer mes rêves ? »

Quand il réfléchissait, il ne pouvait pas lui en vouloir. Une fille de beuglant, une fille entretenue. Autant lui qu'un autre. Il s'en voulait d'avoir été stupide, à la marcairerie. Il aurait dû profiter de l'aubaine. À quoi bon jouer l'amoureux avec une rouée ? Elle l'aurait mieux respecté, pour sûr.

Les copains trinquèrent sans attendre que Jean les accompagnât. Il ne buvait jamais. Un mauvais souvenir : un jour, à la Saint-Jean, il s'était laissé aller. Une querelle avec un garçon de Colombey. Jean ne connaissait pas sa force, quand il avait bu. Le malheureux avait dû partir pour l'hôpital, la mâchoire brisée et les côtes cassées.

Il demanda du vin.

— Tu es servi, dit Frédéric, soudain inquiet. Trinquons ensemble.

Il leva son verre machinalement, buvant d'un trait le vin noir d'Algérie. Il tapa sur la table pour en demander un autre, sortant de sa poche de quoi en acheter une barrique, même au prix fort du tenancier.

— Rentre cet argent, dit Frédéric, tu en auras besoin au pays.

— Crois-tu donc que je pars en perm ? Je reste ici, à Foussemagne. J'irai à la pêche dans l'étang. Ou à la chasse. Il ne doit pas manquer de poules d'eau. Foussemagne, cria-t-il soudain, quel paradis !

Les joueurs de cartes s'étaient retournés, surpris de voir un poilu si tôt déchaîné, après deux verres de vin.

— À boire ! hurla-t-il.

Le patron entra, fit signe aux autres qu'ils devaient le calmer. Mais rien ne pouvait arrêter Jean. Il monta sur la table, exigea le silence, et chanta le refrain du *Fiacre* en levant les jambes en cadence, comme une danseuse.

— Il faut partir, dit Frédéric aux autres. Aidez-moi à l'emmener.

Frédéric était un Lorrain aux bras puissants, à la nuque large. Ses cheveux, coupés très court, lui donnaient l'aspect d'un maître nageur. Il était certainement capable de charger sur ses épaules un sac de blé de cent kilos. Champion du régiment en boxe française, il avait accumulé tous les exploits sportifs, y compris les prix aux concours de combat à la baïonnette nouvellement instaurés.

Ses yeux se plissèrent encore plus sous l'effort quand il tenta de soulever Jean affalé sur la table. Il opposait la force de l'inertie.

— Je n'irai pas, répétait-il. Je ne veux pas quitter Belfort. Je n'irai pas en perm, entends-tu, tête de buse ?

L'autre dut renoncer. Il prit le parti de boire avec Jean, pour qu'il ne fût pas seul dans sa détresse. Paul Nicaire, le bûcheron des Vosges, avait choisi depuis longtemps. Silencieux et efficace, le grand garçon roux buvait en essuyant sa bouche au revers de sa main, comme à la cognée, après l'effort. Seul Fitou le Désossé, le Parisien du groupe, restait sobre et vigilant. Il guettait les joueurs de cartes : un hussard du 12e et trois chasseurs alpins. Ceux-là semblaient se plaindre du tapage. Ils prenaient des airs irrités, puis indignés comme si, de leur vie, ils ne s'étaient laissés aller à de tels excès. Fitou savait d'expérience que les buveurs ont besoin, avant de sombrer corps et biens dans la torpeur, d'un peu d'exercice physique. « Ces quatre-là, se disait-il, seront, le cas échéant, d'assez bons partenaires. Je me chargerai du hussard. »

Fitou le Désossé était aussi maigre et longiforme que Frédéric et Paul Nicaire pouvaient être lourds, et ronds. Mais son adresse diabolique, la vivacité et l'imprévisibilité de ses réactions le rendaient redoutable dans les bagarres. Spécialiste des coups tordus, il méditait longuement, en silence, et frappait dans un éclair, sans jamais laisser de traces. Quartier-maître de vigile d'un équipage qui avait du plomb dans l'aile, il sentait venir l'affrontement. Et Jean ne s'en rendait pas compte.

Il sortit brusquement de la pièce, demandant du café noir à la serveuse.

— Et tâche qu'il soit fort. Si tu veux être payée.

Il retourna dans l'arrière-salle, s'assit à côté de Jean qui lui lança :

— Dis-moi, Fitou, les Parisiennes sont-elles toutes des...

— Il n'y a pas de Parisiennes, répondit doctement Fitou. Elles sont limousines, ou bretonnes, ou auvergnates. Je n'ai encore jamais vu personne, moi qui te parle, qui me dise qu'il était né à Paris. À Bagnolet, je suis le seul à être de Bagnolet. Mon père, mon grand-père étaient déjà maraîchers. Les autres sont venus à cause des usines...

— Dis-moi, Fitou, psalmodiait Jean, les Parisiennes ont-elles toutes des cheveux blonds...

— Oui, mon gars, comme toutes les Anglaises sont rousses. Et elles portent toutes des bas de soie. Enfin, celles qui vont au bal.

— Parce qu'elles vont au bal ! Naturellement, dit Jean, pour trouver des clients !

Fitou comprit que son ami était extrêmement atteint. Les autres, moins lucides, haussèrent les épaules.

— Laisse-le, dit le Chinois, tu vois bien qu'il a des peines de cœur.

Les « peines de cœur », pour le taureau de Neufchâteau, résumaient les situations sentimentales difficiles. Celles qu'éprouvaient les hommes, sans pouvoir s'en sortir. Les plus forts n'en étaient jamais à l'abri. Comme les fièvres, ou la sécheresse, avant les récoltes.

— Tu la connais ? demanda Fitou.

— Toi aussi. Tout le monde la connaît. La blonde de l'autre jour, dans la montagne.

— De qui parlez-vous ? demanda Jean en se réveillant brusquement, les yeux brillants.

— Des femmes. Tu m'entends, Jean ? Il n'y a pas une femme qui mérite notre confiance. Moi qui te parle, j'avais une fiancée à Bagnolet... enfin, une compagne. On allait danser le dimanche, à Romainville. Elle a pleuré quand je suis parti.

— La belle âme, dit Jean. Tu as de la chance, d'en avoir qui pleurent pour toi.

— Attends. Quand nous étions à l'armée de Lorraine, elle m'écrivait souvent. Je l'avais installée dans un garni. Elle avait de quoi vivre. Vingt ans, pas d'enfants. Ses parents au diable, en Savoie. Heureuse.

— Elle t'attend peut-être encore ? dit Frédéric, conciliant, qui voyait Jean s'assombrir.

— Elle n'attend plus personne. Au bout de trois mois, quand on était encore à Nancy, elle a voulu travailler. Rien sur place. Une copine lui a parlé d'une usine d'avions qui se montait à Suresnes. Pars pour Suresnes ! Oublié Bagnolet, oublié Fitou. Je n'ai pas reçu une seule lettre portant le cachet de Suresnes.

— Tu y es allé en perm ? demanda Jean. Tu l'as retrouvée ?

— J'ai mis trois jours, mais je l'ai retrouvée. Elle n'avait personne dans sa vie, ou plutôt, elle avait tout le monde. Elle sortait tous les soirs, et le premier venu était le bon.

— Des poules, dit Jean.

— Non, des malheureuses. Quand une fille est perdue, désespérée, quand elle ne se supporte plus elle-même, elle sort. Aujourd'hui, elles sortent. Et personne ne peut les arrêter, parce qu'elles ne voient plus personne.

Les malheurs de Fitou avaient eu le don de réveiller Jean. Il reprit un verre de vin, et servit son camarade, qui, astucieusement, vida discrètement son verre par terre. Les autres continuèrent à boire, sous l'œil courroucé des chasseurs.

— Tu dois comprendre, dit Jean, que les filles d'ici n'ont rien à voir avec les enfants de Bagnolet. Rien du tout.

— Tu te trompes. Aujourd'hui, les filles ne sont plus de nulle part.

Jean pensa à ses sœurs, aux déracinées de la guerre. Le Désossé n'a pas tort. Les frangines ont perdu la boule.

— Comment peux-tu m'expliquer qu'elles ne soient pas les mêmes, ici ou là. Tu as vu cette fille l'autre jour ?

— La blonde ?

— Bien sûr, la blonde. Dorée du chef, comme une brioche. Tu ne peux pas t'imaginer la tendresse, la chaleur, la simplicité de cette gamine. Tu l'as vue, dans la montagne ?

— Elle va comme chez nous, dit Paul Nicaire. Elle abat ses quatre lieues en deux heures. Sans avoir l'air d'y toucher. Et sa copine est encore plus dure. Des marcheuses.

— Bon !

Jean reprit sa respiration.

— C'est vrai qu'elle est jolie, dit Frédéric. On en voit qui lui ressemblent, chez nous. Mais leur beauté ne dure pas. À vingt ans, elles ont déjà les mains rouges, et le dos voûté.

— C'est pour ça qu'elles partent, dit Fitou. Elles ne veulent pas être des vieilles à quarante ans. Elles vont à l'usine.

— Où elles sont des vieilles à trente ans...

— Où elles perdent leurs cheveux.

— Et c'est pour cela qu'elles deviennent putains.

Cette dernière remarque de Jean sembla mettre un point final à la discussion. Pourtant, Fitou la relança...

— Il n'empêche. Elle est très belle. Comment s'appelle-t-elle ?

— Gabrielle, dit Jean, elle s'appelle comme à la ville. Ce n'est sans doute pas son vrai nom. Puisque je vous dis qu'il y a deux Gabrielle... l'autre s'appelle peut-être Giselle, ou Marie. C'est celle-là que j'ai connue. Mais si vous aviez vu Gabrielle...

Il s'arrêta, parce qu'il n'osa pas dire aux copains dans quelles circonstances il l'avait rencontrée sous son autre aspect. Il ne voulut pas parler du beuglant.

— Elle chante, dit-il pourtant, elle chante comme à la messe.

Les autres étaient éberlués. Lui avait-elle donné un concert, dans la marcairerie ?

— Un port de déesse, les cheveux, les diamants, les épaules nues, des souliers hauts comme des échasses... C'est Gabrielle... elle aime les bijoux, et le champagne.

— Comme toutes les filles pour officiers, dit Fitou, innocemment.

Furieux d'avoir été découvert, pensant peut-être que Fitou avait voulu le blesser, Jean se redressa brusquement, prit la bouteille et la brisa sur le rebord de la table : les chasseurs, en face, se mirent sur leur garde. Mais Frédéric et le bûcheron saisirent Jean aux épaules et l'obligèrent à se rasseoir.

— Fitou n'a pas voulu te blesser.

— Et maintenant, dit Frédéric, si tu nous disais la vérité.

— Cela ne vous regarde pas.

— Qui est cet officier qui t'a sauvé la vie ? demanda Frédéric, qui connaissait bien son camarade.

— Un hussard, un Parisien. Courageux, cabochard. N'a peur de personne... fait la nique aux officiers... drôle de type.

— On dirait que tu le détestes, dit Fitou, qui avait refait surface.

Devant la colère de Jean, il s'était dissimulé derrière la porte.

— Que non pas ! C'est un homme, un vrai ! Il est comme nous, il fait la guerre à sa manière. Seulement sa manière à lui n'est pas la nôtre. Il monte à cheval. Il a de l'argent, il se permet d'enlever les filles.

— Nous y voilà, dit Fitou.

Nouvelle colère de Jean. Mais il se calma très vite.

— Rien à faire, rien à dire, dit-il en se croisant les bras. Jamais vu un type comme lui. Heureusement qu'on n'est pas dans son unité. On se ferait tuer pour lui. Il pourrait me demander n'importe quoi... je le suivrais. Parce qu'il n'est pas du genre à envoyer les autres au casse-pipe en restant à l'abri. Non ! Toujours le premier. Il a refusé la médaille du général. Il l'a rendue le lendemain au colonel de son régiment. « Je la porterai, lui a-t-il dit, quand vous décorerez devant moi celui qui m'a sauvé, comme j'ai sauvé l'autre homme. » Et le colonel a promis de faire donner la croix au hussard anonyme qui nous avait tous les deux tirés d'affaire. Une forte tête, paraît-il.

— Bon, dit Fitou, c'est bien, te voilà copain avec un officier...

Jean lui jeta un regard meurtrier.

— Tu l'as revu ? demanda Frédéric.

— Oui, la nuit de l'incendie. Le premier, comme toujours. La hache à la main. Et puis il est parti.

— Avec la blonde ! dit Fitou.

— Avec la blonde, oui.

Jean n'en dirait pas plus, Frédéric l'avait compris. Une fille pour officier. Pas pour Jean, pas pour lui. Ils n'y avaient pas droit : trop belle, trop exigeante. Sans doute venait-elle de la campagne, comme eux. Mais elle s'était élevée au-dessus de sa condition. Les filles entretenues, on les voyait parader comme des bourgeoises. Elles étaient nombreuses à l'arrière. À croire que l'argent des riches était inépuisable, comme le champagne. Les vignobles étaient pourtant dans la zone des combats ; les Allemands aussi en buvaient. Le seul pinard dont on ne manquait pas dans cette guerre, du moins à l'arrière, du moins quand on était un milord, c'était le champagne. Cette petite était peut-être brave, sincère, et même désintéressée. Mais elle suivait le train du monde, elle était emportée, malgré elle, comme un fétu. Il ne fallait pas lui en vouloir.

D'ailleurs Jean ne lui en voulait pas. Il était désespéré. Il comprenait que l'officier eût enlevé une fille aussi belle. Comment n'aurait-il pas compris, lui aussi, qu'elle était exceptionnelle ?

« En un sens, se dit-il, c'est mieux comme ça. Peut-être l'empêchera-t-il de retourner au beuglant. »

Jean se résignait, mais non Fitou. Quoi ! Son camarade se laissait prendre une fille sous son nez, et par un officier ? Qu'avait-il de plus que lui, ce hussard d'opérette ? Il lui avait sauvé la vie. Soit. Était-ce une raison pour l'humilier, pour le mépriser ? Jean était leur chef, il n'avait pas de galons, comme le caporal Nitau. Mais c'était lui le chef. Fitou ne supportait pas de le voir accablé.

— Voilà ce que fait une fille, dit-il. Les Boches n'ont pas réussi. Elle, sans gaz moutarde, elle anéantit un bonhomme. Allez-vous la laisser faire ? Réveille-toi, Jean, prends ton courage à deux mains, et va t'expliquer avec lui. Quand j'ai été chercher ma Titine à Suresnes, elle était aussi avec un officier.

Elle avait trouvé l'Amérique, Titine, un planqué de l'arrière qui se disait aviateur. Tu aurais vu la tenue ! Il se prenait pour Guynemer. Mais il était au service des moteurs, un peu plus loin, à Nanterre. Un planqué de l'industrie, un ingénieur sans doute, la plus sale race. Je te jure qu'il est parti sans demander son reste. Et Titine a retrouvé son Rintintin.

Jean ne l'entendait pas. Il était pensif, indifférent aux discours des copains.

— Ce n'est pas un nom de Dieu de hussard qui fera la loi ! hurla le Désossé de sa voix de fausset.

— Qui parle des hussards ? dit le cavalier de la table voisine.

— Les hussards sont des jean-sucre, soutint le Désossé, soudain très calme.

Les chasseurs se redressèrent, comme un seul homme. Le bûcheron comprit que l'affaire risquait de mal tourner. Il prit doucement du champ, prêt à bondir. Frédéric se leva, les bras en appui sur le dossier de la chaise. Seul Jean resta immobile. Les quatre hommes entourèrent le Désossé. Le hussard, un sanguin aux longs favoris bruns, l'empoigna à la gorge, par le collet, et le secoua de toutes ses forces. Fitou, sans crier gare, lui donna un coup de pied dans le tibia. L'homme grimaça de douleur, lâcha prise, et Fitou put se dégager. À ce moment, Frédéric, saisissant la chaise, la lança contre les chasseurs. L'un d'eux, atteint en pleine poitrine, chancela. Les autres chargèrent en poussant des cris furieux.

Une terrible bagarre opposa Frédéric au plus grand des chasseurs. Le Lorrain avait retiré sa vareuse. Il était en chemise, comme aux combats de foire, à Neufchâteau. Il frappa de ses deux poings réunis en massue, sur le dos du chasseur, qui plia l'échine. Mais celui-ci venait des montagnes. Il se redressa et parvint à serrer à la taille son adversaire pour lui faire mordre la poussière. Le Lorrain s'écroula en hurlant, attirant dans la pièce le patron, la fille et les consommateurs de la grande salle, ceux qui n'avaient pas eu droit au pinard. Ils se mirent de la partie, retroussant les manches, profitant de l'aubaine pour boire les verres restés pleins.

Le Lorrain s'était relevé : les yeux injectés, écumant, il saisit la jambe du chasseur et le mordit au jarret. Puis il entreprit de piétiner l'homme à terre. Jean, qui sortait enfin de sa torpeur, souleva à deux mains la table sur laquelle il était affalé et hurla à la cantonade.

— Arrêtez, nom de Dieu ! Arrêtez tout de suite !

Personne ne l'entendit. La table retomba lourdement, avec un bruit fracassant, sur les planches disjointes du parquet, désarçonnant au passage le hussard aux prises avec le bûcheron. Jean se précipita sur Frédéric.

— Imbécile, tu vas le tuer !

Il se lança de toute sa masse dans le dos de Frédéric, qui lâcha prise puis aida le chasseur à se relever. En reconnaissance, celui-ci lui donna un vigoureux coup de coude au foie qui lui coupa le souffle.

— À moi, les hommes ! hurla Jean qui se retira au fond de la pièce, aussitôt accompagné de ses trois équipiers.

Ils ne s'y trompaient pas, c'était le cri de guerre.

— À l'attaque !

Ils saisirent tout ce qui leur tombait sous la main, pieds de chaises, planches de la table arrachées en force. Ils se retrouvèrent derrière le chef.

— Dégagez-moi ça !

Une grêle de coups s'abattit sur les chasseurs. La fille du patron voulut appeler à l'aide. Son père l'en empêcha. Il ne fallait pas qu'on sache qu'il servait du vin en fraude. Deux hommes étaient déjà à terre, inanimés. Le hussard trouva son sabre : sans le sortir du fourreau, il fit de terribles moulinets, en le tenant par la dragonne. L'acier blessa au visage les assaillants, qui se replièrent. Un chasseur indemne s'était précipité dans l'autre salle. Il revint en piste, une bouteille cassée dans chaque main. Il allait défigurer Jean.

Le Désossé bondit. Il plongea dans les jambes de l'adversaire et réussit à le déséquilibrer. Quand celui-ci tenta de se redresser, il le cueillit au menton d'un terrible coup de « savate », la jambe dressée dans un bond de danseur. Les chasseurs étaient tous éliminés.

Restait le hussard.

— Laissez-le-moi, dit Jean, il m'appartient !

Le Désossé redoutait le pire. Le malheureux hussard risquait de faire les frais d'une sourde vengeance. Calmement, Jean avait retiré sa vareuse. Le cavalier en fit autant. Un duel, aux poings. Soit ! Les chasseurs, aspergés de seaux d'eau par la servante, se réveillèrent, se redressèrent et formèrent un cercle autour des combattants.

— À la loyale, dit le Désossé qui donna un coup de pied dans un seau d'aluminium pour imiter le gong. Partez !

Jean martela l'adversaire, sans ménagements, cherchant à atteindre le visage.

— Il veut le défigurer, dit Frédéric.

L'autre riposta en couvrant sa tête, lâchant des directs au foie. Il se rapprochait dangereusement, pour éviter les coups au menton. Las ! Jean réussit à lui placer un une deux qui lui fendit l'arcade sourcilière. Le sang coulait sur sa joue.

— Arrêtez !

On voulut soigner la brute. Il reprit aussitôt le combat, essuyant d'un revers de main le sang qui l'aveuglait. De toute sa masse, il se jeta, tête la première, dans le ventre de l'adversaire. On n'était plus « à la loyale ». Jean se plia en deux, l'autre le redressa d'un crochet au menton. Puis il le frappa au ventre à coups de pied.

— Arrêtez le massacre ! cria le Désossé.

Personne ne pouvait les séparer. Jean se roulait à terre en criant de douleur. Mais il empoigna les bottes du hussard qui s'effondra. Jean l'écrasa de son corps et noua ses mains autour de sa gorge.

— À l'aide ! Il va l'étrangler !

Frédéric savait que Jean pouvait devenir très dangereux, s'il avait bu avant une bagarre. Il s'empara d'un pied de table et s'approcha de son copain, par-derrière, prêt à l'assommer. Il n'en eut pas le temps.

— Que personne ne bouge !

C'était la prévôté. Les gendarmes s'avancèrent, pistolet au poing. Jean ne s'était rendu compte de rien. Il tenait toujours le hussard à demi asphyxié sous ses pognes.

— Arrête, Jean ! hurla Frédéric dans son oreille. (Il lui retourna la tête de force.) Tu les as vus ? Arrête !

Il lâcha le hussard à regret, et ne parvint pas à se mettre debout.

— Tout le monde au fond de la pièce. Matricules, livrets militaires.

— Notre compte est bon ! dit Frédéric.

Jean s'était enfin relevé. En prenant appui sur une chaise, il avait rejoint les copains ; les gendarmes inspectaient la pièce. L'adjudant aperçut les verres brisés. Il les examina.

— Du vin, dit-il au cabaretier. Vous savez que c'est interdit. Montrez-moi votre livre de comptes.

Naturellement, les achats du bonhomme n'y étaient pas consignés. Un tripot et un bistro clandestin, voilà qui pouvait lui coûter cher.

— Vous n'ignorez pas les instructions du général en chef. Vous n'avez pas le droit de servir du vin à la troupe. D'importants arrivages de vin dans la région nous ont été signalés. Brigadier, visitez la cave, le cellier, le grenier, fouillez de fond en comble. Toute pièce de vin ou d'alcool est de bonne prise. Et arrêtez cet homme, pour trafic illicite et ouverture d'un débit de boissons non autorisé à l'arrière immédiat du front.

Les gendarmes passèrent les menottes au détaillant. Il protesta en vain de son innocence. Dans la cour, devant la porte, deux futailles avaient déjà été retrouvées, et la prévôté continuait les recherches. La servante pleurait au comptoir.

— Les sanctions, poursuivit le chef, ne frappent pas uniquement les commerçants. Tout soldat surpris en état d'ivresse est coupable. Vous avez, en outre, provoqué une rixe et détruit du matériel. Y a-t-il des blessés ? demanda l'adjudant au brigadier.

— Blessures légères, répondit-il. En prison, ils auront tout le temps de s'en remettre.

— Qui a déclenché la bagarre ?

Personne ne répondit. Les adversaires s'étaient soudainement réconciliés. Ils avaient rectifié leur tenue, passé les vareuses, et les avaient boutonnées rapidement. Ils étaient maintenant impeccables, à l'exception des yeux pochés, des bleus au visage, des pantalons déchirés. Figés dans un garde-à-vous irréprochable, ils soutinrent le regard critique de l'adjudant qui les passa en revue.

— C'est bien. Si personne ne se dénonce, je vous remets à l'autorité judiciaire. Vous passerez en conseil.

À ces mots, la panique se lut sur les visages. Si Pétain ne voulait plus de vin dans les tripots de l'arrière, c'est que les officiers lui avaient dit que nombre de mutins, en mai et juin, étaient ivres. La prévôté ne plaisantait pas sur le chapitre des boissons. La sobriété faisait désormais partie de la discipline militaire.

— C'est moi qui ai commencé, dit Jean.

Le prévôt fit un signe. On lui tendit le livret militaire de Jean. Il lut chaque ligne manuscrite, les citations, les distinctions. Dans l'Argonne aussi, les meneurs étaient souvent les plus décorés. Les mutins étaient engagés dans la révolte par des braves. Qui sait? Peut-être entraînait-il ceux-là à boire.

— C'est bon, dit-il, emmenez-le!

Les trois autres se levèrent en même temps. Fitou regarda le prévôt, droit dans les yeux.

— Nous étions avec lui, et nous y resterons.

L'attitude du prévôt rappelait, dans cette affaire, les méthodes de répression lors des grandes mutineries. Fitou en avait entendu parler. On prenait, au hasard, des hommes désignés comme mutins, qui se signalaient par leur grande gueule, ou par leur comportement suspect. On les rendait responsables.

Le prévôt avait reçu des instructions de l'état-major: d'abord rendre compte. Le plus petit indice sur l'affaiblissement du moral était précieux. Pétain l'avait écrit dans une instruction du 15 août: les informations devaient lui parvenir très vite. On ne devait pas attendre qu'un mauvais état d'esprit gagne une troupe entière.

— C'est bon, dit le prévôt. Je vous ordonne de sortir.

Jean sortit aussitôt. Il connaissait le piège. Mais Fitou et ses camarades étaient dans l'ignorance. Ils ne savaient pas que les prévôts avaient pour technique de donner des ordres, et d'arrêter immédiatement tous ceux qui ne n'y conformeraient pas. Pour ne pas traduire leurs hommes en conseil de guerre, des officiers s'étaient retranchés derrière le caractère collectif des mouvements, qui rendait difficile l'arrestation des meneurs. Pétain leur avait répondu: « Il est toujours possible de transformer un acte collectif en acte individuel.

Il suffit de donner à quelques hommes, en commençant par les mauvaises têtes, l'ordre d'exécuter. En cas de refus, ces hommes sont remis entre les mains de la justice, qui devra suivre son cours le plus rapide. »

— Gardez-vous de me suivre, dit Jean. Reculez immédiatement. Ne tombez pas dans le traquenard.

Il était en effet tranquille. Il avait obéi scrupuleusement aux ordres. Le prévôt ne pouvait rien contre lui. Tout juste l'accuser d'ivrognerie. Il s'en sortirait.

Les autres, sans comprendre, reculèrent en bon ordre. Les chasseurs, assommés, abrutis par les coups, assistaient à la scène sans réagir. À leur grande surprise, le hussard s'avança et suivit Jean, en silence.

— Où allez-vous ? lui demanda le prévôt furieux. Vous ai-je commandé de sortir ?

— Un cavalier du 12e hussards n'a pas d'ordre à recevoir d'un prévôt concernant son honneur, répondit-il fièrement. Si vous arrêtez cet homme pour une bagarre, nous étions deux, et je le suis.

On n'osa passer les menottes aux militaires. Sur la route, la colonne des gendarmes s'était organisée, en direction de Belfort. Le cabaretier marchait, les mains entravées, attaché par une longe au cheval du gendarme de tête. Le chef voulait que son arrestation fût exemplaire, qu'on en parlât dans toute la région. Le hussard et Jean marchaient entre deux files de chevaux. On ne pouvait les voir de l'extérieur. Le prévôt comptait-il les remettre immédiatement à la justice militaire ? Sans doute consulterait-il, auparavant, les chefs de corps. On ne pouvait envoyer au tribunal, sans risques, des hommes ayant de si brillants états de service.

— Tu me reconnais maintenant, bourrique ! dit le hussard à Jean Tardy.

L'autre ne répondit rien. Il était encore sous l'effet de l'alcool et de l'émotion. Il avait apprécié le geste du hussard, et se l'avoua en silence. Où l'avait-il rencontré ? Cette démarche lourde, ce teint rougeaud ? Bien sûr, il était avec l'officier qui lui avait sauvé la vie dans la boue.

— Ne t'inquiète pas. Dès que le lieutenant de La Salle sera prévenu, il nous tirera de là.

« Le sera-t-il ? » se dit Jean, anxieusement.

Dans la prison militaire de Belfort, ils furent très vite convoqués par un officier supérieur qui leur adressa une longue et emphatique admonestation. Il fallait que les soldats d'élite donnent l'exemple. Un homme décoré des mains du général en chef devait être un phare pour la division…

Jean prenait patience, le hussard n'entendait rien. Quand il eut terminé, l'officier leur rendit leur liberté, non sans les avertir qu'on les attendait à la sortie.

Antoine de La Salle était là, en tenue de guerre. Il serra dans ses bras le hussard, puis Jean.

— Je pars tout de suite pour l'état-major, lui dit-il. Vous allez me rendre le plus grand des services.

XI

LE REMPLAÇANT

Comptable dans le civil, le caporal Nitau était responsable de l'affichage des tours de permission et du versement des allocations au moment des départs. Le colonel lui avait demandé, comme un service, d'assurer le suivi des opérations au niveau du régiment. C'était une lourde tâche mais le caporal était réputé pour sa rigueur un peu tatillonne. Il avait le crâne dégarni et gardait généralement son casque pour régler les problèmes de soldes, ce qui faisait dire aux poilus qu'il craignait davantage les coups de poing que les éclats d'obus. L'œil vif derrière ses lunettes, il pouvait être tour à tour sec et cassant, enjôleur, flatteur, suivant qu'il se sentait ou non sûr de son fait.

À vrai dire, sa mission n'avait rien de facile. Les instructions de Pétain n'étaient pas claires. Dans son souci de réprimer l'ivresse aux armées, et de ne plus voir de permissionnaires saouls chantant l'*Internationale* sur les quais de gare – hantise des officiers supérieurs –, le général en chef avait obtenu que les économies réalisées sur le budget des payes de guerre et des indemnités de combat fussent plafonnées au-delà de dix francs par homme. Ainsi, la masse distribuée serait moindre. Nitau avait dû refaire tous les calculs pour son régiment, et la somme dont il disposait avait été sensiblement réduite.

Il vit avec une certaine appréhension Jean s'installer dans son bureau. Ce garçon réservé, presque timide quand il entrait dans une poste ou dans l'étude d'un notaire, devenait un lion dès qu'il s'estimait lésé. Nitau en avait fait, à ses dépens, la douloureuse expérience. Il savait que Jean Tardy ne partirait pas en permission. Ainsi, se disait naïvement Nitau, sera-t-il sans doute moins agressif quand il apprendra que son indemnité est réduite. Comme à son habitude, Nitau avait fait scrupuleusement la répartition. Sans doute Pétain avait-il précisé qu'il n'était pas question de « supprimer la partie des allocations qui devait être versée entre les mains des hommes », mais Nitau avait beau lire et relire le règlement : rien ne l'autorisait plus à payer en espèces. Et Jean avait besoin d'argent, immédiatement.

— Il n'en est pas question, lui dit Nitau. Pour toi comme pour les autres. La caisse est fermée.

— Comment osez-vous prendre l'argent du soldat ? Qui t'a donné ces instructions ?

Nitau brandit des documents officiels.

— Elles sont signées de la main du général en chef.

— Je ne veux pas le croire. Tu mens, Nitau ! Les instructions, c'est ton petit colonel qui les a pondues. Et naturellement, tu l'approuves ! Voler le poilu ! Fais-moi confiance, les autres le sauront. Nous ne nous laisserons pas avoir. Tu l'ouvriras, ton coffre, de gré ou de force.

— Les autres le savent déjà.

— Et ils n'ont pas protesté ? Jusqu'où vas-tu pousser le bourrage de crâne, vieux crabe ?

— Il n'y a pas à protester. J'applique à la lettre…

— Les instructions, je sais. Et comment ferons-nous, en permission ? Faudra-t-il tendre le casque aux arrêts d'autobus ? Chanter dans les cours ? Dis-le-moi, vieille buse. J'attends tes suggestions.

Il contourna le bureau du caporal, s'approcha de lui, menaçant.

— Si tu me laissais t'expliquer. Il n'est pas question de te voler un sou.

— Alors, ouvre la caisse.

— Calme-toi, ou j'appelle la garde !

Jean ne se calmait pas. Il était investi d'une mission toute particulière par le lieutenant de hussards. Il avait besoin d'argent, tout de suite.

— Tiens, voilà ton allocation !

Nitau lui tendit un papier indéchiffrable, recouvert de tampons, de sigles et maculé de timbres sales. Le tout enfermé dans un document cartonné où Jean pouvait lire « carnet d'épargne du permissionnaire ».

— Tu te fous de moi ?

— En ai-je l'air ? répliqua Nitau d'un air sévère. Tu peux contrôler. La somme est inscrite. Tu n'y as rien perdu.

— Qui me donnera l'argent ? demanda Jean, plein de méfiance pour le papier timbré.

— C'est écrit : regarde ! Au lieu de jouissance !

Jean n'en croyait pas ses yeux. Il était persuadé que Nitau se payait sa tête.

— Ont-ils installé des perceptions dans les boxons ?

— Mais non, lis complètement : « Le montant du carnet d'épargne ne pourra être perçu par le permissionnaire qu'à la caisse du percepteur ou au bureau de poste du lieu de jouissance de la permission. » Le livret est signé par le commandant de l'unité.

— C'est bien ce que je disais ! s'exclama Jean. Un coup du colonel. Prends ton carnet, Nitau, et va le voir de ma part. Dis-lui que le lieu de jouissance du permissionnaire Tardy, c'est Belfort : le permissionnaire Tardy reste sur place. Il ne part pas en permission. Mais il entend jouir, et tout de suite, de son pécule, en espèces sonnantes. Ouvre ta caisse, Nitau, et garde ta paperasse !

— Impossible. Je n'ai pas le moyen de payer en espèces.

— Tu paieras !

Il prit la table, la souleva et la jeta en l'air, elle retomba lourdement et s'écrasa devant Nitau, dans un vacarme épouvantable. L'autre resta assis, n'osant bouger. Il savait que les colères du géant étaient redoutables, mais il ne voulait pas appeler à l'aide et déclencher une mutinerie. Le colonel entra dans le bureau à ce moment précis. Jean rectifia la position et salua machinalement. Nitau se redressa, mû par un ressort, la bouche ouverte sans proférer une parole.

— Vous avez un bien mauvais mobilier, caporal, dit le colon dans une grimace. Il faudrait payer sur le tambour, comme dans les guerres de jadis. Alors, on râle pour la solde ? demanda-t-il à Jean qui ne répondit pas… On n'aime pas collectionner les timbres de couleur ?

Se croyait-il drôle ? Jean se taisait. Les officiers de l'arrière ne lui inspiraient aucune confiance. Le regard de celui-ci, ironique et froid derrière ses lunettes, le mettait mal à l'aise. Comment pouvait-on confier la vie des hommes à des galonnés sans expérience ? Que pouvait-il dire à un supérieur qui n'avait jamais couché dans la tranchée ? Les mots ne venaient pas, l'émotion, la colère retenue lui nouaient la gorge. Il répéta, en quelques phrases hachées, ce qu'il avait dit à Nitau. Il passerait sa permission à Belfort. Il avait besoin d'argent. Il restait au corps, sans utiliser de titres de transport.

— C'est bon, dit le colonel, qui ne lui adressa pas un regard. Préparez une lettre à ma signature. Il sera immédiatement payé sur la masse du régiment. Mais la prochaine fois, il ira à la poste, comme tout le monde.

Pourvu de son viatique, Jean marchait en sifflotant sur la route de Belfort. Le jour tombait plus vite, il faisait froid. Le col de la capote relevé, il pestait contre Nitau. Quelles grimaces, pour ouvrir sa caisse ! Comme si cet argent était le sien ! Quelle condescendance dans le ton du colonel ! Oh ! sans doute, Jean n'avait rien à lui reprocher. En somme, il lui avait fait une fleur. Il lui avait donné son dû, comme si la solde du poilu était l'équivalent des gages d'un valet de pied… Nitau surtout l'indignait. Pas un mauvais cheval, le caporal. Présent au combat, coude à coude. Bondissant sur le parapet pour les attaques. Ramenant les blessés. Rien à dire. Comment un bougre qui collait à la troupe pouvait-il se rendre complice des tracasseries dont on accablait le poilu à l'arrière ?

« C'est simple, se dit Jean. Avec ce colonel, il se retrouve dans la vie civile. Il redevient le comptable Nitau, dévoué à son chef. Et les autres peuvent crever. »

S'il tenait tant à toucher sa solde, qu'il avait placée dans la poche de sa chemise, c'est qu'il devait honorer au mieux la mission que lui avait confiée le lieutenant : sortir, en son absence, la belle Gaby. Faire en sorte qu'elle s'amuse, voie du monde, dîne, danse et chante si elle en avait envie. Pourvu qu'il ne l'emmène pas au beuglant, Jean avait carte blanche.

Il était heureux de la confiance que lui faisait Antoine. Il plaçait son amie sous sa protection. Il savait que Jean ne permettrait pas qu'on s'approche d'elle. Oui, elle était en de bonnes mains. Elle ne pourrait pas s'égarer, il veillerait à tout. Il comprenait sa mission au sens le plus étroit : Gabrielle ne devait pas lui échapper.

Il serait le représentant d'Antoine, et non seulement son remplaçant pour un soir. Grâce à ses attentions constantes, elle ne serait plus seule, ni triste. Peu importait à Jean qu'il fût auprès d'elle à la place de son ami. Il y était, voilà tout. Cela suffisait à lui remplir le cœur d'un bonheur indicible.

Qu'elle fût entretenue par Antoine ne le gênait nullement ; elle avait trouvé un protecteur. Le lieutenant était issu d'un monde tellement différent du leur, en quelque sorte inaccessible, qu'il ne pouvait en rien intervenir dans le rapport simple et chaleureux qu'il avait avec Gabrielle. Elle était si proche qu'il n'avait pas besoin qu'elle lui parle pour la comprendre. Il avait le sentiment d'être accepté, accueilli : Gabrielle et lui se connaissaient, en somme, depuis toujours. Il n'envisageait pas qu'elle pût avoir avec lui une faiblesse coupable, une liaison, un écart dans sa route aux côtés d'Antoine. Un accident de cet ordre aurait supposé un début et une fin. Jean refusait que son amour pour Gabrielle eût une histoire, qu'il fût inscrit dans le temps. Il ne voulait pas se souvenir des premiers instants de leur rencontre, il ne détaillait pas les épisodes. Il revenait vers elle comme s'il ne l'avait jamais quittée.

Il ne chercha pas la maison de Gabrielle dans l'étroite rue de Turenne, qui conduisait aux quais de la Savoureuse. Il se dirigea d'instinct vers le petit hôtel à deux étages, en pierre blanche et en brique. Il savait qu'elle l'attendait. Au premier coup de sonnette, elle serait là. Il n'avait pas préparé de trop longs discours. Il lui suffirait de dire qu'il était l'envoyé d'Antoine.

La nuit tombait rapidement. Dans la rue non éclairée – le couvre-feu obligeait la ville à voiler si efficacement les becs de gaz qu'on n'apercevait plus les bordures de trottoirs –, Jean craignit un instant qu'on ne lui ouvrît point. Peut-être devrait-il appeler du dehors, pour rassurer Gabrielle. Sans doute n'ouvrait-elle pas, la nuit, aux inconnus. Antoine ne lui avait pas donné d'indications à cet égard.

On lui ouvrit sur-le-champ. Il en fut surpris, sinon déçu. Ainsi, elle recevait, elle n'avait pas peur de répondre au premier tintement de la clochette de l'entrée. La solide silhouette de la cuisinière le rassura.

— Je viens de la part du lieutenant de La Salle, lui dit-il, feignant de ne pas la reconnaître, alors qu'il se souvenait parfaitement de l'avoir rencontrée au beuglant.

— Entrez, répondit la vieille femme avec un sourire. Je vais prévenir Mademoiselle.

Elle fit attendre Jean dans le salon. Il n'osa s'installer sur le canapé Empire, et choisit une chaise paillée à l'ancienne, où il s'assit avec précaution. Le décor lui rappelait le cabinet d'un médecin, ou d'un dentiste. Il se sentait en visite dans un lieu hostile, qui l'impressionnait par sa froideur.

« Il n'y a rien de Gabrielle dans cette pièce, se dit-il, elle n'y met jamais les pieds. »

Il attendit en effet, comme chez le dentiste. Tout à sa joie de revoir la petite, il ne se rendait pas compte qu'il était là, dans le salon, depuis une demi-heure, sans que personne donnât signe de vie. Il ne s'en inquiétait pas. Elle devait se préparer pour dîner. Elle ignorait encore qu'Antoine ne viendrait pas.

Il commençait seulement à soupçonner que le lieutenant ne lui avait pas confié une mission aussi idyllique qu'il pouvait y paraître. Il était un messager de mauvaises nouvelles. Gabrielle risquait d'être fort déçue de ne pas voir Antoine. Qui sait ? Peut-être leurs relations étaient-elles si tendues que la défaillance d'Antoine, en la circonstance, pouvait apparaître comme une dérobade. « Impossible, se dit Jean, avec indignation. Il ne m'aurait pas expédié à dessein pour consoler la petite ! »

Jean songea que l'officier ne pouvait être au courant de ses sentiments pour Gabrielle. Lui avait-elle raconté la nuit dans la marcairerie ? Il ne pouvait imaginer autant de perversité. Au reste, il s'était conduit si stupidement cette nuit-là qu'elle n'avait aucune raison de penser qu'il l'aimait. Il ne lui en avait rien dit. Ainsi n'avait-elle pu s'en flatter.

L'attente se prolongeait. Jean se leva, arpenta la pièce avec impatience. Il regardait, au mur, les gravures du XVIIIe siècle encadrées de bois doré. Antoine avait-il acheté tout cela pour elle ? Les boulets qui ronflaient dans la salamandre en faïence bleutée éclairaient doucement le tapis oriental aux fleurs entrelacées. Jean avait le temps de détailler, en méditant, tous les motifs du tapis. L'impatience le gagnait. Il avait envie d'ouvrir cette porte, de monter dans la chambre de la belle.

Elle savait parfaitement qu'il était là, se disait-il avec colère. La cuisinière l'avait reconnu. Si elle ne descendait pas, c'est qu'elle redoutait cette rencontre. Qu'avait-elle à craindre de lui ? Ne lui avait-il pas donné la preuve qu'il la respectait ?

Il soupesait rageusement une statuette de marbre représentant une déesse nue. Il détestait ces objets inutiles, qui ne parlaient pas à son imagination. Les seules statues qu'il connût étaient celles de la Vierge, ou de saint Joseph, dans les chapelles de son église. Celles-là étaient peintes, souriantes, avenantes. Il se souvenait de saint Antoine, barbu et tonsuré, toujours illuminé de cierges. Sa mère lui adressait une prière toutes les fois qu'elle avait perdu ses clés, ou son porte-monnaie. Elle touchait furtivement le pied du saint pour être exaucée. Peut-être qu'en touchant la figurine de marbre au visage énigmatique, on retrouvait un amour perdu ?

— Non, non et non ! Je ne descendrai pas.

Jean avait fini par ouvrir la porte. Il entendit des cris étouffés, une cavalcade au premier étage. Une jeune femme, qu'il ne connaissait pas, courut sur le palier avant de s'enfermer dans une chambre. Elle était coiffée d'un chignon sévère, vêtue d'une robe ample, sans couleur et sans forme. D'autres portes claquèrent. Un négrillon, l'air terrorisé, descendit l'escalier pour se cacher dans la cuisine. La bonne Marcelle était seule visible, immobile, une main posée sur la balustrade, attendant des instructions. Elle redescendit précautionneusement les marches de chêne luisantes. À Jean, qui se tenait dans l'encadrement de la porte du salon, elle n'adressa pas la parole. Elle leva les yeux au ciel, en signe d'accablement, et s'enferma à son tour dans la cuisine.

« Puisqu'elle ne veut pas descendre, se dit Jean dont la colère était tombée d'un coup, c'est à moi de monter. »

Il avait parfaitement repéré la porte de la chambre de Gabrielle. En quelques enjambées, il fut à pied d'œuvre et entra bravement sans s'annoncer. La petite était allongée tout habillée sur son lit. Elle frappait les coussins à coups de poing. Jean se reprocha d'être là. Elle sanglotait, s'étouffait, et bientôt se retourna, le visage défait.

— Sortez, lui dit-elle, je n'ai rien à apprendre de vous. Votre présence m'est insupportable, sortez donc ! Que voulez-vous voir de plus ? Une femme malheureuse. Il ne viendra pas, c'est l'évidence. Il vous envoie pour me l'apprendre. Quelle délicatesse !

La seule présence de Jean lui rappelait sa longue période d'incertitude, d'angoisse. Comment Antoine avait-il pu le choisir, lui, comme messager ? Ne pouvait-il lui envoyer son ordonnance ? Elle avait tout fait pour le retenir, le convaincre, le charmer. Inutile ! Au moindre signe, il tournait casaque, sans même avoir le courage de l'affronter. Était-il obligé de descendre aux tranchées ? Peut-être. Oui, il pouvait être en danger, pendant qu'elle sanglotait comme une fille capricieuse. Les soldats défilaient sans cesse, depuis deux jours sur les bords de la Savoureuse. On avait pu le rappeler, exiger qu'il parte sur-le-champ. Mais celui-ci, qui restait planté comme un benêt ? Ne partirait-il pas aussi ?

— Où est-il ? lui demanda-t-elle simplement.

— Je l'ignore. Quand je l'ai rencontré, pour la dernière fois, dit Jean avec une solennité qui glaça Gabrielle, il était casqué et sur le pied de guerre.

— Mon Dieu, il est au front ! Et vous ne me le disiez pas !

Elle était soudain réconfortée. Elle connaissait Antoine. Il ne pouvait partir vers l'arrière en habits de guerre. Dès qu'il le pouvait, il s'habillait en hussard de Lunéville, surtout quand il prenait le train de Paris. Il avait en horreur la tenue des tranchées. Il était en danger, c'était sûr. Et Jean le savait.

— Pourquoi n'êtes-vous pas parti vous-même ?

Il lui avoua, sur un ton embarrassé, qu'il était depuis le matin en permission, mais qu'il ne partirait pas, préférant rester à Belfort. Gabrielle, aveuglée par son angoisse, n'accorda pas la moindre attention à ce discours ; elle ne trouva pas étrange qu'un fantassin du front pût avoir du plaisir à passer sur place ses quelques jours de détente. Elle retint seulement qu'il n'était pas consigné au cantonnement. Il n'y avait donc pas d'offensive prévue dans l'immédiat. Elle respirait. Mais où diable avait-on envoyé Antoine ?

— A-t-il pris le train ?

— Non. Une voiture de l'état-major l'attendait, tous feux éteints, moteur en marche. Des officiers à brassard. Il n'a pas eu le temps de faire son sac ni d'avertir son ordonnance. Il devait partir sur-le-champ.

Gabrielle, qui ignorait tout de la vie militaire, ne pouvait soupçonner les mœurs des officiers d'état-major. Ils exécutaient leurs tâches sans la moindre attention pour les hommes, veillant seulement à ce que les consignes qu'ils avaient reçues fussent exécutées avec le zèle le plus brutal. On leur avait demandé d'escorter Antoine vers une destination inconnue, ils obéissaient. Les grands chefs n'aimaient pas attendre.

Elle comprit qu'elle ne tirerait rien de plus de Jean, qui avait dit ce qu'il savait.

— Attendez-moi en bas. Nous y serons plus à l'aise pour parler.

Elle lui sourit dans ses larmes, soudain résignée. Il lui affirma, avec maladresse, qu'Antoine ne courait aucun danger et qu'il l'avait prié de passer, pour la rassurer, la soirée avec elle.

— J'ai des billets pour le spectacle, lui dit-il. Préparez-vous, nous allons dîner en ville.

Elle n'en avait aucune envie. S'afficher avec Jean, alors qu'Antoine lui interdisait pratiquement toute sortie, n'osant pas se montrer avec elle, lui semblait inconvenant. Une indélicatesse de plus. Mais Jean n'en était pas responsable. Pourquoi humilier ce brave garçon ?

— Nous allons dîner ici. Tout est prêt. Demandez à Marcelle qu'elle vous serve un verre. Je ne serai pas longue.

Jean sortit de la chambre encore plus gauchement qu'il n'était entré. Il renversa au passage, en se retournant trop brusquement, une potiche chinoise bien imprudemment placée sur le bord d'une console de marbre. Elle se brisa en mille morceaux. Gabrielle éclata de rire, en le voyant ramasser les fragments de porcelaine.

— Comptez-vous les recoller? N'ayez aucune crainte, nous n'aimions pas cet objet. Nous en voilà débarrassés!

Elle avait, d'un coup, retrouvé sa gaieté. Jean avait conjuré le mauvais sort et assista, stupéfait, à la métamorphose. Elle chantonnait, à genoux sur le parquet, rassemblant les tessons de porcelaine dans une serviette et les jetant dans une corbeille. Il ne la quittait pas des yeux.

— Eh bien! lui dit-elle, nous avons un secret en commun. Je ne le dirai pas à Antoine. Il n'aimerait pas que je vous aie reçu dans ma chambre...

Il se sentit soudain coupable. C'est vrai, que faisait-il dans sa chambre? Elle le remarquait avec à-propos : il s'était invité lui-même. Elle sourit de son embarras, sans rien tenter pour le mettre à l'aise. Elle avait pris son parti de la situation: puisque Antoine lui envoyait un ambassadeur aussi gauche, rien ne l'empêchait de jouer avec lui comme le chat avec la souris. Il ne serait sûrement pas insensible à une discrète entreprise de séduction.

— Si vous ne quittez pas ma chambre, j'appelle! lui dit-elle, faussement menaçante, comme si elle courait le moindre danger.

Il aurait pu protester de ses bonnes intentions, et disparaître sans demander son reste. Mais Jean avait plus de finesse qu'elle ne lui en supposait. Il avait parfaitement remarqué le changement d'attitude de la mignonne.

— Je suis, mademoiselle, en service commandé, et jamais je n'ai obéi aux ordres avec plus de plaisir. Excusez mon empressement. Vous avez eu déjà, je crois, l'occasion d'apprécier avec quel bonheur j'étais votre obéissant serviteur.

Il avait parlé comme un livre. Elle en fut émue. Lui aussi se donnait du mal pour lui plaire... Elle n'était donc pas la seule. Elle avait vu clair tout de suite dans le comportement de Jean. Il l'aimait sans doute, mais il était loyal.

« Eh bien ! songea-t-elle avec une lucidité qui lui faisait un peu mal, il se trouve que nous avons un maître commun. »

— Je vous assure, lui dit-elle, de plus en plus enjouée, que si vous ne quittez pas à l'instant cette pièce, vous allez devoir assister à mon déshabillage. Je déteste dîner en négligé.

Jean rougit jusqu'aux oreilles : c'était plus qu'il n'en pouvait supporter.

— Allez donc m'attendre au salon, lui dit-elle en l'accompagnant jusqu'à l'escalier, et tenez bon la rampe, le parquet est glissant. Je ne voudrais pas avoir un grand blessé sur la conscience.

Quand elle fit son entrée au bras de Jean dans la salle à manger, les bougies étaient allumées, et la vaisselle précieuse dressée. Un repas d'amoureux, celui qu'elle avait préparé pour Antoine. Jean ne pouvait pas l'ignorer : il chaussait les bottes du maître.

Il ne l'avait jamais vue aussi belle : maquillée avec discrétion, coiffée avec simplicité, les cheveux tirés sur le front, retenus en arrière par un filet aux mailles de soie brillantes, collier de perles, boucles d'oreilles en diamants scintillant à la lueur des flammes. Droite, altière presque, elle souriait sans le voir au pauvre soldat en vareuse bleu horizon, dont le triste uniforme n'était rehaussé que par la médaille militaire, celle que l'on payait de son sang. Elle ne faisait rien pour le mettre à l'aise, rien pour lui rappeler qu'ils avaient, en somme, vécu une expérience commune, une nuit de silence et de connivence. La princesse était sur son trône, et voulait seulement qu'on l'admirât, pour oublier son chagrin.

Jean était au désespoir. Il était associé à un conte de fées dont il ne connaissait pas le dénouement. Figurant sur une scène où elle tenait le premier rôle, il était trop ému pour se ressaisir, trop impressionné pour parler.

— Ainsi donc, mon cher Jean, vous êtes le meilleur ami d'Antoine… Non, ne protestez pas, il faut qu'il ait en vous une confiance totale pour vous choisir comme ambassadeur.

Elle répondait elle-même aux questions qu'elle posait, comme si elle ne souhaitait pas entendre de réponse. Gêné d'être servi à table par la vieille cuisinière, Jean était reconnaissant à Gabrielle de ne pas le considérer comme un interlocuteur. Dès qu'il ouvrait la bouche, elle lui coupait la parole. Il pouvait dès lors concentrer son attention sur son assiette, et manger autrement qu'à la tranchée, avec une certaine aisance.

— Antoine est incroyable ! Il invite sans cesse des amis à l'improviste, comme si nous étions à Paris. Il est vrai que, généralement, il se donne la peine d'être présent au dîner. Avouez que c'est drôle : aujourd'hui, il a oublié ! Peut-être dîne-t-il à la préfecture, ou chez la générale ? On dit que les femmes des grands chefs ne sont jamais très loin des lignes. À Châlons, à Nancy. On les installe discrètement... que voulez-vous, la guerre est ainsi faite.

Jean ouvrit la bouche pour protester. Que signifiait cette comédie ? Se croyait-elle sur la scène de l'Ambigu ? La petite, isolée dans sa maison dorée, était-elle devenue folle ? Il allait intervenir. Mais, une fois de plus, elle poursuivit son monologue.

— La princesse Murat vient d'annoncer à son de trompe – c'est dans tous les journaux – qu'elle a, pour éviter les fausses notes, renoncé à tous ses dîners d'apparat, même ceux donnés en l'honneur des hôtes les plus prestigieux. Mais soyez sûr, mon cher Jean, que l'on soupe fort bien à son hôtel. Entre la discrétion et l'hypocrisie, il n'y a qu'un pas, et nos chères dames du monde n'hésitent pas à le franchir.

Ignorant qui était cette princesse, et indifférent aux frasques des gens de l'arrière, Jean resta coi, et termina sa soupe en inclinant légèrement son assiette. Gabrielle ne remarqua rien.

— Savez-vous que la baronne Lyska, la coqueluche de Paris, a transformé sa salle de bal du bois de Boulogne en hôpital ? Est-ce drôle ?

Jean ne trouvait rien à répondre. Pour lui, les femmes du monde étaient les dames distinguées au parler pointu, qui faisaient semblant de soigner les blessés et coiffaient le voile blanc de la Croix-Rouge. Il avait été deux fois blessé, et il redoutait ces mondaines comme la peste. Leur prêchi-prêcha, leur feinte commisération l'exaspéraient. Il préférait le rude langage des infirmières militaires, ces sacrées garces qui vous renvoyaient au front deux jours plus tôt que prévu. Pour la patrie. Et aussi pour faire de la place.

Il ne comprenait rien au discours de Gabrielle. Il ne s'intéressait pas du tout aux anecdotes de la vie parisienne qu'elle racontait d'une voix sucrée. Il n'était jamais allé à Paris et n'était pas tenté par la capitale. Il fallait être très riche ou très pauvre, pensait-il, pour vivre dans un pareil endroit. Sans prêter attention au bavardage de la petite, il découvrit soudain, avec inquiétude, qu'il ne parvenait pas à retrouver sa voix, celle qu'elle avait avant, bien timbrée, un peu floconneuse, la voix de la bergère d'une nuit. Il comprit qu'il avait devant lui un être différent : elle n'était plus la Gabrielle dont il avait rêvé. Elle n'avait pas changé sa voix, elle l'avait perdue.

— Le vin est bon, dit-il, du ton du monsieur qui s'ennuie. Antoine doit avoir une belle cave.

— Nous faisons tout venir de Paris, dit-elle avec empressement.

Un petit ménage, avec des habitudes de luxe, comme ces rentiers français, nombreux avant 1914. Jean en avait connu quelques-uns au régiment. Il n'avait jamais rien à leur dire.

« Se peut-il qu'une fille change aussi vite ? » se demanda-t-il, pendant que Gabrielle lui faisait part de nouveaux potins mondains, lus le matin dans *Le Gaulois* et appris avec soin pour égayer le repas d'Antoine. Elle les ressortait quand même, comme si leur destinataire eût été présent.

Jean était désespéré. Dans la rue, avant de carillonner à sa porte, il avait mille choses à lui dire, il se réjouissait de la retrouver si belle, à l'abri du malheur. Il voulait lui parler d'elle, un peu de lui, l'assurer de ses sentiments chaleureux. Il ne trouvait comme sujet de conversation que la cave d'Antoine. Pourrait-il un jour reprendre le dialogue interrompu, ce dialogue muet, cet éternel dialogue où l'on se comprend sans paroles ? Il avait devant lui une caricature dont les mimiques prêtaient à rire.

« Est-ce ainsi qu'elle lui parle? » se demanda-t-il soudain. Il imaginait le bel Antoine, sec et ironique, distant, intransigeant même dans sa volonté bien affirmée de ne rien dire d'inutile, de blessant ou de ridicule, Antoine pâle de rage contenue devant les calembredaines de Vallombreuse, Antoine et sa morgue humiliante en face des officiers douteux... comment pouvait-il supporter ce discours? Croyait-elle lui plaire? Il avait, d'un coup, l'intuition d'un malentendu: la Gabrielle d'Antoine était une créature artificielle, une illusion que déployait son angoisse. Elle s'était ainsi transformée pour lui plaire et ne pouvait se rendre compte qu'elle manquait son but.

Cette réflexion soulagea Jean. Il pouvait de nouveau l'aider. Il n'avait pas le droit de la laisser s'enliser dans ce rôle absurde, qui ne lui vaudrait que des sifflets.

— Je vois un piano, dit-il. Chantez-vous toujours?

Il se souvenait brusquement de sa surprenante apparition dans le beuglant. Jean n'aimait guère le spectacle, et ne se serait pas dérangé pour aller au théâtre. Le music-hall l'assommait. S'il avait été parisien, il aurait uniquement fréquenté les stades ou les salles de boxe. Ce goût du sport le rapprochait d'Antoine. Ils avaient ainsi trouvé un langage commun, parlant pendant des heures des jeunes boxeurs d'avenir, qu'ils avaient rencontrés à l'arrière des lignes, ce Georges Carpentier, rageur, têtu, mobile comme une danseuse.

— Il fera carrière, disait Antoine, c'est une vedette.

Carpentier avait vingt-trois ans. Il était déjà célèbre dans les milieux sportifs et Jean aurait bien fait le voyage de Paris pour le voir boxer. C'est en sportif qu'il admirait les chanteurs. Que la petite eût un don, une voix, une chance de s'exprimer le comblait de satisfaction. Il n'avait jamais entendu un timbre aussi pur.

— Tu pourrais chanter de l'opéra, lui dit-il brusquement d'une voix changée.

Elle n'avait pas semblé froissée du tutoiement soudain. Abandonnant son insupportable monologue, elle se tut, sans chercher de réponse. Oui, elle pouvait chanter, mais à quoi bon? Dans le monde d'Antoine, un don n'était rien qu'une sorte de manie dont on devait se défaire très vite pour n'être pas ridicule. Un don ? Une disposition naturelle ? Quelle vulgarité ! Rien n'était convenable que ce qui était transmis, acquis, hérité, l'allure par exemple, ou la conversation. La voix se forme et se transforme. Elle se déforme au besoin, pour être de bon ton. Antoine amoureux d'une chanteuse, d'une cantatrice ? Pour une toquade, soit. Rien de plus. Gabrielle imaginait fort bien que, pour les gens du monde, une cantatrice était comme une trapéziste : un spectacle ; elle n'avait pas sa place au cimetière des grandes familles.

Jean était perplexe : Gabrielle restait muette : Antoine l'empêchait-il de chanter ? Après s'être étourdie de paroles, Gabrielle regardait fixement son assiette. Elle n'avait plus rien à dire. Jean n'insista pas. Il comprit sans avoir besoin de confirmation qu'il lui était impossible de parler d'elle.

Pouvait-il mesurer l'étonnant parcours qu'elle avait accompli en quelques semaines ? Sensible et intuitive, elle s'était mise à l'écoute d'Antoine, attentive à ses moindres désirs. Avant de préparer – avec quelle minutie –, ses numéros de chronique mondaine, elle avait suscité les confidences, provoqué les confessions, pendant les soirées où ils dînaient en tête à tête, puis parlaient longuement jusqu'à une heure avancée de la nuit. Elle buvait ses paroles, les gravait dans sa mémoire. Elle se souvenait du moindre détail, du chapeau à voilette que sa mère portait quand elle le conduisait, enfant, à l'église de Saint-Germain-l'Auxerrois, du maître d'escrime qui se moquait de lui parce qu'il avait de trop longues jambes, de la rixe qui l'avait opposé à un fils Castelnau, à l'école des jésuites de la rue des Postes, la seule circonstance où Antoine se fût battu comme un palefrenier.

Gabrielle savait tout : elle était la mémoire vivante de la geste d'Antoine. On voit ainsi des critiques passionnés raconter, au moindre détail près, la vie des écrivains ou des artistes. Ces fanatiques font sourire par la précision inutile, gratuite, un peu démente de leur information. Gabrielle aussi était une fanatique : rien de ce qui concernait Antoine ne lui avait échappé. Elle entrait ainsi très vite, guidée par son héros, dans le Jardin des plantes du monde parisien. Il lui décrivait les espèces, saluait au passage les arbres les plus vénérables, ceux qui venaient d'un autre continent. Il racontait minutieusement les héritages américains, les mariages orientaux. Il y avait de l'indien, du maharadja, chez telle imposante marquise, et du La Fayette chez ce jeune élégant, que l'on venait justement d'envoyer aux États-Unis pour y négocier des contrats de guerre. Gabrielle connaissait les particularités des animaux primés. Le lama qui arrosait au passage les gardes municipaux ? C'était le comte de… Il n'avait pas son pareil pour humilier les soldats de la République, opposer Gallieni à Joffre, et Pétain à Lyautey. Le tigre fatigué, qui dormait jour et nuit ? C'était Gramont-Caderousse, héritier d'une réputation de joueur et de noceur qu'il était incapable d'assumer.

Le bestiaire avait ses héros, qui faisaient l'admiration d'Antoine. Le marquis de Ganay, le comte de Saint-Phalle, le comte de Clermont-Tonnerre étaient sur la ligne de feu, avec le prince Murat.

— Il se fait tard, dit Jean avec timidité. Nous allons manquer la représentation.

— Je vais vous suivre.

Sa voix était mourante, elle semblait exténuée. Jean ne pouvait savoir qu'elle était seulement lointaine, incapable de chasser ses souvenirs. La tête légèrement inclinée, elle était belle dans son abandon. Parfois un sourire un peu triste illuminait son visage. Jean n'osait lui parler, de peur de rompre l'enchantement. Il aurait volontiers passé la soirée ainsi, à la regarder. Il essayait de graver dans sa mémoire la moindre de ses expressions.

Elle était toujours dans le jardin des marquis ouistitis et des vicomtes perroquets. Quand elle souriait, c'était aux remarques d'Antoine, à ses boutades. Pouvait-elle raconter à Jean ces mille détails sans intérêt, qui émaillaient une longue histoire où il n'avait pas sa place ? Les récits d'Antoine s'enchaînaient dans l'ordre exact où elle les avait enregistrés. Elle ne coupait rien, ne montait rien en épingle, ayant une fois pour toutes choisi de ne vivre que par lui.

Elle se souvenait vaguement d'avoir souffert, quand elle assistait, sans intervenir, au spectacle de sa vie. Il était manifestement heureux de l'étaler, comme s'il retrouvait ainsi, dans la nostalgie d'un hiver au front, les bons moments qu'il avait vécus autrefois. Certes, aucune femme n'y était mêlée ; Antoine était assez délicat pour éliminer de sa confession les rares passages où il aurait pu être question d'aimer. Mais le bonheur, visible sur son visage, qu'il avait de parler d'un monde dont elle était exclue, dont elle serait sans doute toujours exclue, la remplissait de mélancolie. Plus il parlait, plus s'accroissait la distance. En la prenant pour témoin, il la rendait familière de ses souvenirs, à condition qu'elle acceptât de n'être qu'une étrangère.

Avec Jean, au contraire, le film se déroulait dans sa mémoire sans qu'il lui causât aucune souffrance. Antoine n'était pas là pour lui rappeler qu'elle était, comme les errants du Moyen Âge, condamnée à se priver de la terre et de l'eau. Les images qui dansaient dans sa tête étaient inoffensives. Elle les regardait avec plaisir, imaginant Antoine mêlé à ses propres aventures, comme si l'aboutissement de cette vie était sa rencontre, ici, à Belfort.

— Nous allons au cinématographe, dit Jean. Connaissez-vous ce nouveau spectacle ?

Encore un instant. Elle ne suppliait pas. Mais il comprenait qu'elle n'avait pas terminé son rêve. Ne pas la brusquer, attendre. Elle avait l'air heureuse. Elle pensait au jour où il lui avait offert sa première robe. Elle l'avait essayée devant lui, ouvrant précautionneusement le paquet enrubanné qui venait de Paris. En grand secret, Antoine avait envoyé ses instructions, par lettre, au faiseur. La robe lui allait à merveille, de la dentelle d'un blanc éclatant en garniture sur les manches, sur la gorge. Une robe de fête, luxueuse et simple. Elle s'imaginait à son bras, dans cette robe, ouvrant le bal du marquis de Ganay. Le soir, pour le dîner, Antoine avait revêtu sa tenue de gala. Gabrielle avait chanté de sa voix claire, pour qu'ils pussent danser au salon, sans témoin. Elle n'avait pas besoin qu'on l'admirât. La foule mondaine était autour d'eux, les marquises ajustaient leur face-à-main, la mère d'Antoine rayonnait, le général interrompait sa conversation et admirait, stupéfait, la merveilleuse compagne de son fils.

— Faites-moi danser, Jean.

Elle s'élança brusquement dans son rêve, entraînant le garçon, amorçant gracieusement le mouvement de la valse qu'elle fredonnait, une valse sans paroles qu'elle avait étudiée dans les partitions de la Granier.

Jean était maladroit. Il s'était risqué, naguère, au pays, sur les parquets couverts des fêtes patronales. Ses molletières manquaient d'élégance et ses chaussures de souplesse, mais il suivait le mouvement, comprenant qu'elle mourrait de chagrin au milieu de la fête, s'il venait, par un geste trop brusque, à la réveiller. Quand elle s'arrêta enfin, près du piano, il dut la soutenir pour qu'elle ne tombât point. Elle était, de nouveau, au bord des larmes.

— Il faut vous couvrir plus chaudement, lui dit-il : le spectacle est sous la tente, et les nuits sont fraîches.

Par miracle, l'ordonnance d'Antoine attendait à la porte, avec la Dorsay. Quand Gabrielle parut, emmitouflée dans une fourrure délicate, elle ne manifesta aucune surprise. Elle ne s'étonnait point qu'Antoine eût ainsi préparé cette soirée, à distance, sans rien lui dire. Un cavalier, un équipage.

Jean se tenait à la place du maître, conscient de ses devoirs. Il s'inquiétait du confort de Gabrielle, donnait des ordres à l'ordonnance avec discrétion, sachant se tenir à sa place. L'autre riait sous cape, et se lançait dans un trot modéré, jusqu'à la place de la République où la tente dressée par l'armée abritait le spectacle. Pour l'ordonnance, qui n'appréciait pas la liaison d'Antoine – il n'aimait pas que son chef affichât des goûts bourgeois, comme n'importe quel officier –, ce soldat portant un calot à oreilles d'âne faisait rentrer dans l'ordre une aventure qui avait trop duré. Ses mines empressées n'échappaient pas à Jean, qui l'aurait volontiers étranglé. Mais Gabrielle ne voyait rien. Elle prit la main de son cavalier, et accepta son bras pour entrer dans une salle houleuse, où l'on avait déjà fait l'obscurité.

Le spectacle était commencé. Une petite cabine isolée, à l'une des extrémités de la tente, abritait le matériel de projection. Le tic-tac de la pellicule qui se déroulait était si bruyant qu'il rappelait aux soldats, nombreux dans la salle, celui des armes automatiques. On distinguait mal l'image, car les hommes fumaient et d'épaisses volutes voilaient le rayon de lumière bleutée qui sortait de l'appareil.

Dans le public, peu de bourgeois, quelques notables au premier rang, invités par les officiers supérieurs. Des enfants, des badauds, des jeunes filles des ateliers de textile ou des usines de munitions. On venait parfois de loin pour assister aux représentations. Les militaires faisaient bon accueil à ce public en majorité féminin. Le spectacle terminé, on dansait sur le parquet. Un piano, qui avait rythmé le film, accompagnait les valses et les mazurkas. Quelques cuivres de la musique des hussards, un violoniste amateur, un accordéoniste constituaient l'orchestre improvisé.

Jean dérangea plusieurs rangs de spectateurs pour gagner les places prévues, au premier rang. La fourrure de Gabrielle suscita des commentaires. Les soldats applaudirent, les enfants piaillèrent, les filles hurlèrent. Toujours absente, Gabrielle se laissait guider dans la foule opaque, ironique, parfois insultante. Jean enrageait. Pouvait-il la protéger des quolibets ? Les soldats étaient empressés, courtois, et même galants. Ils ouvrirent un chemin vers les premiers rangs, en s'effaçant pour la laisser passer. Quand ils furent enfin à leur place, Jean reconnut son colonel. L'autre ne fut pas peu surpris de voir cette femme élégante, en grand équipage, au bras d'un tirailleur en molletières. Aucune chaise n'était libre. Le colonel, debout, offrit la sienne à Gabrielle, demandant d'un signe qu'on apportât deux sièges supplémentaires. Remerciant d'un léger sourire, à peine appuyé, comme si cet hommage lui était dû, Gabrielle se trouva serrée entre le colonel, installé comme à la Comédie-Française, et le pauvre Jean qui avait glissé son bonnet dans la patte de sa vareuse. Sur l'écran, l'admirable Judex distillait l'épouvante. Louis Feuillade, le célèbre metteur en scène de la Gaumont, signait ses feuilletons, et les gens faisaient la queue pour ne pas manquer la suite des épisodes de Judex ou de Fantomas.

Les soldats hurlaient d'ailleurs « Fantomas ! Fantomas ! » à la fin des aventures de Judex. Mais le projectionniste avait des ordres : il devait insérer entre les deux feuilletons un court métrage patriotique, pour le moral. Une commission de censure du cinéma fonctionnait aux armées, éliminant sans pitié les films défaitistes ou pornographiques. On ne laissait passer que les productions anodines comme *Bout-de-Zan l'enfant prodige*, du même Feuillade, ou *Les Mystères de New York*. Le film patriotique fut mal accueilli. Les soldats lancèrent des obscénités à la veuve intrépide, qui, sur l'écran, sauvait le drapeau d'un régiment en l'enroulant, comme un lange, autour de son enfant. Le colonel, outré, rajusta ses lunettes, pour mieux distinguer les « meneurs » du chahut. Jean riait sous cape. Gabrielle s'étonnait qu'on pût assommer les soldats au repos avec de telles niaiseries. Elle restait impassible, attendant la fin de l'orage.

Le spectacle fut brusquement interrompu. Le colonel crut à un sabotage. Mais non… le film était coupé. La pellicule cassait souvent en cours de projection, surtout si elle avait déjà été visionnée cent fois. Un cri, à l'arrière de la salle.

— Le film brûle ! Au feu les pompiers !

Au premier rang, on crut à une plaisanterie. Mais une fumée âcre sortait de la cabine du projectionniste. Deux sapeurs s'approchèrent, avec un extincteur, pour éviter que la tente elle-même ne s'enflammât. Un début de panique gagnait le public. On ouvrit les pans de la tente aux quatre coins, pour évacuer rapidement. En quelques minutes, tout risque d'incendie avait disparu. Les gens regagnèrent leurs chaises et attendirent la suite du spectacle. Ils ne voulaient pas admettre que le projecteur était hors d'usage, ils invectivèrent le projectionniste. Soucieux de calmer les esprits, le colonel envoya chercher un autre appareil à la caserne du génie, puis il demanda qui voulait chanter, pour meubler l'attente.

Un tourlourou de Bar-le-Duc se proposa.

— Voyons, mon ami, que connaissez-vous ?

— J'sais pas, mon colonel ! *En r'venant de la r'vue…*

— Quelle horreur ! Connaissez-vous *La Madelon* ?

— J'veux bien essayer.

Il ne put aller loin, les huées recouvraient les paroles. Une voix forte, énergique, partit alors du fond de la tente. Jean crut reconnaître celle de Frédéric, son ami Frédéric.

— Gabrielle, une chanson ! Gabrielle, une chanson !

« Comment peut-il savoir que Gabrielle chante ? » se demanda Jean.

Le colonel était dépassé par la scie tonitruante qui se propageait d'une rangée à l'autre.

— Qui est cette Gabrielle ? demanda-t-il poliment à sa voisine.

— C'est moi, mon colonel, répondit-elle en rougissant.

La chaleur communicative du public l'avait émue. Elle ne se demandait pas si elle pourrait le satisfaire. Elle avait brusquement envie de paraître, puisqu'elle était attendue... Dans un état second, elle se leva, sous les applaudissements, et gagna le piano où elle murmura quelques mots à l'oreille du grand diable à calot pointu qui était assis sur le tabouret.

Dans le silence soudain revenu, elle attaqua la *Chanson des blés d'or*. Elle avait retiré sa fourrure et paraissait en robe blanche, celle du dîner, celle d'Antoine. Pour les soldats qui n'avaient jamais vu une femme aussi belle, c'était plus qu'un spectacle, un enchantement. Sa chanson n'avait rien d'un refrain de beuglant ou de café-concert, elle était pure et charnelle, elle parlait au cœur des hommes, pour la plupart des paysans, qui l'avaient tous entendu chanter en famille. Ils reprirent le refrain, se levèrent pour mieux la voir. Grisée, éperdue de bonheur, cherchant en vain les yeux d'Antoine dans la salle, Gabrielle ne put rejoindre son siège. Dans un tonnerre d'applaudissements, elle s'enfuit, presque portée par Jean, pendant que la lumière s'éteignait et que la nouvelle machine de projection envoyait sur l'écran le dernier épisode des aventures de Fantomas.

Dans la voiture, elle s'était rapprochée de Jean, laissant aller sa tête contre son épaule. Il retrouvait enfin la Gabrielle qu'il avait connue, celle du tunnel de Champagney. Ils ne se dirent pas un mot avant d'atteindre la maison. Jean l'accompagna jusqu'à l'entrée, ouvrit galamment sa porte. Il eut le temps de voir disparaître, dans l'escalier, la forme lourde et confuse d'une femme inconnue. On attendait Gabrielle… elle ne serait pas seule.

« Tant mieux », se dit Jean, qui n'avait pas envie de l'abandonner. S'éloigner d'elle fut un déchirement. Il réussit, avant de se fondre dans la nuit, à lui dire qu'il reviendrait.

XII

LE TRAIN DE BÂLE

Gabrielle s'était étendue, sans retirer sa fourrure, sur le canapé du salon. Elle ne voulait pas dormir seule dans la chambre. Trop longtemps, elle avait vécu dans l'attente d'Antoine. Elle ne supportait pas que les trop rares instants qu'il pouvait lui consacrer lui fussent enlevés à l'improviste. Les nécessités de la guerre lui pesaient. Il lui arrivait de rêver qu'il abandonnait son bel uniforme, sa voiture et son ordonnance, et qu'ils partaient tous les deux par le train de Bâle, un des rares qui franchît encore la frontière de Suisse.

Vivre en Suisse, dans un chalet du Valais, une vallée perdue, au pied d'un glacier… Elle ignorait ce qui pourrait décider Antoine, incapable de renoncer à son devoir. Elle savait qu'il détestait cette guerre, qu'il la parcourait en paladin, mais qu'il se salissait les mains aux tranchées comme un autre. Il passait des heures à la maison dans son bain. Elle trouvait étrange qu'il accordât tant d'importance à l'entretien de ses ongles, particulièrement ceux des pieds. Qu'il fût obsédé par la propreté n'était pas seulement une habitude de son milieu. Pour lui, la crasse, c'était la guerre.

Ce départ, l'avait-elle imaginé ! À moins d'une heure de Belfort, les gens travaillaient en paix, ils pouvaient s'aimer, avoir des enfants, les accompagner à l'école, partir le dimanche en pique-nique, nager, l'été, dans les lacs. Antoine lui avait même raconté qu'il savait skier, et qu'il l'emmènerait, après la guerre, aux sports d'hiver. À quoi bon ? Cette guerre ne finirait jamais. Gabrielle enrageait de supporter jour après jour le froid, la pénurie, la misère physique et l'incertitude du lendemain. Antoine, après tout, n'était pas invulnérable. Il se croyait des ailes, quand il montait sa jument d'Amérique, mais il pouvait mourir au coin d'un bois, d'un shrapnel perdu. Elle chassait cette image… l'idée de la mort d'Antoine lui était insupportable. Elle mourrait elle-même, à coup sûr.

La Suisse… le paradis des déserteurs. Pouvait-on déserter par amour ? Elle en doutait. Gilda lui avait raconté d'innombrables histoires sur l'ingéniosité des poilus qui voulaient à toute force échapper aux tranchées. Ils ne supportaient pas d'être séparés de leurs femmes. Quand elles écrivaient moins souvent, quand leurs lettres étaient moins chaleureuses, ils avaient envie de prendre le premier train pour l'arrière. On avait arrêté un homme dont la capote était pleine de billets de banque. La prévôté s'en étonna. Comment un soldat pouvait-il être aussi riche ? On avait aussi découvert sur lui des seringues. Il piquait tous ceux qui voulaient tromper la vigilance des majors, et se faire déclarer inaptes. Il y avait donc des hommes prêts à prendre les plus grands risques pour échapper à la guerre. Gilda parlait aussi d'un jeune homme qui s'était réfugié dans la montagne, le Morvan disait-elle, au cours d'une permission. Il n'était pas rentré au corps. La prévôté l'avait longtemps cherché en vain. On avait fini par découvrir sa trace. Il avait vécu trois mois, en clandestin, couchant dans des huttes de charbonniers, avec sa compagne. Son chien l'avait trahi. En suivant l'animal, les gendarmes avaient retrouvé l'homme. On l'avait fusillé comme déserteur.

Gabrielle n'imaginait pas Antoine échappant aux poursuites de la prévôté dans les grottes du Jura. Déserter par amour n'était pas son genre. Était-il attaché à elle ? Elle avait toujours le sentiment de l'aimer plus qu'il ne l'aimait. Quel risque prenait-il pour elle ? Il l'avait installée bourgeoisement dans une maison aux volets fermés, il n'osait s'afficher avec elle. La guerre, disait-il, exige de la discrétion, mais à Paris nous serons libres. L'accompagnerait-elle jamais dans la capitale ? Il avait passé sa dernière permission à Belfort. « Quelle joie, disait-il, que de pouvoir se cacher ici, à l'insu de tous. N'es-tu pas heureuse ? »

Certes, elle l'était. Mais avec une pointe d'angoisse qu'il ne parvenait pas à lui faire oublier. Si l'amour se mesure au mérite que l'on reconnaît chez l'autre – ce qui peut se lire dans tous les bons romans français que Gabrielle dévorait pendant ses longues heures de solitude – quelle éclatante vertu pouvait-il lui reconnaître, en dehors de sa jeunesse et de sa beauté ? Qu'avait-elle sacrifié pour lui ? Il l'avait sortie du beuglant, il lui avait interdit d'y paraître. Ce n'était certes pas un déchirement. Il ne l'aidait guère à entrer, comme elle en rêvait quelquefois, dans la carrière des chanteuses. L'introduirait-il sur les scènes parisiennes, comme il le promettait ? Qu'y gagnerait-elle ? Elle avait été grisée par le succès de son intervention imprévue devant les soldats. Ils l'avaient longuement acclamée. Mais Antoine n'était pas là. Sans doute ne serait-il pas très heureux d'apprendre qu'elle s'était ainsi produite à son insu. Elle le lui dirait, elle lui disait tout. Il n'avait qu'un désir : la tenir cachée, la préserver pour lui seul. Est-ce ainsi que l'on doit aimer ?

Antoine usait de mille délicatesses pour lui montrer qu'elle n'était pas une simple distraction pour le guerrier. En l'intégrant, par ses récits, à son propre univers, il lui donnait la clé d'un rêve, sans pourtant lui offrir le moindre espoir de le réaliser. Son ami, Jean Tardy, était moins habile, mais peut-être plus sincère. Gabrielle sentait bien que ce garçon avait, à sa manière, de la finesse, et qu'il lui témoignait du respect. À n'en pas douter, il était amoureux d'elle. Elle ne le redoutait pas, le recherchait plutôt, car elle savait qu'il n'oserait jamais se déclarer, encore moins la brusquer. Elle pouvait tout lui dire de ses rapports avec Antoine. Il accepterait de l'entendre. Elle en abusait sans méchanceté, mais sans innocence. Elle savait qu'elle lui faisait mal.

Celui-là pourrait faire des folies pour elle, l'enlever, tout abandonner, risquer sa vie, déserter. Elle n'aurait pas à le lui demander… Qu'il la sentît seulement malheureuse, il aurait aussitôt l'idée de se sacrifier pour son bonheur. Elle aimait la chaleur de ce sentiment fruste, entier, de la même façon qu'elle s'était sentie merveilleusement bien, la veille, quand elle avait compris, au regard des gens simples qui l'écoutaient, qu'elle avait réussi à leur communiquer une petite part de rêve. La présence de Jean lui était agréable. Elle regrettait soudain qu'il fût parti. Il aurait pu dormir ici, à côté d'elle ; elle aurait été heureuse de le retrouver. Qu'avait-elle à craindre de lui, puisqu'elle ne l'aimait pas ?

Gilda la réveilla. Avec son air décidé des matins de bataille.

— Il faut que tu montes, lui dit-elle. Henriette n'est pas bien.

Henriette était la seule habitante de la maison dont Antoine ignorât l'existence. Cette fille de vingt-cinq ans au visage dur avait été l'année précédente leur camarade d'atelier à l'usine des casques. Elle avait disparu soudainement, sans demander son compte. Les bruits les plus divers couraient sur elle. Les unes prétendaient qu'on l'avait vue à Paris, sur les boulevards. Elle était entrée dans une de ces maisons à numéro rouge qui étaient nombreuses dans la capitale depuis le début de la guerre. Les autres affirmaient qu'elle avait pris le bateau pour l'Algérie, avec un officier de l'état-major de Nivelle qu'elle avait rencontré dans le train. Nivelle avait, en effet, été envoyé à Alger, quand on l'avait retiré du front... La vérité était plus simple : Henriette avait appris que ses deux camarades vivaient à Belfort. Elle était venue un soir au beuglant pour les revoir, et leur demander de l'aide.

Impossible de l'engager dans la salle. Gilda ne l'avait pas reconnue : la grande fille svelte au rire éclatant, à la peau blanche de Normande, s'était empâtée, alourdie. Elle ne coiffait plus ses longs cheveux aux reflets roux qui s'étalaient à la diable sur ses épaules légèrement voûtées. Pas la moindre coquetterie dans sa tenue, des vêtements couleur de muraille, un manteau de voyage en écossais triste. Avec surprise et compassion, Gilda la détaillait. Elle n'avait plus aux doigts ces bijoux de pacotille dont elle était si fière, elle se rongeait les ongles. Elle parlait nerveusement, affectant une grande gaieté. Elle n'avait pas osé demander du travail. Gilda l'avait immédiatement accompagnée à la maison de la rue de Turenne. Elle vivait recluse dans une chambre des combles.

On lui donnait à manger en cachette. Quand Antoine s'annonçait, on la faisait sortir par la porte de derrière. Elle se réfugiait alors chez une amie de la cuisinière. Elle ne rentrait que plus tard, quand le danger était écarté : depuis deux semaines, elle restait en permanence dans la maison, même si le maître était là. Elle ne pouvait plus marcher. Gabrielle prenait grand soin de la cacher. Elle avait été fort irritée de la surprendre, à deux ou trois reprises, dans le couloir du deuxième étage, et lui avait adressé de vifs reproches. Jean Tardy l'avait aperçue, la veille, Gabrielle en était sûre. Elle en voulait à Henriette.

— Cette situation ne peut pas durer, dit-elle à Gilda. Il faudra prendre une décision.

— Viens la voir.

La malheureuse geignait sur sa couche, étendue sur le dos, un édredon sur le ventre. Elle respirait difficilement, et son front était inondé de sueur.

— Je lui ai mis une brique chaude au pied du lit, dit la cuisinière. Il n'y a que la chaleur.

Gabrielle haussa les épaules. Henriette n'était pas une malade.

— A-t-elle de la fièvre ?

— Non, dit Gilda. Mais elle délire.

Elle marmonnait des mots sans suite, incompréhensibles, comme si elle parlait une langue étrangère.

— Peut-on prévenir son ami ?

Gilda leva les yeux au ciel. En ce moment précis, elle aurait giflé Gabrielle. Celle-ci avait-elle oublié leur passé commun, les souffrances du baraquement non chauffé l'hiver, la cadence infernale de l'atelier ? Prévenir son ami ! Si Henriette était là, recueillie par miracle, c'était évidemment parce qu'elle était seule.

— Tu sais bien qu'il est en Suisse, et que nous sommes en guerre…

Gabrielle réfléchit pendant que la cuisinière tâtait le pouls de la jeune fille.

— Certains trains partent pour la Suisse. Il faudrait avoir des papiers, et qu'on l'accompagne. Tu vois bien qu'elle ne peut pas rester ici.

Henriette avait compris les derniers mots. La panique la gagnait. Elle se dressa sur sa couche, entoura de ses bras la cuisinière.

— Je vous en prie, je ne veux pas partir. Laissez-moi mourir ici.

— Elle est folle, dit Gabrielle. Il faut la sauver.

— Je vais à l'hôpital des premiers secours, dit Gilda. Ils ne refuseront pas de la recevoir. Je connais un aide-major.

— Tu sais à quoi tu l'exposes ?

— As-tu une autre idée ? répliqua sèchement Gilda...

— Peut-être...

— Est-elle sortie, hier ? demanda Gilda à la cuisinière.

Embarrassée, Marcelle n'osa pas vraiment répondre. Elle bredouilla des explications vagues.

— Il faut pourtant que nous sachions, poursuivit Gilda. Il faut tout nous dire, Marcelle. Si nous avons une chance de la sauver, c'est tout de suite. Demain, elle aura peut-être la fièvre. Que ferons-nous alors ? Crois-tu qu'on l'acceptera dans un hôpital, si elle est mourante ?

Affolée, Marcelle se décida à parler.

— Elle est sortie, seule, hier dans la journée. Margot l'attendait à la porte.

— Qui est Margot ?

De nouveau, Marcelle se tut, comme si l'aveu lui coûtait.

— Vas-tu enfin comprendre que tu la feras mourir si tu ne dis pas tout ?

Gilda, sans ménagements, bousculait la pauvre femme, pendant que Gabrielle essuyait doucement, avec un mouchoir, le front de la fille.

— Margot l'a emmenée chez la Tirard. Elle y est restée deux heures.

— Qui est la Tirard ?

— Vous pouvez bien deviner. Chez nous, on n'accouche pas à la ville, comme ils font à Paris, et même à Belfort. Les gens naissent et meurent chez eux. C'est pareil quand ils ne veulent pas de naissances. La commère se charge de tout.

— La commère ?

— Bien sûr. Ça coûte plus cher, dame, oui ! Il faut acheter son silence. Mais elle se charge de tout.

— Qu'a-t-elle fait avec Henriette ?

— Rien, justement, rien. Quand Margot l'a ramenée, j'étais surprise. Je lui ai demandé pourquoi elle était si vite de retour. D'habitude, elle les garde deux jours, pour les surveiller, elle les loge elle-même, dans une soupente. Elle veut s'assurer qu'il n'y aura pas d'ennuis. C'est qu'elle risque gros, la commère. Et pourtant, avec tous ces soldats, elle intervient tous les jours pour une fille. Elle a le tour de main. Jamais de pépins avec elle, on le saurait.

— Et elle l'a renvoyée deux heures après. Sais-tu pourquoi ?

— Elle ne m'a rien dit. Voyez dans quel état elle est. Croyez-vous pouvoir l'interroger ? Elle ne vous répondra pas.

C'était l'évidence. Gabrielle s'approcha d'Henriette, lui murmura quelques mots à l'oreille. L'autre ne répondit pas, continua de geindre et ses yeux effrayés regardèrent fixement devant elle.

— As-tu interrogé Margot ? insista Gilda.

— Pour sûr. D'après ce qu'elle m'a dit, la commère ne veut pas se compromettre. C'est un cas qui la dépasse. Elle ne peut rien pour elle.

— Est-elle en danger ?

— Sans doute pas : la commère n'a rien fait, et elle n'a pas de fièvre. Mais elle a dit qu'il fallait qu'elle se décide, sans plus attendre.

Antoine avait passé la nuit dans la voiture, au côté d'un officier d'état-major. Ils avaient roulé, tous phares éteints, vers une destination secrète. La route était balisée par les colonnes de soldats montant ou descendant du front. Il fallait doubler des files de canons attelés, de tracteurs porteurs de munitions, des fourragères, des voitures de ravitaillement. Impossible de repérer l'itinéraire. Le chauffeur croisait les grands axes pour ne pas être pris dans les encombrements, et circulait sur des chemins vicinaux qu'il était sans doute le seul à connaître. Ils traversaient les villes sans s'arrêter. La prévôté, apercevant le fanion tricolore à l'avant de la voiture, dégageait les rues et facilitait la progression du véhicule, qui virait sans cesse pour éviter les concentrations de troupes sur les places d'armes, ou les entrées des villes obstruées par le charroi. On avait ainsi laissé loin derrière Neufchâteau et Bar-le-Duc. À l'aube, la voiture approchait de Châlons-sur-Marne où était établi le quartier général des armées du Centre.

Antoine fut accueilli par Pierrelatte dans un château dont il ignorait le nom. À Châlons, le chauffeur avait été pris en charge par des voitures d'état-major, qui l'avaient guidé sur des routes étroites et non signalisées.

— Bienvenue, avait dit Pierrelatte. Mettez ce brassard. Voici votre nouvelle identité militaire : vous êtes attaché provisoirement à l'état-major, comme officier de liaison. Votre mission vous sera précisée plus tard. Si vous voulez bien m'accompagner, nous allons assister à une séance plénière, en présence du général en chef.

Antoine était surpris du grand nombre des participants : des officiers supérieurs, entourés de jeunes capitaines, des lieutenants qui entraient et sortaient. Des murs nus, sans cartes.

« La salle des cartes doit être ailleurs, se dit Antoine, et son entrée est secrète. »

Il reconnaissait des visages connus : le vieux Fayolle, chef des armées du Centre, un ami de Pétain, un de ses plus anciens partisans. Ni Castelnau, qui commandait à l'Est, ni Boissoudy n'étaient présents. Un officier dévisageait Antoine avec insistance : c'était Bourgeois, du deuxième bureau de la 4e armée.

— Présentez-moi ce jeune homme, dit-il à Pierrelatte.

— Lieutenant Antoine de La Salle, du 12e hussards, officier de liaison à l'état-major.

— Je vois, je vois, dit Bourgeois qui devait se rappeler une fiche de renseignement. Vous avez combattu dans les Vosges.

— Mais aussi dans l'Argonne, corrigea Antoine.

— Parfaitement. Nous comptons beaucoup sur vous.

Pétain fit son entrée. Antoine se souvenait de ses yeux bleus, de sa moustache blanche. Le silence dans la salle était impressionnant. Aussitôt, les officiers prirent place autour de la vaste table en fer à cheval. Sans plus attendre, d'une voix douce, bien timbrée, il commença son exposé.

— Messieurs, dit-il, je souhaite vous parler du matériel à grande puissance rendu nécessaire par l'offensive allemande qui se prépare. Naturellement, je ne veux pas que la discussion s'égare sur une question de boulons. Je ne veux parler que de nos besoins au point de vue tactique. Le matériel que vous allez créer servira à faire la guerre et non à être exposé dans les vitrines d'un musée.

— De quel matériel s'agit-il ? demanda Antoine à Pierrelatte.

Celui-ci imposa le silence : le général ne supportait aucune interruption, aucun murmure. Sa diction précise, rapide, détachait chaque mot : Pétain ne savait pas élever la voix.

Antoine était stupéfait : tout ce qu'il pensait de la guerre, le général en chef l'exprimait en quelques phrases courtes et précises. Les offensives de 1915 ? Elles avaient échoué parce que l'on avait sous-estimé la mobilité des réserves ennemies, et que notre artillerie ne pouvait pas tirer simultanément sur deux lignes de défense successives que les Allemands avaient éloignées l'une de l'autre. À chaque erreur sa cause, rapidement analysée.

— Nous mettons en avant le fait que la percée, étant donné les disponibilités de l'ennemi, est une illusion.

Antoine, enthousiaste, aurait applaudi. Voilà le langage que l'on aurait dû tenir aux officiers d'avant 1914, au lieu du discours imbécile de Foch sur l'offensive et sur la force des baïonnettes…

— La première des questions qui se pose, dit Pétain, est de passer à l'usure. Pas d'offensive sans la surprise complète.

Antoine s'indigna de cette naïveté. Les Allemands étaient toujours au courant du moindre de nos mouvements. Ils avaient des avions et des espions. Tous les jours leurs patrouilles faisaient des prisonniers…

— Gagner quarante-huit heures sur l'ennemi, cela produit une surprise.

C'était meilleur. Oui, une surprise à réaliser sur deux jours, c'était possible, surtout si l'on employait l'artillerie très mobile, celle qui pouvait être transportée rapidement par chemin de fer, et les chars d'assaut. Économiser l'infanterie, c'était la seule chance de pouvoir continuer la guerre, et de la gagner. Une évidence. Mais Pétain était alors le seul à le dire.

— Ce sont les projectiles qui doivent faire la plus grande partie de la besogne.

Pas de doute, pour Pétain, la guerre moderne supposait des moyens énormes, des moyens à l'américaine. Des canons capables d'intervenir rapidement à deux cents ou trois cents kilomètres, des avions d'assaut, des chars engagés dans les attaques, de l'artillerie à tracteurs.

— Voyez la quantité de matériel nécessaire pour arriver à cela, dit-il aux généraux présents.

Un seul osa élever la voix. Un simple colonel, qui s'appelait Dresch. Il posa un problème de méthode. Pétain n'esquiva pas, répartit les tâches, refusant pour sa part d'entrer dans le détail de la technique. Le général Buat verrait tout cela.

— Messieurs, je vous quitte.

En quelques secondes, il avait disparu. Une phrase avait retenu toute l'attention d'Antoine. Il s'en ouvrit à son voisin.

« Il faut frapper l'ennemi, avait dit Pétain, sur des secteurs qu'il n'a pas intérêt à délaisser. »

Pétain avait condamné d'un mot toutes les offensives de Champagne : à quoi bon sacrifier des milliers d'hommes, puisque l'Allemagne pouvait quitter la Champagne sans que cela nuise à son front ?

« Depuis l'Argonne jusqu'à la frontière suisse, avait-il ajouté, il n'y a pas un pouce de terrain qu'il puisse abandonner sans dommage pour lui. »

— Nous y voilà, dit Antoine. La 7e armée est aux premières loges, il me semble !

— Ne vous en vantez pas trop, lui dit Pierrelatte, et rattachez votre brassard. Il tombe. Vous êtes à l'état-major. Il faut être discret.

Antoine était déçu : croyait-il être reçu par le général en chef ? Pétain était déjà reparti pour Compiègne, en automobile. L'intérêt majeur du front était ailleurs. Il avait bien dit que, d'Arras à la mer, l'ennemi pouvait percer. Les relations avec les Tommies n'étaient pas bonnes. De là pouvait venir le danger, puisque l'affaire de Verdun était désormais retombée.

« Pourquoi m'a-t-on fait venir? se demandait Antoine. En quoi puis-je être utile? » Il se voyait déjà au cœur des prochaines batailles, assistant au formidable déploiement de matériel que Pétain avait en tête. La guerre, de ce point de vue, redevenait exaltante. Organiser la manœuvre des grandes unités caparaçonnées, faire charger les chars aux larges chenilles, synchroniser l'action des aviateurs qui, chaque jour, recevaient de nouveaux terrains et des types d'appareils inconnus, le rêve de la technique pouvait donner à la guerre son second souffle. Les avions et les chars sauveraient les vies humaines. Plus de soldats paysans : des mécanos, des pilotes ; à l'arrière, des industriels, des organisateurs.

— Accompagnez-moi à la salle des cartes, voulez-vous? Le colonel Bourgeois vous demande.

Antoine pénétra dans le saint des saints, une petite pièce aux murs tapissés de cartes d'état-major qui représentaient le front du Centre et celui de l'Est. Quelques officiers se tenaient autour du colonel, qui avait retiré son képi, découvrant la calvitie respectable des professeurs de Polytechnique. Une longue baguette de bambou à la main, il faisait une démonstration dans le plus grand silence, secondé par deux jeunes officiers qui déplaçaient des drapeaux et des étoiles, symbolisant les unités.

— Approchez, La Salle, nous abordons votre secteur.

Antoine n'en croyait pas ses yeux. Le lieutenant chargé de déplacer les unités allemandes, marquées en bleu sur la carte, renforçait sans cesse le dispositif du général von Gundeli qui tenait les bords de l'Ill et menaçait d'attaquer dans la vallée de la Thur. Un corps spécial d'Alpins venait de débarquer, avec deux divisions de réserve, du pays de Bade. Deux autres grandes unités étaient annoncées.

— C'est l'offensive, à n'en pas douter, affirma Bourgeois.

Les officiers étaient soucieux. Antoine réussit à se glisser près des cartes, pour compter les unités françaises : elles étaient inférieures en nombre, surtout sur la trouée de Belfort. Il n'osa faire la moindre remarque pendant l'exposé du colonel, qui portait sur le renforcement des lignes.

— Il faudrait beaucoup plus de travailleurs pour organiser les défenses, dit un général chenu. Les Indochinois ne sont pas assez nombreux. Pourquoi les Italiens ne sont-ils pas arrivés ?

— Ils sont annoncés, répondit pensivement Hergon, le chef d'état-major. Rien n'est sûr, ces temps-ci, avec l'Italie.

— Mais les chars, les canons mobiles à longue portée dont parlait le général en chef ? glissa Antoine à l'oreille de Pierrelatte.

— Vous plaisantez. Lisez donc le rapport du major général Debeney sur notre dernière attaque de chars : sur soixante-trois engins engagés, vingt-sept seulement ont dépassé les premières lignes, quinze sont restés en panne sur la première position allemande, une vingtaine ont joué un rôle utile. Au moindre feu un peu soutenu, ils brûlent comme des torches et ne peuvent se sortir des entonnoirs d'obus. Les Boches descendent les chefs de char comme ils veulent. Pour voir leur route, ils sont obligés de sortir la tête du capot. On les tire comme à la foire.

— Mais les canons sur chemin de fer ?

— Plaisanterie. En cas d'offensive, vous avez vu la ligne de Belfort. Elle serait encombrée de convois sanitaires et de renforts dès les premières heures. Il faudrait employer la route, comme à Verdun.

— Lieutenant de La Salle ?

Antoine se mit au garde-à-vous. Le colonel Bourgeois resta un long moment songeur. Les autres attendaient en silence.

— Franchement, nous ignorons où en est Boissoudy. Ses rapports sont concis… pour ne pas dire succincts. A-t-il les moyens de tenir ? C'est la question… Il y a trois mois, pour tromper l'ennemi, nous avons simulé une offensive sur son front dans les Vosges : le général avait fait évacuer plusieurs villages d'Alsace. Nous comptions fixer des effectifs allemands, avant d'attaquer ailleurs. Ils se sont laissé prendre au piège, mais nous leur avons donné une idée. En étudiant au plus juste nos effectifs, ils se sont aperçus qu'une poussée dans les Vosges était parfaitement possible. Dans la pénurie actuelle de l'infanterie, pas moyen de dégarnir les autres fronts. L'arrivée des gens du 33e corps est un exploit. Nous n'en dégagerons pas d'autre du front de l'Argonne. Il faut tenir. Mais nous voulons être exactement informés de l'état actuel des travaux de la 7e armée. Votre mission sera de parcourir tout le front, au besoin en première ligne, et de ne rien négliger pour nous renseigner aussi vite que possible, secteur par secteur. Prenez une voiture et un chauffeur, et recrutez vous-même deux gardes du corps. Vous en aurez besoin. Revenez-nous promptement.

Antoine se préparait à présenter des objections…

— Ne vous souciez pas du secteur de la Thur, dit Bourgeois, il est déjà très étudié par nos rapports d'aviation. Nous avons l'état exact des renforcements d'artillerie, des villages mis en état de défense. Voyez plutôt le secteur de Belfort à la frontière suisse. De là vient le danger le plus grave.

Le colonel s'approcha de la carte.

— Avons-nous une idée, demanda-t-il à un capitaine qui compulsait des paquets de fiches, du dispositif de l'armée suisse ? Pourquoi ses unités n'ont-elles pas été reportées sur la carte ?

— Nous manquons de renseignements précis, dit le capitaine. Il est impossible de localiser les divisions suisses.

— Que fait donc notre bureau de Genève ?

— Il s'occupe des Allemands, mon colonel.

Antoine allait de surprise en surprise. Les Suisses allaient-ils entrer dans la guerre ?

— Vous n'ignorez pas, dit Bourgeois à voix presque basse, que l'on redoute une menace allemande sur la Suisse. Le cas échéant, il faudra prendre l'initiative. Le général en chef vient de donner des ordres pour assurer la couverture de la frontière suisse entre Pontarlier et Genève. Je vous prie de croire, messieurs, qu'il ne s'agit pas d'une plaisanterie. Des troupes sont déjà massées dans la région d'Auxonne. Le général Paulinier va se rendre à Berne pour coordonner nos mouvements avec ceux des Suisses. J'espère que nous en saurons plus long à son retour. En attendant, dit-il en s'adressant à Antoine, observez scrupuleusement l'exécution des bases de départ pour une éventuelle contre-offensive dans la région de Belfort. Il faut absolument éviter, dans l'hypothèse de notre entrée en Suisse, une avancée des Allemands vers Belfort.

Antoine quitta aussitôt la salle, son ordre de mission en poche. La voiture l'attendait en bas du perron, moteur en marche. Pierrelatte l'accompagnait.

— Comme permission de détente, vous êtes servi. Consolez-vous. Je n'ai pas mis les pieds à Paris depuis que j'occupe ce poste.

— Je devais justement m'y rendre la semaine prochaine, dit Antoine.

— Il faut en faire votre deuil. Désormais, vous êtes l'homme indispensable. Bourgeois est redoutable. Il ne vous pardonnerait pas l'échec. Croyez-moi, ne ménagez personne.

— Ce n'est pas mon intention, dit Antoine, furieux de la désinvolture du galonné d'état-major qui le traitait comme un bleu.

— Quant à la perm, je vous suggère... voyons... la Suisse. Les bords des lacs y sont charmants en hiver.

— Il faut la faire passer en Suisse. À tout prix, dit Gabrielle. Elle ne peut plus rester ici. Qu'elle prenne le train de Bâle.

— Il faut ! Qu'imagines-tu ? Tu crois qu'on entre en Suisse aussi facilement ? La frontière est fermée, gardée, verrouillée. On y guette ceux qui passent au compte-gouttes pour les épouiller. Tous sont soupçonnés d'espionnage. Dans quel monde vis-tu ?

Gilda était indignée. L'inconscience de Gabrielle la révoltait. Maintenant qu'Henriette était devenue gênante, elle était prête à la jeter à la rue, pour se débarrasser d'elle. Elle fabriquait jadis des masques à gaz pour trente-cinq centimes à Saint-Étienne, cent masques par jour. Elles avaient connu la malheureuse dans la fabrique de casques, mais elle avait changé cent fois d'emploi.

À Toulouse, elle était dans une poudrerie. Elle avait travaillé aussi à celle du Buît, près de Brest, et même dans les fabriques de munitions. Une vraie combattante des usines de l'arrière. Comme beaucoup de ses camarades, elle était de mœurs libres. Un amant par place, quelquefois plusieurs.

Pour l'embauche, c'était nécessaire. Mais il y avait surtout l'ennui. Comment tenir dans les baraquements pour ouvriers, sans avoir sa part de rêve ?

Un Italien, qui travaillait au front dans les fortifications de l'armée, avait consolé Henriette de ses malheurs.

— Drôle de type, disait Gilda. Il lui a coûté cher, son Italboche. Toute sa paye y passait, le bal, les toilettes, le cabaret. Et pour la planter là avec un gosse, avant de filer en Suisse.

Il lui a écrit qu'il l'attendait. Pourquoi ne pas le croire ?

Le salon était soudain transformé. Gilda n'avait pas rangé son sac de couchage. Les cheveux ébouriffés, elle avait enfilé un pantalon d'homme et circulait pieds nus sur le tapis. Un vieux chandail poussiéreux, à même la peau, la rendait encore plus sauvage. Elle mettait elle-même des boulets d'anthracite dans la salamandre, en les prenant avec ses doigts, qu'elle essuyait ensuite sur sa culotte. Généralement, Gabrielle la réprimandait quand elle la surprenait à se vautrer sur la soie fine du canapé dans cette tenue savoyarde. Mais elle était trop préoccupée pour songer à la préservation des lieux. Habillée elle-même à la diable, ni coiffée ni maquillée, elle cherchait une solution. Elle se souvenait qu'en maintes occasions elle avait finalement suggéré la seule issue possible, quand tout semblait perdu. Gilda aussi le savait.

— Les lettres, dit-elle soudain. As-tu lu ses lettres ?

Gilda prit sa mine renfrognée. Allait-elle lire le courrier d'une copine ?

— Il faut lire ses lettres. Va les chercher.

— Non, vas-y toi-même.

— Ne comprends-tu pas ? Ce type est italien, peut-être suisse-italien : pour les gens de la frontière, il n'y a pas de nationalité. Il lui demande de venir le rejoindre. Il le lui écrit !

Gilda, interloquée, ne trouvait rien à répondre. Qu'elle la considérât comme une demeurée était un comble.

— Avec ces lettres, on peut obtenir une autorisation de voyage, un laissez-passer. Elle est malade, il la réclame. C'est son fiancé.

— Qui te le dit ?

— C'est toi qui vas l'expliquer. Et très vite.

— À monsieur le curé peut-être ?

— Non, mais aux officiers de l'intendance, ou de la prévôté, que connaît sans doute ton ami Gaston. Il t'obtiendra le laissez-passer, en lui montrant les lettres.

— Pour la Suisse, il faut un passeport.

— Et aussi des cartes de vaccination ? En pleine guerre, des trains entiers passent la frontière, ne t'en déplaise. Il y a des milliers de réfugiés du nord qui ont transité par la Suisse. Un train est arrivé la semaine dernière. Tu n'as pas vu ces malheureux conduits dans les camions de l'armée vers les camps de regroupement ? Et les blessés militaires, les prisonniers rapatriés ? Renseigne-toi. Je suis sûre qu'il y a tout un trafic. Dans ces cas-là, les douaniers ne sont pas trop regardants. Ils comptent les hommes, et laissent passer.

Gilda commençait à être ébranlée. Elles avaient oublié l'une et l'autre l'état de santé d'Henriette. Comment placer la malheureuse dans un train sanitaire ? Il faudrait qu'elle soit accompagnée. Le moyen d'acquérir les bonnes grâces des infirmières ? « Impossible, disait Gilda. Ces femmes-là ne connaissent que la consigne. Elles ont le cœur dur, et sont incorruptibles. »

— Je t'en prie, Gilda, va réveiller Gaston, il faut trouver une solution sans tarder.

De nouveau, Gilda fronça les sourcils.

— Es-tu si pressée ?

— Tu es folle. Il ne s'agit pas de moi. Mais d'elle. Personne ici n'acceptera de la prendre en charge dans sa situation. Elle finira misérablement, abandonnée de tous. Sa seule chance, c'est de passer en Suisse. Qu'elle retrouve ou non l'Italien, elle sera dans un pays en paix. Sais-tu ce que c'est, la paix ? Cela veut dire que même les bourgeois ont mauvaise conscience de laisser mourir les gens dans la rue. Ils s'occupent des abandonnés, ils les soignent, ils ne les traitent pas comme des chiens. Surtout s'ils ont de l'argent. Et nous donnerons à Henriette ce que nous avons.

— Tu te fais des illusions.

— Tu sais bien que rien n'est pire que ce pays, pour nous, les déracinées, les munitionnettes comme ils disent. Ils traiteraient mieux des putains. Du bétail pour ateliers, voilà ce que nous sommes pour eux. Nous passons après les jeunes, après les vieux, après les planqués de démobilisés. Ils croient tous qu'ils peuvent coucher avec nous pour rien. Va-t-on payer une ouvrière ? Lui offrir un repas, peut-être... dans un restaurant pour pauvres. Pour l'hôtel, il ne faut pas être exigeante. On ne nous recevrait pas dans les maisons convenables, habillées comme nous sommes. Je passe sur les maladies que ces messieurs nous laissent. Tu te souviens de la petite Marie, qui est morte à l'hôpital de Vesoul ? On n'avait pas de médicaments pour elle : les soldats d'abord. Et tu voudrais qu'on s'occupe d'Henriette ! Elle peut crever, Henriette, comme toi, comme moi ! Personne ne s'en occupe. Avec un gosse, en plus, un enfant d'Italien. La misérable ! Pourquoi pas un Allemand ? Elle serait lynchée peut-être... On en a tondu pour moins que ça. Non, crois-moi, les belles dames de la Croix-Rouge n'ont pas la moindre intention de s'occuper d'elle. Gilda, va voir ce misérable Gaston. Celui-là sait ce qu'il doit aux filles. Il t'aidera. Sans toi, que pourrait-il ? Tu lui tiens sa maison. C'est bien le moins qu'il te dépanne, quand tu as une copine dans la mouise. Vas-y et n'hésite pas. Il est le seul à pouvoir te comprendre, surtout si tu lui parles un peu fermement, comme toi seule sais le faire.

Incroyable discours, qui mettait Gilda au comble de la joie. Elle avait retrouvé – enfin – sa copine. Rangés les falbalas, les diamants et les accessoires de cocotte ! Oubliés les robes de scène et les colliers de perles ! Au diable les talons hauts et les diadèmes ! Gabrielle marchait sur sa fourrure et allumait une cigarette. Les yeux étincelants, la bouche déformée par la colère, elle poussait Gilda vers la sortie. L'autre, à demi convaincue, ne se laissait pas faire. Elle voulait voir Henriette, lui parler. Qui sait ! Elle avait peut-être son mot à dire.

— Que veux-tu qu'elle te dise ? Elle est comme toi, sans projet. Elle se laisse couler au fil de l'eau. Vous êtes des résignées.

— Parle pour toi, coupa Gilda. Tu t'es résignée à bien pire.

Elle désigna la fourrure, et le tapis.

— Nous n'avons pas besoin de ça.

— C'est mon affaire, lança Gabrielle. Mais pour Henriette, je te conseille d'aller vite. Dans quelques heures, personne ne pourra plus rien pour elle.

La porte s'ouvrit brusquement. Henriette était sur le seuil. Bottée, ficelée dans sa robe ample, un manteau de voyage sur les épaules.

— Je me sens mieux, leur dit-elle. Laissez-moi partir. C'est toujours ainsi dans le malheur. On est seul.

D'un commun accord, Gilda et Gabrielle s'étaient précipitées pour la retenir. Elles l'avaient obligée à s'allonger sur le canapé. Henriette s'était laissé faire. Ses jambes tremblaient, elle frissonnait. Si elle sortait dans la rue par ce froid, elle s'évanouirait aussitôt.

— Occupe-toi d'elle, dit Gilda, je reviens.

À peine était-elle partie que le carillon de l'entrée sonnait. Panique dans le salon. La cuisinière prenait la petite dans ses bras, pour la remonter dans sa chambre.

— Laisse-la ici et va voir qui sonne.

C'était Jean Tardy.

— Rends-toi utile, va chercher ses bagages dans la chambre du haut.

Elle le tutoyait et le traitait comme une ordonnance. Jean, un moment déconcerté, retira sa lourde capote et monta l'escalier. Elle ne se serait pas comportée autrement avec lui s'il avait passé la nuit dans la maison. Désormais, il était un familier.

Dans la chambre, des vêtements en vrac dans un placard, et des piles de lettres ficelées, deux carnets épais, soigneusement entourés de bandelettes de caoutchouc, plusieurs flacons de médicaments, des vivres, du chocolat, des conserves, du sucre.

« Dois-je aussi emballer la nourriture ? » se demanda-t-il.

Sur le rebord de la fenêtre, des traits marqués au canif, des bâtonnets qui s'alignaient, comme dans la chambre d'une prisonnière.

« Elle comptait les jours », se dit Jean.

De plus en plus intrigué, il eut envie d'ouvrir au moins une lettre pour connaître l'identité de la fille. Mais un scrupule le retint. Gabrielle, après tout, avait aussi ses secrets. Que dirait-elle si elle le surprenait à fouiller dans ses tiroirs ?

Il fut d'autant plus surpris, quand elle le rejoignit dans la petite chambre, de la voir ouvrir les enveloppes, lire les carnets, chercher fébrilement des informations.

— Aide-moi, il faut trouver les lettres les plus récentes. Vite !

— Regarde le cachet sur l'enveloppe, dit Jean. Une vingtaine viennent de Suisse.

— Ouvre-les. Lis-les. Que lui dit l'Italien ?

— L'Italien s'exprime dans une drôle de langue, dit Jean qui essayait de lire. Elle devait être la seule à le comprendre.

— J'ai trouvé ! Si elle voulait partir, elle savait où aller. Regarde ! Un papier officiel qui vient de Suisse. Elle est autorisée à entrer. Son fiancé a demandé l'autorisation. C'est écrit en trois langues. Il a promis de l'épouser.

— Le sait-elle ?

— Elle doit savoir que ce n'est pas vrai. Mais peu importe. Les papiers sont là.

— Si tu veux la faire passer en Suisse, le point le plus proche est Delle. On embarque à Belfort. Mais c'est direct pour Berne, pas pour Bâle. Elle devra changer en route. Est-elle assez solide ?

— L'essentiel est qu'elle arrive en Suisse. S'il a pu obtenir ces papiers pour elle, il fera tout pour la rejoindre.

— Qui est-ce ?

— Je ne le connais pas. Mais je veux qu'elle s'en sorte.

Gabrielle avait confiance. Elle ne doutait pas que Gilda n'obtînt de Gaston les moyens de quitter Belfort, et de franchir la frontière française.

— Elle est enceinte ?

— Bien sûr. Trois mois. C'est un de trop.

Jean accusa la réponse brutale, sèche, meurtrière. Pourquoi ne garderait-elle pas son gosse, puisqu'elle allait rejoindre le père ? Il n'osa le dire tout haut. Assise sur le lit défait d'Henriette, Gabrielle découvrit, sous l'oreiller, un ours minuscule en peluche, ras de poil, sans couleur, un œil arraché.

— Tu sais pourquoi il est bossu ?

— Non, je ne vois pas.

— Quand elle était petite, son père, dans une crise de colère l'a jeté dans un baquet d'eau froide. La poche d'air à l'intérieur, qui lui permettait de geindre quand on l'inclinait, s'est gonflée d'eau. Jamais le petit ours n'est redevenu normal. Il faut qu'elle soit totalement inconsciente pour l'avoir oublié.

— Elle n'a pas pris les lettres.

— Peut-être est-elle si désespérée qu'elle n'a pas l'espoir d'arriver. Elle fait seulement semblant de partir.

— Tu veux dire qu'elle va…

— Pauvre petit ours orphelin, dit Gabrielle en le berçant entre ses bras. Ta maman est partie, elle ne reviendra pas.

Elle pleurait en silence, la tête inclinée, les cheveux défaits. Jean s'assit auprès d'elle et essuya ses larmes avec un doigt. Puis il la serra fort dans ses bras. Il ignorait comment lui redonner du courage, de la confiance. Le malheur d'Henriette la touchait, il ne savait pourquoi. Il ressentait confusément l'émotion qui changeait en un instant ses traits : elle n'était plus qu'une pauvre petite fille, les yeux rougis, le visage bouleversé, la peau blême, terne, le teint cireux. Oui, le malaise d'Henriette la gagnait, elle le subissait dans sa chair. Il ne pouvait rien pour elle. Prise d'une sorte de vertige, elle était au bord du gouffre. Qui saurait la rassurer ? Le décor de cet hôtel luxueux devenait soudain dérisoire. Gabrielle était seule et nue, petite forme chétive recroquevillée sur des draps sales. Il n'avait rien à lui dire.

Il eut l'idée de l'allonger, de lui retirer ses mules fourrées pour qu'elle se sentît mieux, dans le lit. Elle serrait contre elle l'ours en peluche. Les sanglots devenaient plus pressants, elle s'étouffait. Puis soudain, le cri. Un cri déchirant, comme celui d'un enfant. Jean, désemparé, ouvrit la lucarne, fit entrer l'air frais. Il dégagea son cou, ouvrant son corsage.

Elle le repoussa doucement, sécha elle-même ses larmes. Le plus dur était passé. Elle retrouvait l'usage de son corps, ses gestes devenaient plus précis, plus décidés. Elle plaça l'ours en peluche dans un sac à côté du courrier oublié. Elle confia à Jean les précieux papiers venus de Suisse, le dernier espoir d'Henriette. Elle prit brusquement la main de Jean, la serra entre ses deux mains glacées. Elle le remerciait ainsi de sa présence, de sa force muette. Oui, elle avait besoin de lui. Qu'il reste là, qu'il ne dise rien. Qu'il la laisse retrouver son souffle.

Avait-il compris ce qu'elle attendait de lui ? Il la prit dans ses bras comme une enfant, et s'assit sur le lit, l'attirant sur ses genoux. Et soudain elle se mit à parler…

— Rien n'est plus triste, rien n'est plus dur, que de refuser la vie. Personne n'ose exiger cela de vous. Vous tuez, vous êtes tués, nul ne vous demande de vous supprimer, de détruire ce que vous avez de meilleur, d'irremplaçable. Nous, oui. Sans doute, personne n'exige, ne donne d'ordre. Bien sûr, l'enfant pourrait vivre, et la mère aussi. Mais ils ne seraient admis ni l'un ni l'autre. C'est leur existence qui dérange. Ça ne dérange personne que tu assassines, à la tranchée, des pères de trois enfants. Mais des centaines de milliers d'hommes sont morts, et l'on garde, à l'arrière, les mêmes préjugés, la même réprobation criminelle pour toutes celles qui ne sont pas dans le droit chemin, comme ils disent. Tu le connais, toi, le droit chemin ? Quand on laisse mourir les gens sans les aider, on garde les mains propres ? Personne ne poussera Henriette dans la rivière, n'est-ce pas ? Qui la regrettera ? Qui la plaindra ? Quand vous êtes tués, on vous enterre, on plante des croix sur vos tombes, on vous décore, on vous cite. Nous autres, on nous oublie et les enfants que nous portons sont maudits.

Jean ne trouvait rien à répondre. Elle recommença de sangloter. Une vieille histoire du début de la guerre lui revint en mémoire.

— J'avais un commandant, en août 14, qui avait une barbe grise et des yeux de saint-bernard. Il nous avait reçus, nous les conscrits, à la caserne. Il nous connaissait tous, il aurait pu nous appeler par nos prénoms, tellement il était proche de nous. On l'appelait familièrement papa Bernard – c'était son nom – quand il traversait la cour, le dos voûté, pour passer en revue le bataillon. Aux premières batailles, il est mort sous un pommier. La version officielle ? Un éclat d'obus dans la tête. Je l'ai vu mourir. Quand il a suivi les premières vagues d'assaut, au clairon, à la baïonnette, nous, ses p'tits gars, fauchés par les mitrailleuses, il n'a pas pu supporter. Il en revenait un sur dix. Il a tiré son revolver et il s'est flingué. Il n'est pas le seul.

— Quand on se tue, chez toi, on n'ose pas le dire, on le cache, comme une tare. Pour nous, aucune importance. Qu'on retrouve le corps d'une fille dans la Savoureuse, qui s'en plaindra ? Qui cherchera à mentir, à travestir la vérité ? Cela ne fait peur à personne qu'une fille se tue parce qu'elle est enceinte. Il y a tant de morts… On le lui reprocherait plutôt. Elle n'aura pas droit au cimetière… Qui devrait-on prévenir ? Une fille perdue… Quelle importance ? Elle n'aura même pas l'enterrement des pauvres.

— Elle n'est pas encore morte, dit Jean, presque brutalement. Elle peut compter aussi sur moi.

Gabrielle lui sauta au cou, le serra contre son cœur, couvrit son visage de baisers. Avec une force inattendue, elle le renversa sur le lit, se jetant sur lui de tout son poids. Prenant sa tête entre ses deux mains, elle le regarda longuement, à travers le voile des larmes. Puis elle déposa sur ses lèvres un baiser à la fois lent et pudique, auquel il n'osa pas répondre. Trop ému pour bouger, il dut attendre qu'elle se redresse, enfin sûre de sa force et déjà presque ressuscitée, pour lui dire, dans un murmure, en lissant ses cheveux égarés :

— Je t'aime, Gabrielle.

XIII

LE RETOUR D'ANTOINE

La Dorsay allait bon train sur la route de Foussemagne. Antoine n'avait pas voulu garder l'automobile pour les quelques heures qu'il avait à passer avec Gabrielle. Il craignait de l'effrayer. Le colonel n'avait pas compris qu'il remît son dolman bleu ciel pour se rendre à l'arrière, et qu'il se dispensât du brassard de l'état-major, insigne de ses nouvelles fonctions.

« Ces jeunes gens sont bien légers, se disait-il en inclinant sa tête isocèle de polytechnicien triste. Quelle idée de leur confier d'aussi importantes missions ? »

Il soupçonnait l'état-major d'envoyer ainsi des muscadins, jeunes gens aux gants jaunes recrutés dans les cabinets ministériels, pour espionner les postes de commandements d'armées, de divisions, et même de régiments. Son ordre de mission était étrange : il avait tous les moyens de se déplacer et de s'informer, sans que rien fût précisé sur l'objet même de son action. Il n'était rien de plus qu'un mouchard de Pétain. Le colonel ne connaissait pas le feu, mais il n'ignorait rien des mœurs de l'arrière, ayant été nourri dans le sérail. N'était-il pas lui-même un pur produit d'état-major ?

Antoine n'avait pas pris cette mission au tragique. Il n'était pas peu fier de parader dans sa voiture Renault décapotée, dont les cuivres avaient été passés au bleu pour des raisons de sécurité. Une automobile de civil, luxueuse et confortable, des sièges en cuir, des lanternes latérales pour éclairer le fossé, en cas de panne. Un formidable coffre à outils qui permettait au chauffeur – un mécano de Boulogne – de parer à toute mauvaise surprise. Il avait eu le temps de visiter dans cet équipage les positions d'artillerie de Giromagny, et il était surpris de la déférence que lui témoignaient des officiers pourtant chenus. Le brassard de l'état-major était un sésame.

Il ne serait jamais très loin de Belfort, et verrait peut-être plus souvent Gabrielle. À vrai dire, ses visites risquaient d'être imprévisibles. Approchant de la ville, il était sûr qu'il allait la surprendre, il en sifflotait d'aise.

« Une fille aussi jeune, se disait-il, aussi jolie, n'aurait-elle pas un autre amant ? »

L'idée lui semblait, certes, détestable. Mais il ne la repoussait pas. Il n'aimait pas la tenir recluse. Il aurait aimé la montrer, la voir parader en public pour que chacun fût témoin de son bonheur. Qu'elle attirât les autres hommes, qu'il les vît se retourner sur son passage n'était pas pour lui déplaire. Que Gabrielle n'eût aucun moyen de le tromper lui paraissait méprisable. Quel mérite d'être aimé, s'il n'y a pas de risque ?

Les sabots, ferrés à glace, mordaient la piste blanche, projetant des parcelles de neige dure comme des pierres. Un soleil d'hiver, implacable, soulignait les détails du paysage. Antoine voyait venir de loin le pont de pierre de la Savoureuse. Il franchissait la porte de Brisach comme un arc de triomphe : César rentrant dans Rome.

Le lion dormait au pied du château : encore quelques tours de roue, et la rue de Turenne serait en vue. Heureux Antoine qui s'apprêtait à serrer dans ses bras la plus jolie fille de Belfort. Ville prise ! À lui la maîtresse des maîtresses, celle que convoiteraient tous les vieux généraux galonnés qu'il avait déjà oubliés. Sans doute étaient-ils encore penchés sur les cartes comme sur des grimoires, dans la grande salle de Châlons. Fouette cocher ! L'ordonnance, heureux d'avoir retrouvé son maître et que celui-ci préférât la Dorsay aux roues boudinées de la Renault, conduisait comme au champ de course.

« Quel dommage, se disait Antoine, que je ne puisse l'enlever et la conduire à Paris. Quelle fête de descendre les Champs-Élysées en grand équipage, pour aller dîner chez Maxim's. »

Ce voyage à Paris, qu'il avait promis à Gabrielle, avait toujours été pour lui une source d'inquiétude. Sans doute la jugeait-il digne de paraître dans la capitale. Comme à Belfort, il verrait se retourner sur elle les trotteurs de la rue de la Paix. Il dînerait au Café de Paris, devant des colonels anglais rubiconds, et des majors de l'armée des Indes. Il l'entraînerait aux courses peut-être... Mais non, était-il sot ! Longchamp était fermé depuis le début de la guerre. Rien n'empêchait de l'emmener aux spectacles. Ils les verraient tous, et d'abord les nouvelles opérettes, dont on disait merveille. Quelle joie de la voir rire aux éclats, dans une loge de l'Opéra-Comique !

« Bon ! Le séjour serait divin. Mais comment la présenter à mère ? »

Il écarta cette idée comme inopportune, sans vouloir se l'avouer. Il garderait Gabrielle pour lui seul, ils habiteraient à l'hôtel, en amoureux. Alors, il ne verrait pas sa mère ? Apprendrait-elle par un tiers qu'il était venu à Paris ? Impossible, insoutenable. Abandonner la petite, pour faire visite, comme un parent de province, pendant deux ou trois heures l'après-midi ? Encore pire... il fallait renoncer à cette idée. Que dirait-elle, d'ailleurs, d'un homme qui s'affichait avec elle dans tout Paris, sans oser la conduire chez lui ? Sans doute avait-il pris la précaution de ne jamais rien lui promettre, il avait même déployé des trésors de délicatesse pour lui faire envisager un certain avenir sans qu'elle se méprît sur leur liaison. En un mot, il ne lui avait jamais parlé de mariage. Elle n'en demandait pas tant... quelle sotte idée ! Quand ils seraient ensemble à Paris, il trouverait bien une solution qui lui permît de voir seul sa mère sans paraître abandonner Gabrielle. Elle serait assez fine pour le comprendre, assez amoureuse pour lui pardonner. Antoine ne se posait aucune question sur ses engagements envers Gabrielle. Peut-être l'installerait-il un jour dans la capitale. Pourquoi non ? Si elle était lasse de lui, elle ne serait pas en peine de trouver de plus brillants partis.

La petite maison blanche était en vue. Pourquoi se poser des questions moroses ? Il était exclu qu'il puisse se rendre à Paris, pendant sans doute très longtemps. Il ne le dirait pas à Gabrielle. Pas tout de suite. Elle attendait beaucoup de ce voyage. Il lui ferait oublier, par des visites plus fréquentes, le grand désir qu'elle avait de le suivre en son royaume, une terre inconnue d'elle. Après tout, il était un itinérant. Sa mission ne le bornait plus à Belfort. Pourquoi ne pas la sortir dans la ville ? Il n'avait plus la crainte de susciter les commentaires désobligeants. Qui se risquerait à critiquer la conduite d'un chargé de mission de l'état-major ?

La Dorsay ralentit devant la porte de la maison. Antoine sauta à terre.

Jean sortait au bras d'une femme inconnue, que soutenait aussi la cuisinière. Gabrielle suivait, avec Gilda qui portait un sac. La fille avait du mal à marcher, elle était pâle et voûtée. Son lourd manteau traînait jusqu'à terre. En apercevant la Dorsay, Gabrielle avait eu un geste de surprise, vite réprimé. Elle s'était précipitée vers Antoine, se jetant dans ses bras.

Il la soulevait avec fougue, gardant un œil inquiet pour le groupe étrange qui restait sur place, ne sachant quel parti prendre.

— C'est ma cousine, lui glissa Gabrielle à l'oreille, d'un ton faussement enjoué. Elle est arrivée cette nuit et doit repartir sur-le-champ. Elle est très fatiguée. Mon petit lieutenant peut-il lui prêter sa voiture ?

Pour la première fois, Antoine avait le sentiment que Gabrielle lui mentait. L'air embarrassé de Jean, qui n'osait lâcher la fille pour le saluer, le front renfrogné de Gilda, le pâle sourire de la cuisinière, tout indiquait qu'il s'était passé dans la maison, en son absence, un événement grave qu'on voulait lui taire. Ils avaient les traits tirés, crispés, et la malheureuse inconnue faisait peine à voir.

— Aidez le militaire, dit Antoine à l'ordonnance qui prit aussitôt l'autre bras de la fille, pour la faire monter dans la Dorsay.

Gilda avait déjà placé le sac à l'avant, au côté du cocher. Elle se hissa elle-même, sans plus attendre. Était-elle aussi du voyage ?

— Mes respects, mon lieutenant, dit Jean, un peu ironiquement.

À l'évidence, il n'était pas en mesure de saluer. Il comprenait qu'Antoine ne pouvait lui en vouloir. Après tout, il avait été un remplaçant fort convenable. On pouvait seulement trouver étrange qu'il participât à l'enlèvement de l'inconnue. Gabrielle s'en expliquerait. Il n'était pas fâché de disparaître, n'ayant plus rien à dire à son bienfaiteur. Certes, il avait le cœur gros à l'idée de lui abandonner Gabrielle. C'était le sort des remplaçants : il fallait qu'ils laissent la place.

La voiture repartit aussitôt. Jean n'avait pas tourné la tête pour saluer Gabrielle. Il n'avait pas eu le courage de lui faire ses adieux. Pourtant il s'embarquait, pour elle, dans l'aventure. Il avait promis – alors qu'elle ne lui demandait rien – d'accompagner lui-même sa protégée jusqu'à la frontière. Après tout, il était en permission.

« Elle ne sort pas, se dit Antoine en suivant Gabrielle dans la maison, mais elle reçoit beaucoup, de préférence en mon absence. C'est mieux ainsi. Rien n'est pire qu'une femme qui s'ennuie. »

Il avait l'habitude de voir défiler dans la maison des gens qu'on n'osait pas toujours lui présenter, qui s'enfuyaient furtivement dès qu'il arrivait. Après tout, cet hôtel était un décor planté dans Belfort, un abri de guerre un peu confortable, rien de plus. Qu'il accueillît les réfugiés et les désemparés, dans la limite du tolérable, Antoine n'y voyait pas d'inconvénient. Au moment où les femmes du monde jouaient les infirmières et les marraines de guerre, Gabrielle tissait des réseaux d'aide sociale à sa manière.

Il n'était généralement pas curieux de connaître la vie des passagers de son salon, qui utilisaient l'hôtel comme une salle d'attente de gare. Il ne posait jamais aucune question, et Gabrielle lui en était reconnaissante. Quand il s'était risqué à s'informer sur une ombre qu'il avait croisée dans l'escalier, on lui avait fait comprendre que ce petit monde devait lui rester étranger. Cette fois, pourtant, il était intrigué. La fille au manteau écossais n'était pas, à l'évidence, une voyageuse comme les autres. Jean la soutenait avec passion. Il s'était engagé corps et bien dans le jeu des filles, cela méritait réflexion. Il agissait sans doute à la demande de Gabrielle.

Elle rangeait le salon, ce qu'elle ne faisait jamais, repliant les couvertures, éliminant les objets inutiles. Avec une balayette, elle époussetait le canapé, les fauteuils, s'accroupissait pour vérifier que le tapis n'avait subi aucun dommage.

— Était-elle malade ?

Elle se tourna vers lui, menaçante, les cheveux en bataille :

— Écoute-moi bien ! Je n'en parlerai pas deux fois. Je refuserai de répondre à toute autre question. Cette fille s'appelle Henriette. Elle est enceinte. Un type l'attend en Suisse pour la prendre en charge. Ce qu'ils feront ensuite ne me regarde pas. Elle ne veut pas rester en France. Ici, les gens sont fous. Ils ont refusé de libérer même les femmes violées par les Allemands. Elles ont accouché de leurs bébés boches. Nous prétendons, nous autres, user de nous-mêmes comme bon nous semble. Cela peut te choquer, mais c'est ainsi. Notre corps est notre seul bien. À nous de le défendre. Si Henriette veut un enfant, elle l'aura. Personne ne peut l'obliger à le garder, si elle n'en veut pas. Qu'avez-vous fait, à Verdun ? Mourir pour ne pas vous rendre, n'est-ce pas ? Nous aussi.

« Quel absurde gâchis ! se dit Antoine. Des milliers d'hommes jeunes périssent tous les jours en France. Le pays manquera d'enfants. Ceux qui pourraient naître sont repoussés par les femmes elles-mêmes. On célèbre dans les flonflons le culte des héros morts, et l'on n'a pas un regard pour celles qui, par désespoir, se refusent à transmettre la vie. Ce refus est pourtant pire que la mort. Un peuple qui oublie ses héros est coupable. Mais il l'est bien plus encore de maltraiter ses femmes au point de leur faire perdre de vue l'essentiel, de les dénaturer. » Ainsi pensait gravement Antoine, au lieu de se réjouir d'avoir retrouvé sa maîtresse.

— Si je te faisais un enfant, lui dit-il brusquement, pour dissiper sa gêne, pourrais-tu ne pas l'accepter ?

— Bien sûr, lui dit-elle tranquillement, si je n'étais pas certaine que tu m'aimes. On n'est pas seul, Antoine, pour s'engager ainsi. Il faut être deux.

En cette matière, Antoine se fiait plus à son adresse qu'à la providence. Il se croyait assez maître de lui pour ne courir aucun danger. Elle le savait aussi et n'appréciait pas entièrement qu'il refusât de courir le moindre risque. C'était sans doute une marque de respect et d'attention, mais ce n'était pas un signe d'amour. Dans l'imagination de Gabrielle, un homme vraiment passionné devait oublier tous les calculs de la raison. Même si elle ne souhaitait pas qu'Antoine agît de la sorte, elle ne pouvait s'empêcher de regretter qu'il gardât la tête froide, alors qu'elle se donnait tout entière, « sans esprit de recul », comme on disait au front. Cette réflexion l'amenait une fois de plus à conclure qu'il l'aimait moins qu'elle ne l'aimait, et cela la rendait mélancolique.

— Fais-toi belle, dit Antoine, qui avait vu passer le nuage sombre dans ses yeux. Nous allons dîner en ville, au Chapon fin.

Elle frappa dans ses mains de plaisir, il était de nouveau le témoin de la métamorphose. Elle laissa ses hardes dans le salon, et monta nue l'escalier, suivie par Antoine qui ne voulait, pour rien au monde, manquer le spectacle du bain et de l'habillage. Elle s'attendait, au sortir de la douche, à une agression. Le Chapon fin attendra, se disait-elle. Mais Antoine, pour la première fois, n'avait pas déboutonné son dolman bleu ciel. Il s'était contenté de la sécher amoureusement dans son peignoir nid-d'abeilles.

N'ayant plus la Dorsay pour parader dans Belfort, Antoine avait téléphoné pour qu'on lui envoie l'automobile. Il ne pouvait se résoudre à se rendre au Chapon fin sans équipage. Il avait des principes. Un La Salle n'allait pas dîner à pied, même en pleine guerre, comme un bourgeois. En attendant Gabrielle, il avait donné l'ordre au chauffeur de briquer les cuivres, et d'enlever le bleu de nuit. Le froid seul l'empêchait de faire retirer la capote.

Il admirait Gabrielle dans son tailleur d'un vert sombre, rehaussé d'hermine au col. Un chapeau discret à aigrette et voilette noires, des bottines lacées, à talons hauts. Elle avait été fort surprise d'entrer dans la superbe Renault malheureusement repeinte aux couleurs du front, en bleu-gris sans éclat. Mais les cuivres avaient belle allure, surtout sur le capot où les phares énormes étaient des œuvres d'art. L'intérieur l'épatait : Antoine donnait ses ordres au chauffeur, dont ils étaient séparés par une vitre, au moyen d'une sorte de téléphone. S'il avait porté la casquette, au lieu du bonnet à pointes, l'illusion eût été parfaite : ils auraient pu se croire à Paris.

Elle n'avait posé aucune question sur cette nouvelle lubie d'Antoine. Il aurait pu venir la chercher en aéroplane, sans qu'elle en fût surprise. Elle connaissait ses foucades. Comment aurait-elle pu deviner que l'automobile et le chauffeur lui étaient désormais attachés en permanence, qu'il avait changé de fonction ? La guerre, le front, c'était l'affaire d'Antoine, un monde dont il ne parlait jamais. Quand il voyait Gabrielle, il oubliait aussitôt qu'il était au cœur d'un drame. Elle l'oubliait aussi. Cette connivence les réunissait dans un singulier dépaysement. Les cuivres rutilants de l'automobile symbolisaient le refus de la guerre.

Le Chapon fin était fréquenté par des militaires de haut rang, mais aussi par des industriels du textile ou des ateliers de guerre, qui recevaient les gradés de l'intendance pour discuter des contrats. Si l'on affichait, à l'extérieur, selon les nouvelles dispositions de la loi, la liste limitée des plats et leur prix, on n'en tenait aucun compte à l'intérieur : ici, pas de pain rationné, pas de jours sans viandes ni fromages. L'abondance était la règle. En contrepartie, les notes atteignaient des sommets : il en coûtait un louis pour un poisson gratiné, et dix francs si l'on exigeait une douzaine de cuisses de grenouilles. La cave était excellente, et tous les grands crus disponibles.

L'entrée de Gabrielle fut très remarquée. Les conversations s'interrompirent, remplacées par un murmure qui courait de table en table. Personne ne s'indignait qu'un officier en tenue d'avant-guerre sortît avec une femme du monde. La belle venait sans doute de Paris, avec des papiers en règle. Ces visites à l'arrière étaient tolérées. Gabrielle était vêtue avec un luxe recherché. Nul n'aurait pu soupçonner qu'elle avait été chanteuse de beuglant. La voilette dissimulait son visage, mais non ses yeux verts qui parcouraient la salle, comme pour chercher des visages familiers. Son aisance était stupéfiante et Antoine s'en émerveillait.

Un dragon sanglé de fauve entra, sourire aux lèvres, fumant un long cigare italien. Gabrielle reconnut Vallombreuse. Elle fut étonnée de voir Antoine le saluer d'un geste engageant, comme s'il souhaitait lier conversation. N'avait-il plus de crainte ? La croyait-il à l'abri de tout écart ? Vallombreuse jouait les discrets, et n'avait d'ailleurs pas reconnu le visage de Gabrielle dissimulé par la voilette.

— Vous ici ? C'est une résurrection ! Je vous croyais prisonnier.

— Prisonnier de l'état-major, mon cher, et je vous rendrai bientôt visite.

— Compliments, dit Vallombreuse en s'inclinant devant Gabrielle, pour prendre congé.

Le garçon servait les entrées. Gabrielle, avec délicatesse, releva sa voilette.

— Où avais-je la tête ? dit Vallombreuse en s'inclinant exagérément devant elle. Gabrielle, ma chère Gabrielle, je ne vous avais pas reconnue.

Il lui baisa la main.

— Prendrez-vous un verre avec nous ? lui demanda Antoine, très « cavalier ».

— Je vous remercie. J'ai déjà déjeuné. Je saute dans le train de Paris. Vous y verrai-je bientôt ?

— Certainement pas, dit Antoine, laconique.

Gabrielle avait noté l'information. Où étaient ses belles promesses ? Il devait l'emmener à Paris à la prochaine permission. Il semblait maintenant certain de ne pas s'y rendre. Elle avait attendu ce voyage si longtemps qu'elle était fort déçue. Allait-il lui parler, lui annoncer une nouvelle affectation, son départ de Belfort ? C'était ainsi, à la guerre : il pouvait prendre demain le train pour l'Artois, ou l'Argonne.

Mais Antoine se taisait. Il avait l'habitude de la laisser parler, d'entendre son commentaire de la vie parisienne en le ponctuant de remarques personnelles. Aujourd'hui, le rituel était bouleversé : Gabrielle restait silencieuse, elle refusait le rôle.

— J'ai été si troublée par ces va-et-vient pendant ton absence que je n'ai pas lu les journaux de Paris. As-tu des nouvelles ?

— Comment le pourrais-je ? dit Antoine, surpris.

— Par des lettres de ta mère, par exemple. Elles n'arrivent jamais à la maison. On doit te les distribuer aux armées.

Antoine ne répondit pas. Elle en fut irritée. Il ne lui parlait jamais de sa mère, cela ne la regardait pas !

— Les nouvelles de Paris ne m'intéressent pas, finit par dire Antoine. Ne sommes-nous pas bien ici ?

— Je suis sûre qu'avec ton automobile, on peut s'y rendre en quelques heures.

— Six heures exactement, si les routes sont dégagées, dit Antoine. Huit heures si l'on compte les arrêts. Il faut bien laisser reposer le moteur.

« Il y va sans moi ! se dit Gabrielle. Il connaît la route par cœur. Qui sait, peut-être y rejoint-il une autre fille ? Sa mère lui a peut-être trouvé une marraine de guerre. »

Elle se sentit, soudain, abandonnée. Antoine avait changé. Il s'ennuyait avec elle, dans la maison, il voulait sortir, s'amuser, rencontrer des gens. Il n'avait plus l'ombre d'un sentiment de jalousie. Qui sait ? Il aurait peut-être accepté qu'elle retournât au beuglant ? N'avait-il pas attiré Vallombreuse, pour lui parler ? Un défi ? Non. Antoine n'avait pas l'habitude d'humilier ses rivaux. Il avait simplement oublié qu'ils avaient été rivaux. Le passé était mort, pour lui. Il ne pensait qu'à sa nouvelle affectation, mais ne lui en parlait jamais. Le silence se prolongeait.

— La Dorsay doit être de retour, lui dit-elle. Ne peux-tu pas renvoyer le chauffeur ?

— Il n'en est pas question. Je te raccompagne mais je dois partir en mission presque aussitôt, en automobile.

Gabrielle se sentit défaillir.

— Rentrons, dit-elle, je ne me sens pas bien. Je n'ai pas l'habitude de sortir. Ce bruit... cette foule...

Un vertige. Antoine se précipita pour la soutenir, faisant signe au maître d'hôtel. Ils l'accompagnèrent jusqu'à l'arrière du restaurant, sous les regards ironiques des dîneurs.

— Quel dommage, dit un munitionnaire à son voisin couperosé, ces petites dames du front n'ont plus de santé !

— Les hussards en sont la cause, répondit l'autre, grassement.

Les sels, l'eau fraîche ranimaient Gabrielle, dont on avait déboutonné le col du corsage. Quand elle ouvrit les yeux, ce fut pour lancer à Antoine un regard de haine dont il fut surpris, puis inquiet. Elle lui prit à peine le bras pour sortir, et rabattit sa voilette pour cacher son visage bouleversé.

— Un hussard d'opérette, et avec une poule encore !

Le capitaine prévôt qui tournait autour de la Renault semblait ignorer l'indulgence. Il fulminait. Pas de fanion d'état-major, des cuivres apparents, en stationnement interdit devant un restaurant de luxe. Pour qui se prenait-il, le hussard ? Le chauffeur avait présenté en vain les papiers de la voiture, l'ordre de mission. Rien ne pouvait calmer le pandore au pantalon bleu, aux bottes noires ajustées.

Blêmissant sous l'insulte, Gabrielle avait aussitôt lâché le bras d'Antoine pour s'enfuir en courant, laissant tomber son chapeau à aigrette sur la chaussée. Elle disparut sans qu'Antoine pût la rattraper.

— Je vous préviens que vous aurez à me rendre compte, s'exclama le prévôt. Que faites-vous dans cet uniforme ? Où est votre casque ?

Il questionnait, sans attendre les réponses. Car Antoine se taisait. Il était trop indigné pour proférer un seul mot. Il restait roide, attendant la fin de l'orage.

Des badauds s'agglutinaient. Les soldats, sac au dos, qui se rendaient à la gare, n'étaient pas fâchés de voir un lieutenant embarqué par un prévôt. C'était un officier qui trinquait. Et quel officier ! Était-il ridicule, avec sa fine moustache, ses bottes de fantaisie et son képi à plumes. Où se croyait-il ? À la revue de Boulanger ?

— Ce n'est pas une plaisanterie, lieutenant, vous êtes en mission. Où est votre brassard d'état-major ?

Assez piteusement, Antoine sortit de sa poche un chiffon fripé et le noua autour de son bras. Écumant de rage, le prévôt fit signe à ses hommes.

— Consignez la voiture, conduisez-la au dépôt. Quant à vous, lieutenant, je vous prie de me suivre, pour le rapport.

Antoine monta dans l'automobile de la prévôté, entre deux gendarmes, comme un mutin. Des titis ployant sous le barda fredonnaient au passage *En revenant de la r'vue.* On sifflait, on criait : « Vive la classe ! » Certains, plus agressifs, hurlaient : « Sac au dos les hussards ! » Un vieil adjudant, caserné à Belfort depuis longtemps dans un magasin d'habillement, avait reconnu le bel officier de la Dorsay, qui paradait souvent en ville.

— Ils l'ont enfin poissé, dit-il. Ce n'était pas trop tôt ! Quel exemple pour les hommes !

Tous les mérites d'Antoine, ses exploits guerriers, ses distinctions au front n'étaient d'aucun secours devant cette foule. Le chauffeur de la prévôté tardait à démarrer : le faisait-il exprès ? Le moteur toussait. Il descendit pour le lancer à la manivelle. Antoine se demandait comment il allait se tirer de cette situation. Était-ce lui, le brillant paladin de la tranchée de Constantinople ? Son colonel le verrait-il en proie aux insultes des badauds ? Les civils se mettaient de la partie.

— C'est une honte ! En cour martiale !

— Au poteau, l'espion !

— À la tranchée, les planqués !

Le capitaine s'impatientait. L'affaire pouvait tourner mal. Avec sa manie de ne pas porter sur lui ses décorations. Antoine passait pour un muscadin, un de ces jeunes gens de Paris qui venaient prendre l'air du front pour raconter ensuite leurs campagnes dans les salons. Qui pouvait savoir, dans cette foule, qu'il avait été blessé à deux reprises et qu'il avait cent fois évité la mort dans de périlleuses missions, qu'il pouvait mourir le jour même, ayant à visiter un secteur d'avant-poste ? Sa morgue, – son visage, sous l'insulte, s'était incroyablement durci – encourageait les braillards qui s'en prenaient aussi au prévôt.

— Ils vont le relâcher ! À bas les traîtres !

Les gendarmes essayaient en vain de contenir les hommes de troupe, qui se rapprochaient de la voiture. Certains crachèrent sur la vitre.

— Permettez-moi de vous féliciter, mon capitaine, dit Antoine. Vous allez déclencher une émeute. Soyez sûr que, moi aussi, j'en rendrai compte. Et je vous demanderai personnellement réparation pour la jeune fille que vous avez insultée.

— Taisez-vous, blanc-bec ! Vous êtes en faute. Et je ne vous laisserai pas partir sans ajouter quelques lignes de mon cru au bas de votre livret militaire. Ils apprécieront, à Paris.

La voiture démarrait enfin. Des gendarmes à cheval étaient arrivés en renfort, ouvrant la route. La foule se dispersa aussitôt. Antoine ne parlait plus. Il songeait à Gabrielle. Sans doute venait-il de perdre la plus douce des maîtresses. Comment supporterait-elle cette humiliation ? Ses yeux bleu d'acier fixaient le capitaine prévôt : un paysan, arrivé par le rang. Il avait dû être premier au certificat d'études, dans son canton. La brosse rousse qui surmontait sa lèvre supérieure ne lui disait rien qui vaille. Il avait sans doute fait campagne, participé aux grandes batailles. Mais il avait plus sûrement gagné ses galons en surveillant les arrières. On avait beaucoup fusillé sommairement, pendant la Marne. Les prévôts témoignaient de leur zèle aux dépens des fuyards et des prétendus espions. Il avait dû faire merveille, avec ses hommes, au cours des événements de l'été. Les longs favoris qui couvraient ses joues épaisses, les plis profonds de son front, l'avancée menaçante de son menton carré l'apparentaient aux chiens de garde de la plus dure race. Pas les bergers, se dit Antoine en fixant les yeux globuleux du prévôt, les dogues.

L'autre, se sentant observé, se demanda s'il n'avait pas eu, cette fois, la main malheureuse. On ne lui avait jamais reproché de pourfendre les biffins, de les envoyer devant les cours martiales improvisées des débuts de la guerre sous les motifs les plus incontrôlables. Mais avec un officier, il fallait être prudent, surtout s'il était de l'état-major. Son tempérament sanguin, entier, plébéien, l'avait entraîné trop loin. Le dolman d'opérette surtout l'inquiétait. Pour qu'il se permît de sortir en ville dans cette tenue, il devait être sûr de lui. Comment s'appelait-il déjà ? Oui, un noble. Il ne se souvenait pas du nom. Peut-être avait-il un parent ministre, ou général? Parfaitement: de La Salle. Il y avait un général de La Salle qui avait servi, comme lui, aux colonies.

— Suivez-moi, mon lieutenant.

On entra au poste de garde. Le capitaine gagna son bureau, à grandes enjambées, faisant signe à Antoine. Il s'effaça devant lui sur le seuil de la porte, qu'il referma soigneusement. Ayant fait asseoir son prisonnier, il feuilleta son livret militaire, opinant lourdement du chef à la lecture de la belle conduite du hussard. Antoine tira de sa poche l'exemplaire secret qui ne le quittait jamais, où étaient précisés ses pouvoirs. Il le tendit sans mot dire. L'autre parcourut en silence les lignes signées de la main du chef d'état-major des armées du Nord-Est. Blême de colère, Antoine l'aurait volontiers giflé. Mais il n'envisageait pas une seconde de se battre avec ce rustre. L'autre lui rendit ses papiers, présenta ses excuses et lui tendit la main, que refusa Antoine.

— Vous avez insulté une femme, monsieur. Je ne puis vous le pardonner.

L'ordonnance avait appris, au retour de la gare, que son maître était en difficulté. Une rapide enquête l'avait conduit aux portes de la maréchaussée, où il attendait avec la Dorsay. Incomparable spectacle: le suspect au dolman bleu ciel repartait en ville dans son équipage familier, et longeait la Savoureuse pour rentrer chez lui.

Antoine était fort inquiet: l'évanouissement de la petite, au restaurant, l'avait impressionné. Il en faisait trop tard réflexion, elle n'avait pas parlé pendant le repas, elle semblait nerveuse, préoccupée. S'était-il soucié le moins du monde de son état? Il n'avait songé qu'à parader, à l'exhiber comme une prise de guerre. Qu'était-elle devenue? L'aimait-elle encore?

Pouvait-on humilier davantage une femme? Antoine s'en voulait de s'être enfermé dans une situation telle qu'il ne pouvait assurer la protection de Gabrielle. Il l'entraînait sottement dans ses puérils défis: à braver tous les interdits, à vouloir nier publiquement la guerre, il était inévitable qu'elle se rappelât à son bon souvenir sous la forme la plus déplaisante.

« Alcibiade, se disait-il pompeusement, pouvait, la nuit, briser les statues d'Athènes. On pouvait le lui pardonner. Mais pas à ses petits amis. »

Personne au logis : Gabrielle n'était pas rentrée. Elle n'avait pas donné signe de vie. Où avait-elle pu aller ? La cuisinière n'en savait rien.

— À la gare, vite !

La grande salle des pas perdus était comble. Non seulement les militaires sortaient des trains bondés, en armes et sacs au dos, mais un train de civils déversait des familles entières d'habitants de la plaine d'Alsace évacués sur ordre de l'état-major. On avait déjà, au début de l'été, procédé à des évacuations de villages pour faire croire aux Allemands qu'une attaque était imminente. Cette fois, on redoutait réellement une offensive. Les bombardements d'artillerie devenaient plus fréquents. Les civils devaient être mis à l'abri vers l'arrière. Ils étaient partis avec le minimum de bagages, abandonnant leurs troupeaux. Exténués, ils s'agglutinaient par familles, assis à même le sol. Antoine avait beaucoup de mal à se frayer un chemin jusqu'aux quais.

— Depuis le début de l'après-midi, lui dit un vieux contrôleur à casquette sale, un train part toutes les cinq minutes : toujours dans la même direction : Vesoul et Paris.

Il n'avait pas remarqué de jeune femme blonde. Comment l'aurait-il pu, dans cette foule ?

Antoine eut un pressentiment : il ne reverrait plus la petite. Fendant la foule, il se dirigea vers la salle d'attente des premières. Avait-il la moindre chance de la rencontrer là ? C'était le seul endroit, dans cet enfer, où l'on pouvait s'isoler dans le souvenir. Il était assez surpris de n'être pas désespéré par le départ de Gabrielle. Il venait, en pèlerinage, sur les lieux où il l'avait connue. Il ne recherchait pas sa présence, mais son image. Il allait à la recherche de son passé. Elle resterait pour lui la nymphe inattendue de la gare de Belfort. Elle n'avait jamais eu, pensait-il en s'indignant lui-même de son pouvoir d'indifférence, plus de réalité dans son cœur. Il avait voulu fixer un rêve, se l'attacher, en disposer comme d'un bien. Le rêve était parti.

La salle d'attente des premières n'avait pas résisté à la marée. Des familles d'Alsaciens pique-niquaient tristement sur les fauteuils à dentelle. Plus de gardes à l'entrée. La guerre avait bousculé tous les interdits. Des enfants blonds dormaient, emmitouflés dans des longs châles de laine, sur les canapés de cuir. Des bébés hurlaient, des femmes criaient. Antoine s'enfuit.

« Comment Jean Tardy a-t-il pu accompagner la malheureuse fille dans cet enfer ? se demanda-t-il soudain. Quel dévouement ! Le faisait-il pour Gabrielle ou pour l'amour de l'humanité ? Les poilus, qui pouvaient être brutaux et violents, avaient d'étranges égards pour les femmes en difficulté. Jean était capable de risquer sa vie, il l'avait maintes fois montré. Mais il pouvait aussi être un saint-bernard des arrières. Ses permissions ne lui suffiraient pas s'il voulait sauver les errantes, les déboussolées, les éperdues… Que dirait-il s'il savait que Gabrielle avait disparu ? » Antoine se posa calmement la question, sans l'ombre d'un sentiment de jalousie. Il aurait été heureux que Jean partageât son inquiétude, qu'il l'aidât à retrouver la petite. Seul, il se laissait gagner par l'angoisse.

À l'entrée de la gare, autour d'un monceau de sacs accumulés en désordre, un petit groupe de jeunes filles alsaciennes chantait, d'une voix claire, des airs de village. Il se surprit à fredonner la *Chanson des blés d'or*. Puis il partit en courant vers la Dorsay. À aucun prix, il ne pouvait supporter l'idée que la petite fût en danger. Il était le seul à pouvoir la retrouver, et de nouveau la sauver.

— Chez Gaston, au trot, dit-il à l'ordonnance.

— Il est trop tôt, mon lieutenant. À cette heure, Gaston fait la sieste.

Antoine se fit conduire au Café de Paris, sans avoir un instant l'idée de revenir dans sa maison. Elle n'était pas à lui, mais à Gabrielle. Qu'y ferait-il, seul ?

L'ordonnance avait pris le parti d'interpréter à sa manière les ordres d'Antoine. Il parcourut la ville, s'attardant dans le faubourg de France encombré de troupes qui gagnaient la place d'armes pour se regrouper et monter au front à pied. Il tourna devant le théâtre, où Antoine le fit arrêter. Une troupe venue de Paris s'y installait. Des ouvriers déchargeaient les décors et les costumes. On allait y jouer l'opérette. Gabrielle pouvait-elle rôder dans les coulisses ? Non, naturellement. Elle était trop timide pour s'y risquer. Dès qu'elle était seule, elle renonçait à toute ambition. Elle devait dormir quelque part, recroquevillée comme un animal perdu.

La Dorsay franchit la Savoureuse, déboucha sur la place de la République en s'arrêtant devant les terrasses de café. Antoine se laissa conduire dans la grande rue encombrée de camions militaires jusqu'au pied du château. L'ordonnance s'engagea aussitôt sur la pente, se souvenant qu'à sa première rencontre avec les filles Antoine s'était attardé à cet endroit. Il était curieusement désert. En repassant devant le Lion, Antoine fit arrêter. Il avait eu un instant d'émotion. Au pied de l'immense statue, trois formes étaient endormies. Des femmes. La tête reposant sur un sac, enroulées dans des couvertures, elles avaient choisi le granit glacé des Vosges comme lit de repos, sans doute pour oublier la foule bruyante de la gare. Pas de cheveux blonds sur les sacs. Le cœur d'Antoine se serra à l'idée qu'elle aurait pu être là, avec Gilda qu'il détestait, qu'il prenait pour son mauvais ange.

Au Café de Paris, un message l'attendait. Le chauffeur était revenu. Il était à son domicile rue de Turenne. Dans son tour de ville, Antoine avait oublié sa mission. Il devait partir sur-le-champ, pour Dannemarie. Les unités du bois de Carspach inquiétaient l'état-major.

Bon gré, mal gré, il fallait rentrer. Marcelle, la cuisinière, bavardait avec le chauffeur. Les phares et les cuivres de la Renault étaient de nouveau badigeonnés aux couleurs de la guerre. Il se changea rapidement. Il était casqué, botté, sanglé de cuir, alourdi de sacoches, quand Marcelle lui dit, au moment du départ :

— Gabrielle est revenue. Elle n'a pris que le temps de se changer. Monsieur ne doit pas s'inquiéter. Elle avait besoin de prendre l'air.

À toute allure, Antoine s'était fait conduire dans les bois de Carspach. Il avait pris des risques pour visiter les avant-postes, les tranchées de premières lignes, questionnant les chefs de bataillon, les commandants de batteries. Il avait réuni les éléments de son rapport, se promettant de revenir dès l'aube pour relever toutes les faiblesses du plan de défense, et pour interroger la troupe. Il ne pouvait tenir plus longtemps. L'absence de Gabrielle l'angoissait.

En pleine nuit, il réveilla le chauffeur pour lui demander les clés de la Renault. Il conduirait lui-même. Il avait oublié un rapport à Belfort. Le mécano n'était pas dupe, mais il aimait cet officier trop fou pour être malhonnête. Il l'aimait assez pour lui confier son bien le plus précieux.

La Renault, graissée comme une Princesse du rail, filait bon train sur la route en lacet qui gagnait Dannemarie. L'étroite raie de lumière qui s'échappait du camouflage des phares éclairait tout juste le bas-côté. Antoine était souvent ralenti par un convoi qui revenait du front, ou par le passage des fantassins. Les chemins de fer Decauville, à voie étroite, étaient les plus dangereux. Les wagons plats transportant des obus traversaient la route sans prévenir. Les batteries étaient nombreuses dans les bois, tout un lacis de chemins de fer miniatures les approvisionnait.

Il n'était pas encore minuit et les sapins se découpaient sur le ciel éclairci par la lune. Antoine suivait la route comme une piste : le ruban de poussière était vaguement luminescent et ne devenait sombre que dans des gorges en forêts. Tout le charroi du front se trouvait bloqué là, aux points de passage obligés. Antoine était toujours étonné de l'animation nocturne à l'arrière immédiat des lignes : les relèves, les préparations d'offensives, les approvisionnements avaient lieu la nuit. Les trains et les convois de camions roulaient dans l'obscurité. La guerre n'avait pas de repos.

Au sud de Fontaine, il fut arrêté par un piquet de réservistes de la 73e. Ils montaient la garde en silence, avec l'ordre de contrôler les voitures isolées. Toujours la chasse aux espions. On disait que les Allemands parcouraient les arrières du front en automobile, pour glaner les renseignements. Le fanion d'état-major rassura les territoriaux qui venaient reconnaître le conducteur au fanal, comme dans l'ancien temps. La lampe à huile fit sourire Antoine. Avec ces moyens rudimentaires, la chasse aux espions devenait une comédie.

Il devina l'approche de Belfort à la concentration des troupes sur la route. Il prit des chemins de traverse pour éviter le piétinement devant les portes. Au fond, il ne voulait pas entrer en ville. Si Gabrielle était encore là, elle n'était pas rentrée rue de Turenne. Le bel amour s'était enfui. Gabrielle ne reviendrait pas, elle ne l'aimait plus. Il n'avait pas été assez attentif pour la retenir.

Il s'expliquait son départ, il lui trouvait des justifications : il n'avait pas su l'aimer. Instinctivement, il dirigea la voiture sur la route de Giromagny. Il se doutait qu'elle était avec cette Gilda. Il savait que Gabrielle ne supportait pas la solitude. Quand elle était triste, elle recherchait la proximité de sa complice, elle redevenait vagabonde. Antoine se rassura grâce à cette idée : pour lui, la rupture d'une douce liaison n'était pas tragique, mais embarrassante. Il souhaitait renouer les liens au plus vite, et que l'oiseau retourne au nid d'amour. Quoi de plus simple ?

Il était tout juste minuit quand Antoine entra dans le beuglant. Il aperçut immédiatement Gilda, qu'il salua en souriant, sans rien laisser paraître de son trouble. Il détestait cet endroit, et trouvait insupportable d'être contraint d'y revenir. Les salles étaient combles. Les mouvements de troupes incessants de la région renouvelaient la clientèle. Gilda n'avait fait aucun effort pour l'approcher, elle avait à peine répondu à son salut. Il ne s'attendait pas à sa coopération, et n'en fut pas surpris.

Il n'était pas davantage étonné de ne point apercevoir Gabrielle. Si elle était ici, elle se cachait, probablement dans les loges. Elle n'avait sans doute pas accepté de chanter. Une quadragénaire à perruque s'époumonait sur scène, dans un succès de la fin du siècle. Pas de Gabrielle.

En revanche, il vit Gaston. Radieux, triomphant, il passait d'un groupe à l'autre, essuyant des bourrades, répondant avec à-propos aux reproches les plus brutaux.

— Non, c'est vrai, disait-il, il n'y a pas de filles pour tous. Elles sont aux plus riches et aux plus séduisants. Comme le lieutenant de La Salle, ajouta-t-il en approchant d'Antoine, le serrant dans ses bras à l'étouffer. Lui n'a aucun mal à trouver des compagnes, n'est-ce pas, lieutenant ?

Outrés, les officiers se détournèrent de ce blanc-bec d'état-major qui semblait être un familier des lieux. Antoine dévisagea les filles assises dans les coins obscurs : il n'en reconnaissait aucune.

— Il est tard, mon lieutenant, ce n'est plus l'heure du marché. Les filles sont toutes prises.

— Même Gabrielle ? dit Antoine au hasard, avec un sourire détaché.

— Elle a été enlevée la première. C'est normal. N'est-elle pas la plus belle ? Que je suis heureux de son retour. Sa place était parmi nous, la chère petite. Vous la trouverez dans le salon du fond. Mais n'allez pas nous l'enlever de nouveau ! Vous nous la rendez si malheureuse !

Antoine, excédé, se dégagea avec violence, fendant la foule, traversant les salles sans ménagements pour les buveurs de bière et de mauvais champagne. Il la vit. Méconnaissable. Sur les genoux d'un munitionnaire ventru, elle buvait un verre de champagne. Sa jupe courte laissait voir ses jambes blanches, qu'elle agitait avec nervosité. Elle se redressa pour approcher la flûte des lèvres de son compagnon, qu'elle appelait Loulou. Ses yeux verts étaient cachés sous une épaisse couche de maquillage ; deux cercles rouges, sur ses joues, la faisaient ressembler à un clown. La main qui tenait la coupe était ornée d'une multitude de bagues brillantes et vulgaires.

— Tiens, dit-elle en considérant Antoine qui la regardait sans mot dire, voilà un ami. Loulou, je te présente un ami d'enfance.

En tendant à Antoine sa main surchargée de pacotille, elle renversa la coupe sur le gilet du munitionnaire, qui s'essuya en maugréant. Antoine prit la main, et attira Gabrielle à lui puis il la chargea sur une épaule et traversa tout le beuglant sous les applaudissements des convives réveillés par cet intermède imprévu. Gabrielle criait, se débattait : rien n'y fit. Antoine la jeta sur la banquette de cuir de la Renault, ferma les portières et démarra. Quand il s'arrêta rue de Turenne, il n'eut aucun mal à la faire entrer dans la maison : elle dormait comme une enfant. Il la porta dans ses bras puis l'étendit sur le lit. Il la dévêtit et la baigna lui-même, ôtant avec délicatesse tous les fards qui enlaidissaient son visage.

La nuit fut longue et délicieuse. Quand il reprit, à l'aube, la route du front, il lui avait fait la promesse solennelle de l'emmener à Paris. Elle s'était endormie dans ce rêve.

XIV

JEAN QUI PLEURE

Deux heures après le départ d'Antoine, le carillon sonnait à la porte du petit hôtel. Joyeusement. Le permissionnaire était de retour.

Marcelle ouvrit à Jean Tardy. N'était-il pas de la maison? Elle l'accabla de questions sur le voyage à la frontière. Comment s'était comportée Henriette? Avait-elle résisté à la fatigue du voyage?

— J'ai dû la porter dans le wagon, dit Jean. Heureusement, un convoi de blessés était attendu en gare, venant de Dannemarie. J'ai reconnu une infirmière. Elle m'a dit d'attendre, la petite ne pouvait pas marcher, dans son état. Le major m'a tout de suite identifié. Il s'est souvenu que j'avais été décoré des mains du général en chef, dans son hôpital. Deux brancardiers ont chargé Henriette. Ils l'embarquaient déjà dans un wagon de blessés, à destination de Vesoul.

— Ne me dites pas que vous l'avez laissée partir! dit Gilda qui se frottait les yeux.

L'entrée de Jean l'avait réveillée. Elle ne dormait jamais que d'un œil.

— Bien sûr que non. J'ai dû retrouver le major, lui expliquer toute l'histoire. Il ne voulait rien entendre. On la soignera en France, disait-il. Son fiancé italien n'a qu'à la rejoindre chez nous. Pourquoi l'a-t-il abandonnée?

— Tous les mêmes, grommelait Gilda. Toujours prêts à nous faire de la morale. Lui avez-vous cloué le bec?

Jean avait enlevé sa capote et sa vareuse. Il était en chandail de tranchée et tira une pipe de sa poche.

— Quand les hommes font appel à la morale, c'est qu'ils sont prêts à la violer, reprit-il. Le major me dit à l'oreille qu'un train venant de Vesoul entrait en gare. Il était arrêté à côté de l'autre. Il y avait deux portes à ouvrir et le tour était joué.

— Où allait le second train ?

— En Suisse, par Delle. II était bourré de prisonniers allemands blessés, rapatriés sanitaires. Il suffisait de faire glisser Henriette, de son brancard dans un compartiment. Le major m'a donné un sérieux coup de main. Il a reconnu un de ses assistants, dans le personnel médical du train boche. L'autre n'a pas fait trop de difficulté. Après tout, les papiers de la petite étaient en règle, elle était réellement attendue en Suisse.

— Vous avez pu l'accompagner jusqu'au bout ?

— Croyez-vous que je l'aurais abandonnée ? dit Jean. L'assistant du major m'a donné un brassard de la Croix-Rouge. Je l'ai chargée moi-même, avec son aide, dans un compartiment de Bavarois. Nous sommes arrivés ainsi à la frontière.

— Pas de contrôle ?

— Si fait. Mais l'assistant avait mis son chef au courant. Les gendarmes français ont seulement compté les blessés allemands. Une fille enceinte, et malade, ça les impressionnait. « Si les Suisses veulent bien d'elle, a dit un brigadier en déchiffrant ses papiers, qu'ils la gardent. »

Des infirmiers prenaient la relève des nôtres. J'ai recommandé à Henriette de ne parler à personne de l'argent qu'elle avait dans sa ceinture et je l'ai abandonnée. Je pense qu'elle a dû s'en tirer.

— Voulez-vous du café ?

Une offre de ce genre, dans la bouche de Gilda, valait de l'or. Elle ne savait pas dire merci, ni exprimer ses sentiments. Elle avait un sens excessif de l'économie des gestes et des mots. Pour elle, offrir le café était la plus formidable manifestation de reconnaissance et d'estime qu'elle pût imaginer. Elle le servit elle-même, sans mot dire. Jean comprit ce que son silence pouvait avoir de chaleureux. Il en fut ému. Il venait de découvrir une amie.

Gabrielle dort-elle encore ?

— Oui, dit sobrement Gilda.

Jean n'osa insister. Il était revenu pour elle, et n'avait qu'une envie, monter dans sa chambre, renouveler son récit héroïque du sauvetage d'Henriette. Mais, surtout, la voir, l'entendre rire ou pleurer. Le son de sa voix lui manquait.

Que faire pour l'attendre sans froisser Gilda ? Si amicale qu'elle fût, elle le mettait mal à l'aise. Avait-elle compris son amour pour Gabrielle ? Oui, sans doute, elle ne s'en étonnait pas, elle avait l'habitude. Elle en avait vu cent, mille peut-être, lui tourner autour avec effronterie. Qu'il entrât à son tour dans la danse lui inspirait de la pitié. Un de plus. Il avait sans doute compris tout de suite qu'Antoine était reparti. Il allait s'incruster là, attendre qu'elle descende.

— Gabrielle s'est couchée tard sans doute…

— Oui, répondit Gilda. Elle était au beuglant.

Jean ne savait pas dissimuler ses sentiments. Au beuglant ! Il l'aurait étranglée. Il avait passé la nuit dans un train plein de blessés allemands, sans fermer l'œil une seconde, pour veiller une fille qu'il ne connaissait pas. Pendant qu'il se dévouait, sans autre raison que d'être agréable à Gabrielle, elle se précipitait dans un bordel.

Il refusait d'y croire. Au diable les canapés soyeux, les chaises à dossier doré, la vaisselle d'argent et les lustres de cristal. Quand le lieutenant avait le dos tourné, Madame faisait atteler pour se rendre au bordel ! Pouvait-on davantage tromper son monde ? Jean se surprenait à plaindre Antoine. S'il avait su ! Peut-être s'échappait-elle ainsi très souvent, toutes les nuits peut-être… Telle était la fille qu'il respectait, qu'il s'était juré maintes fois de chasser de ses souvenirs, pour bien se conduire avec Antoine…

Il pensait à ses mines sucrées quand elle l'avait retenu à la maison pour dîner. On aurait juré, à l'entendre parler, qu'elle avait changé de vie, qu'elle était entrée dans celle d'Antoine. Fiez-vous là ! À la première occasion, elle filait !

Gilda le regardait avec surprise. Son agitation l'amusait. Que croyait-il ? Qu'elle l'attendait avec impatience dans sa chambre, pour le remercier de son dévouement et écouter le récit de son exploit ? À sauver l'autre fille, sur commande, il avait perdu la commanditaire... La belle affaire ! On ne comptait plus les hommes qui voulaient assurer le salut de Gabrielle. On aurait pu peupler le paradis avec ses sauveurs. Jean était-il assez niais pour se joindre au cortège ?

Il ne décolérait pas. Étouffant dans le salon trop chauffé, il tira si fort sur le cordon des doubles rideaux que le velours rouge tomba sur le parquet. Il ouvrit violemment la fenêtre, faisant pénétrer l'air froid. Gilda sortit aussitôt, renonçant à raisonner ce forcené. Allait-il sauter dans la rue ? Les passants, sur le trottoir, étaient presque au niveau du salon. Ils pouvaient, d'un coup d'œil, tout voir à l'intérieur quand la fenêtre était ouverte, ou quand on avait oublié de tirer les rideaux. Antoine insistait toujours pour qu'on les tînt fermés. Deux vieilles dames, vêtues de noir, sortaient de la messe qu'elles entendaient tous les matins à Notre-Dame-des-Anges. Elles détournèrent la tête en apercevant le soldat.

« Je ne mettrai plus les pieds ici », se dit Jean.

Quand il se retourna, elle était devant lui. Lèvres roses, cheveux dans le dos, pieds nus, en chemise courte et presque transparente. Elle nouait ses bras autour de son cou et déposait sur sa bouche un baiser léger. Jean resta sans voix. Il oublia la fenêtre ouverte, ses résolutions, sa colère. Il oublia aussi Antoine.

— Jean ! Tu es revenu !

Elle frissonnait. Il la prit dans ses bras, la monta dans sa chambre. Elle était prête à l'abandon, il le sentait. Elle avait placé sa tête contre son épaule et se laissait aller. Le charme opérait de nouveau : Jean n'était plus que désir.

Un bruit d'eau dans la salle de bains. Gilda ouvrit la porte, nue dans une grande serviette. Les filles ne se gênaient pas entre elles, et la maison n'avait qu'une baignoire. Gilda passa, très digne, roulant ses épaules musclées devant le couple, sans daigner les voir. D'un coup Jean fut dégrisé. Allait-il se laisser prendre ? Ces filles marchaient ensemble, elles n'avaient besoin de personne.

— Habille-toi, prends ton sac, dit-il brusquement à Gabrielle. Nous partons dans une heure.

— Où allons-nous ?

— À la montagne. J'ai besoin de respirer. Mets des chaussures solides.

Jean avait des idées simples : rien de tel qu'une longue randonnée pour dissiper les mauvaises odeurs de la nuit. Il marchait en tête, d'un pas régulier de paysan. Elle le suivait de son mieux, à un rythme plus soutenu, portant son sac dans le dos. Des bottes, un pantalon de velours, deux chandails superposés, elle avait l'air d'un garçon. Dès la sortie de la ville, ils s'étaient dirigés sur Cravanche et s'étaient engagés très vite dans les sentiers de la forêt du Salbert. Jean évitait le fort, dont les environs étaient garnis de troupes et de batteries d'artillerie. Ils avaient marché deux heures parmi les sapins, et le chemin devenait plus étroit, encombré de ronces. Gabrielle glissait sur la glace. Elle avançait sans protester, malgré les branches basses qui lui fouettaient le visage.

Jean s'arrêta pour tailler au canif deux bâtons de noisetier. Il lui expliqua comment se protéger des rameaux givrés, en les tenant à distance. Gabrielle grelottait. Elle reprit la marche, en tête, sans l'attendre. Grimpant à la hâte, elle accentua son avance, sans jamais se retourner. Ils arrivèrent ainsi dans une clairière, au sommet du Salbert.

— Faisons une halte pour déjeuner, dit Jean.

Pas question. Gabrielle voulait poursuivre. Elle traversa la clairière où des soldats faisaient l'exercice, pour dévaler la pente de la montagne, vers le nord. Jean avait du mal à la suivre. Elle courut sur le sentier, au risque de trébucher. La dernière pente était très raide. Gabrielle tomba et glissa sur vingt mètres. Furieuse, elle se releva sans une plainte, coupant la plaine en longeant les étangs de la Véronne.

Deux heures plus tard, ils grimpaient dans le bois de Lachapelle, et Jean avait faim. Avançant au pas de chasseur pour la rattraper, il la décida enfin à s'arrêter pour faire du feu. L'endroit était désert. Elle consentit à poser son sac à terre. Ramassant les brindilles givrées qui lui glaçaient les doigts, elle aida Jean à nourrir le brasier. Il y réchauffa des conserves, qu'elle refusa de goûter. Mais elle accepta le pain grillé sur la flamme au bout du couteau, qui répandait une bonne odeur. Jean l'enduisait de lard ou le frottait d'ail. Des pommes vertes complétaient le festin.

Ils repartirent aussitôt dans la montagne, sans faiblir. Gabrielle maintenait sa cadence, et Jean suivait. Il se demandait si elle pourrait marcher ainsi jusqu'au soir. Elle ne s'arrêtait pas pour lui parler, ne cherchait pas son chemin. D'instinct, elle se dirigeait vers la marcairerie de la Planche des Belles Filles. Sans doute désirait-elle y arriver avant la tombée du jour.

Si elle voulait une soirée d'intimité, elle serait servie, se disait Jean. Foin des scrupules ! Pourquoi respecter la femme d'Antoine, alors qu'elle ne se respectait pas elle-même ? C'était rendre service au lieutenant que de faire apparaître cette fille comme elle était : plus que volage, vénale et inconsciente. Il la traiterait comme elle le méritait. Sans faiblesse.

Depuis le début de la promenade, elle ne lui adressait pas la parole. Lui en voulait-elle d'avoir failli succomber, dans la chambre, et même de l'avoir provoqué ? Pourquoi cette défaillance subite ? Elle essayait en vain de reconstituer son itinéraire mental depuis la veille : le trou noir du beuglant, après la fuite éperdue, hors du restaurant. Elle n'avait aucun souvenir de cette lugubre soirée. Elle se souvenait seulement d'avoir été enlevée par Antoine, puis d'avoir passé avec lui une nuit merveilleuse.

Elle ne l'avait pas trouvé auprès d'elle à son réveil. L'autre arrivait, porteur de bonnes nouvelles. Il venait annoncer le sauvetage d'Henriette. Avec joie, elle apprenait que son amie ne boirait plus la tasse, qu'elle était hors d'eau. Le grand dadais pouvait comprendre : c'est comme s'il avait retrouvé un copain porté disparu, et miraculeusement épargné. Avait-elle pour lui plus que de la reconnaissance ? Était-il plus qu'un ami sûr ? Aurait-elle aujourd'hui trompé Antoine par gentillesse comme hier par désespoir ? Pourquoi était-elle toujours aussi seule ?

Elle marchait d'un pas plus rapide encore, accroissant son avance sur Jean qui s'épuisait à la suivre. Il n'avait pas dormi de la nuit, à peine mangé. Cette randonnée commençait à lui paraître fort déplaisante. Pouvait-il en vouloir à Gabrielle ? C'est lui qui en avait ainsi décidé. Soudain, il courut pour la rattraper.

— Ne bouge pas, des grives, lui dit-il, un doigt sur les lèvres.

Il les avait repérées dans un bosquet, à cent mètres. Sortant de sa ceinture le lance-pierre qui ne le quittait jamais à la tranchée – et qui lui permettait de chasser sans attirer l'attention de l'ennemi –, il rampa vers la cible, évitant avec soin de faire craquer les brindilles. À son approche, les oiseaux s'envolèrent d'une seule aile. L'un d'eux manquait à l'appel. Il avait été touché. Jean le chercha longtemps dans les buissons épineux, accrochant sa capote et déchirant ses molletières. Quand il découvrit enfin la grive blessée, Gabrielle se précipita sur lui et le frappa dans le dos de ses poings.

— Que vous avait-elle fait ?

— Nous la mangerons ce soir, dit Jean en assommant l'oiseau contre un tronc d'arbre. Vous ne comptez pas rentrer, n'est-ce pas ?

Rageuse, elle avait repris sa course, sans dévier. Il avait attaché la grive au mousqueton de sa ceinture. Elle pendait, tête en bas, le long de sa jambe.

« Une brute », se disait-elle, comme elle en avait connu jadis au village. Elle se rappelait avec terreur ces compagnies de chasseurs, qui passaient la journée avec leurs chiens à traquer des bêtes inoffensives, des oiseaux, des lapins. Ils étaient harnachés de pied en cap, le torse ceinturé d'énormes cartouches de couleur. Ils s'habillaient de vêtements verdâtres pour se fondre dans le paysage. Les coups de fusil résonnaient, effrayaient les enfants : dans les bois, les hommes tuaient par jeu, et s'enivraient de l'odeur de la poudre ; les femmes savaient que, ces soirs-là, ils rentraient ivres.

À dessein Jean avait retrouvé l'instinct du chasseur, et s'était dévoilé devant Gabrielle, sans aucun souci de lui plaire. Il se doutait qu'elle n'apprécierait pas la chasse improvisée, mais il avait décidé de se montrer à elle sous son vrai jour. N'avait-il pas aussi découvert, un peu tard peut-être, sa vraie nature ? Elle n'était après tout qu'une fille de la campagne devenue putain, comme tant d'autres. Il n'avait pas à la ménager.

« Pourquoi est-il capable à la fois du meilleur et du pire ? se demandait Gabrielle. Pourquoi se donne-t-il ainsi en spectacle ? M'en veut-il parce que j'étais prête à lui céder ? »

Si elle avait accepté la promenade, c'était peut-être pour avoir l'occasion de s'expliquer. Il avait le droit de savoir. Elle aimait Antoine de toutes ses forces, ce matin plus que jamais. Pourtant elle avait accepté Jean.

« Pourquoi se permet-il de me haïr ? Que pouvais-je lui donner d'autre que ma tendresse, pour lui montrer ma reconnaissance ? Ils exigent tous de moi que je sois une vertu, à l'image de la femme idéale qu'ils ont en tête. Je suis Gabrielle. Il faut qu'ils s'y habituent. Antoine est plus intelligent. Il comprend que je ne peux vivre sans les Henriette et les Gilda. Elles sont les compagnes de ma nuit. »

Ils étaient arrivés à la marcairerie au soir tombant. Jean avait jeté dans le foyer les planches qui, naguère, servaient à ranger les fromages frais et il avait allumé une flambée. Il n'avait pas le cœur de préparer le dîner. Il avait offert à Gabrielle des fruits secs, une tranche de pain. Elle mangeait en silence, regardant les flammes.

Il installa la couche, qui était restée en place, étendit sur la paille sa couverture de soldat. Toujours sans mot dire, il retira ses chaussures et délaça ses molletières, comme un homme qui va se mettre au lit. C'était ainsi, chez lui, à la campagne : l'homme se couchait le premier, très tôt. La femme le rejoignait ensuite, après s'être occupée des bêtes et avoir préparé le repas du prochain matin.

— J'aime Antoine, dit brusquement Gabrielle, et je ne veux pas dormir avec toi.

— Tu étais plus douce ce matin, lui dit-il d'un ton de reproche. Pourquoi n'es-tu pas la même ?

— Quand change la lumière du jour, le chant des oiseaux change également. Je suis aussi fragile que la grive que tu as tuée. Tu peux me tuer aussi. Jamais je ne t'appartiendrai.

— Je ne t'ai rien demandé. Crois-tu que je veuille te prendre de force ? Je puis te payer, si tu le désires.

— Tu n'aurais pas assez d'argent, lui dit-elle, sans élever la voix. D'ailleurs je ne suis pas une putain. Nous pensons, nous autres, qu'il n'est légitime de vendre son corps que dans un seul cas : quand on est désespérée au point de vouloir quitter la vie. Comprends-tu cela, paysan ?

Il y avait une telle force dans son regard que Jean baissa les yeux, honteux d'avoir voulu l'humilier.

— Un garçon de ta force, solide et sain, ne connaît pas le désespoir. Vous mourez à la guerre, mais vous avez un grade, un matricule, ils vous saluent, ils vous encensent. Vous êtes les héros de la nation. Laissez-nous mourir en paix. Nous n'avons d'autre monde que celui du silence et de l'anonymat. Grises de visage, grises de peau, grises des pieds à la tête, comme la poussière de leurs usines et le pavé de leurs rues. Nous n'avons plus de couleurs.

Jean l'écoutait en silence, se demandant pourquoi le départ d'Antoine l'avait poussée au désespoir. Ne l'aimait-il plus ? Avait-il accepté qu'elle retourne au beuglant ? Le savait-il seulement ?

— Je ne t'en veux pas, tu ne peux pas savoir… Tu ignores le mépris et la bassesse. Tu es comme Antoine, un héros. Vous traversez dans la guerre sans être atteints. Les obus peuvent vous tuer, non vous détruire.

Le ton montait, elle s'accrochait à lui, pour l'obliger à écouter, pour qu'il renonce à ses commentaires solitaires, dont elle savait bien qu'ils étaient à côté de sa réalité.

— Si tu m'aimes un peu, Jean, tâche de mieux me comprendre. Ne vois-tu pas qu'Antoine est la seule joie de ma vie ? Quand j'entends le bruit de ses bottes sur le parquet de l'entrée, je frémis, je cours à lui comme une enfant vers son père, je me jette dans ses bras comme au premier jour. Quand il part le matin, sans me réveiller, je n'ai plus de jambes pour me lever, je reste au lit tout le jour, comme une infirme. Je voudrais qu'un dieu complice accélère les jours et les nuits où il n'est pas là, qu'il modifie mon temps de vie, à ma convenance. Son absence me rend à la grisaille, je redeviens mur, pavé, poussière. S'il disparaît de ma vie, mes yeux se fermeront pour toujours et je compterai, un, deux, trois, quatre, cinq, jusqu'à mourir.

Jean ne trouvait pas les mots pour lui répondre. Elle ne l'entendrait pas, elle suivait le cours sauvage de ses souvenirs.

— Il n'est plus le même. Ils l'ont changé. Hier il ne songeait qu'à repartir. Il n'avait plus pour moi ces petites attentions, ces soins constants dont il m'entourait. Il ne songeait qu'à m'oublier. Il n'avait pas envie que nous restions seuls. Sans doute n'avait-il rien à me dire. Il en est ainsi dans la vie des couples : tout passe. Il est difficile de rompre, quand on ne s'aime plus. Je l'aime avec une passion sans cesse renouvelée. Mais il se détache, et n'ose l'admettre. Pourtant il viendrait me chercher en enfer.

Jean était gêné d'être ainsi introduit dans l'intimité du couple. Il ne connaissait pas assez Antoine – bien qu'il l'estimât profondément – pour comprendre son attitude. Pourrait-il jamais le connaître ? Ils étaient si différents. Mais Gabrielle aussi lui était étrangère.

— Il avait l'air heureux, et presque joyeux. Quand il venait me voir, autrefois, il était las de la guerre, et n'en parlait jamais. Hier, il m'a dit cent choses sur sa mission, sur les généraux qui l'ont reçu. Pour la première fois, il reprenait confiance, il avait l'impression de jouer un rôle, d'être utile. Il avait hâte de repartir. Il n'était venu que pour me rassurer.

Jean comprenait de moins en moins. Le lieutenant avait-il changé d'affectation ? Il avait toujours apprécié le détachement d'Antoine, sa manière inimitable de faire la guerre sans y toucher, et de mépriser les discours convenus.

— Sans doute n'étais-je pour lui que la compagne des heures difficiles, celle qui l'aidait à ne pas désespérer. Une sorte de marraine, en somme. Maintenant qu'il reprend espoir, il n'a plus besoin de moi. Peut-être ne reviendra-t-il plus jamais.

Elle s'était allongée sur la couche, sans se déshabiller, gardant ses deux chandails. Il n'osait venir auprès d'elle. Elle lui fit signe de s'approcher.

— Je ne pourrai jamais être à toi, mon Jean.

Elle jouait avec les boucles brunes de ses cheveux, se blottissant contre lui sans réserve.

— Bien sûr, nous pourrions faire l'amour. Mais tu serrerais dans tes bras une morte. Je ne veux vivre que pour lui.

— Peux-tu être heureuse avec lui ?

— Si je peux être heureuse ? Demandes-tu à la grive que tu as tuée si elle était heureuse de vivre et de voler ? Seul l'amour me tient en vie. Quand il n'est pas là, et que je ressens douloureusement son absence, c'est encore une manière d'exister. Heureuse, malheureuse, que m'importe ? S'il m'abandonne, je ne serai rien de plus qu'un oiseau mort. Endors-toi, mon Jean, et ne me pose plus de questions. Je ne veux jamais l'oublier. Mais il faut que tu m'aimes très fort. J'ai besoin de toi aussi, pour te parler de lui.

Quand il se réveilla, la petite n'était plus à son côté. Elle était partie dans la nuit. Il se précipita sur sa vareuse, chercha sa montre à chaîne d'or : 3 heures du matin. Elle n'avait pas dormi avec lui. Où avait-elle pu aller ?

Il s'habilla à la hâte et se mit en chasse. Les nuits n'étaient jamais tranquilles, autour de Giromagny. À croire que l'armée dormait le jour, et se déplaçait à la tombée du soleil. Sur la route d'Auxelles, qu'il avait rejointe à travers bois, Jean distinguait des dizaines d'hommes au travail, à la lumière de lampes tempête, et dans le grondement des moteurs. Un 155 long était sur le flanc. On essayait de le redresser, à l'aide de caterpillars. Les hommes aussi tiraient, avec des cordes. La route était encombrée de charrois d'artillerie, qui ne pouvaient avancer. Les chevaux piaffaient : il en fallait six pour déplacer un seul 75 et son caisson !

Jean dévala la pente vers Sermamagny afin d'éviter les convois qui étaient bloqués. À l'entrée de la petite bourgade, une patrouille de gendarmes désespérait de pouvoir régler la circulation. Les fantassins qui montaient en ligne devaient s'infiltrer entre les véhicules, progresser dans les fossés pleins de glace. Ils insultaient les artilleurs, les traitant de jean-foutre et d'assassins. Les autres répondaient de leur mieux.

Les gendarmes regardaient Jean avec circonspection : ils n'aimaient pas les hommes isolés. L'un d'eux leva une lampe tempête devant son visage et lui demanda ses papiers. Quand Jean dit qu'il était en permission, l'autre éclata de rire. Passer sa permission dans les bois de Belfort lui paraissait délirant. Il rit encore plus fort quand Jean lui demanda s'il avait vu une fille habillée en homme, avec un pantalon de velours châtaigne.

— Non, dit le gendarme. Mais tant mieux pour elle. Celles qui se font pincer la nuit en arrière des lignes, déguisées comme tu le dis, on les arrête et elles risquent leur peau. On en a fusillé une hier matin. Elle prenait des photos du camp d'aviation de Fontaine... On l'a piquée à la frontière. C'était une Italienne. Elle apportait les clichés à son amant, un déserteur de la Légion, qui l'attendait en Suisse. Tu ne lis pas les journaux ?

— Ça m'arrive, dit Jean.

La Suisse, l'espionnage... il avait soudain froid dans le dos. Il espérait de tout son cœur qu'elle n'avait pas fait de bêtises. La lionne du beuglant, une espionne ? Allons donc, trop frêle, trop timide ! Il avait entendu parler de Mata Hari, la danseuse parisienne. Elle couchait, disait-on, avec tout le gouvernement. Mais la petite amie du lieutenant n'avait pas assez de relations. Jean fila vers l'étang de la Véronne.

Il connaissait ses points de passage, comme ceux du gibier. Elle avait elle-même ouvert la route, pour gagner la marcairerie qu'elle avait retrouvée sans hésitation. Au retour, elle était passée par le même chemin, Jean en était sûr. Il épiait les traces de pas sur la terre glacée. Mais le sol était trop dur, la petite n'avait pas laissé d'empreintes.

« Elle est trop rusée pour se laisser approcher, songea-t-il pour se rassurer, trop rapide aussi. Impossible de la suivre à la marche, elle va plus vite que les chasseurs. Quel souffle ! Une vraie fille de contrebandiers. La randonnée ne lui fait pas peur. Elle pourrait franchir les Alpes... »

Il allait atteindre Belfort, quand il eut une idée : si elle était retournée chez Gaston ? Elle en était capable, il voulait en avoir le cœur net.

Gilda ne lui fit pas fête : à 5 heures du matin elle était épuisée. Il dut l'aider à porter dans leur voiture les officiers fatigués, à coucher ceux qui étaient venus à pied, pêle-mêle, dans les chambres du premier étage. Quelques couples continuaient à danser dans les salles.

— Gabrielle n'est pas venue, lui dit-elle. Elle ne vient jamais.

Que lui avait-elle raconté, ce matin ? Pourquoi lui avait-elle menti ? Elle dut lire sur son visage la contrariété, la stupéfaction. Elle comprit d'un coup la raison de sa présence, à la fin de la nuit. Elle lui avait dit que Gabrielle avait passé la nuit précédente ici même, et qu'elle était rentrée tard. Il venait la chercher.

— C'est vrai, dit-elle, elle ne vient jamais. Hier, c'était exceptionnel.

Que comprendre ? Antoine l'avait-il obligée à l'accompagner ? Il n'osait questionner Gilda, qui ne se laissait guère aller aux confidences. D'ailleurs, elle pouvait déformer la vérité. Il s'était fixé comme règle de ne se fier en rien aux deux filles. Elles lui avaient déjà trop menti. Il visita toutes les chambres, ouvrant les portes sans frapper, s'approchant des lits pour identifier les dormeuses. Il se fit parfois insulter par un couple éveillé, mais il n'en avait cure : il voulait s'assurer que Gabrielle n'était pas là.

Il fouilla même les coulisses, ne laissant rien au hasard. Le lieutenant de Vallombreuse y tenait salon, devant deux filles endormies et chancelantes, qui l'écoutaient à peine. Il vit entrer le soldat, lui offrit du champagne. Jean n'osa pas refuser à un officier. Il accepta de porter un toast à l'empereur de Russie et promit au dragon, qui l'avait provoqué en duel, pour le petit matin, un officier riz-pain-sel, d'être son témoin. Vallombreuse plissa les yeux de satisfaction. Jean pressait une fille de lui dire si elle n'avait pas vu Gabrielle.

— La blonde qui chante faux ? Non, elle n'était pas là ce soir.

— *Gabrielle, jolie Gabrielle,* chantait Vallombreuse, *Gabrielle, je te plumerai !*

— Il faut attendre encore un peu, dit Gilda à Jean. Il n'est pas à point. Tu m'aideras à le border !

— Je ne peux pas. Gabrielle est peut-être en danger.

— Quand Gabrielle est en danger, je suis la première à le savoir, répondit Gilda. Tu peux être tranquille. Si tu ne veux pas m'aider à coucher ce gros lard, rentre à la maison. Elle risque d'y être. Où veux-tu qu'elle soit mieux ?

Suivant les quais de la Savoureuse, il fut rapidement devant la porte du petit hôtel de la rue de Turenne. Il carillonna longtemps. Il était tôt, la maison était endormie. La vieille Marcelle lui ouvrit enfin en se frottant les yeux. En l'apercevant, elle eut un mouvement de recul.

— Il ne faut pas revenir, monsieur Jean, Madame a bien recommandé de ne pas vous laisser entrer.

Qui l'autorisait, en effet, à forcer sa porte ? Antoine était peut-être revenu dans la nuit, en automobile. Il était le maître des lieux. Jean n'avait rien à dire. Même s'il était absent, elle pouvait estimer convenable de ne pas s'afficher, nuit et jour, avec le permissionnaire. La maîtresse du hussard avait pignon sur rue. Elle le lui faisait sentir. Oubliées, les promenades en pantalon châtaigne et l'excitation de la nuit d'Henriette. Madame avait repris son masque et le faisait chasser par sa domestique.

En traversant la place d'armes, il aperçut un café ouvert. Le patron, un petit homme bedonnant à la forte moustache brune, était plutôt fâché d'avoir un client aussi tôt.

— Il ne faudrait pas fermer, dit-il. On aurait du monde toute la nuit.

— Bien sûr ! répondit Jean, qui ne voulait contrarier personne.

— Et qui ne dormirait jamais ? Peux-tu me le dire, gros malin ?

Jean aurait pu se fâcher. Celui-là s'enrichissait aux dépens des soldats. Il n'avait pas à se plaindre.

— Si tu me donnes un petit noir arrosé, je t'embrasserai sur les deux joues. Tu verras, ça porte bonheur, la barbe d'un poilu au petit matin.

— Garde ta barbe et arrose d'abord.

Jean sortit une pièce de cent sous.

— Pour cela, mon prince, vous aurez droit à la loge impériale...

Il dégagea une table ovale et deux fauteuils. Un corps endormi se redressa.

— Parbleu. Il a passé la nuit dans la salle ! A-t-on vu plus culotté ?

Jean éclata de rire : le soldat qui se redressait en se démaillotant, c'était Frédéric, de Neufchâteau, celui qu'on appelait le Chinois. Il rentrait aussi de permission.

— Drôle d'idée de passer ta nuit dans un bistro...

— Encore une journée à perdre. Mais l'arrière me dégoûtait trop. J'ai repris mon train. Quand j'ai échoué ici, je n'ai pas eu le courage de remonter tout de suite en secteur. Et pas question de bouffer la prime à l'hôtel. Il y a plus de totos dans les lits que dans la tranchée. Je ne retournerai plus au pays. C'est ma dernière perm. Si la guerre continue, je partirai une fois sur deux, et j'irai tout claquer à Paris, comme un aviateur. J'en ai vu un, à Bar-le-Duc. Tu ne peux pas savoir... Il avait une auto dernier modèle, remplie de poules. Il prenait les trottoirs pour la chaussée. Pas question de s'arrêter quand les sergents de ville le sifflaient. Un as des as ne s'arrête jamais... Je l'ai suivi dans un beuglant, pour voir. Il se mettait à l'aise, dans la salle, en chemise, un bas de soie rose autour du cou, et les poules gloussaient, la vraie vie, crois-moi. Jean, nous sommes des bouseux, des campagnards, les filles qui nous regardent, elles n'ont qu'une idée : nous voir reprendre la charrue.

Jean se doutait bien que Frédéric avait été déçu. Mais il ne lui posait aucune question. C'était la règle, à la tranchée. Attendre les confidences, ne pas les provoquer.

— Connais-tu les « veuves blanches » ? Elles sont nombreuses, crois-moi, même à Neufchâteau. Leur mari est à peine enterré, quelque part en secteur, elles sortent le soir comme des filles publiques, elles courent les bals clandestins pour trouver d'autres maris. Il paraît qu'elles écrivent aux journaux, qu'elles acceptent même les mutilés de la face. La femme de mon meilleur copain, tué à Verdun, s'est déjà remariée. Les deux gosses ont trois et quatre ans. Ils ne comprennent pas pourquoi ils doivent appeler papa un monsieur qu'ils n'ont jamais vu, qui n'est même pas militaire, comme leur père. Un contremaître d'usine, à haute paye.

— Le pire, dit Jean, c'est le départ des filles. Elles quittent leurs familles. Celles qui restent sont laides et tristes. Qui les épousera ?

— Mais qui mariera les autres ? demanda Frédéric. Il faudrait être fou pour prendre une de ces filles d'usine, qui ne rêvent que bals, bas de soie et cigarettes blondes.

— As-tu vu tes parents ?

— À peine. Je n'ai pas supporté les oncles, les cousines, les voisines. « Tiens, vous avez engraissé… » Elles questionnent sans cesse. « Avez-vous tué beaucoup d'Allemands ? Non ? Que faites-vous donc au front ? » Et les vieux qui te disent : « Je t'envie, tu es un héros ! » Et les grand-mères : « Vous n'êtes donc pas encore à Berlin ? Faudra-t-il attendre longtemps ? » Crois-moi, Jean, ne rentre pas chez toi, c'est intenable ! J'avais une promise qui m'écrivait, depuis deux ans. Avant la guerre, elle était vendeuse dans une maison boche, les potages Maggi. La maison a fermé, elle s'est retrouvée à l'usine textile, cousant des capotes pour les soldats. Quand je suis rentré, elle avait disparu. Ses amies de l'usine n'ont pas voulu me dire où elle était.

— Elle a peut-être été enlevée par un aviateur ?

— Ou par un maquereau. Ne ris pas, Jean. Cela peut t'arriver, à toi aussi.

Jean n'avait pas envie de rire. Il savait trop bien où la guerre, qui avait libéré les filles, pouvait les conduire. Il enviait Frédéric : il était heureux de pouvoir penser qu'un munitionnaire, un pourri de l'arrière, une grosse galette à vingt francs par jour lui avait enlevé sa petite. Il les haïssait sans réserve. S'il rencontrait à l'occasion le ventre gris qui l'avait fait cocu, il le tuerait peut-être, et serait acquitté.

L'arrière avait des indulgences pour les soldats bafoués. On condamnait même les femmes infidèles. Jean avait lu dans le journal que la femme d'un procureur de la République mobilisé était passée en correctionnelle pour adultère. Elle avait été condamnée. Ils étaient forts, les bourgeois. Même à la tranchée, ils pouvaient se venger s'ils étaient cocus, les autres n'avaient pas cette chance, pas toujours.

Frédéric pouvait se plaindre d'une injustice, d'un scandale. Il avait le beau rôle. Jean devait garder son malheur pour lui seul. Il n'avait aucun grief à formuler. Il n'était ni bafoué ni trompé. Il ne pouvait même pas avouer ses sentiments à celle qu'il aimait sans se sentir coupable. Si Frédéric avait su qu'il était amoureux de l'amie d'un homme qui lui avait, au front, sauvé la vie, il l'aurait, à coup sûr, blâmé. Jean n'osait donc pas lui en parler.

Antoine était irréprochable. Il avait sorti la petite de la misère, et l'avait installée fort bien. Tout était propre et clair dans leur union. Était-elle heureuse de sa situation, en détestant celui qui l'avait ainsi installée, comme tant de petites dindes à peine décrassées que l'on voyait parader au bras des officiers ? Nullement ! Elle n'était pas de celles qui trompent leur bienfaiteur avec le premier venu, pour oublier leur dépendance. Gabrielle était le contraire d'une femme entretenue. Elle ne faisait aucun cas du luxe ni de l'environnement. Dès qu'Antoine était parti, elle couchait par terre, dans un sac, comme Gilda. Elles campaient dans le luxe, prêtes à repartir du bon pas le lendemain, s'il leur prenait l'envie de changer.

« Ce n'est pas la situation qui l'intéresse, c'est l'homme, se disait Jean avec désespoir. Elle serait prête à le suivre jusqu'à Madagascar, s'il le lui demandait. Elle est amoureuse de lui et rien au monde ne pourrait l'en détacher. » Jean vivait un amour impossible. Et pourtant…

Un coup de trompe strident le tira de sa rêverie. Une automobile venait de s'arrêter devant le café.

— Encore un aviateur, dit Frédéric.

C'était Antoine.

Il fit ouvrir le café, en frappant de sa cravache sur la vitre, pour acheter des cigares et des cigarettes blondes. Il avait de nouveau écourté sa mission pour venir embrasser Gabrielle. Alerte et svelte, il respirait le bonheur. Il allait repartir quand il aperçut Jean à la terrasse. Il lui adressa un signe joyeux et prit la peine de venir le saluer, bien qu'il fût pressé d'aller retrouver sa belle. Jean ne fut guère sensible à l'attention, gêné plutôt, devant un rival heureux. Il fit un effort sur lui-même pour sourire au lieutenant, l'assurer que tout allait bien, et qu'il était heureux de rejoindre son corps.

— Je vous y verrai dès demain, promit Antoine. J'ai plusieurs jours à passer avec vous. Je m'en réjouis.

L'autre ne comprenait pas ce que le hussard viendrait faire dans leur tranchée, mais la perspective de le revoir dans un lieu de guerre le soulageait. Ils se retrouveraient entre hommes, et tout se remettrait en place.

Il sourit de nouveau à Antoine qui s'engouffra dans la Renault.

— Le voilà tiré d'affaire, dit Frédéric. Il a les insignes de l'état-major. C'est un embusqué de l'avant. Il en faut !

— Que vient-il faire alors dans les lignes ?

— Mission d'inspection. Il vient tout espionner. C'est le mouchard du père Pétain. Le colonel n'a qu'à bien se tenir. Et nous aussi. On lui a sûrement demandé de s'assurer du moral de la troupe.

— Je n'en crois pas un mot, dit Jean, indigné. Les mouchards comme lui tirent d'affaire, sous le feu des Boches, des types comme toi et moi. Garde tes observations pour d'autres, tu me feras plaisir.

Frédéric avait envie de déverser son amertume. Rien ne pouvait lui interdire de détester un lieutenant aux bottes luisantes.

— Cela ne l'empêchera pas de prendre la femme des autres. Avec sa petite gueule, ça ne lui sera pas difficile.

Jean se dressa d'un bond, renversant la table. Il empoigna l'autre par le revers de sa capote, et l'obligea à se lever. Visage contre visage, en roulant des yeux terribles, il lui dit :

— Il ne prend la femme de personne, entends-tu. Ne répète jamais ça. Si tu tiens à la vie.

Frédéric, congestionné, s'effondra sur sa chaise. Qu'avait-il dit qui pût offenser Jean ? Il connaissait l'histoire du trou d'obus, et savait que le lieutenant lui avait sauvé la vie. Était-ce une raison pour qu'il prît ainsi la mouche ?

— C'est bon, lui dit-il. Je ne voulais pas te vexer.

— N'en parlons plus.

Mais Jean y pensait toujours. « Prendre la femme des autres. » Il avait trouvé les raisons de son malaise. Au fond, il accusait Antoine de lui avoir volé sa femme, non pas celle qu'il avait, mais celle qu'il aurait pu avoir. Il regrettait de n'être pas arrivé le premier. La petite l'aurait suivi. Elle était de son monde. Infatigable à la marche, elle portait le sac comme un soldat et ne se plaignait ni du froid, ni de la faim. Pas une bourgeoise, pas une fille de la ville n'aurait supporté ce qu'il lui avait imposé la veille. Il admirait Gabrielle parce qu'elle était dure et, comme lui, intransigeante.

Mais le beau lieutenant était passé, sur son cheval blanc. Elle n'avait eu d'yeux que pour lui. Comment lutter contre un soldat de plomb qu'elle regardait dans une vitrine, avec l'émerveillement de l'enfance ? Elle aimait les hussards bleu ciel, comme d'autres les officiers de spahis aux grandes capes rouges. Il avait une cousine, à la campagne, qui avait épousé un garçon gauche et incapable. Il l'avait éblouie par son uniforme : il était trompette de spahi. Il s'était marié dans cette tenue. La photo trônait dans la chambre à coucher.

Gabrielle était-elle sotte à ce point ? C'était improbable. Le lieutenant, il en aurait juré, était encore plus séduisant en civil qu'en militaire. Il avait des grâces que Jean lui enviait. La politesse surtout. Rien ne l'obligeait à perdre son temps : il l'avait fait pourtant, et Jean se sentait désarmé. Il admirait qu'un jeune seigneur aux gants blancs descendît de sa voiture d'état-major pour saluer un homme dont il avait sauvé la vie. Gabrielle avait bien choisi. On ne pouvait trouver cavalier plus accompli. Jean avait connu, en trois ans de guerre, d'autres officiers nobles : aucun n'avait la simplicité, l'élégance d'Antoine.

Elle n'avait aucun mérite à aimer ce qui était admirable. Jean lui en voulait presque : serait-elle jamais au niveau d'Antoine ? Pour qui se prenait-elle ? Elle s'épuisait à se hausser jusqu'à lui, imitant son parler, sa tenue à table, sa réserve en public. Sans doute avait-elle fait des progrès. Mais il savait d'instinct ce qu'elle apprenait avec effort.

Antoine l'aimait-il ? Elle n'en était pas sûre. Elle n'avait aucun moyen de s'en assurer. Trop sincère pour le compromettre, elle ne pouvait obtenir plus de lui que ce qu'il lui avait déjà donné.

— Si tu veux rentrer au secteur, mets ton sac. Nous avons quatre heures de marche, dit Frédéric.

— Rien ne presse. Il suffit que nous soyons présents à l'appel de demain matin.

— As-tu une idée dans la tête ?

— Peut-être. N'as-tu pas envie de te distraire ?

Jean avait en effet une idée derrière la tête : si Gabrielle avait reparu chez Gaston, ne fût-ce qu'un soir, elle devait être très malheureuse. Pourquoi ne pas s'assurer, avant de repartir en ligne où il pouvait être tué, qu'elle avait surmonté la crise et qu'elle ne risquait plus aucun danger ? Ce soir, Antoine devait partir, il l'avait annoncé. Il la laisserait de nouveau seule. Jean ne pouvait s'empêcher de lui reprocher de ne pas assurer le bonheur et la sécurité de la petite. Déjà, une fois, il lui avait demandé de lui tenir compagnie. S'il était à ce point inquiet pour elle, c'est qu'il n'avait pas les moyens de la rassurer.

Les cloches des églises sonnèrent. Antoine l'emmènerait-il à la messe ? Cela se faisait, dans son milieu. Il devait souffrir de ne pouvoir l'accompagner dans une chapelle.

— C'est dimanche, dit rêveusement Frédéric. Jadis, au village, les filles mettaient leurs robes de fête pour se tenir, entre elles, dans la travée de gauche. Les hommes étaient à part, et les regardaient pendant une heure, en silence. Et chacun se laissait aller, à la sortie, au plaisir de se saluer, parfois de s'embrasser. Heureux dimanches de la paix.

— Partons, dit Jean, nous n'avons rien à faire ici.

L'autre le suivit sans mot dire. Il se serait gardé de la moindre remarque. Puisqu'il ne voulait plus se distraire à

Belfort, il retrouverait les copains en secteur. Cela lui remettrait les idées en place. Frédéric pensait que la guerre leur avait troublé l'esprit. Quand ils étaient en ligne, ils ne rêvaient que de l'arrière, et demandaient à cor et à cri les permissions. Dès qu'ils étaient à l'arrière, ils n'avaient qu'une hâte, revenir.

— Les guerriers ne peuvent plus vivre qu'entre eux, se disait-il. Ils n'ont plus rien à voir avec l'arrière.

Quant à Jean, il roulait dans sa tête une idée terrible, une idée nouvelle, qu'il n'avait pas su formuler auparavant.

« S'il ne peut pas la rendre heureuse, se disait-il, il n'a pas le droit de me la prendre. »

XV

LA VISITE

La dame était en fiacre, sur la route de Dannemarie. Fourrure noire, discrète, un astrakan de bon faiseur. Les mains dans un manchon, une brique chaude sous ses bottes, elle cachait son visage derrière la voilette pourtant très fine de son chapeau cosaque. La voiture était lourdement chargée, elle avançait au pas sur la chaussée glacée, et devait souvent s'arrêter pour laisser passer les convois militaires.

Le cocher, loué longtemps à l'avance, avait attendu sa passagère à la gare. Elle s'était aussitôt cachée dans le fiacre, pendant qu'on chargeait les trois lourdes malles, bientôt arrimées à l'arrière. Quatre porteurs s'étaient dévoués pour que le transfert fût rapide : la dame était pressée et elle payait bien.

Chacun se demandait ce que pouvaient contenir ces malles. Les actrices en tournée n'étaient jamais seules. Des officiels les attendaient à la gare. La passagère n'avait pas l'air d'une comédienne. Aucune extravagance dans sa tenue et personne, hormis le cocher, n'avait entendu le son de sa voix. Peut-être une femme du monde, qui voulait offrir elle-même des cadeaux aux blessés de Dannemarie ? Elle avait donné comme adresse l'hôtel, et non l'hôpital.

À deux reprises, des gendarmes avaient arrêté la voiture. Elle n'avait pas mis le nez à la fenêtre. Le cocher était muni des autorisations nécessaires. On n'avait posé aucune question. La nuit tombait quand on était entré dans la petite ville. La voiture s'était arrêtée devant l'hôtel, sur la place. La dame était sortie précipitamment pour parler à l'aubergiste. Elle avait, d'un signe, fait comprendre au cocher qu'il ne devait pas décharger les bagages.

Elle était aussitôt remontée dans la voiture, murmurant à l'oreille du brave homme.

— Continuons, je vous prie, jusqu'à Ballersdorf.

— Mais, madame, Ballersdorf est dans la zone d'opérations.

Elle avait sorti de son sac un billet si important que le cocher, sans plus discuter, avait fouetté ses chevaux. Il n'avait jamais vu, de sa vie, un billet de cent francs. Les taxis de Paris n'en avaient pas touché autant pour faire la course de la Marne.

À Ballersdorf, le pont de pierre, qui franchissait le torrent, avait été détruit par les obus. Des madriers le remplaçaient : les chevaux ne pouvaient le passer deux de front qu'avec difficulté ; des artilleurs avaient perdu une heure pour faire traverser un attelage. Ils regardèrent avec surprise le cocher de fiacre prendre son virage, comme s'il tournait autour de l'obélisque de la Concorde.

— Attention ! Tu vas verser ! J'espère que tes chevaux savent nager.

Ils s'étaient précipités pour aider à la traversée, et ils en profitaient pour lorgner à l'intérieur de la voiture. Distinguant la silhouette d'une femme, ils manœuvraient avec plus de zèle.

— Dételle les chevaux, ils ne passeront pas de front. Nous allons hisser la voiture.

La compagnie d'artillerie se mit de la partie. Nul ne se posait la question de savoir ce qu'une femme pouvait aller faire en première ligne. Un artilleur avait déjà retiré les harnais, les deux bêtes piaffaient sur l'autre rive. Les cordages arrimés à la caisse tiraient sans difficulté le fiacre pourtant très lourd. Les hommes étaient plus de douze, et hissaient par à-coups, en cadence. La dame n'était pas descendue de la voiture.

Elle parut à la fenêtre, voilette basse, pour les remercier d'un geste quand les chevaux furent de nouveau attelés. Le capitaine, qui avait mis ses hommes à la disposition de la voyageuse, salua en souriant. Mais l'exploit n'était pas du goût d'un prévôt, posté un peu plus haut sur la route, qui attendait l'attelage de pied ferme : le cocher dut arrêter, et descendre au rapport.

L'officier examina les papiers avec minutie, tourna ensuite autour de la voiture, s'étonnant d'un aussi lourd chargement. Il demanda au cocher de déballer une malle, pour en examiner le contenu.

— Il n'en est pas question, monsieur, dit la dame qui ouvrit brusquement la portière. Je crois être en règle et vous avez tous mes laissez-passer.

— Sans doute, dit le prévôt en saluant. Mais vous ne pouvez poursuivre. Vous entrez dans une zone interdite aux civils.

— Peut-être ne suis-je pas un civil comme les autres, dit-elle simplement, en montrant au gendarme un papier signé de la main de Clemenceau, demandant aux autorités civiles et militaires de tout faire pour faciliter les déplacements du porteur de la présente dans la zone des armées.

— Cette lettre, madame, ne vaut pas, que je sache, pour la zone du feu. D'un moment à l'autre, cette voiture peut être détruite.

Un obus de fort calibre tomba à proximité du pont, faisant voler en éclats les madriers. Les artilleurs et les soldats du génie se dispersèrent aussitôt et le capitaine de gendarmerie entraîna la dame en noir dans un abri.

— Nous sommes à moins de deux lieues des premières lignes, lui dit-il. Mon devoir est de vous évacuer. Je ferai transporter votre bagage à l'hôtel de Dannemarie. Je vais vous y conduire moi-même immédiatement.

Les pontonniers n'avaient pas attendu la fin du bombardement pour reconstruire le pont provisoire. Ils apportaient d'énormes troncs d'arbres et les couchaient par-dessus la rivière. Le cocher de fiacre se lamentait. Il ne pourrait passer sur l'autre rive avant deux heures, et la dame l'abandonnait. On déchargeait déjà les malles, pour les arrimer sur les mulets bâtés de l'artillerie de montagne, guidés par des Alpins au large béret bleu. La dame monta en amazone, sur une mule. Elle suivit fort docilement le capitaine, dressé sur son alezan. Les gendarmes avaient alors les plus beaux chevaux de l'armée.

L'aubergiste, sur le seuil, assista à l'arrivée de la caravane. Il salua la dame, qu'il aida à mettre pied à terre. Le capitaine sauta de sa selle et proposa ses services, pour prévenir au front celui qu'elle devait rencontrer. Elle refusa poliment.

— Je saurai bien recevoir ici même. Vous avez raison, capitaine, les lieux ne sont pas sûrs.

Le prévôt parti, la dame fit signe à l'aubergiste de ne pas monter les malles dans sa chambre. Elle commanda du café, dans la salle pleine de soldats. Elle buvait bravement le mélange infâme réservé à la troupe, en montrant à son hôte un bout de carte du front, où la forêt de Carspach était marquée d'une croix. L'aubergiste lui fit signe d'attendre. Il allait de groupe en groupe, au comptoir et dans la salle, interrogeant les militaires. Il cherchait un guide, pour la dame. Il trouva rapidement, revint vers elle, désigna du regard un soldat qui avait comiquement rentré les pointes de son bonnet de police.

— Vous pouvez lui faire confiance.

C'était Fitou, dit le Désossé, voltigeur d'élite.

Antoine n'avait pas menti : il avait bien pour mission d'inspecter le secteur tenu par le 226e régiment d'infanterie dans le bois de Carspach. Lourde tâche : tout indiquait l'imminence d'une attaque allemande, et les défenses françaises étaient loin d'être prêtes. Les tranchées n'étaient pas continues, elles avaient une profondeur insuffisante. Les renforts n'étaient pas en ligne. Antoine avait exigé du colonel qu'il envoyât au corps d'armée, chaque mercredi soir, une carte sur l'état d'avancement des travaux. Cette carte-navette permettrait à l'état-major de faire le point en permanence.

Le colonel avait grandement facilité sa mission. Il s'était plaint de manquer de moyens.

— On a décidé trop tard de renforcer les défenses de Haute-Alsace, lui avait-il dit.

Il avait été lui-même nommé dans ce secteur à cause de sa réputation d'organisateur. Mais les territoriaux n'étaient pas de bons terrassiers et les civils italiens dont on lui avait promis l'aide venaient tout juste d'arriver à Belfort. Les Allemands, eux, n'attendaient pas : on pouvait observer à la jumelle la préparation de leurs bases de départ : des ouvrages en béton armé, permettant d'abriter l'infanterie d'assaut et de la soustraire aux tirs d'interdiction.

— Il ne s'agit pas de faire face à une attaque prévue, mais d'abord à une attaque brusquée, lui avait dit Antoine.

Le colonel lui avait fait visiter les ouvrages de cloisonnement profond déjà mis en place. Les nids de mitrailleuses, les positions d'artillerie. Tout était conçu dans cet esprit de résistance souple, articulée, qui était la doctrine de Pétain : aménager l'arrière de la zone d'armée pour faire face à la rupture des premières lignes. Antoine acquiesçait. Il était surpris de découvrir sous son vrai jour ce colonel à lunettes : il lc prenait pour un courtisan. Il ćtait d'abord un remarquable exécutant qui avait compris l'esprit d'une doctrine et savait la réaliser sur le terrain.

Le colonel exposait lui-même les faiblesses de son système défensif, prenant, en somme, les devants sur les reproches qui pourraient lui être adressés.

— Les villages évacués ne sont pas assez intégrés. Il est inutile d'y construire à grands frais des îlots solides de résistance si l'on ne peut assurer, d'un village à l'autre, des communications souterraines. Leur garnison sera réduite à quelques groupes de grenadiers et de mitrailleurs, mais ces combattants d'élite doivent être protégés par des abris creusés en profondeur.

— Il faut aussi les évacuer en cas de danger, dit Antoine.

Il prenait fort au sérieux son rôle d'instructeur. L'état-major devait être très informé des lacunes de l'organisation : ainsi pourrait-il prévenir la surprise.

— Avez-vous reçu des renforts en avions de reconnaissance ?

— Pas vraiment. Nous sommes encore obligés d'envoyer des patrouilles de nuit pour faire des prisonniers. Le renseignement aérien est défaillant. L'état-major nous promet sans cesse de nouveaux terrains d'aviation.

— L'artillerie ?

— N'avez-vous pas visité les batteries ? répondit le colonel.

— Si fait. C'est, de loin, le point le plus faible de la défense : en cas de pépin grave, on ne peut prévoir l'approvisionnement des pièces d'artillerie sur une échelle suffisante. Il n'existe pas de voie parallèle au front. Jamais on ne pourra transporter, toutes les nuits, assez de munitions pour un jour de feu. On est à la merci de l'effondrement de la voie, provoqué par un orage ou par un bombardement. Les routes à notre disposition sont étroites et boueuses. Elles peuvent aussi être coupées. Il faut construire de nouvelles lignes et des routes supplémentaires. C'est essentiel. J'ai aussi remarqué l'insuffisance des établissements hospitaliers, en cas d'offensive allemande. Comment évacuerez-vous les blessés ? Dannemarie sera très vite saturée.

Le colonel avait l'air accablé. Il savait tout cela. Une attaque bien menée sur ce front serait pour les Français une catastrophe. Il était bon qu'Antoine en fût conscient. Le colonel avait tendance à pondérer ses rapports, à gommer les sujets d'inquiétude. Il ne voulait pas passer pour un défaitiste. Ce jeune homme, au contraire, pouvait être fort utile. S'il était vraiment décidé à dire la vérité, on pouvait se servir de lui.

— Il faudrait doubler la ligne de Belfort et élargir la route, dit-il. Ne pas hésiter à expédier trois ou quatre mille terrassiers, avec des moyens lourds. Pour ventiler les munitions vers les positions, j'ai fait multiplier les chemins de fer à voie étroite. Ils sont commodes, car ils peuvent s'abriter sous les couverts de la forêt. Là encore, nous manquons de main-d'œuvre, les auxiliaires d'artillerie sont tout juste assez nombreux en période calme.

— Je l'ai constaté, dit gravement Antoine. Ils ne pourraient pas faire face aux besoins d'une offensive.

— Les ravitailleurs d'artillerie sont des Malgaches. Ils ne résistent pas aux grands froids des Vosges. Nous devrons les renvoyer dans les centres du Midi. Les travailleurs coloniaux ne valent rien l'hiver, les combattants pas davantage. Même Mangin a dû se passer de ses Sénégalais.

— L'artillerie lourde allemande est bien supérieure à la nôtre, remarqua Antoine. Il est vrai qu'ils disposent des deux rives du Rhin pour la faire circuler sur chemin de fer. Raison de plus pour doubler la ligne de Belfort, si l'on veut respecter les intentions du général en chef.

Le colonel dressa l'oreille. Le jeune homme avait entendu Pétain. C'était une information : il fallait s'attendre à un programme accéléré de construction d'emplacements de tirs. Antoine de La Salle était-il admis aux discussions d'état-major ? Cela paraissait invraisemblable. Il avait dû assister à une séance par hasard. Le colonel redoubla de prudence. Quand Antoine lui posa la question du moral, il répondit, avec un sourire angélique, qu'il n'y avait pas de fortes têtes au 226e d'infanterie. Il ne connaissait que des poilus heureux.

— Je puis d'ailleurs vous en fournir la preuve, lui dit-il. Venez bivouaquer, ce soir, chez mes grenadiers-voltigeurs. Ils ont leur franc-parler mais ils sont toujours volontaires pour aller chatouiller ceux d'en face. L'inaction leur pèse. Allez-y seul. Vous serez plus à l'aise pour vous faire une opinion.

Le colonel riait sous cape : il se demandait quel accueil réserveraient au fringant hussard ses nettoyeurs de tranchées.

Le bombardement de nuit commençait quand il fut reçu au bivouac, à l'arrière immédiat des lignes, dans la compagnie des grenadiers. Les hommes n'étaient pas au repos, mais en réserve. Ils avaient l'habitude de ces longues nuits de martelage : sans désemparer, depuis le début de la semaine, les canons wurtembergeois arrosaient les arrières : quand ils s'en prendraient aux tranchées, l'offensive serait imminente. Pour l'heure, ils cherchaient seulement à gêner les communications, et à repérer le départ des tirs de contrebatterie.

Les hommes étaient aux abris, assis sur la paille, dans une assez vaste caverne recouverte de lourds madriers et d'une épaisse couche de terre. Des bougies vacillantes éclairaient des groupes qui jouaient aux cartes. Jean Tardy était seul, à l'entrée, son casque sur la tête, assis sur le parapet de bois. Il reconnut tout de suite Antoine, et l'accueillit cordialement.

— Mettez votre casque, mon lieutenant. Les nuits sont chaudes dans le secteur.

Antoine lui serra la main, heureux de le retrouver ici. Les autres s'étaient approchés : Frédéric, surpris de voir en ligne un beau gosse de l'état-major, Paul Nicaire, le bûcheron, qui regardait le visiteur avec méfiance. Le caporal Nitau fit les honneurs de la cagna, dans le style un peu cérémonieux qui réjouissait les biffins.

— Si le lieutenant veut bien se donner la peine de s'asseoir.

— Le bal va commencer, ajouta Frédéric, dans une grimace.

— Le bombardement ne dure jamais plus d'une heure, reprit Nitau. D'ailleurs les « gros noirs » passent au-dessus de nous. Ils ne s'intéressent qu'aux lignes de chemin de fer.

Ils étaient une douzaine dans l'abri, qui pouvait en contenir davantage. Antoine admirait l'astuce des briscards, qui avaient aménagé l'espace avec efficacité. Le râtelier d'armes et les caisses de grenades à l'entrée, prêts pour une sortie précipitée. Les vivres et les bouteilles de renfort soigneusement rangées dans le fond, sur des étagères, pour les mettre hors de portée des rongeurs. Chaque nuit, les hommes tuaient des dizaines de rats et les exposaient ensuite au-dehors, pendus par la queue, en longues théories, le long d'une corde.

— Pas d'attaque en première ligne ?

— Aucune, répondit Jean. Pas le moindre harcèlement. Seul le canon donne de la voix. À croire qu'ils entretiennent les pièces qu'ils tirent pour ne pas les laisser rouiller.

— Des activités de patrouille ?

— Chez nous, plus que chez eux, comme d'habitude. Nous partons demain soir. Serez-vous des nôtres ? Il paraît qu'ils reçoivent une grosse légume. Il doit y avoir du nouveau chez eux.

— Pourquoi pas ? dit Antoine, en regardant fixement Jean.

L'avait-il provoqué intentionnellement ? Bien sûr, avec le brassard d'état-major, on ne se mêlait plus des coups durs ! Jean le savait bien : ce n'était plus le rôle d'Antoine de risquer sa vie en rampant entre les barbelés. Il avait mieux à faire. C'était une petite malice du poilu, Antoine ne la prit pas au tragique.

— Ils devraient bien nous envoyer des chasseurs, dit le caporal Nitau. Leurs taubes de malheur préparent les tirs d'artillerie sans être contrariés.

— Je le sais, dit Antoine.

— Ne le fatigue pas avec tes récriminations, dit Jean à Nitau. Il n'y peut rien, pas plus que nous. Si les aviateurs préfèrent se pavaner du côté de Verdun, c'est leur affaire. Le lieutenant n'est pas venu en première ligne pour vous entendre maugréer. Sors la gnôle, caporal, et trinquons à la santé des Boches.

— Tu pourrais les inviter, pendant que tu y es?

— Et pourquoi pas, ceux de la deuxième compagnie l'ont bien fait, hier, entre les lignes. Ils entendaient les autres chanter, jouer de la guitare. Un Alsacien leur a parlé dans leur langue, sur le parapet. Les gars sont venus, avec des gourdes pleines. Ils ont échangé des paquets de tabac.

— Le colonel n'a rien su? demanda Antoine.

— Il sait très bien que ça ne le regarde pas. C'est nos histoires à nous. Il y a des Alsaciens et des Lorrains des deux côtés du front. Les Boches n'ont pas envoyé tous les leurs en Russie. Personne ne peut les empêcher de se parler, de temps en temps.

— Surtout maintenant que Noël approche, dit Nitau. En 1915, à Thann, ils voulaient tous entendre la messe de minuit dans la petite église! les Boches avaient promis de ne pas bombarder. L'état-major a dû donner des ordres pour empêcher la cérémonie. Mauvais pour le moral! Il y avait connivence.

— L'affaire dont vous parlez remonte à 1914, dit Antoine. Je m'en souviens très bien. L'ordre était signé de la main de Joffre. Il n'y a pas eu de messe de minuit. Les poilus ont éteint les cierges.

— Combien de Noëls passerons-nous encore ici? demanda Frédéric.

— Monsieur n'est pas satisfait. Monsieur veut coucher dans des draps blancs, dit Jean. Du diable si j'aurais cru cela de toi! À peine arrivé, tu te plains, et pourtant tu es remonté un jour plus tôt! Si tu veux dormir à l'hôtel du Lion d'Or, tu peux repartir!

Cette sortie inattendue découragea toute tentative d'apitoiement. Personne n'osa plus se plaindre devant le lieutenant. Frédéric avait ajusté les bretelles de son accordéon. Il joua de vieux airs de Lorraine, repris en chœur par ceux de

Neufchâteau et de Vaucouleurs. Des chants de Noël, comme à la maison. Mais qui rêvait encore aux fermes désertes?

— Joue plus gai! lui dit Jean. Tu vas nous endormir.

Il ne pouvait s'empêcher de penser, en regardant Antoine, à la petite qui l'attendait peut-être dans son lit de la rue de Turenne. Antoine semblait plus préoccupé que nostalgique. La musique des Lorrains ne dissipait pas ses soucis:

« Que deviendraient-ils, se dit-il, si les Allemands attaquaient réellement? Nous serions vite débordés... »

Le courage des hommes le rassurait. Il n'attachait aucune importance au vieux spectre de la fraternisation. Il savait que les hommes éprouvaient de moins en moins le désir d'aller voir ceux d'en face pour imaginer, ne fût-ce qu'un instant, que la paix était possible. Son séjour à l'état-major l'avait convaincu que la victoire était proche, grâce au nouveau matériel, à la production de masse. Il était encore trop tôt pour leur en parler: ils ne l'auraient pas cru.

— Allons, Jean-Claude, donne-nous des nouvelles du président.

Jean s'adressait au petit dernier, un nouveau venu des dépôts de l'arrière. Il avait débarqué à Épinal, venant de Bois-Colombes, et franchi la Vosge enneigée pour le rejoindre. Pouvait-on lui dire qu'il prenait la place d'un mort, un copain qui avait laissé son corps dans les barbelés? Le nouveau, un homme jovial, aux yeux vifs derrière ses lunettes, était journaliste dans le civil. Ses bonnes manières l'avaient fait accepter même par les plus méfiants des paysans lorrains. Le soir, à la lumière des bougies, il racontait toujours des histoires drôles. Mais il avait surtout un extraordinaire talent d'imitation, et savait porter des toasts à la paix dans toutes les langues du monde, y compris le japonais. Son grand succès était l'incarnation du président Poincaré. Il se coiffait d'une casquette bleue, se dessinait une barbiche au noir de bouchon et parlait d'une voix nasillarde: les poilus riaient à s'en étouffer.

— Mes chers amis, vous le savez déjà, l'arrière tiendra. Il aura du mal, mais il tiendra. Nous n'avons jamais eu aucune inquiétude sur votre moral. Nous savons qu'il a toujours été au-dessus de tout éloge. Celui de l'arrière, au contraire, nous a causé beaucoup de soucis. Mais le retour de Mistinguett au

Casino de Paris a calmé les esprits. Soyez rassurés : mon chat Grigri et mon perroquet Azor se portent au mieux.

Des vivats interrompirent la parodie. Les hommes criaient : « Clemenceau ! Barthou ! Joffre ! », exigeant d'autres imitations. L'infatigable Jean-Claude rugissait à la façon du Tigre, secouant comiquement sa tête en grondant comme un gros chat. Puis il se mettait à quatre pattes en criant « ouah ! ouah ! » comme un petit chien. Les hommes lisaient en ligne le nouveau journal de Maréchal, *Le Canard enchaîné*. On y affirmait que le président Barthou, également pourvu d'une fine barbiche, s'était laissé surprendre avec une dame dans la position d'un caniche. Enhardi par son succès, Jean-Claude risqua devant Antoine la caricature de leur colonel polytechnicien.

— Messieurs, vous avez des baïonnettes. Vous voudrez bien vous en servir au lieu de faire éclater sottement des grenades, qui, au prix international de l'acier, reviennent pour notre seul régiment, à la somme fabuleuse de…

Il prit son temps pour calculer sur un imaginaire tableau noir et il allait porter le résultat à la connaissance de son auditoire, après plusieurs lignes de calcul laborieux, énoncés de la voix sèche du colonel Isocèle, quand la porte de la cagna s'ouvrit. Un nuage de poussière vint rouler sur le sol. C'était Fitou, de Bagnolet : se redressant avec superbe, il annonça d'une voix de stentor :

— Messieurs, vous avez une visite.

Tous se levèrent, intrigués. Au-dehors, les explosions se rapprochaient. Avaient-ils droit à l'inspection d'une grosse légume ? La dame en noir fit son entrée. Elle releva aussitôt sa voilette. Antoine reconnut sa mère.

Guidée par l'homme de Bagnolet, elle était arrivée avec sûreté, mais non sans encombre, en plein bombardement de nuit, jusqu'aux abris de la compagnie. Elle serrait Antoine dans ses bras, sous les regards émus des hommes rudes qui détournaient les yeux, par pudeur. Dans ceux de Jean, il y avait des larmes. Aucun n'aurait cru possible qu'une femme eût le courage de se risquer ainsi en première ligne. C'était incroyable et incompréhensible : comment avait-elle réussi à passer ?

Frédéric interrogeait Fitou.

— Je n'ai jamais vu, disait-il, une pareille acharnée ! Quand un obus tombait trop près, elle sautait de sa mule, et se plaquait comme moi au sol. Elle a trompé tout le monde, les gendarmes, l'aubergiste, les artilleurs qui lui interdisaient l'accès du secteur. Même les Boches n'auraient pu l'arrêter.

Tous pensaient à leurs mères, à celles qu'ils n'avaient plus, à celles qu'ils n'avaient pas connues.

— Elle a du piston gros comme le bras, disait Fitou, des lettres de tous les chefs dans son sac.

Ils s'en moquaient, ne regardant que son courage. Antoine avait bien de la chance. « Avec une mère comme celle-là, se disait Jean, que peut-on craindre de la vie ? »

Retirant son chapeau qu'elle déposa avec soin sur le bord de la table, elle recoiffa ses cheveux grisonnants. Les hommes apercevaient, à la lueur des bougies, le front dégagé, les fossettes aux joues, les yeux pleins de malice...

— Qui va décharger ma caravane ? Il y a des cadeaux pour tout le monde !

Les hommes sortirent, incrédules. Trois mules attendaient dans la clairière, attachées aux troncs des sapins.

— C'est le père Noël, dit le caporal Nitau.

— Tais-toi, busard ! lança Jean-Claude en désignant la dame en noir, qui présidait au déchargement des caisses, regarde-la ! Une princesse !

Il était en extase : « Votre réveillon ! » leur disait-elle en montrant deux caisses de Veuve Cliquot que les soldats rentraient précipitamment dans la cagna : cette réserve de guerre devait être à l'abri des surprises. À la lampe tempête, les hommes s'étaient rapprochés en cercle pour assister au déballage des trésors. Chacun recevait son cadeau de la dame aux longues mains blanches, qui avait retiré ses gants. Antoine aimait que sa mère, ayant couru mille dangers pour lui rendre visite, et renversé autant d'obstacles, prît d'abord soin des hommes, et renouvelât devant lui ces gestes qu'il lui avait vu faire souvent, par exemple au Noël des orphelins d'Auteuil.

Les soldats réagissaient comme des enfants. Ils arrachaient les faveurs, le précieux papier doré et argenté, ils déchiraient le carton des boîtes.

— De l'eau de lavande pour la barbe ! s'exclama Fitou. Qui me la change contre de la mirabelle ?

— Moi ! Qui veut des cigares ?

— Des chocolats ?

— Du tabac américain ?

— On en trouve à satiété rue de la Paix, affirma la dame. Si vous l'aimez, faites-le-moi savoir. Je vous en enverrai une caisse.

— Du chocolat belge ! Comment peut-on trouver à Paris du chocolat belge ? demanda le caporal, méfiant.

— On en fabrique de l'excellent en Normandie, pour les soldats du roi-chevalier, dit la dame. Aimez-vous le chocolat belge ?

Nitau aimait tout ce qu'on lui donnait. Il jura qu'il adorait le chocolat belge.

La clairière avait un air de fête. Il n'y manquait que les flambeaux. Le bombardement s'était calmé. Les lampes tempête éclairaient la scène : une femme, des mules, des présents, c'était une crèche de Noël improvisée, presque en première ligne, dans une compagnie de réserve. Chacun avait reçu son cadeau, et trouvait des mots simples pour remercier la dame. Ils l'entouraient de leur chaleur bourrue. Antoine ne pouvait plus la voir, tant ils se pressaient autour d'elle. La glace une fois rompue, ils voulaient tous lui parler, lui demander des nouvelles de Paris, elle devait répondre à chacun. La dame excellait dans cet art difficile, et ses reparties les faisaient rire. Elle eut un franc succès quand elle promit des clous de girofle au caporal Nitau, qui se plaignait d'avoir mal aux dents, et du papier d'Arménie au deuxième classe Frédéric : son voisin de cagna sentait, disait-il, le gaz moutarde.

— Ne me parlez pas de ces gaz horribles, dit-elle, comme si elle évoquait la peste, ou la grippe espagnole. Savez-vous ce qu'un général a répondu à vos malheureux camarades, qui étaient dans l'Artois à la première attaque, et qui demandaient ce qu'ils devaient faire ? « Marchez donc directement dans la nappe de gaz, en pressant sur votre bouche un mouchoir humide. Plus vite vous y serez, plus vite vous en serez sortis ! » J'espère qu'il a donné l'exemple avec son mouchoir en dentelle…

Nitau voulut connaître le nom de ce général.

— Je ne puis vous le dire, répondit-elle avec un sourire. C'est un ami très cher. À mon prochain séjour, peut-être.

Elle parlait comme si elle devait revenir régulièrement. La visite au front était-elle un problème ? Nullement. Une sorte de partie de campagne. Elle serait là, bien sûr, au Jour de l'an. Peut-être ne seraient-ils plus en ligne ?

— Ça m'étonnerait, dit Fitou. Ceux d'en face aiment attaquer aux jours de fête. Pour venir prendre notre chocolat.

Un seul homme ne participait pas à la joie générale. Il boudait la marraine au manteau d'astrakan. Elle s'en aperçut et demanda discrètement son nom à Antoine.

— C'est Jean Tardy, le plus brave de la compagnie.

Elle mit son point d'honneur à le rallier.

— Eh bien ! monsieur Tardy, il me semble que vous êtes arrivé trop tard pour la distribution du courrier. Je suis un bien mauvais vaguemestre. Mais je ne vous ai pas oublié.

Surpris qu'elle connût son nom, Jean s'approcha, un pâle sourire aux lèvres. Il se demanda si Antoine avait raconté à sa mère l'histoire du trou d'obus. Non, sans doute ! se dit-il. Il ne parlait jamais de ses exploits, surtout pas à sa mère : il ne voulait pas l'inquiéter.

— Je vois qu'on vous a donné la médaille militaire. Ces décorations sont affreuses ! Quelle tristesse ! (Elle lui retira son ruban.) Je vous dégrade sur le front des troupes. J'en ai trouvé une autre, l'autre jour, à Paris, beaucoup plus seyante… Voulez-vous que nous fassions l'échange ?

Elle lui accrocha sur la poitrine une médaille constellée de petits diamants.

Jean était gêné. À l'évidence, elle lui donnait le présent qu'elle destinait à Antoine. Celui-ci s'approcha et étreignit Jean chaleureusement.

— Des mains d'une générale en jupons, vous ne pouvez refuser, mon cher ! Nous allons arroser cela.

Les voltigeurs rirent de la mine perplexe de Jean, qui regardait la médaille comme une comète tombée du ciel.

« Décidément, se dit-il, je devrai tout à cette famille. Que vont-ils m'offrir encore ? Une femme, peut-être ? »

Il avait brusquement envie d'arracher la médaille, et de la jeter au visage du lieutenant trop parfait, de la dame trop bien élevée. Il ne méritait pas de tels honneurs. Nitau avait bien raison de se payer sa tête. Mais il ne savait pas comment refuser. Le capitaine Durot le tira d'embarras.

— Où vous croyez-vous, mes bougres ? Voulez-vous servir de cible aux tubes de la Bertha ? Ils ont de bons yeux, en face ! Éteignez ces lanternes, et rentrez vite. Nous pouvons monter en ligne d'un instant à l'autre.

Il avait vu briller, sur la poitrine de Jean, une curieuse étoile.

— Enlevez-moi ça, lui dit-il, vous voulez faire un mort ? Il faut vous retirer, madame, ajouta-t-il en se tournant vers la mère d'Antoine qu'il avait enfin aperçue au milieu des hommes. On m'a dit que vous étiez la mère du lieutenant de La Salle. Votre présence nous honore. Mais votre départ nous rassurera. Puis-je vous faire accompagner ?

La dame obtint un délai de grâce. Elle voulait s'entretenir quelques instants avec son fils. Le capitaine ferma les yeux.

« Elle obtient toujours ce qu'elle veut », se dit Jean.

Dans ses rapports avec Antoine, et désormais avec la mère d'Antoine, Jean s'aperçut qu'il se plaçait toujours au point de vue de Gabrielle. Il essayait, sans y parvenir, de juxtaposer les images des deux femmes, par une sorte de truquage, juste pour voir si elles pourraient figurer sur la même photo, une photo de noces, par exemple. Impossible ! Certes, Gabrielle était fine, distinguée, mais la dame en noir avait un regard étrange, rapide, incisif, à l'affût. Les yeux de Gabrielle étaient purs comme l'eau du lac, qui ne reflète que l'extérieur – il fallait s'y pencher pour en voir le fond : des yeux immobiles, que rien n'intéressait vraiment, mais qui pouvaient s'animer et briller d'un vif éclat si elle venait à s'émouvoir. Ceux de la dame en noir n'étaient pas agressifs, mais curieux. Ils décelaient les moindres détails, enregistraient les mouvements imperceptibles. Un oiseau sur le qui-vive. Le message transmis, la réponse arrivait aussitôt : un jugement net, rapide, sur les gens et les choses.

Ses yeux la trahissaient. Elle n'était venue que pour Antoine et semblait ne pas le voir. Pourtant, elle l'épiait sans cesse, mais une fraction de seconde lui suffisait pour s'assurer qu'il était présent, satisfait, rassuré.

« Elle ne fera qu'une bouchée de la petite, se dit-il. C'est un oiseau de proie. »

Quelle femme aurait trouvé grâce à ses yeux ? C'était merveilleux qu'Antoine, ayant une mère aussi parfaite, osât regarder d'autres femmes. Jean ne reconnaissait pas le lieutenant : sa nature impatiente et vive semblait soudain calmée. Il se tenait silencieux auprès d'elle, sans intervenir quand elle parlait aux hommes ; il n'avait pas osé répondre au capitaine Durot, qu'il connaissait pourtant fort bien. Elle s'était chargée de tout, négociant avec autorité, obtenant ce qu'il n'aurait sans doute pas lui-même obtenu, malgré son brassard d'état-major. À la réflexion, Jean trouvait qu'en temps ordinaire il ressemblait à sa mère. Il avait comme elle le don de s'adresser aux gens avec politesse et précision, mais sans leur laisser jamais la moindre prise. Jean ne pouvait savoir que les mondains se gardent ainsi des fâcheux.

Les hommes avaient regagné le cantonnement dans les ruines du village. Ils s'étaient aménagé des niches, des cachettes où ils pouvaient se reposer quand le canon ne tonnait pas. L'église, éventrée, était la plus convoitée, car elle avait conservé une partie de sa toiture et des pans de mur épais de deux mètres, qui avaient résisté aux obus. Antoine entraîna sa mère dans une chapelle où des paillasses étaient étendues sur le sol.

« Vont-ils se parler dans le confessionnal ? » se demanda Jean qui les suivait du regard.

Il n'osait s'approcher. Pourtant, ils le fascinaient.

— Viens dans la sacristie, lui dit Frédéric, une surprise t'attend.

Jean-Claude déguisé en curé – il avait trouvé des vêtements sacerdotaux dans les ruines – bénissait la foule des fidèles : trois soldats qui pouffaient de rire. Il improvisa un prêche.

— Mes bien chers frères, je vais vous lire une homélie de Mgr Dupanloup sur la nécessité d'avoir du poil pour mériter le beau nom de poilu.

Jean n'écoutait pas. Il se sentait étranger au groupe de ses camarades. En d'autres temps, il aurait ri comme eux, il serait entré dans le jeu. Déjà Fitou s'habillait en enfant de chœur. Ils allaient, pour sûr, organiser une procession ou quelque enterrement burlesque. Ainsi les soldats trompaient-ils leur angoisse avant de monter en ligne. Mais Jean était trop préoccupé. Il ne pouvait s'empêcher de penser à Gabrielle, seule dans son hôtel. Elle ignorait tout de cette étrange situation. Il la sentait en danger. Il avait envie de retourner à Belfort, de la prendre sous sa protection. Comment pouvait-elle lui fermer la porte au nez, alors qu'ici même, à son insu, une ennemie vêtue de noir venait de s'infiltrer dans l'esprit d'Antoine ?

La mascarade dépassait les limites du raisonnable. Les hommes chantaient à tue-tête un *kyrie* burlesque. D'autres, qui voulaient dormir, les insultaient et réclamaient l'extinction des feux. Nitau s'agitait, soufflant sur les cierges. La visite de la dame en noir avait réjoui les voltigeurs, qu'il était difficile de calmer.

La mère d'Antoine prit le parti d'en rire, et de parcourir l'église, au bras de son fils, s'attardant auprès des groupes pour leur souhaiter bonne nuit. Les soldats étaient si étonnés qu'ils restaient cloués sur place, répondant de leur mieux aux questions, rectifiant la position, retirant leurs calots à pointes pour parler. Nitau, très heureux d'avoir cet allié inattendu pour rétablir l'ordre, la suivit dans sa revue, présentant les hommes par leurs noms et prénoms. Ceux qui somnolaient se redressaient pour qu'on ne les oublie pas. Seuls les plus épuisés continuaient à dormir. D'un geste de la main, la dame défendit qu'on les éveillât. Elle demanda à tous des nouvelles de la famille, des enfants, du village.

— Et vous, dit-elle à Jean, comment va votre femme ?

— Jean Tardy n'a pas de femme, répondit précipitamment Antoine. Il a quitté depuis longtemps son village de Lorraine.

— Ne le regrettez-vous pas ?

— Non, madame.

— Peut-être nous reverrons-nous prochainement à Paris, lui dit-elle avec un sourire. Je serais ravie de vous y accueillir.

Elle avait compris qu'Antoine avait avec ce paysan des liens privilégiés. Son instinct très sûr lui suggérait de le ménager, de l'apprivoiser. Il se tenait sur la réserve.

La moindre des politesses eût été, pour Jean, de remercier de l'invitation assez claire que lui adressait la dame. Il avait fort bien senti qu'elle lui faisait un honneur particulier. Être accueilli dans Paris, cette citadelle imprenable aux culs-terreux, quel honneur ! « Non, madame, nous n'en sommes pas dignes, se disait Jean en serrant les dents. Que votre fils m'ait sauvé la vie ne vous donne aucun droit sur moi. Vous n'avez pas, en particulier, celui de me mépriser. »

— Je n'irai pas à Paris, répondit-il simplement. Je n'y suis jamais allé.

— Eh bien, lui dit-elle de son sourire le plus charmeur, c'est moi qui reviendrai vous voir.

— J'espère que nous serons tous là pour vous accueillir, madame, répondit Jean sinistrement.

Inconsciemment, il cherchait à donner une leçon à cette coquette. Il n'appréciait pas qu'elle ignorât bravement la guerre, affectant d'agir en tout comme si le danger n'existait pas. Cette forme de courage aristocratique était encore un privilège, une attitude interdite aux humbles. Si elle les avait poussés un peu plus, les camarades auraient sorti toutes leurs détresses, leurs histoires de femmes infidèles ou d'enfants fugueurs. Jean l'avait observée, elle se gardait d'insister dès qu'elle apercevait, dans la crispation d'une lèvre ou le plissement d'un front, l'ombre d'un pénible secret. Elle évitait avec soin les confidences, mais donnait à tous l'impression qu'elle aurait pu les recevoir. Jean avait bien vu ce que cette apparente légèreté cachait de maîtrise, et de dureté.

Jean-Claude et les joyeux enfants de chœur n'avaient pas attendu que la dame approchât de leur sacristie pour se débarrasser de leurs oripeaux ecclésiastiques. Quand elle fut devant eux, Jean-Claude la reçut comme une reine, lui présentant dans les formes les plus mondaines le première classe Paul Nicaire ou Frédéric, dit le Chinois. La dame était déconcertée que quelqu'un dans cette compagnie parlât sa langue et connût son monde. Un journaliste inspirait toujours la méfiance, même s'il avait l'air sympathique, voire admiratif. Elle passa rapidement. Jean-Claude n'en fut pas déçu. Il suivit sa démarche du regard, heureux d'avoir pu la contempler un instant. Le comportement de la dame ne l'avait pas surpris : ainsi faisaient-elles à Paris, quand on voulait les aborder dans les ventes de charité, elles se dérobaient adroitement.

Ce manège était-il indécent ? Pour Jean, oui. Mais il était le seul de cet avis. Tous ses camarades étaient sous le charme, elle les avait conquis. Peut-être passerait-elle la nuit dans l'église désaffectée, aux côtés de son fils, pour partir au petit matin. Cette idée réconfortait les troupiers. Ils la reverraient et pourraient lui parler peut-être. Elle avait disparu derrière les piliers de la chapelle au confessionnal. Antoine s'était approché d'un prie-Dieu resté intact. Il s'était assis auprès d'elle, sur les marches de l'autel. Ils parlaient bas, mais Jean pouvait suivre distinctement leur conversation. Peut-être discuteraient-ils toute la nuit. Elle n'avait pas pris le risque de s'introduire dans les lignes pour dormir dans cette chapelle, elle ne s'était pas déplacée sans raison. Jean désirait en savoir plus long. Tout ce qui entourait Antoine le passionnait : il voulait lever le voile de mystère dont il protégeait son monde : après tout, c'était une mère comme les autres. Qu'avait-elle à dire à son fils ?

Jean était un peu honteux de s'être caché derrière le pilier de la chapelle, s'introduisant ainsi dans l'intimité du lieutenant. Il le connaissait déjà, par Gabrielle. Le moindre détail de leur liaison était gravé dans sa mémoire. Il n'avait rien oublié de ce qu'elle lui avait raconté. Plusieurs fois elle avait répété ce récit, elle-même obsédée par les réactions d'Antoine. Prolixe dès qu'il parlait de Paris, de ses amis, de ses oncles ou de ses relations, il devenait discret, voire secret, dès qu'elle le questionnait sur sa mère. Elle trouvait cette retenue suspecte, mais n'osait pas insister. Jean se souvenait de cette confidence.

Il était surtout curieux de savoir si Antoine évoquerait sa liaison avec Gabrielle, annoncerait des intentions. Rien n'aurait pu l'empêcher de rester aux aguets, de surprendre un dialogue où il se sentait impliqué. Que Gabrielle l'ait congédié, qu'elle lui ait interdit sa porte le poussait vers elle avec plus de force.

— Pauvre Sacré-Cœur de Jésus, dit la dame, est-il si mal en point ? Ferdinand Joffre vient de lui consacrer l'armée. L'avez-vous su ?

— Foch n'est plus tarbais, répondit Antoine, qui retira les éclats de verre du cadre, replaçant l'image du Sacré-Cœur sur l'autel, il est plus breton que les Bretons. L'armée de l'Est a de bons aumôniers, et Castelnau est fort croyant. Mais la pratique religieuse laisse à désirer dans ces unités d'élite.

Jean était fort étonné de constater que la mère et le fils se vouvoyaient. Le ton anodin de la conversation l'exaspérait. N'avaient-ils rien à se dire ?

— Je ne suis pas sûre, reprit-elle, que Foch parvienne à unifier le commandement. Jeanneney, qui est secrétaire du comité de guerre, m'a laissé entendre qu'il y avait du tirage.

— C'est pourtant le vœu de Clemenceau, répondit Antoine.

— N'avez-vous pas oublié votre anglais ? Il se peut que vous en ayez besoin.

— J'ai peu d'occasion de le parler, et l'allemand encore moins…

Jean tendit l'oreille. Le débit de la dame en noir était devenu plus âpre, plus saccadé, elle lançait des informations par bribes, comme si son fils était au courant des dédales de la haute politique parisienne.

— Tout se joue sur l'entente interalliée. La guerre est devenue une grande affaire industrielle et financière. Nous aurons l'an prochain deux millions d'Américains ici. Chambrun est en Amérique. Il est à la commission. Vous comprenez, mon cher Antoine, qu'il ne s'agit plus de rester dans les tranchées. Il faut en sortir, et vite.

— Un certain nombre de mes compatriotes sont de cet avis, dit Antoine avec une pointe d'ironie. Comme il serait doux de monter à cheval, et de charger jusqu'à Berlin.

— Ne soyez pas stupide comme votre père, mon cher fils. Il ne rêvait que de la coloniale. J'ai dû me battre pour qu'il accepte de rentrer à Paris. Vous n'allez pas, toute votre vie, penser à la cavalerie. Le monde tourne, Antoine, et Saumur n'est plus guère à la mode. Paris est à l'heure américaine et les beaux officiers yankees commandent des régiments de camionneurs et d'électriciens. À quoi leur sert de sortir de West Point, je vous le demande ?

Jean ne comprenait pas toute la conversation, mais il lui semblait qu'Antoine était fortement ébranlé par l'assurance de sa mère. Peut-être en était-il toujours ainsi. À l'évidence, cette femme menait toute sa famille. D'ailleurs, elle parlait comme un général.

— Il faut rentrer, Antoine, votre place n'est plus ici. Vous perdez votre temps.

Jean ne parvenait plus à suivre, elle avait baissé le ton, pour qu'on ne pût surprendre ses paroles. Mais le paysan avait l'ouïe fine, il comprenait des bribes de phrases, et reconstituait le discours comme il pouvait.

— Savez-vous, mère, que je suis déjà, grâce à vous, un galonné d'état-major. Je ne suis plus à la tranchée.

— Que faites-vous ici ? Oui, je sais, notre cousin Curières m'a expliqué qu'on vous avait confié, chez Pétain, une mission d'information. Mais Pétain n'est plus dans le coup, mon petit. Il ne s'entend pas du tout avec les Anglais et moins encore avec les Américains. Clemenceau ne peut pas le supporter.

— Il supporte encore moins Foch.

— Mais il a besoin de lui. Il est le seul en qui Douglas Haig ait confiance. N'oubliez pas que nous sommes presque à égalité d'effectifs avec les Anglo-Saxons.

— Je vais vous décevoir, mère, mais je n'ai nulle envie d'être muté dans le Nord.

— Qui vous parle du Nord ? Votre place est à Paris, vous dis-je. Voici votre ordre de mission. Mordacq, qui tient le cabinet militaire de Clemenceau, est débordé. Il cherche un jeune officier pour la liaison avec l'Amérique. Vous avez le profil. Vous êtes nommé. Accompagnez-moi, je vous prie, nous rentrerons à Paris ensemble.

— À Paris ?

Jean avait tout entendu. La véhémence de cette femme était stupéfiante. Elle haussait le ton pour convaincre.

— Je dois rendre compte de ma mission à Compiègne, et faire un court séjour à Nancy et à Châlons.

— Décidément, vous êtes attaché à cette région. Comptez-vous finir votre vie colonel de hussards à Lunéville, ou de chasseurs à Sedan ? Il n'est pas question de vous installer dans cette guerre comme un sot. À Paris, des officiers préparent déjà la paix, les plans d'occupation de l'Allemagne. Il faut partir, Antoine ! Faites vos bagages sur l'heure. J'arrangerai votre affaire avec Castelnau. Personne ne peut rien contre un ordre signé de la main du président.

Antoine s'était levé. Perplexe, il marchait de long en large dans la petite chapelle.

— À moins que vous n'ayez à Belfort des attaches que j'ignore, dit sa mère. Quelque amourette, peut-être ?

Antoine ne répondit rien.

Elle avait repris le ton du badinage…

— Laissez-moi deviner. C'est plus sérieux, n'est-ce pas ? Une liaison, oui, bien sûr, la maison de Belfort… Est-elle au moins confortable ? Il me semble que vous auriez pu m'en faire les honneurs.

— Je vous en prie, mère.

— Laissez-moi arranger cela. Je vous connais, Antoine, vous êtes incapable de rompre. Est-elle si belle ?

— Plus que belle.

— Très jeune ?

— Oui.

— Elle se consolera vite. J'irai lui parler… Non, laissez-moi faire. Après tout, ce n'est pas la première fois, n'est-ce pas ? Que m'a dit votre oncle ? Rue de Turenne ? J'y serai dès le début de la matinée. Rassurez-vous, Antoine, je la cajolerai !

XVI

LA MORT DU HUSSARD BLEU

Ni Jean, ni Antoine, ni la mère d'Antoine ne dormirent cette nuit-là. Quand l'aube se dessina dans les bois de Carspach, la dame en noir avait disparu. Jean regarda Antoine rouler sa couverture. Ils n'échangèrent pas une parole.

La Renault était garée devant l'église en ruine. Le lieutenant renvoya le chauffeur. Il devait, lui dit-il, passer la journée au PC du colonel. Ils partiraient à la tombée du jour. Jean, qui était à dix pas, avait tout entendu. Il ne pouvait croire que le hussard laisserait sa mère renvoyer Gabrielle. Il avait décidé de le suivre.

Il semblait, à vrai dire, préoccupé. Il avait accompagné les hommes au puits du village pour se laver à grande eau, torse nu, malgré le froid. Pour se réchauffer, ils faisaient le tour de la clairière au pas de course. Jean et Antoine étaient coude à coude. Quand ils rentrèrent, épuisés, dans la chapelle, le lieutenant se rasa en sifflotant devant un miroir brisé placé sur l'autel, avec de l'eau réchauffée au pétrole. L'insouciance même.

Il s'habilla avec soin, prenant dans sa malle les vêtements d'apparat : le dolman bleu ciel, célèbre dans tout Belfort. Jean le suivait du coin de l'œil. Il attendait un signe, un geste. Allait-il, encore une fois, lui demander de courir chez Gabrielle ? Il resta de marbre, lissa sa moustache, cirant lui-même ses bottes. Au dernier moment, il noua autour de sa manche le brassard de l'état-major.

« Il part, se dit Jean, il ne la reverra pas. »

On sonna le rassemblement. Les hommes s'alignèrent dans la clairière, attendant le colonel. Antoine, en grande tenue, était près du drapeau. La compagnie, au complet, présentait les honneurs. Le colonel avait une bonne nouvelle à lui apprendre : elle ne monterait pas en ligne. Les Allemands, à l'évidence, avaient annulé leur offensive. Leurs troupes prenaient le chemin du nord, suivant le Rhin. Le régiment serait relevé et partirait à l'entraînement pour une autre destination. On ne parlerait pas avant longtemps, se dit Antoine, de la grande offensive de Lorraine à laquelle avait rêvé Castelnau et que Pétain avait décommandée. Les deux adversaires semblaient d'accord pour oublier les projets d'attaque dans la région de Belfort.

Si l'on pliait bagage, que ferait Antoine ? Jean, perplexe, se posa la question. Le colonel aussi : Isocèle regardait avec curiosité l'habit de lumière du lieutenant. À quelle parade inattendue était-il convié ? Un mariage, peut-être ? Jean se rassura de son mieux : il avait rendez-vous avec Gabrielle. Il ne voulait pas laisser à sa mère le soin de rompre leur union. Il lui offrirait peut-être un dîner de rupture. La nature généreuse du hussard bleu ne souffrirait pas que l'on poignarde ainsi son bel amour de Belfort. Comme on met son casque pour la tranchée, on coiffe le shako argenté pour rompre avec une lionne, surtout s'il y a mérite à le faire. C'est vrai : Antoine avait trop de délicatesse pour ne pas apporter à ce dernier combat toute la vigilance amoureuse dont il se sentait capable. Des souvenirs, des bouffées de tendresse l'envahissaient, sans l'affaiblir. Qu'elle était redoutable, cette petite madone des tranchées, cette lionne de Belfort !

Rasé de frais, parfumé, culotte rouge et gants blancs, Antoine, cravache en main, suivait le colonel dans son PC. Avant de revoir Gabrielle pour la dernière fois, il avait d'autres devoirs : rendre compte de sa mission à l'état-major du général en chef. Même si les renseignements qu'il devait réunir n'intéressaient plus personne, puisque cette partie du front venait d'être neutralisée, il jugeait essentiel de rédiger son rapport, ne fût-ce que par égard pour les hommes, dont le moral était élevé. Isocèle l'aiderait dans sa tâche : il avait l'habitude du discours militaire, celui qui rassure les responsables.

Le PC était installé dans la cave d'une maison du village. Avec Fitou, Jean s'introduisit dans la salle de garde, prétendant attendre les ordres pour le mouvement de sa compagnie. À midi, Antoine n'avait toujours pas terminé son rapport. Il était allé déjeuner avec le colonel, un peu surpris de rencontrer Jean à la sortie.

— A-t-il demandé sa voiture ?

— Non, répondit l'ordonnance du colonel. Pas avant ce soir.

Jean pensa à la malheureuse Gabrielle, qui devait avoir reçu la visite de la mère. Comment Antoine pouvait-il se désintéresser d'elle ? « Ce n'est pas la première fois », avait dit la dame. Elle avait l'habitude de négocier ces ruptures, il lui faisait confiance. Jean doutait, de nouveau : et s'il partait pour Paris sans la revoir ?

Il imaginait, pour Gabrielle, l'ampleur de la catastrophe. Elle était capable de tout. S'il ne volait pas à son secours, elle disparaîtrait peut-être. Dans le meilleur des cas, elle reprendrait la route, le désespoir au cœur. Elle s'endormirait sur sa banquette de bois, dans un compartiment de troisième classe. Il ne la reverrait plus jamais. Dans le pire des cas, elle se tuerait.

Partir, tout de suite. Jean était décidé. On ne le retiendrait pas. Rejoindre, à l'heure de la soupe, ceux de la compagnie. Tout dire au caporal. Nitau était capable de comprendre. En quelques heures, il pouvait éviter un drame. Il était le seul en qui Gabrielle pût avoir confiance.

— Pas aujourd'hui, Jean, lui dit le caporal. Boissoudy est sur les dents. Nous venons de recevoir un ordre de la division. Il sera là dans moins d'une heure.

Le général de Boissoudy n'acceptait pas qu'on lui retirât des unités sans le consulter. Il avait eu assez de mal à obtenir des renforts. Il voulait se manifester, trouver des arguments sur le terrain. Le colonel avait été alerté dans sa popote. Il rentrait précipitamment. Le clairon sonna le rassemblement. Jean ne pouvait se dérober.

Antoine avait filé. Il ne tenait pas à rencontrer le chef de la 7e armée.

— A-t-il demandé sa Dorsay ?

Jean, de plus en plus inquiet, cherchait à s'informer.

— Non. Tu n'y penses pas. Ce n'est pas le jour. Le colonel lui a donné une automobile pour qu'il puisse se rendre à Giromagny. Il sera là ce soir, comme prévu. Mais Boissoudy sera reparti.

La compagnie était sous les armes, prête à faire mouvement. Les mitrailleuses étaient attelées, les voitures de munitions chargées. Boissoudy passait l'inspection avec quelques officiers de son état-major. Il donna aussitôt des ordres : le régiment restait en ligne.

Mais la compagnie de Jean était toujours en réserve dans le village abandonné. Elle ne descendrait pas aux tranchées avant plusieurs jours. Le front était calme, l'inspection terminée. Avec la seule complicité de ses camarades les plus proches, Jean avait décidé de partir.

Devant l'hôtel de la rue de Turenne, un petit attroupement. Des voisins, des badauds. Les fenêtres étaient grandes ouvertes. Dans la tombée du jour, Jean ne reconnaissait personne. Il n'osa pas se renseigner de peur d'apprendre la vérité. Elle était morte, peut-être.

Il eut le courage de franchir la porte. Gilda était dans le salon, accablée, un policier auprès d'elle. Elle avait dû tout lui dire. L'autre prenait des notes ; il ne s'était pas donné la peine de retirer son chapeau melon noir. Il demandait des précisions. Gilda répondait par monosyllabes, d'une voix neutre. Oui, elle connaissait la victime depuis longtemps... non, elle n'avait jamais fait de tentative de suicide.

Les pompiers allaient et venaient dans la maison. Ils ouvraient les fenêtres à l'étage ; une odeur de gaz rendait l'atmosphère de la cuisine irrespirable. Était-elle morte ? Avaient-ils remonté son corps dans la chambre ?

— Où est-elle ? demanda-t-il à un pompier.

— Je ne peux pas vous le dire. Renseignez-vous auprès de l'inspecteur.

Un autre policier gardait l'accès de l'escalier. Impossible d'aller dans la chambre. Si Jean continuait à poser des questions, il attirerait l'attention sur lui. On l'interrogerait. La police se rendrait compte qu'il était en situation irrégulière.

Gilda l'avait vu. Il suffisait d'attendre la fin de l'interrogatoire. Pas trace de Marcelle, la cuisinière : était-elle au chevet de la petite ? Jean sortit par la porte du jardin. Pouvait-il escalader le long de la gouttière pour s'introduire dans la chambre ? D'autres policiers étaient là, cherchant des traces de pas. Que voulaient-ils prouver ?

Ils avaient fait dégager la rue. Jean ne pouvait se laisser enfermer dans la maison. Il sauta le petit mur de pierre pour se retrouver à l'extérieur. Il guettait la moindre occasion. Gilda pouvait sortir, pour lui demander son aide. Un passant attardé surgit de l'ombre. Un vieillard, coiffé d'une casquette.

— Qu'est-il arrivé ? demanda Jean.

— Je n'en sais trop rien, dit le vieux en tournant la tête vers les persiennes encore ouvertes. Mais il devait se passer quelque chose. C'était plein de filles, là-dedans.

— Pourquoi les pompiers, les policiers ?

— Il paraît qu'une des filles a passé l'arme à gauche.

— Un suicide ?

— Sans doute. Mais j'en sais pas plus.

— À l'heure qu'il est, dit une femme qui venait aux nouvelles, elle doit être morte, ou tout comme... Ils l'ont emmenée à l'hosto.

— Allons donc ! dit le vieux.

— Je l'ai vue partir de ma fenêtre, sur une civière des pompiers.

— Allons donc ! répéta le vieux. Vous croyez qu'ils seraient encore sur place, si elle était à l'hosto ? Vous avez la berlue. Elle est là-dedans, pour sûr ! Dans quel état ? Je n'en sais rien.

— Des filles qui travaillent toutes les nuits, elles n'ont que ce qu'elles méritent.

Le moyen d'en savoir plus ? Personne n'avait rien vu. Tout s'était passé si vite. Les gens du quartier avaient été alertés par l'arrivée des pompiers. Quand ils étaient entrés dans la maison, tout était déjà terminé. Nul n'affirmait que Gabrielle était morte, mais on pouvait le penser. Que faisait alors la police dans la maison ?

Peut-être attendait-elle que la désespérée revienne à la vie, grâce aux soins qu'elle avait reçus. Elle était dans sa chambre, qui restait éclairée malgré le couvre-feu. Jean faillit l'appeler, ou siffler entre ses doigts. Il se retint. Un policier fermait les persiennes, éteignait la lumière. La maison retombait dans l'obscurité.

La porte de l'entrée s'ouvrit. Jean se cacha dans l'ombre d'une porte cochère, juste à côté du petit hôtel. Un policier en sortit, puis Gilda, qui portait un sac. Un autre policier suivit, une valise à la main. Un dernier homme vérifia la fermeture des persiennes donnant sur la rue, et boucla la porte cochère à double tour. Une voiture attendait. Gilda y monta et disparut, encadrée par les porteurs de melons. Il était entre 11 heures et minuit. L'épisode était clos. Le silence retomba sur la rue de Turenne.

Jean pleurait, assis sur la marche. Il n'y avait plus rien à faire. À l'évidence, la femme du quartier avait raison : on avait enlevé le corps. La petite était montée au ciel, comme on disait à l'église.

Un bruit de pas traînant, le vieux à casquette s'était rapproché. Il devinait la tristesse du soldat recroquevillé dans sa capote.

— Vous la connaissiez, bien sûr.

Il en parlait à l'imparfait, comme d'une morte.

— Oui. Elle s'appelait Gabrielle.

— C'est drôle, dit l'homme. Ils n'ont pas mis les scellés.

Jean ignorait l'existence de ces petites bandes de papier à cachets de cire que l'on plaçait sur les portes des maisons où venait de survenir un décès.

— Pas de scellés, pas de cadavre, dit-il sentencieusement. Elle est peut-être en vie.

Jean se redressa pour examiner la porte. Le vieux avait raison.

— Où se trouve le poste de police ?

— À la préfecture, place de la République.

Sous la pleine lune, les casques des soldats brillaient. Ils se dirigeaient vers la gare, pour rembarquer. Le général ne pouvait retenir ses troupes. On lui enlevait les renforts. Jean craignait qu'un prévôt ne lui demandât ses papiers. Pourtant, il voulait surveiller la sortie du commissariat. Il n'eut pas longtemps à attendre. Gilda avait signé sa déposition. Elle était libre. Traînant sa lourde valise, elle fut soulagée de rencontrer Jean.

— Elle n'est pas morte, lui dit-elle très vite. Elle est à l'hôpital. Ils essaient de la sauver. Mais il y a peu d'espoir.

— Où est l'hôpital ?

— Tu ne peux pas y aller.

— Je passerai, dit Jean.

— Pour quoi faire ? Elle ne veut pas te revoir. Elle ne jure que par Antoine. C'est lui qu'elle appellera si elle reprend souffle.

Gilda, qui ne parlait jamais, décida de tout raconter. Jean l'avait accompagnée à l'hôpital, où ils avaient pénétré sans encombre. Elle s'était annoncée comme la sœur de Gabrielle, et Jean était son fiancé. Personne ne les avait crus, mais le piquet de garde en avait vu d'autres.

Au service de réanimation, on les pria de patienter. Elle était sous surveillance, avec des gazés du front. On ne désespérait pas de la tirer d'affaire. Elle n'avait pourtant pas repris connaissance.

— C'est cette femme, dit Gilda. Elle l'a tuée.

— La mère d'Antoine, bien sûr ? dit Jean.

— Elle s'est présentée dès 8 heures du matin à la maison, carillonnant pour se faire ouvrir. Nous dormions toutes. Je m'étais couchée à 6 heures. Marcelle s'est levée pour lui ouvrir. « Monsieur ne rentrera pas, lui a-t-elle dit, reconnaissant d'instinct la domestique. Veuillez rassembler son bagage. Je le ferai prendre à midi. Je suis Mme de La Salle et je viens visiter la maison. »

— Elle était chez elle.

— Absolument. Elle nous fit savoir sèchement que l'immeuble était à son nom. À peine entrée, elle se précipita dans le salon où je dormais. Elle eut un haut-le-corps. « Veillez, dit-elle à Marcelle qui se frottait les yeux sans rien comprendre, à faire vider les lieux aux inconnus. Je suppose que cette personne n'est pas Gabrielle. » Gabrielle était dans sa chambre.

Jean s'étonna. Il n'avait pas entendu Antoine, dans l'église, prononcer le nom de Gabrielle. Elle avait dû faire prendre des renseignements.

— « Prévenez, je vous prie, mon chauffeur que je repars dans un quart d'heure », dit-elle. Elle se débarrassait de Marcelle. Pour l'entretien qu'elle voulait avoir au premier étage, elle ne souhaitait pas de témoins. Je n'ai pas pu suivre la conversation, les premiers mots seulement : « Ainsi, vous êtes Gabrielle. Charmante en vérité. » L'autre avait dû se réveiller en sursaut. Elle ne trouvait rien à dire. « Vous le devinez probablement. Je suis la mère d'Antoine. Mon petit, je n'irai pas par quatre chemins… » Je n'ai pu comprendre la suite. Elle avait claqué la porte. Je n'eus pas à attendre longtemps. Dix minutes plus tard, la porte s'ouvrait. On entendit les cris de Gabrielle. La dame redescendait l'escalier, sa voilette parfaitement ajustée sur le bas du visage. « Vous êtes encore là ? me dit-elle en passant. Veillez à nettoyer et à fermer la maison. Vous donnerez les clés au chauffeur. Il aura mes instructions », ajouta-t-elle en s'adressant à Marcelle, qui essuyait une larme dans son tablier.

Jean imaginait la suite : la petite, folle de douleur, impossible à calmer. Gilda, impuissante, qui essayait de la faire parler et accroissait ainsi son chagrin.

— Elle déchirait sa chemise, se griffait la poitrine. Elle voulait sauter par la fenêtre. Nous l'avons entraînée sous la douche, Marcelle et moi. Nous n'étions pas trop de deux pour la tenir. Elle prononçait des mots incohérents, éclatait en sanglots jusqu'à perdre le souffle. L'eau froide la saisit. Elle se mit à frissonner. Marcelle dut l'envelopper dans une couverture. Elle claquait des dents. « C'est une crise de nerfs, dit Marcelle, une vraie, il faut qu'elle boive de l'eau de mélisse. » Impossible de lui faire avaler quoi que ce soit. Elle recrachait tout comme un enfant malade. Je la pris dans mes bras et la serrai très fort. C'était le seul moyen de la calmer. Un quart d'heure plus tard, elle se laissait aller sur mon épaule, et nous pûmes l'allonger sur le lit. Je restai auprès d'elle, pour la rassurer. Elle s'endormit aussitôt. Quand elle se réveilla, sept heures plus tard, je décidai de rester avec elle, de passer la nuit à la maison. Tant pis pour la vieille, qui voulait qu'on la libère dès le lendemain matin.

— J'y serai, disait Jean, et je te jure que son chauffeur saura de quel bois je me chauffe.

— Ne vois-tu pas qu'il est trop tard?

Une infirmière de la Croix-Rouge, grelottant dans sa grande cape bleue – l'hôpital n'était pas chauffé dans les salles d'attente –, s'approcha d'eux et demanda d'un air sévère :

— Vous êtes bien la sœur d'Olympe Jacquet?

— Vous voulez dire Gabrielle? répondit Jean.

— Je vous parle de ses nom et prénoms d'état civil, précisa sèchement l'infirmière-chef.

Au terme d'« état civil », Jean ne sentit plus ses jambes. Gabrielle ne garderait même pas dans la mort le prénom qu'il lui avait connu. Car elle était morte, bien sûr. Dans une seconde, la nouvelle sortirait des lèvres pincées de la sorcière en voiles blancs.

— Elle est sauvée. Vous pourrez bientôt la voir. Mais ne la fatiguez pas. Quelques minutes, tout au plus.

De bonheur, Jean souleva Gilda et l'embrassa. L'infirmière les abandonna sans un sourire. Gilda écarta Jean, et retomba dans son silence.

— Tu ne m'as toujours pas dit pourquoi la mère d'Antoine l'avait rendue folle.

— Est-ce bien nécessaire?

Elle regarda Jean dans les yeux.

— Il aurait peut-être mieux valu pour elle qu'elle fût morte. Elle ne s'en relèvera pas.

De nouveau Jean la pressait de questions.

— Elle lui a dit qu'Antoine rentrait à Paris, qu'il allait se marier. Elle avait réussi à franchir les lignes pour le convaincre de hâter son mariage. Il épousait une fille du meilleur monde : elle lui a vanté ses qualités et la puissance de sa famille. Elle lui a même montré un journal où cette fille était photographiée. Gabrielle ne voulait rien voir, rien entendre, elle se bouchait les oreilles et criait. Impitoyable, l'autre poursuivait son discours meurtrier. « Vous comprenez l'embarras d'Antoine. Il n'osait pas vous avouer la vérité. Mais il n'a pas voulu que vous appreniez son mariage par les journaux. Voilà pourquoi je suis ici. » « Vous mentez, criait Gabrielle, il ne sait pas que vous êtes là. Il ne se marie pas. Vous voulez notre mort, à tous les deux. » « Je ne chercherai plus à vous convaincre. Vous trouverez à cette banque, lui dit-elle en laissant une enveloppe sur la console, de quoi repartir avantageusement dans la vie. Vous êtes jeune. Et ne gardez pas d'Antoine un si mauvais souvenir. Il est si léger… »

Le dolman bleu ciel, les gants blancs, la tenue de cérémonie, c'était donc cela ? Jean se précipita au poste d'entrée à l'hôpital, demanda à parler au sergent.

— Je cherche un officier de hussards, lui dit-il, le lieutenant de La Salle. S'est-il présenté à l'hôpital ?

Le sergent consulta le registre des visiteurs.

— Pas à ma connaissance. Et je suis de garde depuis 14 heures.

Il n'était pas venu. Il n'avait pas davantage paru dans la maison de la rue de Turenne. Il l'avait abandonnée. Jean se souvenait de certains détails. Antoine sifflotait ce matin en se rasant. Parbleu, il allait retrouver sa fiancée !

— La vieille a dit vrai, le lieutenant est un traître et il n'en est même pas conscient. Ces gens-là ne voient aucune malice dans ce que nous considérons, nous, comme un parjure.

— Tu te trompes, lui dit Gilda. Antoine est innocent. S'il n'est pas venu à l'hôpital, c'est sans doute qu'il n'est au courant de rien. Rentre tes ergots, coq de village. C'est lui qu'elle aime. Tiens-toi-le pour dit.

Une autre infirmière, plus jeune, vint les avertir qu'ils pourraient, dans un quart d'heure, monter voir la malade.

— Comment peut-elle aimer un aussi méchant homme ? demanda Jean.

— Et toi, pourquoi l'aimes-tu ? Regarde-toi ! Tu es pâle et crispé comme un mari jaloux qui vient d'apprendre qu'on a enlevé sa femme. T'a-t-elle permis de l'aimer ? Qui t'autorise à pénétrer dans son malheur ? Laisse-la seule. Si elle doit s'en sortir, c'est en elle-même qu'elle en trouvera la force. Tu ne peux rien pour elle. Quand elle s'est levée, ce soir, le jour tombait. Elle chantonnait comme une enfant, elle grappillait des grains de raisin dans la cuisine, comme si rien ne s'était passé. Elle demandait à Marcelle ce qu'elle avait prévu pour le retour d'Antoine. Il viendrait sûrement déjeuner à midi. La pauvre femme détournait son visage pour cacher ses larmes. « Que vas-tu faire de l'enveloppe ? lui ai-je demandé. » « Une enveloppe ? Donne-la-moi ! »

Elle l'a jetée dans la cuisinière en riant. « Que veux-tu que j'en fasse ? Mon Antoine m'a-t-il jamais laissée manquer de rien ? »

— Tu ne peux pas lui montrer la réalité, reprit Gilda. Elle la refuse. Essaie si tu veux, tu aggraveras son état. Elle a brûlé cent mille francs dans un total bonheur. Elle ne veut pas croire qu'il ne l'aime plus. Veux-tu la détromper ? Tu vas l'achever. Sois humain, Jean, et comprends son malheur. Oublie le tien. Tu es plus fort. Tu dois être plus fort.

— Je vais l'enlever. Nous passerons en Suisse.

— Très bien, tous les prévôts de France seront à tes trousses. Vous mourrez de faim et de froid dans la montagne. Est-ce là le bonheur que tu lui souhaites ?

— Je l'aime.

— Et elle ne t'aime pas.

Gilda, impitoyable, le poussait vers l'escalier.

— L'heure est venue. Il faut aller la voir. Fais comme tu l'entendras.

Jean entra le premier dans la salle où six femmes reposaient. Il ne reconnut pas Gabrielle. Un pauvre bonnet de laine cachait ses cheveux blonds. Son visage était couleur de cire. Ses mains pâles s'agitaient nerveusement sur le rebord du drap. Quand elle l'aperçut, elle poussa un cri.

— Non, non, ce n'est pas lui que j'attends. Pars tout de suite, je ne veux pas te voir.

Elle réveilla toute la salle, les infirmières accoururent. Jean fit une retraite précipitée.

— Parle-lui, toi. Si elle peut t'entendre.

Gilda s'approcha du lit. Gabrielle ne la regardait pas.

— Quand va-t-il venir ? Pourquoi n'est-il pas là ?

Des larmes coulaient le long de ses joues blêmes. Jean, qui se tenait debout à l'entrée, entendait ses paroles qui lui blessaient le cœur.

— Calme-toi, Gabrielle, il ne va pas tarder. Tu sais qu'il est en mission. Dès qu'il reviendra, tout sera comme avant.

Ce pieux mensonge calma la petite. Elle sourit, se dressa dans son lit pour prendre le bras de Gilda.

— Dis-lui d'approcher, à ce dadais. Je veux bien qu'il soit là pour le retour d'Antoine, que tous mes amis soient là. Nous sommes si heureux, ensemble. Tu sais, Jean, comme il t'aime, comme il a le cœur bon. Approchez tous les deux. Je vais vous annoncer une grande nouvelle… Antoine m'emmène à Paris. Il me l'a dit à l'oreille avant de partir. Il faut que je sois belle. Donne-moi ta glace… Mon Dieu ! Que je suis laide. Emportez-moi, rentrons à la maison. Je vais prendre un bain et m'habiller.

L'infirmière en chef s'approcha du lit.

— Il ne faut pas la fatiguer, dit-elle à voix basse à Jean. Elle est encore sous le choc.

Gabrielle poursuivait son délire.

— Sais-tu à quoi je pense ? Si Antoine me voyait ainsi, il croirait que je lui ai donné un enfant. Pourquoi suis-je à l'hôpital ? Partons, mes amis.

Son front devint soudain soucieux.

— Jurez-le-moi : Antoine ne doit rien savoir. Pauvre chéri ! Il serait si inquiet. Il est si fragile, un rien le contrarie. Jure-le-moi, grand soldat, tu ne diras rien à ton lieutenant.

La gorge nouée, Jean lui baisa la main, pour qu'elle ne vît pas qu'il pleurait.

— Tu dois attendre à l'hôpital. Ne crains rien, je resterai auprès de toi, murmura Gilda. Antoine ne serait pas content si tu sortais trop tôt. Nous lui dirons que tu as été malade.

— Mes amis, s'exclama alors Gabrielle, ne m'abandonnez pas ! Tu le sais, Gilda, s'il ne revient pas, je recommencerai.

— Je vais aller le chercher, dit Jean, brusquement. Je sais où le trouver.

Quand il était rentré, le soir, de Giromagny pour descendre à Belfort, Antoine était tombé sur le général de Boissoudy. Il était 19 heures. L'heure à laquelle Gabrielle se réveillait de son long cauchemar. Il n'avait pas même eu le temps d'ouvrir une longue lettre que sa mère lui avait laissée avant son départ. Boissoudy était resté pour le rencontrer. Il savait qu'il repartait prochainement à l'état-major de Pétain, avec les éléments de son rapport, il ne voulait pas laisser passer l'occasion. La nuit tombait.

— Accompagnez-moi, lui dit-il. Vous ne pouvez pas repartir sans savoir ce qui se passe sur le front d'Altkirch. Le départ des Allemands est une feinte : ils déplacent quelques unités de jour, mais font marcher des renforts considérables pendant la nuit. Nos observateurs ne peuvent pas les voir : ils sont dissimulés dans les forêts. Si mes informations sont bonnes, le bombardement va reprendre dans une heure : des pièces à longue portée sur le chemin de fer de Belfort. Ils veulent nous empêcher de prélever des troupes sur ce front, pour attaquer dans les Flandres. Suivez-moi.

Antoine n'avait pu se dérober. Si le général disait vrai, l'état-major de Pétain recevrait, signé de sa main, un rapport erroné. De quoi briser la carrière la plus prometteuse. Il dut monter dans la voiture du général d'armée, sans même reprendre son casque. Boissoudy était trop préoccupé pour se rendre compte que le hussard était en tenue de gala. Il attendit le retour de ses patrouilles de reconnaissance, des voltigeurs de la 35e division. Antoine jugerait lui-même : il entendrait les hommes, il interrogerait les prisonniers s'il le souhaitait. Il ne pouvait pas se dérober. Il verrait Gabrielle le lendemain matin.

Le général ne lui avait pas laissé un instant de repos. Il allait d'une unité à l'autre, empruntant un cheval au colonel pour couper à travers bois. Il voulait faire éclater la vérité. On ne tenait pas assez compte de ses avis, à Compiègne. Cette fois, il en était sûr : Pétain l'écouterait. D'abord convaincre ce bon jeune homme ! Le général sentait qu'il ne se laisserait pas facilement impressionner. Il semblait préoccupé, absent. S'il n'avait pas porté le brassard de l'état-major, il l'aurait volontiers bousculé. Antoine, qui avait passé la majeure partie de la nuit précédente à discuter avec sa mère, avait du mal à se tenir en selle.

« Un blanc-bec, se disait Boissoudy, qui se prend pour un hussard ! Si Galliffet voyait ça, il le mettrait aux arrêts. »

Il n'avait pas l'intention de le ménager. Il se faisait conduire jusqu'aux avant-postes et saluait de hourras les obus de 210 qui passaient au-dessus de leurs têtes.

— Je vous l'avais bien dit, ils attaquent la ligne de chemin de fer. Pendant quinze nuits, ils ne cesseront plus. Ils ont amené au moins cent pièces. Impossible de les repérer de jour, les rapports d'aviation sont négatifs. Mais vous les entendez, n'est-ce pas ?

Antoine était épuisé. Il acquiesçait machinalement et suivait le général comme un automate.

— Vous parlez allemand, certainement ! Interrogez-moi ce gaillard !

Antoine devait faire dire à un Bavarois du corps alpin qu'il venait de monter en ligne et que son unité s'était récemment déployée, pour masquer des renforts plus importants. Il s'acquitta de cette tâche en prenant des notes. Il n'avait pas le droit de rien négliger.

Il courut ainsi toute la nuit, de poste en poste, derrière l'infatigable Boissoudy. Les quelques prisonniers enlevés dans les lignes ennemies confirmaient les dires du général : la retraite allemande était en trompe-l'œil. Il devait, au plus tôt, rectifier ses conclusions : certes le duc de Wurtemberg n'avait pas l'intention de lancer sur Belfort une grande offensive, mais il conservait assez de moyens pour mener la vie très dure à l'armée de Boissoudy, si on privait celle-ci de ses renforts.

— On n'arrête pas les Alpins avec des territoriaux, grondait-il dans sa moustache.

Antoine jurait qu'il était convaincu. C'est tout ce que voulait le général. Il le laissa partir deux heures avant l'aube, à regret. S'il l'avait gardé plus longtemps, il aurait trouvé de nouveaux arguments. Mais le lieutenant jurait qu'on l'attendait le lendemain à Compiègne. Le moyen de le retenir ?

Il avait dormi dans l'automobile prêtée par le général, pour rejoindre la forêt de Carspach où son chauffeur l'attendait, au cantonnement du 226e. Il n'avait pas le courage de lire la lettre de sa mère. Il verrait Gabrielle avant de partir. Il la surprendrait au matin. S'il devait rompre, que ce fût avec élégance. Devant les ruines de l'église, le caporal Nitau lui barrait la route.

— Le colonel vous attend immédiatement, lui dit-il. Il m'a demandé de surveiller votre arrivée et de vous diriger sur son PC à n'importe quelle heure.

Une fois de plus, Antoine obéissait. Les premières lueurs de l'aube s'annonçaient dans les bois de Carspach. À l'hôpital, Gabrielle s'était endormie. Jean était sur la route, à pied. Il avait dépassé Montreux-Château. Encore une heure de marche.

Le colonel montrait à Antoine le message chiffré qu'il venait de recevoir du quartier général de Castelnau, à Mirecourt. Il devait immédiatement partir par la route de Remiremont et d'Épinal, pour se mettre à la disposition du commandant en chef des armées de l'Est. Celui-ci voulait le voir à toute force avant qu'il ne prît le chemin de Compiègne. Antoine ne pouvait pas se dérober. Castelnau n'était pas patient, et il avait la dent dure.

« Il est comme Boissoudy, se dit Antoine. Il veut me faire la leçon. »

Au fond, sa mère avait raison, il était temps que sa mission se termine. Elle comportait trop de risques pour sa faible expérience. En quelques jours, il s'était mis à dos deux ou trois chefs d'armée et le redoutable commandant des armées de l'Est : c'était beaucoup pour un hussard, même recommandé par Clemenceau. Comment sortir de ce guêpier ?

Chez Pétain, le deuxième bureau l'avait à l'œil. Il éplucherait son rapport.

— Ce n'est pas le moment de dormir, lui dit affectueusement le colonel Isocèle, qui avait connu jadis ce genre de difficultés. Allez voir Curières. S'il vous a à la bonne, il vous donnera les moyens de vous en sortir. Ne faites pas trop de zèle. Nous ne sommes plus au temps des représentants aux armées. Votre pouvoir est faible, et le crédit des politiques vacillant. Marchez au canon et suivez les vieux chefs. Ils en ont vu d'autres.

Antoine se dirigeait vers l'église pour récupérer son bagage. De sa démarche alourdie par la trop longue veille, il traversa le village où les hommes se réveillaient à la diane.

— Tiens, dit le caporal à Jean Tardy qui venait de le rejoindre. Le lieutenant de La Salle est de retour!

Le chauffeur qui attendait Antoine n'était pas le sien. Castelnau avait jugé plus prudent d'exiger qu'il se rendît à son état-major dans la voiture qu'il lui envoyait, accompagné par son agent de liaison. Il n'avait aucun moyen de se dérober.

Il s'était changé de pied en cap, bottes noires, revolver au côté, tenue bleu horizon, casque Adrian. Il n'était pas question de rendre visite au vieux Castelnau, qui avait déjà perdu deux fils à la guerre, en tenue de fantaisie. Le moteur tournait déjà. Il fit signe au chauffeur de patienter. Il voulait saluer, avant de partir, les hommes de la compagnie d'élite dont il avait apprécié l'hospitalité.

— Vous nous quittez, mon lieutenant, lui dit Fitou, presque avec cordialité.

Il n'aimait pourtant pas les gradés. Mais les largesses de la mère et la politesse du fils l'avaient séduit.

— Je reviendrai. Ma mission exige que je parte tout de suite.

Les hommes étaient dans la clairière, les fusils en faisceaux. Il avait neigé pendant la nuit : les sapins arboraient de larges moustaches blanches et le village sinistré se distinguait à peine dans le paysage. Pour se réchauffer, les hommes battaient la semelle. Il était un peu moins de 8 heures. C'était la pause. Ils allaient repartir pour l'exercice.

Frédéric offrit du café. Ils avaient allumé un feu de brindilles, et la cafetière chauffait sur les braises. Ils ajoutaient une rasade de gnôle au breuvage, pour le faire passer, disait Fitou.

Jean se tenait à distance, pour ne pas se mêler à la conversation. La barbe hirsute, le casque de guingois, il se gardait de fixer le lieutenant. Pas un mot ne lui échappait.

— Le secteur est tranquille et le restera longtemps, leur dit Antoine. J'espère qu'on ne vous mutera pas. Vous avez assez souffert dans l'Argonne. Réservez-vous pour la bataille finale.

— Depuis le temps qu'on nous la promet ! s'exclama Fitou.

— On n'y croit plus, mon lieutenant, ajouta Frédéric.

— Dans un mois, dans un an, qui sait ? Le jour où nous serons vraiment plus forts, ils s'en iront. Nous n'aurons qu'à pousser, droit devant nous. En attendant, il faut vous ménager. Pas d'imprudence.

— Vous pouvez être tranquille : on se tiendra peinards. Pour ça, le colon peut compter sur nous.

Il les remercia de leur accueil, serra la main de chacun. Jean était en retrait. Il fit signe à Fitou de le rejoindre.

— Demande-lui ce qu'il compte faire...

— Pourquoi ne pas lui parler toi-même ? répondit Fitou, surpris.

— Fais ce que je te dis.

Antoine retournait vers l'église lorsque Fitou revint.

— Il m'a dit qu'il partait pour un long voyage. Il avait plusieurs états-majors à visiter avant de revenir à Paris, où un nouveau poste l'attendait. Nous ne le reverrons sans doute pas à Belfort.

— Il part immédiatement ?

— Son chauffeur l'attend.

Le capitaine fit sonner le rassemblement. Jean rejoignit, la tête basse, le visage fermé. Même Fitou n'osait plus lui adresser la parole. Une remarque du caporal Nitau lui avait attiré la plus verte réplique. Frédéric savait qu'il fallait laisser Jean ruminer sa colère, si l'on voulait éviter un drame.

— Foutez-lui la paix, disait-il aux autres. Il revient de Belfort.

Ils avaient compris : chaque fois que Jean désertait pour se rendre à Belfort en clandestin, il n'était pas à prendre avec des pincettes.

— Baïonnette au canon ! hurla le caporal.

Toujours la folie des baïonnettes ! Pour entretenir le moral de la troupe le colonel reprenait l'idée d'un concours de baïonnette à l'intérieur de la division, avec distribution de récompenses. Cette perspective consolait les hommes, qui méprisaient ce jeu stupide.

Regroupés deux par deux, ils montraient aux sous-officiers la pointe emboulée des baïonnettes, et se mettaient en position de duellistes. Jean était contre Frédéric. Le capitaine fumait sa pipe, sans trop prêter attention aux épreuves. L'escrime à la baïonnette avait ses règles, comme celle du sabre ou de l'épée. Mais elle manquait d'arbitres. Les nouveaux sous-offs n'avaient guère d'expérience. Tous les coups étaient permis.

— Tu es sûr qu'il va à Paris ? demanda Jean à Fitou.

— Plus que sûr. Je le lui ai fait dire deux fois.

Dans l'esprit de Jean, tout était clair. Mais il avait besoin de s'entendre répéter les évidences, pour bien s'en pénétrer. Ainsi avait-il fait toute sa vie : avant de prendre une décision, il se mettait toutes les données en mémoire. Il avait l'air de radoter : il réfléchissait.

Antoine savait-il que la petite était à l'hôpital ? C'était la vraie question. En partant sans la voir, il était seulement odieux ; en abandonnant une désespérée, il était criminel. Pourquoi ne pas le saisir au collet, et le conduire de force à l'hôpital, puisqu'elle l'attendait, qu'elle ne pouvait vivre sans lui.

« Absurde, se dit Jean. En l'abandonnant, en envoyant sa mère à sa place, il était déjà criminel. S'il vient la voir sur son lit de malheur, il l'achève. Elle ne pourra pas supporter d'entendre le verdict de la vieille confirmé par la bouche du fils. Elle en mourra. »

La conclusion s'imposait : si Gabrielle avait une chance d'être sauvée, c'était en oubliant Antoine. Il ne pouvait lui apporter que le malheur. Qu'il regagne Paris. Qu'il disparaisse.

Trop facile ! Trop injuste ! Il irait se pavaner en gants blancs dans une église, épouser celle que la vieille lui destinait – elle avait sans doute tout arrangé – et Gabrielle mourrait de tristesse. Insupportable !

Jean donna l'estocade, avec une brutalité inattendue. La baïonnette frappa de plein fouet Fitou dans la poitrine. Il chancela, s'écroula dans la neige.

— Salaud ! Sale Boche ! Je vais te couper les jarrets !

Quand Fitou se releva, Jean avait disparu. Avec son lebel.

Avant de partir, Antoine avait ouvert la lettre de sa mère. Il l'avait lue tout seul, dans l'église.

> *Mon cher enfant,*
>
> *J'ai vu la petite Gabrielle, puisque c'est ainsi qu'on l'appelle. Adorable. Elle vous aime beaucoup. Vous pouvez vous douter que je n'en ai pas été surprise. Je pense qu'elle aura un gros chagrin. Je lui ai donné les moyens de se consoler. Ne cherchez pas à la revoir, si vous l'aimez encore un peu : tout serait à refaire et vous savez bien que vous ne trouvez jamais les mots justes dans les ruptures. Vous avez le cœur trop bon. Merci d'avoir laissé faire, une fois de plus, votre méchante mère qui ne pense qu'à votre bonheur. Partez sans tarder. Je crois que Castelnau vous attend. Je préviendrai nos amis de Paris de votre léger retard. Vous pouvez oublier votre uniforme de hussard. Il ne vous servira plus à rien.*

Il déchira la lettre en petits morceaux qui s'éparpillèrent dans la neige. Il pensait à Gabrielle, frêle silhouette dans la grisaille de Belfort. Elle était la compagne selon son cœur, dans la vie qu'il aurait pu avoir. Elle l'aurait sans doute suivi, la paix revenue, à Lunéville, où il aurait fait carrière. Il aurait eu de beaux enfants blonds qu'il aurait tôt initiés à la chasse et au cheval. Il serait devenu un gentilhomme campagnard, recevant peu, ignorant la capitale. C'était le meilleur des destins possibles, avec Gabrielle. Il n'avait jamais envisagé de la lancer à Paris comme chanteuse. En avait-il les moyens ? En avait-elle le désir ? Elle voulait rester près de lui, tout simplement, et se torturait en cherchant des solutions. En partant, il la libérait.

Il n'avait jamais eu, dans le passé, de difficultés à rompre, puisque sa mère se chargeait de tout, sans aucun désagrément. Il n'entendait jamais parler de ses belles amoureuses, qu'il avait la faiblesse de croire inconsolables. La modestie, en cette matière, lui convenait assez : elle le libérait d'un scrupule. Il était toujours moins aimé qu'il ne l'imaginait, et trop inattentif aux femmes pour avoir à s'en plaindre. Avait-il jamais prêté l'oreille aux discours de Gabrielle ?

Une vie nouvelle l'attendait. Il avait envie d'enfouir dans la neige son uniforme de cavalier. On lui donnait les moyens d'arracher ses bottes à la boue des tranchées où il pataugeait depuis plus de trois ans. Quelle folie de refuser ! Boissoudy, Castelnau lui-même étaient des vieux chefs d'une guerre périmée. Pour une fois, le soleil se levait à l'ouest, et le vent qui venait d'Amérique était fécond. Antoine ne pensait pas qu'à son avenir. Tout allait changer aussi pour les braves gens qui restaient là, dans le bois de Caspach, attendant une offensive sans cesse reportée. Encore un peu de patience et le jour de la délivrance se lèverait aussi pour eux.

Il s'aperçut qu'il avait oublié de se raser. Il ne pouvait aborder son nouvel avenir avec une barbe de deux jours. L'officier de liaison du général attendrait encore cinq minutes. Il dégrafa sa vareuse, ouvrit le col de sa chemise, dégagea son cou.

Il pesta contre le rasoir, qui, dans l'eau froide, risquait de lui blesser la peau. Dans le morceau de glace brisée qui lui servait de miroir, il scruta son visage : sa peau était terne, ses yeux gonflés de fatigue. Trente ans déjà ! Il était temps de prendre un nouveau départ ! À grands coups de rasoir, il traçait de larges allées dans la mousse glacée, impatient d'en finir. Il avait décidé de supprimer sa moustache, pour changer aussi de tête. À peine avait-il effacé la fine ligne blonde qu'il aperçut, derrière lui, dans le miroir, la silhouette d'un soldat qui s'avançait à pas feutrés. Il eut le temps de reconnaître Jean, nu-tête, un fusil à la main.

Impossible de se défendre : la baïonnette l'avait frappé dans le dos. Il touchait à terre. Le soldat le retourna, d'un coup de pied.

— Pourquoi ? lui dit Antoine. Pourquoi ?

Acharné, Jean lui lardait la poitrine de coups de baïonnette. Les yeux d'Antoine se figèrent : il avait cessé de vivre.

À travers bois, sans arme, sans casque, Jean dévalait vers Belfort. En deux heures de course folle, il était aux portes de l'hôpital. Les gardes n'avaient pas le cœur d'arrêter cet homme désespéré à qui l'on venait sans doute d'apprendre quelque mauvaise nouvelle. Il trouva tout de suite Gilda, qui veillait devant la porte de la petite.

— Elle peut dormir en paix, lui dit-il. Je l'ai tué, son bel oiseau bleu.

Épilogue

Quand on s'aperçut de la mort du lieutenant, la battue fut organisée. Plusieurs unités de cavalerie furent lancées sur les routes, sous les ordres des prévôts. On explora d'abord le secteur de Dannemarie. La route de Belfort fut vite fermée, la gare surveillée. Tous les permissionnaires furent contrôlés. Les portes de la ville étaient barrées par des pelotons de gendarmes. Des patrouilles étaient organisées dans la montagne. Le fugitif ne pouvait pas leur échapper. Il avait commis la faute la plus grave : tuer un officier.

Le prévôt qui trouva le corps vit tout de suite qu'il ne s'agissait pas d'un crime comme les autres : commis à l'arme blanche, il révélait l'acharnement de l'assassin. On crut d'abord à une affaire de mœurs. Puis on se rendit à l'évidence : il s'agissait d'un drame passionnel.

On découvrit très vite le lien entre l'affaire du bois de Carspach et le suicide manqué de la rue de Turenne, à Belfort. Le prévôt requit l'aide de la police. On lui donna tous les détails sur la liaison d'Antoine de La Salle. On renonça à interroger Gabrielle, qui était retombée en état de choc. Mais le planton de l'hôpital révéla qu'il avait vu le fugitif. Les recherches furent reprises à partir de Belfort.

Si l'hypothèse de la police était exacte, le criminel ne s'éloignerait pas de la ville. Un crime passionnel suggérait une véritable obsession chez l'assassin. Il tenterait de revoir la fille : il suffisait de l'attendre près de l'hôpital. C'était l'avis du commissaire de Belfort. Mais le prévôt était pressé. Pour obtenir des résultats rapides, il décida de multiplier les patrouilles dans les environs immédiats de la ville.

Le soir même, une première piste se présenta : un facteur avait vu passer, au tomber du jour, un soldat sans casque, qui courait, près de Sermamagny. Il se dirigeait vers les étangs. Dans la nuit les gendarmes explorèrent en barque les rives de l'étang de Malaussis, particulièrement protégées par des herbes hautes. Le fugitif avait pu s'y cacher. Un dispositif spécial fut mis au point pour l'empêcher de sortir de la zone des étangs et de gagner la montagne.

Pendant toute la nuit, les gendarmes, aidés par les dragons aux longues lances, avaient fouillé les marécages. Ils avançaient en prenant mille précautions pour ne pas tomber dans la vase. Les étangs n'étaient pas gelés et les chevaux s'enfonçaient sur le sol spongieux. Impossible de repérer un homme dans les touffes de roseaux géants, hauts comme des bambous. Surtout à la lampe tempête.

Au petit jour, le prévôt enrageait. La neige était sale, piétinée par des sabots de cheval, des traces de bottes. Les recherches avaient brouillé les pistes. Pourtant, vers 10 heures, un dragon signalait le passage du fugitif sur la petite chaussée qui séparait les étangs de Malaussis et de la Véronne. Jean était aussitôt pris en chasse : il ne pouvait aller loin, le piège se resserrait.

Il réussit pourtant à gagner, vers le nord, la zone des myriades de petits étangs au pied du bois de Lachapelle. S'il parvenait à atteindre les futaies, il serait sauvé. Mais il se jetait dans la gueule du loup. Le prévôt avait posté des gendarmes à l'entrée de la sapinière. Il fut arrêté au moment où il tentait de franchir la petite route du Malpatey.

Aussitôt conduit sous escorte au fort de Giromagny pour y être interné, il fut rapidement identifié, bien qu'il refusât de répondre aux questions. Le capitaine de sa compagnie vint en voiture pour le reconnaître : l'affaire était d'importance, et le 226e était en ébullition. Les hommes ne comprenaient pas pourquoi Jean avait tué le lieutenant qui lui avait sauvé la vie. Nul n'avait les moyens de leur fournir d'explications. Si l'on avançait l'hypothèse du crime passionnel, on absolvait d'avance le meurtrier. Tuer par amour en pleine guerre n'avait jamais conduit au poteau d'exécution.

Antoine passait pour un original, mais il était aimé dans la troupe. Il n'était pas un officier comme les autres. Les circonstances atroces du crime accroissaient l'émotion. La prévôté était perplexe. Jean, comme tous les prévenus en cette période de mutineries, avait droit à la défense d'un avocat commis d'office. S'il plaidait l'irresponsabilité, l'homme serait acquitté, ou condamné à une peine légère. Mauvais exemple pour l'armée : si l'on pouvait tuer impunément un officier pour une affaire de cœur, les victimes risquaient d'être nombreuses.

L'interrogatoire accrut la perplexité des gendarmes : Jean ne répondait que par monosyllabes, ne donnait aucune précision. Avait-il prémédité son crime ? Il était difficile d'en décider. S'il avait la baïonnette au bout du fusil, ce n'était pas forcément pour tuer en silence : il était en cours d'exercice.

Le colonel, après de discrètes investigations, avait pu établir que Jean s'était absenté dans la nuit, pour rendre une visite à l'hôpital de Belfort. Il avait pu voir la jeune fille qui avait tenté de se suicider. Il était rentré au corps avant l'aube. Certes, il avait déserté pour quelques heures et la faute pouvait être retenue contre lui. Mais rien ne prouvait qu'il n'avait pas rejoint son corps par sens du devoir. Comment pouvait-il savoir que le lieutenant de La Salle était encore au cantonnement ? Il aurait dû partir pour Compiègne vingt-quatre heures plus tôt, s'il n'avait été retenu par le général de Boissoudy. Il était difficile de conclure à la préméditation.

Pour le prévôt, l'affaire était invraisemblable. Qu'un bon soldat tue son bienfaiteur, son sauveur, était inimaginable. Il voulait bien admettre la rivalité amoureuse. Mais cette Gabrielle n'était pas la maîtresse du coupable, elle était entretenue par la victime. Jean voulait-il enlever l'amie de l'officier ? Pour que cette thèse fût crédible, il aurait dû partager les faveurs de cette Gabrielle. Il n'en était rien. Il semblait même (l'interrogatoire de Gilda l'avait confirmé) que cette fille avait voulu se suicider par amour pour Antoine de La Salle. Comment admettre que Jean Tardy eût tué son rival, puisqu'il n'avait aucun titre pour prétendre à sa succession ?

Les prévôts, en décembre 1917, n'avaient aucune prétention à l'interprétation psychologique des drames. Il est clair que l'affaire La Salle-Tardy semait le plus grand trouble dans le 226e, qui jusqu'ici n'avait donné aucun signe de fléchissement. Le moral de la meilleure compagnie, celle de l'assassin, était au plus bas. Il fallait rendre justice sans tarder, c'était l'avis du colonel. Le général de Boissoudy avait exigé une procédure rapide, celle que l'on réservait aux mutins. Pour plus de sûreté, on jugerait ailleurs le prévenu.

Il fut donc tiré du fort de Giromagny, menottes aux poignets, et conduit en fourgon cellulaire à Épinal où devait se réunir, d'extrême urgence, le tribunal militaire. Jean refusait toute assistance judiciaire. Il aurait tout de même un avocat. Un jeune licencié en droit de Paris s'était porté volontaire. On réunirait, selon le vœu de Boissoudy, un tribunal très dur, pour faire un exemple. Le sort de Jean était scellé d'avance. Il n'avait nulle intention de le contester.

En décembre, la grande vague des mutineries était terminée. La plupart des soldats reconnus coupables, et dont la grâce avait été rejetée, avaient été exécutés. Pourtant, l'état-major restait vigilant. Fin août, les fantassins du 122e régiment n'avaient pas voulu regagner les tranchées du Mort-Homme. Ils abandonnaient leurs compagnies. Dix d'entre eux avaient été traduits en conseil de guerre. À Bar-le-Duc, les soldats du 47e avaient crié « À bas la boucherie ! » en défilant dans les rues de la ville. En septembre, ceux du 151e avaient refusé de sortir des tranchées et hurlé devant les lignes allemandes « À bas la guerre ! ». Même les chasseurs d'un bataillon en ligne, dans la région de Verdun, s'étaient dérobés. Les officiers ne trouvaient plus de volontaires pour les patrouilles. Ceux qu'ils désignaient d'office ne partaient pas.

Le général en chef avait envoyé des instructions pour qu'on le tînt informé du moindre écart de discipline. À la fin de l'année, les dossiers s'accumulaient encore sur son bureau : au début de janvier 1918, quand Jean fut transféré à Épinal pour attendre son jugement, une centaine de fantassins du 31e régiment avaient défilé dans les rues en chantant « *Adieu la vie, adieu l'amour, adieu toutes les femmes !* », la chanson des mutins de Craonne. Ailleurs, les hommes avaient manifesté en hurlant : « À bas Clemenceau, vive Caillaux. » Le traître Caillaux, l'homme de la paix blanche, celui que Clemenceau voulait juger en Haute-Cour, était l'idole des grévistes de la guerre.

À Verdun, deux caporaux avaient donné l'exemple du refus d'obéissance. Ils avaient entraîné leurs hommes dans une des dernières mutineries. Trois d'entre eux avaient été condamnés à mort, puis graciés. Quinze nouvelles arrestations venaient d'être opérées au Chemin des Dames. Une série d'abandons de postes avait été constatée dans un régiment de première ligne. Le conseil de guerre avait eu la main lourde. Pétain voulait, une fois pour toutes, mettre un terme à l'insubordination.

Il n'était pas question de trouver des circonstances atténuantes au meurtre d'un officier dans un climat qui restait tendu. L'abandon des grandes offensives avait calmé la troupe. Mais le feu pouvait reprendre si l'état-major projetait une opération de quelque importance. L'armée était en convalescence ; elle n'était pas guérie.

Tuer un officier ! crime majeur ! Au 85e d'infanterie à Noncourt, le sous-lieutenant Thomas n'avait pas été assassiné mais seulement menacé. Puis le chef des mutins avait tiré sur lui, et l'avait manqué. Le coupable avait été condamné à mort. Le jugement avait été cassé, on avait opposé les circonstances atténuantes. Nouveau jugement, deux semaines plus tard. De nouveau la mort. Le Conseil avait demandé un examen psychiatrique. Conclusion ? L'accusé était responsable. Il devait être exécuté. Le 7 novembre, le président Poincaré rejetait le recours en grâce. Le soldat allait être fusillé. Quand on pénétra dans sa cellule, il s'était suicidé. Jean avait-il d'autres recours ?

Obtiendrait-il les circonstances atténuantes ? On pouvait en douter : un conseil de guerre avait envoyé au peloton d'exécution un caporal de vingt ans, engagé volontaire en 1914 dont les parents avaient été massacrés par les Allemands. On pouvait gager que le procès serait secret, et qu'il ne serait fait aucune publicité autour des débats. Pétain avait écrit au président du Conseil qu'il trouvait fâcheux que la presse commît des articles « de nature à creuser un fossé entre officiers et hommes de troupe, entre officiers de troupe et officiers d'état-major ». Comment la censure pourrait-elle laisser passer une information apprenant qu'un officier de hussards avait été assassiné par un soldat jaloux d'une maîtresse entretenue dans la zone des armées ?

Bien qu'il fût partisan de sanctions douces, Pétain avait donné des ordres pour le renforcement de la discipline. Même s'il ne passait pas lui-même pour un modèle de vertu, il ne pouvait admettre le scandale. Ce La Salle n'était-il pas, en outre, chargé de mission à son état-major ? L'affaire devait être discrètement instruite et sévèrement conclue. L'état-major n'aimait pas les officiers indulgents, ni les juges hésitants. Un capitaine qui signait un rapport où il recommandait la compréhension et la bienveillance était blâmé. « Le chef ne fait marcher le soldat que s'il a su se faire aimer de lui », écrivait cet esprit dangereux. Le major de l'armée, général Pont, estimait « inconsidérées » les propositions du capitaine.

Quant aux juges militaires, on avait appris à l'armée de Franchet d'Esperey qu'un général faisait pression sur eux pour obtenir des verdicts sévères. On murmurait que les colonels trop timorés avaient été mis à la retraite anticipée. Franchet lui-même regrettait que certains juges, ignorants du droit, se laissent manipuler facilement par des avocats, même débutants. Fallait-il menacer les juges ? Non, sans doute, à l'état-major, on était prudent sur ce point. Pétain exigeait des enquêtes chaque fois qu'une affaire délicate risquait de provoquer une intervention du président de la République, particulièrement sourcilleux en matière de droit. Il reste qu'au niveau des divisions, certains chefs menaçaient les juges « faibles » de retarder leur avancement, même s'ils étaient désapprouvés par leurs supérieurs.

Certes, en janvier 1918, quand on jugerait Jean Tardy, le climat aurait changé dans l'armée. La « reprise en main » du général en chef aurait porté ses fruits. Plus d'excès de zèle, plus de scandales. La panique des mois de mai et juin serait oubliée. Mais les chefs y pensaient toujours et chaque affaire nouvelle serait d'autant plus odieuse que les actes d'insubordination seraient plus rares. On serait tenté de l'étouffer, pour que personne n'en parle.

À Épinal, Jean était au secret. Son instruction était menée rondement et plusieurs interventions venues de diverses sources avaient déjà tenté d'éviter qu'on ne s'étende trop sur le cas de la jeune fille déclarée indisponible, malade mentale, incapable de répondre aux questions. On ne voulait pas s'attarder sur cet aspect déplaisant de la vie d'un officier. Qu'il ait eu une liaison n'était certes pas répréhensible. Mais il l'avait affichée dans la zone des armées, ce qui n'était pas convenable. Le plus fâcheux était que cette liaison fût, à l'évidence, la cause du drame.

Jean n'avait plus sa montre. On lui avait retiré tous ses papiers, ses décorations, ses objets personnels. Il était traité comme un criminel de droit commun. Le caractère odieux du meurtre lui valait un traitement particulier : surveillance renforcée ; absence, dans la cellule, de tout objet tranchant ; nourriture des plus frustes. Les gendarmes qui le gardaient ne lui adressaient pas la parole. Ils en avaient accompagné au peloton d'exécution pour des crimes bien moindres.

Il ne se plaignait pas, et ne sollicitait aucune indulgence. Les premiers jours, il avait refusé toute nourriture. Les gendarmes n'insistaient pas. Qu'il mourût de faim leur importait peu. L'instruction serait menée si vite qu'il n'aurait pas le temps d'échapper au poteau. On avait exécuté des hommes dans toutes les positions, debout, à genoux, au sol. Il fallait se dépêcher et, si la main de l'officier tremblait parfois pour le coup de grâce, la justice passait.

Au cinquième jour, Jean était si affaibli qu'il n'y voyait plus clair. Couché sur son lit en fer, il avait des hallucinations. Il avait devant les yeux l'image d'Antoine, couvert de terre, sortant du trou d'obus pour s'effondrer dans une flaque de boue. Ils auraient pu mourir ce jour-là. Pourquoi le lieutenant l'avait-il sauvé ? Il voyait aussi le visage émacié de la petite, sur son lit d'hôpital. Peut-être était-elle déjà morte.

Tant mieux ! Elle n'assisterait pas au procès. Auraient-ils le front de la citer comme témoin ?

Le sixième jour, Jean décida de reprendre des forces. On lui annonçait la visite d'un avocat. Il ne voulait pas être défendu. Il n'avait pas envie de vivre. Dans sa folie meurtrière, il aurait pu tuer aussi Gabrielle, le soir du drame. Il ne supportait pas qu'elle défende un salaud. Puisqu'elle ne voulait pas de son amour et qu'elle s'obstinait, dans sa démence, à appeler jour et nuit celui qui l'avait bafouée, il valait mieux qu'elle meure. Jean serait mort avec elle. Pendant ses longues journées de désespoir, il regrettait d'être un survivant.

Il songeait au procès. Les copains seraient là, les officiers, le public peut-être. On lui avait raconté que les juges militaires ne s'embarrassaient pas de longues dépositions. Ils voulaient conclure vite, sans bavures. Peut-être la salle serait-elle vide. Il le souhaitait. Il n'avait pas envie de prononcer une seule parole, et il voulait marcher à la mort avec courage. Les gendarmes furent surpris de son changement d'attitude. Inquiets aussi : ne songeait-il pas à s'évader ? On avait vu des évasions invraisemblables, celle du caporal Moulia, par exemple, qui avait échappé à ses gendarmes. Ce Tardy était solide et rusé. On renforça la surveillance.

Les gardiens étaient étonnés de la lenteur de la procédure. L'avocat annoncé n'avait toujours pas, au sixième jour de la détention, pris contact avec son client. Le procès aurait-il lieu plus tard que prévu ? Serait-il jugé à Épinal ? Rien ne filtrait des intentions de l'état-major de la 7e armée. La presse locale ne soufflait mot de l'affaire. La censure avait été stricte.

Au huitième jour, Jean demanda de quoi écrire. Cela lui fut refusé. La consigne du secret était maintenue, et exécutée avec rigueur. Le prisonnier ne devait avoir aucun contact avec l'extérieur. Il aurait bien voulu, pourtant, envoyer un mot à Gabrielle, afin que ce drame insensé eût pour elle une issue.

« J'ai tué, lui aurait-il dit, et je ne le regrette pas… » Il ne trouvait pas la suite des mots. Comment pourrait-elle recevoir un message de ce genre ? C'est Antoine qu'elle aimait et qu'elle continuait d'aimer.

« Je vais mourir, Gabrielle, et je voudrais te dire, avant de quitter ce monde, que, même si tu ne peux pas l'accepter, je serai mort pour toi. Tu dois vivre. Tu es jeune. Il faut oublier. »

À quoi bon lui écrire ? S'il voulait qu'elle oublie, le silence était préférable. Il pensait à la véritable meurtrière, cette femme en noir qui s'était introduite une nuit dans leur jeu, comme une carte imprévue. Jean aimait Gabrielle, qui aimait Antoine. La dame avait fait tomber Antoine. Les deux autres avaient suivi. Personne n'avait survécu. Jean se disait qu'il aurait dû tuer aussi la dame.

S'il avait cru en Dieu, il aurait prié pour qu'il sauvât Gabrielle, pour que la mère d'Antoine ne fût pas la seule à survivre. C'était trop d'injustice : on plaindrait la vieille femme dans ses vêtements de deuil. On la consolerait, on lui jurerait que le crime ne resterait pas impuni. Mais qui se soucierait de Gabrielle ? Elle porterait le poids de la faute, qui avait provoqué le crime. Elle ne serait ni absoute, ni aidée. On n'aurait pas de mots assez durs pour elle. Jean comprit que, s'il avait tué Antoine avec autant d'acharnement, c'est qu'il voulait aussi frapper, à travers lui, sa mère.

Tout la protégeait : les murs de cette prison étaient son œuvre, les gendarmes étaient à ses ordres, les juges rendraient l'arrêt qu'elle attendait. Elle voulait aussi son cadavre. Pourrait-il parler à son procès, la mettre en cause, évoquer sa conduite criminelle ? Qui l'entendrait ? On le jugerait odieux, révolté, asocial. On trouverait une raison supplémentaire de le tuer. Mettre en cause la mère de la victime ? Il ne fallait pas y songer.

Jean, au dixième jour, eut l'idée de se tuer. Il s'épargnerait ainsi la honte d'une figuration dépourvue de sens dans un procès qui ne pouvait être le sien. On allait juger l'assassin d'un officier : il était seulement l'amoureux passionné d'une fille bafouée, humiliée, torturée par un complot de muets. Pourquoi n'avait-il pas pensé à se donner la mort, au moment où les gendarmes le poursuivaient ? Il était trop tard : il avait beau inspecter sa cellule, il n'y trouvait pas le moindre moyen d'en finir avec la vie. On lui avait retiré même sa ceinture et il n'avait pas de draps pour se pendre.

Ce jour-là, on lui annonça enfin pour le lendemain la visite de son avocat. Jean n'avait jamais vu d'avocat. Il connaissait mal le fonctionnement de la justice. Il n'éprouvait nul besoin de se défendre. Puisqu'il devait subir la dernière humiliation, il souhaitait seulement paraître digne. Il n'avait pas besoin du secours d'un homme de loi et le dit aux gendarmes. On lui répondit qu'il n'avait pas le droit de refuser un défenseur. Celui-ci avait été commis d'office. On lui conseillait de lui parler.

Jean se dit qu'en acceptant de recevoir l'avocat il aurait enfin un contact avec l'extérieur. Peut-être lui donnerait-il des nouvelles de l'hôpital. Qui sait ? Pourquoi ne pourrait-il transmettre des messages ? Il n'avait guère le choix : puisqu'on lui imposait cette présence, il l'utiliserait au mieux. Il était décidément impatient de recevoir son défenseur. Il retrouvait un peu d'espoir.

L'avocat pataugeait depuis une semaine dans une affaire à laquelle il ne comprenait rien. C'était un jeune sous-lieutenant d'artillerie, qui n'avait, pour tout bagage, que deux années de droit. Depuis le début des mutineries, les étudiants incorporés se trouvaient assez facilement promus défenseurs des mutins, pourvu qu'ils eussent quelque formation. Les tribunaux militaires n'avaient que faire des vedettes du barreau. Au demeurant, les avocats, comme les juges, devaient faire partie de l'armée.

Celui-là n'était pas pire qu'un autre. Il montrait une réelle bonne volonté, mais on faisait le vide autour de lui. Il n'avait pu voir ni les filles, Gabrielle et Gilda, évacuées précipitamment sur un autre hôpital, et sans doute bientôt jetées à la rue, ni les camarades de Jean qui étaient subitement montés en ligne, sans qu'il y eût, sur le front, le moindre signe d'activité.

Mais ce jeune noiraud, au visage effilé, avait voulu en savoir plus. Il n'en était pas à sa première cause : il avait défendu un chasseur à pied qui avait déserté face à l'ennemi. Il avait quitté les lignes pour se rendre à son domicile, soupçonnant sa femme de le tromper. Elle avait effectivement plusieurs amants, et ne s'occupait plus de ses deux petites filles. Le malheureux n'avait pas eu le cœur de les abandonner.

Il s'était installé clandestinement chez lui, mais les gendarmes l'avaient retrouvé. Le jeune avocat avait sauvé son client qui avait obtenu deux ans de prison avec sursis.

Sa réputation était telle que les juges indulgents – il y en avait dans l'armée – lui adressaient volontiers des éloges. Ses mérites étaient connus d'un membre du Conseil de l'Ordre des avocats de Paris, qui venait de faire une visite aux tribunaux du front, avec le commissaire rapporteur de la 7e armée. Le vieux maître avait félicité le jeune homme qu'il avait appelé « mon cher confrère ». Il lui avait donné de bons conseils dans l'affaire d'Épinal.

— Allez à fond, lui avait-il dit, et, au besoin, refaites l'enquête pour votre propre compte. Cette fois, ils ne sont pas pressés, profitez-en !

Il avait eu le bon esprit de se rendre rue de Turenne, dans l'immeuble mentionné par le rapport des gendarmes. Le prévôt n'avait pu éviter de parler de Gabrielle, puisqu'il avait avancé, dans les conclusions de son rapport, la thèse du drame passionnel. Mais il avait soigneusement omis d'indiquer la tentative de suicide. L'avocat avait trouvé porte close au domicile d'Antoine. Cette fois, les scellés étaient posés. D'autres que les gendarmes avaient mené l'enquête. Il ne fut pas difficile d'obtenir le rapport de la police municipale, qui avait procédé aux premières constatations. L'avocat fut assez surpris de découvrir une autre affaire, celle de Gabrielle.

Sans doute ne put-il lui rendre visite. L'autorité médicale s'y opposait. Mais il apprit incidemment que Gabrielle et son amie Gilda avaient été vues dans un beuglant. Il interrogea Gaston. Celui-ci convint qu'il connaissait la victime, un bien sympathique lieutenant cousu d'or, un peu extravagant. Il parla de la Dorsay et des uniformes de fantaisie. Il donna même des indications imprévues sur les débuts de la liaison d'Antoine avec une chanteuse de son établissement (ainsi présentait-il Gabrielle). Le lieutenant, prétendait-il, l'avait jouée aux dés avec un officier de dragons, un certain Vallombreuse. Le dragon était furieux d'abandonner sa jolie maîtresse, d'autant qu'il était encore plus riche et plus munificent qu'Antoine. Il l'avait, dit sentencieusement Gaston, couverte de bijoux.

L'avocat était édifié : la jeune fille de la rue de Turenne était une petite grue. Seule la guerre expliquait que deux aussi puissants seigneurs se soient disputé ses faveurs. Antoine, le plus fou, avait entretenu la belle. L'avocat avait vérifié : la maison avait été louée au nom de Mme de La Salle.

La participation du soldat Jean Tardy au drame demeurait incompréhensible. C'est pourquoi le jeune enquêteur souhaitait le rencontrer. Le suicide était une affaire banale : la petite, menacée d'abandon et désespérée, avait voulu mettre fin à ses jours. La police ignorait le rôle de la mère d'Antoine dans la rupture ; peu lui importait : Gabrielle avait voulu se tuer par amour déçu.

Pourquoi le soldat Tardy avait-il commis un meurtre ? Était-il parent de la victime ? Nullement. Il n'était ni son fiancé, ni son amant et ils n'étaient pas originaires de la même région. Quelqu'un se souvenait d'avoir vu un soir le fantassin avec la fille à une séance de cinématographe. Maigre indice. Il pouvait seul donner la clé du mystère. À moins que l'autorité militaire ne dispose d'un dossier secret, qu'elle ait eu dessein de ne pas révéler avant le jour du procès.

Si l'on ne pouvait faire la preuve d'une relation quelconque entre Jean et la fille, le meurtre resterait incompréhensible. L'avocat comptait sur Jean pour l'éclairer : il fut déçu. Le prisonnier ne voulut rien lui dire de ses relations avec Gabrielle. Oui, il la connaissait. Non, elle n'était pas sa maîtresse. C'est tout ce qu'il put obtenir. Jean ne voulait à aucun prix que son drame personnel fût livré en pâture au public. Il mourrait sans parler.

— La petite Gabrielle va mieux, dit soudain le jeune avocat, pris d'une inspiration.

Son regard ne quittait pas le visage bouleversé du soldat. Il vit à sa réaction qu'il avait deviné juste. Jean sortit de sa prostration.

— L'avez-vous vue ?

— Pas encore, mais je la rencontrerai très prochainement. Il le faut bien.

Jean retomba dans son mutisme. Allaient-ils faire parler Gabrielle, l'introduire dans cette comédie de justice, lui poser d'impitoyables questions ?

— Elle n'est pour rien dans cette affaire. Laissez-la tranquille.

— Pourtant, poursuivit l'avocat, vous l'avez revue avant et après le drame. Les témoins sont formels. Ils vous ont reconnu à l'hôpital. Dites-moi tout, je vous en prie, je suis votre ami.

Jean soupçonnait qu'on lui tendait un piège. Pour lui, tous étaient ses ennemis, les avocats comme les juges. Ils seraient d'accord pour qu'il soit fusillé. Il n'avait aucune indulgence à attendre d'eux. Mais qu'ils épargnent au moins Gabrielle.

— C'est vrai, je l'ai revue. Mais elle n'a pas pu me parler. Je l'aimais, et elle aimait Antoine. Pouvez-vous comprendre cela ?

— Comment l'avez-vous connue ?

— Cela ne vous regarde pas.

— Pourquoi avez-vous tué Antoine ?

Jean regarda intensément le jeune homme. À ce point précis de la discussion, il avait besoin d'un allié. Il décida de tout lui dire. Il avait surpris le dialogue d'Antoine et de sa mère. Il savait qu'Antoine allait l'abandonner. L'avocat devait comprendre, scandait Jean, que les deux affaires étaient liées. Il n'aurait pas tué le lieutenant s'il n'avait été rendu fou de douleur par la tentative de suicide de la petite.

La tâche de la défense était simple : elle devait faire éclater la vérité, en rapprochant les deux dossiers, celui de la police, celui de la prévôté. L'avocat exultait : certes, il n'avait pas les moyens, dans les circonstances très particulières du meurtre, d'obtenir la vie sauve pour son « client ». Mais il pouvait profiter de l'embarras manifeste de la justice militaire pour tenter de créer un incident au procès. Il décida de s'en ouvrir au commissaire rapporteur de l'armée.

— Gardez-vous bien, lui conseilla ce dernier, de soulever des vagues. La victime avait de si hautes protections que nous devons, vous et moi, rester discrets.

— Suis-je ou non le défenseur de Jean Tardy ?

— Sans doute, sans doute. Mais vous êtes bien jeune. Agissez selon votre conscience, je vous aurai prévenu.

L'avocat réfléchit. Les plus importants personnages de l'État avaient appartenu au barreau. Raymond Poincaré avait été secrétaire de la conférence. Quant à Clemenceau, le président du Conseil, il était l'un des principaux acteurs de la réhabilitation de Dreyfus. Comment les « hautes instances » pouvaient-elles à ce point se renier ? Il est vrai que la guerre devait avoir changé tout cela.

— Je comprends, reprit le jeune homme, que la famille désire étouffer une affaire qui n'est pas à son honneur. Le lieutenant est mort sous les coups d'une sorte de redresseur de torts venu de la campagne, amoureux d'une fille de beuglant. Il y a des morts plus glorieuses, surtout avec les états de service d'Antoine de La Salle, officier modèle. Oui, je comprends ces réticences. Mais enfin, l'assassin est aussi un patriote, voire un héros. On ne distribue pas la médaille militaire pour rien. Ses citations sont éclatantes. Pour qu'un homme aussi remarquable soit poussé à cette extrémité, je dois faire ressortir dans toute son ampleur son indignation.

— Certes, certes, répondit le commissaire. Toutefois, rien ne vous oblige à chercher trop loin dans les motivations de ce jeune homme. Il ne sauvera pas sa tête et vous le savez bien. Je vous le dis en confidence, la personnalité du prévenu n'est pas aussi brillante que vous le croyez.

— Certes, dit le jeune homme qui avait rencontré les camarades de Jean, le soldat Tardy était une mauvaise tête, violente et colérique. Il a refusé certaines missions que lui proposaient ses supérieurs. Mais il s'est porté volontaire pour des opérations suicide, qu'il a magnifiquement réalisées.

— Il y a d'autres présomptions. Mais je ne me sens pas autorisé à vous en parler aujourd'hui. Elles relèvent d'une enquête approfondie du deuxième bureau.

— Je suppose que le dossier me sera communiqué avant le procès ?

— Je l'espère. Si j'y suis autorisé, soyez sûr que je vous donnerai aussitôt toutes les pièces en ma possession, et vous serez surpris.

Le jeune homme comprit qu'il ne pourrait obtenir davantage de ce colonel sexagénaire, maintenu en activité pour services rendus à la justice militaire. Trop prudent pour s'aventurer. Sans doute ne lui dirait-il rien avant le procès. Un « dossier secret » de plus : vive Clemenceau !

Il décida de poursuivre seul l'enquête. Il cherchait la nature exacte des rapports de Jean et d'Antoine. Seule la fille pouvait l'informer. Elle était invisible. L'autorité militaire refusa de lui communiquer le nom de l'hôpital où elle était soignée. Il fit le tour des établissements de la région de Belfort. Giromagny d'abord. À sa grande surprise, on avait doublé la garde à l'entrée. Le major se refusait formellement à lui communiquer la liste de ses pensionnaires.

— Ordre de l'état-major de l'armée, disait-il.

Il en fut de même à Dannemarie. Le major ne voulut pas le recevoir, ce qui lui parut suspect. Il insista, interrogea, à l'entrée de l'hôpital, des filles de cuisine. Elles ne purent rien lui dire. Il eut tout à coup la surprise de voir une jeune femme sortir de la salle commune. Les visites féminines aux soldats étaient rarement tolérées en zone opérationnelle ; celle-là n'était ni une infirmière, ni une employée : vêtue d'un pantalon d'homme, elle portait un sac à dos : c'était Gilda. Elle se laissa aborder et questionner.

— Je suis l'amie de Gabrielle, lui dit-elle, celle que vous cherchez. Elle vient d'échapper à la mort et ne peut vous répondre. Ils ne vous laisseraient pas lui parler. Mais ils ne se méfient pas de moi. Que voulez-vous savoir ?

Leur entretien dura deux heures. L'avocat n'avait pas le temps de prendre des notes, tant le débit de Gilda était précipité. Elle lui dit tout : la passion bizarre et malheureuse de son amie pour Antoine, passion qu'elle avait toujours réprouvée :

— Il n'était pas des nôtres, il vivait la guerre en paladin. La fin ne pouvait être que désastreuse pour Gabrielle.

L'avocat était de son âge. Elle avait l'impression de lui parler comme à quelqu'un de sa génération, qui pût la comprendre. Elle lui dit que Gabrielle inspirait à certains hommes une passion extravagante, et qu'elle avait souvent eu des problèmes pour leur échapper, car elle ne savait pas les décourager. Jean était de ceux-là. Antoine lui avait sauvé la vie.

— Que dites-vous ? J'ignorais ce détail. Il a son importance.

— Ils étaient devenus amis. C'est Antoine qui l'avait envoyé, un jour, rue de Turenne. Il voulait qu'il le remplace pour un soir, qu'il se fît en somme le chevalier servant de Gabrielle. Il ignorait seulement qu'ils s'étaient déjà rencontrés, dans le train de Belfort, et que Jean ne l'avait pas oubliée. On n'oublie pas Gabrielle.

— Très mauvaise affaire, dit le jeune homme : circonstance aggravante, il tue son bienfaiteur dont il est jaloux.

— Et jaloux sans raisons, ajouta Gilda. Car jamais il n'avait été l'amant de Gabrielle.

— Le lit ne fait rien à l'affaire. Sans doute était-il encore plus jaloux. Que s'est-il passé à l'hôpital, quand il lui a rendu visite, avant le meurtre ?

— Il lui a dit qu'il lui ramènerait Antoine. Il ne pouvait rien lui dire d'autre. Elle voulait de nouveau se suicider.

— Et après ?

— Il ne l'a pas vue. C'est à moi qu'il a annoncé son meurtre.

L'avocat n'avait pas besoin d'en savoir plus. Il se dit, en quittant Gilda, que la fortune était aveugle : elle avait rendu indifférent celui qui avait tous les moyens d'aimer – et fou d'amour celui qui n'avait jamais reçu l'aumône d'un regard.

Il comprenait parfaitement pourquoi la famille ne voulait à aucun prix de l'intervention de ces deux filles dans le procès. C'était avouer l'inconduite, la légèreté d'Antoine qu'attestaient, par ailleurs, de très nombreux témoignages. Le huis clos étant la règle pour les procès de ce genre, il ne s'attendait pas à ce qu'on lui permît d'évoquer le drame dans sa vérité : les juges s'emploieraient à éviter les témoignages gênants, comme ils avaient éliminé du dossier les pièces équivoques.

Le président du tribunal était un colonel assez jeune, de moins de cinquante ans. Il avait, sans aucun doute, fait carrière dans les états-majors. On l'imaginait dans les couloirs de Chantilly ou de Compiègne, un dossier sous le bras. Il était d'un abord glacé, distant. Son ton était cassant. Il n'avait manifestement pas l'intention de s'attarder sur une affaire qui lui pesait, qu'il avait acceptée par devoir. Généralement, les procès de mutins ou de déserteurs étaient jugés très vite. On était reconnaissant au défenseur de plaider rapidement, en allant à l'essentiel. On retenait certains critères, toujours les mêmes, pour motiver la condamnation. D'entrée de jeu, le colonel voulut montrer à ce jeune homme qu'il n'avait pas de temps à perdre : pour lui, la cause était entendue. Toutefois, il donna la parole à l'accusation, qui avait des révélations à faire sur certaines activités de l'accusé, que le deuxième bureau de l'armée venait de découvrir. Cela expliquait, ajoutait sèchement le président, que le dossier n'eût pas été communiqué auparavant à la défense. Il n'était d'ailleurs nullement nécessaire d'en faire état pour obtenir condamnation : les faits reprochés à l'inculpé étaient trop graves. Toutefois, l'accusation tenait à y faire allusion, ne serait-ce que pour mieux situer la personnalité du coupable.

Pendant ce discours, Jean, entouré de deux gendarmes, n'avait pas bougé. Son visage était inexpressif. Il ne s'intéressait nullement au procès. Il ne comprenait pas les insinuations du colonel. Aussi fut-il fort surpris d'entendre qu'il avait favorisé le passage en Suisse d'une espionne, la femme Henriette D. dont l'amant était un ouvrier italien qui avait lui-même échappé à la vigilance des services spéciaux. La femme, qui se faisait passer pour malade et enceinte, avait été identifiée à Berne. Elle procurait à son amant des renseignements sur les usines d'armement.

L'information fit sensation. L'avocat, désemparé, se tourna vers Jean que rien ne pouvait tirer de sa torpeur.

— J'ajoute, dit l'officier procureur, que ladite Henriette D., elle-même d'origine italienne, a été abritée et cachée plusieurs jours au domicile du lieutenant Antoine de La Salle, en son absence. Il ignorait naturellement la présence sous son toit de l'espionne.

— C'est faux, dit brusquement Jean.

— Vous n'avez pas la parole, coupa le président.

L'avocat protesta. Si l'on faisait état d'un dossier secret, la moindre des choses était de permettre à l'accusé de se justifier.

Jean assura le tribunal qu'il avait en effet accompagné à la frontière une malheureuse jeune femme, malade et enceinte. Il pouvait jurer qu'il avait vu de ses yeux une infirmière l'examiner devant lui dans le train. Il ne pouvait y avoir supercherie.

— Entre votre parole et le rapport du service spécial, notre opinion est faite, trancha le colonel.

Jean était atterré : on ne voulait pas seulement le condamner, mais le déshonorer. L'avocat comprenait enfin l'utilité de ce rapport : vrai ou faux, il permettait à l'accusation de présenter Antoine comme la victime innocente d'une bande d'espions, d'asociaux, d'entraîneuses sans scrupules. Certes, il avait été léger. Mais les autres étaient complices. On enlevait ses armes au jeune avocat. Son « client » n'était pas seulement un assassin. On tenait le mobile qui pouvait le faire condamner à mort pour autre chose qu'un drame passionnel. Il était complice d'actes illicites dirigés contre la défense nationale et la sécurité d'un État en guerre. Gageons que ce mobile serait retenu en premier dans le dossier. Pour le président, la cause était entendue. On passa très vite sur la suite : les faits étaient bien connus. Le fantassin Tardy, intégré au groupe des filles faciles et des espions, avait longtemps profité des bonnes grâces d'un homme qui lui avait sauvé la vie au front. Les faveurs dont le lieutenant comblait l'entraîneuse avaient rendu le prévenu fou de jalousie. Il était allé jusqu'au meurtre, sans doute parce que la fille, craignant de perdre son protecteur, avait voulu rompre toute relation avec la bande. Telle était la thèse de l'accusation. Jean se sentait si étranger à ce discours qu'il était retombé dans son atonie. Rien ne pourrait plus l'en sortir.

Le jeune avocat, fort éloquent, avait fait de son mieux pour toucher les officiers. Il avait évoqué Racine et le drame des passions qui ne connaissent pas, disait-il, de classe sociale et qui ignorent le rang et les privilèges. Ce discours avait fort indisposé le colonel qui tapotait nerveusement la table avec ses lunettes. Le commissaire haussait les épaules.

— A-t-il tué, oui ou non, le lieutenant de La Salle de dix coups de baïonnette ?

La réponse était oui.

On discuta sur les circonstances atténuantes et sur la préméditation. L'avocat plaida l'accès de folie.

— Croyez-vous, disait le colonel, qu'un homme quitte sa compagnie, son lebel à la main, sous l'emprise de la colère ? Il cherchait la victime, il l'épiait. S'il a tué à l'arme blanche, c'était pour ne pas attirer l'attention. Si la fille l'avait suivi, il aurait déserté. Sans doute serait-il aujourd'hui en Suisse, avec ses complices...

À l'unanimité, Jean Tardy fut condamné à mort. L'exécution devait avoir lieu le lendemain matin. L'avocat fit part de son intention de demander un recours en grâce.

Il lui fut refusé. Pétain avait obtenu du pouvoir civil, pendant la période des mutineries, une accélération de la procédure judiciaire : désormais, chaque cas de condamnation à mort n'avait plus besoin d'être soumis à l'agrément du président de la République. Le colonel avait des instructions précises : il devait faire vite.

La date d'exécution fut maintenue : Jean Tardy mourrait le lendemain, à l'aube. Il dormit profondément pendant toute la nuit. Le procès l'avait soulagé, il n'avait plus rien à redouter des hommes. Il ne refusa pas de recevoir l'aumônier, mais il ne formula aucun regret de son acte.

Le peloton était constitué d'Alpins qui n'avaient jamais combattu aux côtés du 226e régiment d'infanterie. Les hommes tremblaient de froid en marchant vers le lieu sinistre de l'exécution, un fossé des remparts du fort. Le lieutenant qui commandait n'osait regarder le condamné en face. Un tout jeune officier, dont c'était la première mission de ce genre.

Quand résonna le tambour, Jean marcha droit vers le poteau, refusant de se laisser bander les yeux. Il ne faiblit pas une seconde. La décharge le coucha d'un coup. Il était mort comme il l'avait souhaité : debout.

L'officier, d'une main incertaine, lui avait donné le coup de grâce en détournant la tête. La fosse était prête. Ainsi finit Jean de Colombey. Une seconde avant la décharge, il avait murmuré le nom de Gabrielle. Il l'emportait avec lui.

À cet instant précis elle montait, avec le secours de Gilda, dans un wagon de troisième classe du train de Vesoul. Elle s'allongea sur la banquette en bois clair, et s'endormit, aussitôt, d'un sommeil aussi profond que la mort.

LE FOU
DE MALICORNE

I

LE MARCHÉ COUVERT

Il est midi au clocher roman de ce petit bourg de l'Allier que la guerre semble avoir épargné.

Les lourdes portes de fonte du marché couvert lentement se referment en ce jour de juillet 1943. Au bruissement des feuilles de platanes de la place de l'Église, seule Mémette la berdine, qui crochète les fanes de choux sur le carreau des étalages, a le pressentiment que, sous le vent d'est, quelque chose va changer.

Aujourd'hui encore, les ménagères s'en retourneront sans espoir d'améliorer l'ordinaire. Pourtant, elles s'attardent un peu pour bavarder, il fait si beau ! Nulle d'entre elles ne songerait à évoquer les drames de la guerre, ou à quereller le boucher Bourgois qui arbore des biceps gros comme des cuissots de bœuf et un torse de gladiateur. Cet homme avantageux, dont on ne compte plus les bonnes fortunes, agenouille un taureau aux abattoirs en le prenant aux cornes. À quoi bon lui reprocher indéfiniment de ne plus s'installer au marché ? Même à la boucherie, il manque de viande le jour où les tickets sont libérés.

Galoches aux pieds, vêtues de noir hiver comme été, elles s'acheminent sans hâte vers leurs carrioles qui les ramèneront aux hameaux de Villebret, Chamblet, Durdat-Larrequille, Malicorne ou Ferrières. Pour l'heure elles s'agacent, le garde champêtre ne cesse de les harceler :

— Dépêchez-vous, les dames !

— Les hommes ne sont pas prêts, dit en maugréant Juliette, fermière à Villebret. C'est eux qu'il faut bousculer! Allez les voir chez la Marie!

Il ne s'y risquerait pas. La Marie, c'est le cabaret républicain du bourg, né avant l'État-dictature de Pétain, « du temps où il y avait une République ». On y buvait la goutte à la même heure, le même jour, sous Clemenceau et peut-être Gambetta. Avec son dos rond, ses yeux plissés et ses pommettes ridées, la Marie qui n'a pas d'âge reste très alerte pour servir des chopines aux hommes les matins de marché, de messe ou d'enterrement. Car seules les femmes vont prier dans la nef de la belle église romane au triple clocheton d'ardoise, où la voix du curé emplit les voûtes jadis hantées par les Gallo-Romains et les villageois au temps de Clovis.

Jamais une femme n'est entrée chez la Marie. L'estaminet est réservé aux hommes. Beaucoup viennent de la campagne, en pantalon et veste de velours, boire entre eux. Nul n'a l'idée de troubler le rituel. Tels les bœufs quittant l'abreuvoir, ils s'ébranlent d'eux-mêmes quand midi sonne à la grande horloge. Leur pause terminée, ils reprennent le chemin de la ferme, fouettent leur jument, tandis qu'assise à leur côté la patronne compte la recette du jour.

On vient aux nouvelles chez la Marie. Bourgois et Martineau le marchand de biens, piliers du comptoir, offrent la tournée. Aujourd'hui c'est fête : le bar accueille un hôte de marque, l'ancien maire, Guy Guéret, compagnon de Marx Dormoy, ce maire socialiste de Montluçon que les miliciens viennent d'assassiner en posant une bombe sous son lit. Guéret, qui a été remplacé par un médecin à la retraite, un petit barbichu bien propre nommé par le Maréchal, vit seul avec sa fille Antoinette. Ses deux grands fils, Louis et Henri, ont quitté le bourg. On les dit partis pour l'Allemagne au titre du travail obligatoire, mais les initiés, comme Bourgois, laissent entendre qu'ils ne sont pas aussi loin.

— Les côtes du Châtelard et la forêt de Bourdesoule regorgent de travailleurs! lance-t-il d'un air entendu.

— Tais-toi donc, ton tour viendra. Il faudra bien que tu apprennes à tuer autre chose que des bœufs!

Bourgois ne relève pas. En âge de porter les armes comme les autres, il pourrait rejoindre le maquis. Mais qui tiendrait la boucherie ? Quant aux Allemands, on ne les a jamais vus réquisitionner bouchers et charcutiers pour faire tourner leurs usines d'aviation. Bourgois peut dormir tranquille. Il ne l'ignore pas et détourne la conversation :

— On a tué deux cents rats hier aux abattoirs.

Les paysans s'esclaffent.

— V'là qu'il va nous en donner à manger, comme en 70 !

Dans leur enfance, déjà, la chasse aux rats occupait leurs vacances : c'était à qui en tuerait le plus grand nombre en les lançant par la queue pour les fracasser contre les murs. Un jeu sauvage dont ils n'avaient pas honte. On les payait aussi pour cueillir au nid les vipères. L'Institut Pasteur organisait les récoltes. Ils savaient capturer les reptiles vivants en plaquant la petite tête triangulaire au sol à l'aide d'un bâton fourchu. C'était autre chose que de ramasser, comme les enfants des villes, des marrons pour la fabrication des savons, ou des doryphores dans les champs de patates.

Les chopines servies par la Marie délient les langues et les hommes discutent en patois, à voix forte. Dans ces campagnes de l'Allier, jadis radicales devenues socialistes, la résistance est une attitude spontanée, et l'on guette l'ouverture de la chasse aux Allemands. Hormis quelques vétérans de Poméranie, tranquillement stationnés à Montluçon, ils semblent avoir évité la région. Pour l'heure, les miliciens français qui sillonnent les routes en traction avant constituent le véritable ennemi.

Les conversations cessent lorsque Guéret, l'ancien maire, prend la parole :

— Savez-vous que Maurice, le berdin de Malicorne, a pris le maquis avec sa moto ? Faites attention, il pourrait bien nous faire tous pendre...

Au cœur du bourg et à l'abri de la place de l'Église, l'estaminet de la Marie domine une rue en pente. C'est la ville du haut, regroupée depuis Jules César le long de la route de Montluçon à Clermont – une voie romaine. Les gens du bas, notables, hôteliers ou médecins, n'ont que mépris pour ceux du haut. Aux bains, dans l'établissement thermal qui soigne les malades nerveux – on les appelle ici les « berdins » –, ceux du haut sont préposés aux basses besognes : tenir les lances aspergeantes, pousser les brouettes, laver le linge et servir dans les salles à manger. Le soir venu, chacun gravit la petite rue abrupte du Capitaine-Migat, un héros de la guerre de 14, et regagne sa maison de pierre au sol de terre battue blottie près de l'église.

La fin de la belle saison voit passer le dernier train des berdins, avec moquette et petits lampions aux fenêtres. Le bain, déserté par les riches curistes parisiens, s'assoupit. Les gens du haut se retrouvent entre eux pendant que bourgeois et hôteliers s'en vont avec la recette de la saison faire la noce dans la capitale, courir les théâtres et les cinémas. Depuis la guerre, les riches ne sont pas revenus. Et les beaux pullmans du P.-O.-Midi sont remisés en gare, bien alignés sur des voies spéciales.

Les hôtels, d'abord transformés en hôpitaux militaires, ont fermé définitivement. Seul le « petit bain » de l'établissement thermal maintient une activité. L'eau sort de terre chaude à 90°, pourquoi ne pas en profiter ? La piscine de vingt mètres carrés, qu'on refroidit à grand-peine, est mise à la disposition des enfants des écoles.

— Sont-ils bêtes de ne pas revenir, les Parisiens ! On ne me fera pas croire qu'ils trouvent mieux, là-bas, dans les restaurants du marché noir, pleins d'Allemands ! C'est pas comme chez nous, des fridolins, on n'en voit pas plus qu'en 18 !

Guéret reprend Martineau :

— Au village, c'est vrai, on ne risque rien, mais n'empêche, le monument aux morts est couvert des noms de nos petits gars tués en Lorraine ou à Verdun !

À cette simple évocation, les hommes se taisent comme si une minute de silence spontanée allait de soi :

— Il est temps de rejoindre la carriole, décide le cultivateur Lagorce, de Villebret. J'ai deux lieues avant d'être rendu.

— Allons donc, proteste Bourgois. Reprends un verre. Le garde champêtre nous attendra, ce n'est pas le jour de la mobilisation ! S'il n'y a pas de beurre au marché, il y aura toujours du vin chez la Marie pour les braves !

— Et chez le curé, ajoute Lagorce en lissant sa moustache. Il a été approvisionné hier par Dupré, de Domérat. Je l'ai suivi sur la route. C'est le livreur attitré de monseigneur. Tout va bien pour lui. Le plein de burettes est assuré pour l'hiver !

— Du p'tit blanc de Coureau qui brûle tout, même la pierre ! Le curé va être malade.

Droit comme un pétiau de vigne, Lagorce prend congé en lançant avec force cette scie qui date du p'tit père Combes :

— As-tu déjà vu crever les corbeaux ?

À peine a-t-il franchi le seuil du bar, Lagorce revient précipitamment vers le comptoir :

— Les gendarmes sont là !

La nouvelle stupéfie. Au bourg, les gendarmes ne se déplacent jamais sans raison. On ne les voit pas frapper chez l'habitant pour y déloger les réfractaires au STO ni patrouiller dans les campagnes. Bien sûr, en mai et juin 1940, ils traquaient les parachutistes et les espions. Et lorsque, l'hiver suivant, le Maréchal est venu en voisin de Vichy, ils étaient là aussi, bien sanglés dans leurs uniformes. Depuis, plus rien. Le chef Pélissier fait le mort.

Lagorce jette un regard vers Guéret :

— Et si tu allais voir ? S'ils sont sur la place, ce n'est pas pour y chercher les voleurs de prunes. Ils ont reçu des ordres. Ils pourraient faire une rafle comme samedi dernier à Montluçon. Tous les gars ont été embarqués à la sortie du cinéma. Direct pour les usines en Allemagne !

Guéret quitte rapidement le bistro de la Marie et se dirige à la rencontre du chef Pélissier.

Au comptoir, les commentaires se déchaînent.

— Tu crois qu'ils auraient l'audace de nous piquer chez nous ? interroge Bourgois, soudain inquiet.

— Faut voir, répond Lagorce. Je n'aime pas la boutique des miliciens, à Montluçon.

— Des miliciens ? Des voyous, tu veux dire, échappés du bagne et de prison.

— Des bons à rien !

— Toujours assez bons pour arrêter les gens ! Paraît qu'ils ont la gâchette rapide.

L'ancien maire est de retour, à demi rassurant.

— Rentrez chez vous, les gars. Ils ne nous veulent aucun mal, mais ils ont reçu l'ordre de faire place nette autour du marché couvert.

À cet instant, le bedeau apparaît, galopant vers l'église.

— Il part sonner le tocsin, lance Bourgois.

Cerinelli l'Italien n'est pas un vrai bedeau. Plâtrier chez un entrepreneur de la route de la gare, il donne un coup de main au curé. Depuis la fin des années 1920, ils sont nombreux, ceux de son pays, venus de Florence ou de Milan par trains entiers, se réfugier au bourg. Vivre en Italie était devenu difficile, et le Duce n'aimait pas le désordre. On leur avait trop fait boire pas mal d'huile de ricin dans les *camioni*, pour s'être mis en grève. Ils avaient demandé asile dans un pays libre. Pourquoi s'étaient-ils arrêtés à Montluçon ? L'attrait des usines, sans doute.

On aimait bien Cerinelli. Il quêtait à la messe, aidé de son garçon aux cheveux bouclés, enfant de chœur. Incroyablement agile, le petit bougre savait grimper dans le beffroi si la corde de la cloche se coinçait, champion d'escalade lorsque les gosses du bourg jouaient à se percher en haut des grands platanes.

Cerinelli sonne plus vite et plus fort qu'à l'accoutumée.

— Dégagez ! crie le chef Pélissier. Dégagez vite !

Au son du tocsin, les paysans se sont hâtés de détacher les ânes en les piquant au cul avec les longues baguettes de coudrier qui tiennent toutes droites à l'avant de la carriole. Ils ont compris que le secteur n'était pas sain. La plupart, rescapés de la grande tuerie de 14-18, se souviennent. Il y a à peine plus de vingt ans, les prévôts se tenaient à l'arrière des lignes pour les empêcher de rentrer chez eux.

— Ce n'est quand même pas pour l'arrivée des autobus montluçonnais que vous nous virez comme des gitans ! gronde Lagorce.

Allez donc tirer les vers du nez d'un adjudant de gendarmerie ! Le chef Pélissier hausse les épaules.

— Rentrez chez vous et ne vous attardez pas en route ! Ce n'est pas la saison des cèpes.

— Plutôt celle des doryphores ! insinue Lagorce à tout hasard, guettant la réaction du galonné.

— Fais attention de ne pas en rencontrer en chemin, souffle tout de même Pélissier. Et si tu en vois, prends les chemins de traverse.

Lagorce enfonce sa casquette. Le message est bien reçu. Avec ses camarades, il emprunte la route de Chamblet, évitant la nationale. Il a compris à demi-mot la recommandation du gendarme : cette fois, c'est sûr, les fridolins ne sont pas loin.

Le mot d'ordre passe aussitôt d'une charrette à l'autre. Le danger vient de la route de Montluçon. Les paysannes aux jambes maigres gainées de chaussettes de laine ont grimpé sur la banquette, à côté des hommes, leur grand sac sur les genoux. Rangés en colonne sur la route de Chamblet et le chemin des Buloux, les ânes et les mulets prennent le petit trot. Pélissier n'a pas besoin de répéter son avertissement.

Guère impressionnés par la proximité du danger, les enfants du bourg ont tous filé sur la route de Montluçon pour organiser le guet. Ils ont déjà connu cette excitation. En juin 40, lorsque le maître avait incité à surveiller les étrangers et les voyageurs des autobus montluçonnais, ils avaient apporté leur concours enthousiaste. Jacquot, le fils du marchand de vin, se souvient qu'il avait cru bon ramasser, à l'arrêt des cars, la lettre que venait de déchirer un quidam à l'allure louche et au costume trop beau pour la station. Il en avait solennellement remis tous les morceaux aux gendarmes. Le chef Pélissier lui avait tapoté la joue pour le remercier. Le lendemain, il s'était fait tirer les oreilles. Les brigadiers avaient perdu deux heures à recoller la lettre d'amour d'une femme abandonnée…

C'est encore Jacquot qui entraîne ses amis sur la terrasse de la mairie.

— J'entends un bruit de moteur !

Les plus audacieux pédalent à toute vitesse jusqu'au camp de César, d'où l'on aperçoit la ville de Montluçon. Les autres grimpent en haut du viaduc de granit par la voie de chemin de fer. La route est à leurs pieds.

À son tour, Pierrot le fils du facteur se souvient de leur jeu favori qui consistait à traverser la route en courant au ras du capot des voitures militaires. Paris stupides auxquels succédaient de joyeux désordres : coups de frein brutaux, cris d'injure des chauffeurs. Ils avaient vu l'armée française en retraite bivouaquer place de l'Église. Pierrot songeait à la diane, jouée par les soldats à l'aube, sur le marchepied d'un vieil autocar fatigué. Ces hommes fourbus, qui venaient de la Meuse ou des Ardennes, poursuivaient leur retraite vers Clermont. On ne comptait guère de galonnés parmi eux. Étaient-ils morts au combat ?

Les Belges, arrivés plus tard, avaient été logés par le maire Guéret dans les salles de classe. Au village, c'étaient les seuls militaires qu'on ait vus stationner longtemps. Pour les gosses, quelle aubaine ! Coiffés des casques de l'époque du grand-père, ils pouvaient jouer à la guerre à coups de cailloux, en creusant des tranchées comme de vrais soldats. Ils finissaient par écoper des blessures. L'instituteur ne décolérait pas.

Ainsi, la guerre était de retour. On verrait de nouveau défiler les canons, peut-être les fameux tanks allemands. En avaient-ils encore ?

Jacquot avait son opinion là-dessus :

— Ils les ont tous perdus en Russie !

Désertée par les enfants, la place redevenait le royaume des chiens du bourg. En liberté d'un bout de l'année à l'autre, ils trouvaient leur pitance dans les poubelles des marchés, scandalisant les paroissiennes par leurs accouplements bruyants à la saison des amours. Pour faire cesser le manège, Picavet le marchand de journaux, correspondant du journal *Le Centre*, séparait les couples de chiens sodomites en les aspergeant d'eau froide. Drapé dans son immense blouse grise, le vieux jargeot ajustait son lorgnon, tirait sa montre. L'autobus montluçonnais de la compagnie Rossignol n'était pas à l'heure, cela devenait intolérable.

Les enfants ont signalé son arrivée par des cris. Ils se sont rués à sa rencontre, dans la côte de la mairie, pour grimper sur son toit par l'échelle. Le vieux chauffeur laisse faire. Le soir, après 18 heures, il remorque de Montluçon une théorie d'ouvriers à bicyclette qui s'accrochent à l'arrière, se tenant les uns les autres par l'épaule. L'hiver, il faut souvent s'arrêter le long des sept kilomètres de montée presque continue, car les pneus lisses patinent sur la glace. Les cyclistes prêtent main-forte en cueillant des genêts qu'ils glissent sous les roues. Dans un redémarrage poussif et laborieux, le pachyderme à l'antique livrée bleu et or peut repartir. Son gazogène donne au chauffeur de graves soucis. Pourtant, à midi, le car qui monte à vide est rarement en retard. En repartant, il charge les passagères qui se rendent à Montluçon pour des achats, une visite chez le docteur ou chez le marchand de biens, parfois un saut chez le tailleur Conchon-Quinette. Dans son grand magasin du boulevard de Courtais, il expose des costumes en fibre de bois ou de verre – on ne sait trop de quelles matières sont composés ses articles...

Le charron Renaud porte la main à son gousset. Lui aussi interrompt son ouvrage pour contrôler l'heure d'arrivée de l'autobus. Douze minutes de retard, ces gazogènes ne valent décidément rien ! Et il n'est pas sans réprimer un rictus de satisfaction, Renaud. La mécanique va mal, par les temps qui courent. À soixante-dix ans passés, il avait cru devoir fermer boutique et prendre sa retraite : même l'épicier Boudou, fournisseur des Bains en produits fins, avait surmonté sa proverbiale avarice pour s'acheter une camionnette à essence. Les gendarmes eux aussi avaient depuis longtemps revendu leurs chevaux et transformé l'écurie de la brigade en garage pour y loger leur Juvaquatre Renault. Il ne restait guère que les facteurs pour poursuivre dans les campagnes leurs tournées à bicyclette. Renaud avait repris du service lorsque les carrioles s'étaient à nouveau arrêtées devant sa forge. Il avait réengagé des apprentis pour cercler les grandes roues des tombereaux au charbon de bois, rallumé le foyer pour réparer sur l'enclume les charrues endommagées, les socs brisés ou tordus par les cailloux des champs. Il s'est même fait bourrelier pour restaurer les attelages fatigués. Renaud se voûte tant à force de taper sur son enclume qu'on le prend pour un bossu. De plus, les jeunes aides s'éloignent les uns après les autres, redoutant d'être embarqués pour l'Allemagne.

C'est Louise, sa femme, qui le seconde désormais pour les cerclages, avec Rémi, le simplet aux bras solides. Toutefois les clients fournissent le charbon de bois qu'ils vont récolter dans les forêts en faisant brûler les branches mortes sous des chapeaux de glaise. On retrouve les vieux usages.

— Ce n'est pas catholique, chuchote Louise à son mari en désignant les gendarmes. Regarde, ils restent là et, pourtant, les paysans sont tous rentrés chez eux.

Pélissier interpelle les rares passagers qui descendent du car.

— Rentrez chez vous immédiatement, et ne vous attardez pas en ville !

On reconnaît Martin le pharmacien. Stupéfait par une telle sommation, il descend la route des Bains sans demander son reste. Un autre voyageur, Bonnichon, hausse les épaules. C'est le plombier qui revient de Montluçon, des tuyaux de plastique sous le bras, pressé de reprendre son travail. À l'arrêt des autobus, juste devant l'urinoir municipal creusé à grands frais dans un cimetière mérovingien – objet de légitime fierté pour la mairie –, se détache une petite silhouette drapée dans une cape sombre. Une de ces capes à capuchon qui servent encore aux écoliers l'hiver.

— Où a-t-elle encore dormi cette nuit ? demande Louise, grommelant dans son dentier.

— Il faut bien que jeunesse se passe, répond Renaud plein d'indulgence. Qui peut-elle bien attendre ? Les garçons deviennent rares par ici.

Ils ont reconnu Avelina, la petite Portugaise, la fille de Catarina, laveuse à l'établissement thermal qui loue ses bras robustes aux particuliers. Tout le monde connaît la Catarina au bourg. Elle a les yeux noirs comme du charbon, et une peau olivâtre qui jaillit généreusement de son corsage entrebâillé lorsqu'elle pousse des montagnes de linge immaculé au retour du lavoir. Un cœur d'or, la Catarina. Sa porte est toujours ouverte aux enfants du quartier, attirés par le « chicoulat » qu'elle déniche au fond d'un placard tout noir et distribue à longueur de journée. Elle et son mari Alberto se sont installés à la fin de la Grande Guerre – Alberto ne voulait plus rester au Portugal. Engagé dans une division portugaise de l'armée anglaise, il avait fait la guerre dans la région d'Arras. Menuisier, il avait trouvé du travail dans la reconstruction de la cathédrale de Reims avant de faire venir sa femme auprès de lui.

Catarina est incapable de se souvenir des circonstances qui l'ont amenée à Montluçon. Dans les années 1930, après un accident qui l'avait amputé de trois doigts de la main droite, Alberto avait eu les pires difficultés à trouver du travail. Il n'était plus bon qu'à aider le fabricant de cercueils. Un jour où il avait bu plus que d'habitude, c'est lui qu'on avait couché dans la bière pour le conduire au cimetière municipal, juste derrière le lavoir où travaillait sa femme.

Catarina a connu d'autres malheurs. Son fils Roberto, gardien dans l'équipe de football de la ville, est mort des suites d'un coup de crampon au genou. La blessure avait provoqué une crise de tétanos, infection qu'on ne savait pas soigner à l'époque. Le beau jeune homme aux cheveux de jais avait suivi son père au cimetière, dans le corbillard des pauvres. Tout le bourg était présent, le maire Guéret en tête de cortège. Éplorée, Catarina devait aussi consoler sa fille, qui avait le soir de longues crises de larmes.

Désormais seule pour élever son enfant, la mère a augmenté le nombre des lessives et pris un locataire, l'énigmatique Gaspard, un mineur portugais qui ne dit jamais un mot. Lorsqu'il rentre de son trou à charbon, il mange en silence la soupe de citrouille ou de haricots rouges qu'Avelina lui prépare. Il boit un verre de vin noir comme de la houille et part se coucher dans l'alcôve où la mère a aussi son lit, en tout bien tout honneur. La petite, elle, dort dans la cuisine, sur un lit de fer que l'on déplie tous les soirs.

Pour éviter d'être aperçue à l'arrêt d'autobus, Avelina se dissimule derrière le grand crucifix de fonte, érigé là en 1874 en présence de l'évêque de Moulins pour la grande mission de l'Immaculée Conception. Sa bicyclette à la main, elle attend. Le curé Vigouroux, pour rentrer à son presbytère, contourne la croix sans lui faire de remarque. Il n'est certes pas dans la confidence des gendarmes.

Le chef Pélissier a pourtant bien identifié la silhouette de la jeune fille. Pour lui, Avelina guette sa mère remontant des Bains, et veut l'aider à pousser sa brouette trop lourde. La Catarina n'est sûrement pas loin.

Le gros autobus bleu a soulevé un nuage de poussière pour faire le tour de la place et regagner son arrêt, en direction de Montluçon. Le départ, prévu pour 13 h 30, n'aura pas lieu. Les gendarmes, qui ont déjà prévenu ses employeurs, informent le chauffeur qu'il pourrait bien devoir coucher sur place. L'homme en casquette et blouse bleue traverse alors la route pour se rendre au bar où il a ses habitudes.

Avelina se retourne vivement. Elle a entendu des pas juste derrière elle. Ce n'est que Rémi, le simplet du bourg, qui l'aborde en souriant.

— Rentre chez toi, les gendarmes vont te prendre. Ils chassent tout le monde. Il paraît que les Allemands vont venir.

La jeune fille lui jette un regard sombre. Elle est grande et bien faite pour ses seize ans. Avec son port droit et sa longue chevelure noire et bouclée, elle ressemble à une princesse du Sud. Elle ne regarde pas, elle toise. Elle ne parle pas, elle questionne.

— Qui t'envoie, Rémi ? Ceux-là, peut-être ? dit-elle en désignant le charron et sa femme, les seuls qu'on aperçoive encore sur la place du marché devant leur forge.

— Non pas, répond le bon géant Rémi en fixant ses sabots, comme un serf coupable. Mais j'ai entendu les gendarmes. Personne ne doit rester ici.

Tout le monde au bourg apprécie la sérieuse Avelina, même les Renaud, qui calomnient par plaisir – « parce que la langue leur remue » –, comme dit le maire Guéret. Après son certificat d'études, on l'a engagée volontiers pour faire des ménages. Elle était fière d'aider sa mère.

Sa petite croix de baptême danse autour de son cou très brun. Avelina, anxieuse, mordille la chaîne d'or. Rémi l'instinctif voudrait la prendre par l'épaule pour la raccompagner chez elle mais, farouche, elle se dérobe. Un impérieux devoir la retient là, debout derrière le crucifix de fonte.

Rémi n'insiste pas et s'éloigne pour s'atteler à la voiture à bras qu'il promène en permanence à travers le bourg, toujours prêt à assurer les transports à petite distance ou les déménagements de vieux objets. Une autre silhouette apparaît derrière Avelina qui reconnaît tout de suite Mémette la berdine dont la maison jouxte la place. La Mémette est riche, dit-on, comme Crésus. Elle possède une boutique où sa fille vend des pelotes de laine. Mais plus personne ou presque n'ose s'aventurer encore au magasin devenu le fief d'une quarantaine de chats. La vieille femme passe le plus clair de son temps place de l'Église, arrachant avec ses ongles les écorces des grands platanes pour allumer son feu. On craint un peu cette berdine qui tient des propos incohérents, car elle connaît son monde et peut faire mal.

— Il ne viendra pas, dit-elle à la jeune fille. Fou, fou, fou ! Il est parti pour la guerre !

Et de fredonner *Trois jeunes tambours* entre ses chicots jaunis, tout en agitant ses écorces au creux de son tablier.

Avelina sourit avec tendresse à la Mémette qui s'est assise à ses pieds, sur la marche du crucifix. Les vieilles, surtout celles que la vie a rejetées sur la grève, ont toujours ému l'adolescente. Elle se souvient de sa voisine, Mlle Marie-Louise, qui s'est éteinte comme une chandelle, à la fin d'une très longue nuit de décembre. À cette évocation, Avelina se serre dans sa cape noire ; elle revit un instant les froides heures de l'aube où elle avait fermé les yeux de sa vieille amie. La morte était digne, face-à-main et cordon de velours noir autour du cou. Dans sa maison basse du quartier ouvrier, les mineurs portugais et les plâtriers italiens étaient venus se recueillir le soir même. Mais seule Avelina avait veillé jusqu'au bout.

Ses yeux noirs scrutent, brûlés par le soleil, pendant que Mémette la berdine marmonne sa chanson. Il ne viendra pas. Elle tire un mouchoir de la manche de son corsage blanc, essuie une larme et, résignée, saisit le guidon de sa bicyclette pour rentrer. Les gendarmes l'observent toujours du coin de l'œil, sans intervenir.

Alors, tout se passe très vite. Une pétarade jaillit de la route de Chamblet. La Mémette pousse un cri étranglé. Avelina bondit sur sa selle et se précipite vers le marché couvert. Un jeune homme blond vêtu de kaki, des lunettes de mica noir dissimulant ses yeux, une casquette de toile enfoncée sur ses cheveux blonds, surgit dans le vacarme effrayant de sa moto.

— Laisse ton vélo et monte en croupe, hurle-t-il, arrivé à la hauteur de la jeune fille.

Les gendarmes sifflent, courent à leur Juvaquatre, mais le motocycliste et sa compagne ont déjà disparu. Cramponnée à son siège, Avelina crie à l'oreille de son cavalier :

— Attention, ils sont sur les dents ! Les Boches arrivent !

Sur le pas de sa porte, le charron est resté pétrifié :

— Le berdin ! lâche-t-il se redressant de toute sa taille dans son tablier de cuir noir. Le berdin est de retour !

II

LA MOTOCYCLETTE

Connu de tout le bourg comme un extravagant, Maurice – à l'issue d'une scolarité plutôt nulle où il terrorise l'instituteur Delofre qui le voue à tous les diables de l'enfer – trouve une place au garage Desmarais, près de la gare. Il n'y travaille pas longtemps. Le patron, mécontent de le voir accumuler, comme à dessein, les bévues sur les camionnettes et les voitures, finit par se lasser de cet incapable, toujours prêt, en revanche, à passer des heures sur le moteur d'une moto. Insouciant, Maurice vit depuis au hasard des petits travaux de réparation qu'on veut bien lui confier. Pendant que les jeunes de son âge collectionnent les photos de champions du Tour de France, il préfère épingler aux murs de sa chambre les bolides de marques étrangères dont il vénère les noms : Norton, Triumph, Harley Davidson, découpés dans des revues spécialisées. Rêvant de posséder un jour un de ces monstres, il joue ses maigres gages à la Loterie nationale. Bien sûr, il ne gagne jamais. Pour la plupart de ses camarades, apprentis consciencieux dans les ateliers des environs, il est devenu objet de dérision. Sa passion le consume tout entier.

Un jour, un paysan de Villebret l'entraîne dans son hangar et lui montre, cachée au milieu des charrues, une Peugeot de course, modèle V-Twin 1904. Le sang de Maurice ne fait qu'un tour. Oubliant le reste, il prend pension à la ferme et, sans réclamer le moindre salaire, s'attelle au démontage de l'engin, pièce par pièce. Quarante-huit heures plus tard, le moteur ronronne. Il a réussi ! Le paysan, stupéfait de son habileté, l'avait alors autorisé, un jour de fête, à caracoler sur sa machine antédiluvienne, devant la population du bourg et des Bains.

Maurice, qui n'a alors que seize ans, ne connaît et ne veut connaître que la moto. Orphelin de mère, délaissé par un père violent qui les maudit lui et sa passion de la mécanique, il n'a pas la vie facile. L'ancien sergent ne songe qu'à se débarrasser de ce « propre à rien », en l'expédiant dans la marine : « Une tête brûlée ! Pas besoin de certificat d'études pour faire un bon marsouin, allez ! Aux Colonies, on sait dresser les hommes ! » Le vieil irascible, qui ne veut plus donner un sou à son fils unique, l'accuse même de voler les rutilants engins sur lesquels il le voit juché.

— En attendant, disparais, fiche-moi le camp !

En fait de disparition, c'est la sienne qu'il décide un jour. Retranché dans la baraque de chantier de la carrière dont il a la charge, il semble préférer la compagnie de son chien, Tarzan, un dogue gris de Silésie. Maurice, livré à lui-même, continue d'habiter la petite maison du bourg où il a passé une partie de son enfance.

Le père et le fils Labourdette, qu'on appelle « ceux de Malicorne », ont mauvaise réputation. C'est qu'il ne fait pas bon venir de ce petit hameau, distant de quatre lieues – trois bonnes heures de marche à pied –, que l'on croit maudit. Encore moins, comme le vieux, être originaire de là-bas, où nul paysan des environs n'a jamais eu la curiosité de pousser sa carriole. D'ailleurs, on ne visite pas en ce temps-là. Tous les déplacements sont utiles, indispensables, et il est hors de question d'atteler pour rien. Malicorne est un bout du monde. À ce nom, les femmes se signent : il paraît même qu'on y fait avorter les filles enceintes en leur donnant simplement à boire de l'eau du puits du Diable. Une croyance qui a la vie dure.

Comment, dès lors, s'étonner que les Labourdette, père et fils, soient tenus à l'écart par les habitants du bourg ? On ne vient pas impunément de Malicorne. Plusieurs générations passeront avant que ne s'estompe la malédiction d'une telle origine.

Peu importe que le vieux se soit couvert de gloire à Verdun et au Chemin des Dames, tant d'autres y sont morts ! Même ceux des Bains figurent sur la liste dorée du monument de la mairie ! Les riches aussi reposent alignés dans les champs à croix blanches. Il serait outrecuidant que celui de Malicorne cherche à en tirer avantage. Chacun, ici, connaît la brutalité et la cruauté du vieux sergent, dont la main d'acier articulée inspire le plus grand dégoût. Il a trop fait souffrir sa femme. Dans les chroniques des veillées du bourg, le destin de la malheureuse est régulièrement évoqué.

Presque chaque soir, tantôt chez l'une, tantôt chez l'autre, les veilleuses rapprochent leurs chaises, tricot sur les genoux, et viennent causer, sans malveillance particulière, du voisin, de la famille ou d'elles-mêmes. Un événement vieux de plusieurs années peut rester à l'ordre du jour tant que son mystère n'est pas élucidé. Reprises de temps à autre, les histoires évoluent de manière insensible, et si les faits restent inchangés, les vieilles – plus sages ou plus sereines – en transforment l'esprit. Avant de porter un jugement sur les affaires d'autrui, on le mesure, on le pèse à l'aune du bien et du mal pour éviter de condamner trop vite. C'est toujours à demi-mot, pour respecter les pudeurs, qu'elles reprennent l'histoire de l'homme au bras d'acier.

Ces femmes, pieuses sans être bigotes, vont à confesse, font leurs Pâques et ne manquent ni les vêpres ni le rosaire du mois de Marie. Se marier ce mois-là offenserait la Vierge... Labourdette avait épousé sa femme en mai. Pas étonnant qu'elle ait eu des malheurs.

L'ancienne infirmière Marcelle Labrune est très attachée à Maurice. Cette vieille fille boiteuse a partagé sa vie entre la région de Toulon et sa demeure à clocheton d'ardoises, construite par son père, un ancien directeur des Postes. La bâtisse, imposante, domine l'impasse Molière où habite Maurice. Mère adoptive d'un garçon devenu un grand marin blond qui sert dans la flotte des Français libres, elle écoute, tous les jours, sans jamais l'avouer à ses amies veilleuses, la radio de Londres, redoutant que le navire *Étoiles des neiges* n'ait heurté une mine. Maurice, grand et blond, lui rappelle son fils adoptif. Si elle craint les emportements de l'un comme de l'autre, elle sait les admettre et défend toujours les deux gaillards avec vigueur.

Aux veillées, c'est souvent Marcelle qui reprend l'antienne de Maurice et de ses parents.

— À la fin de sa vie, sa mère se sentait persécutée. Dans la rue, elle se retournait tous les cent mètres, persuadée d'être suivie. Plusieurs fois, j'ai dû lui faire des piqûres calmantes pour l'endormir.

— Le vieux était une brute sadique avec elle, il la martyrisait, ajoute dame Martineau autrefois vendeuse de grain sur les marchés, et qui, plus que d'autres, aime les drames et les cris.

— Elle avait fini par vivre au bourg avec Maurice. Au début, elle suivait son homme à la carrière, obstiné qu'il était à vouloir coucher dans sa baraque. Il ne supportait pas le petit, prétendait qu'il n'était pas de lui, et faisait sans arrêt des scènes.

— Aulanier m'a raconté qu'un jour, en revenant de la chasse, il a entendu des cris de dispute dans la baraque. Le vieux battait et traînait sa pauvre femme par les cheveux. Aulanier avait voulu intervenir, mais Labourdette a bien failli les tuer tous les deux.

Les récits se relaient. Cette fois, la causeuse en a beaucoup dit. Un temps de silence et chacune songe à l'infortune de Maurice : ce gosse a bien des excuses d'être un peu berdin, c'est un rescapé, presque un ressuscité.

— Je me souviens encore de l'époque où sa mère s'est définitivement installée dans l'impasse, derrière chez moi, reprend Marcelle Labrune. Il n'y avait qu'une seule petite pièce sans chauffage. Elle dormait dans sa cuisine, et son gosse dans une minuscule alcôve. Elle vivait de la charité de ses voisines.

— De ses voisines… et de ses voisins ! lance dame Martineau qui se laisse aller avec jubilation aux insinuations malveillantes.

Les aiguilles tricotent furieusement. Il ne sera pas dit que l'on trouve du plaisir à médire, encore moins à calomnier. Bien sûr, la Martineau n'a peut-être pas tort. Comment savoir si la mère de l'enfant recevait vraiment le soir dans son taudis ? En tout cas, l'ancien combattant le prétendait, et il en profitait pour venir faire des scènes effroyables.

— Et cela lui fournissait un excellent prétexte pour ne plus lâcher un sou. Comment pouvait-elle élever le petit ? s'indigne Mme Mortagne, la douce épouse du porteur de dépêches, alliés inconditionnels de Maurice au bourg. Il venait l'insulter, puis rentrait dans sa carrière, la laissant à chaque fois un peu plus désemparée. Sans le maire Guéret, qui lui a procuré des secours de la mairie, l'enfant serait mort de faim.

— Un comble ! Des secours, avec un mari qui avait de l'argent ! s'exclame la Martineau.

— Je l'ai sauvé un soir d'hiver, pendant l'épidémie de croup. Maurice s'étouffait, j'ai dû le transporter moi-même à l'hôpital où il est resté quinze jours entre la vie et la mort. Ensuite, comme la mère n'était pas là, je l'ai longtemps gardé chez moi.

— Et pour cause, explique la Martineau, l'homme au crochet de fer l'enfermait souvent dans sa baraque. Elle a fini par y mourir, dans des circonstances étranges. Elle se serait vidée en une nuit, sans qu'il bouge. Il l'aurait trouvée au matin, baignant dans son sang.

— Pauvre femme, pauvre petit ! Et pour finir, le père ne s'est même pas montré à l'église le jour de l'enterrement, qu'il aurait voulu civil.

— Qu'il est tard, soupire Mme Mortagne. Avec cette heure des Allemands, l'heure d'été, on ne se couche plus !

Une fois encore, le tribunal populaire a jugé sans emphase ni effets de manche. Maurice ne doit pas beaucoup plus que la vie à son vieux gredin de père.

Désormais seul dans sa maison de pierre, Maurice passe de longues heures à poursuivre son rêve : acquérir une moto bien à lui. Il a pour voisin un artilleur de la Grande Guerre que son père méprise au plus haut point – vieille haine des biffins de 14 pour les seigneurs des cagnas planqués derrière leurs pièces d'artillerie et jamais en première ligne. Gardot, avec sa face longue et sévère d'Auvergnat, ses yeux noirs qui font peur aux enfants, a bien involontairement servi le gamin dans son projet. Ce vieux bonhomme vit reclus avec sa femme et sa fille, de sa pension d'ancien combattant. « Ils ont des droits sur nous », avait dit Clemenceau. Pour arrondir le mois et acheter la viande du dimanche, Gardot taille les rosiers de quelques privilégiés du bourg, heureux propriétaires de ces villas au style curieusement basque construites à l'entrée de la ville par les ingénieurs des usines Saint-Jacques à Montluçon. L'artilleur va ainsi, pinces à vélo au bas de son pantalon de velours, entretenir le jardin d'une originale qui passe pour nantie. C'est la veuve d'un ingénieur anglais des usines Dunlop mort dans la région. L'été, on la voit se promener sous les marronniers des Bains avec une ombrelle bleu pâle et des robes à ramages. Elle a les cheveux blonds, décolorés et bouclés malgré son âge. Un jour, Gardot en veine de confidence apprend à Maurice que la vieille dame cache une « sacrée bécane » dans son garage. Avec une patience de chasseur à l'affût, Maurice entreprend alors le siège de l'extravagante. Comme il n'ose demander à Gardot, trop rude, de le laisser pénétrer avec lui chez l'Anglaise, c'est avec le vieux Mortagne qu'il espère tenter sa chance. En effet, l'ancien gendarme à cheval, à la tenue irréprochable et parlant un français excellent, est employé à la poste pour distribuer les télégrammes dans les grands hôtels des Bains ou dans les villas cossues. Mortagne porte beau ses quatre-vingts ans et circule en ville à bicyclette, mais les courses de nuit le fatiguent. Maurice qui le remplace et partage avec lui les pourboires guette les messages destinés à la dame à l'ombrelle. Un soir enfin, son attente est couronnée de succès : Maurice se rue aussitôt vers la maison magique, décidé à tout passer au crible.

La dame le reçoit aussi calmement que son caractère nerveux le permet. Elle est enchantée de recevoir des nouvelles d'Angleterre qui lui rappellent sa jeunesse. Maurice, attentif, s'extasie sur les Anglais et oriente la conversation sur leurs voitures de course et sur les motos. Bientôt, elle accepte de lui montrer celle que son mari a acquise en 1938 à Londres, peu de temps avant de mourir. Une Triumph rouge et argent de 498 centicubes, créée par Edward Turner, un constructeur dont Maurice a la photo dans sa chambre. Elle peut dépasser le 200 kilomètres-heure avec son moteur bicylindre vertical. Maurice reste fasciné. Comment expliquer à la dame qu'il veut sauver la machine qui ne répond plus aux commandes ?

— Emportez-la, lui dit la dingue. Je ne veux plus la voir, à présent qu'Alexandre est parti.

C'est ainsi que Maurice devient, sans bourse délier, l'heureux pilote d'une moto d'un modèle qu'il est le seul à pouvoir exhiber sur les routes du département.

L'a-t-il fait pétarader sa Triumph, le blond Maurice, dans les courses organisées par les journaux de la région ! Il était de toutes les compétitions et accumulait les trophées, puis plaçait ses coupes chez Avelina qui les alignait religieusement près de celles que son frère avait gagnées jadis dans les tournois de foot.

La guerre étant venue interrompre ses exploits, le champion a remisé sa machine dans le grenier de Catarina, avec un palan. Un soir de février 1943, il attend la nuit noire pour la redescendre, et travaille jusqu'à l'aube afin de la remettre en état de marche. Avelina s'inquiète un instant sur l'origine du bidon d'essence dissimulé sous un meuble. L'a-t-il volé aux gendarmes ? Acheté au marché noir ? Elle n'imagine pas la vérité. Maurice vient tout simplement de prendre le maquis : il a été engagé comme estafette par le colonel Fernandez. L'ancien combattant républicain de la guerre d'Espagne se félicite d'accueillir un motard dans son effectif alors squelettique.

Bien sûr, l'Espagnol, qui s'est lui-même bombardé colonel, reconnaît la témérité de sa recrue toujours volontaire pour les missions dangereuses, mais la juge incontrôlable. En effet, Maurice est capable, sur un coup de tête, de filer sur sa moto provoquer la Milice à Montluçon, avant de redémarrer en trombe, pourchassé mais jamais rejoint par les tractions avant. L'ancien de Teruel et de Guadalajara est perplexe : comment empêcher ce jeune fou de commettre des actes irréparables – si la fantaisie l'en prend – et de discréditer la Résistance par son héroïsme inutile ?

Avelina, mal assise sur le porte-bagages de la Triumph, s'accroche de toutes ses forces à la chemise kaki. Maurice bifurque vers la route de la gare pour cacher son amie là où nul ne viendra la chercher : dans les pullmans immobiles des berdins de Paris.

— Reste ici. Tu es en sécurité. Il faut que je sache ce qui se passe. Je reviendrai te chercher.

— Je t'en prie, ne me laisse pas seule !

Maurice l'embrasse distraitement, réajuste ses lunettes de mica noir et repart aussitôt pour le bourg, de toute la puissance de ses deux cylindres.

« Hélas, songe Avelina avec mélancolie, je crois que mon Maurice est vraiment berdin ! »

Le berdin, dans l'argot montluçonnais, est l'individu dérangé, qui perd parfois son bon sens. Ni méchant ni agressif, il aime qu'on le remarque et cependant met une coquetterie particulière à se croire comme tout le monde, puis s'indigne d'être tenu pour un extravagant.

Il faut se garder d'associer « berdin » et « alcool », d'ailleurs, on boit peu dans les fermes de l'Allier. Une fois par semaine chez la Marie ou lors des grandes cérémonies comme la batteuse : ici, le pâté aux pommes de terre et la poularde à la crème sont généreusement arrosés du vin blanc de Coureau, car la balle de blé qui colle aux poumons des moissonneurs appelle un décapant. Les nés simplets, comme Rémi, sont beaucoup moins berdins qu'il n'y paraît, pas du tout « mûrs pour la déberdinoire » de Dun-sur-Auron où l'on plaçait, paraît-il, la tête des fous dans une pierre creuse afin de leur rendre la raison. On assure chez la Marie que les résultats sont stupéfiants et qu'on a vu des berdins retrouver leur bon sens. C'est aux Bains surtout qu'on les rencontre. La station soigne les grands nerveux. Avelina revoit encore ce pensionnaire de Mme Froment, au bourg, aller en short à sa cure. Il avait plus de cinquante ans. À l'époque, porter des culottes courtes à cet âge était ridicule, mais si le berdin s'accoutrait de la sorte, c'est qu'il devait s'arrêter tous les dix pas pour embrasser son genou. Les enfants, hilares, lui faisaient cortège.

« Non, mon Maurice n'est pas un vrai berdin, conclut Avelina. Mais pourquoi veut-il toujours épater son monde ? »

Maurice roule à tombeau ouvert, les propos d'Avelina, « Les Boches arrivent », le poursuivent. On dirait même qu'ils lui tournent la tête. Rasant brusquement le bas-côté de la petite route, la Triumph fait gicler le gravillon sur les ânes et les mules des paysans qui rentrent chez eux. Les bêtes se cabrent et ruent des quatre fers. L'une d'elles s'emballe, entraînant sa charrette. La patronne serre désespérément le frein à vis pendant qu'Hector son mari tire sur les rênes pour calmer l'animal.

— Le berdin !

D'un geste théâtral, le motocycliste repousse ses lunettes sur son front comme pour signer son exploit. Chacun reconnaît Maurice Labourdette, l'incorrigible enfant de Malicorne, qui dresse maintenant la roue avant de sa Triumph au nez d'un âne pour l'inciter à se cabrer. Outrées, les vieilles femmes le bombardent de betteraves séchées et de topinambours. Il leur renvoie en riant les projectiles du bout de sa botte. Hector, fou furieux, descend de sa charrette pour le corriger avec son fouet, mais Maurice a déjà remis les gaz. Il grimpe la côte qui mène au bourg et vire devant la boutique du marchand de journaux où Picavet, qui justement déballe le colis des *Centre*, reçoit un nuage de poussière dans les yeux, tousse, éternue, n'y voit plus rien. Dans sa course, Maurice a renversé le présentoir des cartes postales. Au comble de l'excitation, les filles de Picavet, Rosine et Nadine, se sont précipitées pour ne rien perdre du spectacle. Au passage, Maurice les salue d'un signe de la main, le V de la victoire. C'est son heure de gloire, chacun, à sa fenêtre, peut l'admirer et, de surcroît, les gendarmes ont évacué les lieux. Il a tout loisir de parader sur la place de l'Église, comme avant la guerre lorsqu'il traçait des « huit » avec la vieille Peugeot autour des manèges forains, lors des fêtes patronales. Il braque pleins phares, cabre sa machine et, dans un concert d'avertisseur, fonce vers le « petit bois ». On appelle ainsi une côte minuscule située derrière l'église et plantée de six vénérables acacias taillés en boule où, le soir, garçons et filles se donnent rendez-vous. Maurice songe en riant à Nadine, la plus jeune des Picavet, qui est aussi la plus hardie. Il se souvient de la comptine qu'elle lui apprenait sous les acacias :

Plaignez ce pauvre petit vieux
Il a sa jambe du milieu
Plus courte que les autres !...

Édifiant pour une enfant de dix ans assidue au catéchisme du curé Vigouroux et parfois à confesse !

— Des hypocrites ! lance Maurice en accélérant de plus belle.

La moto bondit. Debout sur la selle, il franchit le remblai, sous l'œil ébloui de Nadine et de sa sœur, qui n'osent applaudir. Le vieux Picavet, que ces cabrioles exaspèrent, pourrait les rosser.

— Ne restez pas là, les gendarmes vont revenir. Remontez dans votre chambre et n'en bougez plus ! leur enjoint-il d'un ton sans réplique.

Aux fenêtres, les femmes épient derrière le rideau pendant que, sur la place, les riverains semblent plus amusés qu'indignés des extravagances de Maurice. Seul, Picavet, par de grands gestes des bras, tente de sommer l'infernal motard de disparaître.

— Vas-tu riper tes galoches hors d'ici, canaille !

Goguenard, Maurice ignore les moulinets irrités du vieil homme et s'attarde. Au passage, il décoche des clins d'œil appuyés à la jeune Rosine... comme du temps où il en pinçait pour elle. Au catéchisme, où garçons et filles étaient séparés par la vaste allée de la nef, il lui envoyait des messages d'amour fixés sur le dos d'un hanneton. Il lâchait l'insecte, guidant son vol à l'aide d'un fil noué à sa patte et s'arrangeait pour que son messager tombe exactement aux pieds de Rosine, qui rougissait en détachant le papier. Elle ne l'avait jamais payé de retour, la petite dinde si proprette, et avait fini par s'amouracher du fils du gendarme Pélissier qui la raccompagnait le soir chez ses parents. Là, de retour des longs conciliabules au petit bois, le garçon demeurait poliment sur le seuil. Picavet trouvait ce jeune homme bien élevé et le voyait déjà en blouse grise, vendant *Le Centre* à la sortie du marché.

— Vieux busard, tu vas voir ce que j'en fais de tes interdits !

Campé sur la selle de cuir, les jambes soudées au ventre rouge et argent de sa Triumph, Maurice dévale la pente pleins gaz, à fond sur la manette. Il décrit une courbe spectaculaire à deux mètres des demoiselles que rien n'aurait empêché de ressortir et qui battent les mains de bonheur. Cette fois, excédé, Picavet les saisit pour les repousser à l'intérieur du magasin, en aboyant des menaces, mais Maurice a déjà piqué des deux en direction du marché couvert. Il évite de justesse les balayeurs municipaux – dont Rémi le factotum – occupés à dégager les fanes de raves. Un dernier salut à Rosine et Nadine qui suivent désormais le parcours étourdissant du haut de leur balcon, comme aux courses de taureaux, et Maurice passe en trombe la grande porte de fonte, comme s'il franchissait, un jour de triomphe à la romaine, l'entrée d'honneur des arènes de César. Seul, l'innocent Rémi, appuyé sur le manche de son balai, ne va rien perdre de sa démonstration. Que lui importe, toute la ville est là.

Plus rapide que les acrobates du circuit de la mort à la fête foraine de septembre à Montluçon, il effectue deux ou trois tours de piste éclatants. Par une porte latérale, il aperçoit les braseros du charron Renaud. Là-bas, près d'une roue de bois, le grand cercle de fer porté au rouge : c'est l'écran de flammes qu'il avait vu franchir, jadis à la foire, par un motocycliste cascadeur en un saut prodigieux. Il va faire mieux ! Reprenant les manettes, il s'élance droit sur la roue, la traverse d'un bond fulgurant et jaillit comme un diable du rideau de fumée noire.

— Les gendarmes viendront-ils enfin, gronde le charron obligé de redresser les braseros bousculés par l'acrobate. Où peuvent-ils être ? Retourne donc à ta carrière, gitan de malheur !

Il n'a pas tort, Renaud, de comparer Maurice aux gitans. Avec sa moto pour seul bien, il a choisi d'être libre, de s'évader sur la route à la barbe des honnêtes gens. Que savent-ils, eux, de cette griserie ? Ont-ils jamais chevauché une bête d'acier de 500 centicubes rugissants, déchaîné d'un geste une puissance inégalable, réveillé les morts par la « pétarade des bienheureux », celle de la résurrection, de la vraie vie ? Lorsqu'il dévale la côte du Châtelard, l'air vif du matin aiguise les nerfs du motocycliste, fouette son sang, et sur la machine bien huilée qui le porte et l'emporte à son gré, il se sent un autre homme. Qui peut comprendre ? Le fils de l'épicier Boudou, celui du gendarme Pélissier ? Ils sont vieux avant l'âge, fiancés à seize ans, bientôt mariés, casés, entretenus. Peut-être un jour décorés, s'ils ont la chance d'être envoyés au casse-pipe… Oui, Maurice est seul, merle blanc du bourg, rejeté par ses frères, les noirs au bec jaune vorace, qui n'oublient rien, ne perdent rien, économes du moindre sourire. Qu'ils seront beaux chaque matin, dans les autobus Rossignol, sur le trajet Montluçon-Néris-Commentry, se rendant au travail la gamelle fumante prête pour le déjeuner ! Ils n'auront jamais rien risqué, même à la guerre, et si la camarde leur enlève la vie, ce sera par hasard et sans discernement. Maurice, qui n'a lu ni Homère ni Victor Hugo, pense que seuls les héros ont droit aux bûchers éclatants des funérailles. Les autres morts ne l'intéressent pas.

L'impétueux garçon méprise le mode de vie étriqué de la population du bourg. Jamais il ne le partagera puisqu'il est prêt, sur sa moto, à défier le monde. Parfois, il hait ces gens qui l'évitent à cause de sa différence. Il sait très bien que, s'ils le surprennent ainsi à « faire le Jacques », les gendarmes le houspilleront rudement car il connaît son Pélissier. S'ils le prenaient en chasse, quel rodéo ce serait, contre leur Juvaquatre ! Mais où sont-ils donc passés ?

C'est Maurice qui les cherche presque, comme s'ils lui manquaient. Il roule jusqu'au coin de l'épicerie. Leur voiture, bleu gendarme, stationne à mi-côte. Le chef a sorti des jumelles et observe la route de Montluçon.

À ce moment, un homme s'avance à la rencontre de Maurice qui ralentit son allure en reconnaissant l'ancien maire. Il a de l'estime pour Guéret qui a toujours soutenu sa mère. Aussi, il ne cherche pas à l'éviter et coupe les gaz. Et tant pis s'il a droit à une leçon de morale ! De Guéret, Maurice accepte tout.

— File au maquis, petit, sans t'attarder. Préviens le colonel que les Allemands vont arriver d'une minute à l'autre. Une étape est prévue ici même. Pars vite et pas de blagues !

Songeur, Maurice remet sa moto en marche, plus impressionné qu'il ne veut bien l'admettre par les propos de Guéret. Certes, son devoir est de prévenir le maquis de l'arrivée des Allemands – n'est-il pas l'estafette du colonel ? – mais que faire d'Avelina qui l'attend, confiante, dans les pullmans ? Grisé par son périple provocateur à travers la petite ville timorée, il a oublié sa complice, son amie de toujours. Dans sa hiérarchie des devoirs, Maurice privilégie sa petite reine. L'attend-elle encore ? Fou d'inquiétude, il dévale la route : devant la gare, il stoppe d'un coup de frein brutal, puis, hurlant le nom de la petite Portugaise, parcourt en vain les quatre wagons. Avelina a disparu. Au diable sa mission. Désespéré, Maurice n'a plus qu'une idée en tête, découvrir la cache de la jeune fille. D'un seul élan, sa moto a gravi le chemin des Billoux, étroit et sinueux entre ses bouchures infestées de vipères, et bordé d'aubépines au printemps. La machine a tôt fait de remonter la grande rue parallèle à la nationale qui mène sur les hauteurs du bourg. Impasse Molière, tout est désert. Les habitants du bourg, qui ont suivi à la lettre les ordres des gendarmes, n'entrouvriront pas même un volet pour le renseigner. La Catarina ! Elle seule ne risque pas de changer le cours de ses tâches quotidiennes. Que les Allemands arrivent ou non, elle doit d'abord faire la tournée du linge sale, trié à la maison, qu'elle livrera dans la matinée du lendemain. Puis vient l'heure du départ au lavoir où elle lave et rince jusqu'au soir avec Sonia la Polonaise qui abat aussi de la besogne. Les deux femmes, penchées sur leurs bacs de bois, les bras nus dans l'eau savonneuse, s'accordent peu de répit.

Le vrombissement de la Triumph interrompt le raclement des brosses sur les grands draps de lin.

— Savez-vous où se trouve Avelina ! crie Maurice sans prendre le temps d'ôter ses lunettes.

— C'est à moi que tu demandes où est ma fille ! rugit Catarina dans son sabir lusitanien, tu veux que je t'étrangle ! Je la croyais avec toi. On m'a dit que tu l'avais enlevée avec ta moto de malheur !

Catarina se dresse avec difficulté hors de son bac et chausse ses sabots. Que sa fille unique ait disparu par la faute de cet olibrius la met hors d'elle. Elle saisit le bras du jeune homme avec colère :

— Tu vas la retrouver, et la mettre en sécurité au plus vite, entends-tu ? Avec ce qui se dit au bourg, je n'ai pas envie qu'elle soit prise dans la souricière. Quitte le village et emmène-la, et ne reviens plus ici tant qu'il y a du danger !

Maurice promet. Il aime Catarina autant que sa propre mère. Elle essuie une larme en le regardant manœuvrer son engin autour du lavoir. Sonia éclate de rire : la roue arrière a dérapé dans l'eau savonneuse et c'est de justesse que la moto n'a pas versé.

« Où a-t-elle pu se réfugier ? » se demande Maurice avec anxiété. Avelina, orpheline élevée à la diable par une lavandière, lui ressemble. Comme lui, elle est une enfant perdue du bourg et il lui faut la retrouver pour la mettre à l'abri avant l'arrivée des Allemands.

La moto s'engage en pétaradant entre la boucherie de Bourgois, bien close, et le bureau de tabac. Voilà plusieurs fois en quelques minutes qu'elle emprunte cet itinéraire. Le vieux buraliste, un Alsacien borgne et haineux, se tient en retrait sur le pas de sa porte entrouverte, son fusil à la main. Maurice n'ignore pas que cet homme, un des rares camarades de son père, peut être dangereux. Ensemble, ils portaient la francisque et toutes leurs décorations de guerre, pour défiler dans la Légion des combattants créée par le Maréchal. Ils étaient persuadés que Pétain avait protesté avec force contre l'annexion de l'Alsace par Hitler, et qu'un jour, grâce à lui, elle reviendrait à la France.

Quand Maurice voit le vieux pointer sur lui son arme, c'en est trop ! Bien sûr, il devrait faire demi-tour et poursuivre la recherche d'Avelina, mais il lui faut un nouvel éclat pour calmer ses nerfs. Alors il vire encore devant la devanture. Kopf prend peur et vérifie fébrilement que les cartouches à chevrotines capables de tuer un sanglier sont en place. Pour lui, les gars comme Maurice sont de la vermine. Son devoir d'ancien combattant est de faire comprendre la révolution nationale demandée par Pétain à ces petits salopards qui tiennent le maquis et viennent saisir son tabac. Maurice est un ennemi et il n'est pas loin de penser qu'il doit l'abattre sans pitié comme un oiseau nuisible.

La fureur du motocycliste décuple à la vue du fusil dirigé contre lui. En serrant les dents, il lance la Triumph droit dans la porte d'entrée du bureau de tabac dont les vitres volent en éclats. L'Alsacien, renversé à terre, geint, à moitié assommé. Maurice lui arrache son arme des mains, la passe en bandoulière à son épaule puis, par jeu, entreprend de culbuter une à une les tables et les chaises du café. Pour achever en beauté son exploit, il fait rugir son moteur qui émet une série de vrombissements à briser les tympans. Il abandonne le terrain la tête haute, un flot de gaz d'échappement derrière lui.

— Le misérable ! dit Kopf en se relevant. Odile, appelle les gendarmes

— Hélas, ils n'y sont plus ! gémit son épouse, recroquevillée sous le comptoir.

— Alors, appelle la milice de Montluçon, le numéro est sur la caisse.

Maurice, exalté, poursuit sa course folle. Après la rue de la Poste, il descend la pente abrupte plantée d'acacias qui conduit aux Bains. Bifurquant vers la route de la gare, il s'arrête vers l'imposante bâtisse en grès des Vosges, où dorment, alignées comme des crayons dans une trousse d'écolier, les files de pullmans inutiles de la compagnie.

Personne. Soudain épuisé, le jeune homme s'effondre. Un sentiment de solitude absolue vient de l'envahir. Où chercher du réconfort ?

« Allons voir Mortagne », décide-t-il, convaincu que seul ce vieil ami saura l'épauler.

Reprenant courage, il tourne bride et file vers le jardin des Billoux. Avec un peu de chance, il surprendra le porteur de dépêches dans son potager, occupé à sarcler ses haricots verts. Maurice veut l'avis d'un sage, susceptible de lui en apprendre davantage sur le comportement des Allemands. Qui sait, peut-être Avelina s'est-elle réfugiée chez lui ?

Le père Mortagne fait la pause assis dans sa cabane. Il contemple ses légumes en roulant une cigarette et n'entend pas la moto arriver.

Né en 1865, c'est la troisième fois qu'il voit son pays envahi par le même occupant, mais tantôt trop jeune, tantôt trop âgé, il n'a jamais fait la guerre. Maurice enfant éprouvait une véritable vénération pour cet ancêtre dont les histoires le fascinaient. Le vieux savait les raconter comme personne.

— En 70, je n'avais que cinq ans, mais je me rappelle bien les Prussiens, au moulin de mon père, près de Domérat.

— Domérat était occupé par les Prussiens ? interrogeait Maurice.

— Pas du tout. Ceux-là étaient des prisonniers de l'armée de la Loire, l'armée de Gambetta. On les faisait travailler aux champs.

En 14, le fils de Mortagne s'était engagé volontaire à dix-huit ans pour échapper à la seconde partie du baccalauréat où il craignait d'être collé. On lui avait juré que la guerre serait courte…

— Quand le fils revenait du front, poursuivait le père Mortagne, la mère lui demandait d'ôter tous ses vêtements. Elle les faisait aussitôt bouillir dans la lessiveuse, à cause des poux.

Le vieux racontait aussi comment il avait échappé à la grippe espagnole, une épidémie meurtrière qui avait emporté des milliers de gens pendant la Grande Guerre : « En marchant trois heures tous les jours dans les sapins. »

Maurice, fasciné, écoutait les conseils de l'ancien, un homme libre, qui toujours « s'était tiré d'affaire tout seul ».

— Sortons ou je vais enfumer ma cabane. Ce qu'il faut faire en face des Chleuhs, petit ? Ne pas rester au bourg, s'égailler comme je le fais ici aux Billoux. Vous risquez tous d'y passer. Les exemples sont légion en Lorraine pendant l'autre guerre… et Dieu sait ce qu'ils font en ce moment dans le Centre et dans le Midi !

Après avoir fouillé sa musette, Mortagne poursuit :

— Vois-tu cette boîte en fer-blanc de l'abbé Chaupître ? Je vais l'enterrer au pied du cerisier là-bas, au fond du jardin. S'il m'arrive quelque chose, porte-la à ma femme et garde-t-en la moitié. Il y a un rouleau de napoléons en or, c'est toute ma fortune. Allez, va, petit. Trouve ton Avelina et cachez-vous bien tous les deux.

Maurice prend congé du vieux Mortagne à regret. C'est sans hâte qu'il roule cette fois pour rejoindre le camp de César. Pas de fumée insolite, pas de bruit sur la route. Pas de fusée dans le ciel ni d'avion d'observation. Arrivé au cœur des arènes romaines où jadis se livraient des combats de gladiateurs, il ralentit. Là-haut, sur le dernier gradin, se dresse une silhouette qu'il reconnaît aussitôt. L'homme observe la route à la jumelle. C'est Delofre, l'instituteur, que les élèves entre eux appellent Pascal, un prénom un peu démodé qui les fait rire. Comme tous les enfants du bourg, Maurice a pour celui qu'il a fait enrager en classe beaucoup d'affection. Un nouvel espoir le saisit : et si l'instituteur avait vu passer Avelina ? La motocyclette grimpe aussitôt au droit de la pente, sans pitié pour les massifs de ces petites fleurs jaunes répandues dans toute la station. Avec leur forme géométrique parfaite, on les croirait artificielles.

— Prends ces jumelles, Maurice, et dis-moi ce que tu vois !

Comme à la leçon de choses, le garçon s'exécute.

— Oriente-les vers la route de Montluçon, juste en dessous du viaduc.

— Oui ! chuchote Maurice, la voix rauque. J'aperçois une colonne de camions. Ils ont des petits canons à l'arrière et il y a une automitrailleuse en tête du convoi !

— Les Allemands, mon petit ! Les Allemands ! Où vont-ils ? Sans doute vers le Sud, pour réduire les grands maquis d'Auvergne, pauvre de nous !

L'instituteur jette un coup d'œil à son ancien élève revêtu de sa chemise kaki, avec en bandoulière le fusil subtilisé à Kopf.

— S'ils t'arrêtent dans cette tenue, et avec une moto, ils te fusillent ! Viens avec moi, je vais te cacher dans l'école des filles.

Maurice réprime un sourire. Tous les élèves savent que Pascal, depuis que sa femme l'a abandonné, s'est mis en ménage avec l'institutrice des filles. Elle joue de la guitare et lui du violon lors des fêtes scolaires.

Soudain Maurice n'y tient plus et avoue à son ancien maître qu'il est à la recherche d'Avelina.

— Tu es fou à lier ! Je n'ai pas vu Avelina. Ne reste pas là plus longtemps ou tu es un homme mort !

La colonne attaque bientôt la côte, automitrailleuse en tête. Maurice a le temps de s'esquiver. Il est loin quand les Allemands atteignent la place de l'Église.

III

LE CHEVALIER DE MALTE

Abandonnée par le motocycliste, Avelina tourne en rond dans la gare de granit rose, guettant son retour par les vitres brisées du grand hall. Le silence trop insistant lui pèse. À bout de patience, elle se jette sur la route sans trop savoir où aller mais avec pour seule idée de retrouver Maurice, l'imprévisible. Au bruit d'un moteur, elle tressaille. Non, ce n'est que la patrouille des gendarmes qui pile à sa hauteur.

— Sais-tu que les Boches arrivent, petite ? S'ils tombent sur ton Maurice et sa moto, son compte est bon ! Ils en ont fusillé pour moins que ça. Qu'il ne fasse pas le mariole, je ne veux plus le voir au bourg, avertit Pélissier, sévère. Nous n'avons pas pu mettre la main sur lui. À toi de jouer ! Et n'oublie pas de le prévenir de ce qu'il risque.

Avelina part comme une flèche et s'arrête bientôt, essoufflée, à la hauteur du parc des Chaudes. « Ma bicyclette ! Jamais je ne pourrai le retrouver sans ma bicyclette ! Je le connais, songe-t-elle, affolée, en grimpant les escaliers du raccourci, loin de l'abattre, le danger le stimule. Il sera sans doute reparti pour le maquis ! » Cette idée la réconforte plutôt. Rien n'est plus dangereux pour Maurice que la solitude, c'est toujours seul qu'il manigance ses équipées.

Arrivée sur la place de l'Église, elle redresse son vélo noir et pédale de toutes ses forces, sa cape arrondie autour du porte-bagages arrière, en direction de chez elle. Peut-être Maurice lui a-t-il laissé là-bas signe de vie ?

Sa mère est au lavoir, et dans la maison, Gaspard, le mineur des Ferrières, taciturne comme à son habitude, bougonne : non, il n'a pas entendu la moto de Maurice, il dormait, comme il dort toujours en revenant du fond. Avelina s'assied à la table basse et mal essuyée où le mineur, qui mange de la mitonnée – du pain rassis trempé dans du lait –, ne quitte pas son bol des yeux. Épinglée au mur à même le plâtre, une grande photo de classe. Avelina se souvient. C'était au tout début de la guerre, les Allemands n'étaient pas encore là. Elle passait son certificat d'études primaires en même temps que Maurice, à l'école du Diénat à Montluçon. Au bourg, l'instituteur avait deux retardataires impénitents, Maurice et Tomola, un jeune Polonais, qui se présentaient pour la troisième fois.

Un bon souvenir pour Avelina. Garçons et filles rentraient ensemble chez eux en chantant *La Marseillaise* dans un car de gala avec pneus à flancs blancs. Le conducteur portait casquette et blouse blanche, les Écoles avaient bien fait les choses.

Toute la ville attendait avec impatience sur la place des autobus ses jeunes héros. En essaim joyeux, ils débarquaient, chantant encore. Avelina avait réussi l'exploit de franchir toutes les épreuves avec seulement deux fautes à sa dictée, la meilleure note en chant et en récitation. Tomola, Maurice et Lopez étaient les seuls recalés. Pour ce dernier, pas de surprise : ses parents, des réfugiés, lui parlaient constamment en espagnol. Comment apprendre le français dans de telles conditions ? Maurice, nullement humilié de son échec, s'enthousiasmait du succès d'Avelina.

Le bonheur simple de la jeune Portugaise le confondait. Pouvait-on se réjouir d'être reçue à un diplôme que tout le monde obtenait ? Il ne mesurait pas l'importance de la victoire que venait de remporter la fille de Catarina. Partageant sa félicité, il s'en irradiait, et sautait hors du car les yeux illuminés de joie, au point que les gens s'y trompaient.

— Es-tu reçu cette fois ? lui demandait Mlle Labrune.

— ELLE est reçue ! s'exclamait Maurice.

C'est alors qu'il avait décidé de ne plus la quitter des yeux : sans doute avait-elle à ce moment accepté que Maurice fît partie de sa vie. Ils se passèrent de conciliabules sous la petite côte des acacias pour préciser leurs sentiments. Avelina n'avait aucune coquetterie, les mines apprêtées des filles Picavet, qui avaient autrefois attiré Maurice, lui semblaient insupportables.

Elle regarde encore la photo jaunie prise devant l'autobus au retour du certificat. Au premier coup d'œil, elle repère Maurice dans le groupe des soixante lauréats et ne voit que son visage franc et décidé, un ovale parfait encadré de cheveux blonds, raides comme des baguettes de tambour. Maurice, grand, fort et de loin le plus âgé, tient à lui seul la place de deux élèves. Ce jour-là, le maître les avait placés debout l'un à côté de l'autre. Une vraie photo de noces, au sortir de l'église !

Elle fond en larmes sous l'œil indifférent du mineur, trop épuisé pour poser la moindre question. Catarina s'annonce à ce moment. Avelina est tellement habituée au bruit des roues cerclées de la brouette sur les pierres inégales de l'impasse qu'elle sait reconnaître avec précision le parcours laborieux de sa mère, et deviner à quel moment elle franchira le seuil.

Voyant sa fille en larmes, Catarina se lance dans une longue mélopée, sans provoquer la moindre étincelle dans les yeux de Gaspard qui en est au vin rouge. Elle énumère en portugais toutes les stations de son Golgotha : le naufrage de sa vie, la malédiction de l'exil, la mort de son fils, les calamités qui guettent maintenant sa fille chérie. Oui, elle a vu le fou ! Il fonçait en moto sur la route des gendarmes ! Puisse-t-il se faire prendre ! Elle serre sa fille dans ses bras :

— Ne va pas sortir ! Tu ne trouveras plus un chien dehors. Les gendarmes ont donné des ordres : se barricader. Laisse le berdin là où il est !

La complainte monte d'une octave et devient insoutenable. Gaspard, qui connaît sa logeuse, se verse un autre verre de vin noir comme de l'encre et le boit d'un trait. C'en est trop pour Avelina, elle ouvre grand la porte et prend la fuite.

Cela finit toujours ainsi, quand se lèvent les grandes tempêtes : Avelina trouve refuge dans la maison rose du fond de l'impasse, celle des Italiens. À droite les Pincio, à gauche les

Battesti, partagent le même bâtiment divisé en logements égaux. Ils sont entassés à cinq par ménage dans deux pièces. Avelina gravit les marches de ciment du perron des Pincio. Elle sait qu'elle peut y trouver jour et nuit la douce et l'adorable Emma, toujours prête à la réconforter. Elle a besoin de respirer, de se reposer avant de rejoindre celui qu'elle considère avec plus de force que jamais comme son amoureux.

Les Florentins sont des réfugiés politiques qui n'ont pas supporté Mussolini. Le père tenait un petit café dans sa ville jusqu'au jour où les fascistes l'ont fermé. Pour échapper à la prison par l'exil, il a entraîné toute sa famille. À plus de soixante ans, il est aujourd'hui simple manœuvre, et sa femme, une petite Florentine aux cheveux déjà blancs et aux yeux bleus rieurs dans un visage marqué par les rides, est serveuse dans un des restaurants de la place de l'Église. Avelina salue à peine la *signora* Pincio qui rentre de son travail. Elle se précipite dans la chambre d'Emma et se jette sur son lit, la tête sous l'oreiller.

Emma croit à la malédiction, aux signes de l'au-delà, aux prédictions des gitanes et aux prophéties de Nostradamus. Elle écrit avec une ferveur inlassable ces chaînes qui exigent de répercuter un message à neuf personnes, sous peine de malheur. La trop crédule Emma vient d'achever la chaîne de sainte Odile, une des plus répandues en France cette année-là. Il n'est pas question de se dérober à ce devoir, sa famille a trop souffert pour s'attirer de surcroît l'animosité des esprits du mal. Les Italiens préfèrent dire la *mala fortuna*. Ils ne croient pas, comme les paysans de l'Allier, que le vol des ajasses soit annonciateur du destin, n'hésitent pas à sortir dans la rue malgré le cri de la chouette, le soir, tout près de leur maison, restent indifférents aux envoûtements des vaches et des chèvres, aux démons des bois et des puits. Ils sont, en revanche, attentifs aux signes individuels, aux prédictions, aux rêves prémonitoires, à la télépathie. Mme Pincio utilise l'écriture automatique pour correspondre, la nuit, avec son fils tué à la guerre. Elle ne dort plus depuis que le gendarme

Pélissier lui a délivré, à domicile, l'avis de décès de son Guido. Quelle idée de s'être fait naturaliser ! S'il était resté italien, il serait encore là à jouer au football avec son équipe. Il est mort aux premiers jours de la guerre, dans l'offensive truquée de la Sarre que Gamelin lançait en septembre 1939 pour se donner bonne conscience. Le « nouveau Joffre », comme on l'appelait, avait promis aux Polonais une action dans la quinzaine qui suivait le début des hostilités. Si limitée qu'elle fût, l'« offensive » de la Sarre avait eu pour triste résultat la mort de Guido Pincio, Florentin devenu français, tué d'une balle dans la tête, au corps franc.

La *signora* Pincio voyait dans cette injustice le signe de la malédiction. En avait-elle offert, des cierges et des ex-voto, à la Madone, depuis le départ de son fils ! Elle se saignait aux quatre veines pour obtenir à son profit une protection des cieux, certaine qu'il la méritait plus qu'un autre. Il était si courageux, si généreux, son Guido ! On pouvait apercevoir, pendant le mois de mai, Emma et sa mère agenouillées devant l'autel de la Madone, à gauche du Cœur de Jésus. Depuis l'annonce de sa mort, elles priaient davantage encore, pour que là-haut la Madone prît en sa sainte garde un enfant qui n'avait plus de mère, un enfant perdu dans l'immensité des cieux.

Emma caresse doucement les cheveux longs de la Portugaise :

— Il faut prier. Veux-tu que nous allions à l'église, toutes les deux ?

— Prier ! lance Avelina les yeux pleins de colère. Cela n'a pas sauvé ton frère !

Admirable religion, où Dieu a toujours raison. Jadis, aux temps lointains de l'Évangile dont parle le curé Vigouroux, le Christ faisait des miracles pour se faire reconnaître comme Dieu, pour impressionner les populations et les conduire à la foi. Plus besoin de miracles. Aujourd'hui, on a tout au plus des visions. Les Portugais croient si fort aux leurs qu'Avelina se connaît une petite cousine prénommée Fatima. Dieu peut tout se permettre puisque le sort le plus injuste rapproche encore de lui la douce Emma, au lieu de l'en éloigner. Les curés, ses interprètes, ont réponse à tout. « Les voies de Dieu sont impénétrables. » Il ne faut pas qu'il lâche les rênes, le patron des saints, des anges et des archanges, non, il doit rester responsable de tout, seul responsable, seul coupable. Il gère aussi le mal puisqu'il a tout créé. Comment s'y prend-il ? L'abbé Vigouroux est formel : le conseil d'administration divin est inaccessible. Même les élus n'y ont pas leurs entrées. Ils ne sont que trois à décider, réunis en une seule personne. Pas de femmes au conseil. La Madone attend les décisions, comme tout le monde. À peine lui laisse-t-on le droit de supplier, et le pouvoir d'intercéder. Il est normal qu'Emma se reconnaisse dans cette pleureuse, cette plaignante résignée, cette vierge des douleurs.

— La nuit de sa mort, dit-elle à Avelina, j'ai entendu dans ce mur *sonner* une horloge.

Avelina d'instinct a reculé : un mur qui annonce la mort ne lui dit rien qui vaille. Il est vrai qu'Emma s'est réveillée en sursaut cette nuit-là, le front baigné de sueur. Deux jours plus tard, les gendarmes apportaient l'annonce fatale : Guido était mort pour la France. L'heure du décès donnait raison à Emma, il avait bien été tué la nuit. Avertissement du ciel ?

Puissance de l'amour, plutôt, singulier passe-muraille. Ainsi l'interprétait Avelina. Sur ce terrain les deux filles pouvaient se comprendre. Au moment de mourir, Guido songeait si fortement à sa sœur qu'il avait réussi à lui transmettre une image de sa mort, la plus immédiate, la plus frappante de toutes, celle de l'heure de son destin. Et que cherchait la *signora* Pincio, sinon à rétablir ce contact avec le disparu grâce à l'écriture automatique ? Il lui parlait la nuit. C'est le mort qui, par sa présence, la consolait et la rassurait sur l'au-delà : non, il n'était pas définitivement perdu sous un buisson de ronces en Sarre. Il demeurait près d'elle pour toujours, par le miracle permanent de la Vie éternelle et de l'immortalité des âmes.

— C'est trop d'injustice ! proteste Avelina. Regarde tes cousins Battesti ! Je les aime beaucoup, Clara est merveilleuse et sa petite fille Laetitia adorable. Mais quel sort inégal ! Pendant que Guido se porte volontaire pour la guerre, Annibal, son oncle, s'en garde bien. Il reste un réfugié, ne demande pas la nationalité française. Il part chaque matin au travail,

Annibal, et quand il secoue ses cheveux blanchis par le plâtre, les yeux de Clara s'illuminent. Mais chez toi, ta mère pleure, je l'ai vue de mes yeux, quand elle entend la bicyclette de ce *faquino* sauter sur les pavés. Où est la justice dans tout cela ?

Les sanglots lui nouent la gorge. Emma s'affaire, lui essuie le visage avec un gant de toilette humide, lui fait respirer du parfum.

— Tu ne dois pas désespérer, Maurice te reste !

— Oui, mais quelles chances a-t-il de survivre ? Il est comme Guido, du côté des héroïques. Ils passent pour des fous, eux, et on ne leur reconnaît aucun mérite. Vois la mère Mortagne, dans la cour. Quand son fils est venu lui rendre visite, en 40, il était commandant d'artillerie, ancien capitaine de la guerre précédente, fier de ses médailles et de ses bottes neuves qui sentaient la graisse. Comment crois-tu qu'elle l'ait accueilli ? Elle lui a dit d'aller se changer !

— C'est par pudeur, dit Emma, par humilité. Pour la mère Mortagne, que son fils soit un héros ne lui donne pas le droit d'éblouir ni d'écraser les autres !

— J'étais là quand le commandant est reparti, poursuit Avelina. Il était furieux, déçu, amer. Il était persuadé que sa propre mère avait honte de lui, que son courage, ses efforts et ceux de ses camarades ne servaient à rien puisqu'ils n'étaient pas reconnus. Comment imaginer que les gens du bourg puissent mesurer le sacrifice d'un Italien ? Nous resterons toujours des étrangers pour eux, Maurice aussi ! Ils le détestent, ils se réjouiraient presque de sa mort !

De nouveau, les sanglots l'étouffent. Emma lui ôte ses espadrilles, l'étend sur le lit et dégrafe son corsage.

— Maurice les défie parce qu'il est rejeté, et ils le haïssent en retour puisqu'il les provoque. Avec toi, tout va changer ! Ils t'aiment, alors ils accepteront ton Maurice.

Avelina se lève d'un bond et gagne la porte.

— Suis-je folle ! Il a besoin de moi. Je dois le rejoindre. Adieu Emma.

— Je prierai la Madone pour vous deux, la mienne, dit Emma en désignant un pauvre médaillon, celle du Carmine, à Florence. Elle est la souveraine des amoureux.

Maurice s'est échappé par la route de Chamblet, vers les côtes du Châtelard. Il est temps d'avertir le maquis que les Allemands sont là. En vain, il a fouillé toute la ville pour retrouver Avelina. La petite s'est volatilisée, et cette disparition le culpabilise : si elle n'est plus en sécurité, c'est à cause de lui. Il a exploré les pullmans, il est retourné impasse Molière, cette « impasse des Étrangers » où elle habite, il a vu Catarina, Mortagne…

Il devient clair dans son esprit qu'Avelina cherche à le rejoindre, et sans doute la rencontrera-t-il sur la route du maquis. Elle ignore l'emplacement du camp mais ils se sont souvent retrouvés à mi-chemin, près du tombeau étrange dit « du chevalier de Malte », sur une lande immense de genêts et de ronces, où dorment aussi les ruines d'un ancien château seigneurial. Maurice donne un coup d'accélérateur et la moto répond aussitôt. En route pour le tombeau !

Ce monument à l'abandon n'est connu que des enfants qui s'y donnaient rendez-vous pendant les étés chauds de la guerre pour leurs grands jeux de bandes. Ces interminables batailles les égaillaient si loin sur le territoire de la commune que, certains soirs, quelques-uns manquaient à l'appel. Les parents, affolés, les faisaient rechercher par le garde champêtre qui sondait jusqu'au fond des puits. On redoutait les disparitions dans le souterrain de Saint-Joseph, une colline de pèlerinage surmontée d'une chapelle.

Le jeu, c'était la guerre, et tous les coups étaient permis. On faisait des prisonniers qu'on attachait dans des lieux déserts et qui n'étaient libérés que par échange. Ils devaient donc être gardés au secret jusqu'à l'aboutissement des négociations. La tombe du chevalier de Malte, d'accès impossible, était une des cachettes qu'utilisait Maurice.

Au bourg, si l'on avait posé la question au comptoir de la Marie, nul n'aurait su dire ce qu'était un chevalier de Malte. Les enfants l'assimilaient au guerrier casqué du dictionnaire, recouvert de plaques de métal et armé d'une longue lance. Pourquoi Malte ? Les croisades, sans doute… mais personne ne savait où était Malte. On avait seulement appris, dans les leçons de choses, que la fièvre de Malte tuait les chèvres par temps de sécheresse. Pour Maurice, Malte était une maladie, et son chevalier avait dû se sacrifier pour sauver les hommes d'une épidémie, un peu comme le chevalier à la Rose, de Marseille, s'était dévoué au temps de la grande peste.

La moto se fraie difficilement un chemin sur le sentier à peine visible. Maurice doit mettre pied à terre pour dégager au poignard les ronces qui freinent sa progression. Il tranche et fulmine, rejetant au loin ces barbelés naturels, remonte en selle. Le tombeau est plein ouest et signalé par deux ifs géants. Avelina a-t-elle réussi à se faufiler parmi les genêts ? Il est sûr qu'elle trouvera exactement le chemin, elle a déjà montré qu'elle pourrait rejoindre Maurice en enfer.

Il se souvient qu'un jour il avait maintenu prisonnier, ligoté à une branche du grand if, le fils du boucher Bourgois. Pour l'empêcher de fuir, il lui avait retiré son pantalon. Bourgois ne l'avait jamais pardonné à Maurice. On avait retrouvé le gamin de treize ans le cul nu, transi de froid, priant la Vierge et tous les saints. Il n'y avait pas eu d'échange de prisonniers ce jour-là et Maurice avait décidé de garder son otage toute la nuit, pour forcer la bande de Martineau à traiter, poussant le jeu jusqu'au bout. Il s'était mis à dos les commerçants de la place.

On ne lui avait même pas su gré d'avoir sauvé de la noyade le deuxième fils Boudou. Les gosses s'étaient rendus ce jour-là à bicyclette à l'étang de Montmarault sur la route de Durdat-Larrequille. Ils étaient partis pour toute la journée, comme des pêcheurs à la ligne, leur goûter bien arrimé sur le porte-bagages. Deux groupes bruyants s'étaient emparés des vieilles barques qu'on louait jadis, à l'arrivée des beaux jours, aux curistes du Bain. Même sur l'eau, les enfants ne rêvaient que plaies et bosses : le jeu consistait cette fois à organiser une bataille navale. Maurice était dans le bateau vainqueur, qui avait envoyé par le fond l'esquif vermoulu commandé par Aulanier, le fils du jardinier. Ce grand et solide gaillard avait aussitôt piqué une tête dans la vase, suivi de ses camarades, oubliant tous le petit Boudou qui ne savait pas nager. Empêtrés dans leur propre naufrage, ils n'avaient rien vu de sa détresse. Ceux de la barque opposée commencèrent à réagir en lui lançant des cordes, alors qu'il était déjà enfoncé dans la vase jusqu'au menton : Maurice seul avait plongé et saisi Boudou par le collet. Il l'avait ramené à demi étouffé, en nageant sur le dos. Pour le sauvetage de son fils, l'épicier avait seulement remercié du bout des lèvres. À la balance des péchés et des grâces, Maurice était toujours perdant. Il ne lui était jamais tenu compte de ses exploits. Un émigré de Malicorne devait tout donner, sans rien demander. Il n'avait que le droit de se taire.

Maurice a coupé les gaz. Inutile d'attirer l'attention en faisant du bruit. C'est à lui d'écouter et de guetter Avelina. Il prête l'oreille : sans résultat. Pas le moindre chuintement de fougères, nul mouvement dans les genêts ou les ronces arrachées. S'est-elle perdue dans la lande ? Il allumerait bien un feu pour signaler sa présence, mais le risque est trop grand. Il avance, poussant sa Triumph jusqu'au tombeau, et s'assied sur les marches de pierre envahies de lichens et de lierre. Le monument est étrange, fantastique. Pour tromper son attente, Maurice entreprend d'en détailler les sculptures. De la pointe du poignard, il dégage la mousse accumulée sur le bas-côté. Un personnage est allongé sur l'immense dalle dressée au-dessus du sol : l'entrée du tombeau. Le chevalier s'appuie sur un coude, faisant comme un signe de la main. Maurice est surpris : en fait de heaume et d'armure, il porte des chaussures à guêtres fines, une redingote et une lavallière. Ses cheveux sont longs et bouclés, ses lèvres minces, ses yeux ouverts. Il semble annoncer son retour à quelque amoureuse qui l'attend. Ainsi, les chevaliers de Malte ne sont pas que des hommes de guerre ? Qui sait, celui-ci est peut-être mort d'amour, abandonné phtisique sur la lande ?

Maurice aurait préféré se raconter une autre histoire : par exemple, que ce beau jeune homme fût mort en guerroyant du côté d'Alger, tué par un Turc ou par un Barbaresque. Il n'aime pas les malades et ne peut concevoir que l'on meure dans un lit, surtout quand on est chevalier.

Le miaulement d'un chat sauvage le tire de sa rêverie. Il bondit vers sa moto. La lande a bougé. À cent mètres, un sillon s'est creusé sur la ligne des genêts qui s'inclinent à mesure. On approche. Maurice saisit son poignard. Puis il se ravise, grimpe sur la branche basse de l'if : la seule défense contre la charge des sangliers. Il distingue une crinière noire, une cape foncée qui chemine.

« Avelina ! » Il crie sa joie, se précipite à sa rencontre tandis que la jeune fille hurle à son tour « Maurice ! ».

Elle se jette dans ses bras.

Dans quel état ! Les ronces ont arraché ses socquettes, griffé ses jambes où apparaissent de longues traînées sanglantes. Elles se sont enroulées autour de sa taille, lui faisant une ceinture d'épines qui blessent Maurice quand il l'étreint.

Avelina monte sur la dalle du chevalier, s'ébroue, secoue les brindilles accrochées à sa jupe pendant que le poignard de Maurice la libère de ses liens improvisés. Il cherche sa gourde dans la sacoche de la moto pour lui laver doucement les jambes. Elle ne proteste pas lorsqu'il relève sa jupe pour soigner aussi ses cuisses. Jamais Maurice le discret, le pudique, le fidèle, ne s'est permis un geste inconvenant, une caresse appuyée, un baiser de cinéma. Il la serre fort contre lui, elle noue ses bras autour de son cou, tendre et douce. Et s'ils restaient là, perdus tous les deux, gardés par le chevalier de Malte jusqu'à la fin de la guerre ? Qui les retrouverait ? Qui se soucie d'eux en ville ?

— Seule maman serait dans la confidence.

— Catarina, se taire ? Tu n'y penses pas, elle serait perdue de réputation au lavoir ! Tout le bourg le saurait et nous aurions de la visite.

Avelina poursuit cependant son rêve. Il se laisse entraîner par les propos de la sauvageonne.

— On peut vivre indéfiniment dans les bois, j'ai lu dans *Le Centre* l'histoire d'un combattant de 14 qui a passé toute la guerre dans la forêt des Ardennes, seul, sans maquis, il ne voulait pas se rendre. Il est sorti six mois après l'armistice, sans même savoir que la guerre était finie ! Pourquoi ne pourrait-on s'installer sur cette lande ? La terre est fertile, tous les animaux s'y donnent rendez-vous. Elle est abandonnée de l'homme, pas des bêtes. Tu pourrais construire une cabane dans le grand if, à l'abri des regards indiscrets. Nous y passerions nos nuits, bercés par les vents d'ouest, réveillés par le soleil de Montmarault…

— Nous serions repérés. Pour vivre, il faut faire du feu.

— Tu pêcherais les truites du Cournoron, je les ferais cuire à l'oignon sauvage. Nous aurions des fleurs plein la cabane et des garennes apprivoisés. Même les sangliers seraient nos amis. Je ne parle pas des perches… Ne crois-tu pas que le chevalier serait heureux de sentir, du fond de son tombeau, la vie reprendre autour de lui ?

Maurice rit aux larmes. Il la retrouve pimpante et fraîche, jamais abattue par le sort. Avelina a toujours une solution prête dans la poche de son tablier d'écolière. Ils sont de la même race : l'impossible ne les effraie pas.

Pour Maurice, le rêve tourne court : il ne devrait pas être là. Maintenant qu'il a retrouvé Avelina, il lui faudrait l'abandonner pour rejoindre le camp. Or, il ne bouge pas. Il boit ses paroles dans une torpeur semblable à celle du beau chevalier de Malte, alangui sur sa couche funèbre. Un souvenir d'enfance lui revient en mémoire avec force. Il n'ose en parler à sa belle, elle ne pourrait le comprendre : un souvenir peu glorieux dont il garde le remords.

La route était longue qui conduisait à l'école. Ses parents habitaient alors sur le chemin de Bloux, dans une baraque abandonnée. Tous les matins, il devait parcourir à pied trois kilomètres. Il passait devant le campement des gitans près du viaduc. Là, devant l'usine à gaz, s'allongeaient des maisons basses, les cases d'esclaves des ouvriers de la Glacière à Montluçon. Les dimanches pluvieux, les gosses grimpaient jouer aux cartes au grenier en dressant l'échelle de fer fixée en permanence à l'horizontale sur la façade : l'escalier du pauvre.

Impossible d'être tranquille dans les deux pièces du bas au sol de ciment piqueté. La mère en était seule maîtresse.

Un matin de décembre, une femme sort de l'une de ces maisons :

— Tu vas à l'école, Maurice ?
— Bien sûr, madame Michalon !
Elle lui tend un paquet enveloppé avec soin.
— Tu connais mon petit Denis ? Il a oublié son quatre-heures.
Sans mot dire, Maurice prend le goûter et le glisse dans son cartable. Il a neuf ans, et beaucoup d'honnêteté. Il entrouvre à peine le papier, aperçoit une banane, petite tigrée à chair molle, il le referme avec dégoût.
Quand il arrive à l'école, les enfants rentrent déjà. Pour joindre le petit Denis, il faudrait demander la permission au maître. Un garçon de Malicorne n'est pas là pour déranger. On le tolère, sans plus. On lui préfère même les Polonais des Ferrières. Maurice est convaincu qu'il ne doit jamais lever le doigt en classe. Il faut être riche et considéré pour aller pisser.
Il pourrait guetter le gosse à la sortie… De quoi aurait-il l'air face aux petites brutes de son âge qui le surveillent sans arrêt ? Que faire ? Manger la banane ? Ce n'est pas son genre de toucher au bien d'autrui. D'ailleurs, il n'aime pas la banane tigrée, trop visqueuse, elle l'écœure autant que les tomates acides des jardins du bourg. Maurice finit par la cacher dans un pupitre à rabat inoccupé du dernier rang au fond de la salle. Qui pourrait la découvrir ?
Un mois plus tard, il pense toujours à la banane, il n'ose rêver qu'elle a disparu. Il vérifie, elle est toujours là, desséchée, rétrécie, une momie de banane…
— Maurice, qu'as-tu fait de la banane ?
Pour ne jamais entendre cette question, il ne passera plus devant la maison de Mme Michalon sur le chemin de l'école.

Prendra-t-il enfin la route du maquis ? Il s'attarde encore dans les bras d'Avelina. Elle est son refuge, sa bonne conscience. Et lui, n'est-il pas là pour assurer sa protection ? L'évocation pénible de la banane abandonnée le rend soudain morose. Il n'éprouve plus aucune fierté de ses rodomontades de la journée dans le bourg. Il n'a jamais eu son pareil pour se faire des ennemis inutiles ! À quoi rime cette parade à moto puisqu'il est indigne de la confiance qu'on a placée en lui ? Le colonel ne lui avait posé aucune question et l'avait pris au maquis tel qu'il était, avec ses lubies et son courage de bravache. Il sent avec force que, à rester plus longtemps dans la lande auprès d'Avelina, il manque à son devoir.

— Tu devrais partir, lui dit doucement la jeune fille. Ils ne savent peut-être rien dans les bois.

Maurice garde un silence buté. S'il lui arrive de s'adresser des reproches, il ne supporte pas ceux des autres, pas même d'Avelina. Croit-elle qu'une fois informés de l'arrivée des Allemands, les camarades tenteront une attaque ? Il ricane. Avec leurs pétoires de l'ancienne guerre…

Il imagine le grand Risalto qui fait si peur aux enfants avec ses sourcils broussailleux de Napolitain. Quand il était balayeur municipal, les femmes du bourg n'osaient pas lui demander de les aider à vider les greniers. Il n'aurait sans doute pas ménagé sa peine, mais sa silhouette haute et sèche de bandit calabrais décourageait toute approche. Son œil charbonneux, ses rides profondes se plissaient rarement d'un sourire. Il semblait n'avoir jamais ri de sa vie. Les commères assuraient qu'il menaçait sa femme, la battait à la moindre contrariété. Il portait sur ses épaules, semblait-il, tout le poids d'un passé de luttes, peut-être de prison en Italie. Personne, jamais, n'avait osé le questionner, on comprenait du reste mal son patois.

Quand les Florentins étaient arrivés de leur pays, souriants et amènes, avec leurs pauvres bagages, les femmes du bourg avaient réussi à baragouiner leur langue si proche de la nôtre. Le discours âpre et guttural de Risalto paraissait aussi éloigné de l'italien que le basque du français. Personne ne se risquait à l'interrompre lorsqu'il gourmandait son fils Alberto. Il habitait près de la ruelle où vivait Maurice avec sa mère. Les enfants s'étaient élevés ensemble, volant la gomme des vieux pneus au garagiste pour fabriquer des frondes, montées sur des fourches de chêne. Alberto Risalto savait mieux que quiconque abattre une agrole en vol, d'une pierre pointue qu'il lançait avec une précision diabolique. Pour l'instant, Maurice se demandait si Alberto ne serait pas plus efficace contre les Allemands avec son lance-pierre que son père avec son vieux Lebel.

Avelina cueille une tige d'herbe haute terminée par un panache de graines minuscules. Assise au-dessus de lui, elle lui chatouille le nez, le front, les oreilles pour qu'il se redresse. Maurice reste parfaitement immobile, les yeux dans le vague.

— À quoi penses-tu ? demande-t-elle avec une pointe d'impatience.

— Risalto. C'est lui qui fait le guet sur le chêne.

Le garçon n'a pas vraiment parlé, il a marmonné dans le demi-sommeil qui le gagne lentement.

— Le chêne ? Comme au cinéma dans *Robin des Bois* ? chuchote Avelina à son oreille.

Ils ont jadis vu le film ensemble à l'établissement thermal. Une de leurs grandes sorties. Ils avaient trouvé cent sous pour payer leurs places. Maurice aimait ces hommes au chapeau vert, embusqués dans les arbres qui bravaient les archers du méchant roi. Dans la Résistance, il se prenait un peu pour Robin des Bois. Les autres aussi, puisque le grand Risalto, si grave et si tragique dans sa solitude silencieuse, montait toujours la garde en haut du chêne où il avait installé une plate-forme.

— Sur la route de Chamblet, au carrefour de la Muette, murmure-t-il encore.

Elle enregistre les propos décousus. Se lèvera-t-il enfin ? Avelina tremble que les autres ne lui fassent du mal. Elle l'a trop vu revenir en sang, les soirs d'été, après de longues guerres indiennes que se livraient les bandes d'enfants. Il rentrait avec des blessures qu'en l'absence de sa mère Catarina pansait avec du gros sel. La douleur lui faisait faire des bonds comme les perches de l'étang quand le pêcheur arrache l'hameçon de leur gueule.

Maurice s'endort dans les genêts au pied du chevalier de Malte. À son tour, Avelina songe à Risalto dont elle est la seule à ne pas avoir peur. Peut-être parce que le Calabrais ne ressemble à personne ? Il est si vieux qu'il pourrait être leur père à tous. Nul ne l'obligeait à prendre le maquis. Étranger, on ne pouvait le réquisitionner au titre du travail obligatoire. Tout au plus risquait-il d'être interné dans un camp spécialisé, mais les gendarmes avaient depuis longtemps renoncé à surveiller les apatrides installés au bourg depuis dix, parfois quinze ans. Les arrêter aurait provoqué une émotion profonde dans la population. Ainsi Risalto aurait-il pu poursuivre une existence tranquille à l'instar de son compatriote et voisin, Cerinelli le bedeau, à ceci près qu'il était mal vu par le curé, et ne mettait jamais les pieds à l'église. Risalto n'avait pas rejoint les républicains espagnols et les socialistes français pour des raisons politiques ou idéologiques. Non, il était parti comme on partait jadis chez lui à la chasse au loup. Les hommes prenaient le fusil, et Risalto était un homme.

Pourquoi Avelina aimait-elle Risalto ? Elle cherchait à se souvenir… Elle était encore enfant lorsque le Calabrais avait lancé au bourg une mode merveilleuse, celle des cerfs-volants. Le taciturne, qui ne desserrait jamais les dents, avait passé une journée entière à coller sur du papier d'emballage les cannisses taillées empruntées au fleuriste Aulanier. Sur l'un des angles du grand losange décoré avec art, Risalto avait fixé une immense guirlande de papiers de toutes les couleurs, frisée en papillotes. Jamais les enfants du bourg n'avaient vu de cerf-volant. Lorsque Risalto lui fit prendre son envol dans le pré communal, une joyeuse bande l'escortait dans une galopade effrénée. Tous étaient venus, avertis par le téléphone arabe qu'un événement sans précédent mobilisait la ville.

Quand les retardataires, essoufflés, étaient accourus sur le pré, le cerf-volant planait déjà à plus de cent mètres, majestueux dans le vent d'ouest, et la guirlande traçait de somptueuses arabesques. Risalto, impassible, dirigeait l'engin avec une planchette où s'enroulaient des dizaines de mètres de corde fine. Le vent avait eu raison de la fête, le cerf-volant s'était échappé, happé par les bourrasques. Sa chute avait été suivie de cris de désespoir. On chercha Risalto pour qu'il raccommode l'épave. Il avait déjà disparu.

Le lendemain, tous les grands du bourg pillaient la serre d'Aulanier où il entassait ses bourriches de fleurs venues de Nice, pour construire des cerfs-volants. Une flotte entière prenait l'air. On ne verrait plus Risalto sur le pré communal, il s'était contenté de faire découvrir aux enfants, l'espace d'une matinée d'été, les papillons du Pausilippe.

— J'irai voir Risalto, décide Avelina en regardant Maurice dormir. Il m'aidera.

Sa dernière rencontre avec le Calabrais avait été cocasse. L'école était déjà fermée quand le maquis avait lancé une expédition au bourg. Dans les rues, le silence était total, portes closes et rideaux tirés. Le camion des maquisards s'était garé devant l'école des garçons. Depuis la petite côte des acacias, Avelina ne perdait rien de la scène et reconnaissait parfaitement l'imposant véhicule du marchand de vin réquisitionné par le maquis. Une quinzaine de gars avaient sauté à terre dont Risalto, aussi agile que les jeunes. Maurice, à moto, s'était posté en reconnaissance sur la route de Montluçon. Risalto, avec son long fusil de guerre, surveillait la route de Chamblet.

Le vaillant commando chargeait dans le camion des liasses de papiers. Avelina devait apprendre plus tard qu'il s'agissait des archives de la mairie. En les faisant disparaître, le maquis empêchait toutes recherches des gendarmes ou des miliciens sur l'identité des habitants et particulièrement des étrangers. Le chargement dura plus d'une heure. Personne ne se risquait dans les rues désertées. Sans crainte, Avelina s'était approchée du guetteur.

— Bonjour, monsieur Risalto. Vous ne venez pas voir Alberto ?

Étonnée de sa propre audace, elle n'osait citer la mère et la fille...

— Passe ton chemin, petite, personne ne doit rester là. Il y a du danger.

Il avait parlé ! Avelina était enchantée. Elle avait vu de près des « maquis » dont tout le bourg parlait depuis des mois à voix basse, avec crainte et admiration. Elle les reconnaissait tous, le petit Louis, le fils du maire, et Léon l'électricien, et l'apprenti plombier Delage, et le fils du chef Pélissier qui n'avait pas dix-huit ans...

Qui conduisait le camion ? Pas Bonnichon le mécano qui, lui aussi, portait des paquets de dossiers. Impossible de reconnaître l'homme à l'intérieur de la cabine qui portait à l'épaule deux barrettes en or, les insignes de lieutenant. Soudain il se pencha à la portière : « C'est Pardoux, le facteur ! Je ne savais pas qu'il avait son permis. » Et le chef, celui qui avait cinq galons ? Elle l'avait vu rue Barat, la rue des Espagnols. « C'est le père d'Isabelle Fernandez dont on disait qu'il avait été blessé en Espagne ! Il était tout simplement reparti en guerre avec tous les gars du bourg… »

Elle les connaît tous, les maquisards des côtes du Châtelard. On ne sait où ils se cachent au juste mais ils sont là, omniprésents. On peut leur porter des messages à bicyclette. L'expédition de l'école des garçons a certainement été préparée avec le maire Guéret et l'instituteur Delofre. Ce sont leurs administrés, leurs élèves, parfois leurs enfants qui ont pris le maquis et ils les aident de leur mieux, par leurs suggestions, leurs conseils, leur vigilance.

« Heureusement que Guéret aime Maurice autant que son fils Louis, ainsi il ne lui arrivera rien de fâcheux, même s'il manquait à sa mission », songe Avelina. Elle le connaît tellement bien, son bel endormi, qu'à ce moment précis elle comprend qu'il serait capable de ne pas aller au maquis. À son réveil, il ne sautera pas sur sa moto. Il aura une autre idée en tête. Elle réfléchit : est-ce donc si difficile, de conduire une moto ? Cent fois, elle l'a vu mettre les gaz et faire ronfler le moteur en tournant les manettes. Il suffit de tenir fermement le guidon, et de ne pas perdre la pédale du frein.

Elle s'éloigne de Maurice, replie sans bruit la béquille du bel engin rouge et argent, évite de lancer le kick pour ne pas éveiller le dormeur qui poursuit près du chevalier de Malte sa sieste au grand air. Elle pousse de toutes ses forces, appuyant sur l'embrayage pour libérer les roues. Les ronces les retiennent prisonnières. Avelina serre les dents et parvient enfin à ébranler la bécane sur le sentier en pente. Au bas de la côte, lorsqu'elle met les gaz, Maurice ne réagit pas. Il dort toujours lorsqu'elle aborde, droite comme un gendarme à cheval, la route de Chamblet. Elle se garde de prendre de la vitesse. Seule sur la petite route en lacet qui monte et qui descend, elle cherche des yeux le chêne qui sert de poste de guet. Point de chêne. Des bosquets, des pans de forêt ménagés par la charrue des laboureurs accrochés aux cuvettes d'argile, des files de saules le long du ruisseau. Elle désespère. Comment trouver ce carrefour de la Muette ? Arrivée non loin de Chamblet, il faut faire demi-tour, elle ne veut pas entrer dans la ville. Plusieurs fois elle sillonne la route sans résultat. Son cœur bat soudain plus vite. Un bruit de moteur sur la droite. Affolée, elle stoppe, prête l'oreille : une colonne d'Allemands peut-être ? À perte de vue la route est déserte. Cela doit venir de Chamblet. Elle se lance sur la côte des abattoirs et tourne dans une petite route. Rien ne vient. Personne ne l'a suivie. Au moment où elle repart pour Chamblet, une camionnette débouche à un carrefour, au pied d'une croix de fonte. Elle la reconnaît tout de suite, c'est celle de Bourgois. Il est le seul, hormis les gendarmes, à pouvoir circuler dans la ville, avec un gazogène.

Avelina s'approche et comprend que le boucher vient de ravitailler le maquis, le plateau de la camionnette est vide. Il se penche à la portière. Une moto, c'est Maurice ! Non, c'est Avelina qui lui sourit de toutes ses dents.

— Où est Maurice ? demande le colosse visiblement ravi de la rencontre. Pourquoi as-tu pris sa moto ?

La petite n'est pas une coquette. On ne l'a jamais vue enjôler les gars du bourg. Elle connaît Bourgois, un sanguin, toujours entre un comptoir de bistro et une table de ferme. Avec lui, pas de finesse, il faut frapper vite et fort.

— C'est lui qui m'envoie, répond-elle sans cesser de sourire et en descendant avec souplesse de sa selle.

Bourgois a connu beaucoup de femmes dans sa vie, surtout au Maroc, pendant son service militaire, mais jamais une femme motocycliste. Il regarde Avelina avec un peu trop d'insistance.

Sûr de lui, il ouvre la portière, bombe son torse de centaure et prend Avelina par la taille.

— La moto, lui dit-il, c'est pas pour les femmes. Viens donc faire un tour en camionnette.

Avelina se dérobe. Il la rejoint et la soulève comme une plume. Elle siffle entre ses dents, lance en avant sa main, deux doigts braqués sur les yeux du malappris et lui crache au visage. Il la serre, elle l'aveugle. En pestant, il l'envoie rouler dans le fossé derrière lui. Elle se relève aussitôt, saisit le poignard que Maurice range toujours dans la sacoche de sa moto et menace Bourgois :

— Si tu ne me dis pas où est la route du maquis, je te pointe.

Bourgois, essoufflé par cette courte lutte, abandonne. Il sent la lame du poignard dans son dos et la main de la petite accrochée à sa ceinture.

— C'est bon, gamine. Lâche-moi, la route du maquis, tu es dessus ! Et va-t'en au diable !

Elle est déjà en selle, en direction du grand chêne qu'elle aperçoit bientôt en contrebas dans un champ de blé étalant ses branches basses sur dix mètres.

Rien ne bouge dans l'arbre planté ici, qui sait, par un trisaïeul du chevalier de Malte. Pas un bruit sinon le frémissement des feuilles agitées par le vent d'ouest. À croire que Maurice a menti.

Avelina, perplexe, poursuit sa route, traverse une lande de genêts. Devant elle, à cent mètres, une forêt. Le seul chêne sentinelle est bien celui-là.

Elle y revient, cette fois en roulant très lentement et distingue dans une trouée du feuillage un éclair brillant, puis une forme tapie sur une branche.

— Ohé ! Risalto, je t'ai vu ! J'ai un message de Maurice, crie-t-elle.

— Vas-tu te taire ?

Elle reconnaît la voix rocailleuse. Une corde descend le long du tronc et Risalto, son long fusil en bandoulière, se laisse glisser au sol.

— Que fais-tu sur sa moto ?

— Il est blessé. Je l'ai caché chez moi.

— Nous irons le chercher. Quel est ton message ?

— Les Allemands sont au bourg. Il faut avertir le chef.

— Le chef le sait ! Bourgois l'a prévenu. Retourne d'où tu viens et laisse la moto ici.

Elle pense aussitôt à Maurice : laisser sa moto ? Impossible ! Le Calabrais s'avance déjà pour se saisir de l'engin et le cacher.

— Je ne t'ai pas tout dit, ajoute-t-elle vivement. Des blindés sont arrivés sur la place du village. Il faut immédiatement que ton chef le sache. C'est ce qu'a dit Maurice. Des blindés.

Risalto remonte aussitôt le long de la corde pour lancer à l'aide d'un simple miroir un message reçu à cent mètres de là par un autre guetteur dans la forêt. Il n'a pas achevé que, là-bas, la petite a tourné sur la route de Chamblet.

Risalto se doute que Maurice n'a pas dit son dernier mot et il n'est pas le seul à le penser. Malgré ses barouds en Espagne avec les aventuriers les plus extravagants d'Europe et d'Amérique, il reste au colonel Fernandez une épreuve de taille : connaître Maurice, de Malicorne.

IV

LE BIVOUAC DES DORYPHORES

— Il n'y a plus de patates au marché, mais les doryphores sont là !

Au bourg, on s'est bien gardé de sortir quand le convoi allemand s'est immobilisé sur la place. Seuls, les gendarmes et le maire ont assuré l'accueil. Même la Marie a fermé boutique.

Le chef Pélissier est mis à contribution. Le capitaine allemand qui commande le détachement choisit tout de suite pour bivouac le marché couvert.

— Il me faut de la paille, dit-il, et des vivres !

— Bien, mais comment les transporter ? objecte Pélissier, nous n'avons pas de véhicules.

Le capitaine donne un ordre : les camions démarrent pour faire la tournée des fermes avoisinantes et réquisitionner paille, pommes de terre et jambonnailles. Deux heures durant, les riverains de la place de l'Église ont regardé les Allemands en tenue de corvée emmagasiner au marché tout le nécessaire pour la nuit. Des feux de roulantes ont été allumés sur la place, tout près des vespasiennes. L'épicier Boudou et le boucher Bourgois ont pu rester cloîtrés chez eux, rideau de fer baissé, sans crainte d'être pillés puisque les Allemands se sont servis dans la campagne.

Le maire Guéret s'est caché, comme il l'a prévu en cas de coup dur, dans la baraque de son jardin, une sorte de guérite en planches recouverte de tôle ondulée. Personne ne viendra l'y chercher. Il a assez de conserves et de chopines pour soutenir un siège et, à la moindre alerte, il s'échappera dans la lande par un chemin de bouchures. Seule, sa fille Antoinette connaît son refuge et lui donne, trois fois par jour, des nouvelles du bourg.

Ainsi apprend-il que les Allemands, une centaine d'hommes environ, n'ont pas pris d'otages, ne sont pas menaçants et n'ont demandé de vivres que pour une journée. Un simple détachement d'infanterie qui va sans doute renforcer les troupes engagées dans la lutte contre le maquis d'Auvergne. Guéret a demandé à Antoinette de se renseigner sur l'unité. Il trouvera bien le moyen de joindre Louis au maquis, pour que Londres soit informé. Il sait que le colonel Fernandez a récemment « touché » un poste de radio émetteur, avec un spécialiste capable d'expédier les messages.

Pour installer leur bivouac, les Allemands mobilisent des hommes de la commune. À la demande du maire, Rémi et une demi-douzaine de garçons de l'établissement thermal donnent un coup de main. Lorsque l'occupant exige un circuit d'eau courante chaude pour l'alimentation des douches à l'arrière du marché, le plombier municipal est catégorique : « Impossible ! On ne peut brancher qu'une tuyauterie d'occasion, comme pour arroser les jardins. »

— C'est l'été, concède l'officier. L'eau froide suffira.

Une vingtaine de douches sont donc installées sur l'aire du charron qui a dû fournir un vaste bac en bois massif. Ainsi, les soldats se laveront-ils dans un abreuvoir à vaches...

— C'est assez bon pour eux, grommelle Renaud dans sa moustache.

Curieusement, les pétainistes, comme Renaud, ou Blanc, le B. O. F. de la rue du Cimetière, ne frayent pas avec l'occupant. Pour eux, il reste l'ennemi jadis vaincu par le Maréchal. S'ils sont prêts, le soir, à téléphoner aux miliciens de Montluçon pour dénoncer les maquisards, ils ne s'affichent pas avec les Allemands qui, de leur côté, ne manifestent aucun désir d'entrer en contact avec d'autres Français que les autorités désignées. Il n'y a pas, disent-ils, de « bons » Français, mais seulement des terroristes en puissance ou des complices de terroristes. Ils sont tous des occupés.

Il a fallu du temps mais les femmes ont fini par sortir des maisons et reprendre leurs habitudes. La Mémette est la plus hardie. Sous l'œil des soldats qui répondent avec un sourire niais à ses balbutiements, elle est retournée à son arrachage d'écorces de platanes. Pélissier a informé les commerçants que demain les magasins pourront ouvrir normalement mais que, pour l'heure, il faut éviter les abords du marché couvert et de la place de l'Église où stationnent, au lieu des autobus montluçonnais, des automitrailleuses.

On tend une toile de tente pour cacher aux femmes du bourg la vue des soldats nus en train de se savonner. Le capitaine, à qui le maire médecin a proposé un bain chaud dans l'établissement thermal, décline la proposition afin de rester près de ses hommes. Le charron peste en fermant ses fenêtres : vont-ils rire et chanter sous la douche toute la nuit ? Quand il était biffin dans les tranchées de l'Argonne, personne ne se lavait. Pour Renaud, un soldat qui se lave n'est pas tout à fait un homme. Dérision suprême, ils enlèvent leurs bottes pour se laver aussi les pieds : une armée de malades…

Bientôt, plus personne n'approche du marché couvert où les soldats allument les lampes de campagne. En revanche, le parc des automitrailleuses et des motos exerce sur les gosses une fascination telle que les Allemands en faction sont débordés. Au matin, ils ne peuvent plus interdire l'attroupement.

— Tu crois qu'elle roule plus vite que celle de Maurice ? demande au fils Martineau le jeune Bourgois, en désignant la B.M.W. d'un éclaireur de la compagnie.

— Tout ce que je sais, répond Gérard, c'est que je regrette de n'avoir pas dix-huit ans !

— Pour t'engager chez les frisés ?

— Pour « chauffer » sa bécane et partir avec au maquis.

— Chiche, je monte dans le side-car ! dit Bourgois en s'exécutant aussitôt.

Une sentinelle les écarte brutalement. Les gosses voudraient revenir à la charge, mais s'immobilisent : des ordres brefs viennent de claquer. Aussitôt, les moteurs ronflent, les hommes se précipitent sur leurs motos, ouvrent la tourelle des engins blindés, pendant que, dans les camions, on est déjà prêt, l'arme entre les jambes. C'est la fête sur la place : ils vont partir. Le marché couvert va être libéré. Pélissier, impatient de voir s'éloigner la colonne, s'agite à l'arrêt des autobus montluçonnais.

Dans sa voiture peinte aux couleurs de camouflage, le capitaine reçoit un appel sur son téléphone de campagne. Où est son interlocuteur ? Sur la route de Montluçon, peut-être...

L'échange est bref. L'Allemand descend de voiture et ordonne :

— Changez la paille ! Nous restons ici une nuit encore !

Avelina gare la moto à l'endroit exact où Maurice l'avait abandonnée. Elle se coule sans bruit jusqu'au jeune homme qui n'a pas bougé d'un pouce, comme si le chevalier de Malte lui avait jeté un sort, le couvant de ses yeux de gisant. À quoi peut rêver Maurice ? Un instant tentée de caresser ses cheveux d'ange blond, Avelina préfère attendre qu'il s'éveille et sorte de sa béatitude. Comment avouer son escapade, annoncer à Alexandre qu'on a monté son cheval, lui confesser qu'elle a osé tenir son rôle en selle, et surtout affronter les portes invisibles du maquis ? Impossible. Il ne le lui pardonnerait pas. L'idée de continuer à vivre entre les Boudou et les Bourgois lui donne la nausée. Lui seul, l'enfant de Malicorne, a du rêve dans les yeux, et dans la tête cet irréductible noyau d'enthousiasme qui le porte chaque jour aux pires folies, mais rend infiniment précieux ses moments de tendresse et d'abandon.

Avelina n'entend pas renoncer à son trésor. Pour le préserver, c'est elle qui doit partir, sans explication. Sa fuite le surprendra peut-être, mais il ne pourra pas la poursuivre au bourg, il sait que les Allemands tiennent la place.

Prévenir Catarina. La vieille femme est sans doute au désespoir, hurlant dans sa cuisine et buvant le vin noir du mineur. Se jeter dans ses bras, la consoler, la rassurer, elle le mérite. Ensuite, lui faire comprendre qu'elle devra mentir aux maquisards s'ils la questionnent et prétendre qu'elle a accueilli Maurice blessé. Après avoir reçu des soins, il était reparti. Oui, Catarina pouvait mentir pour la bonne cause. Elle adore Maurice.

Avelina s'éloigne en courant, sans un regard derrière elle. Il dormira encore longtemps. Il peut reposer cent ans dans ce paradis des ombres. Oui, qu'il ne s'éveille pas, qu'il attende en rêvant la fin du drame, le retour de la paix. Elle irait alors l'embrasser avec douceur, il ouvrirait les yeux, chassant de la main le papillon indiscret qui venait interrompre son sommeil profond. Il ne poserait aucune question, heureux de la retrouver après un temps si long, si suave qu'il aurait perdu conscience du présent. Pouvait-elle compter sur le chevalier de Malte pour veiller sur lui et le gratifier d'un long nuage d'éternité ?

Elle court toujours dans les genêts, cherchant sa route en regardant la mousse des arbres. Quand elle touche du pied le gravier de la route de Chamblet, elle a la tentation de revenir en arrière. Et si Maurice avait sauté sur sa moto pour se lancer à sa poursuite ? Elle frissonne.

Brusquement, comme pour donner raison à son angoisse, un bruit de moto retentit sur la route : Maurice ! Avelina, d'instinct, plonge dans les herbes du bas-côté, le cœur battant à tout rompre. Il pourrait l'apercevoir dans la lumière aveuglante de ses phares qu'il n'a toujours pas barbouillés de bleu malgré les multiples recommandations de Fernandez. Il va la voir, pis encore, la chercher au bourg, au péril de sa vie. Non, le faisceau balaie la route en direction de Chamblet, il est reparti au maquis.

Trottinant vers le bourg, Avelina doit s'arrêter de nouveau, à la vue d'un poste de sentinelles allemandes. Pour éviter les questions gênantes, elle décide de couper à travers champs. Peut-être ont-ils instauré un couvre-feu, mais ils ne connaissent pas les Billoux, où les vieux du bourg travaillent tard le soir à la belle saison. Entre les bouchures se détache justement la silhouette raide du père Gardot. Il faudrait un siège pour empêcher celui-là de prendre chaque jour le chemin des jardins. Dans la nuit qui tombe, il pousse sa brouette chargée de légumes. Gardot a pour les Allemands un tel mépris qu'il n'a pas peur d'affronter leurs patrouilles. Quand on a échappé, quatre ans durant, aux gros noirs, aux tirs de *Minenwerfer* et de mitrailleuses, on ne redoute plus rien. Que peuvent-ils lui faire ? S'ils sont entrés au pays, c'est qu'on les a laissés passer. Ceux de 14, ses copains morts à Verdun, les avaient arrêtés, eux. Les « Verts-de-gris » de cette guerre-là n'ont aucun mérite.

La petite, les jambes couvertes de cloques d'orties et le souffle court, le rejoint enfin. Gardot n'a pas tourné la tête. La ceinture large entravée sur ses épaules pour faciliter le transport de son fardeau ne permet pas les pirouettes. Au demeurant, il est un peu dur d'oreille. Avelina le dépasse, se retourne brusquement pour se hisser sur la pointe des pieds et lui dire :

— J'ai peur, monsieur Gardot ! Ramenez-moi au bourg, dites que je suis votre fille !

Le vieux, impassible, a posé sa brouette. Il n'interroge même pas. Ces singeries de gosses qui prennent le maquis ne sont pour lui que jeux de boy-scouts. De son temps, ils étaient aux tranchées à dix-huit ans, et ceux d'en face étaient encore plus jeunes. Il en a vu mourir des centaines dans l'Argonne. Peut-être un jour prendra-t-on ceux-là en main pour les conduire sérieusement à la bataille. Jusque-là, Gardot ne leur prête aucune attention. Si ça les amuse de jouer à la guerre, c'est leur affaire. Mais il aime bien la petite, aussi courageuse et polie que sa propre fille.

— Suis-moi, répond-il seulement en essuyant son front d'un large mouchoir à carreaux violets.

— Qui va là ? dit dans sa langue la sentinelle allemande sur la route des Abattoirs.

— Sergent Gardot, du 195e d'artillerie, énonce le vieux en fixant le *Feidwebel* dans les yeux.

L'autre laisse passer. Comprend-il le français ? A-t-il reconnu dans le vieux bonhomme un ancien adversaire ? Il échange quelques mots avec la sentinelle. Gardot pousse son chargement, Avelina silencieuse tout près de lui. Vingt pas plus loin, elle saute à son cou. Il en lâche sa brouette. Elle embrasse avec fougue les deux joues mal rasées et se précipite en courant chez la Catarina qui l'accueille avec des cris de joie.

Personne ne dort au bourg ni dans la campagne proche cette nuit-là. Derrière leurs vitres opaques, les femmes veillent et surveillent. Toutes les deux heures, au passage des patrouilles, les bottes crissent sur les cailloux. Qui se risquerait à sortir ?

Maurice tente de pénétrer dans le village, par un chemin détourné. Il a pris par Chamblet, tourné aux Ferrières pour rejoindre la route de Commentry. Aux Côtes-Rousses, un mineur de retour de la fosse l'intercepte à grands signes :

— Éteins tes phares et ne va pas plus loin, les Boches sont là !

— Je vais prendre par le Grenouillat !

— Tu ne peux pas, ils ont des patrouilles et des postes d'arrêt sur toutes les routes et même sur les chemins. Tu risques ta tête, insiste le mineur.

Dans une giclée de gravillons, Maurice a démarré. S'il ne peut entrer au bourg, autant retourner au camp et prévenir enfin les autres. Il expliquera que sa moto l'a lâché.

Rallumant son phare au mépris de toute prudence, il est rapidement en vue du chêne et pile en catastrophe, selon son habitude, attendant le signe de reconnaissance du guet : un bref éclair de lampe de poche répond au signal convenu de son phare. À sa grande surprise, ce n'est pas Risalto qui vient à sa rencontre, mais le lieutenant Pardoux en personne. L'ancien facteur n'écoute même pas ses explications.

— Le chef veut te voir !

Maurice remet les gaz et s'apprête à entrer dans la forêt.

— Éteins le phare et range ta bécane. Il arrive.

Docile, Maurice plante la béquille et sort une cigarette, pour signifier qu'il ne redoute en rien les questions du colonel Fernandez. Il suit des yeux Pardoux qui le surveille. Deux autres sont sortis de l'ombre, Delage et Louis Guéret, qui sans un mot l'ont rejoint. L'un d'eux a relevé la béquille de la moto pour la mener sous le chêne et la caler au tronc. Est-il prisonnier ? Va-t-on le juger comme un traître ? Il sait que l'Espagnol Fernandez ne fait preuve d'aucune faiblesse dès qu'il s'agit de la sécurité du groupe.

Pourtant, il n'a pas peur, il est plutôt indigné. Il se souvient d'une autre circonstance où les gens du bourg l'avaient fait arrêter. Il était soupçonné d'avoir volé des draps chez une bourgeoise où sa mère faisait des ménages. Un grand cœur, cette Mme Tirlemont, femme de prisonnier, avec quatre enfants. Toute l'aisance des gens de Paris. Toujours un cadeau pour sa fête, des étrennes pour Noël, une caresse à la sortie de la messe. Elle acceptait que Maurice jouât aux jeux de la ville, avec ses propres enfants. Il tirait les torpilleurs sur les carrés des batailles navales et les Tirlemont l'avaient initié au nouveau jeu de Monopoly qui faisait fureur dans Paris sans lumières. Maurice apprenait ainsi à vendre une rue de la Paix dont il ignorait l'existence ou à hypothéquer les hôtels de la rue Lecourbe. Il avait la bonne grâce de perdre sans mauvaise humeur, ce qui faisait de lui, pour les enfants Tirlemont, le partenaire idéal. On pouvait se partager ses dépouilles sans qu'il balançât les verres de l'orangeade des goûters. La mère était en extase devant ce rustre qui savait calmer ses enfants trop nerveux, trop impatients de gagner. Elle ne leur en faisait pas reproche. Ils n'avaient plus leur père, n'est-ce pas ? Elle admettait que la malheureuse mère de Maurice la plaignît et compatît quand un de ses enfants, sur un mouvement de colère, avait brisé une vitre du salon avec une tasse de thé. C'est pourtant lui, Maurice, que l'on avait soupçonné et conduit chez les gendarmes pour lui faire avouer où il avait caché les draps dérobés, à l'heure de la messe, dans l'armoire de la digne Mme Tirlemont. Le vrai coupable avait été découvert, mais Maurice avait subi une humiliation dont la blessure ne s'était jamais vraiment refermée. Il ne faut pas se fier aux femmes honnêtes.

Toutes les dames du bourg, très soucieuses de leur respectabilité, pouvaient se prétendre telles. Seule, la femme de Pardoux, lieutenant au maquis, avait eu un passé turbulent, pendant la longue absence de son mari. Prisonnier durant deux longues années, il avait tenté de s'évader, et avait eu la chance d'y parvenir. Pendant sa captivité, son épouse avait défrayé la chronique. Ses trois enfants, élevés à la diable, traînaient le plus souvent sur la place, avec Maurice et les chiens errants. Son beau visage aux traits fins et réguliers, ses cheveux châtains joliment bouclés, et son rire éclatant lui valaient autant de jalousie dans la gent féminine que de succès auprès des hommes. Pour survivre, elle avait ouvert dans son minuscule appartement un salon de coiffure où elle recevait, dit-on, tard le soir, préférant pratiquer la coupe en brosse que la permanente. Quand les parents ne pouvaient pas payer, elle coupait gracieusement les cheveux des enfants du quartier sans s'attirer pour autant la reconnaissance des mères. Le « salon » de coiffure était dans un désordre indescriptible. Des vêtements sales s'accumulaient sur un canapé bancal où s'asseyaient les clients attendant leur tour. Elle dégageait alors prestement le monceau de linge en le jetant par terre. Pas un homme ne se plaignait de l'eau de Cologne bon marché dont elle inondait les barbes fraîchement rasées, et qui n'atténuait nullement les relents de cuisine et de moisissures mêlés aux odeurs de vermouth sucré. Car on buvait et mangeait tard aussi, le soir, chez la femme Pardoux. Les commères assuraient qu'elles avaient vu plus d'une fois sortir, à l'heure de la fin des veillées, le maire Guéret, la mine allumée, clopinant gaiement avec sa canne. Il était allé oublier les malheurs de la guerre.

Quand Pardoux était rentré d'Allemagne, il s'était séparé de cette épouse trop complaisante pour retourner vivre chez sa mère. Les enfants n'avaient qu'une rue à franchir pour aller d'une maison à l'autre. Cette répudiation leur coûtait d'autant moins que leur espace familier restait la place de l'Église, et qu'ils rentraient à la maison uniquement pour manger et dormir. Aussi ne se plaignaient-ils ni de leur mère ni de leur père, et Maurice les enviait de cette insouciance. Il n'avait jamais pu s'empêcher de haïr son père et n'en était pas plus heureux.

Plus tard, lorsque Pardoux partit au maquis, tout le monde s'était étonné que le colonel Fernandez l'eût affublé de deux galons sur l'épaule. Personne ne pouvait jurer qu'il eût jamais obtenu son certificat d'études, ce qui, au bourg, constituait le signe suprême de l'installation dans la vie. Que ce facteur ignorant fût lieutenant indignait les anciens combattants, et les légionnaires du Maréchal le prenaient en exemple pour souligner l'inconséquence des gens du maquis. Sans doute, Pardoux avait-il fait au camp de prisonniers de la politique, comme Fernandez, le coupeur de têtes de la guerre d'Espagne…

Maurice savait que Fernandez ne distribuait les grades qu'à ceux qu'il estimait. Les circonstances quasiment héroïques de l'évasion de Pardoux (il avait été poursuivi toute une nuit par les *Feldgendarmen* et en avait tué un de ses mains avant de passer le Rhin) le rendaient digne d'être son second. D'un seul coup d'œil, l'Espagnol avait jugé qu'il était capable de se jeter au-devant d'un char pour y lancer une bouteille d'essence.

Maurice se souvient des temps encore récents où, trop jeune, il n'était pas autorisé à rejoindre le maquis. Plusieurs fois, peu après le départ de son lieutenant de fils, la mère de Pardoux avait surgi sur le pas de sa porte et l'avait hélé :

— Maurice, apporte-lui son casque, il l'a encore oublié. La prochaine fois, il oubliera sa tête !

Il sautait sur son vélo, sa moto était alors inutilisable faute d'essence, et dévalait à tombeau ouvert les routes qui menaient au grand chêne. Là, il s'arrêtait net, fier de connaître les usages, le maquis l'ayant déjà utilisé à deux ou trois reprises, comme porteur de messages à Guéret. Il confiait le casque à Risalto qui montait la garde. Un jour, le Calabrais l'avait envoyé à la grande carrière :

— Va lui porter là-bas, mais sois prudent ! Ils sont en exercice de tir.

Laissant là sa bécane, Maurice avait décidé d'aborder la carrière par le haut pour observer les tireurs qui venaient de recevoir de nouvelles mitraillettes Stem de Londres. Les hommes, qui s'entraînaient sur des bouteilles de bière, avaient aperçu le gamin à temps.

Furieux, Pardoux l'avait injurié. Le gosse, sans mot dire, avait tendu le casque, un Adrian de 40, bosselé et miteux.

— C'est bon. Pour ta récompense, prends ma mitraillette, et tâche de viser juste.

Le colonel est arrivé devant le grand chêne. Ses gardes du corps, Risalto la mine sombre, et Gomez, qui a combattu à Teruel, l'accompagnent.

— Suis-moi au cantonnement, dit sobrement Fernandez.

Gomez et Risalto encadrent Maurice. D'un pas rapide ils gagnent la ferme de Bourdesoule où se tient le quartier général. Pas un ne souffle mot. Maurice se sent perdu.

Il se souvient de l'arrivée d'Isabelle Fernandez à l'école en 1939. Elle et son frère Enrique venaient de loin avec toute leur famille. Ils avaient connu les camps d'internement à Béziers, après le martyre de Barcelone. Les Français du Midi les avaient traités en indésirables, ils n'avaient pu s'y fixer. Les hommes avaient trouvé ici de l'embauche à la mine car ils savaient forer. Mais très vite il en étaient sortis pour s'établir comme puisatiers.

Isabelle, d'entrée de jeu, avait été sacrée reine du bourg. À douze ans passés, elle était la plus belle. Son teint mat rehaussé par des longs cheveux bruns, son port de madone, ses seins pointant sous le corsage inspiraient aux garçons des rêves enfiévrés. On avait vite appris à éviter de chatouiller l'honneur des Espagnols qui ne plaisantaient pas avec la vertu de leurs filles. Quand Isabelle, souveraine, accompagnait sa mère au marché, personne n'osait l'aborder. Le curé Vigouroux n'avait pas été sans remarquer l'absence des Espagnols le dimanche à la messe.

— Dieu leur pardonne, il est près d'elles dans l'épreuve, avait-il coutume de répondre aux femmes du bourg qui considéraient ces étrangères au comportement si insolite comme des musulmanes. Admettant que ces familles étaient des rescapées d'un drame dont elles ignoraient l'ampleur, ces dames se résignaient.

On ne risquait pas davantage le moindre commentaire sur les hommes. Fernandez et Gomez, durs à la tâche, sobres au café, silencieux et infatigables, inspiraient un respect mêlé de crainte. Nul n'avait à se plaindre d'eux et les propos venimeux de l'Alsacien Kopf, qui déplorait cette invasion de communistes, ne suscitaient pas d'écho. Après tout, Kopf aussi était un réfugié. Qu'il fût français et ancien combattant ne lui donnait pas le droit de critiquer les héros malheureux et taciturnes de la tuerie espagnole.

Pour Maurice, ils étaient des dieux. Qu'il fût entre leurs mains comme un condamné était une insupportable humiliation.

Les questions précises de Fernandez le démontaient au point qu'il ne pouvait plus mentir. Il avait tout avoué, entrecoupant sa déposition de sanglots. Oui, il avait failli à son devoir en n'avertissant pas toutes affaires cessantes de l'arrivée des Allemands. Oui, il avait inutilement discrédité le maquis en se conduisant comme un malappris avec les paysans du marché. Il reconnaissait tout. Il avait, de plus, compromis Avelina en l'enlevant sur sa moto au vu et au su de tout le monde, pour l'entraîner dans les champs à genêts où il avait disparu pendant près de douze heures. Qu'on le mette aux arrêts, il ne méritait rien d'autre.

— Nous n'avons pas besoin de bras inutiles, dit simplement Fernandez. Tu as gaspillé l'essence que le maquis t'a donnée et que nous utilisons au compte-gouttes. Rien que pour cela tu mérites la corde. Je te donne l'occasion de te racheter. On signale une autre compagnie allemande sur la route de Montluçon à Commentry. Le maquis de Montmarault ne répond plus. Nous devons savoir ce qui se passe.

— Je pars aussitôt, dit Maurice, donnez-moi une sulfateuse !

— Nous partons tous en renfort. Tu restes là ! Tu n'as pas mérité de combattre. C'est un honneur que nous réservons aux plus braves. Ta moto est consignée. Tu seras chargé du ravitaillement avec Delage et Combarioux.

Combarioux ! le fils du propriétaire de l'hôtel du Parc ! Pour lui, un garçon du Bain lâche comme un curiste ! Il s'étrangle de rage lorsque Gomez et Risalto le poussent vers la sortie, pour qu'il rejoigne, dans la grange, le plombier Delage aux prises avec un quartier de bœuf.

En quelques minutes le camion est paré et roule déjà sur le sentier de la ferme. Sous la bâche, Gomez a installé le fusil-mitrailleur. Sur chaque aile, un homme armé d'une Stem se tient prêt à se jeter dans le fossé à la première alerte pour couvrir le véhicule. Fernandez conduit lui-même. À l'évidence ils auraient besoin d'un éclaireur. Le maquis ne s'est pas encore organisé pour saisir chez les particuliers les tractions avant, voitures rapides et nerveuses capables d'ouvrir la route et de disparaître après avoir signalé le danger. D'ailleurs l'essence manque, il faudrait tenter une attaque-surprise contre le stock de la milice à Montluçon, ils n'en ont pas les moyens. Les miliciens, eux, bien équipés, disposent de ces Citroën efficaces en grand nombre.

Les maquisards ont déjà quitté la ferme quand Delage, son quartier de bœuf sur l'épaule, appelle pour demander de l'aide. Combarioux se présente, mais du mauvais côté. Delage trébuche, perd pied, s'écroule dans la paille de la grange en hurlant : « Maurice, viens par ici ! »

Pas de réponse. Delage, qui connaît Maurice depuis la maternelle, s'inquiète soudain… Quand il se précipite, il est trop tard : il entend les cris du guetteur et, dans le lointain, le bruit de la moto. Ils n'ont rien pu faire. Delage, perplexe, redresse la visière de sa casquette. L'oiseau s'est envolé. Que dira Fernandez ?

La place de l'Église est calme. À leur réveil, les Allemands se sont rasés après la douche dans l'auge à vaches du père Renaud. Vers 10 heures, deux camions sont arrivés par la route de Montluçon, chargés de caisses. En les réceptionnant, le capitaine allemand n'a pu empêcher les gosses de lire les inscriptions : *« Minen »*.

Les enfants, enhardis, rôdent dans le marché couvert à l'heure de la soupe.

— Je vais leur demander des sèches, dit Jackie, le fils du jardinier, toujours prêt à la provocation.

— Ils vont te donner du chocolat empoisonné, répond le jeune Gamet.

— Histoires de grand-mères ! On n'est pas en 14, mon gars ! Tu ne vas pas nous rejouer l'invasion de la Belgique. Regarde nos pépères, ils ne demandent qu'à se rendre utiles.

— Cigarettes ? dit Jackie, sans vergogne.

Un jeune soldat lui fait signe d'approcher. Il a quelques mois de plus que Jackie. À voir les tempes grises de celui qui partage son repas, ce pourrait être leur grand-père.

— Moi, Hans ! dit le garçon à la chemise ouverte. Toi café ?

Il lui offre son quart. Jackie trempe les lèvres et fait la grimace. L'ersatz des Allemands est pire que le café de la Marie.

— Tu peux le donner aux cochons, dit Jackie.

L'autre ne se vexe nullement, tire de sa poche un paquet défraîchi. Depuis l'âge de dix ans, Jackie fume en cachette. Il sort une cigarette et l'allume comme un troupier au feu que lui tend le grand-père en riant. Il s'étrangle, rejette la fumée en toussant, cherche sa respiration.

— Comment peuvent-ils fumer ce foin ?

Le vieux s'est rapproché. Avec des gestes traînants, il détache le col de chemise de Jackie pour l'aider à reprendre son souffle.

— Venir avec moi douche, dit-il.

Gamet donne une bourrade à son copain.

— Filons ! c'est un pédé ! Hier soir, il a voulu toucher le petit Bourgois.

Jackie n'a nullement l'intention de repartir et s'assied au contraire sur la paillasse du vieux. Gamet, agacé, se souvient brusquement que trois ans plus tôt, lorsqu'ils avaient tenu compagnie à des blessés français, à l'hôtel des Thermes, l'un d'eux s'était montré particulièrement chaleureux, les comblant d'orangeade, de cigarettes et de chocolat. Jackie avait provoqué le soldat qui avait tenté une caresse, comme on fait aux filles. Il s'était alors redressé, jouant les vertus effarouchées puis était parti dignement, une tablette de chocolat dans la ceinture. Gamet, outré, avait partagé le butin. Jackie était bien capable de rejouer le coup avec le vieux même si le risque était plus grand et Gamet en était ulcéré :

— Si tu ne sors pas, je te casse la gueule ! siffle-t-il.

Jackie se redresse de toute sa taille au moment où son camarade passe à l'attaque, ils se bourrent les côtes de coups de poing. Les Allemands les entourent, ravis du spectacle.

— Quittez les chemises, dit le vieux. C'est mieux pour boxer !

Et il retrousse ses manches, pour leur montrer.

Quand Jackie, fanfaron, exhibe son torse lisse aux muscles naissants, Gamet, de plus en plus indigné, plonge vers lui et lui assène un coup de boule dans le ventre. L'autre suffoque, Gamet l'achève d'un crochet au menton. D'autres gosses font cercle. Martineau, le fils du marchand de biens, fort et large d'épaules comme son père, intervient dans le combat.

— Tu te donnes en spectacle devant eux? Sors sur la place, je vais te corriger. Quant à lui, il a son compte.

Jackie, moins touché qu'il paraît, propose au vieux qui lui éponge le front :

— Sous la douche demain, souffle Jackie.

— Demain, pas possible, nous partir !

— Où ça ?

— Partir Commentry... jamais revenir. Toi venir douche, tout de suite.

— Non, donne-moi ma chemise.

— Chemise déchirée, toi blessé !

— Toi vieux cochon !

En un clin d'œil, Jackie s'esquive.

À ce moment, le *Feldwebel* arrive, fait évacuer les enfants et donne un coup de sifflet pour le rassemblement. Le jeu est terminé.

Plus loin sur la place, Martineau et sa bande attendent Jackie, les poings serrés. Son arrivée est l'occasion d'une poursuite dans le plus pur style des guerres indiennes. Dans un concert de hurlements, la meute se jette à ses trousses, il n'a que le temps de se réfugier chez sa grand-mère. Ce n'est pas la première fois que ses camarades cherchent à lui régler son compte.

— Va te cacher dans le jardin, lui dit-elle.

Elle ferme soigneusement la lourde porte de chêne du couloir de sa maison et se poste devant, un balai à la main. Les cris se déchaînent : « Jackie au poteau ! » L'arrivée de Gardot, poussant sa brouette, provoque le retour au calme. Gardot fait peur. Avec sa fourche, il rejoint la mère Aulanier, en fixant Martineau le fier-à-bras, le redresseur de torts, la terreur du préau de l'école.

— Le premier qui manque de respect à Mme Aulanier, je le jette dans mon purin !

Les enfants s'égaillent aussitôt, les plus âgés se regroupent autour de Martineau pour délibérer.

— On le retrouvera ! lancent-ils, menaçants, avant de quitter la place.

Dans le jardin, Jackie appelle, par-dessus la palissade, sa voisine Antoinette Guéret, la fille de l'ancien maire :

— Préviens ton père. Les fridolins partent demain pour Montmarault, par la route de Commentry. Ils ont deux camions chargés de munitions et de mines.

Le maire Guéret est prévenu mais il ne peut se montrer dans le bourg. Il sait qu'il figure au nombre des suspects, au moindre incident, il serait arrêté, pris comme otage et sans doute fusillé. Il était trop lié à Marx Dormoy pour ne pas être sur les tablettes de la Milice. De plus, ses fils sont au maquis, dans deux camps différents. Le premier, Louis, dans la compagnie F. T. P. du colonel Fernandez. Le second, Henri, est parti pour le Cher, dans l'organisation gaulliste commandée par des officiers de l'armée. Les maquis n'ont pas de liens directs et Guéret s'en afflige, il aurait préféré que ses deux garçons fussent sous les ordres de Fernandez mais Henri n'a rien voulu savoir pour être commandé par l'Espagnol.

— Qui pourrait avertir le colonel?

Guéret s'interroge: Bourgois? Oui, c'est le seul qui dispose d'un véhicule, mais ses liens avec le maquis sont personnels et intéressés, Boudou l'épicier n'a pas d'essence pour faire rouler sa Delahaye 1930 à gazogène. D'ailleurs lorsqu'il l'a proposée à Fernandez, celui-ci a refusé: « On n'attaque pas les miliciens avec de telles voitures! » « Le seul qui pourrait nous aider, c'est Pélissier mais il ne quittera pas la place de l'Église, tant que les Allemands y seront. C'est son devoir et nul ne peut l'en blâmer. »

— Je veux bien prendre la route de Chamblet, dit Antoinette. Explique-moi comment je peux les rejoindre.

— Tu dois rester ici pour m'informer heure par heure de ce qui se passe au bourg, mais j'y songe... Avelina! Elle est la seule qui puisse réussir! Va la trouver!

Antoinette se rend aussitôt à vélo chez la Catarina où elle trouve une Avelina pimpante sur le point de sortir.

— Peux-tu venir au cimetière? chuchote Antoinette l'air mystérieux.

Ni gardien ni fossoyeur parmi les tombes, seuls des chats s'étirent au soleil. Les deux filles s'installent à l'ombre d'un de ces temples grecs en miniature, avec colonnes et fronton, qui servent de sépulture aux riches familles du Bain, celles qui, à l'église, ont leur place marquée à leur nom sur des plaques de cuivre.

— Tu avais des projets ?

— Oui, dit Avelina, je veux rejoindre Maurice au maquis. Je suis inquiète à son sujet. J'ai peur qu'il ne lui arrive malheur.

— Cela tombe bien. Pars tout de suite, mon père te charge d'une mission urgente.

Avelina se demande soudain pourquoi la messagère ne transmet pas elle-même les informations de son père. « Après tout, se dit-elle je ne suis pas engagée dans la Résistance, si je veux gagner le maquis, c'est seulement pour voir Maurice. » La démarche d'Antoinette lui paraît intempestive. Pourquoi lui confierait-on une telle responsabilité ? Elle n'est que la fille de Catarina la laveuse. Le maire n'a-t-il personne d'autre ?

— Fais vite, insiste Antoinette, dans l'intérêt de Maurice et de ses camarades. Tu n'auras pas à franchir les postes de guet. Tout ce que mon père te demande, c'est de porter ce pli.

Avelina est de plus en plus perplexe. Voilà qu'on lui confie une lettre, comme au facteur.

— Et si je me fais prendre ?

— Tu ne risques rien ! Prends le chemin du Grenouillat. Il est midi, tout le monde déjeune. Tu passeras la route de Chamblet au Roc de Fer et, de là, tu files vers Cerclier. Le seul passage dangereux, c'est la route, mais au Roc tu peux guetter de loin pour t'assurer qu'aucune patrouille ne passe.

Avelina convient que l'itinéraire de cette grande berchue d'Antoinette – qui l'agace avec ses ordres – est bien calculé. Elle comptait attendre Gardot pour franchir avec lui le poste de guet puisqu'il prend tous les jours à deux heures le chemin des Billoux et sans doute aurait-il accepté comme la veille de marcher avec elle. Mais, c'est l'évidence, le détour par le Grenouillat évitera toute mauvaise rencontre. Elle prend la lettre qu'elle glisse dans son corsage. Après tout, Maurice peut avoir besoin de l'aide de Guéret.

— En cas d'anicroche, file jusqu'au Triers chez le père Cazenave.

— Le vieux de quatre-vingt-dix ans ?

— Oui, celui qui a été cocher à Paris, au Bon Marché. C'est une de nos caches, sa grange est sûre, personne ne vient jamais dans ce hameau désert où il vit avec ses chèvres. Prends ma bicyclette, j'emprunterai la tienne lorsque j'irai prévenir ta mère.

Ainsi Guéret a tout calculé. Avelina se sent prise en charge par une organisation. Ce n'est sûrement pas cette gigue-douille d'Antoinette qui a préparé l'entreprise : le maire lui aura dicté point par point ses recommandations. Cela rassure Avelina. Elle a été choisie, on lui fait confiance.

Sa jupe plissée des dimanches flotte sur la bicyclette rouge d'Antoinette. La selle est trop haute et l'oblige à pédaler en danseuse dans les côtes. C'est sans encombre qu'elle franchit la route de Chamblet, déserte et brûlante sous le soleil de midi, puis elle file par les chemins de bouchures vers le grand chêne de Bourdcsoule. Elle est accueillie par le lieutenant Pardoux qui dédaigne faire le guet dans l'arbre et se dresse hors du fossé en lui faisant signe d'approcher. La petite porte un pli ! Le maire est-il devenu fou ? Ne sait-il pas que, dans la Résistance, tous les messages sont codés ou verbaux ? Veut-il les faire fusiller ? Il ouvre lui-même la lettre adressée à Fernandez.

— C'est pour le colonel, dit brusquement Avelina que la désinvolture de Pardoux indigne.

Elle s'attendait à des remerciements, à défaut de félicitations. Il bougonne en déchiffrant avec peine l'écriture de Guéret.

— Le colonel n'est pas là, lui lance-t-il, il n'y a pas de réponse. Tu peux rentrer chez toi.

— Je veux voir Maurice.

— Maurice ? Petite folle, il est parti avec sa maudite bécane, et nous ne savons pas ce qu'il est devenu.

Avelina n'a pas conscience de la gravité du message qu'elle vient de délivrer. Elle ignore que l'expédition de Fernandez risque de tomber dans un piège tendu par les Allemands : deux colonnes venues de Montluçon vont se refermer sur le maquis de Montmarault. Pardoux n'a aucun moyen de prévenir Fernandez. Il est obligé d'attendre son retour. S'il avait pu garder Maurice et sa moto. Quelle sottise de l'avoir laissé s'échapper…

Sur la route de Chamblet, la petite erre, désespérée. Maurice est désormais rejeté par le maquis, c'est un homme seul, bientôt traqué sans doute. Au hameau des Tilleuls, épuisée, elle fait une halte à l'arrêt des autobus départementaux. Le gros car grenat rond et lourd comme un hanneton qui assure la liaison Neris-Montmarault vient de stopper. Il n'y a plus que deux trajets par semaine et c'est une chance que les Allemands l'aient laissé passer. Labrousse en descend. Avelina le connaît bien, ils ont passé leur certificat ensemble. C'était l'étoile de l'école municipale. Malingre, presque rachitique, il n'avait pas son pareil pour résoudre les problèmes infernaux de trains qui se poursuivent et se croisent. Le maître disait qu'il avait la bosse des mathématiques et qu'il devait faire des études. Mais il travaillait déjà avec son père à la ferme.

— Bonjour, Roland, lui dit-elle, on ne te voit plus guère au bourg.

— Je n'ai plus l'occasion, répond le jeune homme qui regarde Avelina à la dérobée.

Il n'a plus rien à voir avec les gens de la ville, Roland, ni avec les filles aux jupes plissées, il est retourné à la terre, méfiant et grognon. Et il s'étonne qu'elle l'ait ainsi abordé. Elle était moins avenante quand elle sortait avec Maurice. Sans doute pour se débarrasser d'elle, il dit qu'il vient de le voir, par la vitre du car grenat.

— Maurice, tu as vu Maurice ?

— Oui, sur sa moto de fou ! Il nous a doublés dans la côte des Paulines. Il a dû passer ici il y a dix minutes à peine, dit-il en tirant sa montre de son gousset.

— Il allait sur Montmarault ?

— À tombeau ouvert, tu peux me croire !

Maurice venait de la ville ! Quelle imprudence ! Avelina ignorait qu'il avait, cette fois, pris toutes les précautions pour gagner les jardins des Billoux où il savait trouver le père Mortagne, son ami fidèle. Celui-ci ne savait rien de plus sur le séjour des Allemands au bourg.

— Tu devrais voir le petit Jackie. Il est malin. Peut-être pourra-t-il te renseigner.

Le vieux Mortagne avait en effet surpris la réunion bruyante des gosses devant la maison de la grand-mère Aulanier. Il les avait repérés sur la place, autour des voitures allemandes. Ils savaient toujours tout.

Maurice avait trouvé Jackie terré dans le jardin de sa grand-mère et l'avait fait parler sans difficulté. À peine lui avait-il appris que les Allemands emprunteraient la route de Montmarault que Maurice avait tourné les talons. Retrouvant sa moto cachée dans le jardin de Mortagne, le motard avait filé au-devant de Fernandez pour l'avertir du danger qui le menaçait.

Mission difficile : il ignore tout des emplacements exacts du maquis de Montmarault et n'a aucun moyen de se renseigner. C'est un miracle lorsqu'il rencontre dans les bois de Bézenet le camion brinquebalant qui rentre au bercail.

— Des blessés ? demande Maurice, persuadé que le commando de Bourdesoule a livré combat.

Le colonel est d'une humeur terrible.

— Ouvre-nous la route jusqu'à la Muette et préviens-nous si tu vois les frisés.

Maurice démarre en trombe, tout heureux de recevoir des ordres. Il n'est plus excommunié, et vient de reprendre sa place au combat. De joie, il embrasserait Fernandez. La Triumph part toute seule, traverse en trombe Doyet et Chamblet. Rien de suspect.

Les paysages défilent à toute allure. Maurice éprouve toujours à moto la même impression qu'autrefois lorsque son oncle Marcel, conducteur de locomotives, l'avait hissé sur sa machine à vapeur : le train s'emballait sur la ligne d'Eygurande et le serre-frein mêlait les étincelles des roues d'acier aux escarbilles jaillies hors du fourneau dans le noir des tunnels. Maurice, que le spectacle des gerbes de lumière rouge fascinait, découvrait les joies de la puissance et de la vitesse. Ce soir, il traverse les landes, comme le train les tunnels.

Maurice est heureux, il sert d'estafette à l'Espagnol et, dans son allégresse, dépasse largement le carrefour de la Muette, s'infiltre entre les maisons des Paulines, où les paysans au retour des champs lui font signe de couper son moteur. Il n'en a cure et, d'un coup d'accélérateur, il est déjà sur le Roc de Fer. Un défilé dangereux à négocier en finesse. Hourra ! Le Roc est franchi ! Maurice ajuste ses lunettes pour une dernière plongée. Il va sauter le Cournoron comme un ruisseau de feu : il prend son élan à deux mètres du pont, dresse l'avant de la Triumph, et se reçoit sur le talus de l'autre rive en saluant le vieux Pincio qui rentre du jardin, des bottes de carottes bien rangées dans la remorque de son vélo.

— Ne va pas plus loin, lui crie Pincio, pense aux patrouilles !

Maurice vient l'embrasser sur les deux joues. Jamais il n'a eu tant de plaisir à rencontrer le vieil Italien. Il salue en lui tous les braves gens du bourg, ceux qu'il aime et qu'il recherche, les paumés, les isolés, les exclus.

— Il faut qué tou saches, lui murmure Pincio les yeux brillants, pour la poudre… les mines ! Deux camions de munitions, ils les ont rangées dans le marché couvert. C'est oune poudrière !

Une poudrière, que n'y avait-il pensé plus tôt ? Maurice retourne aussitôt sur la route de Chamblet, prévient Fernandez qu'il peut avancer sans crainte, que tout est dégagé. L'autre sort la tête par la portière pour lui hurler un ordre. Maurice est déjà reparti sans rien entendre. Le colonel Fernandez, pas plus qu'Avelina, ne sait où Maurice a décidé de passer la nuit.

V

LA CARRIÈRE DE PÉRASSIER

Sec et court sur pattes, le père Labourdette passe la revue du chantier. Au tomber du jour, il défilait jadis ainsi, pendant une heure, son chien sur les talons, devant les vingt-cinq ouvriers qui devaient lui présenter le matériel en parfait état. Sinon, gare, au bout de sa prothèse, le crochet d'aluminium devenait menaçant. C'était au temps du viaduc, avant-guerre, quand la carrière tournait à plein régime. Les camions aux pneus pleins, achetés aux stocks américains de la Première Guerre, roulaient du matin au soir pour fournir les tailleurs de pierre venus du Limousin. Ceux-là élevaient les arches de calcaire bleuté soutenant le viaduc de la ligne Montluçon-Montaigu. Une œuvre d'art et d'architecture que l'on prolongerait jusqu'à Clermont. Labourdette haussait les épaules quand les sceptiques affirmaient que sa ligne ne servirait à rien, que c'étaient là des rêves de grandeur de politiciens qui coûtaient cher à la patrie, et que seuls les berdins l'emprunteraient pour faire leur cure aux Bains.

Que lui importait ? Et la guerre, avait-elle servi à quelque chose, elle ? Juste à lui faire perdre un bras !

Aujourd'hui, la revue de détail est vite faite : deux tas de gravillons prêts à enlever, douze blocs mal équarris attendant depuis des années une pelleteuse qui ne fonctionne plus, une armée de pics et de pioches bien alignés le long du grand préau de planches. Les derniers hommes sont partis en 1932, quand les crédits ont été coupés. Le viaduc à peine construit, on a licencié les terrassiers sans même leur laisser le temps d'achever les bordures des grilles. À quoi bon ? Partout ailleurs, l'arrivée du béton a signé l'arrêt de mort des chantiers de tailleurs de pierre. Dans la carrière silencieuse, seul, l'ancien combattant hante encore sa baraque. Il ne sera pas dit qu'il l'abandonne un jour.

Au début, sa femme et son gosse couchaient avec lui sur des lits de planches mal polies qui fichaient des échardes dans les jambes. Les matelas de la marine, bourrés de paille, tenaient lieu de literie. Jamais de draps, des couvertures de laine rugueuse. Maurice garde un souvenir atroce de ces matins brumeux où le père s'éveillait en donnant des coups de pied à sa femme pour la presser d'aller préparer, dans le froid glacé de la cabane, le café du militaire. Il pestait et jurait lorsqu'elle se mettait en retard, arguant qu'il avait du travail au chantier. Il n'avait, en fait, qu'à superviser la visite très irrégulière de deux employés de la voirie venant chercher du gravillon pour remplir les fondrières des routes. Encore faisaient-ils vite, pour s'épargner la mauvaise humeur du vieux.

Un jour où il s'était montré encore plus violent que d'habitude, la mère, découragée, s'était enfuie avec Maurice pour se réfugier dans l'impasse sordide du haut du bourg. Demeuré seul, ruminant son amertume, il lançait au petit matin des ordres secs à la cantonade mais il n'avait plus, pour lui obéir, que les fantômes de soldats ou de terrassiers. Même les Polonais avaient préféré travailler au charbon des Ferrières, à cent pieds sous terre, plutôt que de supporter le caractère du sergent-mitrailleur. Et il n'y avait pas que les humains pour le craindre. Il faisait quasiment peur aux vaches qui renonçaient à s'approcher des barbelés délimitant la carrière. Elles reculaient en meuglant dès qu'il approchait.

Maurice n'allait plus voir son père. Quand il avait étrenné sa première moto, il avait fait un tour à la carrière pour l'épater. Le vieux l'avait reçu à coups de pierres :

— Où as-tu encore volé cet engin ? Rends-le immédiatement ! Je n'irai pas te chercher chez les gendarmes !

Pour la Triumph, Maurice, qui savait que son père n'admettrait jamais qu'il l'eût reçue en cadeau, s'était abstenu de parader.

Un soir, pourtant, à l'heure de la revue de détail, la moto avait surgi, étincelante dans le soleil couchant. Le pinceau du phare avait balayé le chantier, surprenant de dos, en flagrant délit, le vieux en train de pisser. Sourd aux imprécations, Maurice avait poursuivi sa course, traçant de larges tranchées dans les tas de gravillons, bousculant les manches de pioches. Le vieux s'était alors rué dans sa cabane pour ressortir son fusil de chasse à la main, le dogue bondissant devant lui. Il avait tiré au gros sel, comme il le faisait sur les bohémiens qui prétendaient s'installer avec leurs roulottes sur son chantier désert. Maurice était trop loin pour être atteint. Mais il revenait souvent la nuit tournicoter autour de la baraque pour le seul plaisir de réveiller le parâtre. Ces pétarades étaient devenues une hantise pour Labourdette qui maudissait le ciel de lui avoir donné un tel fils.

Il avait nourri quelque espoir en 40. Les compagnons de France du Maréchal qui défilaient au bourg par petits groupes, dans leurs uniformes neufs, dressaient la jeunesse et occupaient les vauriens. Pourquoi ne pas faire engager Maurice ? Il avait revêtu la seule veste qui lui restât d'un complet d'avant-guerre acheté chez Conchon-Quinette, sa croix de guerre de 14 et la francisque de Vichy épinglées à la boutonnière. C'est en cet équipage qu'il se rendait, pour les circonstances exceptionnelles, à la ville. Il en avait de moins en moins l'occasion puisque les Allemands ne toléraient pas qu'on célèbre, le 11 novembre, la fête de la victoire, et que le 14 Juillet n'était plus qu'un souvenir. Restait tout de même le jour de Jeanne d'Arc. Il avait rencontré le nouveau maire nommé par le Maréchal, qui lui avait promis de faire recruter Maurice. Baste ! Le vaurien avait refusé de se présenter à la mairie, et prétendu qu'aucun de ses camarades ne voulait s'embrigader chez le Maréchal.

— Maréchal, chantait Maurice pour narguer le vieux, nous voilà pas !

Et d'enchérir, tournant autour de lui :

— Maréchal, nous voilà, nous voilà dans la merde jusque-là !

Il fulminait, le père Labourdette. Tout ce qui touchait au Maréchal était sacré. Il avait son portrait dédicacé punaisé au mur de sa baraque, avec au-dessous sa cocarde de conscrit. Il vénérait l'icône et supportait mal qu'on plaisante là-dessus. Un jour, il avait rossé sa femme parce que le jus s'échappant de la cafetière avait éclaboussé le mur et jauni l'idole. C'était une raison de plus pour Maurice d'abominer en bloc le culte pétainiste. Il avait mis du temps à s'expliquer l'attitude de l'instituteur Delofre lorsqu'un matin de décembre 1940, dans la classe du certificat, celui-ci avait demandé aux enfants d'écrire la lettre de Noël au Maréchal. Ainsi Delofre partageait l'avis de son père ? Maurice s'était appliqué comme les autres. Il aimait le maître, toujours juste et égal d'humeur, qui châtiait et récompensait du même cœur. Qu'il fît écrire la classe au Maréchal lui semblait hérétique et incompréhensible. Maurice avait compris plus tard, quand on avait distribué aux élèves la réponse du Maréchal, un portrait en képi encadré de tricolore :

— Il a eu son petit Noël, le Maréchal, avait dit Delofre. Il a bien fait d'en profiter, il n'en aura pas d'autre.

— J'ai vu Maurice ! Il faisait de la moto sur le viaduc !

— Quand cela ?

— Il n'y a pas une heure, affirme le paysan du moulin désaffecté. Je traversais le parc des Chaudes. Je me suis arrêté sur les pierres romaines des anciennes piscines. J'allais en ville chercher six peaux de porcs à tanner : V'là-t'y pas qu'un bruit de moteur fait trembler la voûte du viaduc !

— Pourquoi es-tu si sûr que c'était Maurice ?

— Pardienne ! J'ai d'abord cru que les frizous manigançaient des convois blindés sur les rails. J'ai ouvert le bon œil, crois-moi, petite, répond-il en fixant Avelina. J'ai bien vu que c'était pas de la quincaillerie boche. La moto de l'Maurice, je l'ai ben reconnue. Même qu'il avait la tête enfoncée dans les épaules, qu'il collait à son guidon comme Bartali à l'arrivée du tour à Mauliçou !

— Que faisait-il sur le viaduc ?

— Va savoir, avec un ch'ti comme le Maurice, faut s'attendre à tout ! L'est ch'ti qu'c'en est pas croyable ! Même sa pauvre mère ne savait pas c'qui f'sait quand il était dans son ventre. L'a rendue berdine à force de la berdasser !

Le paysan du moulin reprend sa route avec sa mule chargée de peaux de porcs. Il s'est converti au tannage depuis longtemps. Son moulin à eau, qui n'avait plus rien à moudre, n'était plus là que pour les curistes qui venaient prendre l'été des verres de lait ou des fromages blancs à la crème.

— Attends un peu ! crie Avelina en courant derrière lui. As-tu vu ou entendu des patrouilles allemandes ?

— Non, par ma foi ! Y sont tous au marché couvert. Personne ne vient jamais par chez moi. Les frizous pas plus qu'les autres !

Dieu soit loué ! Maurice n'a pas attiré l'attention de l'ennemi. Que pouvait-il faire sur le viaduc ? C'est la route la plus directe et la plus sûre pour aller à Montluçon. A-t-il, comme autrefois, démonté ses pneus pour rouler sur la jante ? Il en serait capable. Il aimait jouer à cela, avec une vieille bécane à roues larges datant de la Grande Guerre. Il roulait sur les rails en perdant l'équilibre tous les deux mètres...

— Bah ! se dit-elle, il n'a pas besoin de faire l'équilibriste. On peut fort bien rouler à moto le long du ballast.

Des rails aux trains, Avelina, qui se demande à cet instant où Maurice va bien pouvoir passer la nuit, revoit aussi leurs jeux dans les pullmans, et bondit : « Il s'y trouve sûrement ! » La gare n'est pas surveillée puisqu'il n'y a plus de trafic. En grimpant du côté des Mazières, il a pu remonter jusqu'à la gare. Il va s'étendre dans un pullman, comme au bon vieux temps !

Il y dormait parfois, avant de partir au maquis. Le moelleux des couchettes le comblait d'aise. Il se croyait au paradis dans les wagons de première dont les dentelles avaient été dérobées. Quatre trains s'alignaient côte à côte et l'on pouvait aller d'une voiture à l'autre à travers les soufflets démunis de leurs portes.

Un garçon des Bains avait commencé par en démonter une : elle avait en son centre un large ovale vitré qui lui avait donné l'idée d'en faire une armoire pour sa chambre. D'autres avaient alors dévissé les miroirs, les porte-manteaux, jusqu'aux cuvettes des W.-C. Un jardinier du bourg en avait installé une au fond de son terrain, dans sa baraque recouverte de cannisses vertes. Il trouvait plus distingué d'utiliser, plutôt qu'une planche à trou, la porcelaine de la compagnie pour son lieu d'aisance.

Le jour baisse quand Avelina grimpe les hauteurs du parc des Chaudes, interrompant les berceuses saccadées des chardonnerets et les roucoulades naissantes des rossignols. Elle traverse ensuite une pelouse qui sert l'hiver aux enfants riches du Bain de descente de ski (depuis qu'ils ne peuvent plus se rendre aux sports de neige), puis se hisse sur la voie ferrée, au départ du viaduc qui enjambe le moulin. Elle se récupère prestement sur le ballast et court en direction de la gare. Le cœur serré, elle tourne autour des longues voitures silencieuses qui n'ont plus ni rideaux ni vitres. Pas de moto, pas de Maurice. Elle regarde sous les boggies, rien. Personne n'a pu démonter les marchepieds et l'accès reste possible. Elle grimpe à bord. Plus une ampoule électrique, même les fils ont été retirés minutieusement par des bricoleurs qui avaient tout leur temps. Le cuivre est rare et le pillage des épaves est de bonne guerre. Ils n'avaient qu'à faire garder les wagons ! Après les rideaux, les tissus des banquettes eux aussi ont été découpés au rasoir. Les ressorts débandés bâillent dans l'intervalle des sangles dépecées. Un massacre !

Avelina passe d'un wagon à l'autre sur la pointe des pieds. Elle n'a nulle envie de tomber sur une famille de gitans. On dit au bourg que les trains sont peuplés, la nuit, d'un monde mystérieux d'errants. Il lui semble entendre un raclement, dans la voiture de tête. Elle approche, perçoit distinctement dans un compartiment dont les vitres ont été remplacées par du papier journal le ronflement d'un dormeur. Elle hésite à forcer l'entrée, barrée par un jeu de cordes car les serrures ont disparu.

« Ce n'est pas Maurice, se dit-elle, il ne ronfle jamais. »

Elle se souvient de l'avoir accompagné à la gare, à maintes reprises, quand il avait élu domicile dans la cabine du chef de gare, une pièce superbe, d'allure gothique, au cœur du bâtiment massif construit en grès rose des Vosges. Aussi beau que la gare de Nancy, disait-on avec fierté au bourg. Une gare modèle, élevée à grands frais, pour un trafic sommaire.

Avelina quitte le wagon, court jusqu'au grand hall à verrière où ils s'amusaient, jadis, la nuit, à chanter des cantiques, uniquement pour le plaisir d'entendre l'écho de leurs voix enfantines sous la voûte de pierre. Elle inspecte machinalement le guichet qui n'a guère délivré de billets, et monte l'escalier de marbre qui conduit aux appartements clandestins du motocycliste. Elle contourne le bureau de merisier où il s'asseyait parfois, décroche le combiné du téléphone dont les fils ont été sectionnés. Non, personne ne dort sur la paillasse de foin qu'il affectionnait, et où elle n'a jamais voulu s'allonger, de crainte de ne plus pouvoir quitter Maurice. Il n'est pas venu depuis longtemps. Pas d'empreinte de son corps sur la couchette, ni de savon dans la cuvette où il se rasait le matin, dans les lavabos de la gare. Maurice n'est pas venu, et s'il est passé par là, ce n'était pas pour dormir.

La voilà rassurée. Il est retourné au maquis. Tout doit bien se passer pour lui. On lui confie peut-être même des missions, puisqu'il reprend ses raids à moto. Pensive, elle retraverse une dernière fois les wagons. Dans le couloir, un homme observe les parages. Elle le reconnaît et l'aborde sans hésitation :

— As-tu vu Maurice ?

— Oui, dit Rémy. J'ai vu Maurice.

— T'a-t-il parlé ?

— Oh non ! Il était en train de démonter les roulettes des fils du téléphone, le long de la voie.

Avelina blêmit, et part aussitôt sur le chemin du bourg pour voir les gendarmes. Pourvu qu'elle arrive à temps !

Dans la carrière du Pérassier, le vieux termine son inspection de nuit, accompagné de son dogue qu'il maltraite à dessein depuis sa naissance, pour le rendre plus agressif. Le dressage a réussi au point qu'il redoute lui-même d'être attaqué par le molosse. C'est un gris de Silésie, cadeau de son ami Kopf. Cette bête de luxe, faite pour courir les Grands Prix, est si mal nourrie qu'on peut compter ses côtes. Elle exhibe en permanence de terrifiantes canines et se fait parfois les dents sur le bras artificiel du contremaître. Avant de recevoir en cadeau le redoutable Tarzan (c'est le nom de ce compagnon au caractère si proche de celui de son maître), Labourdette avait une chatte qui tuait les rats de la baraque. Malheureusement, les chattes ont des petits, que Labourdette emportait régulièrement dans un sac pour les noyer dans le Cournoron. Tarzan n'avait pas supporté le voisinage de la chatte. Il avait dévoré une portée, et poursuivi la mère dans les genêts. On ne l'avait jamais revue depuis. Labourdette assurait que les gitans l'avaient capturée et mangée. Il avait lui-même bouffé du chat pendant la guerre, dans les tranchées. Une chair rose assez agréable, précisait-il.

Le soir, il détache le chien qui a passé la journée enchaîné. L'animal, en liberté dans le chantier, doit décourager les voleurs, car Labourdette est de ceux qui pensent que le monde est partagé en deux catégories de gens : les voleurs et les volés. Les voleurs sont les plus nombreux, aussi faut-il s'en défendre. Il se souvient du gitan qui rôdait avant la guerre autour de la carrière et qu'il avait surpris, la nuit, près d'une cabane pleine d'explosifs. C'était l'époque où l'on évacuait directement les pierres par wagonnets vers le viaduc du Pérassier, sur une ligne à voie étroite semblable à celles qui acheminaient les obus de l'artillerie lourde pendant la guerre. Pas besoin de locomotive : on poussait les wagonnets sur un plan incliné. Ils arrivaient à toute allure sur le chantier, retenus par un câble qui servait de frein. Labourdette avait flanqué le gitan à demi assommé dans l'un d'eux, puis libéré le câble. L'homme était allé s'écraser dans la décharge de cailloutis. On l'avait transporté à l'hôpital à moitié mort. Les gens du voyage s'étaient faits rares depuis quelque temps. Kopf assurait que l'occupant les enfermait dans des camps. Le vieux, lui, était surtout satisfait d'être débarrassé de cette racaille. Qu'importe le moyen…

Depuis que son fils avait été – injustement – soupçonné de vol de draps, il était persuadé que le vaurien n'en était pas à ses premiers méfaits. Surpris que les gendarmes l'aient relâché, il avait décidé de ne plus le recevoir du tout. « Un coup de fusil, s'il revient ! » déclarait-il à la cantonade. Maurice n'y songeait pas. Que le vieux le crût coupable lui était indifférent. En revanche, c'est au bourg tout entier qu'il en voulait. On l'appelait déjà le fou de Malicorne, et voilà qu'il pouvait lire dans le regard de bien des commères qu'elles le prenaient, elles aussi, pour un voleur. Il y a des gestes qui ne trompent pas : ainsi, en le croisant dans la rue, elles serraient frileusement leurs sacs et leurs cabas contre elles. Le père pouvait être content : les braves gens pensaient comme lui.

Tous des arsouilles ! Labourdette ne se contentait pas de détester son fils, il englobait dans sa haine tous les enfants du bourg qui, d'ailleurs, le lui rendaient bien. Ils employaient des ruses de Sioux pour approcher sa carrière. Pendant l'été, l'une de leurs occupations favorites consistait à bombarder de pierres le toit de sa cabane fait de tôle ondulée, puis de prendre la fuite et d'échapper au molosse et aux coups de fusil. C'était un jeu fort recherché, auquel seuls les plus braves acceptaient de prendre part. Jamais le vieux n'avait coincé un coupable, mais quelques fonds de culottes étaient restés dans la gueule du fauve. Les autres lui faisaient lâcher prise à coups de bâton. Labourdette leur donnait à tous des rêves de scalp.

La fièvre obsidionale ne le quittait plus. Il se voyait agressé par des ennemis imaginaires, de jour comme de nuit, des pilleurs de chantier, des rôdeurs étrangers. L'abandon des travaux l'avait rendu fou. Les employés municipaux osaient à peine se présenter à la carrière avec leur tombereau. Il les recevait le fusil à la main, leur enjoignant de décliner leur identité à l'entrée, comme s'il ne les connaissait pas. C'est tout juste s'il ne les fouillait pas à la sortie. Les hommes ne disaient rien, mais ils surveillaient du coin de l'œil le molosse enchaîné qui aboyait pendant toute la durée du chargement.

— S'il le lâche, disait l'un d'eux, je le tue d'un coup de pelle !

— Garde-t'en bien, répondait l'autre, le vieux serait capable de tirer.

Lèvres pincées, la pipe calée entre ses dents jaunies, l'homme au bras coupé observait leur manège sans ouvrir la bouche. À croire qu'il avait eu la mâchoire emportée avec le bras. Ses yeux gris lançaient des éclairs. Il passait nerveusement son unique main dans ses cheveux clairsemés, comme s'il regrettait son casque balayé par le souffle d'un obus.

Il redoutait surtout les étrangers arrivés par vagues successives qui pullulaient au bourg. Kopf lui avait expliqué qu'ils étaient tous communistes, que la France était envahie par les Portugais chassés par Salazar, les Espagnols par Franco, les Italiens par Mussolini et les juifs allemands par Hitler. Juifs ou communistes, pour Labourdette, ils étaient des déserteurs, et ne valaient pas mieux que ceux que le Maréchal avait fait arrêter et juger après le Chemin des Dames. On aurait dû en fusiller davantage en 17... Si le vieux ne voulait plus vivre au bourg, c'était parce qu'il lui répugnait de rencontrer le plâtrier Battesti ou le mineur Gaspard dans la ruelle. Ne parlons pas des Espagnols : des tueurs de curés ! Sans bien vouloir se souvenir qu'il était lui-même considéré au bourg comme un étranger, un berdin de Malicorne, il répétait à Kopf qu'il préférait vivre seul dans sa carrière qu'au milieu des espingos et des macaronis.

Comme tous les soirs, il vérifie l'annexe. Il appelle ainsi la cabane de rondins accolée à sa baraque, fermée par une lourde planche cadenassée. Il s'approche, avec la lampe tempête, compte les caisses. De quoi faire sauter le viaduc. Tout est en ordre. Il ne manque pas un bâton de dynamite.

Dans la nuit noire, sans un filet de lune, une ombre se glisse dans la rue du Capitaine-Migat. C'est Avelina qui remonte sur la place, et qu'un martèlement de bottes sur la chaussée fait sursauter. Elle se dissimule sous une porte cochère. Bernadette, la fille du boulanger, qui l'a vue, l'invite à entrer :

— On ne doit pas sortir la nuit, après le couvre-feu. Viens dormir chez moi, tu serais arrêtée.

Avelina embrasse la petite Lavelle, sa camarade de communion. Elles ont, ensemble, porté des cierges dans le chœur de l'église du curé Vigouroux.

— Je dois partir, Bernadette ! dit-elle en surveillant la rue.

Elle laisse passer la patrouille puis se glisse dans la nuit. Quatre à quatre, elle escalade les marches du perron de l'église où tout est silencieux. Derrière leurs rideaux, les commères ont reconnu la silhouette de la jeune fille. Qui va-t-elle dénoncer ? Il n'y a que l'embarras du choix, tous les corbeaux du bourg le savent, et si les gendarmes ignorent les révélations qui leur parviennent par les lettres anonymes, Kopf qui, lui, connaît le numéro de téléphone de la Milice, veille. Un garçon serviable, Kopf, le roi des transmissions sans frais. Avec lui, l'hôtel du quai du Cher est bien informé.

C'est vrai, Avelina va dénoncer ! Qui ? Maurice ! Non pour le faire arrêter mais pour l'empêcher à tout prix de faire une folie. Elle a brusquement compris ce qu'il projetait. Les roulettes du téléphone. Elle a vérifié sur la ligne : il en a coupé à la pince une douzaine. Il faut avoir été enfant au bourg pour savoir à quel usage on pouvait les destiner. On les fixait sur un bâti de planches et l'ensemble constituait un chariot redoutable pour gosses déchaînés. Ils étaient trois ou quatre à prendre place sur l'engin diabolique pour aller dévaler la route de Montluçon, dans un vacarme assourdissant. Celui qui s'asseyait en tête dirigeait, avec une ficelle reliée à deux freins mobiles, de simples lattes de bois vissées sur les côtés. Les automobilistes étaient rares et ces « bobsleighers » d'un genre très particulier ne risquaient rien d'autre que de verser leurs passagers dans le fossé, cul pardessus tête si, lancés à plus de cinquante à l'heure, ils manquaient leur virage. Ils fonçaient plus vite qu'un vélo de course. Naturellement, Maurice était champion de caisse à roulettes. En vitesse et en distance. Il descendait ainsi de la place de la Mairie, sans arrêt ni escale, jusqu'au moulin et même jusqu'à Sainte-Agathe. S'il avait arraché des roulettes de téléphone, c'était à coup sûr pour fabriquer un tel assemblage roulant, et cette fois, Avelina savait qu'il projetait une véritable course à la mort.

Elle connaissait Maurice. Il n'avait pas d'idées de suicide, mais le goût du risque le poussait à entreprendre ce qu'aucun autre n'aurait osé imaginer. Elle en était sûre, maintenant, il construisait, quelque part dans la nuit, une machine infernale dont il serait la première victime. Et cette crainte lui donnait des ailes.

On ne dort pas non plus chez les gendarmes. Elle distingue un filet de lumière dans le bureau de Pélissier à travers les vitres bleutées. Il a négligé de fermer ses volets et l'on devine sa silhouette. Rien ne bouge sur la route : les Allemands sommeillent au marché couvert, gardé par des sentinelles. Avelina doit se hâter pour éviter des patrouilles. Plus bas, une persienne mal fermée claque. La femme Kopf épie les abords de la gendarmerie.

— Ferme la porte, petite, je t'attendais, dit Pélissier, penché sur une carte d'état-major, le crayon à la main. Le maquis m'a envoyé un cycliste. L'heure est grave. Maurice leur a échappé sans rien dire. Ils s'attendent au pire. J'ai pensé que tu avais des nouvelles de lui.

Avelina connaît les lieux. Elle est souvent venue livrer du linge aux femmes des gendarmes qui confient leurs draps à laver à la Catarina. Elle lève les yeux au mur où sont épinglés les messages et lit tout, avidement. Rien d'autre que les ordres de Montluçon demandant aux gendarmes d'assurer la sécurité pendant le passage des Allemands. Rien qui concerne Maurice. Elle respire. Ils n'ont pas reçu l'ordre de l'arrêter. Il n'est pas recherché par la brigade. Pourtant, elle souhaite du fond du cœur qu'on le retrouve et qu'on le boucle. Pour vingt-quatre heures !

— Je viens pour sauver Maurice !

— Une fois de plus !

Elle raconte ce qu'elle sait. Pélissier, qui connaît son Maurice, ne prend pas à la légère ce qui, avec un autre, ne serait que gamineries, il est d'accord avec Avelina, Maurice prépare un mauvais coup, mais lequel ?

— Il ne se rend pas compte, dit-il, qu'il met en péril tous les habitants du bourg. La semaine dernière, dans le Cher, à moins de cinquante kilomètres d'ici, les Allemands ont fusillé quarante otages. Le maquis avait attaqué un convoi de ravitaillement. Demain matin, ceux-ci seront partis. Jusque-là, il faut à tout prix empêcher ce fou d'agir. Le colonel Fernandez sait qu'il est impossible de tenter la moindre action. Arrêtons-le avant qu'il ne commette un acte suicidaire, pour lui et pour nous tous.

— Ce n'est pas à moi qu'il faut le dire, lance Avelina, furieuse. Trouvez-le donc, vous qui parlez si bien !

— Cela serait assez dans sa manière d'attaquer seul une compagnie d'Allemands, dit Pélissier. Mais comment diable compte-t-il s'y prendre ? Il est peut-être fou, mais il est malin. Il a dû calculer son coup.

Il prend Avelina par les épaules et la secoue brutalement :

— Vas-tu parler ? Comprends-tu que toi seule peux savoir où il se cache ? Nous n'avons aucun moyen de le localiser.

— Il rôde, déclare le gendarme Belin, qui entre dans le bureau tête nue, en se frottant les yeux. Il rôde, c'est sûr, j'ai plusieurs témoignages.

— Tous provenant du quartier de la gare ! ajoute un autre. Le garagiste a entendu un bruit de moto, près du camp de César.

Avelina, atterrée, s'est laissée tomber sur une chaise de paille, la tête dans les mains. Dehors, un bruit de chenilles métalliques emplit l'espace d'un vacarme de plus en plus assourdissant. Pélissier jette un œil à sa montre en s'approchant de la fenêtre :

— Il est 14 heures. Venez voir, les automitrailleuses quittent la place les premières. Peut-être partent-elles en reconnaissance ? Les camions suivront seulement au matin, avec la poudre et les munitions qu'ils n'osent transporter de nuit.

Les yeux vagues, Avelina regarde toujours devant elle pensive :

— Les munitions, s'exclame-t-elle, les munitions !

— Crois-tu par hasard… Ce n'est pas possible…

— Les camions de munitions sont garés dans le marché couvert ?

— À l'abri, sous la porte de fonte.

— La porte est-elle restée grande ouverte ?

— À coup sûr ! Mais deux sentinelles se relaient à l'entrée.

— Elle est exactement dans l'axe de la petite côte des acacias, chef, dit le gendarme Belin, soudain inspiré.

— La côte est très pentue. Un engin pourrait la dévaler. Mais de quoi peut-il le garnir, pour tout faire sauter ?

— De dynamite ! crie Avelina en sautant brusquement de sa chaise. Vite, à la carrière

— Quelle carrière ?

— Celle de Labourdette !

Pélissier a compris :

— À vos bicyclettes ! Il n'y a pas une seconde à perdre !

Maurice est d'abord parti à la recherche d'un complice. Il manque de temps, il ne peut jouer seul, il lui faut aboutir avant l'aube. Il pense alors à Roger Nicoud.

Ce précieux garçon n'avait pas son pareil pour fondre des soldats de plomb dans des moules en plâtre de Paris et renouveler ainsi indéfiniment une armée. Il savait aussi construire des caisses avec les roulettes du téléphone, et des seringues en sureau percé qui servaient de pistolets à eau. Maurice avait connu Roger Nicoud quand il habitait encore la maison rose des Italiens avec sa tante Emma et ses grands-parents, les Pincio. Lorsque son père, qui était du pays, avait hérité un domaine dans le hameau de Crébert, les Nicoud s'y étaient installés : quatre-vingts hectares de prés à l'herbe maigrelette, de la terre pauvre, mais de quoi s'occuper. Roger aidait ses parents à la culture. Comme Maurice, il avait échoué au certificat d'études.

Être réveillé en pleine nuit par un garçon à moto que l'on n'a pas vu depuis deux ans n'étonne pas Roger qui vit dans un monde imaginaire où l'on ne peut être que boxeur ou champion de course cycliste. Les exploits de Maurice lui inspirent de la vénération. Il descend tout de suite, après avoir ramassé par terre sa culotte, un vieux chandail, un passe-montagne et s'être emparé d'une lampe de poche.

— Suis-moi dans la grange.

Maurice s'explique. Il veut tout de suite un assez grand chariot. À la vue des roulettes qu'il sort de son sac, Roger Nicoud éclate de rire.

— C'est une affaire sérieuse, dit Maurice. Il faut que ça roule parfaitement bien.

— Avec quel poids ?

— Faible. Deux kilos, pas plus !

— Les roulettes vont coincer, répond Roger. Prends plutôt des roulements à bille. J'ai ce qu'il te faut.

Il gagne aussitôt le coin de la grange aménagée en atelier. Une vieille caisse est là, vermoulue, encore munie de ses roulettes.

— Celle-là ferait-elle l'affaire ?

— Elle est assez grande, dit Maurice. Il me faut des fixateurs. Je reviens dans une heure pour apporter la charge. Auras-tu fini ?

Roger ne pose aucune question sur la destination de l'engin. Oui, tout sera prêt, que Maurice se dépêche.

Il a déjà sauté sur sa moto pour descendre au Pérassier. Il coupe les gaz à cinq cents mètres, aborde la carrière par le haut selon la technique éprouvée depuis longtemps par les enfants du bourg. On entend dans l'arène le dogue aboyer. Maurice ne bouge pas. Impossible de faire taire la bête. Dans la cabane, la lampe tempête s'est allumée. Le vieux sort, avec son fusil. On devine sa démarche saccadée sur le gravillon. Il tient l'arme de sa main valide. Maurice reste tapi dans l'ombre. Il est trop loin pour que le chien s'avance à sa rencontre. Le vieux fait le tour de la baraque, vérifie le cadenas de la cabane aux explosifs, et finit par rentrer. La lampe s'éteint. Silencieux, Maurice s'avance en rampant par l'extérieur de la carrière, sur l'herbe mouillée de la nuit. Il dégaine son poignard, repère le chien dans l'ombre. Le dogue parcourt la carrière à grands bonds. Maurice l'entend distinctement. Soudain, il se rapproche de lui, haletant. Maurice s'aplatit derrière un talus, à dix pas. Le chien, méfiant, s'avance. Maurice se jette sur lui et lui tranche la gorge. L'animal meurt sans avoir eu le temps d'aboyer.

Épuisé, Maurice boit une gorgée d'eau à sa gourde. Il charge le dogue sur son dos pour le faire disparaître. Il ne doit laisser aucune trace. La bête pèse lourd et Maurice titube. Il a peur de faire du bruit en tombant sur une racine. Il jette l'animal dans une benne rouillée de l'ancien chemin de fer. Le vieux ne le trouvera pas avant longtemps. Puis il gagne à pas de loup la cabane. Faire sauter le cadenas avec une pince coupante est un jeu d'enfant. Il décide de ne pas arracher le couvercle des caisses. Trop risqué, le vieux a le sommeil fragile. Il en charge une sur ses épaules et disparaît. Il a de quoi faire exploser le marché couvert et anéantir d'un coup toute la compagnie allemande.

Quand il ouvre la caisse sous le regard étonné de Roger Nicoud, ce dernier a terminé son chef-d'œuvre : une machine bien huilée, dont les roulements à billes luisent à la lumière de la lampe. Maurice installe les bâtons de dynamite.

— La charge est trop faible, dit simplement Roger.

— Tu veux rire ? Si j'ajoute une rangée de bâtons, je fais sauter l'église !

Maurice a l'habitude des tirs de mine, il a souvent vu les ouvriers les pratiquer dans la carrière. Il fixe soigneusement les bâtonnets en parallèle et installe la mèche à l'aide de cavaliers.

— Je vais ajouter du poids, dit Roger. Je suppose que tu ne veux pas rester sur le chariot. Il n'atteindra pas une vitesse suffisante.

Il monte en toute hâte une batterie de fontes pesant chacune dix kilos, dont on se sert pour peser les bœufs.

— Comment veux-tu que je les transporte ? demande Maurice.

Roger désigne son vélo à remorque.

— Partons ! dit Maurice.

L'ingénieux Roger a fixé une corde à l'arrière de la moto, pour tirer son propre vélo. Ils franchissent ainsi rapidement les premiers kilomètres qui les séparent des Mazières. Roger ignore tout de l'objectif final de l'opération, mais il fait confiance à Maurice. Il s'attend à tout et voit approcher la longue file d'arcades de pierre bleutée, comme si les lueurs de l'aube s'annonçaient déjà à l'horizon pour éclairer le paysage. Maurice gagne une butte qui surplombe la ligne, à l'entrée du viaduc.

— Par là, dit-il, nous entrerons sans histoire. La voie n'est pas gardée.

La remorque tressaute sur le ballast et Maurice ralentit l'allure. Ils poursuivent ainsi jusqu'à la gare, laissant la moto bien dissimulée sous un wagon. Ils continuent, Roger à bicyclette, Maurice poussant à pied la remorque.

— Prenons par le Colombier. Nous pourrons nous laisser glisser vers le Bain.

Les gendarmes ont pénétré sans crier gare dans la carrière du Pérassier.

— Au nom de la loi, ouvrez ! crie Pélissier en cognant à la porte de la cabane.

— Tarzan ! Où est Tarzan ?

Le vieux a bondi, hirsute, de sa couchette. Les gendarmes auraient-ils tué le dogue, pour qu'il n'ait pas aboyé ?

— Vous n'avez rien vu, rien entendu ?

— Mon chien m'a réveillé il y a une heure à peine, dit Labourdette. J'ai passé l'inspection, mon adjudant. Je n'ai rien remarqué d'anormal.

— Suivez-moi !

On sort de la baraque. Pélissier demande où sont entreposées les charges de dynamite. Labourdette hésite, il vient d'apercevoir Avelina qui le dévisage.

— Que fait cette fille ici ?

— Répondez ! Où est la dynamite ?

Labourdette sort une clé de sa poche et se dirige vers la cabane. C'est Avelina qui aperçoit la première le cadenas cisaillé.

— Ne perdons pas de temps ! dit-elle au chef à l'oreille. Retournons au bourg. Il a trouvé ce qu'il voulait.

Devant la porte forcée, le vieux écume de rage.

— Une caisse a disparu ! crie-t-il. Où est mon chien ? Qu'avez-vous fait de Tarzan ?

Les explosifs sont tout ce qui lui reste de sa splendeur, du grand chantier de vingt-cinq ouvriers. Il rentre à la baraque, sans égards pour les gendarmes, et surgit le fusil à la main. Deux hommes le maîtrisent avec peine.

— Je connais le coupable, grince-t-il. Laissez-moi le punir moi-même !

— Passez-lui les menottes et gardez-le à vue sur les lieux ! ordonne Pélissier en enfourchant sa bicyclette. Deux hommes avec moi !

Ils pédalent de toutes leurs forces vers le bourg. Mais la côte est rude et ils n'avancent guère plus vite qu'un homme au pas.

— Grimpons sur la voie de chemin de fer, suggère Avelina. Nous irons plus vite !

Ils suivent la jeune fille, bicyclette sur l'épaule, et parviennent à se hisser sur la voie. Puis ils roulent vers la gare, en forçant l'allure. Un bruit de moto les arrête, juste en face.

— Pied à terre, tous !

Pas de doute, une moto se dirige vers eux. C'est Maurice !

Une embuscade est aussitôt organisée. Les gendarmes tirent vers le ballast deux branches mortes, un obstacle infranchissable, et se cachent dans le fossé.

La moto surgit de la grande courbe du viaduc et s'engage résolument vers eux. Un terrible coup de frein. Le motocycliste a vu les branches et tente désespérément de les éviter, mais la machine culbute, dans un vacarme infernal. Les gendarmes se relèvent, braquant leurs lampes. C'est Roger Nicoud !

Pélissier l'aide à se mettre debout.

— Où est-il ? Où est Maurice ? Vite !

— Au bourg ! répond Nicoud. Sur la petite côte.

Plantant là ses gendarmes et Avelina, qui s'est aussitôt mise à courir, Pélissier a récupéré la moto qui n'a heureusement subi aucun dommage, et mis les gaz dans la direction du château d'eau. L'engin peine un peu dans la montée abrupte. L'adjudant donne des coups de bottes rageurs sur le sol pour accélérer sa progression. La descente vers les Bains est plus aisée, mais une patrouille allemande siffle à son passage, sur la place de la fontaine. Trop tard pour tirer sur lui, il a déjà disparu dans la rue de la Poste, accélérant à fond. Les pneus hurlent au virage de la nationale. Pélissier ralentit légèrement place de l'Église, pour éclairer pleins phares la petite côte des acacias. Là-haut, Maurice, à quatre pattes, est occupé à dégager un engin fiché dans le tronc d'un arbre.

Dans l'obscurité, son chariot avait dévié sur la pente. Sans cet incident de parcours, il touchait sa cible. Maurice s'apprêtait à rallumer la mèche.

Pélissier bondit sur lui, le ceinture, le cloue au sol. Maurice, qui se débat avec énergie, est à demi assommé d'un coup de crosse de revolver. Le gendarme saisit l'engin dont les fontes à peser les bœufs tombent lourdement. Il balance le tout par-dessus le mur du presbytère. Demain, le curé Vigouroux aura la surprise de trouver des explosifs dans son carré de poireaux. Pélissier se retourne pour passer les menottes à Maurice. L'autre a déjà disparu, dans le crissement sauvage des pneus de sa moto retrouvée, sur la route du cimetière. Les Allemands du marché couvert ne risquent plus rien. Les habitants du bourg non plus.

VI

LA TOURNÉE DE LA MARIE

« Ils s'en vont ! » « Ils s'en vont ! » D'une fenêtre à l'autre, on se crie la nouvelle. Les moteurs ronflent sur la place de l'Église. Les gendarmes, à leur poste sur la route de la mairie, regardent défiler la noria de camions bourrés d'hommes, de munitions, de caisses de mines, hérissés de mitrailleuses et tractant de drôles de petits canons de campagne. On se réjouirait tout à fait si les Allemands rentraient chez eux. Hélas, ils roulent vers le sud en direction de Clermont-Ferrand.

À peine sont-ils hors de vue que la Marie décroche les panneaux de bois qui masquent sa devanture. Les premiers clients arrivent, la mine blafarde, en se frottant les yeux. Bourgois le boucher, Gamet le charcutier socialiste ancien adjoint au maire mangent un saucisson sur le pouce, arrosé de blanc sec.

— La soupière du curé va exploser ce soir, lance Gamet. Il a de drôles de poireaux dans son jardin !

Et il raconte que le curé Vigouroux l'a réveillé pour lui montrer les pains de dynamite fixés aux planches d'un traîneau à roulettes :

— Il était comme une poule qui a trouvé un couteau. Je lui ai dit que, par les temps qui courent, beaucoup d'objets tombent du ciel et que le bon Dieu n'y est pour rien. Du coup, les bâtons sont chez moi et j'en suis bien encombré !

— D'où viennent-ils ?

— On a entendu un bruit de moto aux Bains, peu avant le lever du jour. Les Allemands couraient. Durieux les a vus passer.

— Parfaitement, dit l'hôtelier Durieux. J'étais sur la place, au pied de la source. C'est plus fort que moi, je me lève toujours à 4 heures, comme en pleine saison lorsque j'ai deux cents curistes à bord ! Une moto m'a frôlé. Je n'ai pas pu reconnaître Maurice dans le noir. Mais j'ai aperçu distinctement un képi sur la tête du chauffeur.

— Un gars du maquis ?

— En képi ? Tu veux rire. Ils ne recrutent pas de légionnaires. À part le vieux Labourdette, et Moreau de Villebret, le père de la petite Jeanne qui est en pension avec ma fille chez les sœurs, je ne connais pas d'ancien légionnaire dans la région.

— Le Maurice est bien capable de se déguiser !

— Mais pas de crier aux Allemands qui le poursuivent : « Gendarmerie française » ! Croyez-moi, Pélissier est mouillé dans cette affaire. C'est lui qui conduisait la moto de Maurice, j'en mettrais ma main au feu !

— Pauvre Maurice, dit la Marie, il est du bois dont on fait les flûtes. Il prête sa moto aux gendarmes ! Quel bon garçon !

— Ça lui fait comme cocu aux cannes ! ajoute Bourgois. Il est peut-être en tôle à cette heure. Ils ne lui ont pas demandé son avis pour prendre la Triumph.

— Je n'y crois pas, intervient Gamet. Jargeot comme il est, le Maurice hurlerait aux loups, même dans une cellule, et on l'entendrait jusqu'à Montluçon, si l'on avait touché à un rayon de sa bécane !

— Taisez-vous, intime la Marie qui a « fait la guerre » de 14 aux arrières immédiats du front, les oreilles ennemies vous entendent.

Le buraliste Kopf vient de faire son entrée, saluant d'un laconique « bonsoir » les hommes du bar. Il est rejoint par Boudou, qui a levé son rideau de fer. La Marie les sert sans les voir.

Les conversations se sont arrêtées, pendant qu'elle apporte à l'Alsacien sa saucisse chaude arrosée de prune, et son café fumant. Lui-même n'ose ouvrir la bouche. Il prend pourtant Boudou par le revers du veston.

— Connaissez-vous une motocyclette à la brigade?

— Non, répond Boudou, ils n'ont qu'une Juvaquatre ou des bicyclettes. Pas de moto.

— J'ai pourtant vu cette nuit un gendarme à moto virer devant ma porte. Je ne rêve pas!

Boudou se garde de tout commentaire et ne relève pas. Au bar, les conversations reprennent alors avec une précipitation suspecte. Flanqué du brigadier Belin, Pélissier vient de faire son apparition, le képi un peu de travers, les bottes grises de poussière. Ils cassent un œuf dur pendant que la Marie leur sert du rouge. Dans la fausse animation du comptoir ponctuée de plaisanteries, chacun surveille du coin de l'œil le couple Boudou-Kopf. Profitant d'une blague particulièrement salée de Bourgois qui déchaîne les rires bruyants de l'assistance, Gamet glisse à l'oreille du gendarme :

— J'ai eu la visite du curé Vigouroux. Il faut que je vous en parle!

— Du curé? Fichtre! s'exclame Pélissier, jovial et badin. Je ne vous savais pas en relation intime!

Gamet cligne de l'œil. Ce n'est pas lui le charcutier jamais dupe des rustauds qui lui marchandent leurs cochons, qui va se faire maquiller par un gendarme!

— Venez donc à midi prendre un verre chez moi!

— Promis, répond Pélissier au moment où un homme, chargé d'une lourde besace, s'est affalé sur le comptoir.

C'est le meunier du viaduc, qui tend prestement à la Marie un ballottin fort odorant, serré dans un linge propre. « Merci! », souffle-t-elle en disparaissant aussitôt dans sa cuisine pour placer le cadeau au garde-manger.

— Un chèvre, un! scande Bourgois, facétieux.

La Marie lui lance un regard à le fendre en deux. Il se tait, pendant que le meunier avale d'un trait la goutte qu'elle lui a servie à ras bord. L'homme demande une seconde tournée, puis s'approche de Pélissier :

— Il s'en passe des drôles, la nuit, sur le chemin de fer!

— Mais encore?

— Vers 3 ou 4 heures, je posais des collets en haut du parc des Chaudes...

— Tiens donc !

— Pleurez pas brigadier, j'aurai un garenne pour vous dimanche, il est commandé !

Kopf et Boudou ont cessé de mastiquer leur saucisse, pour mieux écouter.

— J'ai entendu un bruit de moteur, poursuit le bonhomme. Tudieu ! je me dis, ils vont faire fuir mes petits compagnons... Je m'précipite sur la voie, je m'aplatis entre les rails, pour le cas où ce s'rait un frisé, et qui j'vois passer ? J'vous le donne en mille...

— Maurice ! lance Bourgois pendant que, sous le comptoir, Gamet écrase le pied du meunier trop bavard.

— Pensez-vous ! J'l'ai bien reconnu quand il s'est planté à deux pas de moi dans le ballast. Il pestait d'avoir perdu l'équilibre. Il ne savait pas bien conduire c'te putain d'moto. Y parlait patois, comme moi. Mais j'vous dirai pas qui c'est.

De nouveau, silence dans la salle. Boudou attaque un œuf dur. Kopf commande une goutte de plus, avec une bière. Gamet, quant à lui, voudrait en savoir davantage avant de retourner à son étal. Comment faire parler le bougre devant tant de monde ? Que Maurice ait un complice lui paraît stupéfiant, il n'a pas un seul ami connu dans la ville haute, encore moins aux Bains. Le meunier aurait-il eu la berlue ?

L'un après l'autre, les hommes sont repartis, même Kopf et Boudou. Gamet, qui s'est attardé à dessein, se retrouve seul avec le meunier.

— À moi, tu peux le dire, qui conduisait la moto ?

L'homme ne répond pas tout de suite, pesant le pour et le contre. Il a confiance en Gamet qui lui fournit du jambon en échange de cuir tanné.

— C'est le petit Nicoud, de Crébert.

Gamet digère l'information, puis éclate de rire. Il compte sur ses doigts : un, deux, trois hommes différents aperçus sur une même moto au cours de la même nuit ! S'il y a un jour une enquête, elle n'est pas près d'aboutir !

Après son exploit manqué, Maurice décide de se faire oublier. Il dissimule sa moto dans le cimetière, sous l'amoncellement des couronnes fanées que le fossoyeur ne dégage qu'une fois l'an. Puis il se dirige vers le lavoir, les mains dans les poches, sachant que les Allemands ont quitté la ville. Il propose à Catarina de l'aider à livrer son linge à l'établissement thermal. Elle a éclaté de rire : confier son linge à Maurice lui paraît une idée bouffonne, mais elle comprend tout de suite, simplement parce qu'elle est une femme de bon sens, qu'il cherche une cache.

— C'est Rémi qui entretient les tuyauteries et qui nettoie la piscine, là-bas ! Vas-y vite, il doit y être encore !

Maurice retrouve ses dix ans en pataugeant avec Rémi dans l'eau délicieuse des Bains.

— Veux-tu du savon ?

Du savon ? Rémi plaisante. Maurice ne connaît que les pains rêches et sableux qui arrachent la peau. Même la Catarina n'emploie plus les beaux cubes verts et blancs dits « de Marseille » qui lui servaient à blanchir les draps sous l'écume de la mousse. Rémi l'entraîne dans les couloirs déserts de l'établissement. Ils sont seuls ici et peuvent rester nus dans les vapeurs moites dégagées par la piscine et les canalisations courant le long des murs. Le paradis terrestre !

— Je vais te faire le grand jeu des curistes ! lui dit Rémi.

Pourquoi pas ? Maurice veut se faire oublier. Il veut oublier lui-même après son échec qu'il n'est plus le chevalier de Malte. Autant s'endormir dans les délices de Capoue... Rémi ouvre une porte : le voici dans un palais d'Orient. Les cuivres brillent, les porcelaines irisées des parois font ressortir la baignoire monumentale de son écrin. Jaillissant d'un bec de cygne doré, l'eau chaude coule à gros débit dans un bruit de cascade. De sa vie, Maurice n'est entré dans une baignoire. Il s'y coule avec précaution, avançant d'abord un pied, puis l'autre, craignant de glisser. Rémi déclenche alors la douche qui tombe du ciel, aveugle le baigneur qui se laisse choir dans l'eau, éclaboussant les mosaïques florales. Sa peau rougit, brûle, il veut houspiller l'imbécile qui va l'ébouillanter mais déjà l'eau devient froide, glacée. Un bien-être immédiat l'envahit.

— Ainsi soigne-t-on les berdins, se dit-il, par le chaud et le froid.

Rémi lui tend une savonnette ovale, qu'il respire avec délice. Rien n'est trop beau pour les curistes. Le jeune homme se laisse aller, ferme les yeux, s'allonge dans l'eau bouillonnante, sans utiliser plus longtemps ce savon de riche qui colle à la peau.

— Tu peux sortir, dit Rémi en lui tendant un peignoir en molleton de coton, immaculé.

Il suit son guide vers la salle de soins.

— Enlève ton peignoir et plaque-toi face au mur !

Un jet de douche d'une force inouïe, comparable à celui de la lance à incendie des pompiers, crible les reins de Maurice, descend le long des côtes et cingle les jambes. L'aspergé fait des sauts de carpe éperdus pour échapper à la propulsion brûlante qui le masse, le malaxe, triture ses muscles et sculpte son corps.

« Avec de l'eau bouillante, pense-t-il, on pourrait tuer n'importe qui. »

Rémi ferme enfin les manettes.

— Allonge-toi maintenant sur la table de massage.

Il est sonné au point d'obéir sans réfléchir. Rémi n'est en rien un masseur. Mais il a surpris plus d'une fois les curistes qui se laissaient marteler le dos par de solides moustachus. Rémi s'applique à bourrer son patient de coups de poings réguliers, comme s'il frappait un sac de son. Mais, insensiblement, Maurice prend conscience que les coups ont cédé la place à un traitement différent, il se sent à présent pincé. « Ah non ! Rémi exagère ! » On dirait même que des ongles le griffent. A-t-il changé de masseur ? Au prix d'un réel effort il tourne la tête : Avelina lui sourit.

De confusion, Maurice se dresse d'un coup, saisit le peignoir et s'en drape à toute vitesse. Il n'a pas seulement une réaction de pudeur populaire, il se retrouve soudain plus que nu, dévoilé, démasqué dans toute sa faiblesse, surpris dans sa retraite coupable. Sans cuirasse, pieds nus devant cet ange gardien qui le contemple avec un sourire attendri, c'en est trop. Il part en courant dans le dédale des couloirs de l'établissement, récupère ses vêtements, s'habille et se chausse en un clin d'œil. Elle l'a suivi comme une ombre.

— Tu ne peux sortir ainsi ébouriffé ! Regarde-toi dans la glace !

Dans l'ovale de la psyché, il a vu, fugitive, l'image de son visage auprès du sien. Il baisse les yeux, ému. Pourquoi s'enfuir ? Où aller ? Qui pourrait le retrouver ici ? N'est-il pas en sécurité ?

Nul n'a été témoin de son fait d'armes raté. Nicoud est muet comme un tombeau et les gendarmes complices. Le vieux ? On peut lui rendre ses bâtons de dynamite, Pélissier s'en sera chargé, peut-être. Que peuvent-ils faire d'autre ? Ouvrir une enquête serait avouer qu'ils ont couvert l'auteur de la tentative de sabotage.

— Les grandes oreilles de la Milice sont attentives aux bavards, dit Avelina, devinant ses pensées. Tu devrais te cacher ici quelques jours. Je préviendrai les autres.

Maurice n'a aucune raison de protester. En effet, pourquoi se donner tant de mal ? Il sait que Fernandez ne l'a jamais considéré comme un vrai maquisard... Déjà, pendant l'été 40, Franck, le chef des Éclaireurs, ne l'avait pas traité autrement. Un type qui venait de Paris, réfugié comme tant d'autres en zone libre, et qui avait créé sa troupe. Tous les garçons capables de se faire offrir une tenue avaient réussi à s'inscrire. Il fallait une culotte courte bleue, un béret de même couleur, un foulard aux armes du groupe, un bâton noueux d'alpiniste et, surtout, un sac et un couteau suisse. Les enfants Boudou et Bourgois, qui s'étaient enrôlés, montaient et démontaient les tentes dans le bois de Saint-Joseph. Franck tolérait que certains garçons des anciennes bandes du bourg se joignent à leur groupe. Au côté de Bourgois, Maurice participait aux jeux de piste sur la lande. Ces sports nouveaux, moins brutaux, plus symboliques, faisaient pénétrer les gosses dans l'univers mystérieux des signes et les initiaient aux enjeux moraux des luttes. Franck savait parler de morale et, curieusement, Maurice devenait attentif. Il n'avait pas protesté lorsque Franck avait ordonné à sa troupe d'aller chercher de l'eau les yeux bandés à la ferme de Saint-Joseph. D'abord, il avait pensé que la paysanne les trouverait ridicules, ou même qu'elle serait vexée, comme s'ils avaient voulu se moquer d'elle. Mais la tentation de jouer le jeu, quoi qu'il en coûte, avait été plus forte et toute la troupe avait suivi le chef les yeux ceints de foulards.

Maurice n'avait été que plus déçu un jour où, ayant demandé à Bourgois s'il pouvait les accompagner sous la tente du camp prévu pour la fin de la semaine, il avait surpris la réponse de Franck, qui l'avait glacé :

— Il faut que ton petit camarade comprenne qu'il n'est pas un Éclaireur.

Les gendarmes ont récupéré chez Gamet les bâtons de dynamite remis par le curé, bien enveloppés dans le journal *La Croix*. La Juvaquatre a pris le chemin de la carrière où Labourdette avait passé la nuit sous l'œil vigilant d'un des leurs. L'un et l'autre s'étaient surveillés mutuellement et aucun des deux n'avait dormi. Le vieux, ses cheveux gris hirsutes sur son crâne déplumé, des poches sombres sous les yeux, se dresse, prêt à mordre, à la vue de Pélissier.

— Tiens, nous te rendons ta dynamite, dit le gendarme.

Interloqué, Labourdette se demande pourquoi on ne l'expédie pas plutôt au violon. Il y a du louche là-dessous. Ils pourraient l'inculper, lui reprocher de n'avoir pas veillé avec assez d'attention sur les explosifs qui lui étaient confiés...

— Vous n'êtes pour rien dans l'affaire, ajoute Pélissier simplement. Rassurez-vous.

Labourdette est indigné. Ont-ils osé penser qu'il avait organisé lui-même le cambriolage de ses caisses ? Qu'est-ce que c'est que cette embrouille ?

— Qui a fait le coup ? demande-t-il.

— On ne l'a pas retrouvé, mais il n'ira pas loin. Les bâtons ont été abandonnés sur la route. Il a dû prendre peur en reconnaissant notre voiture. C'est peut-être un cheminot, un brassier...

Le vieux hoche la tête. Il y a beau temps qu'on n'a pas vu d'ouvriers agricoles louer leurs bras dans une ferme ou une autre pendant l'été.

— Tu peux aller faire une pause dans la voiture, dit Pélissier au gendarme épuisé. Nous avons des vérifications à opérer.

Suivi de Labourdette, Pélissier entreprend une inspection de la carrière, examine avec soin le cadenas cisaillé, puis fait mine de dicter les éléments d'un rapport au brigadier Belin.

— Il y a des traces de sang ! crie Belin. Tout près de la cabane !

Le sang séché sur les cailloux est celui du chien. Après de longues recherches, le corps de l'animal est retrouvé.

— Quand on tue un dogue, dit sombrement le vieux, on prend un sacré risque. Mon chien ne s'est sûrement pas laissé égorger sans se défendre. Il y en a sûrement au bourg qui ont des crocs plantés quelque part !

Sous prétexte d'observer les lieux, Pélissier réfléchit au cas Labourdette. S'il l'a fait garder à vue toute la nuit, c'était pour empêcher le vieux drôle d'ameuter ses amis du bourg pendant que les Allemands étaient encore là. La Milice serait intervenue et le coupable aurait été pris sans doute assez vite. Il souhaite éviter que l'affaire ne s'ébruite, une enquête a posteriori reste possible. On ne vole pas impunément des bâtons de dynamite, même s'ils ont été retrouvés. L'incident a eu des témoins : le curé, le charcutier Gamet. Il ne serait pas bon que l'histoire tombe dans des oreilles plus ou moins bienveillantes.

— Vous devriez chercher du côté des côtes du Châtelard si un gars n'a pas des traces de sang sur son couteau.

Ainsi, le vieux soupçonne le maquis, et probablement au premier chef son fils. Pélissier n'a aucune peine à lui démontrer que les maquisards ne sont pas du genre à s'enfuir en abandonnant leur prise, surtout après s'être donné le mal d'attaquer sa carrière pour l'obtenir. Nombreux et organisés, ils n'auraient pas monté une expédition aussi pitoyable. Le vieux en convient. Autant de gagné pour Pélissier.

— Je serais bien étonné que vous n'ayez pas entendu une moto rôder cette nuit, dit Labourdette d'un air sournois.

Il se couvre de sa casquette, en regardant, songeur, le cadavre de son dogue, et reprend :

— Il a perdu tout son sang. Les crouillats égorgeaient ainsi les sentinelles, au Maroc, pendant la guerre du Rif.

Le Rif avait été une de ses autres guerres quand, toujours sous Pétain, on lançait les chars pour réduire la révolte d'Abd el Krim. Pélissier connaît la haine réciproque du père et du fils : manifestement, Labourdette doit penser que seul un fanatique peut tuer de cette façon, en ne s'embarrassant d'aucun scrupule. Oui, aux yeux du manchot, Maurice est capable de cette folie sanguinaire, le gendarme le sent prêt à l'attester.

— Votre fils n'est pour rien dans cette affaire, affirme Pélissier, péremptoire.

Il l'entraîne à part, vers la baraque.

— Puis-je vous parler d'homme à homme ? Me donnez-vous votre parole d'ancien combattant de ne rien dire ?

— Je le jure ! dit Labourdette en crachant par terre. Parole de soldat !

— Le capitaine allemand m'a donné l'ordre, avant de quitter le bourg, d'organiser une battue pour retrouver un déserteur. Ses patrouilles l'ont cherché en vain toute la nuit. C'est un Caucasien, un Asiatique, un Cosaque.

— Un Cosaque ? dit le vieux, sidéré.

— Ils en ont engagé des centaines de milliers en Russie et les font combattre à l'Ouest. Ils ont même enrôlé des Arabes, en Tunisie. Ils ne savent plus où trouver des hommes !

Des Arabes ! L'univers du vieux s'effondre. C'est peut-être un Arabe qui lui a tué son chien Tarzan et volé la dynamite. Si les Allemands engagent des Arabes, tout s'éclaire soudain, tout devient cohérent. Maurice, ce chenapan, n'aurait pas eu le courage d'affronter un dogue. Il faut être arabe, pour cela. Labourdette comprend pourquoi on l'a gardé à vue toute la nuit. Un piège tendu au déserteur. Il reviendrait à coup sûr pour récupérer les bâtons et les gendarmes seraient là. Un Arabe ! Il aurait dû y penser ! Il oublie totalement que Pélissier a aussi parlé d'un Caucasien. Il ne peut s'agir que d'un kroumir. Qu'il revienne, il trouvera à qui parler !

— Ouvrez l'œil et le bon ! conclut Pélissier à qui rien du changement de disposition du manchot n'a échappé. Je compte sur vous pour m'alerter au moindre indice. Nous viendrons aussitôt.

À la ferme de Bourdesoule, le colonel Fernandez fait le point.

— Sans Maurice, dit-il comme s'il ne le comptait déjà plus dans les effectifs du groupe, nous sommes dix-huit. Nous pourrions encore recruter. Nous avons tous les jours des demandes, mais les armes manquent. Nous disposons en tout de six mitraillettes Stem, d'un fusil-mitrailleur de l'armée et de six Lebel. Les revolvers ne comptent pas, ils ne servent à rien en cas de baroud. Ils ne sont utilisables que dans les attentats. On ne peut entreprendre quoi que ce soit de sérieux si nous ne disposons pas des effectifs et de la puissance de feu d'une compagnie. Un colonel américain va venir nous inspecter. Il se peut qu'il propose notre rattachement aux maquis du Cher, qui comptent au moins quinze cents combattants. Pas d'objections ?

Les hommes reçoivent le discours comme une douche froide. Fernandez veut les entraîner loin de leurs foyers dans l'aventure des maquis du Centre que « visitent » régulièrement les miliciens. Personne n'envisage de gaieté de cœur ce repli sur la forêt de Tronçais, lieu de combats tragiques. Le plombier Delage demande timidement si, par un effort de recrutement dans la région, en poussant jusqu'à Villebret ou Durdat-Larrequille, on ne peut enrôler assez de réfractaires au STO pour constituer progressivement un effectif d'une centaine d'hommes. On pourrait, pour les armes, attaquer la milice à Montluçon, qui regorge de fusils-mitrailleurs.

— Il peut arriver des volontaires tous les jours, ajoute Louis, le fils de l'ex-maire. Regardez Depichon !

Fernandez est très fier de compter Depichon parmi ses recrues. Avec Combarioux, ils sont les représentants des Bains et de l'aristocratie gallo-romaine, comme disent avec dérision les instituteurs en parlant des hôteliers et des médecins d'en bas. Plus personne ne peut dire que sa cohorte n'est qu'un ramassis d'étrangers communistes, puisque Depichon est là : banc marqué à l'église, fille à l'école des sœurs. Mme Depichon est la dame patronnesse de toutes les bonnes œuvres de la paroisse. Depichon ne s'est pas rallié contre l'assentiment de ses parents, il n'est pas fugueur, et « dans ce maquis-là, un Depichon est à sa place », a dit sa mère.

Fernandez a d'abord trouvé étrange qu'une veuve de guerre, propriétaire exploitante du plus grand hôtel de la station, ait pu estimer qu'elle avait des devoirs envers ceux du bourg et même envers la France. En fait Fernandez partageait l'opinion commune à tous les Espagnols de l'armée républicaine en déroute : toutes les « bêtes à bon Dieu » étaient confites en dévotion et d'abord dévouées au Maréchal. On racontait qu'à Vichy le vieux drôle avait encore, à son âge, des succès féminins, et qu'il se faisait faire des séances d'électricité pour honorer, un bref instant dans la journée, celles qui voulaient réchauffer de leur jeunesse ce vieillard dont la statue marmoréenne était imprimée, de profil, sur tous les timbres-poste. Fernandez reconnaissait qu'il s'était trompé : les Depichon et les Combarioux étaient la preuve qu'en France on pouvait être riches, catholiques et résistants. Finalement, ce pays avait de la chance de posséder des bourgeois qui poussaient l'humilité chrétienne jusqu'à confier leur fils à un prétendu colonel, anarchiste et espagnol de surcroît.

Tous les matins, le colonel faisait hisser devant la ferme de Bourdesoule le drapeau français à croix de Lorraine, que saluaient le Calabrais Risalto, Gomez le Navarrais, Tomola le Polonais et le mineur portugais Sandro da Silva. Une bande d'immigrés latins allait attaquer une armée d'occupation où figuraient en grand nombre Géorgiens et Ukrainiens, Polonais de Galicie et Croates.

— C'était déjà vrai en 14, disait Depichon. Les Indiens, les Australiens, les Noirs américains côtoyaient nos Sénégalais et nos Malgaches. Il y avait même deux divisions de Portugais, vêtus et armés à l'anglaise, dans les unités de lord French. Les guerres ne font pas que diviser les peuples, elles les rapprochent aussi, et souvent les nations ! Fernandez est-il espagnol ou français ? Le tricolore, pour lui, c'est la République et la liberté. Pour nous aussi !

Fernandez est celui qui a appris aux jeunes paysans des Boulades et des Tilleuls, des Triers et du Tillou, la guerre des partisans. Si Maurice a égorgé si facilement le dogue gris de la carrière, c'est aux leçons de commando qu'il le doit : ramper dans la nuit, attaquer en bondissant comme un tigre, tuer à l'arme blanche sans laisser de trace, être attentif, au contraire, à toute empreinte laissée par l'ennemi. Les plombiers et les plâtriers du bourg ont eu du mal à s'habituer aux longues veillées en sentinelle dans les meules de foin, à la progression par bonds et sans bruit, aux longues heures de planque dans la vase des étangs de Cheberne. Le lancer de couteau a été l'objet d'un enseignement très spécial et très soigné, l'Espagnol ne disposant pas d'armes à feu en nombre suffisant ni, surtout, de munitions. Un mécanicien a été affecté au camion. Il n'a pas eu besoin d'être formé, il connaissait déjà à fond son métier. En revanche, le montage et le démontage des armes les yeux fermés a été difficile à faire passer. Les jeunes n'en voyaient pas l'utilité.

— Les partisans, disait le colonel, ne doivent jamais être isolés de la population. La nuit comme le jour, vous devez pouvoir vous fondre dans la campagne sans être repérés, et même trouver des caches dans le bourg.

— Raison de plus pour ne pas quitter le pays, concluait Delage. Nous serons très mal reçus par les gens du Cher.

La question du regroupement des maquis a été tranchée peu après la visite du délégué américain. Il a été frappé par la qualité du « drill » imposé aux hommes par l'Espagnol. Il faut dire que ce Meyer n'est pas plus américain que Fernandez n'est français. Juif parisien, il a reçu aux États-Unis le très dur entraînement des agents des services spéciaux du Président, dans l'OSS. Il a été parachuté avec quelques camarades dans le Cher, aux fins de coordonner l'action des maquis et celle des troupes alliées après le débarquement.

— Il n'est pas souhaitable, a-t-il dit en conclusion à Fernandez, que les petits maquis rejoignent trop vite les gros. Votre instruction est très bonne. Formez vos gens au mieux pour le jour où le commandement allié en aura besoin.

— Demain, on rasera gratis ! répond l'Espagnol, le visage fermé. Nous savons que les ordres de Londres sont toujours de ne pas agir, d'attendre le débarquement. Nous en avons assez d'attendre. Notre mouvement pense que, disposant d'effectifs plus importants, on peut attaquer dès maintenant l'armée d'occupation.

— Vous rêvez, dit Meyer. Qu'auriez-vous fait contre une compagnie allemande disposant d'une artillerie légère et d'engins blindés ? Vous seriez tous morts si vous aviez attaqué sur la route de Montmarault. J'ajoute que vous seriez responsable de l'exécution des otages que les Allemands n'auraient pas manqué de fusiller dans le bourg.

— Depuis le temps qu'on attend le second front...

— Tout vient en son heure. Il faut être prêt à l'action quand elle est utile, indispensable. Il meurt assez de monde en Europe pour que l'on ne trouve pas à la mort gratuite le moindre attrait, ne trouvez-vous pas ?

— Que proposez-vous de concret ? demande enfin Fernandez, excédé.

— De repérer dans les côtes du Châtelard une aire de parachutage par où vous parviendront des armes modernes, de l'argent, des médicaments, des munitions et surtout des moyens de transmission. Quand on a des radios de campagne, la dispersion n'est plus un inconvénient, c'est une force. Vous pouvez à la fois vous concentrer vite et échapper à l'ennemi... Que pouvez-vous souhaiter de mieux ?

— Quand nous parviendront ces radios ?

— Je n'en sais rien, répond honnêtement Meyer. Mais vous devez organiser tout de suite des moyens de liaison faciles et rapides. En moto, par exemple.

Maurice coule avec Avelina des jours heureux à l'établissement thermal. Le soir, elle se faufile jusque chez Gamet le charcutier qui, entré dans la confidence, bichonne les amoureux et multiplie les attentions culinaires. Un jour, c'est de la galantine de veau, parce qu'il vient d'en tuer un, élevé clandestinement dans son garage avec des porcs et des moutons. Un autre, un hachis parmentier. Comme Bourgois qui fournit le maquis en gîte et en macreuse, Gamet rend des services en se déplaçant quand c'est nécessaire pour tuer le cochon à la ferme de Bourdesoule. C'est alors la fête au camp, où le charcutier apporte encore un tonneau de vin rouge et des apéritifs d'avant-guerre. On mange le boudin craquelant sur les grandes poêles passées au feu de bois.

— Quand nous envoies-tu ton fils ? lui demande régulièrement Fernandez.

Il enrage d'être tenu aux cuisines, le fils aîné de Gamet. Mais il faut bien aider le père, la mère est de santé fragile.

— Attendons que mon deuxième prenne le coup de main, répond Gamet. Vous en faites pas, le fils partira quand il faudra !

Maurice, lui, se doute que les petits pâtés de lapin au vin blanc sont destinés à endormir son impatience, à le faire tenir sage. Il ne s'en indigne pas mais s'inquiète pour la Triumph qui risque de rouiller sous les chrysanthèmes fanés du cimetière. Il irait bien faire tourner le moulin mais Avelina s'interpose :

— On a repéré hier à l'arrêt des autobus une voiture noire de la Milice. Ils se sont arrêtés près d'une heure au bar des autobus. On ne les avait jamais vus. Des gens du Sud-Ouest, vêtus de bleu marine. On dit qu'ils sont plus dangereux que les Allemands. Ils battent les prisonniers, ils les torturent. On entend crier la nuit, dans les caves de l'hôtel du Quai, à Montluçon.

Maurice est persuadé qu'on ne le recherche pas. Il n'a laissé aucune trace, et la moto est bien cachée. Avelina lui donne de bonnes nouvelles de la gendarmerie. Pélissier a fait son devoir. On peut s'y fier, mais le gendarme a insisté : il faut garder la planque, ne pas sortir.

— Tout le monde est d'accord pour m'enterrer !

Maurice enrage, quand vient le soir, et ne tient plus en place.

— As-tu des nouvelles du maquis ?

Il se doute qu'Avelina ment lorsqu'elle prétend avoir prévenu Fernandez. Elle n'en a rien fait, pour préserver sa sécurité autant que pour le garder auprès d'elle. S'il veut sortir, la nuit, elle l'accompagne : un couple est moins suspect qu'un rôdeur. Ils parcourent ainsi, discrètement enlacés, le parc des Chaudes, en poussant, les nuits de lune, jusqu'au camp de César où l'on devine Montluçon dans la brume.

— Et si j'allais dormir dans la grange de Saint-Joseph ? propose Maurice. Je serais plus libre d'aller et venir.

— Pour que la fermière te dénonce ? Tu ne sais donc pas que le patron fait des banquets pour la Milice ?

Maurice baisse la tête. Encore un heureux souvenir d'enfance qui s'enfuit. Il n'en a pas tant. Le fromage de chèvre frais et les fraises à la crème de la ferme étaient un délice, sous les tonnelles, par les beaux dimanches d'été. Marcelle Labrune, l'infirmière, l'y conduisait. Il se gavait un peu et elle grondait pour les moustaches de crème dessinées autour de sa bouche. Puis il disparaissait dans les souterrains d'une ancienne chapelle, cachée dans les bois de sapins. Elle grondait encore lorsqu'il dévalait la pente jusqu'au Cournoron. « Je vais me laver les mains », criait-il. En réalité, il revenait longtemps après, sa musette pleine d'écrevisses qu'il offrait à l'infirmière, émue. Reviendra-t-il jamais, le temps de Saint-Joseph ?

— Il faut partir, dit un soir Rémi. Demain, le maire réunit les enfants des écoles pour un bain dans la piscine. C'est trop dangereux de rester là. Allez à la gare !

— Les gendarmes la surveillent désormais, répond Avelina. Il ne faut pas tomber sur eux. Ils n'ont aucune envie d'arrêter Maurice mais ne les obligeons pas à le faire. Mais j'y pense ! Le cinéma du casino est fermé puisqu'il n'y a plus de séances. Pourquoi n'irions-nous pas y loger ?

— Et pourquoi pas y danser ? enchaîne aussitôt Maurice qui trouve l'idée superbe.

Ils abandonnent l'établissement thermal pour gagner la rue des grandes villas, au-dessus du casino.

— Soyons discrets, ces grandes bâtisses sont habitées.

En effet les résidences sont toutes louées, très cher, à des réfugiés venus se cacher loin de Paris. Leurs valises sont toujours prêtes pour un départ immédiat en cas de danger.

Avelina sait que les locataires furtifs ne risquent pas, ici, d'être dénoncés, mais ils peuvent être sous surveillance. Certains d'entre eux ont fui plus au sud, quand la Milice s'est installée à Montluçon. Ceux qui restent attendent sans doute l'occasion de gagner l'Espagne, ou la zone d'occupation italienne, sur la Côte d'Azur. On assure que les juifs y sont plus en sûreté. Le père Mortagne avait un matin délivré un télégramme dans une de ces maisons. Plusieurs familles s'y cachaient. Il n'en avait parlé à personne sauf à Maurice :

— Si tu vas dans l'allée du casino, garde-toi bien de raconter ce que tu auras vu. La France est comme une mère qui ne peut plus protéger ses enfants qu'en les cachant.

Il se terre aussi, Maurice, dans l'immense casino rococo aux volets verts. La salle qui a conservé son grand rideau de théâtre est un véritable capharnaüm : sièges empilés, tables brisées, bar pillé ! Le casino sert aujourd'hui d'entrepôt aux services de l'assistance municipale, et l'on a entassé au milieu du fatras des montagnes de sacs de pommes de terre à distribuer l'hiver aux indigents.

Une effroyable poussière fait suffoquer le jeune couple. En courant, ils gagnent la deuxième salle, heureusement dégagée ; c'est l'ancien dancing.

— Voulez-vous danser, princesse ? dit Maurice en prenant la main d'Avelina. L'orchestre vous attend.

Le piano à queue est toujours là, sous la housse. Maurice la soulève et esquisse une mesure de tango. Avelina relève sa jupe et danse sur le parquet terni, éblouie par les femmes 1900 aux gazes moussantes qui évoluent en cortège de ménades sur les fresques des murs. Maurice l'enlace, danse avec elle en entonnant *Bohémienne aux grands yeux noirs*. Il renonce très vite, trop balourd pour le tango et préfère la voir valser seule, tandis qu'il chante *L'Hirondelle des faubourgs*.

— C'est ici qu'il faut dormir ! assure Maurice, leur répertoire épuisé.

Il aménage sur l'estrade une couchette, avec la housse du piano et quelques coussins de fauteuils.

— Nous y serons comme des rois !

À l'aube, des bruits insolites réveillent Avelina. On cherche à forcer la grande porte du parc. Elle secoue Maurice qui se précipite aussitôt, le poignard à la main. Rien. Elle est pourtant sûre d'avoir entendu des pas. À peine revenus dans la salle de danse, ils sont attaqués, ceinturés, à demi étouffés par des cagoules. Traînés au-dehors, ils sont ensuite poussés sans ménagement à l'intérieur d'un véhicule qui démarre à la hâte.

— La Milice ! souffle Avelina.

À la sortie de la ville, on arrache les cagoules. Maurice reconnaît alors les sourcils sombres et les cheveux crépus de Risalto. Ils viennent d'être enlevés par le maquis !

— Ma moto ! Où est ma moto ? sont ses premières paroles quand il est libéré.

— Tu ne la vois pas ? dit Risalto. Elle est derrière toi !

Qui leur a indiqué la cachette ? Le fossoyeur, peut-être… Ou Rémi, le traître ! Maurice n'a pas le temps d'épiloguer. Ils parviennent rapidement à la ferme de Bourdesoule.

— Ne débarquez pas la moto, ordonne le colonnel Fernandez qui les attend dans la clairière.

Il aborde Maurice avec un semblant de sourire, ce qui n'est pas coutumier chez l'Espagnol. Ses lèvres minces se sont entrouvertes, les rides de son front se rejoignent, ses yeux pétillent de malice andalouse. Maurice n'a pas vraiment le temps de se demander si ce rictus est de bon ou de mauvais augure.

— Nous avons besoin de toi ! dit le colonel en lui tendant la main. Tu es le bienvenu parmi nous !

Le passage de l'Américain l'a fait réfléchir. Il tient avec Maurice le meilleur des agents de liaison, mais encore faut-il tenir Maurice ! Il pense avoir trouvé la solution.

— Regarde ce side-car !

— Il n'y a que la carlingue, pas la moto ! dit Maurice à la vue de l'engin coupé net à la barre de raccordement.

— La moto est morte. Les Boches l'ont abandonnée, avec le side, sur la route de Montmarault.

Maurice saisit instantanément. Le chef n'a pas confiance en lui, il veut accoler le side à sa moto, pour le faire surveiller en permanence.

— Je vous interdis de bousiller ma Triumph ! Elle n'est pas faite pour être attachée !

— Elle ne t'appartient plus, petit. Elle est à la Résistance, réquisitionnée. Comme le camion du marchand de vin !

— La carcasse est trop faible pour tirer cet énorme side, proteste Maurice. Qui d'ailleurs pourrait le fixer ? Il faudrait un as pour faire tenir l'attelage.

— L'as, dit Fernandez, nous l'avons.

On pousse Maurice dans le camion où l'on charge la nacelle d'acier et sa roue à rayons. Risalto prend place, Lebel en bandoulière, sur le marchepied. Combarioux est de l'autre côté, mitraillette au poing. Ils sont quatre à l'avant, armés jusqu'aux dents. Sur le sentier bosselé, les cahots jettent les hommes les uns contre les autres. Avelina, blottie près de Maurice, reste silencieuse. On prend la route du bourg où le camion fait une entrée fracassante, et freine devant chez la Marie.

— Entrez, les gars ! lance Marie. Ne craignez rien, c'est ma tournée !

Fernandez sait que les gendarmes se feront discrets. Deux hommes descendent pour monter la garde pendant que le camion roule encore cent mètres, jusqu'au bureau de tabac. Gomez surgit, mitraillette au poing. Il arrache le fil du téléphone, tient Kopf et son épouse en joue :

— Si l'un de vous tente un geste, dit-il, je tire !

Le camion s'arrête enfin sur l'aire du charron, près du marché couvert. Risalto pénètre dans l'atelier où Renaud se redresse en se tenant les reins.

— À quoi jouez-vous ?

On débarque la moto et le side.

— C'est simple, dit Fernandez. Tu as une heure pour fixer le side. Sinon, ta maison brûle.

Renaud lance un regard de haine à l'Espagnol impassible. Résigné, il appelle sa femme :

— Aide-moi pour la poulie, et réveille la flamme !

Les hommes attachent la moto aux chaînes de la poulie. Renaud hoche la tête.

— Ça te paraît faisable ?

L'autre ne répond rien, cherche dans son incroyable caverne une tige d'acier qui servait jadis à renforcer le timon des carrioles, et l'ajuste au bâti d'acier de la moto. En faisant un trou de la dimension exacte du moyeu, il peut le fixer à la roue arrière. À l'avant, on soudera l'ensemble en haut de la fourche.

Renaud s'affaire. Il déteste les jeunes braillards du maquis mais l'anarchiste espagnol, dur comme de l'acier trempé, lui en impose. Il y a longtemps qu'on n'a pas demandé au vieux forgeron une tâche aussi insensée, mais il n'est pas fâché de tenir la gageure. Il s'agite, court d'un bout à l'autre de l'atelier pour trouver les pièces utiles, houspille sa femme qui ne tire pas assez vite à son gré sur la chaîne du soufflet de forge.

— Peut-on t'aider ? demande Fernandez.

Il hausse les épaules. Qui connaît, ici, le métier de forgeron ? Autrefois, il avait des apprentis, des compagnons. Ceux-là ne savent rien faire.

Les vieux ont abandonné leur verre sur le comptoir pour assister à la naissance du chef-d'œuvre. La Marie elle-même est sur le pas de la porte, les poings sur les hanches, le sourire aux lèvres, joyeuse de revenir vingt ans en arrière, au son des coups de marteau sur l'enclume.

Le vieux charron ne sent pas la fatigue. La sueur descend sur son visage noirci en larges rigoles qui vont irriguer sa moustache blanche et s'accrochent aux poils en guidon de vélo. Il est Esus, le vieux Gaulois, dieu de la forge, dieu de la guerre. Il frappe et tord l'acier chauffé à blanc, perce et modèle avec précision. En moins d'une heure, le side est fixé, la moto déposée devant les jeunes, médusés.

— Ça, c'est travailler ! lance Gamet qui s'est approché, avec son grand tablier blanc.

Le charron, satisfait, regagne le fond de sa forge. Il n'attend ni éloges ni médaille. Il a fait ce qu'il avait envie de faire.

Maurice peut enfin sortir du camion.

Il trouve Combarioux déjà installé dans le side, monte en selle, lance le kick et démarre, devant un parterre de spectateurs qui applaudissent. Pourtant, adieu les pétarades glorieuses. L'attelage tient, mais il est lourd. À la mine renfrognée du fou de Malicorne, Avelina comprend qu'il vient de perdre son jouet d'enfant pour entrer tristement dans la guerre.

VII

LA DÉNONCIATION

Auguste Kopf n'a guère de clients au comptoir de son café-tabac, une prébende réservée aux anciens combattants qu'il a obtenue à son arrivée dans la ville. On fait la queue, en revanche, pour toucher le Scaferlati supérieur et les paquets de gauloises attribués parcimonieusement à la population des fumeurs. Le tabac ne pousse pas dans les jardins du bourg sis comme une acropole à près de 350 mètres d'altitude. Les tomates y verdissent, faute d'y rougir. Seules mûrissent les pêches blanches de vigne. Le climat, ici, est déjà montagnard.

On se méfie de l'Alsacien. Quand la mode des légionnaires du Maréchal battait son plein, pendant l'hiver de 1940, tous les rescapés de 14-18 y faisaient escale et s'y retrouvaient volontiers. C'était l'occasion de parler du passé. Beaucoup de ces hommes qui venaient des campagnes environnantes avaient un jeune fils prisonnier en Allemagne, ils comptaient sur Pétain pour les faire libérer. Kopf assurait alors qu'ils seraient bientôt sortis grâce à la paix qu'il ne tarderait pas à signer avec Hitler.

— Il devrait repartir en guerre contre les Anglais, disait-il à la troisième tournée de goutte. Ils sont nos véritables ennemis. J'étais à Dunkerque...

— Et tu en es revenu !

— Pas sur un bateau anglais ! Embarqué pour Douvres début juin sur un contre-torpilleur français. Coulé peu après, sauvé par une barque de pêcheurs. Je vous prie de croire que je n'ai pas fait long feu en Angleterre. J'ai aussitôt demandé à être rapatrié avec les légionnaires de Béthouart qui revenaient de Narvik et ne souhaitaient pas s'engager chez de Gaulle.

— Il en est tout de même resté quelques-uns à Londres, disait un vieux de Durdat-Larrequille, qui n'osait avouer que son fils, chasseur à pied, était passé à la dissidence.

— Une poignée ! Il faut voir comme les Anglais les traitent. Comme des Indiens, des Peaux-Rouges !

Auguste Kopf, disait-on au bourg, c'est l'antenne de Radio-Vichy. Le Maréchal n'a pas de meilleur propagandiste. Il a affiché dans la grande salle de son café une carte d'Europe où il plante les drapeaux du Reich et de ses alliés sur la terre de Russie.

— Avant quinze jours, disait-il, nous serons débarrassés du communisme !

— Tu devrais mettre un drapeau à croix gammée au-dessus de la porte, ironisait Gamet le charcutier. Tu recruterais pour la Légion des volontaires français. C'est dommage, ils n'ont pas droit au casque à pointe !

— Pourquoi non ? répondait Kopf en bombant le torse. Il y a de la gloire à combattre dans la Grande Armée de l'Europe, celle qui va prendre Moscou.

— Rejoins-les, ajoutait Gamet. Après tout, tes parents d'Alsace ont bien revêtu l'uniforme allemand. De force, j'en conviens. Tu en as de la chance toi, Auguste ! Tu es bien tranquille au milieu de nous. Si tu étais resté dans ton pays, qui sait ? tu serais peut-être sur la route de Smolensk...

Kopf devenait blême. Il montrait ses médailles de la dernière guerre et protestait de son attachement à l'armée française, à la patrie, à la fraternité des combattants. Si quelqu'un pouvait parler de la France, c'était bien lui, Auguste Kopf.

Gamet a ainsi longtemps pris plaisir à le provoquer sur son territoire, à son comptoir, pour ne pas abandonner le terrain à l'ennemi. Les copains venus des campagnes ne devaient pas se faire embrigader par l'Alsacien qui recevait ses consignes de Vichy. Une autre voix devait leur parler du pays. C'était l'époque où le journal *Le Centre* donnait encore, pour les opérations militaires, les deux communiqués, l'allemand et l'anglais. Cela ne devait pas durer : après l'invasion de la zone libre par les Allemands, le charcutier avait compris qu'il risquait inutilement sa peau en provoquant Kopf. Mieux valait parler avec les « bouhnoumes » dans les fermes. Un grand nombre d'entre eux n'avaient d'ailleurs pas besoin d'être convaincus, ils avaient compris que Pétain, c'était fini. Les usines de Montluçon ne tournaient que pour la Wehrmacht. À Saint-Jacques, où l'on forgeait des pièces pour la marine, on s'était reconverti dans les blindages. Les Allemands commençaient à lever les garçons pour le STO alors que les prisonniers ne rentraient pas. Chacun pouvait comprendre que la Collaboration était une politique de cocus.

Ainsi, personne ne fréquente plus le comptoir d'Auguste, sauf ceux qui craignent d'avoir des ennuis avec l'administration de Vichy. Tous les autres ne parlent plus en toute liberté que chez la Marie. C'est Kopf qui vient désormais les provoquer sur leur frontière avec des airs de dénonciateur, car la Milice, installée à Montluçon, lui donne un sinistre pouvoir, celui d'être au bourg une antenne permanente, informant les hommes en bleu marine des bruits qui courent la campagne. Kopf est à l'affût. Plusieurs expéditions du maquis contre ses stocks de tabac l'ont jeté sur le sentier de la guerre. La haine est son mobile.

À l'hôtel de la Milice, les dénonciations pleuvent de toutes parts : femmes revêches, maris trompés, bons Français qui accusent leurs voisins ou des parents en signant le plus souvent leurs lettres. Les renseignements sont regroupés, exploités. Les miliciens, qui ne sont pas assez nombreux pour lancer à chaque fois les opérations de vérification ou les enquêtes suggérées par ces courageux citoyens, versent l'argent de la trahison lorsque les informations se révèlent exactes.

Le bourg a eu peu d'occasions de voir la Milice, trop occupée à la ville où ses hommes doivent assurer la sécurité des usines qui travaillent pour l'industrie de guerre allemande et empêcher le sabotage des machines et des voies ferrées. Les manifestations des jeunes refusant de partir pour l'Allemagne et la foule couchée sur la ligne de chemin de fer attestent dès 1943 la présence de noyaux organisés de résistance. Le premier objectif des miliciens est de les briser. Les ragots de

Kopf ne sont jusqu'à cette époque pas pris au sérieux. Mais l'Alsacien jubile, il pense avoir enfin de quoi étonner les habitants du bourg. Il le tient, son coup d'éclat. Le buraliste s'intéresse depuis quelques jours au gendarme Pélissier dont le comportement lui paraît louche. Surtout depuis qu'on a garé devant la brigade une bicyclette et sa remorque que personne n'est venu réclamer. Un objet trouvé en quelque sorte.

Avelina, en revenant de la pharmacie Martin, aperçoit devant la gendarmerie l'attelage suspect. Elle se souvient qu'au matin du drame il était sur la petite côte. Elle s'attarde autour de la remorque, une de celles qu'emploient les jardiniers du bourg quand ils répugnent à la brouette. À qui donc peut appartenir ce vélo ? Pas de plaque fiscale, aucun signe distinctif, une vieille bécane couverte de boue avec une selle de cuir bouilli, pas d'enjoliveur, un dérailleur à trois vitesses bien graissé, un guidon de course d'un très ancien modèle. On peut lire seulement la marque, à demi effacée sur le cadre. C'est un Peugeot de l'après-guerre. Pas un vélo de môme.

— Tu es perplexe, dit Pélissier, nous le sommes aussi. Tu ne vois pas qui pourrait en être le propriétaire ?

Méfiante, Avelina se garde bien de répondre.

— Il ne serait pas par hasard au père Labourdette ?

— Avec son bras de fer, comment voulez-vous qu'il utilise une bicyclette ?

— Tu devrais réfléchir, petite, ce vélo était sur les lieux de l'attentat manqué. Si je n'en trouve pas très vite le propriétaire, d'autres le chercheront.

Avelina a un frisson dans le dos. Maurice avait un complice, mais il ne lui en a rien dit. Elle ne lui connaît pas d'ami au bourg. Les maquisards ne sont pas dans le coup. L'essentiel est, dans l'immédiat, de couvrir Maurice et l'inconnu qui l'a aidé.

— Je vais y penser…

Elle se précipite chez elle et se jette dans les bras de Catarina.

— Nous sommes perdus ! Maurice est compromis, repéré. Nous serons tous arrêtés si je ne trouve pas une solution.

Elle lui explique l'affaire de la bicyclette à remorque. Catarina lui fait répéter son récit pour comprendre.

— Madona ! Pourquoi toujours parler avec les gendarmes ! Laisse-les tranquilles. Ils ne te demandent rien.

Avelina recommence : ils vont arrêter l'ami de Maurice qu'elle ne connaît pas, qui n'est pas au maquis, qui paiera très cher pour l'avoir aidé. « Et je paierai aussi ! »

— Mais pourquoi, grand Dieu ?

— Je ne peux pas te le dire. Il faut que quelqu'un aille voir les gendarmes en déclarant qu'il a perdu sa bicyclette.

— Tu es folle !

Gaspard, assis devant son éternel verre de vin, a tout entendu. Il se lève pesamment, chausse ses sabots, caresse la joue de la petite et sort sans mot dire. Arrivé devant la brigade, il saisit le guidon de la bicyclette comme pour l'emmener. Un gendarme sort aussitôt du poste et Pélissier se précipite.

— Tu ne vas pas me dire qu'elle est à toi ?

— Si, répond Gaspard.

Le chef regarde Belin.

— Il ment. Il ne sait pas se servir d'un vélo. Personne ne l'a jamais vu avec.

— Si, si, grogne Gaspard qui se place maladroitement sur la selle.

— Il est ivre.

L'altercation attire les passants, les femmes s'arrêtent, dévisagent les gendarmes. En face, Kopf soulève son rideau. Rien ne lui échappe. Pélissier réfléchit. Il ne lui déplairait pas que le vélo ait un propriétaire avouable. Cela simplifierait l'enquête et le mettrait à couvert. C'est le seul objet qui subsiste de l'affaire de la petite côte. Qu'Avelina ignore la participation de Nicoud le rassure, ainsi elle ne parlera pas. Pélissier n'a d'autre souci que de protéger Maurice, d'empêcher l'enquête de la Milice.

— C'est bon, dit-il brusquement à Belin. Emmène-le au poste.

Le brigadier pousse le Portugais qui range soigneusement le vélo contre le mur.

— Donne-moi les papiers de la taxe !

Gaspard tombe de haut. Il ne savait même pas qu'il fallait acquitter une taxe pour les bicyclettes.

— Naturellement, tu n'as rien, depuis quand ce vélo est-il en ta possession ?

Le Portugais fait un geste vague... Il ne s'en souvient pas.

— Il faut acquitter la taxe ! dit l'adjudant en sortant un carnet à souches, tu auras une contravention.

— *Eu perdi-o !*

— Tu l'as perdue ? Je ne veux pas le savoir.

Il faut à Pélissier une preuve, un papier dans le dossier de l'enquête.

— *Vai, vai ! eu pagarei !*

— Avoue, reprend Pélissier, tu étais saoul dans la nuit du 27 juillet. On t'a vu affalé derrière les murs de l'église.

— *Vai, posso-me ir imbora ?*

— Non, réponds d'abord à mes questions. Tu reconnais que tu étais saoul ce soir-là ?

— *Vai !* dit le Portugais qui accepte tout ce qu'on veut.

Pélissier prend des notes sur un carnet.

— Tu es rentré tard chez toi ?

— *Não me lembro !* répond Gaspard, soudain inquiet de voir le gendarme noter ses réponses.

Il veut se lever de nouveau.

— Signe là !

Il ne sait pas écrire, met une croix à l'endroit indiqué et sort l'argent pour payer la taxe.

— Tu paieras plus tard !

— Chef ! fait soudain le brigadier Belin, ne devrait-on pas le questionner sur les poids de fonte retrouvés sur la petite côte ?

— Inutile, ils feront l'objet d'une enquête spéciale.

Gaspard sort enfin du poste. Au lieu de sauter sur le vélo, il le pousse, les mains sur le guidon, traînant ses sabots sur le trottoir.

— Si ce gars-là est déjà monté à bicyclette, dit Auguste Kopf qui observe la scène sur le pas de sa porte, je veux bien être évêque !

— Je le savais bien, ma fille, hurle Catarina, que nous aurions tous les ennuis du monde à cause de toi !

Gaspard est parti se coucher, sa mission accomplie. La laveuse s'est empressée de cacher la bicyclette et sa remorque dans l'appentis du jardin. Elle ne veut plus les voir ni qu'on lui pose de questions. Ils seraient capables de l'arrêter, de l'envoyer dans un camp comme étrangère. Tout cela à cause de Maurice. Elle lui en veut de les mettre dans un tel péril.

Avelina ne peut en entendre plus. Elle a compris que l'attitude de Pélissier n'est pas normale. Gaspard lui a sobrement raconté son interrogatoire. On lui a fait payer une taxe pour un vélo qui n'est pas le sien. C'est une embrouille des gendarmes. Ils veulent faire porter au malheureux le poids de toute l'affaire. Une fois de plus, un étranger peut payer !

Tout de suite, revoir Maurice. Le vrai coupable est en danger. Qui croira le feuilleton cousu de fil blanc, bricolé par Pélissier ? Elle s'en veut d'avoir laissé Gaspard se rendre à la brigade. C'était le mettre dans la gueule du loup. Sans un mot d'explication et malgré les cris de sa mère, elle saute sur son vélo et prend la route de Chamblet. Peu après la croix de fonte, elle s'arrête brusquement. Une moto, tous feux éteints, fonce droit sur elle.

— Maurice, crie-t-elle, Maurice !

Elle se place en travers de la route. Les phares s'allument dans le crépuscule. La moto se range sur le bord du fossé. Deux hommes en descendent qu'Avelina reconnaît vaguement : Combarioux et Depichon.

— Maurice, où est Maurice ?

— Avance jusqu'au chêne, tu le trouveras !

Ils poursuivent leur route pendant qu'elle se précipite. Il est assis au pied du chêne, un fusil sur les genoux, il ne se lève pas à son approche.

— Pourquoi ont-ils pris ta moto ? Tu es blessé ?

— Elle n'est plus à moi, dit Maurice. Elle est au maquis. Nous la conduisons à tour de rôle. J'ai appris aux autres à s'en servir.

Sa résignation accable Avelina. Il s'est laissé déposséder par ces maudits Espagnols. Pour l'humilier, ils confient la Triumph aux gens des Bains, à ceux qui toujours ont considéré Maurice comme le fou de Malicorne, un extravagant qu'ils traitaient par le mépris. Ils ont enfourché le cheval d'Alexandre et le héros gît au pied de l'arbre. Ils ont tué son Maurice.

— J'ai reconnu Depichon ! dit-elle en le défiant du regard. Encore quelques leçons et il conduira comme un chef !

Maurice ne répond pas. Que les Depichon et les Combarioux le remplacent est dans l'ordre des choses. Il suivait jadis des yeux la petite Depichon quand elle allait à la messe chanter l'élévation. Elle était toute jolie avec ses cheveux blonds lissés retombant sagement sur ses épaules, son chapeau Shirley Temple, sa cape bleu marine et ses socquettes blanches.

Les filles de l'école des sœurs, toujours en rangs par deux, ne s'asseyaient pas dans le chœur au côté des enfants du bourg mais gravissaient tout de suite l'escalier de chêne en colimaçon à l'entrée de l'église pour se regrouper sur la mezzanine, devant l'harmonium, où les attendait la fille du pharmacien, Mlle Martin. On ne pouvait les apercevoir qu'au début et à la fin de l'office, et en aucun cas les approcher. Quand cet essaim d'abeilles apprivoisées quittait l'église, les petites gardaient les yeux obstinément baissés sur la pointe de leurs escarpins noirs. Elles ne répondaient pas aux lazzis et aux interpellations parfois inconvenantes des garçons du bourg. Une fois pourtant, Maurice avait approché la petite Depichon. Pour la fête de Jeanne d'Arc en 1941, les filles avaient été invitées à l'école publique. Pascal Delofre leur avait fait bonne figure. Sur ordre de l'inspecteur d'académie, il les avait accueillies, pour que les enfants chantent ensemble une pavane du XVIe siècle consacrée à la sainte. Il avait accompagné les choristes au violon.

« Et l'Anglais cruel et fier… a mis sur lui son pied de fer… »

Avelina le surprend à fredonner cette chanson dont elle se souvient encore. À qui pense-t-il ? À personne. Maurice a l'air perdu dans sa mélancolie.

Il avait joué des coudes ce jour-là pour se trouver à côté de la petite Depichon pendant la cérémonie et trouvé le courage de lui dire à voix basse qu'elle était belle, qu'il pensait à elle nuit et jour et qu'il voulait la rencontrer. Elle ne lui avait pas même accordé l'aumône d'un regard. « C'est égal, s'était dit Maurice, pour qui se prend-elle ? Il est permis à un chien de regarder un évêque ! Un jour, elle me verra, il sera trop tard pour elle ! »

Il était alors dans sa période héroïque et conquérante, celle où il voulait éblouir le curé, le maire, le bourg et la terre entière. Il avait rôdé plusieurs fois aux Bains, rasant la porte de l'hôtel Depichon avec sa première moto. Il ne l'avait jamais revue autrement que dans la haie des capes bleues. C'était dans l'ordre des choses auquel une Depichon ne dérogeait pas. Pourquoi s'indigner que son frère conduise sa motocyclette ? Le colonel n'a que faire du ralliement d'un égaré de Malicorne, en revanche, il tire avantage de l'engagement d'un Depichon.

« Ainsi va le monde et je n'y peux rien ! » se dit Maurice.

Excédée par ses rêveries, Avelina lui prend son fusil des mains. Il se lève, surpris d'un tel outrage. Même elle cherche à l'humilier !

— Si Depichon conduit ta moto, je peux bien me servir de ton fusil, j'en connais un qui risque d'en avoir besoin, tu en demanderas un autre à ton chef !

Il la rattrape avant qu'elle ne saute sur son vélo... Elle s'agrippe au fusil, tombe à terre lorsqu'il tente de lui arracher l'arme. La roue affolée de la bicyclette renversée tourne en grinçant, frottant contre le garde-boue. Maurice lâche le canon du fusil et relève Avelina en la prenant dans ses bras. Il l'embrasse tendrement sur le front et la conduit au pied du chêne.

— Il ne faut pas te mettre en colère, petite reine, lui dit-il. Tout cela passera et nous resterons tous les deux.

— Dans quel état ! Partons tout de suite, passons en Espagne ! Si tu veux faire le soldat, autant que ce soit dans une vraie guerre. Ces gens-là se moquent de toi.

Ils restent longtemps étendus côte à côte au creux de l'arbre. Elle l'a laissé dénouer ses cheveux et déposer sur ses lèvres des baisers doux et fugitifs, comme s'il la butinait au lieu de l'étreindre. Seuls, les cris de la chouette et des hulots de la nuit troublent le silence épais des bois de Bourdesoule, accompagnés dans le lointain par le concert des crapauds des étangs. L'air embaumé de l'été, devenu plus frais, les rapproche encore et la chaleur de leurs corps les rassure. Elle comprend son besoin de tendresse. L'enfant perdu dans une guerre irréelle demande l'armistice. Il est de nouveau prêt pour l'oubli, cet océan de vagues blanches qui les a si souvent bercés au pied du chevalier de Malte. Avelina se laisse gagner par l'irrésistible désir d'évasion. Elle n'a pas un cri, pas un geste de dérobade lorsqu'il la prend sans rien dire, et le sentiment d'être comblée lui fait oublier sa première douleur. Ils s'endorment sous l'arbre, enlacés comme le lierre au tronc, invincible union des enfants de la peur.

Un bruit de pas sur le sentier les fait sursauter.

— On vient !

Aussitôt debout, Avelina défroisse sa jupe plissée à la hâte.

— Ton ami est en danger ! lui glisse-t-elle avant de disparaître dans la nuit, celui qui a laissé sa bicyclette à remorque sur la côte des acacias…

À peine la Marie a-t-elle enlevé ses panneaux de bois qu'Auguste Kopf se présente au comptoir.

— J'ai à te parler.

Cette intervention augure plutôt mal de la journée qui commence. Cette pie borgne lui porte malheur. Elle connaît l'Alsacien qui ne vient pas boire chez elle innocemment mais pour observer, entendre, faire ses rapports. Elle ne peut le jeter dehors sous peine de perdre sa licence. Il a le bras long à la préfecture.

— Assieds-toi !

— Non, dans ta cuisine… (Il pousse Marie sans ménagement comme pour un interrogatoire.) C'est à toi de t'asseoir et de me dire tout ce que tu sais.

À son âge, la Marie en a vu d'autres. Elle a été tenancière rue du Canal à Montluçon, les flics ne lui ont jamais fait peur. Celui-là est dangereux à cause de ses amis au béret bleu marine.

— J'ai interrogé le meunier… Une vieille buse… muet comme une carpe ! Il m'a raconté une histoire de braconnage. Impossible de rien lui tirer. Pourtant j'avais entendu le début de son récit chez toi l'autre jour, il parlait à Gamet. Il a vu quelqu'un sur le viaduc derrière chez lui, qui est-ce ?

— Je n'ai pas fait attention, je lavais mes verres à vin.

— À d'autres ! Tu as l'oreille aussi fine qu'un chien de garde. Sais-tu ce qui est arrivé au patron du bureau de tabac au passage à niveau de Montluçon ? Il ne voulait pas répondre aux questions des miliciens qui recherchaient un réfractaire au STO. Tu peux vérifier. Le bureau de tabac est fermé. Définitivement.

La vieille ne s'émeut pas. Pour qui la prend-il ? Elle n'est pas une donneuse.

— Le pire, ajoute l'Alsacien, c'est qu'on n'a pas revu le buraliste. Il paraît qu'il a pris un train pour faire du tourisme en Allemagne.

Trop c'est trop. Il faut qu'elle se débarrasse de lui. Elle doit orienter ses soupçons vers une autre piste qui soit crédible…

— Tu devrais voir du côté du charron…

— À d'autres, Renaud est un bon Français, lui, il aime le Maréchal.

— Il ne s'agit pas de cela, dit la vieille, excédée. As-tu vu le chariot à roulettes de la petite côte ? Je peux te le dire, il était monté sur roulement à billes. Un travail de professionnel. Je ne me trompe pas, c'est bien ce que tu recherches ?

Kopf prend sa canne, ajuste son béret et bouscule en sortant Gamet et Bourgois qui, de stupéfaction, manquent la marche et se retrouvent dans les bras l'un de l'autre. La Marie n'a pas envie de rire à la vue de l'Alsacien marchant à grands pas vers l'atelier du charron.

Dans sa forge depuis 5 heures du matin à marteler un soc de charrue, Renaud, derrière ses lunettes de chauffeur, ne voit pas Kopf et ne lui répond pas quand il s'éjardille devant lui en agitant sa canne. Quand le marteau cesse enfin son mouvement de va-et-vient, l'autre, furieux, s'est assis sur un tabouret et déboutonne le col de sa chemise. Il a ôté son béret, accablé de chaleur.

— Il faut m'aider, Renaud, je suis sur une affaire grave. Une tentative d'assassinat.

Le charron serre les poings contre ses reins en se redressant.

— Que veux-tu que j'y fasse ?

Il n'a pas une sympathie particulière pour l'Alsacien. Il n'aime pas les miliciens non plus. « Tous des voyous, a-t-il coutume de dire, comme les "maquis", tous des bon Dieu de jeunes qu'il faudrait expédier en Afrique comme au bon vieux temps, pour les occuper. Au lieu de cela, ils règlent leurs comptes aux dépens des travailleurs en volant les autos et les camions des braves gens. Où les miliciens ont-ils pris leurs bagnoles ? Tous des voleurs ! » Le charron les met dans le même sac. Il n'aime pas plus la bande de l'Alsacien que celle de l'Espagnol, et Pétain ne lui dit rien qui vaille. « Pendant la guerre, rabâche-t-il, il n'y avait qu'un bon chef, c'était Fayolle, et personne n'en parle. Il n'y en a que pour ce Pétain ! » « Que veux-tu, lui répond invariablement sa moitié, Fayolle est mort et les absents ont toujours tort… »

C'est égal, Renaud accepte d'écouter les questions de Kopf. Les affaires d'attentat et de terrorisme le dégoûtent. C'est tout juste bon à faire fusiller des otages. Un Boche de plus ou de moins ne vaut pas la vie de quarante ou cinquante pauvres vieux. Il paraît qu'à Châteaumeillant ils ont même tué les femmes.

— Vas-y, dit-il à Kopf. Explique-toi clairement.

— As-tu fourni un jeu de roulement à billes à un gosse ? Réfléchis bien ! Cela peut remonter à un ou deux ans.

Le charron enlève sa casquette et s'assied à son tour.

— Comment veux-tu que je m'en souvienne ? Les gosses sont toujours à traîner dans mon tas de ferraille, ils y trouvent de quoi jouer aux billes. Ils volent même les poids de la bascule aux bestiaux. Des poids de dix kilos qu'ils arrivent à peine à soulever.

Kopf connaît bien la grande bascule près du marché qui servait à peser les bœufs au temps de la foire aux bestiaux. Il a justement remarqué que les gendarmes rentraient à la brigade avec un chargement de poids de fonte. Mais le charron ne se souvient de rien. Les gosses jouent aux barres, sur la place de l'Église, avec des pièces de tombereaux. Il ne les a jamais vus jouer avec des poids. Qui les a volés ? Il n'en sait rien. Pour les roulements à billes, trouver un coupable est encore plus difficile. On lui en a tellement dérobé qu'il n'en a plus un seul.

— Depuis quand n'as-tu plus d'apprenti ?

— Six mois au moins, répond Renaud. Ils ne veulent plus apprendre un métier. Ils ont trop peur qu'on les embarque pour l'Allemagne…

— As-tu sur ton registre le nom de ceux que tu as employés ?

— Un registre ? Tu me prends pour un comptable ! J'en changeais tous les six mois. Tous des bons à rien ! Je n'en vois pas un qui m'ait donné satisfaction.

— Et le petit Nicoud ? intervient sa femme. Tu en étais content.

— Vous avez dit Nicoud ?

— Celui-là ou un autre, tous des vauriens !

— Je ne connais pas de Nicoud au bourg.

— Si, précise la vieille. Il habite la ferme de ses parents, sur les côtes de Crébert.

L'Alsacien n'en écoute pas davantage et tourne aussitôt les talons. Renaud lance un regard noir à sa femme.

— Tu ne pouvais pas fermer ta gueule ? C'est un coup à nous faire pendre. Pendant la guerre, on ne parle pas. À personne !

— Un attentat à la dynamite ? Contre l'armée allemande ? Combien de morts ? Vous vous foutez de nous ?

Gaubert, le chef de la Milice, est furieux. Cet Alsacien ne lui apporte que des tuyaux crevés. Il les a fait se déranger une fois en pure perte, pour interroger un prétendu réfractaire qui n'était qu'un idiot du village. Depuis lors, Kopf a une réputation d'obsédé, de maniaque de la dénonciation. Les miliciens n'aiment pas les ragots. Ils veulent des affaires rentables. Au téléphone, Kopf raconte son histoire d'attentat manqué, de dynamite retrouvée dans un jardin de curé. Gaubert l'écoute distraitement. Il dresse l'oreille quand il entend le buraliste affirmer que la charge explosive a été préparée dans une ferme.

— Nous vérifierons, dit-il, puis il interrompt la communication.

Vexé, Kopf décide de poursuivre son enquête. C'est chez la Marie qu'il a surpris Gamet, une source sérieuse, parler de la dynamite volée. Il n'ose interroger le curé Vigouroux. Le colosse en soutane l'enverrait sur les roses. On ne fait pas chanter un homme qui emplit de sa voix forte, au son du *Magnificat*, les voûtes de la nef à la messe du soir. Où trouve-t-on de la dynamite ? Parbleu, à la carrière ! Chez le vieux fou de Malicorne…

Kopf enfourche son vélo et descend la côte de la mairie. Il se laisse aller, freinant à peine jusqu'au moulin, puis gravit la rude côte qui conduit au Pérassier. Quand il déboule dans la carrière, Labourdette, perturbé depuis la mort de Tarzan, est content de le voir.

— Vous prendrez bien une goutte !

— Est-il exact qu'on vous ait volé de la dynamite ? enchaîne l'autre, tout à son obsession.

— Pour sûr. Les gendarmes sont restés là une nuit entière persuadés que le déserteur allait revenir, puisqu'il avait abandonné les bâtons volés tout près d'ici dans un fossé.

— Ont-ils retrouvé le coupable ?

— Il court toujours. Un déserteur, de l'armée allemande ! Pélissier m'a dit qu'ils recrutent même des Arabes en Tunisie. Les temps sont durs !

— Sornettes ! répond Kopf qui n'admet pas que l'on fasse preuve d'irrespect à l'égard de la Wehrmacht.

Le vieux fou trop confiant a, semble-t-il, gobé tous les mensonges des gendarmes. Qui a fait le coup ? Maurice ? C'est peu probable, il serait allé jusqu'au bout.

— Êtes-vous sûr que votre fils ne rôdait pas dans les parages ?

— Aurait-il eu le courage d'égorger un dogue de Silésie ? Vous rappelez-vous ? C'est vous qui me l'aviez donné.

La mort de l'animal frappe Kopf. Il se demande si, en fait de déserteur, il ne s'agirait pas d'un prisonnier évadé d'Allemagne, comme cet ancien facteur qui a rejoint le maquis.

Affronter un chien de combat est l'article premier du code de sécurité d'un candidat à l'évasion. Il ne parvient pas à comprendre pourquoi le voleur a renoncé à son forfait... et Labourdette vient d'affirmer que les gendarmes l'ont gardé à vue toute la nuit. Ils ont donc récupéré eux-mêmes les bâtons de dynamite pour les replacer dans la cabane. Quand Kopf retourne à sa bicyclette, satisfait de tenir un témoin de première importance, le manchot est troublé.

— Ils ont abandonné bien vite les recherches ! Quand mettront-ils la main sur le prétendu déserteur ? Une affaire de terrorisme est plus grave qu'un vol de poule et voilà qu'ils jettent l'éponge sous prétexte que les bâtons ont été retrouvés !

Kopf met un comble à son malaise lorsqu'il lance en remontant en selle :

— Savez-vous qui leur a rapporté les explosifs ? Vigouroux, le curé. On les avait lancés dans son jardin.

Il n'en dit pas plus mais Labourdette retourne dans sa baraque, un pli amer en travers du front. Pour qu'il n'ait rien entendu la nuit du crime et que Tarzan se soit calmé si vite, l'agresseur devait être un familier des lieux capable de se rendre sans bruit et sans bavure vers la cabane pour en fracturer la porte. Et, c'est l'évidence, les gendarmes le connaissent puisqu'ils le couvrent. Protégeraient-ils ainsi un déserteur de l'armée allemande qu'ils auraient mission d'arrêter ? « Si Maurice a tué mon chien, je l'étranglerai de mes mains ! »

Auguste Kopf ralentit l'allure en vue du domaine Nicoud au Crébert. Nicoud, le père, ramasse des patates courbé en deux sur sa pioche tandis que sa femme, l'Italienne, les nettoie sommairement avant de les glisser dans un sac. Kopf fait un geste de la main.

— Ohé, les Nicoud !

— Tu viens nous aider ? lance l'Italienne.

Kopf montre le paquet ficelé au porte-bagages de son vélo.

— J'ai de quoi parler.

Nicoud s'approche lentement du trou de la bouchure et saute sur le chemin, enjambant le roncier. L'Alsacien lui tend déjà six paquets de caporal ordinaire.

— Du lard et du jambon ! dit Kopf.

— Il m'en faut douze pour un jambon.

— Faut voir.

Inquiète, l'Italienne rejoint son mari quand il entraîne Kopf vers la ferme. Ce n'est pas la première fois que l'Alsacien se livre à son petit trafic. Tous ceux qui ont une monnaie d'échange le font. Même le père Mortagne, si honnête, n'hésite pas à payer en nature. Il répare les selles, les sous-ventrières des chevaux et toutes les pièces de harnais en contrepartie d'un peu de beurre et de lard fumé. Avec Kopf c'est différent, il a les yeux partout, il vous fait parler, on ne sait jamais où il veut en venir. L'Italienne se hâte de sortir le jambon pour en finir.

— Le fils n'est pas à la ferme ? demande innocemment Kopf.

— Parti depuis trois jours.

— Tiens donc ! À bicyclette ?

— Tout juste, il a pris son vélo neuf pour visiter les volcans d'Auvergne avec des copains, il a même emporté toutes nos réserves de sucre, paraît que ça aide dans les côtes ! Un vrai Tour de France ! Je crois qu'il voulait être coureur, le pauvre n'a pas de chance avec la guerre !

— Ça n'empêche pas de pédaler, dit l'Italienne. Mon Roger, c'est un futur Bartali !

— Il aimait aussi la mécanique. Renaud le charron était content de lui...

Le mari et la femme échangent un bref coup d'œil qui n'échappe pas à Kopf.

— Il n'y est pas resté longtemps, répond Nicoud, le vieux n'a pas un caractère facile

— Ma roue est dégonflée, dit Kopf en partant, et je n'ai pas de pompe. Pouvez-vous me prêter la vôtre ?

— C'est que nous n'avons pas de vélo...

— Êtes-vous sûr de ne pas trouver une vieille pompe dans la grange ? Jetons un coup d'œil, je vous en prie, dans l'atelier de Roger. Il en a sûrement une de rechange.

Impossible de l'empêcher. Il a filé vers la grange ouverte. L'Italienne le suit en courant.

— Je vous assure que nous n'avons pas de pompe.

Kopf est déjà ressorti. Il a vu ce qu'il voulait voir. Une planche à roulements à billes poussée sous l'établi.

« Décidément, se dit-il, Pélissier est un saint-bernard. Il rapporte tout ce qu'il trouve. »

C'est au tour de Maurice de conduire la moto. Fernandez lui demande de faire équipe avec Depichon qui s'installe dans le side-car, sa mitraillette devant lui.

— On signale un raid de la Milice à Sainte-Agathe. Allez vous renseigner, trouvez ce qu'ils cherchent, sans doute des réfractaires. Faites en sorte que Dupuis, le bonhomme du bistro du Moulin, se rappelle que nous sommes là. Je crois qu'il parle trop.

Depichon déteste ces raids d'intimidation. Il est pourtant régulièrement choisi par Fernandez pour les opérations de réquisition chez les particuliers et de châtiment des tièdes.

Quand un fermier les reçoit mal, les maquisards le tiennent pour suspect et le traitent sans ménagement. Fernandez choisit sciemment les bourgeois des Bains pour effectuer la tournée des sévices.

— Tu laisseras Depichon conduire, dit-il à Maurice. Il a encore besoin d'apprendre.

Lourdement, la Triumph descend le chemin. En vue des creux du Landier, Maurice coupe les gaz. Son compagnon croit qu'il veut lui céder les manettes et descend se dégourdir les jambes, aussi peu motivé que possible pour sa mission.

— Remonte, dit Maurice, nous changeons de direction. Tu conduiras au retour.

Il a pris la décision d'aller revoir Roger Nicoud. Il lui déplaît d'associer Depichon à son escapade mais il ne peut le laisser sur le bord de la route.

— Il faut que j'aille à Crébert.

— C'est bien ! répond Depichon sans poser de question. Filons !

Il prend sa place dans le side. Maurice s'arrête à cinq cents mètres de la ferme et range la moto au couvert d'une haie.

— J'en ai pour une heure.

Depichon bondit hors de sa coquille.

— Il faut que tu saches que je suis un assez bon complice mais jamais une dupe. Si tu montes un trafic avec les paysans, je ne te couvre pas. Parle franchement, que vas-tu faire dans cette ferme ?

— Tu es libre de repartir avec la moto. Je ne puis te répondre, encore moins t'emmener. Je ne te connais pas. Attends-moi ou passe ton chemin. Raconte ce que tu voudras à l'Espagnol.

Maurice n'a rien de louche à cacher, c'est évident pour Depichon qui a brusquement envie de s'excuser comme s'il l'avait inutilement blessé.

— Je suis avec toi, Maurice. Ne me prends pas pour un donneur. Mais si tu m'entraînes dans une barque pourrie, autant que je sache où je mets les pieds.

— Je vais voir un ami, tu n'as pas besoin d'en savoir plus !

Il disparaît au détour du chemin derrière un bosquet de sapins. Depichon s'en approche pour suivre son manège. Il ignore tout du fou de Malicorne, tenu depuis toujours en marge de la communauté, suscitant inquiétudes et commentaires acides lorsqu'il paraît dans la ville d'en bas. L'attitude de Fernandez confirme l'image du personnage, irresponsable, prêt au meilleur comme au pire. L'Espagnol semble se méfier de lui, et laisse entendre qu'il s'est récemment rendu coupable d'une incroyable imprudence. Il le fait surveiller par Depichon, chargé de l'encadrer, de l'empêcher de nuire en quelque sorte. C'est à l'égard de Fernandez que Depichon se sent des devoirs. Si Maurice perd de nouveau les pédales, c'est à lui seul, pense-t-il en bon chrétien, qu'il revient de le remettre dans le droit chemin.

Maurice s'est engouffré dans la grange dont le portail est grand ouvert. Il en ressort aussitôt et appelle. Personne ne répond. Il frappe à la porte de la ferme. Toujours rien. Il pénètre en force.

La ferme est déserte. A-t-elle été mise à sac ? Depichon se rapproche encore.

À entendre les bruits de portes qui claquent, il comprend que son compagnon se trouve dans une situation dramatique. Il le voit passer d'une pièce à l'autre, ressortir en courant, contourner le pignon, s'engager dans le potager. Il entend des cris étouffés, des plaintes entrecoupées de malédictions. Une épaisse bouchure lui masque les acteurs de la scène tragique. Les fermiers ont-ils été maltraités, torturés?

Il se retire vivement pour ne pas être soupçonné d'avoir espionné et retourne à la moto. Maurice surgit peu après, le visage défait, titubant, il s'écroule au pied des ifs, la tête dans les mains.

— Ils ont emmené Roger Nicoud, un garçon de seize ans.

Depichon devine que la Milice est passée par là. Qui d'autre pourrait semer une telle consternation?

— Roger était ton ami? dit-il doucement.

Maurice pleure des larmes de rage et de honte.

— À cause de moi, dit-il, à cause de moi!

Depichon s'assied près de lui, Maurice poursuit, la voix entrecoupée de sanglots:

— Il ne demandait qu'à être heureux, Roger, à attendre la fin de la guerre avec ses parents qu'il aime. C'est moi qui l'ai entraîné... Ils vont le torturer pour le faire parler, le tuer peut-être. Les yeux de sa mère m'ont fait peur. C'est leur fils unique, il ne voulait pas les quitter... Un amour de fils qui travaillait dur avec son père, et quel père! Nicoud, c'est la crème des pères, tu comprends? Aucun de nous n'a un père comme lui.

Depichon sursaute. Maurice ne peut pas savoir qu'il n'a jamais, lui, connu son père mort des suites de la guerre, emporté par les gaz asphyxiants. Sa mère lui avait raconté son agonie: les pustules rouges, qui couvraient son corps à l'hôpital, la mort par étouffement. Moins d'un an après l'armistice, celui qui avait échappé à Verdun mourait dans les bras de sa femme. Mais comment en vouloir à Maurice, il est trop occupé de son propre malheur...

— Jamais je n'aurais dû lui demander son aide, reprend-il.

Maurice est un solitaire qui n'a jamais été responsable que de lui-même. Il a demandé à son malheureux ami de prendre un risque pour lui. L'abandonner à son sort aujourd'hui serait inconcevable, inadmissible. Il s'en voudrait pour toujours et ne peut imaginer l'idée de la mort de Roger Nicoud.

— Quand l'ont-ils enlevé? demande Depichon.

— Il y a une heure à peine, il a été dénoncé. Ils n'ont même pas interrogé la famille. Ils ont fouillé partout et l'ont découvert caché dans le grenier où il vivait reclus depuis plusieurs jours à cause de moi, et je n'en savais rien !

— Où sont-ils partis ?

— À Montluçon bien sûr ! En traction avant. Ils lui ont passé les menottes et ont filé.

— Ne perdons pas de temps, décide Depichon. Il faut le délivrer.

VIII

LA TRAQUE

Les sinistres « francs-gardes », qui occupent en 1943 l'hôtel des bords du Cher, sont peu nombreux. À peine une vingtaine, gens de sac et de corde venus du Sud et commandés par des militants du service d'ordre de joseph Darnand. Redoutablement armés, ils ont « touché » quantité de fusils-mitrailleurs et de grenades de l'ancienne troupe d'armistice. De loin, ces hommes en bleu marine, qui portent tous un béret décoré d'un signe cabalistique, le gamma du Bélier, surmonté d'une tête de mort, ressemblent à des fossoyeurs.

Le jour de la fête de Jeanne d'Arc, ils défilent sur l'avenue de la Gare en chantant *Le Chant des cohortes* et prétendent faire régner dans la ville la révolution nationale. Quand l'une de ces mines patibulaires franchit la porte d'un bistro du boulevard de Courtais, les clients désertent aussitôt ; le milicien irrité menace alors de supprimer sa licence au tenancier en l'accusant de faire du marché noir.

Dirigés par le plus féroce d'entre tous, Gaubert, ils disposent de sérieux moyens d'intervention, assumant avec zèle les tâches que leur confie Laval : arrestation des juifs et des réfractaires, repérage des maquis, lutte contre le communisme dans les usines. Pour un Gaubert, l'affaire de l'attentat manqué de Kopf n'est pas capitale s'il s'agit de l'action d'un révolté solitaire. En revanche, si la faute incombe aux maquisards, ils trouveront à qui parler !

Kopf prend l'autobus Rossignol pour assister lui-même à l'interrogatoire du prisonnier. Il jubile.

Sans être sûr que le garçon soit coupable, il peut prouver qu'il a trempé dans l'attentat. Gaubert l'a enfin pris au sérieux en téléphonant à la brigade des gendarmes, la réponse embarrassée de Pélissier a convaincu le milicien. Le maquis communiste dont il a entendu parler existe donc. A-t-il monté l'opération manquée contre la compagnie allemande stationnée au bourg ? Ce serait bien dans le style de l'action directe prônée par les Rouges depuis l'attentat réussi contre un officier de la Wehrmacht perpétré par un certain colonel Fabien à Paris le 21 août 1941. Gaubert sait que le chef du maquis est un réfugié de la guerre d'Espagne. Les anarchistes aiment manier la dynamite. Rien ne doit être négligé pour remonter la filière… La prise est maigre ! Kopf, une fois de plus, l'a orienté sur un benêt, un gamin irresponsable. Mais plus les victimes sont innocentes, avait appris Gaubert à l'école des cadres de la Milice à Uriage, plus elles suscitent d'émotion dans le public et de réactions de vengeance. Pour la Milice, qui veut obliger ses adversaires à se démasquer en les effrayant, le jeune Nicoud est une bonne prise.

Gaubert n'est pas pressé. Il laisse mijoter le prisonnier dans la cave avec tous ceux qui viennent d'être raflés à la sortie du cinéma Le Rex dont certains seront, après vérification de leur identité, expédiés en Allemagne. La semaine passée, il a failli embarquer, à cause d'un contrôle insuffisant, le fils du sous-préfet de Vichy ! S'il n'éprouve pas une passion délirante pour Pétain et ses administrateurs, il veut éviter les bavures.

Kopf, qui attend depuis une heure en faisant les cent pas, est outré de ne voir dans le hall de l'hôtel que le portrait géant de Darnand en uniforme de la Milice. Pas la moindre photo du Maréchal, comme s'il n'existait plus. Il est vrai que le vieillard ne compte guère dans l'esprit d'un Gaubert, lavaliste et anticommuniste, qui trouve la « vieille baderne » de Vichy trop indulgente.

S'il fait attendre l'Alsacien dans le couloir, c'est probablement pour lui montrer qu'il tient un « légionnaire » de son espèce pour quantité négligeable. Ainsi le buraliste, dans sa furie dénonciatrice, a livré un coupable sans s'attirer la reconnaissance de ces miliciens qu'il porte au pinacle ! Repartira-t-il sans avoir rien appris ? Des hommes en marine entrent et sortent sans un regard pour Kopf qu'ils bousculent en ronchonnant : « Pousse-toi de là, vieille buse aux pieds nickelés ! » L'Alsacien regarde l'horloge : il va manquer l'autobus de 17 heures, celui qui ramène les ouvriers, le dernier de la journée. Excédé par une aussi longue attente qu'il estime injustifiable, il force la porte de Gaubert et entre sans frapper, ainsi qu'il l'a vu faire aux miliciens. Gaubert, en conversation téléphonique, est en train de demander le renfort de la police municipale pour expédier ses quinze prisonniers en Allemagne par le premier train. Il ne veut pas laisser au réseau de « résistance chemin de fer » le temps d'organiser une nouvelle manifestation sur les rails. Il tempête, écume de rage, exige qu'on lui passe un supérieur hiérarchique. Entre deux imprécations, il jette les yeux sur le visage crispé du vieux.

— Sortez immédiatement ! Vous n'avez plus rien à faire ici.

Comme il reprend son entretien téléphonique, Kopf en profite pour s'incruster.

— Que voulez-vous encore ? Je vous ai dit de partir.

— Je voudrais assister à l'interrogatoire de mon prisonnier, répond-il fermement.

— Croyez-vous avoir des droits sur lui ? « Mon prisonnier ! » Je rêve ! Vous attendez peut-être une médaille pour avoir dénoncé un gosse de seize ans ? Je vais vous dire ce que je vais en faire : rien, moins que rien ! J'ai d'autres chats à fouetter. Ce gars-là n'a pas une tête à manier de la dynamite. Ça se voit tout de suite. Ou ses copains viennent à son secours ou ils le laissent tomber. Dans ce cas, il fera une très bonne recrue pour la Milice. C'est l'enfance de l'art de retourner un petit bouseux patriote comme papa. Nous en ferons un bon franc-garde dès qu'il aura goûté aux cigarettes américaines et aux filles de la rue du Canal. Ne vous inquiétez pas pour lui. Je vois que vous le couvez comme un père. N'ayez crainte, il est entre de bonnes mains.

Maurice et Depichon arrivent à la nuit noire au quartier des Islets à Montluçon. Tous feux éteints, ils traversent la ville. Par chance, ici, les Allemands ne patrouillent pas. Les vieux soldats restent cantonnés dans leur caserne aménagée en gîte d'étape pour les colonnes opérationnelles de la Wehrmacht. Ils ne participent même pas aux opérations de répression contre la Résistance.

La gare est en vue pour les motocyclistes et c'est sans anicroches qu'ils surgissent à pleine vitesse dans la rotonde des chemins de fer. Les locomotives encore fumantes sont alignées contre les vieilles rosses de l'autre guerre, aux flancs troués de mitraille, épaves remises en état par des équipes qui se relaient nuit et jour. L'occupant est exigeant et manque cruellement de machines.

Maurice sait que son oncle Marcel, un frère de sa mère, travaille sur la ligne d'Eygurande.

— Connaissez-vous le mécanicien Delprat ?

— Pour sûr, dit l'homme à la gueule noire qui descend d'une Pacific. Il vient de finir son service, vous ne pouviez pas mieux tomber.

Depichon ne peut cacher sa surprise. Sans la moindre hésitation, Delprat, qui reconnaît à peine Maurice – il ne l'a pas vu depuis près de dix ans –, accepte de dissimuler sa moto au fond de l'atelier derrière de larges plaques de tôle. Discrètement, il leur donne rendez-vous à cent mètres du dépôt, au café des cheminots. Un bref coup d'œil sur la tenue des deux jeunes gens lui fait hocher la tête.

— Prenez ceci et noircissez-vous le visage.

Il leur tend des bleus de la compagnie qu'ils enfilent sur-le-champ. Maurice n'a guère envie de rire mais ne peut s'empêcher de s'esclaffer en voyant les mines de chat échaudé de Depichon quand il se grime avec le morceau de charbon.

— Ne parlez pas fort ! leur dit Delprat au café. Un train part dans deux heures pour l'Allemagne et la Milice est sur les dents.

Dans la salle bondée de gueules noires, on se croirait à la messe. Les hommes boivent en se taisant. La serveuse passe d'une table à l'autre offrant des chopines de vin. Maurice raconte son histoire à son oncle qui connaît parfaitement les habitudes des miliciens. Depichon va de surprise en surprise : Delprat dessine avec une stupéfiante précision un plan de l'hôtel de la Milice.

— J'ai été arrêté, dit-il en clignant de l'œil, mais je m'en suis sorti. Votre copain est à la cave avec ceux qu'ils vont embarquer dans le train ce soir même. Nous avons été avertis... Vous allez voir le pataquès dans les aiguillages !

— Comment entrer dans l'hôtel ?

— Vous avez de la chance : cette nuit, ils seront tous mobilisés à la gare pour accompagner le convoi. La police municipale a refusé de leur prêter main-forte, et les gardes mobiles qui doivent arriver de Clermont ne sont pas encore là. Ils ignorent que nous sommes au courant et ils croient au succès de l'opération. Vous devriez pouvoir vous infiltrer jusqu'aux caves. Ils ne laisseront pas plus de deux hommes pour garder les lieux. Il vous suffit de guetter le départ du camion.

— C'est égal, dit Depichon, réussirons-nous à neutraliser les sentinelles ?

L'oncle regarde le gosse d'un air amusé.

— Vous passerez par-derrière. La cuisine est toujours ouverte et le chef est un des nôtres, il vous facilitera les choses si vous me laissez le temps de le prévenir. Souvenez-vous que vous ne pouvez attaquer avant le départ du camion. Il sera 2 heures du matin. Êtes-vous armés ?

Depichon désigne du regard son sac dissimulé sous la table où il a placé la mitraillette et le pistolet de Maurice.

— Vous ne devrez pas tirer. Cela donnerait l'alerte et l'équipe de la gare vous prendrait en chasse. Leurs tractions sont très rapides. Tout doit se faire à mains nues !

Maurice fait signe qu'il a parfaitement compris.

— Où le cacherez-vous quand vous l'aurez libéré ?

Ils ne se sont pas posé la question. Sans doute Maurice croyait-il pouvoir improviser comme Robin des Bois au cinéma.

— Tu connais le château des Modières ?

— Je trouverai, répond Maurice.

— Tu dois y être avant le jour et te rendre au hameau de Chante-Alouette. Tu demanderas Mollat, la première maison sur la route de Montluçon. Il a l'habitude de cacher nos gars, il prendra soin du tien.

— C'est un môme, dit Depichon, il a seize ans, on n'en voudra pas au maquis.

— Nous aviserons, répond Delprat. Nous engageons souvent des apprentis aux chemins de fer... La Milice n'y verra que du feu.

Il embrasse Maurice avec effusion.

— Tu sais que tu ressembles encore plus à ta mère en grandissant. Maintenant que je te regarde, je crois la revoir.

Maurice l'étreint, au bord des larmes. Depuis des années, il n'ose penser au martyre qu'a enduré sa mère. Son impuissance d'enfant devant les scènes de violence dont il a été le témoin terrorisé lui a inspiré un incoercible désir d'oubli. Il ne peut même pas évoquer son visage, comme s'il lui en voulait de l'avoir laissé seul dans la vie en face du tyran. Il retrouve d'un coup, en embrassant les bonnes joues de l'oncle Delprat, l'image douce et sereine de sa mère. Une vision qui le pétrifie soudain. Depichon, témoin de la métamorphose, devine à ce moment la solitude tragique de l'orphelin. Il regarde autrement Maurice. Mais déjà l'autre s'est repris.

— Nous partons le long du Cher, pour repérer les lieux.

— Adieu, Maurice, dit Delprat en traçant discrètement d'un doigt le V de la victoire sur le bois de la table.

Le Cher est un fossé nauséabond où l'on déverse depuis un siècle les déchets des usines sans égard pour les riverains ni les poissons. On n'y pêche plus, dit-on, que des poissons-chats, les seuls à résister aux acides. Depichon se bouche le nez.

Embusqués sous un porche, les deux maquisards sont occupés à monter la mitraillette quand un camion vient se ranger devant l'hôtel. Deux tractions avant noires surgissent du garage. Le départ est manifestement proche.

Maurice qui scrute la porte d'entrée, en partie dissimulée par l'arrière du véhicule, compte les miliciens qui sortent, l'arme au poing. Une quinzaine d'hommes environ accompagnent Gaubert, qui, sur la chaussée, donne des ordres brefs. Les prisonniers, attachés par une chaîne qui relie les menottes, s'entassent en trébuchant dans le camion où les hommes les poussent en les bourrant de coups de crosse. Une faible lumière brille encore dans le soupirail de la cave. Il reste un prisonnier, pourvu que ce soit Roger ! Maurice vérifie dans son sac qu'il n'a pas oublié sa pince coupante, Nicoud étant sûrement attaché aux grilles à cause du manque de surveillants.

Dans un grondement lourd, les véhicules partent pour la gare. Seul reste en place un homme de garde qui descend de temps à autre sur la route pour inspecter le quai. Puis il remonte l'escalier de l'hôtel.

— Tu as vu le side-car ? demande Maurice.

Tout près de la porte en effet, contre le mur, il y a un side de l'armée française sans doute récupéré par la Milice. Est-il en état de marche ? Maurice n'ose l'espérer.

— Viens, ce n'est pas le moment, pressons-nous !

Ils longent la rivière sur une centaine de mètres avant de traverser la route pour gagner par une rue adjacente les arrières de l'hôtel. La petite porte n'est pas close, le cuisinier les attend.

— Valmy !

C'est le mot de passe improvisé par Delprat. L'homme les accueille avec un sourire.

— Pressez-vous, chuchote-t-il, ils ne sont que deux, un devant l'entrée, l'autre au téléphone dans le bureau de Gaubert.

Depichon se poste derrière la porte, prêt à cueillir ce dernier dès qu'il sortira. Maurice se glisse dans l'escalier du sous-sol qui n'est pas gardé. Le cuisinier lui a donné la clef de la cellule, c'est l'avant-dernière porte dans le corridor. Le cœur de Maurice bat à tout rompre. Roger Nicoud est là, allongé dans l'ombre, il dort profondément. Maurice se penche, Dieu soit loué, il n'a pas été torturé ! Maurice réveille doucement son ami et, pour éviter de donner l'alerte, étouffe le cri de celui-ci en posant la main sur sa bouche. En une seconde, il a sectionné la chaîne. En haut, des coups retentissent. Maurice remonte en courant, Depichon vient d'assommer le milicien qui sortait du bureau. L'homme s'est écroulé pesamment. L'autre garde, alerté par le bruit, se précipite, mais Maurice s'est jeté dans ses jambes sans lui laisser le temps de tirer. L'homme trébuche et se fracasse le crâne contre la marche de l'escalier. Les voilà maîtres des lieux.

— Hâtons-nous ! dit Depichon. Les autres vont revenir.

— Nous avons tout le temps, répond Maurice.

Entrant dans le bureau de Gaubert, il fouille dans les armoires, lance à Depichon les armes qu'il découvre. Ouvrant brusquement la fenêtre, il retire les tiroirs des meubles avec l'intention de les vider dans la cour.

— Garde-t'en bien, l'arrête Depichon. Ces documents peuvent nous intéresser.

Il feuillette rapidement des liasses, découvre un carton de lettres anonymes sur les maquis qu'il glisse dans son sac. Maurice a mis la main sur une carte où sont portées les prochaines opérations prévues par les miliciens. D'autres classeurs contiennent des détails sur l'implantation de l'organisation dans les villes françaises, les noms des responsables, l'état des unités armées. Maurice serre les papiers dans sa chemise. Il découvre avec une joie sauvage une réserve de grenades dans le manteau de la cheminée et les jette comme des oranges à ses deux copains.

— Bourrez-vous les poches, nous pouvons en avoir besoin !

— Si nous attachions ces deux-là ?

Depichon désigne les deux hommes assommés, qui risquent de reprendre connaissance.

— Prenons leurs blousons.

Il en habille Roger qui n'a pas encore vraiment compris qu'il est libre. Traînant les miliciens par les pieds dans l'escalier, ils les enchaînent dans la cellule où croupissait Nicoud puis regrimpent les marches quatre à quatre.

— Cette fois, dit Depichon, il faut partir ! On n'entend plus rien du côté de la gare.

Maurice ne peut s'empêcher d'essayer la Peugeot à side-car toujours garée sur le trottoir. Il vérifie rapidement l'arrivée d'essence, pousse un cri de joie. La pompe fonctionne, elle est alimentée ! Le réservoir, dont le bouchon est rouillé, ne s'ouvre pas mais il approche son oreille de la tôle en secouant la moto : l'essence clapote.

Depichon s'impatiente, tire Maurice par la manche de son blouson. L'autre ne veut rien entendre. D'un coup de pied rageur il lance et relance le kick mais ne provoque qu'une toux sèche du moteur. Au moment où il va renoncer, la moto rugit, dégageant une épaisse fumée.

— Vite, grimpez !

Roger Nicoud enjambe le porte-bagages, se colle contre Maurice pendant que Depichon, résigné, s'installe avec ses armes dans la nacelle. Ils s'engagent dans la rue Barathon pour éviter l'avenue de la Gare. L'aube se dessine déjà à l'horizon et les cheminots qui vont prendre leur service n'ont pas un regard pour les « miliciens » qui reviennent en pétaradant dans la rotonde des locomotives. Delprat n'est pas là. Il a rejoint la foule des résistants, qui, avec les parents des victimes, sont partis défier la Milice et les gardes mobiles. Maurice récupère la Triumph et demande à Depichon de la conduire.

— Tu en as l'habitude, en route pour Chante-Alouette !

Labourdette ajuste avec soin son béret de chasseur devant le morceau de glace qui lui sert de miroir. Après avoir chauffé de l'eau et affûté son rasoir sur le cuir, il se fait une barbe parfaitement nette. Il a aussi rincé ses cheveux à l'eau oxygénée pour faire ressortir leur blancheur. Il lisse sa moustache, se coupe les poils du nez et des oreilles puis sort du coffre sa chemise blanche à col cassé qu'il repasse au fer de fonte. Ainsi vêtu comme pour une noce, il vérifie que ses papiers se trouvent bien dans la poche de sa veste noire : livret militaire, carte d'identité et même ce livret de famille où un employé de mairie a jadis porté la naissance de Maurice Edmée Lucien.

Il a longuement réfléchi, Labourdette. On a retrouvé le cadavre du chien mort dans le wagonnet où il avait autrefois failli tuer le gitan, étendu dans la même position, la tête en arrière, les membres ballants dans le vide. Cette mise en scène n'est sans doute pas un hasard. Le crime est signé. Tout s'éclaire soudain : la mort du chien est une vengeance et seul son fils Maurice Edmée Lucien Labourdette a pu imaginer la minutieuse reconstitution destinée à signifier au vieux que son temps est fini et qu'il doit expier.

Depuis plusieurs jours, il multiplie les recherches tout autour de la carrière pour trouver la preuve qui lui permettra d'assurer sa riposte. Il passe les gravillons au peigne fin sans découvrir le moindre indice. Il repère cependant l'endroit exact où le dogue a été tué grâce aux traînées de sang séché sur la pierre. L'agresseur est arrivé en rampant derrière le talus. Le chien n'a pu le voir qu'au dernier moment. Il suffisait qu'il eût le vent dans le dos pour ne rien flairer. L'œil rivé sur les broussailles, Labourdette bat le sentier de la colline, que les excavatrices ont jadis éventrée pour creuser la carrière, puis il parcourt en tout sens la ligne de faîte en se frayant un chemin dans les buissons de ronces. Il en conclut que le seul accès possible est le chemin qui conduit au hameau des Tilleuls. Là, sur l'herbe drue et la terre meuble, il espère retrouver des empreintes. Mètre par mètre, il dégage les buissons, démolit les taupinières pour trouver enfin, à quelque distance du talus, les traces de roue qu'il cherchait. La moto est passée par là : une seule trace, et le dessin très net des pneus. L'herbe est encore tassée sur deux mètres carrés. L'engin a été couché à terre faute de pouvoir planter la béquille. La longue traque du vieux vient d'aboutir : du bout de sa canne, il débusque un objet brillant presque entièrement recouvert par les tiges alourdies de rosée. C'est le couteau suisse de

Maurice sans doute tombé de sa poche. Celui-là même qu'il lui reprochait d'avoir volé à l'étalage du marché, le couteau à six lames dont l'enfant était si fier à douze ans qu'il l'avait fixé par une chaîne à sa ceinture pour ne jamais s'en séparer. Sans doute les gendarmes ne le croiront-ils pas quand il produira cette preuve. Il y en a dans le bourg des dizaines d'exemplaires semblables. Mais est-ce bien les gendarmes qu'il faut convaincre ? N'ont-ils pas tout fait pour couvrir Maurice et empêcher le vieux de le démasquer ? Dans le passé, à chaque fois qu'il était accusé d'un larcin, ils l'ont sauvé. Leur indulgence est incompréhensible.

Puisqu'on protège les assassins, et qu'on aide les terroristes, Labourdette sait où se trouve son devoir. Pestant contre la cravate à élastique que sa main artificielle ne parvient pas à placer correctement, il se jure d'obtenir vengeance. Il accuse son fils et exige son châtiment. Il a toujours regretté sa naissance. Comment un pareil monstre peut-il porter son nom ? Il veut en finir. Seule la Milice mettra le holà !

Qu'arrivera-t-il à Maurice ? Ce n'est pas son affaire, il ne souhaite même pas le voir comparaître devant un tribunal classique avec juges et avocats qui seraient bien capables de lui trouver des circonstances atténuantes. Labourdette sait bien que ceux qui entrent dans l'hôtel de la Milice n'en ressortent jamais ou alors c'est pour prendre un train vers l'Est… Aucun n'a jamais figuré à la rubrique nécrologique du *Centre*, aucun n'a eu droit à un enterrement chrétien. Ils disparaissent, un point c'est tout. Labourdette le sait, mais sa décision est prise. Advienne que pourra…

Il se souvient de l'enquête sur l'« accident » du gitan. En justice, que vaut la parole d'un bohémien contre celle d'un ancien combattant de Verdun ? Le tribunal avait retenu la légitime défense : une bagarre presque mortelle pour un vol de boulons qui n'était même pas prouvé. Le gitan n'était sorti de l'hôpital que pour entrer en prison. Labourdette n'en avait plus entendu parler. Les gendarmes, eux, avaient gardé en mémoire le terrible traitement infligé au malheureux : son torse était marqué de coups de canne. Il ne faisait guère de doute à leurs yeux que le contremaître était capable d'un crime sadique. Ils supposaient même, avec tout le bourg, que la mort de sa malheureuse épouse n'était peut-être pas d'origine naturelle. Et s'ils n'avaient poursuivi, c'était faute de preuves.

À 10 heures du matin, sous le soleil accablant du mois d'août, Labourdette prend le chemin du bourg, un long parcours de près de six kilomètres. Son béret plié avec soin dans sa ceinture, il s'est couvert le crâne d'un grand mouchoir noué aux quatre coins. En bas de la côte de la mairie, il croise l'actuel maire, qui traverse la route à petits pas. Stupéfait de la présence du vieux en ville, celui-ci croit d'abord qu'il vient le voir pour une consultation.

— Si c'est moi que vous voulez voir, monsieur Labourdette, il faudra repasser ou patienter.

Le manchot hausse les sourcils : une consultation médicale ? C'est une plaisanterie ! Il envisage un instant d'informer le maire de sa découverte pour lui demander de faire poursuivre Maurice. Mais il repousse aussitôt cette idée, comment se fier à ce débile ?

— Ce n'est pas vous que je veux voir, docteur !

— Cela tombe bien, je rentre chez moi pour téléphoner à Vichy. La situation est grave. Vous n'êtes pas au courant ? Les maquisards viennent d'attaquer le siège de la Milice à Montluçon.

Les yeux gris de Labourdette lancent des éclairs. Il allonge le pas pour arriver plus vite chez celui qui sera l'instrument de sa vengeance, Auguste Kopf. Si la Milice vient d'être attaquée, ses révélations n'en auront que plus d'écho.

Au pas de chasseur, il pénètre dans le café sans prendre la peine de refermer la porte.

— Où courez-vous ? lui demande Kopf, interloqué.

— Je viens dénoncer mon fils. C'est lui, l'auteur de la tentative d'attentat.

Il se campe devant le comptoir, donne un coup de canne sur le parquet et, fixant l'Alsacien dans les yeux :

— Arrêtez-le, je l'exige.

Le chef de la Milice, Gaubert, a découvert le drame en revenant de la gare où ses hommes ont eu le plus grand mal à faire embarquer les réfractaires. Avant de partir, Maurice avait ouvert grand les robinets des baignoires du premier étage. Ne pouvant mettre le feu, il a inondé l'hôtel. La nouvelle du raid s'est répandue dans la ville comme une traînée de poudre. On redoute les représailles.

Ainsi, le petit Nicoud avait des complices. Malgré la fatigue de la nuit, Gaubert monte une expédition. Deux tractions avant prennent la route de Crébert sur les chapeaux de roues. Bientôt la ferme est cernée, un homme est posté à chaque issue.

— Vite, fouillez la maison !

Deux miliciens enfoncent la porte et se ruent à l'intérieur. Rien ni personne dans la grande salle ni à l'étage. Ils cassent les vitres pour prévenir Gaubert.

— Où sont-ils passés ? Inspectons la grange, la baraque au fond du jardin...

Les hommes courent, l'arme au poing, ils reviennent bredouilles. L'un d'eux tire une rafale de mitraillette dans la basse-cour.

— L'ordinaire du dimanche ! s'esclaffe-t-il en attrapant par les pattes une oie sanguinolente.

— Pas question, laissez tout sur place, nous sommes des justiciers, pas des voleurs de poules !

— Faut-il brûler la maison ?

— La grange seulement, le domaine doit appartenir au comte de la Sourre, vérifie dans les papiers que Nicoud est bien simple métayer.

— Non, il a hérité le domaine de son père.

— En ce cas, mettez le feu ! Les coupables doivent payer.

Un des miliciens sort un jerricane de la traction.

— Tu veux rire ? hurle Gaubert, l'essence est trop précieuse pour être gaspillée. Allez chercher de la paille dans la grange !

Le feu prend bientôt et la colonne de fumée est visible à dix kilomètres. Au bourg, le maire l'aperçoit. Il veut envoyer les pompiers. On s'attroupe sur la place de l'Église. Kopf surgit en boitillant, suivi de près par Labourdette.

Gamet, qui fait office de pompier bénévole, accourt avec son casque.

— Nous n'avons que la pompe à bras, dit-il, c'est trop loin pour intervenir. Il faut s'y rendre à bicyclette.

— Ne vous donnez pas ce mal, tranche Kopf avec un sourire mauvais. Vous risqueriez d'y rencontrer la Milice. M'est avis qu'ils n'ont pas envie que l'on éteigne ce feu-là. C'est la ferme de Crébert qui brûle, un repaire de terroristes !

Il passe ses jumelles au maire. Pas de doute. C'est bien la maison des Nicoud. Gamet, qui connaît tous les fermiers des environs, ne comprend pas. Pourquoi ces représailles ? Il n'a jamais entendu dire que les Nicoud aient aidé en quoi que ce soit la Résistance. Au contraire, Fernandez leur reproche même de ne pas participer au ravitaillement du maquis.

Vous êtes sûr de ne pas vous tromper ?

— Parfaitement sûr, répond Kopf qui fait signe à Labourdette de le suivre.

À peine sont-ils entrés que la sonnerie du téléphone retentit.

— Ici Gaubert. Je suis chez vous dans une demi-heure. Les Nicoud ont disparu. Renseignez-vous pour savoir où ils peuvent se cacher. Interrogez les gens. Cherchez leurs parents, nous les ferons parler.

Les miliciens prennent la route des Ferrières, passent à quelques kilomètres de Bourdesoule et s'arrêtent au hameau des Boulades, où le maquis se fournit quotidiennement en vivres. Impossible de rien obtenir des habitants. Ils n'ont vu ni cycliste ni motocycliste. Ils n'ont jamais rencontré ceux du maquis. Y a-t-il un maquis dans les parages ? Ils n'en savent rien.

— On met le feu ? propose un milicien, on a souvent signalé les Boulades comme un rendez-vous de réfractaires.

— Pas de preuves, répond Gaubert songeur, pas de preuves…

Il se souvient du manuel de l'école des cadres : « Toute sanction injustifiée apporte de l'eau au moulin des terroristes. Ne frappez qu'à coup sûr ! »

— Allons voir sur la route de Sainte-Agathe.

Au hameau des Mazières, ils trouvent enfin ce qu'ils cherchent. Une vieille femme, qui cueille dans les fossés de l'herbe pour ses lapins, déclare qu'elle a vu passer, sur cette route, une moto à side-car.

— La Peugeot ! hurle Gaubert. J'aurais dû m'en douter. Où allait-elle ?

La vieille, qui les prend pour des soldats, ne fait aucune difficulté pour leur indiquer la route de Crébert.

— C'est eux qui ont enlevé le couple Nicoud. Comment ont-ils fait, à trois sur un side, pour charger deux personnes de plus ?

— C'est peut-être tout simple, dit un des miliciens, deux seront rentrés à pied au maquis. Cela confirme que leur camp n'est pas loin.

— Il n'est pas question de s'y risquer, répond Gaubert. Nous ne sommes pas en nombre suffisant et nous avons été assez ridicules cette nuit. Il faut retrouver les fugitifs.

Un quart d'heure plus tard, les tractions freinent devant le café de Kopf.

— Monte !

Kopf n'est pas seul. Le manchot en habit de noces, pourvu de toutes ses décorations, le suit.

— Où as-tu trouvé cet épouvantail ? demande Gaubert.

— C'est le père du terroriste qui a probablement enlevé Nicoud. Il est venu dénoncer son fils.

Gaubert crache à terre. Ce vieux attise le mépris qu'il a des Français.

— C'est bon, embarquez. Où doit-on aller pour avoir une chance de trouver les Nicoud ?

— Je n'en sais rien, dit Kopf, ennuyé, personne n'a pu me fournir la moindre indication.

— Dois-je m'adresser aux gendarmes ? demande par dérision Gaubert en désignant le local de la brigade.

— Cela ne sera pas nécessaire, répond le manchot. Nicoud a un frère, installé sur un domaine de la route de Clermont, au Tillou. Ils y sont sûrement. Vous pouvez également interroger la sœur de sa femme, dans l'impasse Molière. J'ai habité longtemps là et je la connais bien. Elle n'a pas vingt ans, cette Emma, et vous la ferez parler facilement. Mais si vous m'en croyez, vous perdez votre temps. Les Nicoud sont au Tillou, c'est sûr.

Gaubert, un peu égaré dans toutes ces parentés, fait signe à l'autre traction de suivre. Ils s'engagent à toute allure sur la route de Clermont. De la fenêtre de son bureau, Pélissier a parfaitement reconnu Labourdette.

— La traque commence, ils sont sur la piste de Maurice et c'est son père qui l'a donné !

Un nouvel incendie est signalé à la mairie. C'est la ferme du Tillou qui brûle, celle du frère de Nicoud.

— Il faut prévenir le maquis, dit Gamet. On ne peut laisser ces gars-là brûler toutes les campagnes !

Il vient d'apprendre que la traction noire a déposé Kopf devant son café et raccompagné le manchot à sa carrière. Gaubert voulait voir de ses yeux les preuves de la participation du fils Labourdette à l'attentat manqué. Il a examiné longuement les traces de pneu :

— Des pneus anglais, dit-il. Désormais, ils ont deux motos au lieu d'une.

Dans la deuxième traction, les époux Nicoud ont les menottes aux mains. L'infâme Labourdette avait raison.

— Leur compte est bon, dit Gaubert. Ils partiront pour l'Allemagne.

Gamet rentre dans sa boutique, arrache son tablier blanc et saute sur sa bicyclette. Pélissier, planté sur le bord de la route, lui fait signe de s'arrêter.

— Ne sortez pas de la ville. Ils vont revenir en force.

— Raison de plus pour prévenir.

Quand il arrive à Bourdesoule, le maquis est sur le qui-vive. Le passage des miliciens sur la route des Ferrières a été signalé.

— Ils attendent des renforts pour monter une grande opération de nettoyage ici même, annonce Gamet à Fernandez qui, aussitôt, fait sonner le branle-bas de départ. Les hommes chargent les armes dans le camion.

Maurice fixe un fusil-mitrailleur à l'avant du side-car Peugeot dont il ne se sépare plus.

Lorsque Depichon et lui sont revenus au grand chêne, l'accueil a été triomphal. Fernandez, époustouflé par le vol des documents de la Milice, était prêt à les nommer capitaines. Il a naturellement donné l'autorisation à Maurice d'évacuer en side-car les époux Nicoud sur le Tillou.

Quand Gamet leur apprend qu'ils viennent d'être arrêtés, Maurice ne veut pas le croire.

Qui les a renseignés ?

Gamet nomme Auguste Kopf mais n'ose avouer la participation du père Labourdette à l'expédition. À quoi bon ? Maurice est assez exalté. Il perdrait définitivement tout sang-froid. Au moment où il saute sur sa moto, Fernandez l'arrête.

— Reste avec nous, nous avons besoin de toi. Les miliciens vont attaquer. C'est le moment d'organiser la retraite sur les maquis du Cher.

— Roger est en sûreté mais ses parents sont en danger, à cause de moi. Laissez-moi les tirer de là.

— Tu ne peux pas le lui refuser, dit doucement Gamet.

Maurice est déjà parti seul sur la Peugeot. Depichon reste au maquis : il conduit la Triumph, Gomez, dans le side au fusil-mitrailleur.

En arrivant à Montluçon, Maurice file sur la gare. À la rotonde des locomotives, il demande Delprat.

— Il vient de partir pour Vierzon, lui répond un chauffeur, il sera de retour à 22 h 45.

— Trop tard, dit Maurice, pouvez-vous m'aider ?

Le chauffeur lui fait signe de grimper dans la machine.

— Nous ne pouvons plus rien faire, lui dit-il. Il y a eu trop de grabuge ! Après les événements de la nuit dernière, ils ont rameuté tous leurs chiens. La Milice a doublé ses effectifs et les gardes de Clermont couchent à la caserne à côté des Allemands. Un grand nettoyage se prépare.

— Et votre ami, le cuisinier ?

— Ils l'ont arrêté ce matin.

— Puis-je rester ici jusqu'au soir ?

— Naturellement, mais sois prudent, ne te montre pas. Ils peuvent contrôler à tout moment les effectifs de la compagnie.

À la nuit tombée, Maurice sort de son sac le béret et le blouson de milicien qu'il a conservé après sa première expédition. Il a deux pistolets cachés dans sa ceinture et le poignard en main lorsqu'il se glisse le long du Cher en face de l'hôtel de la Milice.

La pleine lune éclaire les quais comme en plein jour. Même à dix pas on peut reconnaître un visage. Le faux milicien prend la planque. « Ils ont reçu des renforts, je peux passer pour un nouveau venu, il suffit d'attendre l'occasion favorable. » Mais le sous-sol a l'air vide, pas une lueur ne filtre du soupirail, ont-ils déjà transféré les prisonniers ailleurs ?

Maurice réfléchit, il essaie d'imaginer les circonstances de l'arrestation des Nicoud. Les miliciens devaient être sur leurs talons. À peine venait-il de débarquer les parents de Nicoud dans la cour de la ferme du Tillou que les tractions étaient en bas de la côte, prêtes à les cueillir. « Je n'ai sans doute eu que le temps de remettre les gaz et de m'enfuir. Quelle ordure, ce Kopf ! »

À quoi bon avoir sauvé Roger Nicoud s'ils tiennent ses parents ?

Maurice observe le ballet incessant des hommes qui entrent et sortent de l'hôtel. Pas seulement des francs-gardes mais aussi des gardes mobiles casqués, le mousqueton à l'épaule. Les gradés viennent prendre les ordres. À l'évidence, une opération se prépare. Un convoi de camions approche et s'aligne le long du quai : ce sont les gardes de la caserne. Quand le jour se lèvera, Maurice sait qu'ils partiront tous. La cour de l'hôtel regorge de voitures noires immatriculées en dehors de l'Allier. Les miliciens, après l'affaire des réfractaires et la manifestation de la gare, sont venus de partout : Montluçon entre dans leur zone de guerre. Maurice ne peut espérer renouveler son opération de commando seul et sans allié dans la place. C'est courir à l'échec.

Pourtant il s'entête parce qu'il ne peut accepter l'idée de laisser Roger Nicoud devenir orphelin. Il se sent coupable de ce malheur et refuse de le considérer comme inéluctable. Aux coups de sifflet, les gardes se regroupent, s'installent dans les camions. Les tractions avant démarrent. « Ils vont attaquer le maquis », se dit Maurice affreusement partagé. En gardant la planque jusqu'au départ des miliciens, il ne peut venir en aide à ceux de Bourdesoule. S'il quitte la place, il abandonne les Nicoud à leur destin. Il choisit de rester.

Cette fois, Gaubert ne commet pas l'imprudence de laisser l'hôtel sans surveillance. Ils sont assez nombreux dans le couloir pour décourager toute agression : l'un d'entre eux fait les cent pas devant la façade. Maurice se déplace le long du quai, s'engage vers la rue Barathon pour observer les arrières. La petite porte de la cuisine est gardée. Impossible de pénétrer dans les lieux par surprise.

Maurice déteste les jeux de hasard. Il ne joue jamais aux dés ni aux courses. La boule du casino des Bains exerçait sur ses camarades une fascination qu'il n'a jamais éprouvée. Ils se faufilaient au contrôle pour entrer sans payer. Était-il si drôle de voir des ouvriers endimanchés perdre en quelques heures leur paye de la semaine ? Sinistre piège qui ne laisse au sort que le rôle d'un huissier. Personne ne peut jamais gagner. Maurice sait qu'il est dans une situation comparable. Il n'a pas de martingale dans sa manchette. En aurait-il une qu'il ne pourrait la tenter. On ne lui en laisserait pas le temps. Il sortira de l'hôtel de la Milice, s'il en sort, aussi vidé qu'un manœuvre de Saint-Jacques quittant la boule.

Pourtant, il entre sans réfléchir, sa mitraillette en bandoulière, imitant le pas d'une sentinelle.

— Macarelle ! lui dit le garde en faction devant l'entrée. Que fais-tu ici ?

— Le tour de l'hôtel. C'est la consigne !

Le garde lui tourne le dos pour reprendre sa ronde. Maurice en profite pour progresser à l'intérieur. Ils sont trois dans l'entrée devant les portes des bureaux. Seule la descente de l'escalier n'est pas surveillée. D'une démarche qu'il s'efforce de rendre naturelle, il s'y dirige.

— Où vas-tu ?

— Voir les prisonniers.

Il sort un papier de sa poche et l'agite devant lui :

— Transfert à la caserne. La Gestapo est arrivée !

Le milicien éclate de rire.

— Il y a belle lurette qu'ils ne sont plus là. Le chef les a fait transférer à la gare. Ils sont partis pour l'Allemagne avec un convoi qui venait de Brive. Montre-moi ton papier !

— Je le reconnais, s'exclame un garde aux larges épaules.

Maurice l'identifie tout de suite : c'est celui que Depichon a assommé. Vite ! Sortir de là ! Sauter dans la rue, courir jusqu'au Cher et disparaître dans la brume.

Il n'a pas réagi assez tôt. Une seconde d'hésitation et les miliciens prennent l'avantage. Deux hommes lui barrent la porte, impossible de fuir par la cuisine. Maurice grimpe l'escalier du premier étage tandis que ses poursuivants s'empêtrent dans le passage trop étroit. Il ouvre une fenêtre pour sauter dans la rue, et se reçoit durement sur le ciment. Il s'endolorit la cheville et court en boitant jusqu'au Cher. Un des hommes part à sa poursuite, ameuté par les cris qui viennent du premier étage. Par la fenêtre ouverte, un tireur ajuste Maurice.

— Ne le tue pas. Gaubert le voudra vivant ! C'est un terroriste.

Les balles crépitent. Maurice réussit à plonger dans le Cher. Il va s'échapper. Tous les gardes sont sur le parapet, le fusil ou la mitraillette à la main.

— Au pont Saint-Pierre, vite !

Maurice ne reparaît pas en surface, à croire qu'il s'est noyé. Les miliciens observent les bulles, le bouillonnement des trous d'eau, arrosant de rafales le moindre remous suspect. Ils dévalent vers la berge, sous le pont, sautent dans les barques, manœuvrent en travers des piliers et organisent un barrage infranchissable.

Maurice, en fait, nage à contre-courant, reprenant son souffle à chaque minute pour replonger. Il remonte la rivière au lieu de se laisser porter. Exténué, il arrive enfin deux cents mètres plus haut, le long des pieds de la passerelle métallique qui rejoint le quartier de la gare aux Fours-à-Chaux. Il distingue dans la brume une silhouette sur une barque et s'approche à petites brasses. Il se hisse sur l'embarcation, s'empare des rames et, malgré les protestations du pêcheur, gagne aussitôt en amont le pont du chemin de fer. Il escalade le tablier, se retrouve sur le ballast. Une équipe est au travail pour resserrer les boulons sur la voie. Il se joint aux hommes penchés sur les traverses. Personne ne lui pose de questions. Il est sauvé.

IX

L'EXÉCUTION

Gaubert s'étonne, en localisant le maquis des Espagnols sur la côte du Châtelard, qu'il ait pu s'implanter sur un espace aussi dénudé. Seuls les genêts et les fougères poussent sur ces croupes fauves de granit qui s'étalent au soleil d'août. De la Côte-sous-Beaulieu à celle du Sémaphore, des Piques au château de Plaix, à perte de vue, des landes désolées, des fourrés de ronces et des buissons d'aubépines. Quelques arbres le long du Lamaron, ce ruisseau qui se jette dans le Cher en traversant, à Montluçon, le quartier du Diénat. Rien qui ressemble aux futaies de chênes de la forêt de Tronçais, autre repaire de résistants.

Le seul secteur propice à l'installation d'un camp est une sorte de bocage à bouchures épaisses, impénétrables, entre les Boulades et les creux des Landiers, qui s'épaissit en forêt dense autour du hameau de Bourdesoule.

— Ils sont là, dit Gaubert en pointant le lieu sur la carte. Aucun doute !

Le bouclage de la zone est réglé avec soin. Les gardes mobiles prennent position à l'ouest le long de la route des Ferrières, installant des barrages au Landier. À l'est, les bords de l'étang et le hameau des Rochats sont tenus par la Milice. Les habitants des Boulades, enfermés dans une grange, ne peuvent aller avertir les maquisards. Gaubert les prévient, menaçant :

— Un fuyard et je mets le feu à la paille !

Les femmes terrorisées égrènent des chapelets à genoux dans le foin. Les gosses grimpent sur les gerbes, repérant les trous qui permettraient de s'échapper. Les parents les rattrapent et les tancent : veulent-ils se faire tuer ?

Par bonds successifs, des équipes s'approchent de Bourdesoule. La progression est plus rapide sur la route des Ferrières. Gaubert, au pied du chêne, dirige son pistolet vers la cime de l'arbre :

— Un observatoire ! dit-il en désignant la plate-forme dissimulée dans les branches maîtresses. Ils ont dû nous voir arriver.

Il fait renforcer la garde sur les côtes du Sémaphore. Les routes sont surveillées et les campagnes ouvertes du côté de Montluçon balayées par les tractions. Le vallonnement du Lamaron permet de s'enfuir dans les broussailles du sous-bois et de rejoindre par Belle-Cassagen et le Boutillon la route de Montmarault. Gaubert multiplie les positions sur cette route, à l'entrée des villages du Châtelard et de Sainte-Agathe barrant l'accès à Montluçon. Ainsi les Espagnols ne pourront se replier sur le Cher. S'ils gagnent cette zone, tous les espoirs sont permis, ils tombent dans le piège. D'autres unités, venues de Nevers, sont en place pour les cerner. Mais Gaubert rêve de les prendre au nid.

Il insulte deux miliciens qu'il surprend à grignoter du saucisson.

— À plus tard les agapes, nous donnons l'assaut !

Les fusils-mitrailleurs crépitent. De toutes parts les hommes sortent des fourrés pour encercler le hameau de Bourdesoule. On lance des grenades contre les vitres. Pas de réaction. Les maisons semblent désertes. Gaubert entre dans une ferme où le couvert est mis. La soupe cuit dans la cheminée et l'eau bouillante fait déborder les marmites. Les habitants sont partis, mais où ?

— Ils sont cachés dans les coteaux, chef. Le capitaine des gardes mobiles a fait des prisonniers. Le maquis leur avait donné l'ordre de fuir.

— Enfermez-les dans la grange avec les autres.

Ils poursuivent la fouille du hameau. Les maisons, mises à sac avec méthode, ne révèlent aucune cache d'armes.

Les hommes découvrent en revanche des celliers pleins de jambons et de provisions. On faisait donc bombance à Bourdesoule ?

— La ferme isolée dans la forêt ! dit Gaubert en repliant sa carte. Suivez-moi.

Deux tractions démarrent. Les hommes prennent position à cent mètres de la vieille bâtisse, craignant un piège. Un milicien traverse la cour une grenade à la main, il la lance, brise les vitres de la grande salle déserte.

— Comment ont-ils pu s'enfuir ?

Un des gardes ramène un prisonnier qu'il pousse devant lui à coups de crosse. C'est un vacher en blouse et sabots. Un vieil homme qui pourrait jouer de la vielle aux noces tant il ressemble à Guillaumin, le poète paysan de l'Allier. Sa barbe grise cascade jusqu'à sa ceinture.

— Il n'a pas voulu partir pour que les bêtes ne meurent pas de faim. Il dit que les autres ont pris la fuite hier soir à la tombée du jour. Dans la direction des Tilleuls.

— Demande-lui s'il a vu des motos.

Un milicien questionne le vieux en patois. C'est la seule langue qu'il comprenne.

— Oui, répond-il, il y avait une moto.

— Une seule ?

Il n'y en avait qu'une, il en est sûr, elle a failli écraser les poules en partant.

Gaubert s'interroge : qu'est devenu le second motard, celui qui a réussi l'opération-surprise à Montluçon ?

Une voiture apparaît au loin sur la route de Landier. Quand elle les rejoint, un homme voûté, large d'épaules, s'en extrait avec difficulté.

— Nous avons été attaqués, dit-il, par le même type.

— Vous l'avez arrêté ?

— Non, il a pris la fuite.

Fou de rage, Gaubert entre dans la ferme par la porte soufflée à la grenade et ressort en hurlant :

— Nom de Dieu ! Venez voir !

Ils se précipitent, arrosant la pièce de rafales. Devant la cheminée, un cadavre est pendu à la poutre maîtresse. Gaubert a reconnu Auguste Kopf. Le buraliste alsacien ne dénoncera plus personne au bourg. En lettres de sang sur l'écriteau accroché à sa poitrine figure le verdict prononcé contre lui :

TRAÎTRE

Revêtu d'une pèlerine à capuchon de cheminot, Maurice remonte le long des voies jusqu'à la gare désormais surveillée par les gardes mobiles. Il rejoint la rotonde, sa cheville enflée le fait souffrir atrocement. Delprat est là, examine aussitôt la jambe du fugitif.

— Ils me recherchent dans toute la ville.

Maurice s'est écroulé sur un tas de charbon. Son oncle sort de sa poche une flasque de goutte, le jeune homme en boit trois gorgées et les couleurs lui reviennent.

— Peux-tu me cacher avec Roger dans la ferme de Chante-Alouette ?

— C'est trop risqué, ils multiplient les contrôles et tu dois voir un médecin. Nous en avons un sûr, au dispensaire. Il te recevra, mais tu dois quitter la ville immédiatement après.

— Comment attendre jusque-là ?

— Viens avec moi.

Il aide le garçon à grimper dans la cabine d'une locomotive. Maurice s'agrippe à la tringle de cuivre.

— Monte sur le tender.

À la pelle, Delprat dégage un espace dans la réserve à charbon. Une cage apparaît où un homme peut prendre place à condition de s'asseoir.

— J'ai passé une fillette la nuit dernière, une petite juive qui venait de Paris. Je te conduis à Eygurande où les camarades te prendront en charge. Pour ta moto, elle t'attendra bien au frais. Mais il faut d'abord soigner ta cheville.

Mais Maurice change d'avis. Il ne veut pas se planquer, il veut repartir.

— Rien de cassé, dit-il brusquement, elle se remettra toute seule. Ma moto ! Je vais tenter une sortie, c'est encore en selle que je souffre le moins. Redescendons !

— Comme tu voudras, dit Delprat, enfonce-toi dans le side, je vais conduire.

— Pas question ! Tu n'as pas à prendre ce genre de risque. Je m'en tirerai, sois sans crainte !

Déjà Maurice a sauté sur son engin. Il rentre la tête dans les épaules, et prend rapidement de la vitesse.

Au premier barrage de gardes mobiles à la sortie des Islets, les hommes casqués ont à peine le temps d'ajuster qu'il escalade le trottoir et accroche un bec de gaz qui défonce le flanc du side. La machine poursuit sa course et tourne aussitôt dans une rue transversale. À l'aise dans ce quartier qu'il connaît bien, Maurice longe le Cher, et franchit la rivière avant le barrage de Lavault-Sainte-Anne. Les autres ne sont pas motorisés et il a de l'avance.

Tenté un instant de piquer sur Chante-Alouette pour revoir Roger Nicoud, il renonce. Le fou de Malicorne devient raisonnable et se dit qu'on ne peut toujours avoir la chance avec soi en franchissant les chicanes. Il éprouve le besoin de retourner au bourg, c'est encore là-bas qu'il sera le plus en sécurité. Il songe à la meilleure des caches, celle que Cerinelli lui a montrée autrefois. Sur l'un des bas-côtés de l'église, une échelle de fer est fixée contre le mur. Pour s'en servir il faut la faire pivoter sur un axe d'acier après avoir brisé le cadenas qui en interdit l'usage. On peut alors grimper sur le toit d'une absidiole et gagner la base du clocher roman. Maurice se rappelle avec exactitude la porte de chêne qui ouvre l'accès au bâti de poutres et de planches sous les cloches. Les ouvertures aux quatre points cardinaux permettent de surveiller les accès et d'observer les routes et la campagne. « On deviendrait sourd si l'on restait là pendant que je sonne les cloches », avait dit Cerinelli. Bah, je me boucherai les oreilles ! Maurice oublie sa douleur et pense à Avelina qu'il va bientôt revoir.

Miraculeusement, l'opération réussit. Pour ne pas emprunter la grande route de Montluçon sillonnée par les tractions de la Milice, il rejoint Bloux par la Goutelle et les Quatre-Sous et s'engage sur le sentier qui longe les ravins. Il progresse avec peine sur le chemin très étroit, met parfois pied à terre pour dérouler les fils de ronces qui bloquent les moyeux en brodant dans les rayons une tapisserie aux mailles serrées. Grimpant ensuite par Chantemerle, il retrouve les pistes des jeux interdits de son enfance et cache le side au pied du château d'eau. Toujours dissimulé sous son capuchon de cheminot, il descend par le quartier des Bains, son sac rempli de grenades en bandoulière. L'échelle ne lui résiste pas longtemps, il l'escalade avec difficulté, et se couche sur les planches où il s'endort comme une masse. Au matin, les cloches de Cerinelli le réveillent, le bedeau n'avait pas menti, le bruit est intolérable.

C'est lui qui remarque la mauvaise position de l'échelle et le cadenas fracturé. Il va aussitôt voir Avelina et lui confier :

— Nous avons de la visite... Attention, je ne veux pas être compromis dans des histoires de maquis, je peux fermer les yeux, c'est tout. J'en parlerai au curé Vigouroux.

Il ne peut garder pour lui un secret qui met le brave homme en danger de mort.

Avelina escalade l'échelle avec souplesse. Presque aussitôt elle redescend pour courir jusqu'à la pharmacie Martin.

— Vite, donnez-moi de la pommade et des bandes, Gaspard s'est foulé la cheville !

Elle fait un pansement serré au blessé qu'elle oblige à croquer de l'aspirine. Elle le soigne et le dorlote. Le front brûlant, les yeux éteints, il se laisse faire sans se plaindre. Il songe aux parents de Roger Nicoud, partis pour l'Allemagne, entassés dans un wagon à bestiaux. Dès qu'il pourra marcher, il se jure de retourner au maquis et, s'ils ne veulent pas attaquer la Milice, il ira seul tout faire sauter avec la dynamite du vieux ! Au besoin, il sautera avec !

Avelina lui éponge le front de son mouchoir et tente de l'apaiser. Ils restent ainsi un jour et une nuit l'un contre l'autre.

Vers midi, le deuxième jour, ils entendent claquer une portière juste en dessous du clocher, sur la place.

— La Milice ! Ils sont quatre et demandent des renseignements à l'épicier, va voir ce qu'ils veulent...

Maurice, hagard, peut à peine se redresser sur les coudes.

— Ils prennent la rue Blaise-Pascal, ils montent en haut du bourg.

Devant la maison rose au fond de l'impasse des Étrangers, c'est le jour de la cérémonie des pâtes. Tous les ans, au mois d'août, les Italiens dressent sur des tréteaux des tables improvisées aux surfaces parfaitement lisses et brillantes, comme laquées.

Les deux familles sont réunies dans l'allégresse. Les Battesti sont au complet, le père aux fourneaux. La petite Laetitia approche ses boucles blondes du haut de la table où Emma et sa mère Clara étendent la pâte au rouleau jusqu'à recouvrir entièrement la surface huilée d'une mince couche qui sent bon le pétrin. Le vieux Pincio s'est mis de la partie. Ils ont malaxé la pâte jaune sortie toute chaude de la cuisine. Laetitia attrape au passage, de sa main potelée, les brins de pâte qui dépassent pour les porter à sa bouche avec des mines gourmandes. Les femmes chantent et Battesti lui-même fredonne les vieux airs de Toscane. Il sort les couteaux à lame brillante pour découper les losanges des lasagnes et les longues lanières des fettucine. Catarina les encourage bruyamment. Le père Gardot, qui descend à son jardin en poussant sa brouette, hoche la tête en silence. Croient-ils donc la paix revenue ?

Les cris et les rires s'arrêtent d'un coup. Plus personne ne bouge ni ne parle. Les hommes en bleu marine surgissent. Deux d'entre eux pointent des mitraillettes.

— Qui est Emma Pincio ?

La malheureuse n'ose répondre. Les mots s'arrêtent dans sa gorge.

Gaubert s'avance, menaçant. D'un coup de botte, il renverse un tréteau de la table. La pâte glisse à terre. Laetitia, terrorisée, pousse des cris déchirants. La Catarina insulte les hommes en portugais.

— Je veux interroger tout le monde.

Sans ménagement, les hommes poussent les Italiens dans la pièce basse où la grande lessiveuse de Catarina bout sur des charbons ardents. Emma est interrogée la première.

— Tu vois ces braises ? lui dit Gaubert. Je vais te faire danser dessus pieds nus si tu ne parles pas. Es-tu la cousine de Roger Nicoud ?

— Si, répond la petite.

— On dit OUI en français ! hurle Gaubert.

— On dit non, dit Catarina, ce n'est pas sa cousine, c'est sa tante.

— Si tu ouvres encore la bouche, je te plonge la tête dans la lessiveuse, compris ?

En gémissant, Catarina s'effondre. Elle est révoltée de voir les miliciens piétiner à plaisir la pâte fraîche. Le père tient Laetitia dans ses bras mais ne peut l'empêcher de hurler. Gaubert fait signe à Battesti de se retirer dans le jardin avec toute la famille. Il entraîne Emma dans la cuisine pour l'interroger seule.

— Je n'ai pas vu ma sœur depuis des mois. Crébert, c'est loin et elle ne vient jamais au marché.

Le conseil du vieux Labourdette était bon. Cette petite Italienne tremblante a peut-être la clé de l'énigme, elle connaît sans doute le terroriste qui est l'ami de son neveu. Peut-être sait-elle où il se cache ? Kopf n'est plus là pour confirmer les accusations du vieux et les gendarmes ne lui diront rien. Seule Emma Pincio peut lui parler de Maurice, l'ami de Roger Nicoud.

— Je veux les sauver, dit-il conciliant, lui et son ami. Tu peux me faire confiance, j'ai tiré d'affaire plus d'un de ces jeunes gens qui étaient entre les mains des communistes. Si la bombe avait explosé au marché couvert, des dizaines d'otages auraient été fusillés en représailles. Les Allemands auraient peut-être rasé le bourg. Tu vois jusqu'où peut aller leur inconscience.

Emma n'ose regarder la brute à la voix doucereuse. Elle ne répond pas quand il lui demande si elle connaît Maurice.

— Dangereux ami, ce Maurice !

On entend des cris dans le jardin. C'est un des miliciens qui s'« amuse » avec Clara. Gaubert est furieux. La petite allait parler peut-être. Elle rentre dans sa coquille.

— Je vais être obligé de te mettre en prison si tu n'es pas plus bavarde. Personne ne savait que Maurice et ton neveu étaient copains. Sauf toi peut-être.

— C'était au temps de l'école, dit Emma en pleurant.

— Tu vois que tu te souviens ! Se sont-ils revus depuis ? Sont-ils venus ici, chez tes parents ?

— Jamais, dit Emma vivement. Je voyais passer Maurice en moto, comme tout le monde.

— Avait-il d'autres amis ?

— Non, pas d'autres garçons, c'était un sauvage.

— Et les filles ?

Emma rougit jusqu'aux oreilles. Gaubert pense qu'il a deviné juste. Elle a des larmes dans les yeux, son émotion n'est pas feinte. Assurément, Maurice a dû la prendre en croupe sur sa moto.

— Tu as de mauvaises fréquentations, lui dit-il. Où est-il ?

La petite reste de nouveau silencieuse. Ses tremblements la reprennent. Gaubert sait qu'il n'en tirera rien. Il la pousse vers l'impasse.

— Aux voitures ! crie-t-il aux autres, embarquez-moi la gosse ! À Montluçon, elle parlera !

Catarina, hors d'elle, se plante en travers du chemin.

— Tu es un monstre, dit-elle à Gaubert. Son frère est mort au champ d'honneur. J'irai voir le maire, il écrira au Maréchal. On lui dira tout ce que tu as fait.

Un des voyous bouscule la pauvre femme. Un autre la gifle et l'envoie rouler à terre.

— De la part du Maréchal ! lui dit-il.

Impossible de retenir Maurice. Il imagine trop bien la suite des événements. La Milice embarquera tous les étrangers de l'impasse…

— C'est trop de malheur, dit-il à Avelina, laisse-moi passer.

Il parvient à se relever. C'est pour apercevoir par l'ouverture du clocher les tractions avant noires reprendre la route de Montluçon.

— Laisse-moi refaire ton pansement, j'irai tout à l'heure dans l'impasse, tu vois bien qu'il est trop tard pour agir, ils sont déjà repartis. Tu ne peux rien tenter. Cette cachette est sûre. Tu n'as pas le droit d'en sortir tant que tu ne peux pas marcher.

Avelina a le cœur lourd. Elle voudrait aussi savoir vers quel nouvel objectif sont partis les miliciens. Ils sont capables d'arrêter sans mandat, de prendre en otages tous les membres d'une famille. Elle tremble pour Emma. Qui a dénoncé ? Qui cherchent-ils ? Avelina n'ose pas avouer ses craintes mais comprend que Maurice les partage.

La fièvre est la plus forte, à peine a-t-elle fini de masser la jambe qu'il s'allonge, de nouveau vaincu. Il se rend compte dans son accablement qu'il ne peut rien seul contre la machine à détruire dont il a déclenché la mise en marche. Qui peut arrêter la Milice, sinon les Espagnols ? Où sont-ils ? Comment les joindre ? Il ne connaît pas les emplacements des maquis du Cher. Seul le maire Guéret pourrait l'aider…

— Calme-toi, lui dit Avelina. Dès que tu dormiras, j'irai aux nouvelles.

Un bruit les fait sursauter. Les pierres du chemin résonnent sous la roue cerclée de fer d'une brouette. Avelina la reconnaîtrait entre mille. C'est Catarina. S'allongeant sur les poutres du clocher au risque de tomber, elle aperçoit le visage de sa mère. Maurice aussi s'est relevé avec difficulté, il réprime à chaque pas une grimace de douleur. Ils n'osent appeler Catarina qui regarde droit devant elle, les yeux fixes. Son chignon est défait.

— As-tu vu sa joue ? dit Avelina en pleurant, ils l'ont battue !

Du moins ne l'ont-ils pas arrêtée…

— Je vais me rendre, dit Maurice avec une résolution qui achève d'affoler la jeune fille.

— Crois-tu en avoir le droit ? Tu as allumé la mèche pour faire sauter toute la ville. Ils ne se contenteront pas de t'éliminer. Ils te tortureront. Ils arrachent les ongles, crèvent les yeux. Tu parleras, tout le monde parle. Ils voudront tout savoir pour démanteler le maquis. Tu n'es qu'un fil dans le labyrinthe. Tu donneras le maire Guéret et Gamet et tous ceux qui aident la Résistance au bourg. Tu donneras même Bourgois. Ils obtiendront tout de toi avant de te jeter dans le

Cher, lesté d'une pierre autour du cou. Nous ne comptons pas pour eux. Ils sont dans un autre monde, celui des gangsters. Rien ne peut les faire reculer.

— Ils peuvent mourir aussi, dit Maurice.

On entend de nouveau le bruit de la brouette, cette fois Catarina n'est pas seule. Les gendarmes l'accompagnent. Ils remontent vers la rue Molière.

— Je dois aller voir, dit Avelina.

— Je t'accompagne.

Elle se jette sur lui, l'oblige à s'étendre et martèle sa poitrine de coups de poing.

— Tu ne feras rien, plus rien. Tu n'existes plus ! Considère-toi comme un prisonnier. Il n'est plus question de te laisser agir seul. Je verrai les gendarmes et le maquis. Tu obéiras.

— Es-tu folle ?

Maurice, le rouge aux joues, tente un dernier effort et retombe lourdement sur les planches.

— J'ai toujours agi seul et personne ne m'empêchera de poursuivre, jusqu'à la mort s'il le faut. Pourquoi serais-je épargné ?

— Tu penses encore que ta mort peut tout arranger. Ne suis-je rien pour toi ? Veux-tu que je meure aussi ? Je vois bien que tu médites un autre exploit. Encore un exploit. Veux-tu réussir ta mort parce que tu n'as pas réussi ta vie ?

— Je suis responsable de trop de malheurs, dit Maurice. Je dois payer.

— Trop facile. Est-ce toi qui as inventé la Milice ? Est-ce ta faute si une bande d'assassins s'est abattue sur ce pays ? Pourquoi paierais-tu ? Kopf a payé, c'était un traître. Il méritait la mort. Tu es un combattant et tu n'as de dette qu'envers moi. Tu dois vivre, Maurice, pour que je puisse toujours te regarder dans les yeux. Tu me dois ta vie, entends-tu ? Parce que je t'aime !

Elle l'abandonne pour se laisser glisser le long de l'échelle de fer. Maurice, résigné, l'attend. La fermeté d'Avelina a eu raison de lui. Il remet son destin entre les mains de celle qui vient de lui déclarer son amour. Non qu'il renonce entièrement à ses obsessions, mais elles se brouillent momentanément sous les assauts du regard clair d'Avelina. Pour combien de temps ?

Cet infâme sentiment de culpabilité le tenaille toujours avec autant de force.

Enfant, il refusait sournoisement de répondre aux appels de sa mère pour le goûter de quatre heures. C'est à dessein qu'il laissait refroidir le chocolat fumant. Il trouvait tellement exquise la peau alors constituée à la surface du lait qu'elle expliquait son retard. De ce goût si simple, il ne s'était jamais ouvert à sa mère qui s'indignait de l'indifférence apparente de son fils à l'égard du précieux Banania qu'elle se procurait avec tant de difficulté.

Que lui reprochait-il donc en refusant d'obéir ? De se soumettre, de ne pas résister au manchot ? De l'associer, faute de courage, à sa servitude ? Il ne pouvait supporter de voir ses parents réunis. Témoin de trop de drames, il redoutait l'orage dont sa mère sortait toujours humiliée. Lui en voulait-il encore aujourd'hui d'être morte trop tôt ? Pourtant Avelina lui avait souvent répété qu'il ne devait pas se sentir coupable de ses attitudes extravagantes ni de ses provocations. Ainsi étaient les orphelins : pour attirer l'attention des cieux vides, des visages qu'on ne voit plus, ils devaient parler plus fort que les autres pour être entendus dans l'audelà, même s'ils soupçonnaient que l'autre côté du miroir était désert.

Avelina tarde à revenir. Maurice voit passer la Juvaquatre qui file dans la direction de la rue Molière.

Il est temps qu'ils se dérangent, ceux-là ! Ont-ils seulement montré le bout de leurs képis pendant la visite des miliciens ? Que peuvent-ils au malheur des Pincio ? Le régime qu'ils servent disparaîtra tout comme sa mère, à force de tout accepter. Pourtant Pélissier est courageux – sa mère aussi l'était –, elle l'avait protégé jusqu'à son dernier souffle... Pélissier aide le maquis avec les moyens dont il dispose, mais ils sont maigres et le gendarme ne peut braver le diable.

La fièvre baisse. Maurice tient désormais debout, ce qui lui permet de surveiller la place. La juvaquatre repasse. Plissant les yeux, Maurice reconnaît par la vitre arrière le chignon noir de Catarina. L'ont-ils arrêtée? Depuis le passage de la Milice, personne n'ose sortir, les magasins restent fermés et nul ne se risque dans les autobus. La population est terrorisée. Il entend enfin la porte de chêne grincer sur ses gonds rouillés. Avelina est de retour, la mine décomposée.

— Les gendarmes ont ramené Emma chez elle.

— Où l'ont-ils trouvée?

— Sur la route, du côté du Pérassier. Elle m'a tout raconté. Les miliciens l'ont conduite à la carrière. Ils ont appelé ton père et lui ont demandé s'il avait jamais vu cette fille avec toi. « Non, a-t-il répondu. Je la reconnais, c'est Emma, une macaroni de la maison rose. Ce n'est pas elle qu'il fréquente mais une petite Portugaise qu'il balade sur sa moto. La mère de la dévergondée est laveuse au bourg, vous la trouverez facilement. » (Avelina marque une pause...) Il paraît que Gaubert a dit alors : « Je la pincerai ! » Ensuite, il a poussé Emma si fort qu'elle est tombée sur le gravillon et s'est blessée aux jambes. Il l'a abandonnée à la carrière, puis il a rejoint une autre traction dont le chauffeur est sorti en disant que le maquis était repéré sur la route de Villebret. Ils sont partis en vitesse et le vieux a chassé Emma à coups de pierres. Il a même menacé de lui tirer dessus si elle ne disparaissait pas sur-le-champ.

Maurice écoute les propos d'Avelina sans qu'un muscle de son visage ne bouge. Il pâlit seulement encore un peu plus.

— Où est ta mère? demande-t-il d'une voix blanche.

— Les gendarmes l'ont arrêtée avec Gaspard, pour vol de véhicule et chapardage. C'est un prétexte. Ils veulent m'enfermer moi aussi pour me mettre hors d'atteinte des bandits.

— Nous ne pouvons rester ici plus longtemps, dit Maurice, s'ils attaquent le maquis, je veux en être. Je peux marcher et je n'ai plus de fièvre.

Elle le regarde en s'apitoyant comme le faisait sa mère.

— Tu n'iras pas loin. Cherchons un autre endroit. Je vais demander à Guéret.

— Guéret lui-même se cache. Tu ne le trouveras plus. Il a peut-être quitté le pays, c'est un gros poisson qui ne peut prendre de risques s'il ne veut pas finir comme son ami Marx Dormoy.

— Je peux demander à Gamet ?

— C'est un commerçant, répond Maurice, il a pignon sur rue. Il est aussi vulnérable qu'un patron de bateau. On peut le ruiner quand on veut. Il peut aider le maquis mais il ne faut pas lui demander de mettre en danger son territoire.

— C'est bien, dit Avelina, je ne vois qu'une seule solution, rester avec toi.

— J'ai mon idée. Mais tu dois d'abord me rendre un service.

Elle le regarde, il ne prend pas tant de gants d'habitude pour l'entraîner dans ses folies… Il doit avoir un plan précis.

— Je peux conduire la moto mais je ne peux guère marcher, enchaîne-t-il. Je crois savoir que tu te tiens bien en selle… La Milice n'est plus en ville, je t'attendrai derrière l'église. Va chercher le side, je l'ai caché au château d'eau, et reviens vite !

La descente du clocher est périlleuse, mais il y parvient seul à force d'énergie. À peine est-il à terre qu'elle est de retour, un sourire triomphant sur les lèvres.

— Monte dans le side, lui dit-elle un peu moqueuse.

— Je ne suis pas un grand blessé…

Elle fait rugir le moteur et Maurice se hâte sans chercher à discuter.

— Où dois-je conduire Monsieur ?

— Tu entreras dans le parc de l'hôtel Depichon par le portail bleu.

Depichon le lui a dit souvent : « Si tu as un problème grave et que nous sommes séparés : va voir ma mère ! » Il se souvient qu'il doit alors sonner d'une façon particulière en lançant le message SOS, trois brèves, trois longues, trois brèves. La mère de Depichon est admirable, elle les accueille avec chaleur.

— Tu travailleras comme lingère, dit-elle à la petite. Je t'engage immédiatement. Va mettre ta blouse blanche. Tu t'appelles désormais Rosier, Jacqueline Rosier. Je te ferai faire des faux papiers, mais il ne faudra pas sortir de l'hôtel.

Maurice remercie avec effusion la dame qui s'éloigne le temps qu'ils se fassent leurs adieux.

— Je ne te verrai plus, dit Avelina en larmes, et tu le veux ainsi. Pars sans te retourner. Personne ne peut se mettre en travers de ton chemin.

— Je serai là avant que le jour ne se lève, tiens-toi prête. Nous irons nous cacher du soleil dans les bois de Tigoulet !

Elle n'est pas dupe de cette dernière bravade, se doute de ses projets, mais ne veut pas en être indigne.

— Prends ma croix, dit-elle en détachant de son cou sa chaîne d'or. Elle te protégera puisque je ne puis plus rien pour toi.

En trombe, il avale la côte de la mairie et met pleins gaz pour descendre sur Pérassier. Il s'engage sur le chemin pierreux de la carrière. Plus de chien à redouter, il ne se cache pas du vieux qu'il compte intimider de sa seule présence, il l'a toujours soupçonné de couardise. Depuis l'affaire des frelons.

Quand il était enfant, son père lui demandait sans cesse des services, prétextant de son infirmité. Un jour, il avait exigé qu'il l'accompagne, muni d'une hachette pour briser un nid de frelons. De confiance, Maurice était grimpé dans l'arbre et, courageux, avait pulvérisé la ruche sauvage. Puis il était redescendu très vite, pas assez cependant pour éviter d'être piqué par les insectes rendus furieux par cette agression. Sa tête avait brusquement gonflé et il avait fallu aller d'urgence chez le docteur. Dès qu'il avait vu l'essaim sortir de l'arbre, le vieux s'était enfui à toutes jambes sans se soucier du sort de l'enfant. Maurice ne l'avait jamais oublié.

Il entre sans précautions dans la carrière, décrit une courbe et se gare droit devant la baraque. Le vieux, qui somnole sur sa couchette, n'a pas le temps d'attraper son fusil que, déjà, Maurice a fracturé le nouveau cadenas de la cabane aux explosifs, ouvert la porte, fait sauter le couvercle des caisses. Il saisit plusieurs bâtons et les enfouit dans sa chemise. Labourdette s'approche, Maurice le bouscule violemment mais sa cheville blessée freine sa fuite. L'autre abaisse le canon :

— Rends immédiatement ce que tu as volé ou je tire !

Maurice s'exécute, le vieux hésite une seconde et ajoute :

— Rentre dans la cabane !

Maurice obéit sans dire un mot. Le manchot tente de l'enfermer, peste en voyant le cadenas forcé. Il le fouille.

— C'est bon, lui dit-il, les mains sur la nuque !

Maurice a le temps de s'emparer d'une pioche et la lui jette à la tête. L'autre esquive le coup mais se trouve déséquilibré. Maurice lance alors une poignée de sable au visage de son père qui jure et appelle à l'aide. Comme si quelqu'un pouvait l'entendre !

Maurice s'empare du fusil, vide la culasse, puis entre dans la baraque poursuivi par le vieux qui s'essuie les yeux. Maurice ouvre le tiroir de la table et se bourre les poches des cartouches qui y sont rangées avec soin. En sortant, il évite de justesse la main de fer qui s'abat vers lui. Il grimace de douleur en courant vers sa moto. Une fois en selle, il s'aperçoit qu'il repart sans prendre la dynamite. À pleins gaz, il fonce et décrit des cercles qui rendent l'autre fou de rage impuissante, pile devant la cabane. Il a tout juste le temps de s'emparer de nouveaux bâtons. Labourdette se dresse devant le side, un couteau dans sa main valide. En reprenant sa bécane, Maurice s'avise qu'il a oublié les cordons de mise à feu, il retourne et trouve la force d'esquiver l'attaque de son père qui se fend, couteau en avant. Maurice peut s'enfuir quand l'autre bute sur des planches et s'écroule.

Il prend la route de Montluçon, il n'a jamais eu l'intention de rejoindre le maquis. Il estime qu'il a un compte plus urgent à régler.

Avec Gaubert, le chef de la Milice.

Le sang aux yeux, les vêtements déchirés, couvert de terre et de poussière, Labourdette se redresse péniblement et fouille dans son gilet à la recherche du numéro de téléphone de la Milice que lui a confié Kopf. Il veut prévenir tout de suite Montluçon, sûr que Maurice va faire sauter l'hôtel du Quai.

Pressé, Labourdette n'a pas le temps de monter au bourg. Quel est le téléphone le plus proche ? Celui du docteur Finalet, le maire vichyste, sa villa est en bas des Billoux. Il enfourche la vieille bécane oubliée là jadis par un ouvrier étranger. Les pneus pleins, le guidon haut, elle peut encore rendre service. Il fait quelques mètres et tombe : « Je n'y arriverai pas. Peste soit ce maudit bras ! » Écumant, il prend sa canne et s'engage sur le chemin des Billoux. Il connaît un raccourci par le ruisseau à gué. « Le Polier n'est pas le Cher, pense-t-il. Il suffit de s'accrocher aux branches basses des saules pour entrer dans le lit. » Dans sa hâte, il néglige d'enlever ses chaussures, l'eau glacée le surprend.

Il se présente, ruisselant, maculé de boue, chez le docteur Finalet.

— Où est le téléphone ? rugit Labourdette.

Le docteur regarde le vieil homme. Les cheveux de travers, les yeux fous, il fait peur.

— Avez-vous été attaqué ?

— Oui, par un terroriste. Donnez-moi la ligne. C'est urgent.

Le docteur actionne la manivelle.

— Je suis Labourdette, l'ami de Kopf. Mettez-vous immédiatement en état de défense. Un terroriste se dirige vers vous en moto. Il a son sac bourré de dynamite !

— Pouvez-vous me dire son nom ?

— C'est mon fils.

Maurice, pour anéantir l'hôtel du Cher, sait qu'il ne peut compter sur l'aide du maquis, qui pourtant a réussi à échapper à l'opération d'encerclement montée par les forces lavalistes. Nul ne sait où il se trouve.

La décision du blond motocycliste n'est nullement entachée d'un désir de gloriole, il ne cherche pas à éblouir quiconque. Son dessein ? Sortir – par la violence – d'une situation dont il se sent responsable et qui aboutit à la liquidation froide, délibérée, de tous ceux qu'il aime. Seule une réponse individuelle lui vient à l'esprit. Il ne demande à personne de tenter ce qu'il croit nécessaire : l'élimination de tous les monstres au nid. Est-il suicidaire ? Nullement. Il compte bien s'en tirer. Pour réussir, il doit cependant s'avancer jusqu'au bord le plus extrême du risque.

Il coiffe le béret bleu marine puis définit avec soin son entrée dans la ville. Pour éviter les chicanes des gardes mobiles, il fonce de Lavault-Sainte-Anne vers l'étang de Sault, évitant les Islets. L'après-midi torride a-t-il provoqué un relâchement dans la vigilance des miliciens ? Il n'en croise aucun sur son parcours. Qui sont les baigneurs de l'étang ? Des recrues de Darnand ? Nus, ils plongent et s'éclaboussent joyeusement. En fait, ce sont les Allemands de la garnison qui n'accordent aucune attention au side-car longeant la digue. Ce n'est pas leur affaire d'assurer l'ordre. Ils saluent au contraire Maurice de signes de la main, comme pour l'inciter à les rejoindre. Ils le prennent pour un milicien.

Maurice tourne dans les rues étroites des Guinebert et du Bien-Assis, les quartiers ouvriers où les passants, se méprenant comme les Boches, le regardent de travers. Il plonge dans la Ville-Gozet mais évite les usines Dunlop, placées sous surveillance : elles travaillent pour l'occupant. C'est au passage à niveau qu'il s'engage résolument sur le ballast jusqu'au pont du chemin de fer. Il est à deux cents mètres de son objectif. Va-t-il attendre la nuit en préparant son coup ?

Il est hors de question d'atermoyer. Sa jambe le fait souffrir, sa cheville enfle de nouveau. De plus, si jamais les miliciens ont été prévenus, il ne doit pas leur laisser le temps de préparer un piège. Son unique chance est de les talonner, d'entrer derrière eux dans leur repaire. Alors ils sauteront.

Cette idée le galvanise. Il est trop pressé pour mettre au point un dispositif à retardement, comme font les artificiers dans les carrières : pas question de faire courir le fil le long du trottoir, de le placer dans les égouts. Ces attentats mijotés à petit feu sont l'œuvre des gens qui disposent d'un long délai, et qui travaillent en équipe.

« Tout doit sauter avant un quart d'heure », se dit-il.

Il descend de moto pour la hisser sur le talus qui surplombe la rue de l'hôtel. Ignorant les passants, il perd toute prudence. La coque du side est bourrée de bâtons de dynamite reliés les uns aux autres. Il suffit d'en mettre un à feu et de précipiter la moto en bloquant l'accélérateur. Le terrifiant brûlot entrera sans que personne ne puisse l'arrêter, par la grande porte, explosant à ce moment. Imparable.

Il a prévu de bondir hors de l'engin de mort à deux ou trois mètres seulement de l'objectif et de rouler comme un parachutiste qui se reçoit au sol, jusqu'au Cher. Une fois de plus, il compte sur le fleuve pour lui sauver la vie. S'il fait assez vite, il peut s'en tirer.

Pas de sentinelle à la porte de l'hôtel, il est vrai que les francs-gardes peuvent se trouver à l'intérieur.

La moto roule à cent à l'heure vers son destin. Il a dégagé sa jambe malade pour la faire reposer sur le réservoir. Il monte ainsi en amazone, prêt à sauter.

Le feu court le long du fil, le compte à rebours est amorcé. Dix, neuf, huit... Maurice égrène mentalement les secondes pour donner au tout dernier moment le coup de guidon décisif et d'un tour de rein se précipiter à terre.

Le fil d'acier tendu sur la route entre deux platanes par les hommes de Gaubert le prend de plein fouet. Le side déséquilibré se couche sur la chaussée projetant Maurice en l'air. Il a le temps d'apercevoir les miliciens en armes qui paraissent à toutes les fenêtres de l'hôtel, arrosant la moto de rafales. Une seconde encore et tout saute, dans un vacarme immense. La fumée obstrue la rue.

Maurice a roulé sur le gazon jusqu'au bord du fleuve. Il est blessé à l'épaule mais vivant. Lorsqu'il tente de se relever, ses jambes se dérobent. Il rampe alors, centimètre par centimètre. La poussière et la fumée le protègent encore. Non loin, fusent les ordres. Il n'est pas encore repéré. Garde-t-il une chance ?

— Prenez-le vivant ! hurle Gaubert, le visage en sang, la peau déchiquetée par les éclats de verre pulvérisé.

Dans l'hôtel encombré de gravats dont la façade a été en partie soufflée par l'explosion, les miliciens comptent les blessés, certains sortent titubants et se heurtent aux becs de gaz tordus et aux branches d'arbres entremêlées sur la chaussée. Dès que la fumée se dissipe, les valides partent vers le fleuve à la recherche du terroriste. Au moment où Gaubert s'approche des berges du Cher, revolver au poing, un de ses hommes a déjà tiré.

— Imbécile, crie Gaubert, j'avais dit : Vivant !

— Il allait s'enfuir, répond l'homme. Il était déjà sous l'eau.

Maurice, étendu la face vers le ciel, les bras en croix, semble regarder les nuages. Il a un trou rouge au milieu du front.

X

LA VENGEANCE

La voix du curé Vigouroux emplit la nef quand il chante le requiem sous les voûtes de l'église tendues de noir, devant le bourg rassemblé. Pour une fois tous les hommes sont présents. Tous écoutent, nu-tête, l'œil embué, le chant profond de la messe des morts.

Avelina n'est pas au banc de la famille et, devant le catafalque, personne ne semble avoir osé s'asseoir. Est-ce la crainte de la Milice ? Elle a rendu le corps pour qu'il soit enterré au cimetière du bourg. L'attention n'est pas innocente. En surveillant le cortège, Gaubert veut sans doute repérer les familles amies ou les compagnons de Maurice.

Emma ne peut supporter la vue de ce banc vide. « Il s'en va comme il a vécu, songe-t-elle. En solitaire. Qui aura le courage de tenir les cordons du poêle ? Ses frères de combat sont absents, son père l'a dénoncé et sa mère est au ciel. » Elle jette un regard implorant sur les hommes debout derrière les quatre cierges d'argent. Qui s'avancera ? Le maire Guéret a pris le risque d'entrer dans l'église où il n'avait pas mis les pieds depuis quarante ans, et s'il n'a pas gagné le rang de tête, ce n'est pas par couardise, c'est qu'il ne veut pas, seul, représenter la famille et nuire à la mémoire du mort. Ont-ils assez insinué que Labourdette n'était pas le véritable père de Maurice !

Le chant a cessé. Dans un silence impressionnant, le curé marche vers le catafalque pour dire l'absoute.

« Au baptême, se dit Emma, il avait un parrain et une marraine, comme tout le monde. Où sont-ils ? »

Devant le premier banc, Vigouroux a un bref instant d'hésitation, comme s'il regrettait lui aussi ce vide. Une femme en noir, le visage recouvert d'une voilette, s'avance seule et se place devant le corps. Emma reconnaît Mme Depichon, à qui aussitôt les Italiens ont emboîté le pas : les Pincio, les Battesti et même la femme de Risalto, tous sont là. Deux silhouettes voilées viennent s'asseoir.

Lorsqu'elles relèvent leur crêpe pour se signer, le visage du prêtre marque un grand étonnement : c'est la première fois que les épouses des Espagnols pénètrent dans son église.

L'odeur lourde de l'encens pique les yeux de Boudou qui affiche un vague courage de façade. L'homélie de Vigouroux est sans emphase. Les femmes sanglotent lorsqu'il rappelle l'enfant perdu du bourg et le souvenir de sa mère. Les hommes se redressent lorsqu'il évoque le combattant des ombres. Guéret fronce les sourcils quand le curé implore la clémence du ciel pour les tortionnaires, comme le Christ a jadis pardonné aux soldats de Rome.

L'âme de Maurice illumine déjà l'abside. Ainsi brillent les flammes au jour de Pentecôte, annonçant la résurrection des morts.

Une traction noire stationne sous les platanes quand Cerinelli, Rémi, Gamet et Bourgois lèvent le corps. Les hommes en bleu épiant derrière les vitres fermées n'interviendront que s'ils reconnaissent un maquisard dans l'assemblée. À les voir ainsi odieusement embusqués, tous ceux qui n'étaient pas à l'église décident de rallier le cortège en une manifestation muette qui entraîne toute la ville soudée derrière Maurice. En bleu de travail, Renaud le charron côtoie Picavet qui n'a pas retiré sa blouse grise, ni même le crayon qu'il porte d'habitude sur l'oreille. Le père Gardot a planté sa brouette dans le chemin des Billoux pour suivre le vieux Mortagne que l'on reconnaît à ses cheveux blancs, juste derrière le corbillard. Autour d'eux cheminent les veilleuses du bourg, précédées par les gendarmes en uniforme, Pélissier en tête, qui a tenu à paraître. Ils ont laissé au poste la Catarina qui s'est engagée à ne pas sortir. Rompant sa promesse, elle n'a pu s'empêcher de courir au lavoir où doit nécessairement passer la procession, pour voir Maurice une dernière fois.

Lorsque le cortège fait son entrée dans le cimetière à la suite du curé qui porte haut la croix et des enfants de chœur vêtus d'aubes noires, un frémissement parcourt l'assistance : les maquisards sont là, cachés derrière les tombes. Ils sont cinq ou six : le jeune Depichon, Delage l'apprenti plombier et l'Espagnol Gomez qui surveille la route, planqué au coin du mur, la mitraillette prête. Vigouroux marche toujours d'un pas égal, comme s'il n'avait rien vu. Les garçons se fondent rapidement au groupe des femmes en noir, pressés par une véritable marée. Impossible de les distinguer, ils sont à l'abri dans la foule qui reprend ses enfants et les cache. Les femmes défilent d'abord devant la tombe refermée, jetant chacune des fleurs. Le fossoyeur a fiché dans la terre meuble une croix de bois blanche, avec la photo de Maurice en son cœur. Les hommes passent à leur tour, s'inclinent la mine grave, gagnent la sortie et se dispersent rapidement.

Plus tard, dans le cimetière déserté, le fossoyeur revient à la tombe pour dégager les fleurs à la fourche et faire place nette. Avec un hochement de tête, il laisse accrochée à la croix une poupée de tissu habillée d'une robe de mariée, sa couronne de fleurs blanches épinglée sur ses cheveux de laine. Il entreprend de taluter sur la fosse la terre brune et friable mais s'arrête, saisi : le visage d'Avelina le regarde. Elle s'est allongée sur la tombe. Avec ses ongles, elle a creusé la terre pour s'en recouvrir, comme font les enfants quand ils s'ensablent sur les plages. Seule, sa tête dépasse, qu'elle veut achever d'enterrer.

Le fossoyeur s'affole, pousse des cris en cherchant à la dégager.

— *Não... Deìxa-me morrer !*

Elle a oublié le français et se débat avec horreur.

Catarina, du lavoir, entend l'homme en difficulté. Elle accourt aussitôt, découvre la scène. D'un geste, elle écarte le fossoyeur :

— Laisse-la. Tu ne comprends pas qu'elle veut mourir aussi ?

— *Sirn, sim,* dit la jeune fille... *Deìxa-me morrer... Em quero a minha boneca.*

Agenouillée auprès de sa fille, la laveuse lui caresse le visage, prend sa tête sur ses genoux en chantant une mélopée à voix très basse.

Dorme, dorme meu menino
De noite nasce a lua
Quai será o teu destino
Que sorte será a tua.

La petite ferme les yeux et s'endort. Catarina fait alors signe à l'homme d'approcher sa brouette. Elle dépose doucement, sur les planches blanchies et rongées par les lessives, Avelina qui dort les yeux ouverts, petite madone brésilienne dont les bras et les jambes traînent au sol, poupée désarticulée, image d'enfant morte.

À l'entrée de l'hiver, le maquis de la côte du Châtelard s'est reconstitué autour de la ferme de Bourdesoule. Fernandez refuse du monde : les réfractaires au STO sont chaque jour plus nombreux, mais les armes restent rares, en dépit de quelques parachutages. La Triumph de Maurice a retrouvé toute son ardeur, délestée du side encombrant. Depichon conduit seul la monture qui n'a rien perdu de ses reflets de pourpre et d'argent. Remplacé, Maurice était-il oublié ?

Les miliciens ont quitté Montluçon. Une simple antenne d'une dizaine d'hommes reste en place, uniquement occupée à « traiter » les dénonciations. Ils pourchassent en ville juifs et communistes clandestins. Les autres, avec Gaubert, ont pris le chemin du plateau de Millevaches pour traquer des réfractaires constitués en armée secrète.

Au maquis, on commence à parler sérieusement du débarquement. L'homme de Londres, ce colonel venu d'Amérique, fait de nouveau la tournée des popotes, insistant sur l'urgence d'un entraînement adapté à l'attaque. Fernandez découvre avec volupté le plastique dont il enseigne l'utilisation à ses hommes chargés de détruire systématiquement ponts, voies ferrées et standards téléphoniques. L'Américain recommande encore de scier les arbres pour barrer les routes et de couper au ras du sol les poteaux de téléphone. Les maquisards mènent une enquête approfondie à la poste pour localiser tous les départs de lignes et les moyens de bloquer les communications dans toute la région. On entre dans la préparation directe de la vraie guerre.

Le représentant des Alliés ne peut dissuader l'Espagnol de poursuivre dans le pays une action terroriste destinée à tenir la population en haleine et l'empêcher de trahir. L'exécution du buraliste Kopf était l'œuvre de Fernandez et il prévoit d'autres châtiments.

Grâce à la complicité des gendarmes, le maquis devient plus opérationnel. Pélissier signale les réservoirs d'essence et leur contenance. Fernandez, renseigné sur les dates de livraison des citernes à la sous-préfecture, monte des attaques-« surprises » pour rafler le carburant de l'administration, et peut alimenter désormais plusieurs véhicules : la Delahaye flambante de nickels neufs de l'épicier Boudou, la Rosengard du docteur Finalet sont réquisitionnées. La seule traction avant du bourg, mise spontanément à la disposition du maquis par l'hôtelier Durieux, a été repeinte par le fils Pélissier aux couleurs françaises du camouflage, en kaki et marron sombre. Les véhicules font l'objet d'un traitement spécial chez le charron, qui accepte de monter des plaques d'acier dans les portières et sur la lunette arrière, pour protéger les occupants des balles. Fernandez imagine aussi de construire une véritable automitrailleuse mais il doit renoncer : aucun moteur standard ne peut traîner une telle masse de ferraille.

« Le printemps de 1944 sera celui de la liberté ! », scande-t-il volontiers pour en persuader ses hommes. Il est assez satisfait des jeunes qui montrent beaucoup d'ardeur dans les opérations d'attaques-surprises des banques, des bureaux de tabac et des offices postaux. Depichon travaille avec Risalto et le Polonais Tomola avec Delage. L'Espagnol affectionne ces associations contre nature, alliant un bourgeois des Bains à un Calabrais analphabète, un mineur de fond à un fils d'artisan du bourg. Ce brassage lui semble de bon augure pour la préparation du grand coup de balai que sera la Libération.

Depichon n'a pas oublié Roger Nicoud, l'ami de Maurice. Il décide un jour d'aller voir Delprat à Montluçon afin d'avoir des nouvelles du jeune homme qui a été engagé au chemin de fer, avec de faux papiers.

Là, il apprend les circonstances exactes de la mort de Maurice.

— À deux secondes près, il pouvait réussir, raconte le cheminot aux tempes grises. Les miliciens n'avaient pas prévu l'attaque suicidaire à la russe. Ils avaient tendu leur fil d'acier trop près de l'hôtel.

— Quel fil d'acier ?

— Celui qui a culbuté la moto. Elle est partie comme un boulet, vers la porte cochère, pendant que Maurice était éjecté.

— Il était donc attendu ?

— Trahi, oui ! Les miliciens étaient sur les dents. Gaubert espérait prendre Maurice vivant. Ses hommes ont sans doute manqué de sang-froid. Quand ils ont vu la moto arriver droit sur eux, ils se sont rendu compte qu'ils allaient tous sauter. Ils ont tiré.

— A-t-on retrouvé des fils tendus de l'autre côté de la route ? Ils ne pouvaient prévoir que Maurice viendrait par la voie ferrée.

— On a retrouvé un fil, du côté du pont. Il y en avait un autre dans la rue Barat. Gaubert avait tout prévu. Il avait sûrement été renseigné par un coup de téléphone.

Ébranlé par les révélations de Delprat, Depichon se jure de découvrir le dénonciateur. Mais Fernandez ne lui en laisse pas le temps. Les missions succèdent aux opérations de sabotage et l'emploi du temps du jeune homme n'accorde aucune place à la vengeance.

Avelina est toujours sous la protection de Mme Depichon. Elle n'a plus de raison de se cacher mais ne peut rester chez sa mère, qui pleure toutes les nuits. Elle ne veut pas oublier Maurice, tout au contraire, elle veut être libre de penser à lui sans cesse, dans la solitude et le recueillement. Elle passe des journées entières sans prononcer une parole et refuse de s'exprimer en français. Mme Depichon respecte sa volonté d'isolement.

Un jour pourtant, elle descend dans le hall, prise de remords, et trouve Mme Depichon tout de noir vêtue et prête à sortir.

— Je vais à l'église. Veux-tu m'accompagner ? J'ai fait dire une messe anniversaire pour Maurice.

Elle n'aurait pas mieux traité sa fille. Avelina l'a suivie en silence. Tout en prières, sur le banc marqué au nom de la famille, les larmes qu'elle ne peut retenir l'apaisent.

— Allons au cimetière, dit Mme Depichon. Tu verras la plaque que je lui ai fait graver.

Avelina reste immobile. Au bout d'un moment, elle se laisse entraîner vers ce lieu où elle n'a jamais, jusqu'ici, souhaité revenir. À quoi bon ? Le souvenir de Maurice est en elle. Elle s'applique à conserver l'image, le son de la voix aimée, à lutter contre l'oubli. Le cortège, le défilé de l'enterrement l'avaient rendue folle : que tout le bourg fût d'accord pour enterrer Maurice lui avait semblé insupportable. En jetant sur son corps ces pelletées de terre, en le vissant dans un cercueil, on l'empêchait de revenir, on manifestait la volonté de l'enfouir, de l'éliminer du monde des vivants…

Il semble à Avelina que seule la petite Mme Depichon garde le désir de se rappeler. Avelina la prend par le bras et la suit dans l'allée aux graviers immaculés. La tombe est là, recouverte d'une dalle de marbre, dont elle se fait expliquer le « ci-gît » de l'épitaphe aux lettres d'or. Elle ne comprend pas que Maurice soit un gisant, comme le chevalier de Malte. L'image de la statue perdue dans la lande la rassure. Si l'on avait représenté en pierre son Maurice bien-aimé, assurément, c'est elle qu'il fixerait pour l'éternité, de ses yeux grands ouverts.

— Croyez-vous qu'il nous voie ? demande-t-elle à voix basse à la vieille dame.

— Il reviendra, répond simplement Mme Depichon en pressant le bras de la petite de sa main gantée de noir.

Elle a fait graver « Mort pour la France », entre deux drapeaux tricolores, au bas de la pierre tombale. Avelina est insensible à cette manifestation de courage, Maurice est mort pour elle, parce qu'il l'aimait.

— Il est parti comme un fou, dit-elle sur le chemin du retour. Il craignait que la Milice ne vienne nous chercher, ma mère et moi, puisqu'ils avaient arrêté Emma et les parents du petit Nicoud. Il me savait en danger et ne pouvait supporter cette idée. C'est pour cela qu'il est mort.

Mme Depichon ne pousse pas aux confidences, mais Avelina veut tout dire.

— Il me jurait qu'il partait pour le maquis et qu'il reviendrait bientôt. Mais lorsqu'il m'a accompagnée chez vous pour m'y cacher, j'ai bien compris qu'il allait chez son père.

Elles traversent la place de l'Église, et la petite garde sa main sur le bras de sa maîtresse, comme une servante de tragédie.

— Le ciel est rouge, grommelle la Mémette en les voyant passer. Il va pleuvoir du sang.

La cloche sonne comme un glas. Midi déjà. Au volant de la Juvaquatre garée sur l'emplacement des autobus montluçonnais, Pélissier suit des yeux les silhouettes noires.

— Elles viennent du cimetière, dit-il au brigadier Belin. Crois-moi, l'affaire aura des suites. Souviens-toi de l'exécution de Kopf.

— Ils l'ont tué à chaud, dans l'action, répond l'autre. Aujourd'hui, il est trop tard. Le plat de la vengeance serait froid.

— Je n'en suis pas sûr. Il y a des gens qui n'oublient pas.

De retour à l'hôtel, Mme Depichon a la surprise d'y trouver son fils.

— Quelle imprudence ! En pleine ville ! Tu n'aurais pas dû.

— Je voulais vous embrasser et j'ai pris le risque de venir jusqu'ici. C'est le seul qui me soit agréable.

Avelina, qui s'est penchée à la fenêtre, reconnaît la haute silhouette du Calabrais Risalto posté en face.

« Ils ne sont pas venus pour rien, songe-t-elle. C'est une expédition. S'il voulait seulement embrasser sa mère, il serait venu seul. »

— Avelina, dit Depichon, je voudrais vous parler !

Discrète, sa mère a quitté la pièce.

— Que vous a dit Maurice lorsqu'il vous a quittée, le jour du drame ? Qu'il allait au maquis, n'est-ce pas ?

Avelina ne répond rien. Si elle a parlé spontanément à sa mère, elle n'a même pas envie de regarder celui qui monte la moto de Maurice.

— Je sais bien que l'évocation de ces souvenirs vous est pénible, mais nous avons besoin de savoir.

Elle tourne la tête. Pourquoi parlerait-elle à un étranger des derniers moments qu'elle a connus avec Maurice ? La prend-il pour une servante ? Il est là, planté dans la pièce à la questionner comme si elle avait volé de l'argenterie. Brusquement, elle a envie de s'enfuir chez Catarina, de planter là ces beaux bourgeois. A-t-il senti sa réticence ? Sa voix devient plus douce, plus persuasive.

— Si j'insiste, Avelina, c'est que nous avons l'intention de retrouver l'assassin de Maurice.

C'est donc cela ? Le commando de la vengeance ! C'était avant qu'il fallait l'aider, qu'il aurait dû réagir, le beau jeune homme, pour sauver Maurice. Il ne peut plus rien pour lui. À quoi bon lui parler !

— Je ne sais rien, déclare-t-elle, butée. Vous devriez voir Emma.

— Nous n'en avons pas le temps. Mais pourquoi parlez-vous d'Emma ? Pensez-vous qu'elle connaît l'assassin ?

— Vous voulez dire : le dénonciateur ?

Elle jette un coup d'œil par la fenêtre où Risalto monte toujours la garde. Elle aime bien le Calabrais. C'était un vrai compagnon pour Maurice.

— Réfléchissez, dit Depichon. Celui qui a donné Maurice ne doit pas en donner d'autres.

Elle ne s'est pas trompée. Ils sont en mission de liquidation. Comme ils ont fait pour Kopf.

— C'est la guerre, poursuit Depichon. Les dénonciateurs sont comme des tireurs qui tuent dans l'ombre. Il ne faut pas les laisser vivre.

Ce n'est pas pour venger Maurice qu'ils se sont ainsi dérangés, mais pour la Cause, celle qui l'a tué. Oh ! pourquoi Maurice et elle ne sont-ils pas restés cachés dans la tombe du chevalier de Malte ? Pourquoi n'a-t-il pas voulu cueillir les baies de genièvre et les fraises sauvages ? Pourquoi est-il mort ? Pourquoi celui-là s'apprête-t-il à mourir à son tour ?

Depichon respecte son silence. Sans doute peut-il deviner les raisons de sa réticence. Brusquement, il lui prend la main.

— Il faut me croire, Avelina. Nous ne sommes pas ici en service commandé. Personne ne sait au maquis que je suis venu vous voir.

Pour la première fois, elle jette les yeux sur lui. Qu'il est jeune et touchant, avec son visage de fille, ses boucles brunes sur le front, ses joues presque imberbes et le duvet qui ombre ses lèvres de statue grecque. S'il n'a pas reçu d'ordre, pourquoi a-t-il entraîné Risalto dans cette aventure ?

— Il faut me croire, Avelina, insiste Depichon en lui serrant cette fois les deux mains. Nous ne pouvons supporter, Risalto et moi, la mort de Maurice. Nous voulons le venger et nous y parviendrons, avec ou sans votre aide.

Elle se laisse gagner par la chaleur des mains qui l'étreignent. A-t-elle le droit d'enlever à ce jeune homme une passion qui l'honore, de refuser l'amitié qu'il lui offre ? À trop vouloir garder pour elle seule le souvenir de Maurice, elle le condamne. Il faut qu'il vive aussi dans le cœur des autres. Alors, elle parle.

— Lorsque les miliciens ont arrêté Emma, ils l'ont conduite à la carrière, voir le vieux Labourdette. Maurice était blessé. Je le soignais dans le clocher de l'église. Il n'a pas supporté ce qu'a raconté Emma à son retour : le vieux avait révélé que Maurice avait une amie portugaise. J'étais la prochaine victime désignée, c'est pour cela qu'il est parti.

— Où est-il allé ?

— N'en avez-vous vraiment pas idée ? Où croyez-vous qu'il ait pris les bâtons de dynamite qu'il avait dans son side-car ?

Dans sa villa des Billoux, Finalet fait ses préparatifs. Ses valises bouclées, il prendra l'autobus de Montluçon. Rémi doit l'accompagner avec sa charrette pour les bagages. Le docteur a décidé de quitter le bourg. Il regarde sa montre, le train de Nice est dans deux heures, il a juste le temps.

Veuf, Finalet aurait pu rejoindre depuis longtemps ses enfants établis dans le Var, mais il prenait au sérieux la charge de maire que lui avait confiée le Maréchal. Cet ancien major des armées se croyait encore au front, sous les ordres du vainqueur de Verdun. Les crimes de la Milice et l'invasion de la zone libre l'ont fait réfléchir. Il ne veut pas avoir sur la conscience ces arrestations qui se multiplient dans la commune. Encore moins les assassinats. Que d'autres prennent sa suite, il déserte. Il a écrit une belle lettre de démission qui est déjà partie pour Vichy : raisons de santé.

La sonnette n'a pas retenti, et pourtant son basset aboie furieusement. Rémi serait-il déjà arrivé ? Finalet n'a pas le temps de se pencher à la fenêtre que déjà deux hommes ont grimpé l'escalier, forcé la porte et fait irruption dans la pièce, revolver au poing :

— Vous partez en voyage, docteur ?

Il reconnaît le petit Depichon et respire. Il l'a vu naître. Pourquoi le menace-t-il de son arme ?

— Nous avons quelques questions à vous poser.

— Dépêchez-vous alors. Je n'ai guère le temps.

— Allez-vous à Vichy ? ironise Depichon. Le Maréchal attendra. À moins que vous n'ayez décidé d'abandonner votre poste ?

Le docteur lui jette un regard furieux. Pas lui ! Pas Depichon, le fils d'un héros de la guerre ! Comment a-t-il pu devenir un terroriste ?

— Il faut nous parler avec franchise, lui dit le jeune homme qui n'a pas rengainé son arme. Ou nous allons nous fâcher.

Des menaces ! Décidément, il a raison de s'enfuir. On aura tout vu ! L'enfant unique de la femme la plus respectable, la pieuse et riche Mme Depichon, dans sa villa un revolver à la main comme un voleur de bijoux ! Brusquement, il se souvient de l'exécution de Kopf. Ils seraient capables de le tuer. Finalet risque un œil furtif sur le visage fermé de Risalto. Ces gens-là ne plaisantent pas !

— Que voulez-vous savoir ?

Les vengeurs ne sont pas venus chez le maire par hasard. En consultant l'annuaire téléphonique, ils ont repéré les abonnés les plus proches de la carrière. Le vieux n'a pu téléphoner de la gare, les fils étant coupés. Personne ne l'a vu au garage Demarais. La seule possibilité était la villa du médecin-maire.

— Qui a téléphoné de chez vous pour prévenir la Milice, le jour de l'assassinat de Maurice ? Est-ce son père ?

Finalet est terrorisé, mais pas encore à genoux. S'il répond au jeune homme, il condamne. Il se souvient parfaitement du jour où Labourdette est entré chez lui, épuisé par sa course, les yeux hagards. Il a suivi la communication téléphonique. C'est bien la Milice qu'il appelait. C'est bien son fils qu'il dénonçait !

— Allez-vous parler ?

Il est soudain devenu muet, effrayé par sa responsabilité. En sortant de chez lui, ils vont tuer.

— C'est vous qui paierez pour lui, si vous cherchez à le protéger. Vous avez fermé les yeux sur trop de crimes. Nous devrions aussi vous juger. Votre tour viendra. Ayez au moins le courage de dire ce que vous savez.

S'il parle, il ne sera qu'un déserteur complice de l'assassinat d'un ancien combattant. Son compte est bon à Vichy. Ils lui enverront la Milice. La situation est sans issue.

S'il se confie à ces deux-là, du moins le laisseront-ils tranquille. Le vieux fou de la carrière n'avait pas besoin, après tout, de dénoncer son fils.

— C'était Labourdette, dit-il dans un souffle.

Il s'assied, effondré, sur sa valise. Depichon l'abandonne. Risalto crache à terre et sort sans se retourner.

Pour s'enfuir plus vite, Finalet aide Rémi à pousser la carriole. Il ne veut pas rester une minute de plus dans le pays dont il est maire. Il est convenu qu'il attendra l'autobus en bas de la côte de la mairie pour que les gens du bourg ne le voient pas déserter. Depichon le regarde s'éloigner le cœur serré. Son père avait toujours dit que le docteur avait fait plus que son devoir pendant la dernière guerre. Qu'il se déshonore ainsi attriste le jeune maquisard.

« Cette guerre, se dit-il, ne laissera personne indemne. C'est de l'intérieur que les hommes souffriront le plus. »

En revanche, il n'a aucun scrupule à châtier Labourdette. Celui-là avait choisi une fois pour toutes de faire payer au monde entier, et d'abord à sa famille, les souffrances qu'il avait endurées au front. Des innocents devaient expier : sa femme, son fils. Il avait fini par désigner ce dernier aux coups des vengeurs. Il ne méritait aucune pitié. Personne ne l'avait entraîné dans le sadisme. Depichon n'était pas loin de penser qu'un être aussi monstrueux que Labourdette ne pouvait être qu'une invention du diable. Comment croire encore qu'il pût être une créature de Dieu ? Même sa pieuse mère ne devait pas en être très sûre.

Au maquis, on ne se soucie plus de venger Maurice. Depichon est seul avec Risalto à poursuivre le dénonciateur. Que l'infanticide échappe au châtiment lui semble inconcevable. On avait tué Kopf pour moins que cela. Labourdette doit mourir. Qu'on ne vienne pas dire qu'il sera jugé après la guerre. Il n'y croit pas. C'est tout de suite qu'il doit payer son crime.

Depichon a un doute. Osera-t-il tirer de sang-froid sur un vieil homme ? Longtemps après l'horrible forfait, aura-t-il le courage d'un exécuteur ?

Depuis la mort de Maurice, le manchot vit en état de siège. Il se claquemure dans sa baraque, poussant juste pour se ravitailler jusqu'à une ferme du Pérassier où il a ses habitudes. Encore la fermière refuse-t-elle de le servir de gaieté de cœur, après ce qu'elle a entendu dire. Un père qui dénonce son fils ne mérite pas le pain qu'on lui vend.

Il n'a plus revu les miliciens qui ne se montrent plus dans la région. Se sont-ils tous engagés sur le front de l'Est ? En l'absence de Kopf, Labourdette se sent isolé, vulnérable. Il est à la merci d'un raid des maquisards. Trois jours après l'affaire de l'hôtel de la Milice, il s'est caché dans le ravin de Pérassier. Il a construit une cagna, comme en 14, pour échapper aux représailles. Il ne veut pas finir pendu comme l'Alsacien. Ne voyant rien venir, il s'est progressivement rapatrié dans sa carrière, non sans multiplier les veilles et les longues factions sur le chemin des Billoux. Son chien Tarzan n'est plus là pour l'avertir en cas de danger. Il sait qu'un jour ils viendront pour le tuer.

Demander la protection du maire est illusoire : il a assez à faire pour se protéger lui-même. Les gendarmes sont acquis à la Résistance, le curé ne fera rien pour lui. On lui a jadis expliqué que les églises au Moyen Âge offraient le droit d'asile, qu'on pouvait y chercher refuge quand on était en péril de mort. Comment oser demander de l'aide au curé Vigouroux, alors qu'il n'a jamais mis les pieds dans sa nef ? Comment lui expliquer qu'il est menacé par les amis de son fils parce qu'il ne peut plus compter sur les secours de ses assassins ?

Le remords ne le hante pas. Pour se donner bonne conscience, il s'est habitué à penser que cet enfant n'est pas de lui. Il s'est dégagé du sentiment de paternité, accablant impunément son épouse, puisqu'elle n'est plus là pour répondre. Répondait-elle davantage quand elle était vivante et qu'il la traînait par les cheveux pour lui faire « avouer » sa prétendue trahison ? Pourquoi battrait-il sa coulpe ? Il a livré un vaurien à la police du Maréchal et il a bien fait. Qu'il passe pour son fils ne le gêne guère. Les autres ont assez longtemps répandu la rumeur de sa fausse paternité pour qu'il n'en récolte pas tranquillement, forfait consommé, les avantages. Maurice ne lui est rien. Il le rejette.

Après des semaines d'angoisse, il imagine un plan de défense qui le satisfait. Sur le sol, il dispose deux cordons longs d'une trentaine de mètres, reliés chacun à des charges de dynamite enfermées dans des caisses rectilignes. À la pelle, il réussit à répandre du gravillon sur les deux pistes devenues difficiles à repérer. Dans la baraque, il branche aux cordons des manettes de mise à feu. Il peut ainsi faire sauter l'ennemi en étant lui-même à l'abri, à condition que les planches de la cabane résistent au souffle. Faute de pouvoir expérimenter son système, il a eu l'idée d'allonger le cordon, et de disposer les charges plus loin de lui. Il découpe à la scie une série de meurtrières dans les rondins qui lui permettront de voir venir les assaillants, et il est paré pour son siège.

Il ne se rendra pas vivant. Chaque matin, il nettoie soigneusement son fusil et son revolver d'ordonnance. Il graisse la culasse, déplie la peau de chamois qui enveloppe les boîtes de munitions. Il imagine, mais renonce avec un peu d'amertume, de construire une cabane supplémentaire sur la colline pour observer les accès d'en haut. Il aurait piégé la baraque, pulvérisant l'agresseur. Il abandonne, parce qu'il ne se sent pas la force de scier des troncs d'arbres et d'ajuster des planches, avec un bras artificiel.

Oseront-ils le traquer dans son repaire, trois mois après les événements ? Personne n'est jamais venu du bourg lui rendre visite. Les légionnaires se font rares ou deviennent discrets, après la mort de Kopf. Chacun sent venir, avec des sentiments divers, l'heure de l'explication finale. On se doute qu'il y aura de la casse. Il est inutile de se faire remarquer. Ainsi pensent depuis peu l'épicier Boudou et le charron Renaud et parfois Martineau le marchand de biens. Si l'on faisait un référendum au village, le Maréchal ne recueillerait plus beaucoup de voix, à l'aube de cet hiver de 1943 où le pays apprend à maudire la Collaboration. Que les enfants Boudou commentent à l'école les nouvelles apprises la veille à la B.B.C. est le signe du bouleversement de l'opinion. Le grand chambardement approche. On ne donne pas un sou de la peau de Labourdette. Mais chacun reste prudent, car la Milice peut encore faire du mal. Des nouvelles tragiques viennent des maquis du Cher et du plateau de Millevaches. Les forces de répression déciment les résistants, démantèlent les réseaux. Les discours d'Émile Henriot, que le manchot écoute avec ravissement à son poste de radio, répètent que Laval est en train de gagner sa guerre contre les terroristes qui sont tous des communistes. La belle éloquence d'Henriot, qui adjure les jeunes de déserter les maquis, met du baume au cœur de Labourdette. On les pincera tous, les réfractaires, on les enverra en Allemagne !

Ces phases d'exaltation sont suivies de longues périodes de dépression. Peut-on croire aux « bobards » du poste ? Tous des menteurs ! Vichy comme Londres. Se fier à ce qu'on voit, à ce qu'on touche. Le vieux imagine de nouvelles défenses.

En avant des pièges, il ajoute des fils de fer garnis de clochettes, pour ne pas être surpris. Il retrouve les vieilles recettes des tranchées. Il installe un épouvantail à moineaux à la lucarne de sa cabane, un béret sur la tête, afin que les tireurs à jumelles, s'il y en a au maquis, se trompent de cible et lui laissent le temps de réagir. Il croit avoir tout prévu. Les Boches ne l'avaient pas eu. Les amis de son fils pouvaient venir !

Un matin clair de décembre, au jour fixé par Depichon et Risalto pour son exécution, il perçoit, au cours de sa ronde dans les chemins blancs de givre, un bruit de moto dans le lointain. Il braque aussitôt ses jumelles sur le chemin creux de Pérassier. Dans un trou de bouchure, il aperçoit une motocyclette dont les chromes d'argent et de pourpre brillent au soleil. Il la repère encore sur le carrefour des Billoux. C'est une hallucination ! Le garçon blond qui conduit nu-tête ressemble à Maurice comme deux gouttes d'eau. Il se tient comme lui penché sur le guidon. Peut-on revenir du royaume des morts ? Il se frotte les yeux : c'était un mauvais rêve. La moto a disparu.

Dans une grange qui domine le ravin, Depichon arrête son plan d'action et tente de convaincre Risalto qui ne répond que par monosyllabes. Il renonce à l'idée d'exécuter le vieux froidement à bout portant.

— Tu feras le guet dans le bosquet d'églantines, pendant que j'irai, à midi précis, quand il mange sa soupe, prendre les bâtons dans sa baraque. S'il sort, tiens-le en joue. Il ne doit pas réagir !

À la mine de Risalto, il comprend que le Calabrais aurait préféré l'égorger ou l'étrangler de ses mains, mais il maintient son point de vue.

— C'est bien, dit Risalto en prenant la garde. À midi !

Il scrute la baraque. Le vieux n'en sort pas. L'œil exercé du Calabrais aperçoit de temps à autre son ombre par la lucarne, et remarque les meurtrières ménagées dans les planches.

— Attention, dit-il à Depichon, il ne faut pas se montrer.

On entend les accents criards de Radio-Vichy qui polluent de chansons à la mode le silence de la carrière.

« D'l'autre côté d'la rue, y a une fille, y'a une belle fille »...

Risalto fait la grimace. Le vieux est-il réellement chez lui ? Pas de fumée à la cheminée.

— Il doit manger du singe, dit Depichon.

Il repère, autour de la cabane, des dizaines de boîtes de conserve vides, de couleur kaki, celle des soldats.

— Une livraison de la Milice, se dit-il dans un rictus.

À midi, le poste n'est pas éteint. Sans doute écoute-t-il les informations de Vichy.

— C'est le moment ! dit Risalto. Vas-y. Il ne peut rien entendre.

Le bruit de la radio couvre celui des pas. Depichon, courbé, gagne à grandes enjambées l'arrière de la baraque. Le vieux entend un déclic. On force de nouveau la cabane de dynamite. Un coup d'œil à la meurtrière. Dans le lointain, le guidon chromé de la moto, mal dissimulée dans le bosquet, luit. Il se garde de sortir. S'il se montre, ils le tireront comme un lapin.

Le bruit métallique discret se prolonge. Depichon a du mal à venir à bout du cadenas et de la chaîne. Il prend parti de tirer dessus au pistolet.

Le vieux ricane : « Cherche toujours ! Je t'aurai sur le chemin du retour, quand tu te croiras hors d'atteinte. »

Depichon fait enfin sauter la fermeture. La caisse est en place, mais les bâtons ne sont plus là. Son plan s'écroule, il devra exécuter le manchot d'une autre manière. Rien ne bouge dans la baraque. Le vieux n'a sans doute rien entendu, se dit Depichon à qui le son de la radio paraît assourdissant, même d'où il est. Le vieux doit être dur d'oreille.

Avant tout, poursuit-il, rejoindre Risalto. Ne pas se présenter au combat comme les Horaces et les Curiaces. Le vieux les tuerait tous les deux. Risalto, grand et costaud, ne sait ni ramper ni rouler sur le sol comme on l'apprend à l'exercice des commandos. Il est trop âgé. C'est à Depichon de sortir de la carrière pour combiner une nouvelle attaque.

Labourdette est aux aguets derrière sa meurtrière. Dès que son ennemi reparaît, à cent mètres sur le chemin des Billoux, il enfonce la manette, le cœur haletant. La charge sautera-t-elle ?

L'explosion est terrifiante. Il en rit d'aise. La poudre est aussi sèche qu'au temps béni du viaduc. Elle n'a rien perdu de sa puissance. Le souffle l'a jeté à terre. Le toit de sa baraque est arraché, les planches disjointes, mais à cent pas, dans le cratère d'où jaillissent des tonnes de pierrailles, quand la poussière retombe, il distingue les restes d'un jeune homme, quelques lambeaux de chair ensanglantée. Triomphant, le vieux sort de sa tranchée, le fusil à la main. Il l'a une fois de plus emporté. Ils ne l'ont pas eu. L'autre doit s'être volatilisé, lui aussi, le geyser a tout balayé.

Il s'approche sans méfiance. Risalto, choqué par le souffle, n'a pas perdu conscience. À plat ventre dans les fourrés, il a été sauvé par l'épaisseur de la bouchure. Il est seulement sonné par la retombée des cailloux. L'un d'eux, qui pèse bien trente livres, l'a blessé à la jambe. Dur au mal, il serre les dents. Il voit arriver le manchot, ses pas de danse indécents devant les restes du jeune Depichon.

— Approche encore, grince-t-il.

Le bruit de la culasse fait tiquer Labourdette. Vieille habitude des combats. Quelqu'un le guette, il en est sûr. Il se retourne brusquement, le fusil braqué.

— Tu vas mourir ! lui crie le Calabrais. Tu vas payer pour le mal que tu as fait. Prends la mort en face. C'est de la part de Maurice !

Le manchot n'a pas le temps d'épauler. La balle de Risalto le touche entre les deux yeux. Il s'écroule comme une masse.

Le Calabrais grimace en tirant sur sa jambe blessée. On peut voir l'os, à travers les chairs éclatées. Il marche vers Labourdette qui est tombé, face contre terre.

— C'est bien, je n'aurai pas à le retourner pour lui donner la mort des traîtres.

Il lui tire une balle dans la nuque, les yeux fixés sur le corps disloqué de son ami.

L'explosion a fait sauter en l'air la moto argentée. Risalto met le feu à l'essence qui s'en échappe sur les cailloux et attend immobile que tout disparaisse. Se servant de son fusil comme d'une béquille, il s'engage alors sur le sentier des Billoux.

Le Calabrais a les yeux humides, il a perdu un ami mais c'est un fils qu'il pleure.

La ferraille éparpillée qui se consume alentour lui rappelle qu'il ne reste plus rien au monde de Maurice, le fou de Malicorne.

LE MAGASIN
DE CHAPEAUX

LUNDI MATIN

Le chapelier chapeauté se découvre en franchissant les portes monumentales du passage de l'Hirondelle. Issu de la rue Gît-le-Cœur, ce coupe-gorge Renaissance, venelle sombre éclairée la nuit d'une lumière blême, ouvre sur les quais de la Seine. Le courant d'air de l'Hirondelle est généralement fatal aux couvre-chefs qui s'en vont rouler jusqu'à la fontaine du dragon de la place Saint-Michel.

Il est 9 heures et les Sita bruyants qui collectent les déchets de la veille n'ont sans doute pas réussi à virer dans l'impasse. Les poubelles du Caveau de la Goulue demeurent pleines et le chapelier, d'instinct, change de trottoir.

« Ils étaient encore ivres morts », se dit-il en écartant du pied les détritus amoncelés sur les marches du petit escalier qui mène à la place Saint-Michel. Débris de plâtre, verre brisé, préservatifs. Jusqu'à l'aube au cabaret, les officiers allemands saouls tirent au revolver sur les crânes dans lesquels le champagne leur est servi. Ils chahutent ensuite filles et garçons dans les coins sombres des Propylées et le creux des colonnes. « Le quartier devient plus malsain que Pigalle », regrette l'honnête commerçant.

Des hordes de chats miaulent et se bousculent d'une poubelle à l'autre, à la recherche des restes du festin. Ils sont déçus : s'ils tiennent la rue le jour, les rats géants venus de la Seine proche règnent en maîtres la nuit. Tout ce qui peut être rongé disparaît.

La place Saint-Michel est déserte, parcourue seulement par des groupes de cyclistes dont un couple d'hirondelles à casquette plate qui rentre au poste, bredouille. Rien à signaler cette nuit, comme les autres, dans les lacis puants de la pègre, du marché noir et de la fête parisienne. Relevant les pans de leur pèlerine bleu sombre, ils alignent leurs vélos le long du marbre de la fontaine, sans vergogne. Au poste, c'est encore l'heure du café. Une bonne odeur d'orge grillée et de tabac lourd les saisit lorsqu'ils pénètrent dans le bouge. L'un d'eux se frotte les mains.

— Ce matin, c'est le jour de la saucisse bretonne.

Les agents aussi « se débrouillent », ils ont pris goût au « système D », et même les défenseurs de la loi se rient des règlements. Chaque jour, les saucisses sèches, les fromages (parfois devenus croûtes ou nids de vers pour avoir trop voyagé) sont répartis au petit matin, en famille. Sans compter le butin que les îlotiers extorquent aux commerçants indélicats qui servent au noir dans leur arrière-boutique. Gare à ceux-là s'ils ont embauché, pour faire le ménage, des épouses d'agents. Jours pairs ou impairs, ils sont rançonnés. Le poste de garde est une roulante qui ne manque de rien. On y boit, les jours fastes, du Pernod de contrebande.

— C'est la guerre, dit le brigadier. Tout est de bonne prise.

Il serait en effet peu patriotique de livrer ces modestes butins à l'occupant qui regorge de tout, pas davantage aux chefs de bureau de la préfecture qui en feraient des choux gras. « Pas vu, pas pris », telle est la règle.

En ces matinées d'avril encore fraîches, les hommes ont gardé les manteaux râpés de l'avant-guerre. Il n'y a pas si longtemps, la Seine charriait des glaces, comme la Berezina. En regardant défiler les congères sous le pont Neuf, les anciens combattants constataient que, cette fois, les « frisés » étaient les seuls à déguster, là-bas dans l'Est. Ils en riaient sous cape en ajustant sous leurs chemises le papier journal qui tenait lieu de fourrure. Si Paris grelottait, les Allemands avaient les pieds gelés. Ils ne tiendraient pas un autre hiver. Les hôpitaux en étaient pleins à Paris, en banlieue, où ils séjournaient en convalescence. Avant de reprendre le collier quand les Alliés débarqueraient. Avant de revenir y faire un second séjour, déchiquetés par la ferraille américaine. On installait déjà pour eux, dans un studio de la rue Cognacq-Jay, une innovation qui courait Paris : la télévision. Tout était prêt pour le confort des futurs éclopés de la Wehrmacht.

Combien de temps résisteraient-ils ? Le chapelier, qui avait marché jusqu'à la limite de ses forces pour échapper en juin 40 aux camps de prisonniers, branchait chaque matin les émissions brouillées de la radio anglaise. Il écoutait, l'oreille tout contre le bois précieux et festonné du poste, de crainte que le voisin dont on ignorait les opinions ne dénonçât par lettre anonyme une pratique punie par les lois. Combien étaient-ils de commerçants du quartier, tous anticommunistes, à piquer des petits drapeaux quotidiens sur la carte du front russe, pour mesurer l'avance de l'armée Rouge ?

Le chapelier s'attarde. Toujours curieux de la vitrine des autres, il avise celle du naturaliste qui expose en vedette un nouveau renard empaillé à la queue arrogante. « Il revient de sa chasse en Sologne. Ils vont en bouffer du faisan, jusqu'à s'en rendre malades… » Pourtant, la chasse est interdite. Mais il y a des accommodements avec le ciel, et les braconniers solognots ne sont pas des manchots.

— Bonjour, monsieur Collignon, dit le chapelier au géant ventru qui le dévisage, soupçonneux, à travers les hublots de son pince-nez. Je vois que vous n'avez plus de faisans en vitrine, quel dommage ! Ils donnent de si jolies plumes pour les chapeaux Louis XI !

Drapé dans la dignité de sa blouse blanche immaculée, le naturaliste ne daigne pas répondre. Quand on est fournisseur de l'Institut de France et du lycée Fénelon, on ne prend pas langue avec un boutiquier, même s'il coiffe dames de professeurs et épouses d'avocats.

En face, le papetier Milet suit la scène du haut de ses douze marches, plein d'intérêt aussi pour Collignon qu'il taxe toujours des pires méfaits. « S'il pouvait empailler les rats de sa cave, il les vendrait aussi cher que des loups des Carpates. »

La voiture à glace stationne devant le restaurant d'angle. Le patron en gilet réceptionne les pains qu'on découpe sous ses yeux, pendant que ses chevaux piaffent, agacés aux fanons par le basset de la maison, un irascible roquet que le chapelier voudrait bien voir figurer dans la collection du naturaliste. Le glacier écarte l'animal d'un coup de pied, car un camion de la Wehrmacht a ralenti au carrefour, cherchant la route du Sénat.

— Ceux-là transportent du cochon, c'est sûr, dit-il au restaurateur.

— Du cochon sans tickets, lance l'autre avec mélancolie. Il paraît qu'ils les tuent dans les blockhaus et qu'ils les bouffent dans les salons du Sénat.

— Vous avez été invité ?

Le glacier regrette déjà ce bon mot. Il grimpe sur son banc et fouette son cheval. Il n'a confiance en personne.

Devant le magasin de chapeaux, Bacouche est arrivé le premier, comme tous les lundis. Le pied sur sa caisse de bois et sa courte échelle sur l'épaule, le petit Algérien laveur de carreaux patiente, le chapelier ne va pas tarder.

Il a seize ans, dix-huit peut-être, un âge approximatif, un nom sans prénom ou un prénom sans nom. En attendant tous les lundis matin l'ouverture de la boutique, il se demande comment les femmes de la guerre peuvent se coiffer des objets bizarres et encombrants qui trônent dans la vitrine. Ce chapeau de chasse Louis XI, là, sur son pied doré, semble narguer le chaland de ses deux plumes de faisan interminables. « Un déguisement pour Robin des Bois », songe Bacouche qui se souvient des films qu'il voyait, enfant, dans les cinémas en plein air de la banlieue d'Alger.

Un jour, devant le miroir des dames couronné de lampes opaques et blanches, il avait essayé furtivement le feutre vert. L'œil noir, les cheveux frisés et le teint basané, il faisait un Clark Gable acceptable. Hormis la fine moustache qu'il n'était pas près d'arborer, se disait-il en promenant un doigt sous son nez. Ces quelques poils épars, encore un duvet…

Le chapelier l'avait surpris dans ses essais. Sans semonce ni réprimande, le feutre fut seulement remis à sa place, avec un soin particulier : « C'est une question d'inclinaison, avait commenté le chapelier. Un galurin mal orienté ne plaît pas. »

En ce premier jour de la semaine, Bacouche est toujours le premier à pénétrer dans le magasin. À l'étrenner en quelque sorte. Un rite qui augure bien des jours suivants. Le chapelier superstitieux a une relation particulière avec le laveur de carreaux. Bacouche lui rend, d'instinct, l'affection qu'il lui porte. Ce magasin est d'ailleurs le seul qui trouve grâce à ses yeux sur la place. Les chouettes empaillées de Collignon l'attirent peu. Leur œil rond lui rappelle celui du gendarme des bois de Kabylie qui traque les voleurs de poules et les dénicheurs de palombes. « Les renards et les fouines puent la mort », conclut-il en crachant à terre.

Les chapeaux le font rêver. Il ne voit jamais les femmes les essayer et donnerait cher pour apercevoir celle qui s'est coiffée de cette résille pailletée. Sur le velours noir, il a remarqué des cheveux égarés, blonds et fins. Sans doute la cliente avait-elle roulé ses longues mèches dans le filet précieux, en laissant libre sur le front une frange élaborée de boucles fines. Les turbans, en revanche, lui paraissent ridicules. « C'est pour les femmes chauves », pense-t-il en évoquant la boulangère.

Les immenses capelines de paille tressée qui commencent à faire leur apparition, côté Seine, rappellent la mer et les vacances. Peut-être la guerre finira-t-elle à temps pour que les plages soient accessibles… Bacouche a vu la mer pour la dernière fois sur le bateau où il a embarqué avec son père, en septembre 1939, laissant la mère et les trois sœurs à Alger. Le garçon, grandi dans Paris, à l'ombre de Saint-Séverin et dans les hivers froids de la guerre, n'est jamais retourné au pays. Plus de bateau, prétend son père.

— À quoi bon partir ? Ici, tout le monde t'aime, soutient le chapelier.

Bacouche hausse les épaules. Il connaît ses ennemis : le marchand de journaux, à la sortie du métro. Toujours la main à la sacoche pour boire un verre de blanc avec le cordonnier chez Murat, le bistrot de la rue Séguier. Le jour du bombardement de Renault où *Paris-Soir* affichait des photos sanglantes sur quatre pages, l'homme lui avait demandé de l'aider pour la vente : les gens se ruaient sur les liasses pour voir les affreuses images. Dans la sacoche de cuir, les pièces de cinquante centimes tombaient plus dru que les plombs du chasseur sur les bécasses. Bacouche, qui n'avait récolté qu'un malheureux franc de pourboire, s'en voulait de n'être pas parti avec sa sébille pleine à ras bord. Il avait longuement insulté le vieux dans la langue de Bab el-Oued en se jurant – représaille suprême – de ne jamais plus le saluer.

Il est bon garçon, Bacouche, poli, souriant, même avec le cordonnier, l'ancien de 14-18 qui pourtant le traite mal. L'unijambiste acariâtre enrage de voir chaque jour le jeune garçon sortir de la boulangerie, une boule chaude de pain noir dissimulée sous sa chemise. Ses doigts crochus ont un jour agrippé la moitié du cadeau de l'aimable Mme Billot qui nourrit pour Bacouche une faiblesse coupable. Quand le gosse a saisi brusquement un poinçon sur l'établi, il a pris peur et grincé :

— C'est bon. Elle t'en mettra un autre au four, pour peu que tu lui donnes la main.

Blême, Bacouche avait reposé le poinçon. Il crache, depuis, sur le trottoir lorsqu'il passe devant l'échoppe.

— Allons, Bacouche, au travail ! dit le chapelier.

Le garçon a déjà étalé son attirail : peau de chamois, essuie-glaces récupérés dans un garage Renault où, montées sur cales, des autos de l'avant-guerre attendent l'essence et les Américains. Son père est le veilleur de nuit : il a pris pour victime une Celtaquatre endommagée afin de fournir à son fils ses instruments de travail. Pour la peau de chamois qui provient de la boîte à gants, rien à craindre non plus, le propriétaire a gagné l'Afrique du Nord et ne reviendra pas avant la fin de la guerre. C'est un emprunt, pas un larcin. Quand les Allemands partiront, il suffira de se servir sur les voitures.

Avec une vélocité méritoire, Bacouche s'attaque à la vitrine extérieure, lorsque le pas pressé d'Éliane Vidal retentit dans la rue. La première vendeuse joue d'un déhanchement inimitable pour contourner la grande table ovale au centre du magasin, et son parcours n'échappe jamais à l'œil exercé du gamin. Il sait, à la seconde près, le moment où il faut relever les yeux pour ne pas manquer le mouvement tournant des jambes dorées matifiées de teinture. Le bonheur de Bacouche est complet : ce matin-là, Éliane dévêt son manteau à peine entrée, révélant la fraîcheur de ses bras nus dont le hâle est encore rehaussé par les gants de peau noirs. Étalant à grands traits le savon sur sa vitre, il risque un regard plus appuyé du côté du miroir où elle est allée vérifier l'arrondi de ses sourcils. Elle gonfle maintenant le rouleau de cheveux blonds qui souligne le bleu de ses yeux. Mais Bacouche se remet vite à sa besogne. Il vient de surprendre la belle tirant fébrilement de son sac sa paire de lunettes pour mieux observer la rue, dissimulée derrière le rideau de la devanture. Il découvre d'un coup un double secret : Éliane est myope et elle attend quelqu'un.

Erreur sur la personne : l'homme qui feint de regarder les chapeaux n'est qu'un promeneur avec son chien en laisse. Déçue, Éliane range ses lunettes et file dans l'atelier. Derrière sa caisse, le chapelier a repoussé sa chaise, l'imprécation au bord des lèvres :

— Il serait temps d'établir un impôt sur ces sales bêtes. Cela permettrait à la mairie de faire nettoyer les trottoirs.

Bacouche étouffe un rire. Il connaît les fureurs du patron envers le voisin restaurateur et son basset. Il n'est pas un jour où l'animal n'ose lever la patte contre les marbres sertis de métal chromé du magasin. Quant à son maître indélicat, il prétend que les bassets n'ont pas d'odeur.

— Allons, ils pissent aussi clair qu'un nouveau-né ! proteste-t-il, roulant des yeux alourdis par les verres de blanc du matin.

À le voir contempler sottement les longues rigoles dessinant le delta du Nil sur son trottoir, le chapelier voit rouge et Bacouche pressent la rixe. Hélas, depuis vingt ans, les deux voisins n'en sont jamais venus aux mains. L'homme au chien fait retraite juste à temps pour esquiver la charge furieuse du chapelier qui, revêtu de son grand tablier blanc, a l'allure d'un maréchal-ferrant.

Bacouche reprend sa peau de chamois. Le patron, qui façonne lui-même ses feutres et ses pailles, disparaît à son tour dans l'atelier pour se mettre au travail. Seul dans le palais des glaces, le garçon s'apprête à charger l'échelle sur son épaule afin d'entreprendre la vitre principale, celle qui lui donne le plus de mal. Il n'en fait rien. La clochette de la porte résonne et la belle Aïcha, deuxième vendeuse, fait son entrée de théâtre, peu avant 10 heures. Pour rien au monde, le jeune homme ne manquerait le sourire éclatant de la Marocaine dont la moutonnante chevelure garde les reflets roux du henné. Elle est son rendez-vous du lundi, cette déesse éponyme dont le nom seul chante le printemps de la montagne kabyle. Elle baptise la semaine, jalonne le temps et, sept jours durant, il attend l'instant de cette rencontre pourtant banale. Aïcha lui tapote la joue, comme la première fois où elle s'était émerveillée : « Un enfant, un enfant de chez nous ! » Bacouche, changé en statue de sel, avait postillonné ce jour-là un « bonjour » à moitié étranglé dans sa gorge. La jeune fille avait ri en rejetant ses cheveux en arrière et ouvert, triomphale, son manteau de laine triste. Dans sa robe cintrée à la taille, évasée en corolle et brûlante de flammes orangées qui léchaient le dessin de ses formes, elle irradiait. Le gosse retenait sa respiration et tentait de cacher ces dix secondes d'émotion hebdomadaire qu'il ne parvenait pas à maîtriser. Aïcha était si belle…

La porte de l'atelier se referme déjà sur la jeune Marocaine qui s'installe près des autres ouvrières. Aussitôt, Éliane se lève comme s'il n'y avait pas la place, en cet espace restreint, pour deux splendeurs. Les filles cousent à se meurtrir les doigts pour assurer les commandes en retard que des clientes doivent essayer dans la journée. Elles travaillent en silence, sans lever les yeux de leur ouvrage. En l'absence du chapelier occupé à trier des feutres au sous-sol, Aïcha s'autorise quelques mots :

— Les communions vont commencer, gare aux voilettes blanches !

Elle soupire et décroise ses longues jambes en les caressant de la main afin de s'assurer qu'elles sont parfaitement lisses. Pas de teinture pour elle : sa peau brune, ocrée, est une parure naturelle.

Les ouvrières redoutent les voilettes fort à la mode cette année-là. Trop de points perdus pour qu'elles tombent à bonne distance du visage, trop d'essayages éreintants et de clientes insatisfaites. Aïcha ne peut résister au plaisir d'essayer un tambourin à tulle noir. L'éclat de ses yeux perce le grillage de soie.

— Elle te va à ravir, s'écrie Odette qui s'active à nicher un perroquet dans la bosse d'un feutre.

— À quoi bon ! souffle Aïcha, reposant le bibi sur sa forme de bois et soudain assombrie.

— Tu peux sortir ! Pour le soir, il est parfait avec une robe en crêpe de Chine. Demande au patron, il se laissera faire...

Une immense tristesse emplit les yeux de la Marocaine.

— Tu sais bien que je ne sors jamais.

— Qui t'empêche de faire la fête chez toi ?

— Je n'ai pas de chez-moi. Je n'en ai plus.

Odette n'insiste pas. Sa voisine, une arpette roublarde au double menton, fixe d'un regard aigu le gros-grain dont elle ceint la calotte d'une capeline en paille du Bengale. Personne n'ose poser de questions à la belle Aïcha et Simone sait mieux qu'une autre ce qu'il en coûte : un jour, elle avait prétendu reconnaître Aïcha au bras d'un Allemand à la sortie du théâtre de l'Odéon. Lorsque Odette en avait demandé confirmation à la Marocaine, Aïcha s'était ruée sur l'arpette en hurlant qu'elle lui crèverait les yeux.

— Tiens-le-toi pour dit, je ne suis pas une pute de la Kommandantur !

La vie privée d'Aïcha reste un mystère. Jamais on ne l'a vue, telle Éliane, emprunter la moindre coiffure pour sortir le soir. Pourtant, dans sa robe flammée bruissante et soyeuse, les cheveux ainsi retenus par un diadème de nacre, elle devrait être sûre de sa beauté. Ici, elle évolue comme au théâtre, en costume de scène. Cependant elle range, chaque soir dès son retour chez elle, ses vêtements de travail. Et personne ne vient jamais l'attendre, à la fin de la journée. « Une reine de l'Atlas, pense le chapelier, rêveur. Qui décourage tous les guerriers. »

Onze heures. La sonnette tinte de nouveau. Bacouche a terminé la vitrine et perçoit son salaire dont le chapelier lui décompte les pièces tirées de son porte-monnaie. Il s'est attardé au travail comme chaque lundi, ses deux heures lui sont réglées sans barguigner. Hugo l'Italien fait son entrée. C'est un Toscan blond, ouvrier chapelier, dont les cheveux ondulés et la voix d'or font l'admiration des filles. On dit qu'il a chanté à la Scala de Milan. Elles lui font fête quand, chaque année à la saison des communions, il vient prêter la main au patron au moment du coup de feu. Ils sont alors deux à tirer des feutres sur le plateau, à les étendre et à les repasser autour des formes de bois, dans le ballet incessant des fers chauffés en permanence sur l'appareil à gaz. Juchés côte à côte sur les hauts tabourets, ils réduisent les femmes au silence industrieux des abeilles.

Seule au magasin, Éliane guette derrière la vitrine aux chapeaux. Les clientes jettent un œil sur les modèles en revenant de leurs courses. Le claquement sur le trottoir de leurs chaussures articulées à semelles de bois décroît à hauteur de la longue vitrine. Après un inventaire attentif, elles s'éloignent, songeuses. Leur seul luxe reste bien le chapeau, ni rationné ni contingenté, en ces temps où il faut se priver de chaussures de cuir et de manteaux de fourrure. Aussi vont-elles investir jusqu'à cent francs dans l'achat d'une de ces glorieuses parures, symbole paradoxal d'élégance et de prospérité. Éliane détourne la tête à la vue de l'épouse d'un chirurgien cossu, fort exigeante dans ses choix et ses essayages. Point de salut pour cette cliente impossible !

L'heure du déjeuner approche. La femme du chapelier est entrée pour rejoindre les ouvrières à l'atelier. Dans le magasin vide, Éliane s'inquiète, va d'une vitrine à l'autre, scrutant la rue et la place. Elle respire soudain : un cycliste vient de stopper et gare sa bécane contre le mur arrière pour ne pas empiéter sur l'étalage. Il arrache avec impatience les pinces chromées de ses bas de pantalon, en rectifie les plis, ajuste son veston américain à soufflets dans le dos.

Il entre, impeccable, sa cravate de couleur vive en jabot piquée d'une épingle d'or et maintenue sur la chemise par une barrette sertie d'un diamant trop gros pour être vrai. Il s'arrange, en refermant la porte, pour exhiber ses boutons de manchette en crocodile vernissé sertis d'un fer à cheval en rubis, ainsi que l'étrange et oblongue bague noire qu'il porte à l'annulaire. Rasé de frais, son visage s'éclaire d'un sourire de commande aux dents irréprochables. La coiffure à raie, les cheveux lisses évoquent une figure de cinéma des samedis soir.

— Approche, Paul Meurisse. Tu ne m'as pas encore embrassée aujourd'hui.

Le chapelier, attiré par le gong de la porte, se replie aussitôt dans son atelier. Les visites du bellâtre l'agacent.

L'homme salue d'une brève inclinaison de la tête, prend Éliane dans ses bras et pose un baiser appuyé sur son front. Il sort de sa pochette un fume-cigarette en ivoire, ouvre un étui d'argent dont il tire une Naja au parfum oriental.

La jeune femme déteste l'odeur de papier d'Arménie de ce tabac d'avant-guerre

— Pourquoi ne fumes-tu pas des Gitanes ?

— Tu sais bien que j'aime les blondes et que les blondes m'aiment. Personne d'autre que moi ne fume des Naja dans Paris, sauf mes obligés.

— Voyons, Robert…

— Appelle-moi Bob. J'attends les Américains et les Camel.

Il raffole de ce diminutif à la mode. Son stock inépuisable de Naja, il l'écoule auprès des « zazous » qui dansent déjà sur des rythmes de jazz dans les caves du quartier en bravant l'interdiction des bals et de la musique « noire ».

Le chapelier, qui a claqué – un peu vivement peut-être et comme pour barrer l'accès du gynécée à l'étranger – la porte de l'arrière-boutique, déteste les visites hebdomadaires à heures fixes de ce gandin brillantiné. Du reste, il reparaît et s'installe, le sourcil réprobateur, derrière sa caisse monumentale au plancher surélevé. Il tousse dans sa moustache, la fumée des Naja l'indispose. La désinvolture de Bob, les longs regards coulés qu'il porte à son amie comme s'il la courtisait pour la première fois lui sont insupportables.

— Le magasin n'est pas le studio de Boulogne, grogne-t-il, le nez dans ses écritures.

Il jetterait bien l'importun dehors s'il n'avait besoin de sa vendeuse. Lui a-t-elle assez répété que Robert était un héros de la guerre. Il serait sorti à la nage de l'enfer de Dunkerque. « À voir. Moi, j'en suis sorti à pied. C'était plus long. »

L'hostilité se fait telle que Bob lui-même commence à se sentir gêné.

— Viens-tu prendre un café ? dit-il à Éliane.

Comme si les comptoirs en servaient ! C'est un nouveau sujet d'indignation pour le chapelier qui, depuis des années, n'a pas bu l'ombre d'un vrai café. Mais le gandin paraît si avantageux qu'il connaît sûrement, dans Paris, des zincs où le « petit noir » coule à flots.

— Plus tard, répond Éliane à voix basse, ce n'est pas le moment. Les clientes vont arriver.

— Quoi ? À l'heure du repas ?

— Il y a bien longtemps que les Parisiennes ne déjeunent plus.

Bob hausse les épaules. Lui vit à sa manière, qui n'est pas dans les moyens du Parisien ordinaire. Levé vers 11 heures, il prend une collation rue La Boétie, chez Georges, où il arrive à bicyclette pour rencontrer ses amis. Éliane ignore son emploi du temps l'après-midi. « Les affaires ! » dit-il, laconique, en réponse à ses questions. Elle le retrouve le soir, chez les Corses de la rue Gît-le-Cœur, où il sirote son pastis de contrebande, aussi naturellement que si l'alcool provenait de ses propriétés de Grasse ou d'Antibes. Puis il « prend son service », comme il dit, dans un bar de Montparnasse, rue Campagne-Première, à partir de 21 heures, et peut y passer toute la nuit selon les jours de la semaine. Éliane rentre alors seule en métro dans leur studio de Neuilly aux meubles de sycomore, à moins qu'elle n'assiste, toujours seule, à la dernière séance du cinéma Le Boul' Mich'. Elle n'a pas le front de rejoindre Bob à Montparnasse, qui d'ailleurs n'y tient pas :

— Ce n'est pas ta place, lui dit-il. Une belle femme doit se coucher tôt.

La visite de Bob au magasin de chapeaux reste une des rares occasions où Éliane peut rencontrer son ami dans la journée. Elle regrette le bel avant-guerre, lorsque chaque matin elle entendait démarrer dans la rue le moteur de sa Vivasport. Il était représentant de Renault en Île-de-France et sa vie était normale, sinon régulière, même s'il s'absentait parfois pour visiter les garages de l'Oise ou des bords de la Marne. Le dimanche, ils partaient ensemble, déjeunaient à Ville-d'Avray ou à L'Isle-Adam et parcouraient les routes bordées d'arbres dans l'auto décapotée. Elle se coiffait d'une sorte de bonnet blanc de nageuse et d'un foulard aux couleurs vives, pendant que Bob, américain déjà, posait une casquette à longue visière de mica bleuté sur ses cheveux gominés.

Ding ! C'est Sandrine. Éliane pince le bras de Bob qui s'apprêtait à partir. Comment cet épouvantail aux yeux fixes de pocharde se permet-il d'entrer ici, dans un magasin chic, avec ces cheveux hirsutes et ces bottines éculées bourrées de papier journal ! Alexandrine est russe et serait totalement clocharde si les commerçants du quartier ne l'utilisaient pas pour faire la queue à leur place dans les longues files d'attente du lundi. Les boutiquiers se l'arrachent. Lundi étant le jour de la charcuterie, il faut honorer les tickets sans tarder. Le lendemain, les étals sont vides. Sandrine n'est pas chère, elle demande pour une queue l'équivalent de deux verres de blanc ; de quoi tenir le froid.

Le chapelier a sorti deux pièces de son tiroir-caisse et marché vers la vieille femme

— À lundi, Sandrine ! Quoi de nouveau dans le quartier ?

— La routine, répond-elle en roulant le *r* et cherchant à éluder la question.

Le chapelier insiste. Quand elle veut bien parler, Sandrine est la gazette du quartier. En quatre heures de queue, elle en apprend long sur les uns et les autres. Du vrai et du faux, où elle fait son tri, sans se fatiguer.

— Faut faire attention. Balardeau vient d'être embarqué pour l'Allemagne.

Le chapelier referme doucement la porte.

— Celui du magasin de timbres ?

Sandrine hausse les épaules. Ils ont besoin, là-bas, d'électriciens et de tourneurs d'obus, comme en 14. Ils racolent dans toute l'Europe. Si la guerre se prolonge, personne n'échappera au travail obligatoire.

— A-t-il des enfants ?

— Il a un gosse dans les études, cela ne suffit pas, il en faut au moins deux. Fais gaffe toi, beau brun, dit-elle à l'adresse de Bob, cela pourrait bien être ton tour...

Éliane est parcourue d'un frisson. En ces temps de dénonciations, la vieille Russe peut se révéler dangereuse. Qui sait si Bob lui-même, malgré ses hautes relations...

— C'est comme le fils du Dr Michaud, poursuit Sandrine.

Entendant le bruit de la discussion depuis l'atelier, la femme du chapelier s'est approchée. Un petit cercle se forme autour de la baba conteuse qui sait tout sur tout le monde et pourrait envoyer la moitié du quartier à la Kommandantur si l'envie l'en prenait.

Chacun connaît le Dr Michaud, un praticien à la serviette bourrée de prospectus médicaux et intime du pharmacien Goubert, autre vedette de la place. Le teint fleuri, la panse avantageuse, le docteur se fait payer en nature par le crémier et le charcutier, et se passe des services de Sandrine. Aussi parle-t-elle de lui assez librement.

Bob est devenu attentif, même si, regardant dans la rue, il joue l'indifférent à des questions aussi mesquines, voire vulgaires, que le départ au STO.

— Vous voyez Michaud, bien sûr... Un homme qui marche comme on défile. En bombant le torse...

Le chapelier part d'un rire entendu. Le docteur, qui porte toutes ses décorations de 14-18, exhibe aussi volontiers, dit-on, ses cicatrices devant les dames.

— Il est parti en goguette avec sa bourgeoise dans sa maison de campagne du Val-d'Oise. Celle qui est occupée par un état-major de frisés.

— Est-il leur invité ?

— Pas du tout, mais ils veulent bien qu'il se loge le dimanche dans le pavillon du gardien.

— Et il accepte d'y aller ?

— Pour sûr ! Il en rapporte des lapins et des légumes du potager. De quoi manger toute la semaine. En plus, il leur demande des petits services.

— Pour son fils, par exemple ?

— Tout juste. Le fils n'arrive pas, dans les études. Un propre à rien qui traîne dans le quartier de faculté en faculté, et qui va sur ses vingt-six ans sans effort.

— Dans le temps, interrompt l'épouse du chapelier, il y avait les Colonies, pour les moins doués des bonnes familles...

— Bref, dit Sandrine à qui la chaleur du poêle à sciure donne soif, ils sont partis pour la campagne, le mari et la femme, mais pas le fils, qui avait des affaires à Paris. Quand ils sont revenus ce matin à la première heure, le garçon était ficelé serré sur le fauteuil du père, les cheveux défaits, le visage tuméfié. Tous les placards étaient ouverts. Ils ont fouillé partout. Mme Michaud n'a plus retrouvé son argenterie.

— Qui a fait le coup ? intervient brusquement Bob. Le gosse a-t-il parlé ?

— Il n'est pas près de le faire, car les flics l'ont emmené à la préfecture, et le docteur n'y peut rien. D'ailleurs, on se demande s'il a tenté de le retenir. Après ce qui s'est passé...

— Bizarre, dit le chapelier. Le fils du docteur est agressé et c'est lui qui paie l'addition.

— Je ne sais pas si je peux vous le dire..., poursuit Sandrine en posant sa main rougie de froid sur la barre chromée de la porte.

— Ah ! Sandrine, il faut parler, vous en avez trop dit. Qu'est devenu le fils Michaud ?

— Emballé, enveloppé, c'est pesé. Plus de fils Michaud ! Un numéro pour l'Allemagne, avec tant d'autres ! Avec vous peut-être, demain, recommence-t-elle en désignant Bob qui piaffe d'exaspération.

— Elle est louche, votre histoire, réplique sèchement l'ami d'Éliane.

— C'est le fils Michaud qui est louche, siffle Sandrine en colère. Qu'avait-il besoin d'introduire chez ses parents – des gens bien – une traînée du Sébasto ? Il avait mis les petits plats dans les grands, un dîner aux chandelles. Il lui a servi du foie de canard de la propriété. Il l'aurait traitée sur le lit de sa mère, façon mondaine, si l'invité de la dernière heure n'avait pas demandé sa part de dessert...

— Il y avait un homme dans l'appartement ?

— Non, mais la porte était restée entrouverte, comme par enchantement. Il n'a eu qu'à pousser pour entrer.

— Les flics veulent en savoir plus, énonce Bob doctement. Ils ont cravaté le cave pour le faire parler. C'est un procédé bien connu. Rien ne dit qu'il partira pour l'Allemagne.

— Sauf si son père ne veut pas le revoir, insinue Sandrine en franchissant la porte.

Le chapelier est soudain très agacé. La longue histoire de Sandrine lui a fait perdre son temps et il n'aime pas que des fils de bourgeois se conduisent inconsidérément.

— Vous pouvez vous absenter, Éliane, déclare-t-il d'un ton rogue. Le temps est trop beau, nous n'aurons personne.

En réalité, c'est de Bob, qui s'incruste, dont il souhaite se débarrasser. Éliane lambine comme si elle n'avait pas compris. Devant le placard tapissé de miroirs, Bob ajuste le tombé de son veston pendant qu'elle essaie des chapeaux. Le chapelier, qui ne peut en supporter davantage, entraîne son épouse dans l'atelier en faisant claquer la porte.

— Celui-ci te va à merveille, susurre Bob à Éliane en l'embrassant dans le cou.

Elle a essayé un turban de velours rouge après avoir lissé ses cheveux blonds insérés sous le bandeau.

— Au fait, Aïcha est-elle malade ? Elle ne s'est pas encore montrée...

— À la cave, comme tous les lundis.

La cave n'est autre que le précieux sous-sol du chapelier, un vaste local où il entrepose le stock de feutres suisses et de pailles de Madagascar qu'il a eu la bonne idée de constituer en 1936. Il abrite aussi le coffre aux recettes quotidiennes. À la vérité, l'endroit ressemble à une caverne aux trésors fortement protégée et gardée. Étrange que le patron en laisse le libre accès quotidien à la Marocaine... Bob arpente le magasin de long en large comme s'il cherchait une explication.

— Elle n'en remontera pas avant deux heures, dit Éliane à voix basse.

— Allons en face, décide Bob. Au bistrot de l'Auvergnat Girard. Nous y serons mieux pour parler.

Éliane replace le turban sur son pied dans l'étalage tout en surveillant la rue d'un œil, mal à l'aise, comme si Aïcha devait surgir.

À peine les deux amants sortis et comme si elle attendait leur départ avec impatience, l'épouse du chapelier ouvre pour évacuer l'odeur persistante de Naja. Écartant le rideau de la vitrine, elle aperçoit le couple à la terrasse et croise le regard de Bob qui ne quitte pas le magasin des yeux. Un chasseur à l'affût.

LUNDI APRÈS-MIDI

Quatorze heures. Aïcha est revenue pour accueillir, pimpante et fraîche, Mme Michaud, l'épouse du docteur. Bob est formel : il n'a pas vu sortir la Marocaine ; en revanche, il l'a bien vue rentrer : elle venait, seule, de la place de l'Odéon.

— C'est un mystère, dit-il. Par où est-elle passée ?

Certes, dans le flux des voitures, pour la plupart allemandes, qui empruntent cette rue menant en oblique au Sénat, un camion aura pu gêner sa vue.

Ils n'ont pas bougé de la terrasse tout le temps du repas, décidant même, pour tromper la faim, de croquer des biscuits vitaminés en buvant leur Viandox. Éliane est reconnaissante à Bob de lui avoir épargné le déjeuner collectif à l'atelier – les plats à réchauffer sur le gaz du chapelier, les pommes fripées au fond du sac. Bob, d'excitation, avait englouti deux œufs durs supplémentaires.

— Elle est adroite et tu es une nigaude. Pourquoi n'as-tu pas trouvé le moyen d'explorer cette cave ? Les prétextes ne manquent pas.

— Tu as tort de me prendre pour une niaise, riposte Éliane, pincée. J'ai essayé cent fois. Les deux portes sont fermées en permanence. Il faut croire qu'elle dispose d'une clé grâce à la complicité du patron. Je ne vois pas d'autre explication.

Ils se taisent soudain. Sandrine vient de s'installer au comptoir, disposant à ses pieds d'innombrables sacs remplis de feuilles de salades et de choux, de rogatons encore chauds et de croûtes de fromage. Elle a fait la tournée des bouis-bouis pour récolter son ordinaire. Les denrées qu'elle achète dans les magasins ne sont jamais pour elle.

Bob enlace son amie qui l'enveloppe de son regard de myope, tendre et romantique.

— Pour vous, c'est tous les jours dimanche, glapit la vieille qui a vu le manège. Roger, sonne la cloche, la petite va être en retard !

Le bistrotier n'aime pas Sandrine, dont les réflexions font fuir les clients et qui de plus sent mauvais. Il la ménage pourtant, on n'est jamais trop prudent avec ce genre de commère.

— Je suis passée hier soir. La cave d'en face était éclairée. Pourtant, le chapelier ne tuait pas le cochon, je n'ai rien entendu.

— Tu as la berlue, Sandrine, dit Girard, conciliant.

— Peut-être, mais quand je suis passée devant la vitrine, la lumière s'est aussitôt éteinte. Bizarre, non ?

— Tu ferais pendre tout le quartier. Tiens ta langue et bois donc ton blanc...

— C'est fou ce que les caves sont habitées, ces temps-ci, s'entête Sandrine. À croire qu'ils ont tous quelqu'un à cacher. Il y a deux populations à Paris : celle qui vit sur le pavé, et l'autre, qui est sous terre. Comme à Pétersbourg à la grande époque, quand les bolchos tenaient la rue avec leurs grandes baïonnettes et leurs capotes au ras des bottes.

Elle se met en marche dans le café, imitant le pas saccadé des gardes rouges, et aboie, arrivée à la hauteur de Bob et Éliane.

— Vos papiers ! Avez-vous la carte du parti ?

Bob garde son calme. Il espère d'autres révélations et la baba peut être intarissable lorsqu'on sait la ménager.

— Servez un verre à madame, ordonne-t-il, grand seigneur.

— Monsieur m'invite ? C'est trop d'honneur !

Elle s'assied sans la moindre gêne à sa table, laissant son manteau rapiécé traîner par terre et arrachant à poignées les journaux qui encombrent son corsage. Éliane, excédée, s'est levée.

— J'aimerais que tu viennes ce soir au bar, lui glisse Bob à l'oreille, et que tu ouvres l'œil...

Sandrine, que le vin blanc réchauffe, en profite pour retirer sa guenille et la pose en tas sur le siège libéré.

— Si M. le baron veut bien m'accompagner, je finirais bien avec un doigt de cognac.

Aussitôt servie, elle attaque

— Mon père, officier des cosaques, brisait son verre quand il buvait à la santé du tsar !

— Non, Sandrine, tu nous l'as trop fait, le coup des cosaques ! Celui qui casse paie, c'est la règle, s'écrie Girard derrière son comptoir.

— À propos de caves, continue la baba sans s'émouvoir, vous connaissez la mère Sabouret ?

— Ne nous dis pas que tu fréquentes les blanchisseuses, ricane le cafetier.

Qui, dans le quartier, ne connaît pas la mère Sabouret ? Elle règne sur une demi-douzaine de repasseuses qui mouillent et sèchent sous leurs fers de fonte le linge des bonnes maisons. Du blanc à rendre aveugle, étalé sur de longues tables éclairées, dans l'atelier sombre, par de fortes lampes à abat-jour. Une maîtresse femme qui ne tolère pas que ses « petites » lèvent les yeux de leur ouvrage.

Sans doute a-t-elle aussi recours à la vieille Russe pour les queues du charcutier.

— Que fait-elle le soir dans sa cave ? De l'amidonnage ?

— Ce n'est pas sa cave, rectifie Sandrine qui redoute la blanchisseuse. Je ne sais pas à qui elle appartient, mais je suis passée cent fois la nuit rue Gît-le-Cœur. La lumière y brille jusqu'à minuit. On la voit malgré le papier de camouflage. Heureusement que les frisés ne font pas de rondes depuis longtemps, ils en auraient découvert !

— Vous en savez sûrement un peu plus, murmure Bob en rapprochant sa chaise, allons !

— Je sais tout mais je ne dis rien.

Elle avale d'un trait le verre de cognac.

Debout au comptoir, le cordonnier, qui est entré tout à l'heure sans les interrompre, intervient :

— Tu ne verras pas de sitôt de la lumière au 4 rue Gît-le-Cœur, à mon avis.

— Et pourquoi, s'il te plaît ?

— Parce que j'ai réparé, hier, de belles chausses américaines. Elles viennent sans doute des toits du Louvre. Des brodequins. J'en ai fait des mocassins !

Trois jours plus tôt, un quadrimoteur de l'US Air Force s'était écrasé sur le grand magasin. Tous les journaux avaient publié les photos de l'accident. Parmi les hommes de l'équipage, qui avaient sauté en parachute, tous n'avaient pas été retrouvés. Bob ne l'ignore pas, lui qui a vu la police glaner des renseignements en vain, dans tous les bars.

— Ce matin à l'aube j'ai reconnu mes chaussures, devant mon échoppe, aux pieds d'un gaillard qui s'engouffrait dans le métro. Je ne vous dirai pas d'où il venait.

Sandrine, le front buté, lance au cordonnier un regard assassin. Pour qui se prend-il ? Croit-il en savoir davantage qu'elle ?

Bob, que la recherche des aviateurs yankees n'intéresse apparemment pas, règle les consommations et s'apprête à agrafer ses pinces de pantalon. Sandrine le retient par la manche :

— Rue Christine. Numéro 14. J'ai vu sortir la Marocaine.

Avec douceur et dextérité, Aïcha procède à l'essayage du chapeau de Mme Michaud, un marquis aux bords de gros-grain noir rehaussé d'une aigrette blanche. Courtaude sur ses jambes épaisses, chaussée de souliers carrés, l'épouse du médecin refuse de s'asseoir pour coiffer le chapeau qui lui donne un air de cavalière essoufflée. Ses cheveux, noirs et drus sur son front bas, défient toute discipline.

— Un chignon serait mieux, suggère Aïcha. Nous avons de superbes aiguilles.

— Me prenez-vous pour une faiseuse d'anges ?

Aïcha, d'ordinaire susceptible, n'est nullement affectée par la grossièreté bourrue de sa cliente et s'emploie de son mieux à fixer le délicat tricorne sur la tête d'étoupe. Un brin de voilette dissimule le haut du visage au nez court et busqué, les plis du front, la couperose des pommettes.

— Cette voilette tombe mal, décrète Mme Michaud en marchant de long en large devant le miroir et claquant des talons sur le linoléum. Ne voyez-vous pas qu'elle ondule ?

— C'est l'affaire d'une minute, madame, je vais la faire repasser.

Aïcha revient aussitôt, les yeux rougis, portant le tricorne comme le saint sacrement.

— Vous divaguez, ma petite, dit la femme du docteur à la Marocaine qui la dépasse de deux têtes. Ce chapeau n'est pas lustré, de quoi vais-je avoir l'air ?

— On ne lustre jamais les marquis, avance Aïcha d'une voix aimable.

— Chez vous, peut-être. Il est vrai que vous êtes une débutante !

Perdant patience, Aïcha plaque avec rage le chapeau sur le crâne arrondi et large de la mégère, saisit les cheveux à poignées pour les tirer en arrière et ordonner enfin l'ensemble. Mme Michaud proteste, s'agite et pousse des petits cris stridents.

— Vous voyez bien qu'il n'y a pas de coiffant !

— Les marquis se portent sur le sommet de la tête, madame. Pas comme des bonnets.

— Et s'ils s'envolent au moindre courant d'air ? Savez-vous à qui vous parlez ? J'ai suivi plusieurs chasses à courre et la duchesse de Bretenville, que je sache, ne lâche pas son tricorne par-dessus les moulins. Vous allez me rendre ridicule. Cela vous amuse, peut-être ?

— Je vais mettre le chapeau sur la forme. Si Madame veut patienter une minute...

Aïcha est trop éprouvée pour s'apercevoir du trouble inhabituel de sa cliente qu'elle aurait pu voir, dès la première heure du jour, s'afficher dans toutes les boutiques du quartier comme pour donner le change, faire étalage d'une tranquille assurance face aux calomnies qui courent sur le compte des Michaud. À tous ceux qui lui ont demandé des nouvelles de son fils, elle a affirmé sèchement qu'il partait en voyage dans le sud de la France.

— Je crois qu'il est parfait à présent, dit Aïcha en présentant le petit chapeau noir.

Mme Michaud s'en empare elle-même et se l'aplatit sur le haut de la tête, comme si elle coiffait un tambourin.

— Vous voyez bien qu'il est grotesque. Jamais je n'oserai m'exhiber dans cet appareil.

— Que Madame veuille bien m'excuser, dit Aïcha d'une voix blanche. Je vais le placer...

— C'est inutile. Je comprends parfaitement que vous n'avez nulle envie de rectifier vos erreurs. Un chapeau mal fait est un chapeau loupé et l'on ne peut rien y faire, ma petite !

L'épouse du médecin a fait volte-face pour enfiler ses gants, nerveusement. Désemparée, Aïcha réalise enfin que la femme qui se tient devant elle n'est pas du tout dans son état normal et que rien ne saurait l'apaiser.

Le chapelier sort justement de l'atelier, souriant, drapé dans son long tablier blanc. Il fait signe à Aïcha de se retirer. Dans le fond du magasin, elle assiste, interdite, à un revirement stupéfiant. Noyée, anesthésiée sous un flot de paroles rassurantes, la cliente peu à peu se détend. Sans même l'effleurer, le chapelier lui a soigneusement installé le marquis sur le sommet du crâne, ni plus ni moins mal qu'Aïcha tout à l'heure, au premier essayage. Il a fait asseoir Mme Michaud dans la loge des vedettes illuminée de cent lampes dépolies et s'est empressé de lui présenter une glace à manche d'ivoire.

— Voyez vous-même sur le côté, madame, et prenez garde à bien respecter cette inclinaison du bord, c'est tout le chic du modèle !

Soudain il fronce un sourcil épais et broussailleux. Les lèvres pincées, il saisit le marquis, détache d'un geste précis l'aigrette blanche.

— Que Madame patiente, ceci ne convient pas. Je vois parfaitement ce qui vous choque. Essayons autrement.

Méticuleux, il furète dans l'immense corbeille que lui tend Aïcha.

L'aigrette est immense. On en voit d'aussi impériales sur le colback des chasseurs à cheval, au musée de l'Armée.

— Celle-ci, peut-être ?

Aïcha soupire, rassérénée. Elle a vu le patron accomplir des miracles. Son but est toujours le même, seule la stratégie peut varier : il est impératif que la cliente sorte du magasin avec le chapeau qu'elle a commandé. Si les retouches d'essayage ne s'avèrent pas suffisantes, en ce cas les garnitures seront changées. On ne peut tolérer un abandon, la réputation de la maison est en jeu.

La Marocaine s'efface discrètement pour laisser le maître opérer. Sortir aussi du champ du miroir où elle se reflète, si exquise. C'est bien. La cliente n'est plus face qu'à sa propre silhouette et demeure sagement assise, se regardant sous tous les angles avec une satisfaction croissante.

— N'est-il pas parfait ainsi ? risque le chapelier.

Pour la forme, Mme Michaud résiste encore. Inébranlable, le commerçant change le camée de la garniture, puis lui agrafe une broche rutilante de faux or tarabiscoté au revers de son tailleur. Il ne lâche pas la proie qui mollit, s'attendrit, se cale confortablement dans son fauteuil. Aïcha, qui croit entendre distinctement les battements de son cœur, ne peut se résoudre à se retirer avant la fin de l'exercice et restera plantée là le temps qu'il faudra. Enfin décidée, Mme Michaud n'épargne pas au chapelier le long récit de la faute du fils. Il écoute, sans l'interrompre, et se garde aussi d'intervenir quand elle conclut :

— C'est peut-être mieux ainsi. L'épreuve le rendra plus fort.

C'est une femme transfigurée, presque heureuse, qui franchit la porte du magasin, son carton à chapeau sous le bras. Il y a du confesseur chez le chapelier. Une fois de plus, il aura rempli son office, à la manière du vicaire de Saint-Séverin dont il a si souvent la visite : « J'ai parfois l'impression, lui dit l'abbé en souriant, que nous faisons, à certains égards, le même métier. »

Silencieuse, Aïcha s'est approchée du chapelier, la corbeille aux aigrettes à la main

— Il faut que vous m'aidiez encore... Il ne peut plus rester à la cave...

À voix basse et sans lever la tête de son livre de comptes, l'homme en tablier blanc murmure :

— Veux-tu que je demande à Mme Fourquin-Trévise de le recevoir ?

— Il ne veut pas la compromettre. Mais sans doute peut-elle le cacher ailleurs, pourriez-vous lui en parler ?

Le chapelier sort une feuille à en-tête gothique de son tiroir sur laquelle il griffonne quelques mots.

— Je ne puis lui rendre visite moi-même sans attirer l'attention. Ne te fie à personne ici, les murs ont des oreilles. Sors et trouve Bacouche. Elle le reçoit régulièrement. Il fait partie de ses bonnes œuvres. Sais-tu où il peut être ?

— À l'évêché. Il fait les vitres du cardinal.

— Donne-lui cette lettre. Je vais téléphoner.

Bacouche n'est jamais intimidé par la vieille dame vêtue de noir qui le reçoit une fois l'an dans son appartement du septième ciel.

— Approche, petit, il me semble que tu es déjà venu cette année : le temps des étrennes est passé. Comment va l'abbé Desglières ?

— Le mieux du monde, madame, répond-il poliment.

Pour la circonstance, Bacouche a épinglé un nœud papillon, cadeau du chapelier, au col de sa chemise blanche. Il envisage mal de rendre visite à Mme Fourquin-Trévise autrement que revêtu de sa tenue de cérémonie, comme s'il allait à la communion. Il n'est pourtant ni chrétien ni baptisé, mais les œuvres du cardinal s'étendent à toute la communauté, sans distinction de religion.

Elle ajuste son monocle à chaînette d'or et parcourt, impassible, la lettre du chapelier. Puis, se dégageant lentement de la couverture qui la tenait au chaud dans son fauteuil, elle marche jusqu'à la grande baie vitrée où, au loin, la Tour Pointue de la police et la flèche de la Sainte-Chapelle s'élancent vers le ciel. Sa curieuse maison de béton moulé, une des toutes premières du genre dans Paris, domine d'une courte hauteur les vastes ballons de zinc surmontant les immeubles Napoléon III. Mme Fourquin-Trévise est très fière d'être l'épouse d'un des maîtres du béton armé, une technique révolutionnaire promise à un avenir éblouissant. Pour faire la preuve de la fiabilité du nouveau matériau, un peu comme les premiers constructeurs d'automobiles les modelaient en tilburys, les architectes se sont ingéniés à donner au béton l'apparence de la pierre de taille. Tordu, poli, on le coule dans les formes les plus extravagantes, celles que les sculpteurs n'osent pas rêver en façade. Le pionnier est toujours à son bureau d'études, mais les commandes se sont taries. La guerre détruit et ne reconstruit pas. En attendant la fin du cauchemar, Mme Fourquin-Trévise, les pieds sur sa chaufferette, s'efforce de faire le bien.

Des nombreux jeunes architectes qui entouraient son mari durant les années d'avant-guerre, un seul est resté. Dans le bureau qui pourrait fermer faute d'ouvrage, le vieux maître travaille encore, en dépit de son grand âge. « Il faut tenir sous cloche le feu qui couve, dit-il. En attendant qu'il crépite. »

Bacouche ne quitte pas des yeux la vieille dame dont le visage exprime la perplexité. Il revoit Aïcha lui remettant la lettre, l'air anxieux, traqué, et peu encline aux confidences. Ayant quitté son travail sur-le-champ pour grimper au plus vite les dix étages, il s'aperçoit qu'il n'a pas la moindre idée du drame qui menace son idole, ne sachant rien de sa vie.

Soudain rassérénée, Mme Fourquin-Trévise regagne son fauteuil et fixe le garçon :

— Tu es un charmant commissionnaire, et tu ne seras pas venu pour rien.

Elle tire de son aumônière un billet plié en quatre, un de ceux qu'elle lui donne au Jour de l'an.

— C'est trop, madame, proteste Bacouche, qui répugne à voir rétribué un service rendu pour l'amour d'Aïcha.

— Ce n'est pas trop si tu en fais bon usage. Vas-tu toujours aux cours du soir ?

— J'ai dû abandonner, madame. J'étais trop fatigué après mes longues journées dans le froid.

— Tu viendras ici régulièrement et je te donnerai le double de ce que tu gagnes. Ces grandes vitres balayées par le vent de Seine ne sont jamais propres. Mais tu dois me faire une promesse…

Bacouche sent l'inquiétude l'envahir. Le chapelier aurait-il demandé à la dame de l'engager ? Pourquoi cette hâte ? Quel rôle veut-on lui faire jouer ? Souriante, Mme Fourquin-Trévise a tapoté sa couverture et tiré une sonnette pour qu'on serve le thé. Tout en remplissant la tasse de Bacouche, elle lui pose cent questions sur sa manière de vivre, le métier de son père…

— Il faut monter, toujours monter. La vie est une ascension. Que feras-tu de tes bras, de ta tête, de l'intelligence que Dieu t'a donnée ? Tu n'as pas le droit de la laisser en friche.

Bacouche écoute le prêche avec patience et se laisse séduire. Qui s'est jamais intéressé à lui ? Même les prêtres ne lui parlent pas ainsi. Non seulement la vieille dame le traite en adulte, mais elle voit en lui un homme comme les autres. Très ému, le petit laveur de carreaux craint soudain de ne pas être à la hauteur des espoirs qu'elle vient de faire naître à son imagination.

— Souviens-toi, Bacouche, toujours monter ! dit-elle en le raccompagnant à la porte et caressant d'une main malhabile ses cheveux frisés.

Va-t-elle la refermer sans répondre à la lettre qu'il lui a si précipitamment apportée ?

La vieille dame hoche doucement sa tête blanche et desserre du doigt le ruban de velours noir qui ceint son cou ridé. Penchée sur l'oreille du garçon comme pour lui donner un baiser, elle chuchote :

— Tu diras au chapelier qu'il ne change surtout rien à ses habitudes. Nous aviserons demain matin au plus tard.

Bacouche descend les escaliers ouatés d'un épais tapis à ramages sans se retourner. Il est fou de joie. Une voix intérieure lui dit qu'il a réussi dans sa mission. Dans la pénombre de l'entrée, Aïcha l'attend derrière un pilier. Elle lui fait signe de ne pas parler encore, la loge du concierge n'est pas loin. Il la suit sous la cage d'escalier où dans un recoin obscur ouvre une porte dérobée. Celle-ci n'est pas fermée et Bacouche distingue nettement les barreaux d'une sorte d'échelle de meunier. Tout s'éclaire d'un coup pour lui. La cave du chapelier possède une seconde issue, et la belle Aïcha est au cœur d'une affaire secrète.

Le message de la dame en noir semble la transporter de bonheur. Elle bondit et serre son ami sur son cœur à l'étouffer, dévorant de baisers ses cheveux, ses joues, son front. L'un d'eux s'égare même sur les lèvres de Bacouche, mais déjà elle a dévalé l'escalier. Resté seul dans ses habits du dimanche, il a soudain le pressentiment qu'il pourrait ne plus revoir Aïcha et qu'elle est en danger. Il a des larmes plein les yeux en reprenant le chemin des appartements de l'abbé.

Attablé dans l'arrière-salle du Clairon des Chasseurs à Montmartre, Bob a commandé un pastis qui le console à peine de son ascension à bicyclette dans l'impitoyable rue des Martyrs. Il a traversé tout Paris pour ce rendez-vous insolite et personne ne vient.

Pourtant, l'affaire semble juteuse : une caisse de bouteilles de vrai whisky, prise de guerre, contre vingt cartouches de Naja. Bob continue d'écouler son stock de l'avant-guerre, toujours attendri en pensant aux fumeurs qui se griseront de la bonne odeur de paille sèche aux effluves orientaux. N'est-il pas le premier à donner l'exemple ?

Impatient, il se lève pour traverser la grande salle et jeter un œil en terrasse. Des permissionnaires du Mur de l'Atlantique se font photographier sur les marches du Sacré-Cœur, le plus souvent avec des filles qui n'ont rien d'Allemandes. Pas de peintres sur la place du Tertre. Ils doivent tourner des hélices d'avion dans le Hanovre ou redouter d'être pris. Le café lui-même est presque désert. Qui se risquerait, en semaine, sur la Butte ? Seuls les trafiquants de son espèce, ou les désœuvrés, s'y donnent rendez-vous.

L'homme qui se présente enfin n'est pas son interlocuteur habituel.

— Je viens de la part de René, il a été empêché.

— Tu veux dire qu'il a été arrêté ?

L'autre hausse les épaules :

— C'est à prendre ou à laisser. Voulez-vous traiter, oui ou non ?

— Vous avez la marchandise ?

— Parfaitement, et beaucoup plus si vous acceptez de collaborer.

Il fait signe à Bob de le suivre dans la cour. Derrière le bistro où le patron entrepose ses marchandises interdites

– Clacquesin, Dubonnet, apéritifs de l'avant-guerre, Pernod, Martini –, dix bouteilles de whisky, enveloppées de paille, les attendent.

— J'ai les cartouches, dit Bob. Puis-je enlever tout de suite ?

— Sans aucun doute, mais il faut que nous tombions d'accord.

Bob saisit une paille qu'il glisse entre ses dents. Est-ce pour s'empêcher de parler trop vite, il sait qu'il n'a pas le droit de se tromper. Les accords étaient clairs et nets avec René, un troc pur et simple. S'il est arrêté, pourquoi celui-là circule-t-il allégrement sans être menacé ? Certes, les mouches d'hiver sont les plus dures à tuer, elles bravent les insecticides et échappent au froid. L'homme est-il d'un gabarit si particulier que rien ne puisse l'atteindre ? Pour « voir », il faut « suivre », comme au poker.

— Entrons, dit-il simplement.

Tout en avançant derrière lui, Bob s'interroge sur son étrange interlocuteur. Que peut dissimuler ce visage glabre à la mâchoire pugnace, avec ces yeux rentrés dans leurs orbites, ce nez cassé ? Un ancien de la salle Wagram ? Trop grand pour être un boxeur. L'homme reste silencieux sur la banquette, intraitable dans sa garde. C'est Bob qui doit attaquer le premier.

— Je vous écoute, dit-il en mâchant sa paille – il faut traduire : je vous attends !

— Vous pourriez avoir dix bouteilles semblables par semaine.

— Mazette ! Mes stocks de Naja ne sont pas inépuisables.

— Vous pouvez fournir autre chose, qui vous coûtera moins cher...

Bob fixe les mains posées sur la table, larges et puissantes. La droite est amputée de deux doigts. A-t-il un blessé de la guerre en face de lui ?

— Il faut vivre avec son temps. La marchandise la plus recherchée aujourd'hui, c'est l'homme. Tout le monde a besoin d'hommes. Les Allemands recrutent pour la Russie et pour le travail obligatoire, les Anglais pour la Résistance, le Maréchal pour la Milice...

« Tiens, il montre le bout de l'oreille », se dit Bob. Les doigts coupés attesteraient alors l'ancien combattant, peut-être un homme de joseph Darnand. Un milicien sans uniforme, voilà ce qu'il est, et son whisky provient des caves de la Gestapo…

Au moment où l'autre se tourne pour appeler le garçon, Bob aperçoit, sur la nuque épaisse, une longue cicatrice qui le conforte dans son hypothèse. Crachant la paille, il se lève, à la surprise du balafré, et jette les cartouches sur la table.

— Marché tenu ! dit-il.

L'homme empile ses paquets côte à côte, les dispose en un cube, puis se lève à son tour.

— Vous pouvez reprendre la marchandise, elle ne m'intéresse pas. J'ai un stock de mille cartouches de Lucky Strike et autant de Camel.

Changement d'échelle. Rien à voir avec René, petit trafiquant de Bagnolet, celui-là est un seigneur. Pour avoir de l'anglais, il faut qu'il soit allemand.

— Je ne marche pas, dit Bob qui a toujours soigneusement évité les coups tordus avec l'occupant. Trop marquants. Sans être un moraliste, il y a des risques à ne pas prendre. L'avenir doit rester ouvert.

— Comme vous voudrez. Je garde mon whisky.

— Vendez-le dans les hôpitaux, ils n'auront bientôt plus d'alcool.

Bob pourrait partir, mais l'affaire le tente. Il ferait fortune à Montparnasse, avec cet alcool prohibé, en le revendant au centuple.

— Éclairez, que voulez-vous ?

Une lueur de triomphe dans les yeux, l'autre s'avance, massif :

— Quelques renseignements. Pour la chasse à l'homme.

— Je ne mange pas de ce pain-là. Pêcheur à la rigueur, mais jamais chasseur.

Le géant éclate de rire.

— Je ne suis pas chasseur non plus.

Il ouvre son portefeuille, présente à Bob une levée d'écrou au nom de Guillaume Dupin. Cinq ans à Fresnes.

— Êtes-vous convaincu ? Attaque à main armée d'un entrepôt militaire français. Interdit de séjour en zone libre. Toléré ici, pour services rendus.

— C'est bien ce qui m'inquiète. Pour qui travaillez-vous ?

— Pour moi, pour toi si tu veux entrer dans la combine. Il s'agit de repérer les hommes traqués et de les vendre à qui peut payer pour eux. Moral, non ?

— Qui paiera ? Vous rêvez !

— Ceux qui ont intérêt à le faire, parce qu'ils auront protégé des gens recherchés, et qu'on peut les balancer s'ils ne crachent pas.

— Je vois, dit Bob. Laissez-moi réfléchir.

— Laisse tes Naja, tu peux prendre le whisky. J'en aurai une autre caisse pour toi lundi prochain à la même heure. Et si tu veux bien bavarder cinq minutes, je suis sûr que tu as de belles histoires à me raconter. Tu peux les dire en chantant.

Au sous-sol, le chapelier s'est précipité vers la pièce du fond. Selon un signal convenu, il frappe doucement, l'oreille collée à la porte. Pas de réponse. Perplexe, il tire de la poche de son tablier un trousseau de clés, ouvre le verrou. Dans le recoin obscur, un lit de camp qu'une table basse sépare du soupirail. Des vêtements en vrac sur une chaise, une pile de chemises propres au pied du lit. La cage est vide, l'oiseau s'est envolé.

Aïcha, qu'il n'a pas entendue arriver, surgit derrière lui :

— Où est-il ? Pourquoi ne pas m'avoir prévenu ?

— Il avait trop peur. Éliane le surveille. Avec Bob, ils guettent les allées et venues, c'est devenu trop dangereux. J'ai dû l'aider à fuir.

— Avez-vous une cachette sûre ?

— Je ne crois pas.

— Je viens de recevoir l'homme de confiance de Mme Fourquin-Trévise. Elle possède un réduit dans les combles où il sera en sécurité, le temps de trouver un autre lieu. C'est un abri provisoire. Tu dois le conduire ce soir.

Monte au dernier étage. À 21 heures, l'homme t'attendra sur le dernier palier.

De retour au magasin, le chapelier ne peut éviter le regard interrogateur de son épouse, de plus en plus intriguée par ces descentes répétées au sous-sol. Elle soupçonne un incident grave qu'il veut lui dissimuler à tout prix.

— Tu n'as pas vu Aïcha ? Elle a disparu de l'atelier.

— Les princesses de l'Atlas ont parfois des foucades, lui dit-il en souriant dans sa moustache. Il arrive aussi qu'elles soient enlevées…

La patronne convient qu'Aïcha n'est pas une fille comme les autres. Éduquée au Maroc dans le meilleur lycée, elle suivait les cours des Beaux-Arts quand la guerre avait éclaté. Coupée de sa famille, isolée et bientôt sans ressources, elle avait dû travailler. C'est l'affichiste Cahuzac qui la protégeait. Il avait été son professeur de peinture et logeait rue Gît-le-Cœur, dans le même immeuble que le chapelier qui n'avait pas hésité à engager comme vendeuse cette fille élégante et discrète au français parfait.

— Prends garde, mon ami, qu'elle ne te conduise en prison !

— Dis à Éliane Vidal que je l'attends à la caisse, répond seulement le chapelier. J'ai à lui parler.

Elle soupire et tourne les talons. Depuis le début de l'Occupation, son mari lui a maintes fois expliqué combien les paroles étaient meurtrières et qu'il fallait donc à tout prix tenir sa langue. Elle a décidé de ne pas se mêler des affaires mystérieuses qu'il traite dans le secret du sous-sol où elle ne met jamais les pieds. Non qu'elle perde confiance en la loyauté du chapelier, c'est pour sa sécurité qu'elle s'inquiète. Ces filles risquent de l'inciter à commettre des imprudences.

Le premier mouvement du patron avait d'ailleurs été de mettre Éliane à la porte avec une indemnité telle qu'elle n'aurait pas à se plaindre. Il réalise cependant que, dans la circonstance, c'est la plus mauvaise solution : l'argent dépensé, les langues se délient, et cette fille était dangereuse.

— Approchez, Éliane, j'ai une enveloppe pour vous, ainsi qu'une mauvaise nouvelle, lui dit-il en fixant ses yeux bleus. Le stock de Bengale est épuisé, nous manquerons de capelines cet été.

— Quel dommage, dit Éliane en minaudant. Les Bengale sont toujours le clou de vos collections.

— Précisément, ma chère, répond le chapelier d'une voix doucereuse, je compte sur vous pour assurer la relève.

— N'est-ce pas imprudent de vous fier à moi ? dit-elle en coulant un regard équivoque. Je suis si maladroite dans les transactions.

Elle soupèse discrètement l'enveloppe, sans oser l'ouvrir.

— Bob permettrait-il que vous vous absentiez quelque temps, dans l'intérêt de la maison ?

— Il faudrait lui en parler. Pourquoi pas ? Nous ne nous voyons presque jamais. Quand il rentre, hélas, je dors. Et je ne puis le réveiller au matin quand je pars. Nous formons un couple fantôme.

— Précisément, je suis sûr que vous êtes assez adroite pour réussir dans votre mission sans qu'il ait le temps de s'apercevoir de votre absence...

— Vous me surestimez !

— Je parle sérieusement. Pouvez-vous partir dès demain ? Vous disposerez d'un billet de train et vous aurez de l'argent. Beaucoup d'argent. Mon correspondant à Toulouse vous attend. Il possède un stock d'avant-guerre qu'il faut inventorier et estimer. Vous connaissez le prix des Bengale.

— En traitant vite, je peux reprendre le train de nuit.

— Il faut rassembler le stock, l'estimer à son juste prix. Deux semaines au moins seront nécessaires.

— Ma réponse peut-elle attendre à demain ?

— Non, vous devez prendre le train le plus vite possible. Je vous verse six mois d'avance sur votre salaire. C'est une affaire importante que vous seule pouvez traiter.

Éliane baisse les yeux. Elle consent.

— Puis-je partir tout de suite ?

À la réponse un peu trop rapide et presque joyeuse du chapelier, elle comprend qu'elle a été jouée. On veut l'éloigner et elle en devine les raisons.

— Vous trouverez dans l'enveloppe le nom et l'adresse de mon correspondant que je préviens de votre arrivée par téléphone. Il vous attendra à la gare de Matabiau. Une chambre vous est réservée dans le meilleur hôtel. Je compte sur vous.

Tant de prévenances laissent Éliane de marbre. Lorsqu'elle entre au café Girard, au lieu de descendre les escaliers du métro, le chapelier se demande si elle prendra réellement le train de Toulouse.

Le petit tailleur de la rue Christine coud devant sa table Henri II, des chaussons aux pieds. Il est l'époux de la concierge et travaille ordinairement dans la loge depuis la guerre, où il a repris son ancien métier. Les femmes du quartier lui confient de vieux habits qu'il est chargé de recouper et de mettre au goût du jour. On ne trouve plus guère chez Latreille, le grand magasin de la rue Saint-André-des-Arts, que des costumes de communiants. Il n'a pas son pareil pour remettre à neuf un antique pardessus ou le transformer en trois pièces pour gosse, avec gilet et pantalon de golf.

Lunettes au front, il n'interrompt pas sa machine à coudre à chaque fois que la porte s'ouvre, mais se contente de basculer puis redresser ses verres d'un seul mouvement de sa tête chenue. Repérer les entrées et sorties de l'immeuble afin de renseigner la police qui passe périodiquement recueillir des informations fait partie des tâches essentielles de la concierge. Avec l'arrosage des plantes vertes de ses locataires et la distribution des sacs de sciure aux étages, une bonne gardienne d'immeuble peut vivre grassement de ses pourboires et de ses trafics. Chacun sait qu'il faut la gratifier d'une enveloppe, sans autre garantie que la confiance, pour qu'elle ferme les yeux en cas de séjours inhabituels dans l'immeuble.

Le tailleur n'est donc nullement surpris de voir réapparaître Aïcha dans sa loge, tout essoufflée d'avoir escaladé les six étages de l'escalier de service.

— Fermez la porte, s'il vous plaît, dit-il en poursuivant sa couture et après lui avoir glissé un bref regard de myope. C'est vous que j'ai vue entrer tantôt, vous étiez accompagnée…

Il s'en souvient d'autant mieux qu'Aïcha lui a, sur instructions, déposé une forte somme.

— Une heure à peine après votre départ, il est parti, sans me laisser la clé. Peut-être va-t-il revenir ? Attendez dans la loge si vous le désirez.

Aïcha remercie de la tête. Pour avoir pris le risque de sortir de jour, seul dans la rue, c'est que le fugitif n'avait pas le choix.

— Vous n'avez pas eu de visite ?

— Deux hommes corrects, coiffés de feutres. Sans rien dire, ils sont entrés dans la cour pour inspecter les façades. Je les avais déjà remarqués et la concierge les a questionnés. Ils n'ont pas voulu répondre. Ce n'était pas la première fois qu'ils venaient ici. Peut-être les a-t-il aperçus par la fenêtre ?

« La Gestapo », pense aussitôt Aïcha qui sort précipitamment.

Entre six et sept, la foule est dense rue Saint-André-des-Arts et se presse sur les trottoirs étroits. Aicha s'est jetée contre le marchand de couleurs sortant de son capharnaüm plein de balais-brosses et de boîtes de Ripolin. Il n'a même pas le temps de réaliser qu'il a reçu la plus belle fille du quartier dans les bras que, déjà, elle longe les grilles du boucher, presque toujours closes, de la rue Gît-le-Cœur. La jeune fille avance d'instinct, tout en s'interrogeant. Elle sait que le fugitif ne peut se diriger, de jour, jusqu'au magasin de chapeaux. Il aura cherché refuge ailleurs. Aïcha ralentit sa course : qui pourrait me conseiller ? Cahuzac ! À deux pas d'ici.

Elle aperçoit, de la cour, sa fenêtre qui reste ouverte hiver comme été. À peine a-t-elle frappé deux coups que l'artiste apparaît sur le pas de sa porte, en robe de chambre, malgré l'heure tardive. Cahuzac ne s'habille jamais sauf lorsqu'il livre ses affiches aux parfumeurs ou aux grands magasins. En sautant dans ses bras, elle a fait jaillir de la pipe du peintre une gerbe de cendres et de brindilles de tabac rougies qui grésillent sur les poils de son manteau. Cahuzac étreint la jeune fille en pleurs et lui sourit. Loin de sécuriser Aïcha, la sérénité de son protecteur soudain l'affole : s'intéresserait-il si peu à son sort ?

Il prend même le temps de débourrer tranquillement sa pipe, pendant que, recroquevillée sur le canapé de cuir, elle a caché son visage dans ses longues mains.

— Ouvrez les yeux, le petit oiseau va sortir.

D'un pas lent, il contourne le pupitre encombré de tubes de couleurs, fait jouer la poignée de cuivre de la double porte du salon.

— Vous pouvez venir.

Apparaît un grand garçon dont les yeux clignent, éblouis par la lumière du jour. Il n'entend rien, comme quelqu'un qui n'a pas dormi depuis plusieurs nuits. Aïcha se précipite vers lui – Frédéric !

LUNDI SOIR

Éliane n'a pas pris le train de Toulouse. Au téléphone, Bob lui a fixé rendez-vous au Forum, à la Madeleine. Ce « bar anglais » où Malraux paraissait régulièrement avant la guerre, de retour de Chine ou d'Espagne, passe pour un foyer de résistants et a mauvaise réputation. Le visage dissimulé sous une voilette serrée, la jeune femme s'est assise à une table au fond de la salle en jetant un coup d'œil inquiet alentour : au changement du Châtelet, elle a eu le sentiment d'être suivie dans le long couloir. Elle a longuement sillonné les petites rues autour de la Madeleine, au risque de se faire arrêter cent fois rue Godot-de-Mauroy où les nombreuses femmes-sentinelles entraînent dans les hôtels les permissionnaires de la Wehrmacht.

Son malaise grandit : à la table voisine, des hommes en costume de flanelle grise, irréprochables, viennent de s'asseoir en commandant au barman, avec un fort accent allemand :

— Deux feuilles d'automne !

La Kommandantur de la place de l'Opéra n'est pas loin du boulevard Malesherbes et les civils à l'accent teuton inspirent plus de crainte que les militaires. On ne voit aucun uniforme au bar.

Bob, qui s'installe à cet instant près d'Éliane, la rassure. Ces placides quinquagénaires sont des bureaucrates de l'armée au grade élevé, assez riches pour obtenir, sous leur nom de code, les Martini du patron, introuvables partout ailleurs dans Paris.

— Veux-tu une « feuille d'automne » ?

— Merci, dit Éliane, toujours soucieuse. Ne pourrions-nous aller au bar ? Le « lounge » est mal fréquenté.

Il s'étale au contraire dans le confortable fauteuil club et demande un cocktail.

— Tu peux parler librement, ils ne sont vraiment pas à craindre. Le Forum est un terrain neutre, une sorte de « no man's land ». On ne serait pas étonné de rencontrer au bar des parachutistes anglais descendus sur les toits des immeubles, buvant un dernier verre avant le train pour l'Espagne. Personne n'a jamais été arrêté ici. Un peu comme une ambassade. On a même vu l'épouse juive d'un banquier parisien fort célèbre gifler un général allemand en civil puis, très digne, monter dans sa Rolls.

Éliane déteste les affabulations de Bob. Depuis belle lurette, les Rolls ont déserté Paris, garées bien à l'abri dans le château de leurs propriétaires, de crainte qu'elles ne soient réquisitionnées par les gradés nazis.

— Ont-ils encore des Gambetta ? dit-elle d'une voix gourmande. C'est un apéritif sans alcool très en vogue avant-guerre, dans le Midi.

— Pourquoi pas de la Suze ou du Claquesin ? dit Bob qui, désinvolte, leur préfère deux cocktails.

Il est sûr qu'au Forum, grâce au patron Antoine, un Italien de vieille souche parisienne, le barman a toujours de quoi réaliser les somptueux mélanges dignes du célèbre vermouth Styx des années 1930.

Décachetant lui-même la lettre du chapelier, il compte sans vergogne les billets de dix mille francs.

— C'est un premier versement, dit-il à voix basse. Nous en obtiendrons d'autres.

Éliane raconte qu'elle a surpris le départ précipité d'Aïcha, mais qu'elle n'a pas pu la suivre. Jusqu'à 19 heures passées, elle a guetté la porte du magasin et celle de l'immeuble. Quand le chapelier a accroché ses grilles, comme tous les soirs, Aïcha n'était pas revenue.

— Ainsi, tu as perdu le fil. Toutes mes félicitations ! gronde Bob, que des éclats de voix empêchent de poursuivre. Derrière eux, Jules Berry, l'acteur de cinéma vedette, a pris violemment à partie sa voisine de table, Suzy Prim. La prise de bec est si violente que les Allemands eux-mêmes ne s'entendent pas.

— Allons au bar, dit Éliane, excédée.

— Me permettras-tu de me détendre avant de remonter la rue Campagne-Première ! Je te rappelle que je suis à bicyclette et que j'ai déjà deux fois traversé Paris.

Éliane, furieuse, déplie *Paris-Soir* pendant que le comédien continue d'invectiver grossièrement sa compagne, son jus de tomate à la main.

— Ils seront sur la scène dans une demi-heure, dit Bob. Tu pourrais te réjouir de cette représentation privée !

— Je crois que je vais réellement partir à Toulouse, dit Éliane. Rends-moi l'enveloppe, du moins le billet de train. Je suis lasse de cette vie-là.

Un chanteur s'est mis au piano. Les yeux embués de larmes, Éliane se cale au fond du club, repliant ses longues jambes sous sa jupe. Jules Berry, calmé, cherche dans la poche de son gilet son fume-cigarette. Bob s'est levé pour aller téléphoner.

— Changement de programme, annonce-t-il, la belle est de retour. Girard l'a vue rentrer à la nuit tombée. Elle était accompagnée.

Éliane fait signe à Bob de regarder en direction du bar où une femme élégante, toque russe à plumet et diamant, s'est accoudée. Un vieux monsieur en smoking l'accompagne.

— Une cliente... Bavarde comme une pie. Nul ne pourra ignorer que je reste à Paris, elle s'empressera de raconter.

— Tu as encore le temps de partir, dit Bob.

— C'est ainsi que tu me retiens ? (De nouveau, les larmes embuent le regard de la vendeuse.) Comment peut-on changer en si peu de temps ? Tu n'es plus l'homme que j'ai connu !

— Je n'ai pas le choix, dit Bob, et tu es la première à profiter de ma nouvelle vie. Serais-tu plus heureuse si je travaillais chez Volkswagen, comme tous les anciens du service commercial de Renault ? Ici, ils n'ont pas besoin de nous. Les tanks sortis de Billancourt partent directement sur le front de l'Est.

— Tu veux te faire plaindre ? Je sais parfaitement qu'avec tes trafics, tu gagnes deux ou trois fois plus d'argent aujourd'hui qu'avant la guerre !

— J'y passe mes nuits et mes jours, à mes risques et périls. Si je suis arrêté, tu ne pourras pas venir me porter des oranges, c'est un billet pour Berlin qu'il te faudra.

— Il n'y a pas d'héroïsme à échapper au STO pour faire du marché noir. Tes copains sont au maquis. Même mon patron, qui n'est plus tout jeune, a son sac prêt pour y partir. Crois-tu qu'il soit agréable d'être la femme d'un minable trafiquant que je ne rencontre jamais qu'entre deux portes de bar ?

Éliane n'est pas suffisamment agressive pour inspirer à Bob de la colère. Il se contente de la regarder en souriant, sans doute pour donner le change. Rien n'est plus ridicule, pense-t-il, qu'une querelle dans un endroit à la mode. Cela sent sa boutique, son parvenu. Même les mandatrices aux Halles se tiennent bien.

— Tu n'auras plus à assurer de surveillance, j'en sais assez ! (Il s'approche d'elle, prend ses mains dans les siennes et dépose un baiser léger sur les lèvres.) Bientôt nous aurons les moyens de partir dans le Midi, où les maisons sont à vendre. Les Italiens ont disparu. Il faut songer à l'avenir et quitter Paris qui va devenir malsain. Rentre au studio et prépare ta bicyclette, nous irons en week-end à Pomponne.

Frédéric croit renaître dans le réduit des combles où l'a logé Mme Fourquin-Trévise. Le poêle à sciure diffuse une chaleur telle qu'il faut entrouvrir le vasistas pour faire entrer l'air encore frisquet de cette fin d'avril. Les hivers de la guerre, très rigoureux, se sont toujours prolongés dans le printemps. À la manière des Russes, les Français ont découvert l'été à la fonte des neiges, comme si le front de l'Est gagnait jusqu'aux plaines de l'Île-de-France.

Il songe à d'autres hivers de la banlieue de Munich où ses parents l'accompagnaient jusqu'à l'entrée du *Gymnasium*, lorsqu'il pouvait encore assister aux cours. Ils craignaient les incidents, et bien qu'il fût âgé de seize ans en

1936, son frère ou ses parents l'attendaient toujours à la sortie en automobile.

Aïcha s'étire dans le lit minuscule, tout chaud de leurs deux corps. Sa main cherche à ses côtés le contact rassurant de Frédéric. Resteront-ils perchés dans ce nid jusqu'à la fin de la guerre ? Qui donc se soucie de leur présence ? Elle n'a aucune envie d'abandonner cette retraite où les hôtes ont prévenu leurs moindres désirs : un réfrigérateur encastré dans le mur de la minuscule cuisine, innovation rarissime dans ce quartier de Paris, contient des vivres frais. Aïcha décide de se lever pour prendre une douche. Minuit sonne à Saint-Séverin. Ils ont dormi depuis 21 heures et, pour la première fois depuis trois mois, ont fait l'amour sans craindre qu'on frappe à leur porte, comme à l'abri de tout.

Frédéric, silencieux, rêve devant le rideau huilé du tub qui, en ombre chinoise, lui révèle le corps élancé d'Aïcha, ses longs cheveux dénoués dans le dos, ses jambes nerveuses et fines, sa cambrure de danseuse. Il se garde de la rejoindre, préférant de beaucoup graver ainsi à jamais dans son souvenir la silhouette de son aimée.

Frédéric pense aussi à ses parents dont il est sans nouvelles depuis leur départ en Amérique, où ils avaient suivi Moholy-Nagy, créateur du New Bauhaus à Chicago en 1937. Demeuré seul en France avec son frère aîné que les Allemands ont déporté, en aurait-il jamais ? Son père avait tenu à ce qu'il suive les cours de Le Corbusier et qu'il s'initiât aux techniques du béton armé. Ainsi avait-il été recruté comme stagiaire, en 1939, dans le cabinet de Fourquin-Trévise dont les hardiesses étaient loin d'égaler celles du maître suisse.

Sortie de la douche, Aïcha est venue frictionner ses cheveux sur les genoux de son amant.

— *Let us mock the midnight's bell !* dit-il en la précipitant sur le lit.

Dans l'isolement de sa retraite, relire Shakespeare est un des rares plaisirs du jeune homme qui se désole de ne pouvoir assister, au théâtre, au *Richard III* où Charles Dullin est inégalable. Lecteur de tous les quotidiens, Frédéric connaît mieux que personne la vie parisienne sous l'Occupation. Il sait tout des spectacles à force d'en dévorer les comptes rendus dans *Le Temps*, où les critiques d'avant-guerre poursuivent leur carrière tranquille.

Aïcha s'est rendormie. Fumant une de ces Naja qu'elle lui rapporte régulièrement du magasin, acquises à prix d'or auprès de la première vendeuse, il songe à la vie aventureuse de ses parents. À sa mère qui, lorsqu'il était enfant, lui racontait comme une Iliade la geste du Bauhaus, cette école d'architecture installée d'abord à Weimar, autour de Gropius, qui voulait être le grand atelier du siècle. En fondant un art rationnel ancré sur l'industrie et intégrant toutes les activités de la création, les Mies van der Rohe et les Moholy-Nagy étaient convaincus d'avoir débarrassé l'Allemagne de ses angoisses pathétiques et mystiques. Au Bauhaus, près de ses parents, Frédéric côtoyait peintres et maîtres de ballet, céramistes, sculpteurs, metteurs en scène et affichistes. Tous les mois, c'était la fête à Weimar : bals costumés et festivals de théâtre. Kandinsky mettait en scène Moussorgsky.

Qui n'aurait le regret de cet avant-guerre béni des dieux, où Dada s'efforçait de dynamiter le globe et, à Paris, imaginait un Panthéon fendu en deux par son milieu.

Les exploits de l'école de Gropius étaient admirés par les créateurs du monde entier mais rejetés par la bourgeoisie qui détestait l'architecture « claire et organique » du Bauhaus de Dessau. De Thuringe en Saxe-Anhalt, l'école trouvait refuge où elle pouvait. Les parents de Frédéric avaient déménagé et son père avait participé à la réalisation de la cité ouvrière de Torten. Les élèves de Gropius étaient-ils des totalitaires, ou des communistes, comme le supposait la bonne presse ? Sans doute Mies van der Rohe avait-il édifié à Berlin un monument à la mémoire de Karl Liebknecht et de Rosa Luxemburg, assassinés par les anciens officiers du Kaiser.

— Merde aux communistes, peste tout haut Frédéric à l'évocation de cet épisode. Ludwig Mies détestait le parti au point d'interdire toute grève à ses élèves et d'instaurer dans l'école la discipline la plus autoritaire. Comment seraient-ils crédibles, enseignant la construction « organique », s'ils contribuaient à ruiner la société ? N'était-ce pas fournir de l'eau au moulin des nazis ?

Ses parents avaient de nouveau déménagé. Cette fois, les industriels étaient entrés dans le jeu du Bauhaus. La puissante A.E.G. passait commande et l'on pouvait espérer un heureux débouché de la « révolution machiniste » dans l'architecture. Annie Albers fournissait les tissus, Marcel Breuer les meubles tubulaires et Marianne Brandt les luminaires. Le style « international », tout intégré, voyait le jour à Berlin au grand scandale des nazis qui, en 1933, avaient proclamé cet art « antigermanique et dégénéré ».

— Connerie ! jure encore Frédéric entre ses dents.

Il se lève et tourne dans la pièce minuscule en se remémorant la révolte de son père. On voulait briser un mouvement irréversible qualifié de juif et de décadent. Comme si l'on pouvait arrêter la pendule du progrès ! Les gens du Bauhaus s'étaient installés à Berlin dans une usine désaffectée qu'ils avaient entièrement repeinte en blanc. À quoi bon ? Mies van der Rohe avait en vain tenté de convaincre le nazi Rosenberg, expert en culture de Hitler. Il avait toutefois obtenu l'autorisation de continuer. Mais comment créer dans cette atmosphère de suspicion et de persécution ? Mies lui-même, découragé, avait alors reparlé d'Amérique au père de Frédéric qui, une fois de plus, avait déménagé dans la banlieue de Munich où il vendait ses services à un cabinet d'architectes traditionnel. De guerre lasse, l'émigration fut décidée. Dans l'ignorance de ce qu'il trouverait aux États-Unis, il avait installé ses deux fils à Paris. Inscrit aux cours de Le Corbusier, Frédéric regrettait seulement que le maître fût toujours en voyage, attelé au grand projet du gratte-ciel d'Alger dont les façades devaient être animées par des brise-soleil. Il s'était procuré la Charte d'Athènes publiée par le grand architecte et proclamant le droit des gens à la lumière et à l'espace. Pour l'heure, davantage préoccupé de cavernes et d'abris souterrains, Frédéric fuit plutôt la lumière du jour. Celle des yeux d'Aïcha lui suffit.

Une heure du matin : au bar de la rue Campagne-Première, toute une faune de désœuvrés, escrocs, noctambules et trafiquants de la nuit parisienne s'est donné rendez-vous. Secondé par un jeune homme roux aux cheveux en brosse et au regard fuyant, Bob a l'œil à tout. Les consommateurs parlent à voix basse et paient sous le comptoir. Prudence oblige.

Les bouteilles de whisky font merveille dans l'arrière-salle où l'on ne pénètre pas sans montrer patte blanche. Plus sévère encore est l'admission au premier étage où le tapis de poker fait flamber les grosses fortunes du marché noir. Bob aura liquidé son stock d'alcool dans la nuit et les clients resteront sur leur soif.

Il oublie un peu le magasin de chapeaux. Certes, il est clair pour lui que la belle Aïcha héberge un juif protégé par le propriétaire de l'immeuble qui a sans doute passé un accord avec le chapelier. Mais il ignore l'identité de l'homme et n'a aucun moyen de la percer. Il faudrait, pour toucher une prime, le dénoncer à la Gestapo, ce qui n'est pas sans danger. Bob n'a aucune envie de voir la police allemande mettre le nez dans ses affaires et le débarquement n'est pas loin. Il prend déjà des contacts avec Marseille pour participer au trafic qui s'organise en Méditerranée : des cigarettes américaines importées de Sicile et de Naples. La Mafia étendra ses filets sur la Côte pour débarquer les caisses dès que les événements favoriseront l'opération. C'est pourquoi il songe avec de plus en plus d'insistance à son installation dans la région de Nice où résident les parents d'Éliane. Acheter un bar sur le port doit être dans ses moyens.

Il n'éprouve donc aucun plaisir à voir se découper dans le tambour d'entrée la silhouette massive de Guillaume Dupin, l'ami de René. Le seul avantage de cette « relation » nouvelle est éventuellement de le fournir en whisky, mais il reste peu disposé à rallier son service très spécial de renseignements.

— Bonsoir, dit l'homme en s'approchant du bar. Je voudrais un scotch.

Le garçon, qui croit à une provocation, déclare aussitôt que l'établissement ne sert pas de boissons étrangères.

Bob surgit en hâte, tendant la main au nouvel arrivant.

— Il me semble que nous nous connaissons.

— Police économique, Répression des fraudes, tranche l'autre en exhibant une carte poisseuse barrée de tricolore. Montrez-moi votre livre de comptes.

Les clients, pétrifiés, n'osent quitter le bar et tournent vers Bob un regard anxieux. Faut-il dissimuler les consommations ?

— Cela n'empêche pas de boire un verre, hasarde Bob, pour gagner du temps.

— Inutile. La vérification ne peut attendre. Vous devez me présenter votre stock, dûment répertorié.

— Voulez-vous me suivre dans le bureau ?

Le colosse, qui n'a pas retiré son chapeau, bouscule les clients sans ménagement pour suivre Bob dans une pièce minuscule, éclairée par une sorte de lampe tempête.

— M'expliquerez-vous ce que signifie ce rodéo ?

— Tu ferais bien d'être prudent. Je sais que tu disposes de dix bouteilles de whisky de contrebande dont il faudra m'expliquer la provenance.

— J'espère que vous plaisantez, vous la connaissez mieux que personne.

— Insulte à fonctionnaire ? C'est la prison assurée.

— En ce cas, montrez-moi votre carte.

— Elle est parfaitement authentique, comme tu peux voir.

Perplexe, Bob lui rend le document.

— Ainsi, vous m'avez tendu un piège.

— Je ne te le fais pas dire. Mais rassure-toi, tu es un trop maigre gibier et tes petits trafics m'indiffèrent. Même le tapis d'en haut, dont on connaît l'existence depuis longtemps.

— Votre collègue le commissaire Dagois m'honore de son amitié.

— Laisse là Dagois, si tu veux bien. Je sais qu'il t'a fourni un condé. Mais si je visite ta cave, je te mets au trou pour cinq ans. Quel intérêt ?

— Je ne vous le fais pas dire.

— Tu serais le seul à bénéficier de ce service. Attendre la fin de la guerre en nouant de solides relations chez les truands de Melun est une satisfaction que je ne te donnerai pas. J'ai mieux à te proposer. Au fait, quel goût a ce whisky ?

— Les clients l'apprécient beaucoup. Il ne m'en reste plus qu'une bouteille.

— Qu'attends-tu pour m'offrir un verre ? Veux-tu que je fasse l'addition de tes gains à la revente ? L'amende sera rondelette. Onze fois la valeur du produit. Mais, je te le répète, la limonade ne m'intéresse pas.

— Je sais, dit Bob en servant une large rasade de liquide doré. Vous attendez de moi d'autres services. J'ai précisément ce qu'il vous faut. Mais il faut définir les termes du contrat.

— Je t'affranchis, dit l'autre, j'ai fait suivre ton amie.

— Monsieur…

— Appelle-moi Willy, ou Bill si tu préfères. La mode est à l'anglais, n'est-ce pas, Bob ?

— Vous n'avez pas le droit. Elle est en dehors de mes affaires.

— Charmante, la femme de Bob. Un bon job chez le chapelier. Pourvu qu'elle y reste !

— Que voulez-vous dire ?

Bob se demande avec angoisse s'il fait allusion au voyage de Toulouse. Il aurait alors rencontré Éliane. Elle seule pouvait l'informer. Qui sait, peut-être l'a-t-il arrêtée, pour l'impressionner tout à son aise, lors d'un interrogatoire impitoyable. Sa première impression était bonne : l'homme est dangereux. Il n'aurait jamais dû accepter la caisse de whisky. Cette fois il en est sûr : René est sous les verrous.

— Qu'attendez-vous au juste de moi ?

— J'ai cent caisses de ce breuvage, bien planquées, qui n'attendent que le client. Elles proviennent d'une saisie opérée par mes collègues de Nice sur un arrivage en provenance de Corse. L'origine est sicilienne. Tu me suis…

— Parfaitement.

— C'est donc de la marchandise saine, pas du pipi de chat. Tu sais que tu peux la vendre au prix fort. À mille francs la bouteille, je te laisse faire le compte.

Nul besoin, Bob a déjà mesuré son profit.

— La contrepartie ?

— Ta femme nous a mis sur la piste. Nous connaissons l'histoire de l'étudiante des Beaux-Arts. Ce qui nous manque, c'est le nom du juif. Il est architecte et protégé par Fourquin-Trévise.

— Un homme puissant.

— La seule puissance que je connaisse, c'est celle de l'occupant. Je puis perquisitionner dans la cave de ton chapelier et lui demander l'origine de ses feutres. Je peux aussi monter au dernier étage et questionner le grand homme sur la main-d'œuvre qu'il fait travailler clandestinement dans son bureau d'études et qui n'est pas en règle avec la loi. Tu me suis toujours ?

— Vous en savez plus que moi et vous avez tous les moyens d'agir. Quel est mon rôle dans cette affaire ?

— Capital. Tu dois me donner le nom du juif et trouver exactement sa cachette. Nous en sommes encore aux hypothèses et le vieux Fourquin est un coriace. Il faut constituer le dossier de A à Z avant de lui présenter la facture.

Trois heures du matin : Aïcha dort à poings fermés. Frédéric a allumé une loupiote pour se replonger dans la Charte d'Athènes. C'est ainsi depuis de longs mois : il ne peut parvenir à trouver le sommeil. Sans les études que lui confie discrètement le cabinet Fourquin, il serait mort d'impatience.

Il attise le poêle à sciure. Frileuse, Aïcha pourrait trembler au petit matin. Par le vasistas, il distingue dans l'immeuble d'en face une fenêtre éclairée. Il éteint précipitamment sa lampe, règle ses jumelles. Deux hommes sont à l'affût et regardent dans sa direction. Ils disposent d'une sorte de lunette panoramique sur le balcon. Depuis quand espionnent-ils ?

Il hésite à alerter Aïcha : peut-être est-il trop méfiant. Pourtant, il a bien identifié les deux silhouettes en contrebas. Ils n'ont pas pu le repérer distinctement. Est-ce lui qu'on traque ? Aïcha a soupiré dans le lit. En face, la fenêtre s'est éteinte. Dans les bras de la Marocaine, Frédéric tente d'oublier cette angoisse qui s'est réveillée avec la conscience du danger. Pas pour longtemps.

Les sirènes de l'alerte déchirent la nuit. Tirée brutalement de son sommeil, Aïcha cherche le bouton de la lampe. « Non ! » crie Frédéric qui bondit au vasistas pour scruter la fenêtre toujours opaque. Vont-ils descendre aux abris ? Si la lucarne reste obscure, les autres vont penser que les occupants de cette pièce n'ont pas la possibilité de se rendre à la cave. Aïcha marche à tâtons, à demi-réveillée, pour observer, dans la nuit sans étoiles, le jeu des projecteurs de la Flak. On aperçoit, dans les faisceaux lumineux, les silhouettes noires des avions.

— Peut-être faudrait-il descendre, dit-elle.

Les éclats d'obus criblent le zinc des toits, rebondissent sur les gouttières ou percutent le pavé. Les projecteurs illuminent les petits nuages blancs des explosions. Les mitrailleuses lourdes installées sur la tour Saint-Jacques lancent leurs balles traçantes. Le feu d'artifice est admirable. Qui s'en priverait pour grelotter dans une cave obscure ?

— Ils visent la banlieue, dit Frédéric, rassurant. Les coups de canon s'éloignent.

Son oreille exercée entend des pas dans l'escalier.

— Éteignez les lumières ! Tout le monde à la cave.

C'est la voix du chef d'îlot qui dévale les escaliers, un casque de la guerre de 14-18 sur la tête.

— Éteins à présent, ordonne brusquement Frédéric. Il faut qu'ils croient que nous sommes à l'abri.

— Ils ? Qui ça ?

— Ceux qui nous observent en face avec une longue-vue.

— Partons tout de suite, dit Aïcha, nul ne nous arrêtera pendant l'alerte. Les Allemands sont les plus poltrons.

— Pour aller où ?

— Je ne sais pas. Mais si nous sommes repérés, nous ne pouvons courir le risque d'être arrêtés dans la maison des Fourquin-Trévise.

Frédéric s'habille en hâte. Elle a plus que lui le sens de la sécurité. Personne dans l'escalier ni dans l'entrée. Ils se retrouvent dans la rue, contournent la fontaine Saint-Michel pour gagner les ruelles plus tranquilles du quartier Saint-Séverin. Le pavé est parfaitement obscur, balayé seulement par la lumière des projecteurs qui fouillent toujours le ciel.

Devant les grilles de l'église, elle s'engage rue du Cloître-Saint-Séverin.

— Plus vite. Donne-moi ton sac.

Il la suit à grands pas dans le dédale obscur sans reconnaître les lieux. Une brève lueur lui révèle enfin la vieille maison, où Aïcha, à peine sous le porche, décline sur un ton aigu le nom de Bacouche. Entraînant Frédéric dans une série d'arrière-cours, toutes plus exiguës et sombres les unes que les autres, elle s'arrête près d'une sorte d'appentis de bois, une baraque de jardinier. Le sable crisse sous leurs chaussures.

Aïcha frappe doucement au carreau. Rien ne vient. Elle pousse la vitre et parle en arabe, à voix plus forte. La porte s'entrouvre. Bacouche, à moitié nu, lui fait signe d'entrer.

— Tu dois nous cacher pour la nuit, dit-elle.

— Êtes-vous poursuivis ? demande le gosse en écarquillant les yeux.

— Oui, mais ne pose plus de questions, demain il fera jour.

Le père, veilleur de nuit, est absent et ne rentre qu'à 7 heures, couchant dans le même lit de fer que son fils qui se lève à son arrivée pour faire chauffer le café.

— Prenez mon lit, et n'allumez surtout pas la lumière. Personne ne cherchera ici.

— Où vas-tu dormir ?

— Dans l'église. J'avertirai l'abbé demain matin, il vous trouvera une cachette sûre.

— Garde-t'en bien, il pourrait nous dénoncer. Nous ne sommes chrétiens ni l'un ni l'autre, dit Aïcha en multipliant les signes cabalistiques pour échapper au mauvais sort.

Bacouche, en riant, l'imite. Ils retrouvent leur langue, leurs habitudes. Elle le serre dans ses bras.

— Je n'oublierai jamais les services que tu m'as rendus.

— Qui est-ce ? demande Bacouche en arabe en désignant Frédéric.

— Oublie sa présence. Il est en danger de mort. Allah le sauvera.

— Allah est grand ! récite machinalement Bacouche, reprenant le discours de l'école coranique. As-tu une autre idée, si tu ne veux pas du vicaire ?

— Le chapelier. Tu iras le voir demain matin. Il aura sans doute une solution.

— Tu devrais te fier à mon père. Il a de nombreux amis dans tous les quartiers. Vous ne devez pas rester ici. Le chapelier lui-même doit être surveillé s'ils vous ont repérés.

Frédéric a entendu cette dernière phrase que Bacouche a dite en français.

— Il a parfaitement raison. Il ne faut plus rien demander au chapelier. Nous attendrons patiemment le retour de ton père.

— Et changez de quartier, dit Bacouche qui s'éloigne à regret d'Aïcha. Soyez heureux dans mon lit. Allah veille sur vous !

Quatre heures du matin. L'alerte est finie depuis longtemps mais les clients du bar sont toujours là. Le vérificateur aux larges épaules a laissé Bob dans la plus grande perplexité. Il l'a assuré que sa femme dormait sagement dans son studio de Neuilly et qu'elle l'attendait. Il reviendra le lendemain pour avoir les renseignements souhaités. Bob se demande comment il pourra les obtenir, à moins qu'Éliane ne parte réellement pour Toulouse : il aurait ainsi l'occasion de revenir la tête haute à la boutique pour demander des nouvelles. Le chapelier ne pourrait refuser de le recevoir.

À 5 heures, les derniers joueurs de poker quittent le bar. Bob n'a pas le courage de leur offrir un dernier verre. Il ferme précipitamment, descend à pied la rue Campagne-Première, son vélo à la main et, comme chaque matin, gagne la place de la gare Montparnasse où les bistros sont déjà ouverts. Au Bar de la Marine, il sait qu'il peut trouver du café frais moulu. Le patron fait partie de sa clientèle.

— Tu connais la nouvelle ?

Bob s'attend à tout. Les Alliés ont-ils débarqué ? Les maquisards ont-ils tué Philippe Henriot ?

— Le Maréchal vient à Paris.

— Pour la fête de Jeanne d'Arc ?

Faute de lire les journaux, Bob ignore encore que Pétain est de plus en plus à la botte des occupants. L'ambassadeur d'Allemagne Otto Abetz vient de lui ordonner d'engager dans son gouvernement les trois ultras de la Collaboration.

Darnand le milicien, Déat l'ancien communiste devenu fasciste et l'ex-député de Bordeaux Philippe Henriot qui prend quotidiennement la parole à Radio-Paris pour dissuader les jeunes de rejoindre la Résistance. Que vient faire Pétain à Paris ? Il y sera reçu avec des pierres et des boulons.

— On dit qu'ils veulent le retenir au château de Rambouillet. Le vieux aurait du vague à l'âme.

— C'est en 42 qu'il aurait dû prendre ses distances, répond Bob. Pourquoi ne s'est-il pas embarqué pour Alger ? Les pieds-noirs lui auraient fait un accueil triomphal.

Il se tait. Un homme en imperméable gris vient de s'approcher du comptoir.

— Le café sent bon, dit-il en se frottant les mains.

Dieu merci, il n'est pas allemand. Le barman n'est pas pour autant porté à la confidence ni à la générosité.

— Et pour monsieur ?

— Un café, dit-il en ouvrant son imperméable : à l'intérieur, deux sacs de jute sont accrochés par des pinces.

On peut y lire en lettres noires de paquet poste : MADAGASCAR.

La transaction est rapide. Le barman connaît le tarif. Les paquets changent de mains en un clin d'œil. L'homme empoche une liasse épaisse de billets.

— Tu te défends mieux que moi, dit Bob quand l'inconnu a disparu dans la brume légère de l'aube qui cache presque le fronton de la gare.

— Ne crois pas cela. Je vais manquer de sucre. Mon fournisseur d'Arras n'est pas venu cette semaine. Il doit être en tôle.

— Ou en Allemagne. Les rafles sont plus nombreuses. Ils piquent les gens dans les cinémas. Donne-moi de la saccharine.

— Avec ce café-là, bois sans sucre. Tu sentiras mieux le goût.

Des camions bâchés s'arrêtent devant la gare. Bob distingue à peine dans la pénombre les hommes qui sautent sur le trottoir.

— Une rafle, à cette heure ?

— Les permissionnaires qui rentrent. Ils vont en Bretagne garder le Mur de l'Atlantique. Tous les jours, les trains les emportent. D'autres arrivent. Ils doivent s'ennuyer sur les plages.

— Paris est le plus grand bordel de la forteresse Europe, conclut Bob en reprenant sa bicyclette et en songeant à Éliane. Ne lui a-t-il pas promis de l'emmener en Seine-et-Marne demain ?

Il redescend la rue de Rennes, prend les quais jusqu'à la Concorde. Il brave les contrôles, disposant d'un *Ausweis.* Il n'est du reste pas arrêté. Depuis quatre ans, les habitudes sont prises : les Allemands savent bien que, pour se risquer à circuler dans Paris, il faut être en règle. L'aube pointe quand Bob passe devant le ministère de la Marine. Sur le toit, deux marins allemands sont occupés à changer le gigantesque drapeau à croix gammée. « Une attention délicate pour la visite du Maréchal », se dit-il.

La montée des Champs-Élysées au petit jour est toujours une épreuve pour lui. Il tire sur son guidon en se balançant d'un côté à l'autre pour économiser l'effort. Tandis qu'il croise les voitures vert sombre qui arrachent les derniers officiers aux cabarets de la rue Pierre-Charron, il s'emporte contre Éliane. « Elle était dans la place et elle s'est laissé piéger. Ce voyage à Toulouse est évidemment un renvoi déguisé. Le chapelier achète son silence. Faut-il qu'il risque gros ! »

Arrivé dans la plaine des Sablons, le gîte n'est pas loin et la bonne humeur lui revient. Il est toujours joyeux de se glisser dans les draps frais parfumés par Éliane et de sentir contre lui la douceur de son corps. N'a-t-elle pas après tout du mérite à maintenir une liaison avec un homme invisible ? « C'est vrai, pense-t-il en sifflotant, je suis l'homme invisible ! L'insaisissable Mister Bob de Montparnasse. Le plus grand barman du siècle. »

Aspirant l'air frais, Bob songe qu'il n'a devant lui qu'une couple d'heures pour se reposer avant de repartir avec Éliane pour la Seine-et-Marne. Il lui a promis un divertissement, et vingt-cinq kilomètres en tandem lui changeront les idées. Il doit être à midi chez Auguste Vasseur, un architecte au vert qui connaît bien son monde et déteste attendre. À aucun moment Bob ne se demande si ce voyage, en pleine semaine, fera vraiment plaisir à son amie. Auguste est un vieux bougon, un célibataire endurci qui vit dans un pavillon de meulière. Chaque fois qu'ils lui rendent visite, il les loge sous les combles dans une chambre tapissée de fleurs mauves suintant l'humidité. Éliane refuse de se coucher sans son pull de laine épaisse et Bob promet, au retour, qu'ils n'iront plus à Pomponne. Elle était pourtant si belle au dernier voyage avec son short blanc et son chemisier à fleurs… « Nous coucherons au bord de la Marne, se dit-il. À Quicangrogne. L'auberge est chauffée la nuit. »

Il est conscient, en remisant sa bicyclette dans le hall de l'immeuble, de devoir cette compensation à Éliane. Après tout, il la retient à Paris où elle n'a que faire alors que le chapelier lui offrait, avec le billet de Toulouse, un chemin pour Cythère. Qui sait si le bougre n'avait pas d'arrière-pensées.

Il se rappelle soudain que le propriétaire huppé de cet immeuble moderne de Neuilly lui a fait des réflexions : pas de vélos dans l'entrée. Il charge l'engin sur son épaule et grimpe les six étages. Après être entré sans bruit pour ne pas réveiller sa compagne, il se glisse dans la salle de bains, grimace sous la douche froide, se vaporise de parfum et lisse ses cheveux. À pas de loup, en évitant de faire grincer la double porte du « living », il pénètre sans éclairer dans la chambre dont la porte est toujours ouverte. Le lit n'est pas défait : Éliane est partie pour Toulouse…

Six heures du matin. Frédéric et Aïcha se sont endormis dans le lit de fer de Bacouche, serrés l'un contre l'autre, après avoir de nouveau fait l'amour. Il se sont enveloppés dans une peau de mouton et les fugitifs n'entendent pas tourner la clé dans la serrure. Ahmed, le père de Bacouche, se frotte les yeux. Il ne rêve pas. Un couple est dans son lit.

Aïcha, la première, se dresse en cachant sa nudité. Elle explique, en arabe, les raisons de leur présence. Par pudeur Ahmed n'éclaire pas et, prudent, conserve les volets fermés. Il écoute dans la pénombre sans mot dire, comprend que cette belle Marocaine dont Bacouche lui a déjà parlé lui demande de cacher un juif. Sans doute pense-t-il que son fils est fou et que cette femme trahit les lois de sa tribu. Pourtant, elle parle avec assurance comme si elle était habituée à commander, sans manifester la moindre honte, le plus infime regret. Elle se lève, triomphante, et le prie de se retourner pendant qu'elle s'habille. Frédéric, enfin réveillé, se hâte de l'imiter.

Perplexe, Ahmed allume le gaz, réchauffe le café d'orge que Bacouche a préparé le soir dans une casserole. La première tasse qu'il propose est pour Frédéric qui remercie en inclinant la tête. Aïcha lui prend la casserole des mains pour servir elle-même.

— Tu es fatigué, dit-elle.

De nouveau, le silence. Ahmed offre des gâteaux secs et des raisins confits à ses hôtes qui, assis sur le bord du lit de fer, n'osent refuser de crainte de faillir aux lois de l'hospitalité.

Les yeux brûlants d'Aïcha ne le lâchent plus. Il en est impressionné. Chez lui les hommes commandent, mais les femmes font la loi. Dans les grandes circonstances, elles montrent toujours le chemin du devoir. Avec ces yeux-là.

Les Algériens sont déjà nombreux à Paris. Mais il n'est pas d'usage d'émigrer avec sa femme ; les hommes viennent seuls. Aïcha est une exception. Il faut qu'elle soit exceptionnelle pour que Bacouche, qui a le sens des convenances, lui ait permis de coucher dans son lit. À la voir si belle, il l'a d'abord prise pour une putain. Mais elle parle comme une princesse.

— Vous ne pouvez pas sortir de jour, dit-il. Attendez jusqu'à la nuit. Savez-vous où aller ?

Aïcha prend de nouveau, longuement, la parole en arabe. Elle doit expliquer la situation du fugitif.

— Aujourd'hui, les juifs, dit-elle en français. Demain, ils traqueront les Arabes.

Chez Renault, au syndicat clandestin, Ahmed a entendu parler des nazis qui déportent les juifs par familles entières, après les avoir regroupés au Vel'd'Hiv' pour les diriger sur des camps. De là, on ignore ce qu'ils deviennent, mais les camarades affirment qu'ils les font mourir dans des camps de concentration avec les communistes et tous les opposants. Ils ont enlevé les Espagnols et les Gitans.

— J'ai peut-être un endroit où vous cacher. Mais c'est loin, aux portes de Paris. Bacouche peut vous accompagner.

Aïcha l'embrasse sur le front, s'agenouille devant lui, baise ses mains. Il la relève, plus ému qu'il ne saurait le dire par cette femme de grande famille qui encourt les pires dangers par amour. Il n'admet pas qu'elle puisse être humiliée, approuve son fils et fera tout pour aider les jeunes gens.

— Les sidis sont nombreux dans le quartier, ajoute-t-il, mais ils le sont plus encore à Ménilmontant.

Dans le 20e, on est habitué à leur présence, comme dans d'autres quartiers de Paris. Ils ont débarqué avant la guerre de 14-18, quand l'industrie et le bâtiment réclamaient de la main-d'œuvre à la pelle et que Bretons et Savoyards avaient déjà d'autres ambitions que d'être employés aux plus basses besognes. Les « sidis » et les « tchouk-tchouk » (Chinois ou Tonkinois) logeaient à quatre dans les arrière-salles de bistros, louant leur chambre très cher. Des petits chefs interprètes favorisaient leur installation. Ahmed avait dû payer, pendant de longs mois, en échange du travail qu'on lui avait fourni chez Renault. Sans l'assistance de l'archevêché, il n'aurait jamais trouvé ce logement indépendant, si misérable fût-il.

— Je vais dormir chez un frère, dit-il, recouchez-vous, vous partirez à la nuit tombée.

Il réfléchissait encore. Depuis 1918, la région parisienne était le grand centre d'immigration, après Marseille et les mines de charbon du Nord. Les frères étaient nombreux, organisés. Les Allemands ne les avaient pas utilisés en Allemagne, craignant que la population ne fût indignée d'un apport d'étrangers si contraire à la propagande raciste. La plupart des frères kabyles travaillaient dans les raffineries de sucre, qui exportaient leur production en Allemagne. Ils étaient aussi aux chemins de fer et dans les industries chimiques, au caoutchouc surtout, où les conditions de travail étaient si dures que les Français renonçaient.

Impossible à la police de s'y reconnaître dans les ghettos qui s'étaient constitués. Les immigrés n'étaient fichés que dans les quartiers où ils étaient en minorité. Les clandestins sans papiers étaient plus nombreux que les autres et l'on avait du mal à identifier un monde qui prenait l'habitude de s'habiller à l'européenne, abandonnant la chéchia encore en usage à Paris dans les années 1920.

— Je vais au café maure de la place Maubert, dit-il. Je reviendrai ce soir. Soyez prudents, gardez les volets fermés et surtout ne sortez pas.

Ahmed sait que les Kabyles de Montmartre vont souvent à Maubert chercher du ravitaillement.

— Il reste du thé et quelques dattes, dit-il à Aïcha. Vous ne mourrez pas de faim. Bacouche vous tiendra compagnie. Dites-lui qu'il ne cherche pas à me joindre.

Frédéric reste droit, immobile et silencieux. Ahmed se retourne et lui tend la main en le regardant longuement dans les yeux. Il passe une telle chaleur dans ce regard que le jeune fugitif, soudain, détourne le sien. Il est embué de larmes.

— Qu'Allah soit avec toi, lui dit Aïcha en joignant ses mains. Tu es le meilleur des hommes.

MARDI

Bob fulmine en grimpant la longue côte qui conduit à Montfermeil. La route étroite, pavée par endroits, est cependant fréquentée par une nuée de cyclistes, à croire que tous les Parisiens vont au ravitaillement dans les grandes fermes de la Brie ou dans les bourgs de la vallée du Grand-Morin. Il est vrai qu'ils étaient aussi nombreux en septembre 1914 pour aller piller le champ de bataille de la Marne. Les gendarmes ne savaient plus comment les refouler.

Bob roule sur une des routes du marché noir et des détrousseurs de cadavres. Un gibier de prévôté.

Auguste assurément ne manque de rien : les petits veaux de Pomponne se blottissent sur les coteaux face à Lagny. À l'ombre d'un château du grand siècle au parc abandonné aux chasses allemandes, les gros bourgs ruraux regorgent de beurre, de pain blanc, de charcuterie et de gibier à l'automne. Ce garde-manger pour Parisiens riches est le fief de régisseurs, fermiers et conducteurs de culture dont les ancêtres avaient déjà fait fortune sous la Révolution, sur des terres que les maîtres avaient dû abandonner.

Les trafiquants parisiens traitent donc avec des hommes de paille, avides d'argent et qui n'hésitent pas à dénoncer les mauvais payeurs avec la complicité des autorités. Il faut de temps à autre se faire bien voir. Auguste vivote non loin de ces demeures frileusement occupées par des maîtres dont les revenus se ressentent des menaces sur Suez ou de l'entrée en guerre de l'Amérique. La Bourse ne rapporte plus guère et les moissons partent en Allemagne. On ne s'enrichit que dans l'industrie de guerre et tout le monde ne peut fabriquer, comme Renault, des chars. Un marché privilégié qui n'est plus soumis à la concurrence.

On a toujours besoin d'un architecte pour convertir un pavillon de chasse en logis douillet, une écurie en logement, pour isoler une aile de château ou installer, sous les ors et les peintures des grandes salles de bal, des plafonds bas qui accueilleront des bureaux. Les devis sont chétifs, modestes, Auguste vit de peu mais il met du beurre dans sa soupe et ne manque pas de fromage. Ses relations chez les fermiers lui permettent d'approvisionner grassement ses amis parisiens. Jamais il n'a reçu, dans son pavillon triste, autant de cyclistes aux mollets nerveux et au teint pâle. Il leur offre de quoi se requinquer au prix de quelques grimpettes. Mais, pour lui rendre visite, il faut casser sa tirelire.

Installé sur le versant Chelles, il n'a pas, de sa grande chambre du premier étage, vue sur la Marne, pas davantage sur la forêt, mais sur les rues sans trottoirs d'un ensemble pavillonnaire construit dans les années 1920. Il n'empêche que Pomponne est bien placé : vers Chelles commence la plaine de France, riche en grains, et de l'autre côté de la Marne, la Brie dont les taulards de Melun assurent en juillet les lourdes moissons. On ne peut mourir de faim quand on est sous la pissoire – comme disent les joueurs de manille – de ces deux cornes d'abondance.

Les Parisiens qui, nombreux, possèdent des villas de week-end à Claye-Souilly et jusqu'à Villevaudé s'y rendent aussi à bicyclette, par petites étapes. Ils évitent au retour les quais de gare et le train, soustrayant leurs victuailles au regard des jaloux, dénonciateurs et vérificateurs de toutes sortes. Un seul obstacle : le barrage routier improvisé dressé par les gendarmes.

Bob passe à pied le passage à niveau de Chelles dont la barrière s'aligne en travers de la route. Il retrouve le sourire, sachant qu'à cette hauteur il est presque arrivé, et s'offre le luxe de prendre un café arrosé au café de la gare, où il a ses pratiques. Les voyages de Bob sont un tour de France de la combine.

Quand il tire la clochette d'Auguste, sa montre marque midi. L'architecte l'entraîne dans ce qu'il appelle le parc, un coin de terrain à herbes folles où il a construit de ses mains une pergola. Le pastis attend. En guise de préambule, Bob a tiré de son sac six nouvelles bouteilles. Un droit de péage, en somme.

Auguste ne cache pas son étonnement : les visites de Bob sont en général mensuelles et il est venu le dimanche précédent.

— Tu aurais dû prévenir, dit-il en fronçant ses épais sourcils. Je n'ai pas de marchandise. Tu m'as téléphoné hier seulement.

— Qu'à cela ne tienne. Je sens la bonne odeur du lapin chasseur. C'est une joie de déjeuner avec toi.

S'il a pris la route seul, se dit Auguste, ce n'est pas par plaisir. Qu'a-t-il fait d'Éliane ? Il prétend qu'elle est partie à Nice, chez ses parents. Invérifiable. Pour pédaler ainsi en semaine, sur un long parcours, il doit avoir de solides raisons. Il suffit de le voir venir.

— As-tu gardé des relations professionnelles avec le cabinet Fourquin ? interroge Bob en dégustant du brie de Coulommiers.

— Pas la moindre, répond Auguste, méfiant. Le vieux a mis son affaire en sommeil. Je crois qu'il a gardé un jeune pour les archives. Tu sais bien qu'on ne construit plus en Europe.

— Tu veux dire qu'on bâtit pour mille ans. Il y a des marchés sur l'Atlantique pour les marchands de béton. Des centaines de bureaux d'études travaillent pour l'organisation Todt.

— Ce n'est pas le genre de Fourquin-Trévise. Il regarderait plutôt du côté de l'Algérie. Mais les liens sont rompus. De Gaulle y règne en maître après beaucoup de difficultés avec les Américains. Il faut croire que ceux-ci adorent Le Corbusier. Il a des projets importants pour Alger.

— Je sais tout cela, dit Bob d'un air suffisant. Il reste que le vieux Trévise pourrait employer du personnel au noir pour réaliser clandestinement des contrats. Avec l'Allemagne par exemple.

Auguste éclate de rire. La naïveté de Bob le déconcerte. Comment imaginer ce cher Fourquin, vieillard à la barbiche blanche et dignitaire incontesté de la Société internationale d'architecture, se compromettant avec les nazis ! S'il emploie encore des gens, c'est évidemment pour préparer l'après-guerre, afin que Le Corbusier ne soit pas le seul à ouvrir, le moment venu, ses cartons pleins d'idées neuves.

— Il faut que tu saches que les nazis ont découragé toute l'école moderne du Bauhaus, pour favoriser des aventuriers. Du néoclassique colossal, c'est tout ce que sait faire le maître de l'urbanisme berlinois, la coqueluche des héritières de Krupp, le beau Speer, le favori du Führer. Celui-là n'a pas laissé la moindre chance aux attardés du Bauhaus qui n'avaient pas encore quitté l'Allemagne. En 1937, Hitler l'a nommé à la tête des bâtiments de Berlin. Les commandes sont toutes allées aux nazis. Ceux qui voulaient rester ont dû partir, faute de travail. Ils étaient tous les amis de Fourquin.

— Speer ne s'occupe plus d'architecture, dit Bob qui a vu dans *Signal* la photo du ministre allemand des Munitions et de l'Armement.

— Encore plus dangereux. Il est, pour le compte de Hitler, le vrai maître de l'Allemagne.

— Pourquoi le vieux Fourquin a-t-il toute sa vie fricoté avec les architectes allemands ?

— Comment, tu ne sais pas ? Mme Fourquin-Trévise est allemande.

Carmen Otero déplie son étui laqué noir et place, méticuleusement, une cigarette à bout doré entre ses lèvres. Elle s'est juchée sur le tabouret du chapelier, à ses côtés, dans l'atelier. L'homme a dû abandonner toutes ses formes pour repasser en urgence sa capeline de paille du Bengale. Elle croise les jambes, superbement gainées de bas de soie noirs, et exhale des ronds de fumée blanche de sa bouche outrageusement fardée.

— Mets-toi dans la tête, dit-elle au chapelier, que tous les soirs, au dernier acte, je tombe de tout mon long, morte. La capeline est évidemment la première victime.

Carmen joue au théâtre tout proche de l'Odéon. Non plus Lorca qu'elle a lancé dans Paris juste avant la guerre, mais un répertoire banal et bêtifiant qui convient parfaitement aux bourgeois du quartier. La salle ne désemplit pas et raffole des mélodrames.

Elle tutoie le chapelier et converse avec lui en espagnol. Quand elle rit à ses maladresses d'expression – il parle plus volontiers la langue d'oc que celle de Cervantès –, on entend tinter ses longues boucles d'oreilles en or. Carmen, bien sûr, n'a d'espagnol que le physique : un port d'impératrice, des cheveux noirs, des prunelles sévillanes. Elle pourrait danser à Grenade pour Federico dont elle connaît l'œuvre par cœur. Elle chante souvent dans l'atelier, fascinant les arpettes.

Le chapelier a ses coquetteries en matière de langues vivantes. Sur la porte du magasin, une inscription : *Se habla Español. English Spoken.* Il prétend connaître l'anglais, ayant, comme tant de jeunes gens du Sud-Ouest, fréquenté une école britannique dès son plus jeune âge. Mais il a aussi intrigué pendant la guerre, alors qu'il tenait fort tranquillement garnison dans l'armée des Alpes, pour être nommé à une mission franco-anglaise. Envoyé au front, il a échappé de justesse aux soupçons d'un officier de renseignements de Sa Majesté qui voulait le faire fusiller comme espion : sa tenue étrange et sa pratique de l'anglais rendaient le Britannique perplexe. Voilà que cette Otero, dont la mère est picarde, prétend maintenant lui donner des leçons d'espagnol ! Il lui pardonne tout pour l'amour de Lorca, de Francis Carco qu'elle a rencontré personnellement et parce qu'il éprouve pour les femmes très brunes une sensibilité marquée.

— *Vamos*, dit-elle. La paille est prête. Tu es un ange. Je reviendrai demain si je rate encore ma chute.

— Que ce tabac sent bon ! Vous devriez prendre l'Orient-Express. Ils vous mettraient en effigie sur leurs réclames.

— Très bien. Et je pourrais chanter pour les volontaires bulgares sur le front de l'Est. Tu sais parfaitement que mon tabac vient de Suisse, le seul pays civilisé d'Europe.

Le chapelier ne répond pas et croit savoir qu'un riche producteur de Genève s'intéresse à la carrière de Carmen.

Hugo, l'ouvrier italien à la voix de ténor, ne peut s'empêcher d'attaquer l'air des « Remparts de Séville » pour ne pas être en reste. Carmen se garde de lui donner la réplique, elle ne chante jamais que des poèmes et préfère le style réaliste, façon Carco. Elle se laisserait volontiers aller vers l'anarchie.

— Vous devriez chanter Bruant, lui dit le chapelier. C'est un très grand poète.

— *No cabe duda !* Rôdeuse de berge, au bord de l'eau, je m'promène comme une petite grue… u… e…

On frappe à la porte. Elle s'interrompt aussitôt. La barbiche de Fourquin-Trévise impose à tous un silence gêné.

— Puis-je vous voir une seconde ? dit-il au chapelier d'un ton pressant.

En s'excusant auprès de Carmen, l'homme précède son propriétaire dans le magasin désert et l'attire près de la caisse.

— Que se passe-t-il ? dit Fourquin-Trévise. Avez-vous des nouvelles de Frédéric ? Il a disparu en pleine nuit, sans rien laisser. Pas un mot d'explication, aucun message. Ma femme et moi sommes très inquiets.

— Première nouvelle. Je ne sais rien et Aïcha ne s'est pas présentée au travail ce matin. Je ne peux pas envoyer une arpette à son domicile, qui est sans doute surveillé par la police. À mon avis, ils ont pris peur et sont partis.

— Ils ne peuvent pas partir. Je connais Frédéric. J'ai personnellement aidé son frère à gagner Marseille pour un embarquement clandestin. Il voulait à toute force rejoindre Alger où Le Corbusier avait des projets. C'est ainsi qu'il s'est fait prendre. Jamais je n'aurais commis la même erreur avec Frédéric. Il ne voulait pas quitter Paris. Soyez sûr qu'il se terre, Dieu sait où. S'il a le moindre problème, je ne pourrai pas le protéger parce que je ne saurai même pas qu'il a été arrêté.

— Il faut qu'ils se soient affolés pour quitter leur retraite en pleine nuit. Laissez-moi enquêter, c'est sans doute Aïcha qui mène la danse avec les Arabes. Je n'ai pas de nouvelles de Bacouche, c'est lui qu'il faut voir.

— Soyez prudent. Si leurs soupçons sont fondés, nous serons tous deux surveillés.

Carmen Otero passe dans un nuage de fumée suisse. Fourquin-Trévise s'incline dans un baisemain cérémonieux.

— Mes compliments, madame. Je vous ai vue hier soir dans *La Mort d'Henri III*. Vous y étiez sublime.

Elle envoie un baiser au chapelier en portant à ses lèvres ses ongles carminés.

— Il faut me voir dans *Bodas de Sangre*, dit-elle enjôleuse. La pièce fait actuellement relâche, l'auteur ayant été assassiné par les fascistes. Elle reprendra dans quelques mois.

Bob s'est laissé convaincre de passer la nuit à Pomponne. Le bar fait relâche le mardi, jour de repos des noctambules.

— Le calme de la nuit te fera du bien, lui dit Auguste. Naturellement, je ne peux remplacer la chaude présence d'Éliane, il faudra te faire une raison.

Bob est persuadé que son hôte ne lui a pas tout dit sur les gens du Bauhaus. S'il souhaite lui en raconter davantage, il entend négocier ses connaissances. Normal, se dit Bob, habitué à ce genre de tractations.

Il oublie seulement que, pour l'architecte, les nuits sont longues. La solitude pèse à Auguste depuis son divorce au début de la guerre où sa femme, le croyant prisonnier, est partie avec un contrôleur des PTT. Il n'a guère d'amis, étant de nature misanthrope. Pas d'enfants. Il a reporté son affection sur son chien qui vieillit et sur ses lapins qu'il répugne à tuer. Il a tant d'affection pour eux qu'il les lâche dans la maison les jours de grand froid. « Cela fait une présence », dit-il aux gens de passage. Seul Bob sait le distraire par ses anecdotes sur les nuits parisiennes. Cette reconversion d'un VRP dans la canaille fascine Auguste qui n'a jamais, dans sa tête, quitté vraiment l'École des beaux-arts.

— Ah ! si j'étais plus jeune, tu n'aurais pas de meilleur compère. Je serais ton Scapin, ton Sganarelle. Nous jouerions notre musique sur les blanches et les noires du trottoir. Tu n'aurais à te soucier de rien, je sais faire rentrer l'argent.

S'étant toujours imaginé que l'amie de Bob travaillait en supplément le soir, sous sa protection, Auguste ne peut s'empêcher de penser qu'elle n'est pas chez ses parents à Nice. Et s'il l'avait « revendue » à quelque trafiquant de chair humaine ? Pour lui, la descente de Bob aux enfers n'aura pas de fin. D'une année à l'autre, il mesure sa chute et c'est comme un ignoble réconfort dans sa solitude. Ainsi n'est-il pas le seul à être maudit, la guerre empêche aussi Bob de faire son métier et d'être un homme honorable. Puisqu'on l'a réduit aux expédients, il doit profiter jusqu'aux limites du possible de sa mise à l'écart. Après tout, la société ne lui laisse d'autre choix que la misère ou le travail forcé en Allemagne.

— Il reste la voie de l'héroïsme, sourit Bob quand l'architecte développe devant lui cette théorie de l'irresponsabilité sociale. Je ne dis pas qu'un jour… J'attends, c'est le plus facile. J'hésite pourtant. Des amis partent pour Alger et s'engagent chez de Gaulle en passant par l'Espagne. Six mois de bagne chez Franco, c'est le droit de passage. D'autres s'engagent dans la Légion des volontaires contre le bolchevisme. Six mois d'enfer en Russie où ils jouent les utilités : la recherche des partisans à l'arrière des lignes. On peut choisir l'héroïsme national, le maquis ou la Milice.

— Des voyous, dit Auguste, des petits malfrats. Il paraît qu'ils recrutent les clochards.

— Ne sois pas aussi catégorique. La Milice peut se flatter de quelques beaux noms de l'Armorial de France. À la LVF, c'est encore plus brillant. Mais il est vrai que la canaille est la canaille et que cet uniforme à béret est ridicule. J'irais bien au maquis, où ils fument déjà des vraies Camel qu'ils reçoivent par parachute, mais j'ai horreur du camping.

— Tu ne seras jamais un héros, Bob.

— Il ne faut jurer de rien. Au dernier moment, peut-être. J'ai peur que le maniement de la mitraillette n'ajoute à mes mauvais instincts. Mais il faut bien faire une fin.

— À vingt-sept ans, tu as le temps.

— Qui ne risque rien…

— Justement, dit Auguste, il me semble que tu risques trop. Connais-tu Drancy ?

— Les casernes de la garde mobile ? J'ai dû y passer avant la guerre. Elles ne doivent pas être terminées.

— Un gendarme d'ici m'a raconté. Il a demandé sa mutation dans la « blanche », n'en pouvant plus. On leur faisait garder des milliers d'hommes et de femmes. Ils en ont eu jusqu'à six mille en 1942, à pousser dans des trains en partance pour l'Allemagne. On n'en a jamais vu revenir. La semaine dernière, un nouveau convoi est parti. Les SS s'en occupent.

— Des juifs ?

— Et aussi sans doute des Français qui aident les juifs. Et des républicains espagnols, et tous ceux qu'ils appellent des terroristes. Le camp s'étend d'une année sur l'autre. Sale affaire.

— Pourquoi le gendarme est-il parti ? Les gens sont-ils maltraités ?

— Tu devrais d'abord te demander comment il a pu rester deux ans dans cet enfer. On lui expliquait que ces immigrés d'Europe centrale n'avaient pas leur place en France. On leur demandait d'organiser l'autogestion de leur camp, en association avec les forces de l'ordre, en attendant le transit pour l'Est. Ils seraient réinstallés sur les terres enlevées aux Russes, dans l'est de la Pologne, je crois.

— Ils gobaient ce mensonge ?

— Les gardes mobiles n'ont pas à comprendre mais à obéir.

— Alors, pourquoi ton copain est-il parti ?

— Drancy n'est pas loin. Je le vois quelquefois. Son regard s'assombrit quand il pense aux trains d'enfants de deux à douze ans arrachés à leurs parents, que l'on faisait monter dans les wagons à bestiaux à coups de crosse. Personne ne sait ce qu'ils sont devenus.

— Pourquoi me racontes-tu tout cela maintenant ?

— Pour que tu mesures mieux le danger, dit Auguste en attaquant la soupe à l'oseille épaissie de crème fraîche. Plus les Allemands se sentent perdus, plus ils persévèrent dans le crime. Le jeune Frédéric a beaucoup de chance, il faut que tu le saches, dit-il à Paul qui dissimule mal son étonnement : le vieux se met à table tout seul, il n'en espérait pas tant ! Si le père Fourquin le cache avec un tel acharnement, poursuit Auguste, c'est parce que ce gosse risque la mort comme son frère : il n'est pas seulement allemand, il est juif. Le vieux est mouillé jusqu'à la garde. Un de ces jours, ajoute-t-il férocement, je lui porterai des oranges à Drancy.

— Le grand départ est pour ce soir, s'écrie gaiement Bacouche en entrant dans la baraque en planches du cloître de Saint-Séverin. Vous partez pour la montagne, vous refaire une santé à Ménilmontant.

Le couple a passé la journée dans l'angoisse, épiant les bruits de l'impasse et les pas sur la chaussée. Ils ont sursauté quand le jeune homme a ouvert la porte. Ils ne l'avaient pas entendu approcher.

— Es-tu sûr de ce que tu avances ? dit Aïcha. Nous ne pouvons pas prendre de risques.

Ils ont tout envisagé pendant les longues heures de ce mardi. Aïcha voulait partir dans le Sud, vers Marseille où les frères musulmans sont nombreux.

— Les Allemands y sont, avait dit Frédéric. Et ils ont miné tout le quartier du Vieux-Port. Pour traquer, précisément, les fugitifs et interdire tout départ clandestin.

— Il reste les Pyrénées. Il est peut-être moins dangereux de les franchir que de rester à Paris.

— Mon frère est sans doute mort pour l'avoir cru. Je m'y résoudrai sans doute, mais je partirai seul, je n'ai pas le droit de t'engager dans une aventure sinistre.

— Je partirai avec toi quoi qu'il advienne, avait alors tranché Aïcha.

Leur angoisse ne gagne pas Bacouche. Il est confiant, souriant, empressé :

— Nous avons deux heures devant nous avant la tombée du jour. C'est plus qu'il n'en faut pour dîner, vous devez être affamés.

Sitôt dit, il s'active autour du réchaud à alcool, place dans la marmite des feuilles de choux récoltées aux Halles, quatre patates et des morceaux de mouton achetés chez l'épicier maure de la place Maubert. Un brin de thym et du piment relèveront la soupe. Bacouche pense à tout. Un peu honteuse de rester inactive, Aïcha prépare le thé.

— Nous ne pourrons pas le sucrer, mais il est meilleur sans saccharine.

Elle dispose sur la table une incroyable théière au col mince et recourbé, assez semblable aux aiguières du Moyen Âge. On distingue sur le cuivre lisse des étoiles effacées.

Frédéric est trop angoissé pour articuler une parole. Il attend la suite avec impatience.

— Mon père a tout arrangé. Un des hommes de notre famille servait de livreur à l'épicier du boulevard Mortier. Il poussait le matin la lourde charrette de fer pour descendre aux Halles chercher les vivres et remonter de même. L'épicier vient de mourir : attaque cardiaque. Sa veuve a peur dans l'appartement des HBM, avenue de la porte de Ménilmontant. Elle vit chez sa mère mais ne veut pas perdre son droit au logement. Elle n'a ni enfants ni parents. Vous pourrez y résider autant que vous voudrez, elle ne vous fera pas payer. Vous passerez pour des cousins de province qui cherchent du travail à Paris.

Frédéric respire. La solution lui paraît possible même si elle n'est pas durable. L'immeuble a certainement un concierge : les locataires sont fichés quand ils sont étrangers. Il en fait la remarque.

— C'est vrai, confirme Aïcha. Le chapelier avait une bonne portugaise. Elle était au fichier central de la préfecture de police, comme tous les étrangers. J'y suis moi-même, puisque les Marocains ne sont pas des Français, mais seulement des « protégés » de la France.

— Vous verrez sur place, intervient Bacouche. Mon père dit qu'on peut s'arranger avec le concierge. Son frère Mahdi lui a juré que vous ne risquiez rien de la part de la logeuse. Elle est corrézienne, irréprochable et n'a jamais eu le moindre ennui.

— Sait-elle que nous sommes étrangers ?

— Son mari était italien. Elle est prête à vous protéger.

— Peut-on s'enfuir si l'on est menacé ?

— L'immeuble est immense, une vraie petite ville, foisonnante d'enfants. Vous passerez inaperçus.

— Crois-tu vraiment ? s'inquiète Aïcha. Nous n'avons guère l'allure, Frédéric et moi, de Corréziens.

— N'aie aucune crainte. Le XXe arrondissement abrite beaucoup d'étrangers, pour la plupart fraîchement naturalisés. Des Arméniens, des Libanais, quelques frères. Sans compter les Italiens et les Espagnols qui travaillent dans les usines de la grande banlieue et prennent le métro tous les matins, ou le bus à gazogène pour se rendre à Saint-Denis ou à Gennevilliers.

— Où irons-nous si la police perquisitionne ?

— On voit rarement les flics dans le quartier. Ils se terrent autour de la place Gambetta, derrière la barrière d'immeubles en brique. Un terrain vague qu'ils appellent la « zone ». Vous pouvez fuir facilement et gagner Bagnolet ou Pantin. Nos frères y vivent dans des baraques de planches. Voici une liste de responsables. Apprenez-la par cœur. Ils peuvent vous être utiles en cas de besoin.

— Sont-ils communistes ? demande Frédéric, soudain alarmé.

— Ils sont algériens.

— Comment se fait-il qu'on n'y vienne pas faire des rafles ?

— Les nazis ne s'en prennent pas directement aux musulmans. Quant à la police française, elle a d'autres priorités.

— Par exemple la chasse aux juifs, dit Frédéric.

— Notre tour viendra, hélas ! répond Bacouche, dont le regard se tourne vers Aïcha, toujours habillée de sa robe de fête zébrée de flammes. Vas-tu reprendre ton emploi ?

— Je ne le quitte pas, dit-elle en se rapprochant de Frédéric.

— N'est-ce pas dangereux que tu disparaisses ainsi ? Tu devrais faire des apparitions là-bas, Ménilmontant n'est qu'à trois quarts d'heure de métro.

— Il a raison, dit Frédéric, tu dois maintenir la liaison. Nous pouvons encore avoir besoin de Fourquin et du chapelier. Une trop longue absence de ta part serait suspecte aux gens qui tiennent les fichiers.

— Ne crois-tu pas que nous sommes déjà suspects ?

— Sans plus. Sinon, ils t'auraient interrogée.

— C'est bon. Bacouche, tu diras au chapelier que je reprendrai mon travail demain.

La nuit tombe sur Pomponne. Bob et Auguste n'ont pu dîner dehors comme ils le font d'habitude au printemps. Les bourgeons pointent à peine en cette fin avril. La saison est en retard, comme le débarquement. Viendront-ils un jour, les

Américains et les pâquerettes ? Le temps est frais, humide comme s'il allait neiger. Il faut encore chauffer la maison, allumer le poêle à sciure.

— Pas de bonne bectance sans vingt degrés dans la pièce, dit Auguste en pilant la sciure avec un manche à balai.

Dans la cuisine, sa femme de ménage portugaise s'affaire aux fourneaux.

— Cela peut te paraître incroyable, dit-il à Bob, mais elle a trouvé de la morue.

— Dans la Marne ?

— À Noisy-le-Grand ! Ils sont toute une colonie de Portugais logés dans des baraques sordides, mais ils ont tous un lopin pour les légumes et les lapins.

— Des réfugiés politiques ?

— Pas du tout. Ils sont là depuis les années 1920. Des gens de métier, attirés par l'abondance et les chantiers de la reconstruction.

— À Noisy-le-Grand ? Qu'y a-t-il à reconstruire ?

— Les Portugais sont comme les marins. Ils logent où le travail les appelle. Ils ont échoué à Noisy où ils vivotent en attendant un embarquement, mais ils n'ont pas l'intention d'y finir leurs jours.

— Maria est ici depuis au moins dix ans !

— Et Manuela, et Angelina. Elles ont suivi les hommes dans leurs pérégrinations. Gaspard, le mari de Maria, est un charpentier extraordinaire. Il a travaillé quatre ans à la restauration de Reims.

— Le vieil ivrogne bossu ?

— Il a laissé deux doigts dans la sciure de la scierie. Il tenait à découper lui-même les poutres qu'il montait. À cinquante ans à peine, on lui en donnerait soixante-dix.

La soirée se prolonge. Ils n'ont pas fini d'égrener le chapelet de leurs souvenirs quand sifflent dans le lointain les sirènes d'une alerte.

— As-tu une cave ? demande Bob.

— Bien sûr, sinon où mettrais-je mon vin ? Une bonne cave en meulière, avec des murs d'un mètre d'épaisseur. Même la Grosse Bertha ne pourrait les détruire et les éclairs des projecteurs ne les troublent pas. Heureusement, mon pavillon ne doit rien aux cervelles embrumées du Bauhaus, poursuit Auguste avec conviction. Ces gens-là ne savent vivre qu'en collectivité. Comme les Russes. Pour faire oublier aux gens qu'ils les logent dans des cages à lapins bétonnées, ils leur offrent la culture, des ballets, des ateliers de poterie.

— Ta culture à toi, ce serait plutôt la carambouille et les collets dans les bois.

— On reconnaîtra un jour, quand le monde sera devenu fou d'enfermement et d'emmerdement, que la cuisine et la pêche sont une forme de culture. Je suis un précurseur, dit sentencieusement Auguste. (Une rafale de bombes tombées à proximité le tire de sa rêverie.) Nom de Dieu ! ce n'est pas le tonnerre, je crois qu'il faut descendre.

À la cave, Maria, que l'alerte a surprise après sa vaisselle, est déjà installée. Elle dispose sur le béton brut des paillasses pour dormir, allume une chandelle. Au moment où les hommes referment la porte, un souffle brutal brise d'un coup toutes les vitres.

— Nous allons y rester, dit Bob. Ils bombardent le centre de triage de Chelles.

— Ils visent mal, dit Maria.

— Ils ne visent pas, ils lâchent, corrige Auguste.

Les lueurs de l'incendie sont visibles du soupirail. Le quartier est touché. On entend des cris perçants de l'autre côté de la rue.

— Je vais voir, dit Bob.

Il ne peut sortir. Les éclats d'obus de la Flak tombent dru comme grêle sur le toit de tôle ondulée des baraques de jardin. Un pavillon est décapité, la rue barrée d'une crevasse large de dix mètres. Bob n'insiste pas. Il redescend à la cave.

— C'est la première fois, s'étonne Auguste. Ils ne viennent jamais par là.

— Ils reviendront. C'est la première vague, dit Bob.

La morue donne soif et Maria n'a pas plaint les épices.

— Autant mourir en bonne compagnie, dit Auguste en désignant une centaine de bouteilles de vieux vin.

Il ouvre un bordeaux qu'il verse dans des bols de terre cuite. Une nouvelle explosion, plus proche, éteint la bougie et renverse la bouteille.

— C'est pour nous, dit Auguste. Le toit s'est fait la malle !

Un violent courant d'air balaie en effet la cave, dont l'air devient irrespirable. Une poussière de débris et de vapeurs malsaines les prend à la gorge. Auguste et Bob ont sorti des mouchoirs, Maria prie en silence en serrant son chapelet, tassée dans le coin des bouteilles.

— Deuxième vague ! dit Bob, qui repart en éclaireur pour mesurer les dégâts.

Le toit est toujours là, mais dans un triste état. La pergola et le mur mitoyen sont détruits, un cratère s'ouvre au fond du jardin.

Une des cheminées de la maison voisine s'est écroulée dans la rue. Les bombes tombent toujours.

— Il peut y avoir une troisième vague, dit Bob.

Auguste a ouvert une autre bouteille, Maria rallumé la chandelle. Bob regrette Montparnasse. Que fait-il dans cette galère ? Devra-t-il rentrer, demain, à travers champs ? Comment échapper aux équipes qui cherchent des volontaires pour arracher les blessés aux caves où des familles entières s'asphyxient sous les gravats ?

— Il n'y aura pas de troisième vague, Auguste. Il faut remonter, les voisins ont besoin de secours.

L'architecte est trop ivre pour affronter l'escalier. Il ne veut pas voir les dégâts. Se retournant sur sa paillasse pour dormir, il lance d'une voix râpeuse :

— Salaud de Fourquin !

Bob, déjà dans l'escalier, redescend une marche.

— Je peux bien te le dire maintenant, nous avons failli crever ensemble. Tu es mon frère. Ce que nous avons connu, Fourquin ne le vivra jamais. Il est à l'abri de tout.

— Un abri bétonné ?

— Tu peux le dire. Le frère de sa femme est aussi un architecte. Un Allemand, un ancien du Bauhaus qui a trahi la cause pour entrer chez Speer. Il est à la Kommandantur place de l'Opéra. Un appui en béton, non ?

Cette nuit-là, Frédéric et Aïcha guettent Bacouche dans le cloître de Saint-Séverin. L'alerte a sonné aussi sur Paris, mais ils ont évité de descendre à l'abri pour ne pas se faire remarquer. Les épaisses murailles du cloître les protègent des éclats. Ils fixent la nuit striée de rayons, attentifs au bourdonnement lointain des avions.

— Les alertes redoublent, dit Aïcha. C'est bon signe, les Américains seront bientôt là.

Bacouche surgit au moment où Aïcha découvre avec extase, dans le ciel zébré, une étoile filante.

— Il faut aller à pied, dit-il. Le métro n'est pas sûr. Les patrouilles se multiplient à la sortie, surtout à Ménilmontant. Ils raflent pour le STO.

En longeant les murs, on n'a rien à redouter des éclats d'obus et le trio s'arrête souvent à l'abri de portes cochères. Pas le moindre agent dans les rues. La traversée du pont Marie, au pas de charge, se fait sans incident. La masse rassurante de Notre-Dame défie la folie guerrière.

— Attention à la rue de l'Abbaye, dit Bacouche. Ils sortent souvent du garage de police, passons de l'autre côté.

— Tu connais le chemin ?

— Il n'y a qu'à suivre le 96 ! (Depuis longtemps, les autobus sont réquisitionnés par les Allemands, mais Bacouche a une mémoire de pigeon.) Cachons-nous devant l'église Saint-Gervais.

— Je n'aime pas cet endroit, dit Frédéric : quatre-vingts morts en 1918. Un obus de la Grosse Bertha.

Aïcha sourit. Il connaît Paris mieux que les Parisiens : où a-t-il appris tout cela ? Dans les journaux, bien sûr ! Ces journaux qu'il lit et relit depuis trois ans, à s'en rendre malade.

Ils sont déjà dans la saignée étroite de la rue de Turenne, remontant jusqu'à la République. Nouvelle alerte près des casernes de la garde républicaine occupées par les Allemands : la sirène a retenti, les rats sortent des trous. Quand les lumières de la ville se rallument, glauques et jaunâtres, ils n'ont que le temps de s'abriter derrière un kiosque. Une automitrailleuse patine sur le pavé, prend le virage devant eux pour descendre vers le Châtelet.

Plus loin, en direction du Père-Lachaise, deux hirondelles à bicyclette les aperçoivent. Vivement, Aïcha sonne à la première porte cochère. Les agents stoppent, soupçonneux, à la vue des cheveux frisés de Bacouche sous la lueur pâle du réverbère. Heureusement la porte s'ouvre. Sans se presser, Aïcha fait un geste d'amitié aux agents et pousse les garçons à l'intérieur. L'émotion est si forte qu'ils tombent dans les bras les uns des autres devant la loge du concierge, qui ouvre sa lucarne et n'en croit pas ses yeux : deux Arabes et un étranger avec des sacs sur le dos. Il sort en trombe.

— Pouvez-vous m'expliquer ?

— Nous pouvons tout expliquer, répond Frédéric en tendant un billet de cent francs. Mais il se fait tard et vous devez être fatigué. Voilà pour le dérangement.

L'accent allemand impressionne le concierge. Un bambocheur de la caserne ! Ils se mettent en civil pour leurs vilenies ? Il a l'habitude de fermer les yeux, et d'être payé pour cela. Le trio se retrouve sur le trottoir.

— Qui peut lire le nom de la rue ? dit Bacouche. Je crois que nous sommes perdus.

Impossible, il n'y a pas assez de lumière pour déchiffrer la plaque en émail. Frédéric doit prendre le jeune homme sur ses épaules.

— Rue du Temple ! Filons aux Filles-du-Calvaire, nous trouverons la rue Oberkampf. Là, nous sommes sauvés. Elle monte directement à Ménilmontant.

— Qui sont les filles du Calvaire ? demande Frédéric en passant devant le Cirque d'Hiver. Des prostituées ?

Aïcha n'a jamais vu les filles du Calvaire, Bacouche non plus. Le gosse les prend pour des danseuses comme celles de l'Oasis, rue Gît-le-Cœur, qui dansent nues dans des sous-vêtements à paillettes.

— Je crois, affirme Frédéric comme si sa vie en dépendait, qu'il s'agit en fait des religieuses de l'ordre bénédictin. Peut-être sont-elles aussi à Jérusalem ?

— Les filles du Calvaire, les archiprêtres, les diacres, je trouve que le vocabulaire des curés est chargé d'érotisme, dit Aïcha. Y a-t-il des archiprêtresses ?

— Je n'en connais pas, répond Frédéric en réfléchissant, pas plus que de papesses ou de femmes d'évêques.

— Moi, je connais des archiprêtres qui ont des femmes, lance Bacouche, malicieux.

— C'est normal, dit Aïcha, puisqu'elles sont exclues du haut clergé.

Ils soufflent un peu à l'abri du Cirque d'Hiver qui ressemble, sous le clair de lune enluminant les mosaïques murales, au dôme de Sainte-Sophie.

— Pardon, poursuit Frédéric. Je connais à Pigalle une rue des Abbesses.

— Elle est noire de putes, dit Bacouche.

— Et les Feuillantines, derrière le Luxembourg, croyez-vous qu'elles étaient aussi de mauvaise vie ? demande Aïcha.

— Je n'en jurerais pas. Pourtant, on prête toutes sortes de désirs aux femmes enfermées des couvents, d'ailleurs plus nombreux à Paris qu'à Berlin.

— Chez moi, conclut Aïcha soudain songeuse, les femmes sont enfermées à la maison. Elles n'ont pas besoin de Dieu pour avoir un maître.

La rue de Ménilmontant prolonge interminablement la traversée vers le nord. Quand ils arrivent enfin à Saint-Fargeau, les premiers diables des épiciers dévalent les pavés glissants jusqu'aux Halles. Il est plus de 3 heures du matin. Ils sont en marche depuis deux heures. Il faut encore éviter la caserne de l'avenue Gambetta, et Frédéric met ses amis en garde :

— Depuis la Commune de Paris, le quartier est truffé de militaires. On surveille les ouvriers comme le lait au feu.

— Tu veux dire les étrangers, ajoute Bacouche. Les Italiens et les Espagnols sont légion, et je te passe les Polonais ou les Yougoslaves. Les prolos d'aujourd'hui n'ont pas de nation.

— Sauf que vos militaires sont des sapeurs-pompiers adorés des Parisiens !

Personne devant la caserne, dont le portail est clos. Bacouche à son tour ordonne de se méfier :

— Mais attention à la caserne Mortier ! Elle abrite toute l'armée allemande de Paris. Il en sort des automitrailleuses et des chars. Les camions y conduisent des soldats tous les jours. Il paraît que les prisonniers de la Résistance sont fusillés par ceux-là.

— Non, dit Frédéric. Les exécutions ont lieu au fort de Vincennes.

— Et au bois de Boulogne, et au fort d'Ivry, et au mont Valérien, renchérit Bacouche.

— Tu es bien renseigné ! dit Aïcha.

— J'entends seulement ce qui se dit à l'église. Les prêtres savent tout.

Ils obliquent par prudence dans la petite rue du Surmelin, dominée par le plus grand réservoir d'eau de la capitale.

— L'eau de la Marne est en prison, dit Frédéric. Les mêmes murs qu'à la Santé.

Quand ils débouchent au-delà du boulevard Mortier, sur la rue de la Porte-de-Ménilmontant, Frédéric passe son bras autour des épaules d'Aïcha et la serre contre lui. Une fois de plus, grâce à Bacouche, ils sont sauvés.

MERCREDI

Willy pénètre dans le magasin de chapeaux tel un shérif dans un saloon. S'il ne dit pas « Haut les mains ! » en brandissant un pistolet, son allure brutale donne à penser qu'il est venu pour une exécution. À haute voix, il lit une fiche sortie de sa poche :

— « Alfred Dubost, né le 30 juin 1907 à Nègrepelisse, Tarn-et-Garonne. »

— C'est moi, monsieur, dit le chapelier sans se démonter. Que puis-je pour votre service ?

Il abandonne sa cliente qui essayait un canotier de paille créole. D'un air outré, elle se lève pour suivre l'interrogatoire, se rangeant spontanément aux côtés du chapelier.

— Contrôle économique.

— Demandez-lui sa carte, dit la dame sans faire l'aumône d'un regard au malotru.

Déconcerté, Willy présente son document que personne, à l'ordinaire, ne songe à déchiffrer. La cliente tend la main et lit avec application :

— « Guillaume Dupin, inspecteur au Service des fraudes. »

La carte semble authentique.

— Poursuivez, monsieur, dit le chapelier.

— Je suis chargé d'enquêter sur l'état de votre comptabilité et sur l'inventaire de vos stocks, dit Willy d'un air menaçant. Veuillez me montrer votre livre.

— Puis-je téléphoner ? intervient la cliente qui a gardé le canotier sur la tête.

Le chapelier accompagne dans l'arrière-boutique l'épouse du bâtonnier Saillard, de l'Ordre des avocats de Paris, qu'il coiffe depuis quinze ans.

Willy s'impatiente. Il parcourt rapidement, en froissant les pages, le livre au dossier noir que le chapelier a rempli, jour après jour, de sa fine écriture nerveuse et presque indéchiffrable.

— Je saisis le matériel pour le faire examiner, déclare-t-il.

— En avez-vous le droit ? Comment tiendrai-je mon bilan mensuel sans ces rôles ? Vos collègues des Contributions directes s'en plaindront.

— De lourdes charges pèsent sur vous, dit le géant en distillant ses mots. Vous êtes soupçonné de fraude sur les prix et d'importations illicites de l'étranger. Vous n'ignorez pas, monsieur, que nos frontières sont contrôlées. Notamment avec la Suisse. Vous ne pouvez rien acheter sans autorisation du ministère.

— Je n'ai rien à cacher, proteste le chapelier. Le prix des chapeaux n'a pas reçu de réglementation et il n'existe aucun contingentement des importations antérieur à la déclaration de guerre.

— C'est ce que nous verrons. Veuillez me conduire dans votre cave où vous tenez votre stock.

— Vous pouvez lui répondre, intervient la cliente qui vient de consulter son époux, qu'il ne peut se livrer à une perquisition sans mandat régulier.

— C'est égal, dit le chapelier. Je vous l'ai dit : tout est transparent. Veuillez me suivre, je vais vous faire visiter les lieux.

Willy réfléchit. Un tel empressement montre à l'évidence que le chapelier n'a rien à redouter. S'il cachait un suspect, l'oiseau s'est envolé. Ses observateurs n'ont rien pu surprendre dans l'immeuble qu'ils surveillent depuis trois jours. Pas de va-et-vient et la vendeuse marocaine a disparu.

— Il faut pourtant lui tirer les vers du nez, se dit-il.

La visite est une fouille exagérément violente. L'inspecteur Dupin balance à terre des piles de feutres précieux, de taupés, de pailles d'Italie, exigeant, sans écouter la réponse, la provenance de la marchandise.

— Les pailles viennent de Toulouse, et les feutres de Suisse. J'ai toutes les factures de l'année 1939, où j'ai constitué mon stock. Je vous mets au défi de me prendre en défaut.

— Cette salle ?

— La salle du coffre. Vous n'avez pas le droit de me le faire ouvrir sans mandat.

— J'ai tous les droits avec les trafiquants, lance Willy, menaçant. Ouvrez-moi cette autre porte.

Le chapelier marque un moment d'hésitation.

— Je crois que je n'ai pas la clé sur moi, dit-il, elle est à la caisse.

— Je vous attends.

C'est la pièce où se cachait Frédéric. Il consulte rapidement sa femme à voix basse. Le nécessaire a-t-il été fait ? Elle le rassure.

— Un radiateur électrique ? s'étonne Willy en forçant la porte.

— Il faut sécher les lieux. J'ai l'intention de faire venir de Toulouse un lot de pailles du Bengale.

— De Toulouse ! Tiens donc !

— Les pailles sont importées de Madagascar, colonie française, précise le chapelier.

— Ex-française. Vous n'ignorez pas que les Anglais l'occupent. À la barbe de votre de Gaulle.

— Pourquoi mon de Gaulle ? Il n'est pas plus à moi qu'à vous. Ces feutres ont été livrés à l'importateur de Toulouse, qui est de mes parents, en février 1941. Vous pouvez vérifier. À cette date, les petits Malgaches envoyaient encore des sacs de riz pour le Noël des écoliers du Maréchal.

— Vous avez tort de plaisanter, dit Willy. Faites-vous la sieste dans cette pièce ? Un vrai nid d'amoureux. Mais le lit plié est bien étroit !

Il déplie sans crier gare le lit Picot.

— Il n'y a de place que pour un homme, dit-il. Vous devriez le changer, la toile s'est avachie. Il est vrai que vous n'en avez plus besoin. Celui qui dormait là a trouvé sans doute une retraite plus confortable.

Le chapelier ne répond pas. Il songe à la cliente, qui attend là-haut. Que dirait Me Saillard en cette circonstance ?

Faut-il exiger dès maintenant l'intervention d'un avocat? À l'évidence, l'homme est bien renseigné.

— Il arrive souvent, dit-il, que les vendeuses soient fatiguées. Leur métier est exténuant. Quand elles se sentent mal, elles se reposent ici et le lit est à leur disposition. Nous avons d'ailleurs un nécessaire médical.

— Vous avez réponse à tout, siffle Willy, mais je vous coincerai. Je sais parfaitement que vous avez hébergé un homme dans votre cave.

Mme Saillard, penchée sur la main courante de l'escalier, a surpris l'algarade.

— Cet homme abuse de son pouvoir, crie-t-elle, vous êtes en droit de l'attaquer en justice. Son métier est de rechercher les fraudes, non de traquer les personnes.

— Je vois que vous êtes bien conseillée, mais il faudra changer de musique. Votre Maréchal ne peut plus vous protéger, dit-il à la cliente. Il est l'otage des Allemands. Déat est au gouvernement et tout va changer.

— Votre métier n'est pas non plus, que je sache, d'afficher publiquement vos opinions politiques. Sachez que j'en témoignerai, au cas où vous auriez le front de poursuivre cette soi-disant enquête.

Willy est près de la porte quand Aïcha, essoufflée, trempée par la pluie glacée, presque neigeuse, entre en trombe dans le magasin. Elle est échevelée, très pâle, n'ayant pratiquement pas dormi de la nuit.

— Si mademoiselle est fatiguée, dit Willy dans un rictus, ne manquez pas de la faire se reposer à la cave, elle sait comment y aller!

Mme Saillard pressent le drame. Habitant l'immeuble, il lui est arrivé de rencontrer Aïcha sur le palier de la porte secrète. Elle se retire en confirmant au chapelier que le bâtonnier est à sa disposition si l'affaire a des suites.

— Vous pouvez vous reposer, c'est vrai, dit le chapelier à Aïcha sans lui poser de questions. Vous connaissez les lieux. Deux heures de sommeil vous feront du bien.

Aïcha refuse et gagne l'arrière-boutique où les ouvrières l'accueillent fraîchement. Pour qui se prend-elle? Elles sont au travail depuis trois heures déjà. Elle arrive mal coiffée, la robe froissée et les chaussures maculées. Pourquoi ce traitement privilégié ? Le patron ne lui a pas adressé la moindre remarque.

— Sais-tu comment on fait les enfants quand les hommes sont en cavale ? demande Odette à Simone, sans lever les yeux de la garniture qu'elle fixe sur un taupé.

Odette a coiffé sainte Catherine l'année précédente. Dans le métier, c'est une vieille fille. Elle en conçoit beaucoup d'aigreur. L'arpette, qui n'a que dix-huit ans, ne répond pas, gênée sans doute par la perfidie de son aînée.

— On s'assied sur un clou rouillé. Cela revient au même. Et cela donne des cernes sous les yeux.

Aïcha n'entend même pas. Elle songe à leur installation à Ménilmontant. Ils ont cherché à tâtons, car la minuterie ne répondait pas, l'appartement du sixième étage, escalier A, dans l'immense caserne de brique. Bacouche avait la clé, mais il y avait deux portes sur le palier. Au hasard, avec d'infinies précautions, il a tourné la clé dans la serrure de la porte de gauche. Elle s'est ouverte presque aussitôt sur un homme basané, un blaireau à la main, du savon à barbe sur la moitié du visage.

— Que faites-vous là ? a-t-il dit en brandissant son rasoir.

— C'est une erreur, a répondu Bacouche. Nous allions en face. Nous sommes des parents de la locataire.

L'homme les a observés, s'est attardé sur Aïcha et sur les cheveux frisés de Bacouche.

— Je ne savais pas, a-t-il lancé avec un fort accent italien, que ce pauvre Luigi avait fait les Colonies.

Il a éclaté de rire en refermant la porte. Dans la place, ils ont été surpris par l'ampleur et le confort de l'appartement. Un grand living, une chambre spacieuse, une salle de bains dont la baignoire est occupée par des réserves de sacs de sciure. Depuis longtemps, il n'y a plus le chauffage par l'immeuble.

Frédéric a posé son sac sans ôter sa veste, l'air incrédule. Pourront-ils réellement séjourner dans ce paradis ?

Lorsque Mme Dupuis est entrée, Aïcha a raconté à la truculente Corrézienne leur mésaventure.

— Ne vous souciez pas du voisin. C'est un cousin éloigné de feu mon mari, calabrais comme lui. Il sait tenir sa langue. Ces hommes-là ne parlent pas.

Le film du début de la matinée repasse encore devant les yeux d'Aïcha. Mme Dupuis avait les bras chargés de provisions, qu'elle a rangées minutieusement dans le garde-manger. En guise de réfrigérateur, on utilisait une sorte d'appentis de planches à claire-voie, situé à l'extérieur de la fenêtre de la cuisine. Par contre, elle a montré avec fierté le vide-ordures qui évacue les déchets dans un bruit terrifiant. Rassuré, Frédéric s'est étendu sur le lit pendant que Mme Dupuis a énuméré les commodités de l'installation et dressé le détail des objets ménagers, comme une loueuse accueillant des locataires réguliers. Exténuée, Aïcha a écouté patiemment ses explications, s'est confondue en remerciements et a pesté quand elle s'est aperçue que Bacouche avait fui sans embrasser personne.

— Il y a même une chambre d'enfants, poursuit Mme Dupuis dont le souci est de ne rien oublier.

N'ayant pas eu la joie d'être mère, elle avait aménagé cette pièce pour ses petits-neveux de Bagnolet qui lui rendaient souvent visite et restaient volontiers à la maison, sous la tutelle paterne et indulgente de Luigi. Ils couchaient alors, tête-bêche, dans un petit lit de fer ripoliné de bleu ciel. Mme Dupuis a raconté en une heure toute sa vie familiale, la maladie et le décès de son mari, la gentillesse du voisin qui l'a aidée pour les formalités. Aïcha dormait debout quand l'aimable logeuse a passé enfin la porte.

Ils se sont aussitôt couchés. Aïcha, qui a réglé une pendule sur 7 heures du matin pour être sûre d'être au magasin à l'ouverture, ne s'est pas réveillée. Le soleil était haut dans le ciel quand elle a pris conscience de l'heure. Elle s'est enfuie avec peine, embrassant Frédéric endormi. Cela faisait longtemps qu'elle n'avait pas vu un sourire se dessiner sur ses lèvres minces. Rêvait-il de liberté ?

Elle s'est engouffrée dans la bouche de métro Saint-Fargeau. Personne à cette heure sur le quai de cette station ouvrière fréquentée à la pointe et au coucher du jour. Quelle idée l'a prise d'acheter un billet de première : un officier allemand est monté dans le wagon à République. Il n'est heureusement pas seul. Un couple de bourgeois l'a suivi. Casquette blanche et dague à la ceinture, d'un rang élevé, il a considéré les passagers avec indifférence, mais a souri avec insistance en saluant Aïcha qui a détourné les yeux.

— Se peut-il qu'avec la tête que j'ai, j'attire encore les hommes ? s'est dit la jeune fille, excédée.

D'énervement, elle a sorti une cigarette de son sac.

— *Nein !* a dit l'Allemand en montrant l'écriteau en haut du wagon. *Rauchen verboten.* Chocolats ?

Il a tiré un paquet de sa poche pour engager la conversation. Aïcha a remercié sèchement et s'est dirigée vers la porte coulissante. Le métro, dans les courbes, faisait un bruit d'enfer et les pistons des vieux wagons rouges ouvraient et fermaient les portes comme une guillotine. Aïcha fixait les murs du tunnel avec impatience, sentant l'Allemand se rapprocher d'elle. Elle comptait les vieilles publicités d'avant la guerre annonçant l'approche de la station. *Dubo... Dubon...* Dieu soit loué, *Dubonnet !* Réaumur-Sébastopol, elle changeait ici. Galamment, l'officier s'est précipité pour ouvrir la porte. Elle a sauté sur le quai. Va-t-il la suivre ? Il est resté dans le wagon. « Comment ai-je pu avoir peur à ce point ? » se dit-elle en épinglant une voilette sur un chapeau, les mains encore tremblantes.

Le tapage des gosses dans la cour de l'immeuble hérissée de chicanes de verdure anémique n'a pas réveillé Frédéric. Ils sont pourtant nombreux, les enfants de la guerre, à jouer sur les toboggans et les tas de sable de la caserne qui fonctionne en circuit fermé. Ces immeubles, pratiquement neufs, ont été construits avec l'aide de la Ville pour les populations ouvrières de la périphérie et alignent leurs masses imposantes à l'endroit d'anciennes fortifications. C'est un bruit léger, insistant, qui a mis les sens du fugitif en éveil. Un bruit de machine à écrire. Juste au-dessus de lui, quelqu'un tape sans discontinuer. Est-ce un bureau ?

De la fenêtre isolée par des rideaux épais, il scrute le terrain vague où des traces de fondations figurent encore. On a rasé sans doute un vaste ensemble de baraques, expulsé les habitants pour dégager l'espace nécessaire, puis relogé ceux qui avaient un emploi régulier dans les nouveaux immeubles. Le reste, la faune des asociaux, est parti du côté de Bagnolet et de Pantin, ou plus loin encore dans la plaine de Noisy-le-Grand. Les chars de la caserne Mortier pourraient s'entraîner sur cette vaste étendue, apparemment déserte.

À l'arrière de l'appartement, la cour intérieure est rassurante, mais d'une architecture sans grâce qu'un adepte du Bauhaus ne peut que déplorer. Seule une vieille femme en manteau de lapin y traîne en laisse un chien sans âge. Il n'est que 15 heures, mais déjà l'enfermement pèse à Frédéric. Il n'envisage pas de passer ses journées dans ce décor sinistre, même pour sauver sa peau.

Il descend furtivement l'escalier. Personne ne l'interpelle devant la loge où le concierge parle avec deux jeunes femmes aux sacs remplis de provisions. Il se glisse devant la Laiterie Parisienne sans jeter un coup d'œil à l'intérieur, au demeurant désert. Les distributions de lait sont rares. On l'écrème, à l'arrivage, pour se donner l'illusion de l'opulence. Seuls les enfants ont droit assez régulièrement à du lait en poudre, qu'il faut chauffer dans l'eau.

Bientôt, il est dans la jungle, la « zone », le no man's land des enfants du quartier, le lieu de rencontre des irréguliers de la nuit. Ici fume encore un feu allumé dans une excavation où l'on devine, à l'herbe écrasée, la trace d'un corps humain. Plus loin, sur un amas de ferraille recouvert de broussailles, des rats se disputent les reliefs d'un maigre repas. Des piles de casques troués, rouillés, cabossés, s'entassent dans une sorte de tranchée où les enfants, en sortant de l'école, jouent à la guerre à coups de cailloux. Italiens contre Français. Frédéric s'approche prudemment d'un mamelon herbeux en se disant qu'au cours d'une bataille, des hommes auraient pu s'embusquer derrière. Un chien lui saute aux jambes au détour du monticule. On dirait l'entrée d'une cave. Écartant l'animal, il descend l'escalier en rondins, pénètre dans une sorte d'abri en maçonnerie fort simple et se trouve, dans la pénombre, pris à la gorge par un homme hirsute qui le menace avec la lame d'une baïonnette rouillée.

— Qui que tu sois, passe ton chemin ! gronde le clochard à la barbe filasse. Tu n'as rien à faire ici. Je suis chez moi.

Frédéric s'excuse, le rassure. Il n'est qu'un promeneur qui prend l'air dans la « zone » sans intention de nuire ni de déranger. Il offre une cigarette dont l'autre s'empare avec avidité.

— Chouette cibiche : de l'avant-guerre ! Un peu sec ton tabac, monseigneur, mais ça vaut mieux qu'un coup de pied au cul.

Le vieux lui propose un verre de vin rouge, comme s'il devinait que ce monsieur bien mis pourrait devenir un prochain compagnon de solitude.

— T'as un drôle d'accent pour un promeneur. Tu ne te promènerais pas depuis l'Allemagne par hasard ?

— Non, dit prudemment Frédéric. Je suis alsacien.

— Et alors, tu devrais être dans la Wehrmacht, mon gars. Tous les autres y sont partis, chez toi.

Frédéric est prêt à devenir l'ami de ce pouilleux habillé de sacs de charbon, chaussé de bottes de caoutchouc éventrées et rembourrées de papier journal. Il ferait même amitié avec le chien, mais le soupçon de l'autre le glace. Ainsi, même avec ce marginal, il doit rester sur la défensive et se méfier de son langage.

— Te bile pas, dit l'hirsute en lui servant un verre de rouge. J'suis comme toi, déserteur. Moi c'est de 40. Il y a prescription. Toi, t'as boudé l'armée allemande. Il n'y a pas de honte, ils te donneront des médailles si tu sais te défendre. Moi j'suis foutu. Pas de boulot en rentrant. La zone la nuit, les Halles au petit matin. On survit. T'as trouvé une crèche ? À te voir, on devine que tu ne couches pas sous les ponts. Je t'offre pas ma carrée. Tu n'as pas l'habitude des rats du p'tit matin. Par contre si tu veux v'nir tirer une sœur, ça t'coûtera jamais qu'une thune et je sais être discret. À moins qu'la demoiselle se dévoue.

Frédéric s'en veut d'avoir lié conversation. La vulgarité affectée du bougre le choque moins que sa nature prosélyte. Que chacun le suive dans la fange aux rats, que nul ne soit exempt ! Véroler la terre entière, c'est l'ambition de l'ami d'un jour, du survivant du grand terrain désert, du miraculé de la « zone ». Faire l'expérience d'une absolue détresse, d'une survie en eau sale et froide peut être héroïque, stimulant, curieux. Accepter sans nécessité d'être le partenaire d'un naufrage graveleux est indigne. Frédéric s'éloigne sans donner d'explications. Il évitera désormais la butte au chien. Plus loin, dans les orties géantes, il aperçoit une voiture d'enfant. À côté, une femme assise dans l'herbe, fagotée d'une peau de mouton déchirée sous les bras et de chaussettes trouées remontées à mi-cuisses, se met du rouge à lèvres en se mirant dans un rétroviseur rouillé. À la vue du garçon, elle pousse un cri strident puis tourne vers lui, suppliante, son visage bariolé en avançant les lèvres dans une moue de starlette façon *Cinémonde.*

La pute et le clochard. Une « zone » en carte postale. Frédéric est sûr de mériter mieux. Personnages de convention, cavales sans danger sous toutes les protections désirables, il a honte de n'être pas plus héroïque. Dès qu'il cherche l'aventure à l'air libre, il se heurte au mur d'images médiocres. « C'était toujours ainsi chez moi, se dit-il, désespéré. Le grand Pierre et le petit Frédéric. Le héros, c'était mon frère Pierre. Il a pris le meilleur. Comment en serait-il autrement puisqu'il est le plus accompli des hommes. Sa mort a dû être exemplaire. La mienne passera inaperçue, si elle n'est pas obscène et ridicule. »

Odette la catherinette entre au bar du Forum, méconnaissable. Elle a pour la circonstance emprunté un tambourin noir, revêtu la robe drapée qu'elle a coupée et cousue elle-même sur un modèle du *Petit Écho de la mode.* Elle écarte son gant de peau pour lire l'heure à la montre minuscule nimbée de faux brillants qu'elle porte au poignet. « Pourvu qu'il ne me pose pas un lapin ! »

Bob lui a téléphoné, l'invitant pour la soirée. « Éliane est en vacances, a-t-il dit. Voulez-vous me consoler ? » Pour Odette, c'est l'heure de la revanche. A-t-elle assez supporté les regards méprisants de la blonde aux yeux de myosotis ? C'est son tour de se parfumer, de se maquiller, de sortir du carton l'unique paire de chaussures en chevreau noir à hauts talons qu'elle possède.

— M. Bob, demande-t-elle, un peu ridicule, au barman italien du Forum.

— M. Bob sera en retard, répond Guido. Il m'a prié de vous transmettre ses excuses, il a été retenu à Versailles et se trouve présentement sur l'autoroute de l'Ouest, pédalant jusqu'à vous, le cœur réduit au désespoir.

Odette prend place dans un fauteuil club, à la seule table vide du « lounge ». Le tabouret de bar fait sûrement mauvais genre. Invitée dans le monde par l'homme le plus élégant qu'elle connaisse, elle entend jouer son rôle à sa manière et s'installer dans une position d'attente qui ne nuise pas à sa dignité. Rajustant la voilette du tambourin, elle tire de son sac une cigarette et l'allume à son briquet doré, rejetant vivement la fumée en longues volutes, ainsi qu'elle a vu Éliane le faire mille fois.

— Voulez-vous un cocktail maison ? demande Guido en s'inclinant devant elle. Et l'*Officiel de la mode*, pour vous faire patienter.

Elle accepte avec une mimique condescendante, comme si tant d'égards lui étaient naturellement dus, et jette un coup d'œil à la table voisine, où deux messieurs en costume parlent allemand. « Dans un endroit aussi chic, se dit-elle, ils ne viennent pas en uniforme. » Le cocktail généreux servi par Guido la rend très sensible aux chansons que susurre un sous-André Claveau assis au piano du bar. Elle se repoudre pour éteindre le feu de ses joues et de ses tempes un peu luisantes. Depuis toujours elle surveille avec attention son visage, en suivant les conseils des magazines de mode du groupe Boussac. Elle ne peut s'empêcher de s'adresser un regard appuyé, presque scrutateur, dans son petit miroir rond surmonté d'amours ailés en cuivre. Le cadeau de son dernier amant, parti pour l'Allemagne au travail forcé depuis plus de dix-huit mois. En songeant à ce départ, elle réalise qu'elle n'a pas fait l'amour depuis. Non par fidélité, mais par manque d'occasions. Il n'est pas normal qu'une jeune femme de son âge n'ait pas de rapports avec un homme plus d'une dizaine de fois par an. Elle se demande quelquefois méchamment si Éliane, en dépit de ses grands airs et de sa liaison affichée avec Bob, est plus gâtée.

Le quinquagénaire qui lui fait face ne la quitte pas des yeux. Du moins a-t-elle cette impression, sans en être tout à fait sûre car les petits points, les milliers de coups d'épingle qu'elle donne chaque jour dans le feutre des chapeaux l'ont dotée d'une vue de taupe. Estimant convenable de manifester quelque reconnaissance à ces attentions polies, elle se déplace vers l'avant du fauteuil, présentant la ligne flatteuse de son buste et le bon profil de son visage. Encore une attitude qu'elle emprunte à Éliane.

Lorsque enfin Bob arrive, elle a retiré la veste de son tailleur et rectifié son chignon qui dégage entièrement sa nuque. Il lui baise les mains avec assez d'insistance pour qu'elle mesure le prix qu'il attache à sa présence. Autant de prévenances qui lui donnent le sentiment d'échapper à la tristesse de sa vie quotidienne. Bob se conforme en tout à l'attitude des héros de Max du Veuzit. Un an avant de rencontrer Éliane, il faisait une intense consommation de vendeuses de chez Madelios, n'ayant que le boulevard à traverser pour les conduire dans un fauteuil profond du Forum. Les hôtels discrets de la rue Duphot permettaient l'exploitation immédiate des succès remportés par l'irrésistible Bob. Aussi Guido n'est-il pas surpris, depuis l'absence d'Éliane, de voir son collègue revenir à des habitudes anciennes.

— En voilà une, ricane-t-il, qui ne fera pas long feu dans le « lounge ». Elle est déjà prête à changer de trottoir.

Pourtant, le couple s'incruste. Bob a parfaitement noté, en entrant, la présence des deux officiers supérieurs allemands en civil. Aussi parle-t-il à Odette à voix basse, en rapprochant la bouche de son oreille, dans une attitude de tendresse. Il lui demande en fait de lui narrer par le menu les événements du magasin de chapeaux, depuis le départ d'Éliane à Toulouse. Elle raconte avec force détails la descente inattendue du policier du contrôle des prix et les embarras du patron. Elle insiste sur les retards et les absences d'Aïcha qu'elle déteste.

— Ce que cette fille a changé en huit jours, ce n'est pas croyable ! commente Odette en haussant la voix. Elle est devenue l'ombre d'elle-même.

Craint-elle que Bob, qui multiplie les questions sur la jeune Marocaine, n'ait l'intention d'en faire la remplaçante d'Éliane ? Elle l'enfonce de son mieux, trop. Ainsi affirme-t-elle que personne ne descend plus à la cave. Ni le patron ni Aïcha.

— La patronne a enfin vu clair ! fait l'arpette en se rengorgeant.

Bob écrase de dépit sa cigarette à peine allumée. Cette fille est-elle sotte au point de n'avoir rien surpris des rapports d'Aïcha et de son mystérieux amant ? Elle ne se doute d'aucune présence insolite alors qu'elle ne quitte pratiquement pas l'atelier où l'on entend le moindre bruit de pas dans l'escalier de la cave. Est-elle aveugle au point de ne soupçonner dans le comportement de la Marocaine qu'une banale affaire domestique ? « Bête à marcher à quatre pattes ! » se dit-il. Il regrette de l'avoir séduite au téléphone et de l'avoir à présent sur les bras. La soirée est encore longue, autant l'expédier sans plus attendre. Après tout, ne serait-ce que vis-à-vis de Guido, il entend rester à la hauteur de sa réputation.

— Ma chérie, susurre-t-il à Odette, une chambre de reine vous attend à l'hôtel du Globe, si vous voulez bien vous donner la peine de traverser la rue.

Rougissante et comblée, elle se lève aussitôt. Bob la suit en saluant avec force clins d'œil les quelques visages reconnus dans les zones sombres du bar, comme pour attirer l'attention sur une trop facile conquête loin de mériter de sa part des égards excessifs. Un instant de panique le saisit sur le trottoir. Il vient d'apercevoir, s'engouffrant dans une Citroën noire de la Gestapo, l'imposante silhouette de l'inspecteur Dupin. Le grand Willy émargerait-il rue Lauriston ?

Avantageux, le sourire aux lèvres, Willy Dupin s'installe à l'arrière de la voiture ; pourtant il ne fait nullement partie du personnel de la Gestapo, même s'il est parfois en relation d'affaires avec son voisin : un Français qui travaille pour le compte des nazis. Lucien Laborde, ancien gangster, jadis fort connu des services de police, cible préférée de la Mondaine à Pigalle, rend désormais les plus grands services aux Allemands qui le laissent faire tranquillement fortune en confisquant à son profit une partie des œuvres d'art de juifs richissimes expédiés dans les camps. On dépossède bien sûr aussi ceux qui fuient en confiant leurs appartements à des hôtes provisoires et cette chasse au trésor, où Laborde a naturellement tendance à prélever sa part de rapines, rend son commerce recherché par tous les trafiquants de Paris, plus soucieux de s'entendre avec lui que de vendre directement leurs renseignements à la Gestapo qui n'a pas la réputation de payer cher. Les Allemands, inondés de lettres de dénonciation signées d'honnêtes citoyens, considèrent avec mépris la tourbe des délateurs. Il leur faudrait des effectifs dix fois plus importants pour trier et vérifier le courrier qui leur parvient quotidiennement. À quoi bon payer cher ce qu'ils obtiennent pour rien ?

Lucien Laborde, qui connaît le terrain du grand banditisme et le monde interlope de la capitale, sait à merveille établir les contacts qui permettent de réussir un fructueux coup de filet. Il sait aussi le désir des dirigeants nazis, à l'approche de l'été 1944, de se constituer une sorte de trésor de guerre avec des devises ou des œuvres d'art aisément transportables au cas où la guerre tournerait mal à l'Ouest. Dupin ne l'ignore pas non plus. En conséquence, si quelqu'un dans Paris doit s'intéresser à Frédéric le fugitif, c'est Laborde. Il est sûr avec lui de sauver sa mise si l'enlèvement réussit et de faire payer le maximum au plus riche des architectes parisiens en échange de la libération de son jeune protégé. Dupin se fait fort de découvrir sa retraite et de l'arrêter lui-même. Pas question cependant de le livrer à la Gestapo. Il aura besoin de Laborde, une fois le jeune juif allemand pris, pour négocier avec Fourquin.

— Tu as souvent vu, comme moi, von Kliegenstein au Forum, enchaîne Laborde resté silencieux pendant les explications de Willy. Tant qu'il est à Paris, je ne peux pas entrer dans ta combine. Il faut attendre que la situation change à Berlin. Il paraît que c'est en cours. Greta von Kliegenstein, devenue Mme Fourquin-Trévise, est apparentée aux familles les plus huppées du Herrenklub qui avaient porté, sur l'injonction de von Papen, Hitler au pouvoir en 1933. Les fonds des nazis venaient de la Ruhr. Le ralliement de Hindenburg, le vieux maréchal de la guerre de 1914, idole des casques de fer, avait été obtenu par le même intermédiaire. La ligne de téléphone de la vieille Fourquin est constamment sous surveillance, comme celle de toutes les Allemandes mariées à des Français, affirme Laborde. Nous ne pouvons la filer car elle ne sort jamais et reçoit très peu. Mais elle écrit et nous ouvrons régulièrement son courrier. Elle a trouvé le moyen de correspondre avec les anciens du Bauhaus réfugiés en Amérique par l'intermédiaire de la Suède, où elle a une boîte aux lettres. Nous avons ainsi des nouvelles du groupe.

— Ont-ils une action politique ?

— Pas la moindre. Greta, en épousant Fourquin-Trévise, a rompu avec son passé et pratiquement avec ses parents des châteaux du Rhin. Elle a cependant recours à certains d'entre eux quand la situation l'exige, notamment pour porter assistance à ceux des architectes encore traqués en Europe par les services de la Gestapo. Elle bénéficie de toute l'aide possible des membres du Bauhaus américain. Ils gagnent beaucoup d'argent à Chicago et ont réussi à mobiliser les juifs de New York qui disposent de fonds illimités. Je dois vous le dire, Dupin, la présence de votre Frédéric à Paris est un mystère, comment n'ont-ils pas réussi à le faire sortir ?

— Ce doit être un cas particulier, c'est pour cela que je veux profiter de l'aubaine ; à mon avis, c'est lui qui a refusé de quitter Paris lorsque c'était encore facile. Pour monter notre opération, il faudra sans doute l'embarquer de force.

Willy ne souffle mot de l'existence d'Aïcha.

— Pour un enlèvement, il faut des spécialistes…

— Pourriez-vous vous en charger ?

— Assurément, affirme Laborde, c'est une question de prix et votre collaboration sera indispensable.

— Seriez-vous prêt dès maintenant ?

— Vous rêvez, Dupin ! J'y vois deux obstacles majeurs : vous n'avez aucune idée de l'endroit où se terre votre beau jeune homme et nous pouvons tenir pour certain que Greta Fourquin-Trévise a, grâce à son frère, les moyens d'intervenir puissamment pour sauver son protégé. Rien ne peut être tenté tant que von Kliegenstein fait la pluie et le beau temps dans le *Gross Paris*, et qu'il peut aller boire tous les soirs au

Forum sa « feuille d'automne ». Les amis de Speer – et il en est – sont intouchables.

La Citroën s'est arrêtée devant la Direction de la police économique. Willy ne peut se résoudre à sortir. Il cherche la solution et Lucien respecte son silence, connaissant les ressources de son imagination.

— Supposons, dit-il enfin, que je m'empare du jeune homme et que je menace de vous le livrer... Les Fourquin-Trévise ne chercheront-ils pas immédiatement une transaction ?

— Il leur suffit d'un coup de téléphone au quartier général pour obtenir sa libération, mon cher Willy, et je ne pourrai rien. N'oubliez pas que nous sommes depuis quelques semaines en zone opérationnelle. Von Rundstedt et Rommel sont à leurs postes, le débarquement est imminent. Le Führer leur téléphone trois fois par jour, ils sont intouchables. Rundstedt a plus d'autorité que Keitel. Il fait ce qu'il veut dans Paris.

— Je croyais la Gestapo au-dessus de ces contingences.

— Tous les SS disponibles en France servent désormais dans les divisions blindées de Sepp Dietrich et attendent le moment d'en découdre. La chasse aux juifs reste de notre ressort, mais nous ne devons pas compter sur la collaboration de ces messieurs. Ils sont bien davantage occupés à empêcher l'Intelligence Service de multiplier les actions de résistance à l'intérieur. Nous obtenons dans ce domaine d'étonnants résultats.

— Il me reste à jouer seul.

— À votre guise. Toujours à votre disposition si vous avez besoin de mon intervention.

Willy n'a pas voulu révéler son atout maître : la belle Marocaine, son fil d'Ariane pour retrouver Frédéric. Il lui suffit d'exercer une discrète surveillance et d'intervenir au moment favorable. Sans doute peut-il se passer totalement des services onéreux de Lucien Laborde. Mais il doit bénéficier, sur le terrain, de solides complicités.

« Il est temps, se dit-il, de revoir notre ami Bob. »

Frédéric a décidé Aïcha à sortir, de nuit, pour se rendre à la séance du cinéma des Tourelles. Folie, lui dit-elle : mercredi est le jour du changement des actualités cinématographiques, la salle est toujours pleine et la moitié des spectateurs sont des soldats allemands de la caserne Mortier. A-t-il envie d'exhiber une étoile jaune ?

— Jamais je ne l'ai portée, répond-il, et la nuit, comme vous dites en France, tous les chats sont gris. On joue *Les Visiteurs du soir*. Arletty y est admirable.

Aïcha a toujours été incapable de l'empêcher d'aller au cinéma. Au Quartier latin, le risque était limité. Le projectionniste du Boul' Mich' était un ancien des Beaux-Arts qui n'avait trouvé, pour survivre, qu'une rangée de caisses sur les quais où il vendait des livres d'occasion, ainsi que ce travail du soir qui lui permettait de toucher la pellicule en s'identifiant au monde du spectacle. Il prenait alors Frédéric comme assistant dans sa cabine, pour les beaux yeux d'Aïcha qui descendait seule dans la salle. On échappait ainsi, pendant l'entracte, aux regards indiscrets. En cas de rafle, Frédéric pouvait sortir par la porte de fer de la salle de projection qui s'ouvrait sur une rue parallèle au boulevard. Mais aux Tourelles, Aïcha ne connaissait personne.

Ils s'y rendent pourtant, la main dans la main, en amoureux. Pour rien au monde Frédéric ne manquerait le début de la séance avec ses documentaires léchés, ouatés, commentés d'une voix emphatique, qui le comblent d'aise. En a-t-il vu, des pêcheurs de langoustes, des ferblantiers de Douarnenez, des Peuls du Fouta-Djalon gardant leurs troupeaux sur les bords du Niger ! Ces treize minutes sont généralement ponctuées dans les salles par le chahut des plus jeunes et les commentaires injurieux des spectateurs pressés d'en arriver au plat de résistance.

Aïcha ne suit pas les pêcheurs bretons sur les côtes de Mauritanie. Elle pense seulement qu'avec Frédéric, elle aurait pu tenter de s'enfuir en Angleterre à bord d'un de ces bateaux s'il s'y était pris plus tôt. Mais il est trop tard. La côte entière est barrée de mines, hérissée de mitrailleuses. Elle se demande comment les pêcheurs peuvent encore sortir au large.

Elle aperçoit, au dernier rang, le visage allongé et les yeux brûlants de leur voisin calabrais. Il ne fait aucun signe de reconnaissance et nul sourire ne trouble ses lèvres minces. Aux actualités qui commencent, on voit défiler des usines détruites, des villes défoncées, des enfants formant des chaînes de solidarité dans les décombres pour porter secours aux victimes des bombardements : les scouts sont à l'honneur lors de ces sauvetages. Le speaker déclare d'une voix grave que le Maréchal viendra en personne dans la région parisienne pour apporter le réconfort de sa présence aux parents des trois mille victimes des bombardements alliés. Des sifflets venus du balcon ponctuent ces paroles. « Chut ! » protestent les gens de l'orchestre, peu disposés à voir la salle évacuée sur ordre des Allemands comme on l'a vu plus d'une fois. À sa grande surprise, Aïcha ne remarque aucun uniforme dans les rangs à l'entracte. Les garnisaires du boulevard Mortier ont reçu des ordres. Leurs supérieurs redoutent sans doute les attentats communistes. On peut siffler à l'aise, la Wehrmacht est absente.

Frédéric rit comme un enfant devant ces manifestations spontanées. À Ménilmontant du moins, on ne chantera pas « Maréchal, nous voilà ! ». Il se sent porté par ce public chaleureux, sympathique, il est plein de tendresse pour ces ouvriers en casquette qui acceptent de se coucher tard pour voir Arletty dans *Les Visiteurs du soir* et pleurer au mélodrame médiéval où le diable Jules Berry a la partie belle.

Il se serait engagé dans la Résistance s'il n'était certain d'y retrouver les communistes dont son frère lui avait beaucoup parlé. Ils avaient fait, disait-il, le malheur de l'Allemagne, attiré le nazisme et poursuivaient dans les camps leur œuvre de haine en assumant les fonctions d'encadrement. Son frère l'avait assuré qu'à Dachau, un camp d'extermination par le travail ouvert dès 1933, les SS utilisaient comme kapos les communistes, qui continuaient leurs menées politiques à l'intérieur du camp. L'alliance de Hitler et de Staline, autre antisémite, portait l'horreur au sommet. À aucun prix Frédéric ne voulait s'engager dans les rangs de la Résistance communiste. À Paris, on n'en connaissait guère d'autre.

— Nous n'en avons pas pour longtemps, dit-il en serrant Aïcha dans ses bras. Ces gens-là attendent la libération, c'est clair. Ils ne s'en cachent même plus. La voix du peuple est la voix de Dieu.

Aïcha songe, en reposant sa tête sur son épaule, que l'avenir immédiat est à l'épreuve. À entendre la chanteuse réaliste qui, imitant Piaf, a attaqué sur scène « D'l'autre côté de la rue, y a une fille, y a une belle fille qui a d'l'argent, des bijoux, des fourrures », elle doute de la capacité de résistance, de la fierté d'un peuple qui a supporté sans rechigner quatre ans d'humiliation en se vautrant dans les combines et les compromissions. On ne peut juger de l'état de la France par le cinéma des Tourelles. Elle admire que Frédéric ait à ce point besoin de se gaver d'illusions, même s'il doit souffrir, le reste de la nuit, d'une indigestion d'optimisme.

— Il faut sortir avant la fin, lui dit-elle, c'est plus prudent.

Las ! Frédéric tient passionnément aux dernières images, celles qui hanteront sa nuit. Il faut suivre la file des gens vers la sortie, heureusement enténébrée, à la fin de la séance. Ils avancent sur le trottoir, brutalement saisis par le puissant appel d'air du boulevard Mortier.

— Filons vite, dit soudain Frédéric.

Aïcha ne comprend pas cet accès de prudence. Il vient de reconnaître, sous les traits du clochard qui tend sa sébille à la sortie de la séance, son hôte très provisoire de l'abri sordide de la « zone ». À la lueur étrange de son regard, il réalise qu'il est repéré et que la présence de cet homme n'est pas innocente. À l'évidence, il sert d'indicateur.

— J'ai grand-peur, dit Frédéric, que nous ne soyons de nouveau obligés de changer de quartier.

JEUDI

L'abbé Desglières s'est pris d'une tendresse particulière pour le jeune Bacouche. Bien que le garçon ait grandi et pris quelques poils au menton, il tient à ce qu'il serve la messe basse de l'archiprêtre, celle de 7 heures du matin, dite à l'intention des victimes du bombardement de la Chapelle.

Bacouche est un converti de fraîche date qui n'a pas résisté au désir du prêtre de l'entraîner dans la religion romaine. Certes, il a gardé toute la foi de ses pères et connaît par cœur plusieurs versets du Coran, mais il n'est pas véritablement pieux et ne croit guère qu'au retour du printemps, à la course des astres, à la bienveillance d'un père suprême qu'il appelle indifféremment Allah ou Jésus-Christ. L'abbé Desglières ne lui a du reste jamais demandé l'exclusivité, amplement satisfait d'avoir arraché, comme jadis à Alger Mgr Lavigerie, une âme de plus au purgatoire des infidèles.

Bacouche, le singulier catéchumène, est le chouchou de l'abbé qui ne peut imaginer sans lui de messe solennelle. Aussi tout le quartier Saint-Séverin s'habitue-t-il à sa silhouette particulière, à sa taille svelte et haute mal dissimulée par le surplis trop court des enfants de chœur. Desglières l'habillerait volontiers en diacre si Bacouche acceptait de se destiner à la prêtrise. Il pourrait alors, vêtu d'une longue robe de futur prêtre, lire l'Évangile devant les bourgeois extasiés du boulevard Saint-Michel.

— *Mens pura, sed imaginatio lasciva !* soupire l'abbé en voyant le beau jeune homme manipuler avec un bonheur égal les burettes et le missel, tendre le premier sa jolie bouche à l'hostie consacrée quand tinte la clochette de la communion.

Bacouche, ce matin-là, n'a pas le cœur à rêver. Il a surpris près du pilier palmé, à l'entrée de l'église, une silhouette familière, celle de Bob le barman, l'amant de la belle Éliane. Fait-il de la paroisse le centre d'un nouveau trafic ? Non pas, il cherche à renouer les liens distendus qui lui permettront de retrouver Frédéric. « C'est peut-être moi qu'il attend », songe le garçon.

Chaque fois qu'il se retourne pour une génuflexion, c'est pour dévisager les assistants, peu nombreux à cette heure de la journée. Bacouche connaît presque tous les fidèles : l'épouse du pharmacien Goubert, toujours présente aux messes basses. Le naturaliste Collignon, qui s'intéresse à la fabrique de la paroisse et a fait don au curé d'un aigle empaillé. Mme Saillard, l'épouse du bâtonnier, dont le banc marqué à son nom sur une plaque de cuivre poli figure au premier rang du chœur. Pouvait-on imaginer le moindre rapport entre ce public respectable et le ténébreux personnage ? Il y a bien la boulangère, Mme Billot, toute coquette dans sa redingote pied-de-poule qui prie en baissant les yeux, tout près de Bob. Il ne lui adresse pas la parole.

L'abbé Desglières a tout juste prononcé l'*Ite missa est*, que Bacouche s'est rué vers la sacristie pour se débarrasser de sa soutane rouge et de son camail blanc. Il n'attend pas le curé, retenu par Mme Saillard, mais prend la porte dérobée qui ouvre sur le cloître et se retrouve bientôt dans la rue. Surprise ! Bob attend à l'entrée. Ainsi, il connaît son adresse. Qui l'a renseigné ?

— Bonjour, Bacouche, j'ai à te parler. Pouvons-nous entrer ?

Le jeune homme ne fait pas de résistance. D'ailleurs, le poignard courbé de son père est toujours caché sous le matelas du lit, s'il faut faire face.

— Je ne voudrais pas réveiller mon père, dit-il. Il vient de rentrer de son travail et de s'endormir.

— C'est bon, je vais t'offrir un vrai café.

— Je n'ai pas le temps, j'ai une autre messe à dire a Saint-Julien-le-Pauvre.

— Je te suis, insiste Bob.

— Vous n'êtes pas melkite, ils ne vous laisseront pas entrer.

Ces catholiques byzantins que sont les melkites reconnaissent l'autorité du pape de Rome mais tiennent à leurs usages et à leur rituel, ceux du grand patriarche d'Antioche, d'Alexandrie, de Jérusalem et de tout l'Orient. Bacouche aime bien les melkites qui sont plus de cinquante mille dans Paris, se serrent les coudes et surveillent en permanence les abords de leur église. Il se sent beaucoup plus à l'aise dans ce culte chrétien d'Orient. La messe est dite et chantée en grec ou en arabe.

Les fidèles regardent avec surprise l'étranger qui suit Bacouche. Même le prêtre, qui n'est pas le moins embarrassé. En fronçant les sourcils, il manifeste sa réprobation. Aussitôt, un mur humain se dresse devant Bob, repoussé mètre par mètre vers l'entrée. Bacouche revêt ses ornements et se place aux côtés du prêtre. Cette infidélité quotidienne faite à l'abbé ne trouble en rien sa conscience. Les melkites sont moins riches que les catholiques de Saint-Séverin mais plus affectueux. Plus jeune, il raffolait des gâteaux sucrés qu'ils offraient à l'occasion des fêtes.

Les voix graves des chants orientaux emplissent la voûte de pierre de la plus vieille église de Paris. Bob, qui ne se tient pas pour battu, s'est mêlé à un groupe de retardataires mais ne voit plus Bacouche car le prêtre, retiré derrière l'iconostase, lui a fait un abri de son mur d'images en bois marqueté, œuvre d'un sublime artisan de Damas. Déjà les fidèles se lèvent pour la communion.

Bob se rapproche du chœur. Bacouche suit le prêtre qui consacre le pain et le vin derrière les icônes. Revenu dans la communauté, le porteur des saintes espèces n'a plus personne à ses côtés. Bacouche s'est envolé. « J'ignorais que les curés melkites, médite Bob qui a échappé au séminaire dans sa jeunesse, pratiquaient l'assomption des enfants de chœur. »

Poursuivre Bacouche dans les ruelles qui entourent Saint-Julien-le-Pauvre est malaisé. Les Grecs sont maîtres des caves, des souterrains, des soupentes ouvrant sur les toits si plats qu'ils servent de terrasses l'été. Les femmes y étendent leur linge et les fleurs poussent à l'ombre des cheminées. Une pittoresque médina qui se prolonge par la rue de la Bûcherie dans le dédale de la rue des Trois-Portes et de la rue des Grands-Degrés. Bacouche a-t-il assez couru dans les souterrains des Orientaux ! Bob n'a pas la moindre chance de le rejoindre. Il le poursuit sur son terrain de jeux.

Qu'il soit ainsi recherché rassure le jeune Kabyle : cela signifie que les fugitifs n'ont pas été repérés dans leur cache de Ménilmontant. Il est vrai que leur sécurité dépend de la prudence d'Aïcha, qui doit veiller à ne pas être suivie le soir, dans le métro. Aussi prend-elle toutes les précautions, en entrant par la cour du Commerce, qui ouvre par une grille de fer forgé place de l'Odéon. La cour de Rohan, pavée Grand Siècle, entourée de maisons basses, peut offrir une retraite. Il est ensuite aisé de ressortir par la porte de Saint-André-des-Arts. Le passage Dauphine, un peu plus loin, offre la même protection grâce à sa double sortie sur les rues Mazarine et Dauphine. De là, on franchit la Seine par le pont des Arts où l'on peut vérifier sans peine que personne ne vous a emboîté le pas. Aïcha évite la station de métro Saint-Michel. Elle change constamment d'entrée, de Pont-Neuf à Châtelet, en choisissant parfois celle de Saint-Germain-des-Prés.

Bob sait qu'il ne peut pas faire la filature lui-même. Elle le reconnaîtrait et se garderait de rentrer au gîte. Il doit utiliser les services d'un tiers, ou attraper Bacouche. Mais le gosse est insaisissable et il n'a nulle envie de mettre un inconnu dans la confidence. Va-t-il renoncer ?

Il rôde, perplexe, dans le quartier de la place Maubert, et se rapproche du Collège de France, où il attache sa bicyclette à un réverbère. Rue Thénard, il n'a pas fait trois pas que cette fois – impossible de l'éviter –, il tombe sur le grand Willy en sentinelle devant le porche d'un immeuble.

— Content de te voir, Bob, toujours en chasse ?

— Si je chasse à courre, il me semble que tu es à l'affût.

— Pas du tout, je sors du bistro des légionnaires de la rue Lhomond.

— Pittoresque, dit Bob, es-tu un ancien de Sidi Bel-Abbès ?

— Tout juste, et j'aime la chaude ambiance des camarades. Ceux-là ne trahissent jamais.

— C'est vrai, surtout quand ils n'ont rien à vendre.

Tout en parlant, Bob a vu un homme aux cheveux blancs de forte corpulence, vêtu d'un complet gris sombre et chargé d'une lourde serviette, s'engager sous le porche sans que Willy lui accorde un regard. Les enfants sortent du lycée Henri-IV, leur cartable sur le dos. Deux d'entre eux s'arrêtent de l'autre côté du porche pour échanger des timbres. Au moment où l'homme à la serviette franchit le seuil de l'immeuble dont la porte est grande ouverte, un coup de feu éclate, venu du couloir d'entrée. Personne ne bouge. Les enfants sont pétrifiés. Bob regarde Willy qui a les yeux obstinément fixés sur la pointe de ses chaussures. Encore cinq coups de feu. Le vacarme est infernal. L'homme tombe sur le trottoir, sa serviette à la main. Du porche surgit un civil qui brandit un pistolet.

— Appelez la police ! dit-il.

— Qui est-ce ? demande Bob.

— Un milicien.

Les enfants d'Henri-IV n'ont toujours pas bougé. Le milicien retourne du pied le corps de sa victime, dont la tête pend dans le caniveau, et la prend aux cheveux. Les yeux sont embués, pas une goutte de sang sur le visage, mais l'homme perd toute sa salive. Il est en train de mourir quand surgit un car de police. Les agents font dégager les passants et chargent le corps en vitesse sur une civière.

— Résistant, dit Willy, à cet âge !

Il n'a apparemment pas partie liée avec le milicien qui fouille l'épaisse serviette de l'homme assassiné. Sans se presser, replaçant son pistolet dans sa ceinture, il s'éloigne vers le boulevard Saint-Germain. La scène n'a pas duré cinq minutes.

— Tu organises la chasse de jour dans Paris ? demande Bob.

— Je n'y suis pour rien. C'est un hasard.

— Tu as tout de même donné à la Milice l'adresse du rendez-vous.

— Il faut bien se rendre service. À charge de revanche. On ne peut travailler seul, mon petit Bob. Il faut que tu le comprennes.

— Cet assassinat dénote un échec. Je suppose qu'il y a un deuxième cadavre à l'étage, celui que tu connaissais et qui n'a pas voulu payer…

— Ton imagination s'enflamme. Je vois bien que tu es inquiet. S'il y avait un autre mort, la police l'aurait évacué. Rien de commun avec l'affaire qui te préoccupe. Ceux-là sont uniquement des résistants. J'ai du nouveau pour toi.

Bob s'éloigne, peu désireux de tremper dans les crimes de la Milice.

— Du nouveau sans danger, dit Willy qui l'a rattrapé. À moins que tu ne t'intéresses plus à M. Fourquin-Trévise.

— Pourquoi ne l'exploites-tu pas toi-même ? Je jette l'éponge. Tu me fais peur. Ce n'est pas ma catégorie.

— Il s'agit seulement de renseignements. Tu ne risques rien, te dis-je. D'autres que toi se chargeront de conclure.

C'est bien ce que craignait Bob. Willy s'est arrangé avec la Milice. Pis peut-être, avec la Gestapo. Quand ces messieurs se seront servis, ils le paieront en monnaie de singe. Pourtant il tend l'oreille, au cas où Willy le mettrait sur une piste.

— Je n'ai rien de sûr, lui dit-il. Tout juste la déposition d'un indicateur. Du côté de la porte des Lilas. Mais si tu veux marcher avec moi, il faudra jouer franc jeu, mon petit bonhomme. Je passerai à ton bar pour une livraison de whisky. Nous en recevons de plus en plus. Tu dois constituer un stock, si tu veux fêter la victoire. À ce soir !

En grimpant la forte pente de la rue Saint-Jacques, Bob prend garde de rouler sur les rails incrustés dans le pavé, luisants et glissants de l'ancien tramway. « Le compteur tourne, se dit-il. C'est vrai, le jour du débarquement approche et les amis de Willy deviennent nerveux. Si je veux régler l'affaire en douceur, je dois tout faire moi-même. »

Bob n'aime pas le carnage. Il aime seulement l'argent.

Frédéric a passé l'après-midi à l'extérieur. Aïcha, qui est revenue pour déjeuner avec lui, n'a pas eu le courage de reprendre le métro. Elle a réussi à faire oublier à son amant l'incident de la sortie du cinéma. Une hirondelle ne fait pas le printemps et tous les clochards de la « zone » n'émargent pas à la Tour Pointue. Les oreillers brodés de la logeuse corrézienne ont eu raison des angoisses de Frédéric. Il a dormi comme un enfant : Aïcha était déjà partie quand il s'est éveillé.

De sa fenêtre, il contemple la vie de l'immeuble à l'heure du repas. Là, une femme tire une lourde poussette, la capote fermée, et essaie de grimper à l'étage, à bout de forces. Ses enfants descendent pour l'aider. Jusque dans l'escalier, une trace continue de poussière de charbon. La dame a remonté ainsi la rue du Surmelin, depuis le bougnat du métro Pelleport, pour avoir chez elle un peu de chaleur. Cette famille l'intrigue depuis qu'il a vu l'aîné des garçons porter des boîtes d'aluminium dans un panier au dernier étage en soufflant sur ses doigts tant l'emballage était brûlant. Il livrait manifestement un repas, mais à qui ?

— Aux filles Bloch, dit Aïcha qui rentre à cet instant. Je connais déjà la vie des gens grâce à la Corrézienne. Les deux jeunes filles étaient recherchées à l'école par la police ! L'instituteur a prévenu la famille qui les abritait. On les a cachées dans une chambre de service. Elles ne sortent pas, la mère de famille les nourrit.

— Des juives ?

— Naturellement. On arrête aussi les enfants. Mais ici, elles sont protégées. La police n'a jamais fouillé l'immeuble malgré les dénonciations.

— Sais-tu pourquoi ?

— Je n'en ai pas la moindre idée, dit Aïcha en le poussant sur le lit.

Inutile de chercher à dissiper les angoisses de Frédéric. Aïcha sait bien qu'elles ne sont que trop fondées. Le seul moyen de l'aider à vivre est de lui permettre de tout oublier.

— J'ai de quoi te servir un repas de boyard, dit-elle joyeusement en ouvrant son sac. Un fromage de brie acheté chez le poissonnier. Deux tranches de gigot du boucher de la rue Haxo. Un régal de viande froide !

Elle dresse le couvert en chantonnant.

— J'ai failli cueillir l'herbe de la rue qui pousse entre les pavés pour donner du goût à la viande. Il n'est sûrement pas passé une seule voiture depuis quatre ans dans la rue Haxo.

— Où as-tu trouvé le beurre ? dit-il, surpris.

— Échangé contre des cigarettes chez le bougnat.

— Mes cigarettes !

— Et les miennes aussi ! Dimanche, je donnerai un plat à cuire au boulanger. Tu mangeras du couscous.

— De quelle origine ?

— Corrézienne !

Il sourit de la voir s'adapter si vite à la pénurie du XXe arrondissement. Elle a noué les contacts nécessaires en un temps record.

Oui, il suivrait Aïcha jusqu'au bout du monde ! Que n'avaient-ils tenté le passage des Pyrénées, elle serait aujourd'hui chez elle, au Maroc occupé par les Américains. Elle attendrait paisiblement la fin de la guerre en décorant le palais de son père. Lui se serait engagé avec tant d'autres dans la division Leclerc puis serait revenu en Europe, protégé par l'uniforme français. Il y avait sans doute un bureau de recrutement de la Légion étrangère au Maroc... N'ayant pu obtenir à temps la nationalité française, les lois raciales de Pétain, en exercice dès juillet 1940, ne lui avaient laissé aucune chance. Pourquoi avait-il hésité ? Son frère, bien sûr. Frédéric n'avait pas peur de la mort et ressentait même une singulière attirance pour le saut dans l'inconnu. Il n'attachait pas de prix à l'existence, la trouvant, avant sa rencontre avec Aïcha deux ans auparavant, morne et sans surprise. Il aurait sans doute entrepris le voyage d'Espagne si son frère le lui avait demandé, mais Pierre estimait de son devoir d'épargner à son jeune frère, timide et emprunté, l'épreuve inouïe du passage de la montagne. Il n'y résisterait pas. Pourquoi ne resterait-il pas caché à Paris, puisque Greta von Kliegenstein garantissait sa sécurité ? Celle-ci serait-elle plus grande en zone Sud, comme beaucoup de juifs l'avaient pensé ? Ils s'étaient fait cueillir par grappes, dès 1942, après que les Allemands eurent franchi la ligne de démarcation, et plus encore l'année suivante, lorsqu'ils bousculèrent les Italiens vaincus et lâcheurs dans le comté de Nice. Un puissant banquier juif qui avait vécu toute la guerre très tranquillement dans sa villa du cap d'Antibes venait d'être fusillé par deux miliciens ivres...

Depuis lors, Frédéric se fie à la chance, au hasard et à la prodigieuse intuition du danger que possède Aïcha, qui cesse brusquement de déjeuner et d'un geste désigne la fenêtre.

— Que se passe-t-il ? Je n'entends pas les cris habituels des enfants sur la zone.

La veille, des bruits de bagarres et de jeux échevelés leur parvenaient en effet par la fenêtre ouverte. Les « fortifs », comme ils les appelaient, étaient noires de très jeunes guerriers.

— Prends garde, ne te montre pas !

Derrière le rideau, il scrute la « zone » déserte. Pas tout à fait déserte, car deux hommes en imperméable s'entretiennent avec le clochard curieusement sorti de son trou. L'un d'eux est un colosse aux larges épaules, une tête de Français, ébouriffé, sans feutre. L'hirsute, d'un geste du bras, désigne la maison de brique.

— Vite, dit Frédéric. Il faut partir. La police est à nos trousses.

Bob a téléphoné au bar pour signaler qu'il serait en retard. Une affaire urgente à régler. Il a dîné rue Gît-le-Cœur, Aux Trois Marches, ce restaurant de marché noir tenu par des Corses, où l'on sert un Pernod meurtrier, bien qu'il n'ait aucune raison de se mêler au cercle très fermé des trafiquants de viande qui tiennent pignon sur rue à Rambuteau. Mado, la patronne, l'a tout de suite reconnu.

— Tu es seul, ce soir ? Veux-tu de la compagnie ?

— Je trouverai en face, répond Bob, laconique.

En fait, il attend l'ouverture du cabaret marocain où se pressent les permissionnaires de la Wehrmacht. Débarqués des trains de plaisir arrivant du Mur de l'Atlantique le jeudi dans la nuit, les soldats dépensent leur solde en ville durant trois jours et repartent le lundi au petit matin pour trois mois. On sait à Montparnasse que c'est le tour, cette semaine, des tankistes du SS Dietrich. Des clients exigeants. Bob a prévu, pour son propre bar, le renfort d'une paire d'entraîneuses. Il ne veut pas prendre de risques : quand les Allemands en goguette entrent dans un bar sans femmes, ils jouent facilement du revolver, une fois saouls, sur les bouteilles alignées derrière le barman.

L'Oasis – c'est le nom du cabaret – n'ouvre pas avant 21 heures. Il a le temps de dîner tranquillement pendant que Mado se demande ce qu'il peut trafiquer avec les Arabes. Leur fournit-il des cigarettes américaines? Elle ne pose pas de questions mais propose déjà une monnaie d'échange, pour le cas où Bob le flambeur, dont la réputation n'est plus à faire, serait tombé sur une mine d'or.

— Nous avons, lui dit-elle, un lot superbe de chaussures de Limoges. Des mocassins pur cuir, de toutes les tailles. C'est à enlever de suite.

— Voyez Raoul, dit Bob. Je ne fourgue pas de pompes dans mon beuglant.

— J'aurais pu le trouver seule, rétorque Mado, outrée.

Le chausseur, à l'angle des boulevards Saint-Michel et Saint-Germain, n'a certes pas besoin d'elle pour s'approvisionner. Il a ses propres sources.

À peine entend-il les notes aigrelettes de la musique orientale qu'il règle l'addition, sans accepter de remise. Mieux vaut avoir les mains libres avec les Corses, trop souvent enclins à faire l'échange d'une alouette contre un cheval.

À l'Oasis, la salle est déjà pleine d'Allemands. Des lumières rouges, bleues et vertes bariolent les uniformes et le bruit des conversations couvre presque la musique : le repos du guerrier bat son plein.

« Où chercher mon épingle dans cette botte de foin? » se dit Bob. L'endroit est en effet réduit et les tables se touchent. On s'assied sur des poufs de cuir et les boissons – seulement du thé et de l'anisette – sont servies sur des tables basses en cuivre. Deux garçons enturbannés circulent avec leur plateau parmi les soldats hilares, qui saisissent les bouteilles d'anisette au passage et boivent au goulot. Du fond de la salle, écartant les rangs de fausses perles qui masquent l'embrasure d'une porte, une fille est apparue, à demi nue, les seins pris dans un soutien-gorge à paillettes. Sa jupe de mousseline ne cache rien de ses jambes minces et musclées. Une ceinture dorée, fixée très bas sur les hanches, met en valeur le ventre plat et lisse de la danseuse. Un projecteur misérable découpe la silhouette, fait scintiller les fils d'or du tissu lamé et le brillant accroché au creux du nombril. Les Teutons ont cessé de rire et de parler et fixent la fille avec intensité. Quelques-uns, déjà ivres morts, s'écroulent sur le mauvais tapis, en proie à un sommeil sonore. Au premier rang, deux officiers, sans doute des anciens de l'Afrikakorps et rescapés de la campagne de Tunisie, exigent soudain des raisins sur lit de glace, à la turque. Un luxe que seul un colonel peut se permettre, même en Afrique du Nord. On lui répond que la saison des vendanges est passée – se croit-il en Crète ? La voix tranchante du SS couvre le son de la flûte de bois brut. Bob se dit qu'il va brûler la boîte et enlever la danseuse.

Elle est sur lui d'un bond, avec un réflexe remarquable. Grimpée sans peur sur la table de cuivre, elle laisse choir la jupe de mousseline, exhibe ses jambes brunes et son cache-sexe pailleté. On n'aperçoit plus la nuque épaisse du SS, sans doute rassis, gagné par les charmes de Fatima la Berbère qui le regarde droit dans les yeux. Il sait que le jeu consiste, comme dans les bordels de Damas ou de Tripoli, à rester parfaitement impassible tandis que la fille multiplie les provocations. Sans bouger les pieds, c'est tout le corps, du ventre aux seins, qui frémit de transes rapides et saccadées, par un subtil et continuel balancement des hanches et des épaules. Le colonel perd-il le nord ? Dans un rugissement, il a sorti de ses poches des liasses de marks qu'il enfouit sans délicatesse derrière les minces sous-vêtements de la danseuse. Loin de se dérober, celle-ci s'agenouille, dansant toujours, pour faciliter l'opération. Bob la voit sauter à terre, jugeant sans doute sa récolte de billets suffisante, puis passer à une autre table. Sur l'ovale en blanc d'un grand billet de mille francs, il écrit à la hâte : « Je veux parler à Aïcha. »

Éliane l'a jadis persuadé que la Marocaine menait une vie personnelle spéciale. Liée à des trafiquants arabes, ils utiliseraient quelquefois ses charmes, la nuit, à l'Oasis. C'est à leur influence sur les autorités d'occupation qu'elle devrait sa sécurité. A-t-on jamais inquiété Aïcha ? Sans s'apercevoir qu'Éliane avance cette hypothèse par pure jalousie et pour dissuader Bob de s'approcher de la fille, il est convaincu qu'il a une chance, à l'Oasis, de renouer avec elle. Le jeudi, tous les cabarets de Paris engagent des extras, surtout les établissements arabes, que les Allemands prennent d'assaut. Si Aïcha n'était pas là, on saurait où la joindre.

Bob n'attend pas longtemps. Les soldats n'ont pas les ressources des officiers. La danseuse virevolte d'une table à l'autre pour un maigre butin. Un tankiste à la moustache blonde, qui reçoit un coup d'éventail en plein visage, croit drôle de déposer en écot une piécette. C'est vers Bob à présent que la fille se dirige, l'ayant vu froisser des billets dans son coin. Les musiciens l'accompagnent pour fêter cet hôte généreux qui glisse délicatement des coupures sur le corps de la fille. Il lit dans ses yeux le moment où elle a repéré l'inscription du dernier billet. Elle croit à une invitation pour un rendez-vous tardif et danse, pour lui seul, à se rompre les reins.

Le rusé Bob feint l'intérêt le plus passionné pour cette gymnastique orientale, attendant avec impatience la réponse. Le garçon enturbanné la lui donne sans retard.

— Mlle Fatima la danseuse n'a dans ses relations aucune personne du nom d'Aïcha. Elle est inconnue à l'Oasis.

« Pour la retrouver, se dit-il, il ne me reste plus qu'Éliane, et elle ne reviendra jamais. »

À l'heure où Bob prend son service à Montparnasse, Éliane approche de la gare d'Austerlitz. Elle n'est pas restée à Toulouse où le négociant lui a immédiatement remis les deux grandes caisses de chapeaux de paille promises à Alfred Dubost.

— Elles attendent depuis plus de deux mois, a-t-il dit. Il n'y aura pas de nouvel arrivage. Vous êtes ici la bienvenue, mais les lignes de chemin de fer peuvent être coupées avec Paris. Vous pouvez repartir quand vous le désirez.

Éliane a passé une nuit épouvantable dans un hôtel face à la gare de Matabiau. À l'évidence le négociant, même parent du chapelier, n'a pas admis qu'on lui demande d'héberger la jeune femme. Il soupçonne les plus tortueux desseins. Est-elle enceinte ? Veut-on la cacher ? Fait-elle de la Résistance ? Dans le doute, il lui a prudemment suggéré de repartir par l'unique train du lendemain en fin d'après-midi.

La ville grouille d'Allemands qui attendent la division Das Reich, au repos dans le Sud-Ouest, du côté d'Agen ; elle prendra ses cantonnements avant de remonter lentement vers le nord. Éliane, qui avait pourtant barricadé sa porte, n'a pas fermé l'œil de la nuit : un soldat ivre tentait de pénétrer de force dans sa chambre.

Déçue, angoissée, elle choisit de retourner à Paris, préférant encore supporter Bob que la solitude de cet endroit sinistre. Il sera temps de changer d'amant quand les Américains inonderont Paris de bas de soie.

Dans le compartiment de seconde où elle cherche une place, Éliane reconnaît immédiatement le pharmacien du boulevard Saint-Michel, M. Goubert, chez qui, cent fois, elle a acheté de l'aspirine ou du Synthol. Il se précipite pour l'aider à hisser sa valise et se rassied près d'un garçon de treize ou quatorze ans.

— Je vous présente le petit Pierre. Il rentre de vacances. Il est temps de retourner en classe après les vacances de Pâques, au lycée Henri-IV.

— Des vacances prolongées !

— Il n'arrive pas les mains vides, n'est-ce pas, Pierre ?

Le gosse brandit deux pots de foie gras que la grand-mère a confectionné pour ses parents, des voisins de Goubert.

— Je crois que nous ferons bon ménage, dit Éliane en souriant.

Pourtant, la vue de plusieurs wagons d'hommes armés et casqués comme s'ils partaient pour le front fait frissonner la jeune femme.

— Et vous avez remarqué, s'exclame Pierre : sur les plates-formes attelées en tête et en queue, les canons sont pointés. Il va y avoir du grabuge !

« Pourquoi ce gosse prend-il plaisir à m'inquiéter ? » s'indigne Éliane, portant un regard confiant sur le pharmacien qui somnole aussitôt le départ annoncé. Le train avance lentement, trop lentement, puis s'arrête au bout d'une heure. Goubert s'ébroue et se penche à la fenêtre : la nuit est tombée, ils sont en rase campagne et n'ont pas dépassé Montauban. Dans le convoi bondé, où les voyageurs s'entassent jusqu'aux toilettes, les commentaires vont bon train.

— Ils attaquent la gare de triage, dit quelqu'un, la voie est détruite.

Le convoi est en effet doublé par une locomotive haut-le-pied qui traîne un wagon-grue. Dans le lointain, on entend le bruit du canon et les explosions des bombes. Un moment intéressé par le spectacle, le pharmacien s'est de nouveau assoupi.

— Fais comme moi, Pierrot, il faut ménager tes forces, nous en avons pour longtemps.

Le train repart au petit jour et passe sans faire étape devant Montauban puis Brive. On entend par les vitres ouvertes le concert de protestations des voyageurs au ras du quai, qui voient filer ce cheval emballé. Certains dégagent précipitamment les valises qu'ils ont rapprochées de la voie dans l'espoir de monter les premiers. À Limoges, même jeu.

— Les Américains ont peut-être débarqué, dit le pharmacien.

Les Allemands font monter des renforts à toute allure. Éliane se demande s'ils s'arrêteront en gare de Paris. Les passagers n'ont aucune information et répètent des bobards. À La Souterraine, le convoi pile brusquement comme s'il butait sur un obstacle : les tampons des wagons s'entrechoquent dans un vacarme assourdissant.

— Un accident ! hurle un prêtre. Vite, ouvrez les fenêtres !

Goubert actionne la manivelle, passe la tête à l'extérieur.

— Nous sommes dans un tunnel, crie-t-il, il faut refermer. Ne sentez-vous pas la fumée ? Nous allons mourir asphyxiés.

Éliane tousse déjà. On annonce, de proche en proche, que la voie est coupée et que les secours vont arriver.

— Pourquoi le train ne part-il pas en marche arrière ? interroge le pharmacien.

Il repart en effet. Des cris de satisfaction ébranlent les compartiments quand l'air frais de la campagne pénètre par les fenêtres entrouvertes. Mais le train, de nouveau, ralentit. La voie vient aussi d'être coupée en arrière, le mécanicien a obéi à l'ordre des SS : on attendra sous le tunnel que les rails soient remplacés, en toute sécurité.

— Alerte ! Les Anglais attaquent !

Le cri tétanise les voyageurs qui reconnaissent en effet le vrombissement des bombardiers en piqué arrosant les wagons de rafales de mitrailleuses. Éliane, couchée sur la banquette, sans façon, tout près du pharmacien, serre Pierrot contre elle.

Enfin le convoi trouve abri sous le tunnel et les chefs de train font aussitôt évacuer les wagons : les civils doivent descendre sur la voie avec tous leurs bagages. Un train de secours sera à leur disposition plus loin.

— Les SS ne veulent plus s'encombrer de nous, dit Goubert. Combien de temps faudra-t-il marcher ?

Dans la fumée du tunnel, les voyageurs se suivent, harassés. Pierre tient contre lui son mince bagage contenant les précieux pots de foie gras.

Ils marchent deux heures et s'affalent, épuisés, sur les banquettes de bois des wagons de troisième qui les attendaient à plus de huit kilomètres. Éliane retire ses chaussures. Elle n'a plus la moindre prétention à l'élégance et accepte avec reconnaissance qu'un jeune Toulousain aux épaules solides porte ses caisses de chapeaux. Ils l'avaient échappé belle, en rase campagne, quand les avions ont surgi dans le ciel. Éliane courait derrière le pharmacien – étonnamment véloce malgré sa corpulence – et redoutait davantage les vipères des taillis que les balles des rapides Mosquitos, ces avions en bois qui attaquaient en piqué. Goubert redevenait gaillard, à la voir trousser sa jupe pour franchir les haies d'aubépine. On avait même acheté des œufs dans une ferme, pendant une alerte prolongée.

— Ne pourrait-on pas manger les boîtes de Pierre ? demandait Éliane avec gourmandise.

— C'est une surprise pour ma mère ! répondait le gosse, mort de faim.

Les jambes et le tailleur lacérés par les ronces, son chapeau cabossé et les cheveux en désordre, Éliane sort de son sac la clé du studio de Neuilly, furieuse d'avoir suscité les commentaires égrillards des passagers de la ligne de Vincennes, dans le métro. Naturellement Bob est absent. À 23 heures, au bar, la soirée doit être très engagée. « Lui ferai-je la surprise ? se dit-elle en regardant le téléphone. Il ne le mérite pas ! » Elle songe aux propos du pharmacien Goubert, dont une phrase anodine reste gravée dans sa mémoire. Le brave homme s'inquiétait à propos du magasin de chapeaux qu'il connaissait bien.

— Dubost n'a plus personne, lui avait-il dit, il est temps que la guerre finisse. Vous n'êtes plus à la boutique et la jeune Marocaine a également disparu.

— Je croyais qu'elle continuait son travail.

— Pas du tout. Elle est partie du côté de Ménilmontant. C'est Michaud, le médecin, qui me l'a dit. Il l'a rencontrée au métro Gambetta…

Voilà une information dont Bob ferait son profit, se dit-elle.

La nuit est pénible aussi pour Bob : jamais les Allemands n'entrent dans son bar sauf ce dernier jeudi du mois, jour des permissions, où ils investissent le quartier. Pas de tapis ce soir-là, pas de whisky au noir, tout doit être clair. On ne sert que les alcools de pomme de terre fabriqués dans les alambics de Normandie, mélangés au calvados pour leur donner un goût acceptable. C'est assez bon pour eux.

Avec ses entraîneuses, ce bar prend une allure de bobinard. Réticent à l'idée de servir une clientèle trop nombreuse, Bob fait dégager une piste de danse au centre en renforçant le pianiste d'un joueur de banjo. Toute la nuit les permissionnaires défilent et les filles suffisent à peine à la besogne, d'autant qu'il faut les protéger avec fermeté de la brutalité des consommateurs ivres. Bob excelle dans cet exercice, escamote ses hôtesses avec doigté, leur désignant des tables plus calmes. Le plus simple pour elles est de danser en s'asseyant le moins possible. Elles sont vite exténuées.

Willy n'imaginait pas une telle affluence, ni un tel public, quand il s'installe au bar vers une heure du matin.

— Je devrais prendre quelques photos, dit-il à Bob. Vous seriez heureux de vous souvenir de cette chaude ambiance, après la guerre. Les gaullistes vous décoreraient. Vous avez saoulé l'armée allemande et votre alcool pourri les dirige vers l'hôpital plus sûrement que les balles anglaises. Je ne vous demande pas un whisky. Je reviendrai pour la livraison.

Enchanté de le voir d'aussi bonne humeur, Bob lui sert un verre de son calvados spécial et le laisse reprendre sa respiration avant d'attaquer le sujet brûlant :

— Je n'ai aucune information. Toutes les pistes que je croyais utiles me conduisent à l'impasse et ma femme n'est plus là pour m'aider. Hélas, vous devrez garder votre whisky, je n'ai rien à vous vendre.

— Votre femme est couchée depuis minuit, répond Willy Dupin. Elle vient de passer deux jours dans le train. (Il consulte son carnet.) « Arrivée à Austerlitz 22 h 15. Voyage en métro. Neuilly, 23 heures. Bruit de douche dans la salle de bains. La lumière s'éteint aux douze coups de minuit. Sans commentaire. »

— Salaud, vous m'espionnez !

— Je me renseigne. Avez-vous obtenu le moindre tuyau de Fatima, la danseuse marocaine ? Non, naturellement. Aïcha n'a jamais mis les pieds dans ce caboulot. Votre démarche montre que vous êtes en effet mal informé.

Bob est atterré. Éliane n'a pas passé plus de vingt-quatre heures à Toulouse, elle est rentrée sans lui donner signe de vie. Willy doit être au courant de tout : la démarche du chapelier, la fausse commande de pailles... Peut-être l'a-t-il déjà fait arrêter ?

Depuis le meurtre de la rue Thénard, l'homme ne lui inspire plus aucune confiance. Bob se représente Dubost, dans les geôles de la Gestapo, torturé à mort... À quelques semaines de la libération qui s'annonce, se trouver mêlé à une affaire sanglante lui donne des sueurs froides.

— Je lâche la main, dit-il. Reprenez l'affaire à votre compte si vous le désirez. Je ne vous suis pas.

— N'ayez aucune crainte, dit Willy comme s'il devinait sa pensée. Le chapelier dort dans son lit. Tout peut encore se passer en douceur : cela dépend de vous, et de votre femme.

— Ne mêlez pas Éliane à ce trafic !

— Vous l'avez bien laissée partir pour Toulouse.

Elle a risqué la mort au retour. Mitraillages, bombardements dans un train rempli de SS.

— Annoncez, dit Bob.

— Elle seule peut rétablir le contact au magasin.

— Le chapelier se méfie d'elle.

— Plus maintenant. Elle est partie comme prévu à Toulouse et elle lui rapporte deux colis de chapeaux. Il n'a pas de raisons de la renvoyer.

Deux Allemands fort éméchés s'accoudent à côté d'eux sans la moindre gêne. Ils se jettent sur l'alcool de pomme et boivent à la régalade.

— Vous devriez appeler votre femme, dit Willy. Elle n'ose pas le faire elle-même.

Bob saisit l'appareil qu'il pose sur le plancher, sous le bar. Il s'accroupit pour composer le numéro pendant que Willy prend l'air naturel en se servant un autre verre de tord-boyaux qu'il boit d'un trait, à la russe. Il en sert un aussi à l'officier qui s'est approché de lui, le visage hilare, mais l'écarte doucement quand Bob refait surface.

— Il faut que je vous parle, dit-il en raccrochant l'appareil. Descendons à la cave pour être tranquilles.

Dans la salle les Allemands chantent à tue-tête.

— Éliane a retrouvé le fil. Une information inattendue : ils sont à Ménilmontant. Je crois savoir comment les déloger.

Willy éclate de rire. Bob s'étonne. A-t-il trop bu ? Il empeste le calvados.

— Ils n'y sont plus depuis cette nuit, dit-il. Ils ont échappé à mes agents qui ont reconnu un jeune Arabe dans le bloc d'immeubles où ils avaient trouvé refuge. Je les tenais sous surveillance depuis le début du jour. Je puis vous dire tout ce qu'ils ont fait. Ils sont même allés au cinéma, contre toute prudence. J'aurais pu les cueillir au nid mais je suis moi-même surveillé.

Bob est rassuré. Si Willy prend de telles précautions, c'est qu'il veut lui-même échapper à la Gestapo. On peut reprendre l'affaire.

— Que puis-je pour vous aider ?

— Renvoyez votre femme au magasin. J'ai le sentiment que ce petit Arabe ne m'est pas inconnu.

— Naturellement, dit Bob, c'est Bacouche, le laveur de carreaux. (Il regrette aussitôt sa confidence, l'autre a noté le nom sur son carnet.)

— Quand je les aurai localisés, grâce à la complicité d'Éliane qui doit reprendre son emploi et glaner tous les renseignements, vous devrez procéder vous-même à l'enlèvement. Vous aurez ainsi toute garantie. Je me chargerai de la négociation. Je crois que c'est équitable.

Bob en convient. Il rentre de nouveau dans la combine. Willy croit nécessaire d'ajouter :

— C'est une assez grosse affaire. Pour vous, un bar sur la Canebière. Cela vous suffit ?

VENDREDI

Aïcha et Frédéric ont trouvé asile, pour la nuit, chez l'affichiste Cahuzac. Une fois de plus, la rue Gît-le-Cœur est l'étape obligée de leur cavale. Les pieds sculptés de l'escalier monumental, la rampe large de chêne luisant, les entrées d'appartements semblables aux portes des armoires normandes – celles qui pouvaient, au temps des guerres de Religion, livrer passage à une troupe poursuivie –, tout inspire le respect, l'apaisement, la sécurité.

— J'ai toujours regretté de ne plus avoir dix ans pour faire des glissades sur cette rampe, dit Frédéric.

Instant de panique : un officier allemand, au premier étage, attend devant la porte. Ils vont rebrousser chemin quand une jeune femme apparaît. L'officier a des fleurs à la main.

— Vous ne savez pas ? dit plus tard Cahuzac. Ma voisine du dessous, qui est fort musicienne, s'est fiancée dimanche dernier avec ce Ludwig, autrichien et premier violon de l'orchestre de Vienne.

— Je suppose qu'ils figurent dans la rubrique mondaine de *La Gerbe*. Comment se fier à une maison dont les locataires se fiancent à des lieutenants de la Wehrmacht ? s'inquiète Frédéric.

— Vous risquez moins de la petite Sophie que du concierge ou du balayeur dans la rue. Si vous ne graissez pas la patte du portier, il aboie immédiatement.

— Je l'ai fait, dit Aïcha, je le fais toujours. Cela ne les empêche pas d'aboyer. Quelquefois, ils aboient plus fort encore.

— On n'a jamais vu quelqu'un se faire arrêter dans cette maison, où cependant passent et repassent toutes sortes de gens, reprend Cahuzac.

— Pourtant, un irrégulier n'a jamais pu coucher une nuit à l'hôtel d'en face, chez Balitran, sans être arrêté le lendemain à l'heure des croissants. Nous savons cela, Cahuzac. Tu es la meilleure planque de Paris et je t'adore.

Aïcha saute au cou de son protecteur, l'embrasse sur les deux joues en se blottissant contre lui.

— Vous vous installerez dans les communs. Ici, nous n'avons pas de chambres de service sous les combles. Quand Gabrielle d'Estrées habitait la maison, elle en occupait tous les étages au-dessus de la rue. Les deux ailes ont été rajoutées au siècle suivant. Les bourgeois du XIXe siècle logeaient leur personnel dans les communs, sur la quatrième aile, où l'on pouvait jadis jouer au volant ou à colin-maillard dans les jardins et les bosquets.

— Nous jouons tous les jours à colin-maillard, dit Frédéric. Avec la Gestapo.

Cahuzac ne relève pas et se tourne vers Aïcha :

— Je suis ravi de t'accueillir, ma chère, tu auras ta chambre juste au coin, en face de la mienne, et les matins seront pour moi un ravissement, quand tu ouvriras les volets. Car les communs ont des volets à l'ancienne, des persiennes en bois lourd.

— À l'épreuve des balles, recommence Frédéric.

— Que voulez-vous, poursuit Cahuzac, l'étage d'en face n'est pas de nature à m'inspirer au réveil des images folâtres. Au premier, Sabouret, la blanchisseuse, une femme irréprochable. Au-dessus, l'admirable couple des chapeliers. Plus haut encore, une femme seule, profil tragique, deux grands garçons aux cheveux coupés court qu'il est curieux de ne pas voir déjà engagés dans l'armée de Londres ou dans celle des ombres.

— À moins que la dame ne soit pétainiste.

— Elle est très catholique. Je l'aperçois, le dimanche, son missel sous le bras, gagnant avec ses enfants Saint-Séverin pour la première messe. Mais elle a je ne sais quoi d'une femme de militaire. Si le mari n'est pas mort à la guerre, il doit être prisonnier.

— Je ne crois pas, dit Aïcha, elle ne porte jamais de colis.

— En ce cas, il est à Londres. Voyez-vous, dans l'incertitude, je penche toujours vers l'hypothèse qui m'est la plus agréable. Je sais que je m'expose à être déçu, mais je suis ainsi.

— Dans le cas inverse, dit Aïcha en se rapprochant de nouveau de lui, tu ne nous aurais jamais reçus.

— Tu sais bien que je te recevrais de toute façon, même si j'étais au désespoir. Si j'avais quelque pouvoir, je ferais fusiller à la caponnière de Vincennes tous ceux qui ont le front d'empêcher ces beaux yeux de rire, ajoute Cahuzac en prenant le menton d'Aïcha.

« Encore un homme brillant, se dit Frédéric, de plus en plus ombrageux. Je me demande ce qu'elle fait avec moi. Elle ne se rend même plus compte que je suis là. Fascinée par ce qui brille comme une pie. C'est de mon frère qu'elle eût été amoureuse. » Au lieu de se mêler à la conversation, en feignant une indifférence amusée au gentil marivaudage, il s'éloigne et saisit les sacs.

— Pas question, dit Cahuzac, vous ne pouvez partir tout de suite. Ma bonne Amélie, qui s'occupe de moi comme d'un nouveau-né, nous a préparé une petite fête, à l'occasion de votre retour.

— Quelle merveille ! dit Aïcha en applaudissant à l'instant même où la gouvernante dépose sur la table un gâteau de pain mitonné, sorte de pudding où se nichent quelques rares fruits confits.

— Le muscat est au garde-manger, dit Amélie en se retirant.

Cinq bougies entourent le gâteau.

— Tu ne nous avais pas dit que tu fêtais ton demi-siècle, dit Aïcha en embrassant l'affichiste. C'est un jubilé.

Elle retire son manteau, lisse de la main le devant de sa robe, rectifie la position de la ceinture. Les yeux de Cahuzac se font de plus en plus tendres en voyant ainsi s'épanouir devant lui la plus belle fleur de la rue Gît-le-Cœur.

— Je bois à votre bonheur, dit-il en approchant son verre de celui de Frédéric. À vos amours, ajoute-t-il en serrant la taille d'Aïcha.

— Pour un ancien des Beaux-Arts, pas de fête sans chansons.

Frédéric, de plus en plus tassé sur lui-même, se demande s'il va coiffer un casque de pompier. Aïcha reprend les refrains en chœur.

— Chante avec nous, Freddy.

— Tu sais parfaitement, lâche-t-il, que je n'ai jamais chanté de ma vie.

Coup de sonnette. Tous trois s'interrompent. Aïcha prend la main de Frédéric. La gouvernante a introduit, souriante, la jeune fille de l'étage en dessous, accompagnée de son fiancé autrichien chargé d'une bouteille de champagne.

— Nous avons pensé que c'était le jour de votre anniversaire, en entendant les chansons. Heinrich et moi sommes heureux de vous offrir nos vœux, s'écrie gaiement Sophie.

Vont-ils se joindre au groupe, chanter des lieder de Schubert ? Aïcha serre la main de Frédéric et lui pose un long baiser sur les lèvres. Il se dégage et fixe le pic à glace, près du seau de muscat. Tuer cet Autrichien d'un coup sec et s'enfuir. Accomplir enfin cet acte héroïque dont il rêve depuis le début de la guerre. Entrer dans la légende des martyrs.

— Non, souffle Aïcha qui l'embrasse de plus belle.

— Je vous remercie du fond du cœur, ma petite Sophie.

Cahuzac accepte la bouteille de champagne.

— Nous la boirons après la victoire, quand vous pourrez reprendre votre archet au Philarmonique.

Très pâle, Frédéric presse la main d'Aïcha.

— Nous partons aussi, lui dit-il doucement.

— Bacouche ? C'est un nom juif !

— Regardez bien, commissaire. Vous pouvez lire : *Bacouche, Ahmed, Bastien*. J'ai les trois : chrétien, juif et arabe. Comme sur la place de Jérusalem, commissaire : la mosquée, la basilique et le mur des Lamentations. J'aurais pu avoir un nom grec, mon père a oublié.

Le petit Algérien s'est fait arrêter stupidement.

Une rafle au cinéma Le Latin. On y joue *L'Éternel Retour* et Bacouche n'a pu résister aux yeux verts de Madeleine Sologne dont le visage est peint en très gros plan sur l'affiche.

— Né en 1930, c'est bien cela ?

Bacouche hésite. Il a seize ans mais n'en compte que quatorze pour l'état civil. Une ruse de son père. Il partira plus tard pour l'armée si on veut l'embarquer.

Mais il se demande s'il a le droit, à quatorze ans, d'entrer seul dans un cinéma, les roumis ont des règlements si bizarres… Tant pis.

— C'est cela, monsieur commissaire, bredouille-t-il.

« Si jamais tu es arrêté, lui avait recommandé son père, prends l'air idiot. Ils sont ainsi : les malins les inquiètent. »

Sa haute taille lui vaut d'avoir été poussé avec les autres dans le panier à salade. Pris par erreur pour un adulte, le commissaire pourrait le relâcher tout de suite, mais il est perplexe, compulse ses notes et trouve l'information qu'il cherche.

— Suis-moi, dit-il.

— Vous voulez m'arrêter ?

Bacouche réfléchit rapidement au moyen d'alerter l'archiprêtre, le vicaire de Saint-Séverin, le chapelier ou le bâtonnier des avocats…

— Pas question, mon garçon, c'est pour la photo.

On lui fait retirer sa veste, puis se présenter à l'objectif de face et de profil. Comme un criminel.

— Pourquoi faites-vous cela ? Je n'ai rien fait de mal.

— C'est seulement pour l'identité. Tu n'auras pas d'ennuis si tu te tiens bien. Tu as envie, n'est-ce pas, de collaborer avec la police ?

— Naturellement, dit Bacouche avec volubilité. Quand j'étais à Alger, on jouait aux gendarmes et aux voleurs. Tu me croiras si tu veux, monsieur commissaire, j'étais toujours le gendarme. Tu sais pourquoi. Parce qu'ils disaient, les autres : « Bacouche, c'est le plus fort et le plus bête ! » Tu ne peux pas savoir comme j'étais heureux d'être gendarme. Il me manquait l'uniforme, mais j'avais le sifflet. Et je gagnais toujours. Ils finissaient tous en prison. Bien sûr que je veux être gendarme, tu me donneras un bâton blanc ?

Il se met à mimer le policier de la circulation, improvise un sketch et bientôt fait rire aux larmes le dévoué fonctionnaire de l'État français dont la photo du Maréchal trône sur le bureau.

On avait téléphoné du Service de répression des fraudes : « Un jeune Arabe, plus grand que son âge, d'origine kabyle, qui serait laveur de carreaux », cela correspond au signalement, mais il répugne à livrer Bacouche, dont le père est logé par l'archevêché, à une Direction dont il ne connaît pas bien les objectifs. En quoi le jeune Arabe peut-il les intéresser ? Un trafic illicite ? Possible. Mais qui ne s'en rend pas coupable, au Quartier latin ? Si l'on attend de lui des renseignements d'un autre ordre, la Répression des fraudes outrepasse ses pouvoirs.

— C'est bon, dit-il à Bacouche, tu peux partir, mais tu reviendras me voir chaque semaine.

— Pour quoi faire, monsieur commissaire ?

— Pour bavarder. Je te montrerai ta photo. Je suis sûr qu'elle sera très réussie.

Sur la place Saint-Sulpice, Bacouche médite, couché dans la vasque de la fontaine qui n'a pas reçu d'eau depuis le 14 juillet 1939. Le voilà fiché, enregistré, photographié. On ne fait cela à personne, même aux soldats. Seulement aux suspects, à ceux que l'on veut pouvoir arrêter. Les juifs, par exemple. Pourquoi les ont-ils fichés si ce n'est pour les déporter ? Le commissaire l'a relâché parce qu'il attend de lui une collaboration, il en est conscient. En échange de renseignements, on lui réservera un traitement de faveur, jusqu'au jour où il ne marchera plus. Il sera alors entre leurs mains… « Mauvaise affaire, se dit-il. Je suis pris au piège. Comment ont-ils pu s'intéresser à moi ? Il aurait dû me relâcher sans histoires, je n'ai que quatorze ans sur les papiers… J'ai été dénoncé ! »

Bacouche revoit alors la messe chez les melkites, à Saint-Julien-le-Pauvre, le barman qui le suivait et à qui il a échappé de justesse. Celui-là serait-il un informateur de la police ? S'il voulait lui parler, c'est qu'il attendait des renseignements. Sur Aïcha, bien sûr, et sur son compagnon. Ainsi le chapelier était grillé, mais Bacouche ne valait guère mieux. Un jour, ils se retrouveraient tous à la Santé.

D'instinct, il entre dans l'église afin de contrôler que personne ne le suit. Il s'assied dans la première chapelle à droite, devant une peinture représentant des anges.

— Tu regardes le Delacroix, Bacouche. C'est un très grand peintre. Un peintre d'Algérie.

Il sursaute. La voix vient du fond de la chapelle. L'homme est caché derrière un pilier. Écarquillant les yeux, Bacouche reconnaît tout de suite le visage qu'éclaire un rayon filtrant à travers les vitraux.

— Monsieur Cousteau !

C'est le projectionniste du Champollion. Bacouche ne travaille que pour gagner des places de cinéma. Il raffole de tous les films, mais surtout des meilleurs, ceux qui passent dans les petites salles. Au Champollion, les navets sont rares. S'ils sont programmés, c'est qu'ils offrent quelque curiosité. On affirme que Cousteau est fou amoureux de la pellicule, au point qu'il découpe une image de chacun de ses films favoris pour les afficher dans sa chambre, comme des œuvres d'art.

— Je ne t'ai pas vu depuis longtemps, petit. As-tu des ennuis ?

— Non, répond Bacouche, ajoutant à voix basse dans l'oreille du vieux fou dont il connaît les penchants : Mais j'aurai peut-être bien quelqu'un à cacher.

— Tu me mets l'eau à la bouche.

— Un couple, dont une très belle femme.

À contrecœur, Frédéric a accepté l'hospitalité de Cahuzac.

— Nous partirons demain, dit-il à Aïcha. La maison n'est pas sûre.

Elle aime qu'il prenne les décisions et les discute rarement. Au début de leur liaison, quand Frédéric sortait encore dans Paris, elle lui laissait exclusivement le choix des promenades, des restaurants, des cinémas. Elle n'élevait jamais la moindre objection, même s'il l'entraînait pour la troisième fois à *Toute la ville danse*, une comédie musicale, pâtisserie viennoise assez indigeste mais où l'on chantait en allemand. On voyait Prague et le Prater. Il ne boudait pas les actualités de propagande et pleurait à la vue des rues de Berlin – le Berlin de sa jeunesse encombré de croix gammées. Il était capable de risquer sa vie pour retrouver des miettes de son passé et se complaisait dans la nostalgie.

Il avait de brefs sursauts de lucidité et d'énergie qui lui permettaient parfois, quand tout semblait compromis, de prendre des décisions. C'est ainsi qu'il avait brusquement décidé, quatre ans plus tôt, de ne plus quitter Aïcha. Il lui prêtait mille amants et n'osait lui en faire reproche, l'amour lui allait si bien. Elle passait d'un garçon à l'autre – tous plus ou moins liés à l'École des beaux-arts – et entraînait Frédéric dans les bals costumés clandestins qui donnaient à la fanfare l'occasion de fourbir les cuivres. On jouait dans les caves ou sur les terrasses d'immeubles des « archis » bien installés dans la vie. C'était le tout début de la guerre et de leurs amours.

Frédéric était alors fort satisfait d'appartenir à la troupe des soupirants d'Aïcha. Être de ses amis, rêver d'être de ses amants était une sorte d'honneur qu'il fallait mériter en s'efforçant, à chaque rencontre, d'être le plus gai, le plus brillant, le plus assuré. Frédéric donnait de son mieux le change, même s'il avait déjà l'angoisse au cœur. Cette compétition, l'arrachant à ses pensées moroses et obsédantes, le libérait de sa nostalgie. Il l'épiait, la traquait, cherchait à savoir tout d'elle. Difficile entreprise, Aïcha ne marchait jamais d'un pas calme.

Il croyait la connaître, elle le surprend encore. Libre et insolente avec les plus gâtés par le destin, elle peut se prendre d'une toquade pour un chanteur italien, voire pour un danseur de Tabarin aux muscles de lutteur de foire. Comment avait-il eu le courage d'affronter le Centaure pour lui disputer sa proie ? Il n'avait pas toléré qu'il la menace et la tienne, par la violence, en son pouvoir.

Qu'elle puisse s'offrir à d'autres, pour des raisons qu'il ne comprend pas, lui est insupportable. D'autant qu'il a déployé des trésors de patience, les jeux d'approche les plus subtils pour s'assurer d'elle. Sans se décourager, il a multiplié alors sapes et galeries de mines afin qu'elle soit imprenable, même par les voies les plus détournées, les moins visibles, qu'elle soit à l'abri de ce que l'on appelle en langage poliorcétique une « surprise ». Il réfléchit que, s'il est ulcéré par l'attitude de Cahuzac qui pourtant lui sauve la mise, c'est sans doute parce que la belle Aïcha, l'espace d'un instant, a retrouvé la liberté de ton et de gestes qu'il lui avait connue avant qu'il ne fît sa conquête.

Il s'interdit de lui adresser le moindre reproche, mais elle est trop fine, trop attentive pour ne pas sentir à quelle profondeur elle l'a blessé, brusquement refoulé au fond de son gouffre intérieur sans qu'il tente de retarder sa chute. Aïcha perçoit son trouble à une certaine incohérence dans les gestes, à l'élocution plus rapide et comme syncopée. À le voir tirer le rideau de la fenêtre et s'enfouir le premier sous l'édredon, elle comprend qu'elle doit le rejoindre vite, qu'il est réellement perdu. C'est ainsi qu'il l'a véritablement séduite, par sa fragilité. Qu'un homme de cette incroyable culture ne puisse assumer sa tâche créatrice et soit contraint de fuir, de repaire en cachette, déguerpissant au moindre sifflet, lui semble un scandale. Ce que l'on dit du sort de son frère et des autres juifs arrêtés par les nazis fait le reste. Aïcha songe à ses ancêtres du Rif qui ne cédaient jamais à la menace. Que ne peut-elle franchir la mer et trouver refuge dans ses montagnes, le cher Freddy y serait en sécurité. Il dessinerait les plans du Bauhaus de Rabat et serait le jeune rival de Le Corbusier. Son peuple avait besoin d'innovateurs de sa trempe, il donnerait la mesure de son génie. Il aurait son nom en grand sur les affiches de Cahuzac qui habiterait un palais à Fès et répandrait dans toutes les gares du monde l'image stylisée du Maroc. Elle apprendrait l'équitation à une ribambelle d'enfants blonds confiés à un précepteur allemand et à une gouvernante anglaise. Seraient-ils musulmans ? Iraient-ils à la synagogue ? Aïcha se pose parfois sérieusement la question avec cette anticipation de l'avenir qui rend Freddy fou furieux. Que lui parle-t-elle de religion ? Chez les juifs, la femme impose le culte et les traditions quand elle est juive. Si elle est étrangère, ses enfants ne sont pas des juifs à part entière, même s'ils reçoivent l'éducation du père. Depuis toujours, il tient les pratiques religieuses pour des bigoteries d'un autre âge. La persécution nazie les rend de nouveau respectables, dans la mesure où elle accompagne le sacrifice et la mort de tant de milliers de victimes.

Il ne parle jamais d'avenir. Un jour pourtant, répondant à ses insinuantes questions, Freddy se laisse aller.

— Nos enfants, dit-il en la serrant contre son cœur, auront la foi, celle qui porte au respect de l'homme. Nous ne leur imposerons aucune pratique. Ils choisiront eux-mêmes, le moment venu. Nous ne survivrons pas à cette guerre pour nous retrouver asservis aux conventions.

— L'intolérance est une mutilation, dit-il encore. Les nazis se sont privés d'Einstein et des meilleurs physiciens, de Mies van der Rohe et des meilleurs architectes, sans parler des peintres et des cinéastes viennois comme le délicieux Max Ophuls. La capitale des Habsbourg est devenue la banlieue sinistre de Nuremberg. J'ai parlé avec le garçon qui portait des vivres aux petites fugitives de Ménilmontant.

— Qui tapait à la machine au-dessus de nous chez la Corrézienne ?

— Ce n'était pas Audiberti, non. L'auteur de *Carnage* a quitté l'immeuble au début de la guerre. Il a dû céder la place à un autre écrivain. Peut-être un résistant qui ronéotait des tracts ? Le gosse m'a parlé de son instituteur qui enseigne à l'école d'en face et dont la femme est la directrice : il n'enseigne plus. Chassé, comme franc-maçon ! Tu vois, le régime de Pétain perd d'un coup des centaines d'excellents maîtres pour le seul plaisir d'être intolérant.

— Les francs-maçons ne sont pas des étrangers, remarque Aïcha. Ils veulent seulement se distinguer par une morale plus stricte, une vision plus rationnelle du monde.

— Tu l'as dit : se distinguer. Les chasseurs de têtes nazis ne supportent pas qu'on se distingue. L'humanité doit être d'un seul modèle, se soumettre ou disparaître. Ces fanatiques tolèrent fort bien la mort des autres.

— Raison de plus pour s'en protéger. Où allons-nous demain ? demande Aïcha, soudain anxieuse.

Avant de s'endormir, Aïcha pense longuement à Ménilmontant et à la Corrézienne qui lui a raconté, entre mille anecdotes de la vie quotidienne, une histoire si horrible qu'elle n'a pu la répéter à Frédéric. C'était lors des grandes rafles de 1942 : les escaliers de l'immeuble résonnent du bruit des chaussures cloutées de dizaines de policiers. On sonne à tous les étages, on enfonce les portes fermées. Des autobus aux fenêtres condamnées stationnent dehors, pour embarquer les personnes arrêtées au Vélodrome d'Hiver. On y traîne des familles entières et même des enfants en bas âge. Les étrangers ne sont pas tous suspects, seuls les juifs sont recherchés. Les Italiens, nombreux dans le bloc, bénéficient d'égards sauf s'ils ont abandonné leur identité en fuyant le paradis du Duce. Les Roumains vont tranquilles, eux aussi sont les alliés de l'Allemagne. Chez les juifs, on confie ses enfants à la hâte à des amis, à des voisins. Au dernier étage du bloc A, pour échapper aux policiers, un ménage se jette par la fenêtre. La Corrézienne ajoute que les flics se hâtent de faire disparaître les corps et que les journaux n'en soufflent mot.

« Frédéric se fait des illusions », se dit Aïcha. Il se croit environné de familles ouvrières et communistes. En réalité, ces gens se retrouvent en attente. Installés dans la vie sociale, disposant de traitements et de salaires, souvent propriétaires de petits magasins – cordonniers comme les Italiens ou tailleurs comme les juifs –, ils n'ont qu'une idée fixe : faire entrer leurs enfants au lycée et accumuler assez d'argent pour déménager dans les quartiers chic de l'Opéra et des Champs-Élysées. Étrangers, certes, mais petits-bourgeois français déjà. Pourtant ils se conduisent avec courage et dignité : pas de dénonciateurs parmi eux.

Elle regrette d'avoir dû fuir la grande maison rose où la Corrézienne a pris un air scandalisé en l'entendant demander s'il s'agissait d'une Habitation à Bon Marché :

— Vous n'y pensez pas, nous n'avons rien de commun avec les zonards des HBM qui habitent beaucoup plus bas, près du square Séverine. N'allez pas vous y promener. On dit que les gosses attrapent des puces et des poux dans les tas de sable.

Pas racistes, les gens de Ménilmontant, mais furieusement ségrégationnistes. Y a-t-il un seul communiste parmi eux? Guido, le cousin de la Corrézienne, croit en connaître un qui part avec lui à vélo, le matin, pour se rendre aux usines de caoutchouc de Poissy. Une longue trotte. L'homme est mélangeur, le boulot le plus dur de l'usine. Guido assure qu'il cache des armes dans son atelier « pour le grand soir ». Un autre communiste est machiniste à l'Odéon. On n'en connaît pas davantage. Comme si les barrières de Paris arrêtaient le « péril rouge ». Frédéric pouvait dormir tranquille : les locataires de l'immeuble sont des bien-pensants.

Mais ils ne reçoivent pas chez eux, comme rue Gît-le-Cœur, des fiancés allemands, ne vont pas le dimanche à Tabarin avec des cousins de province, pas plus qu'ils n'assiègent les théâtres parisiens pour voir à tout prix *Cyrano* à la Comédie-Française, *Madame Sans-Gêne* ou les *J3* sur les boulevards. Ils n'ont pas de ces besoins-là. Ne sont-ils pas plus dangereux, les bourgeois du Quartier latin? Rue Gît-le-Cœur, la femme de militaire salue à peine Cahuzac, qu'elle croise pourtant mille fois dans l'escalier Henri IV. L'artiste généreux et inconscient peut multiplier les avances, nul ne s'y fie, hormis la tendre Sophie, sa voisine du dessous qui recherche inconsciemment sa protection, comme si la tolérance affichée de l'artiste était un gage de sécurité. Quant à la Sabouret, la plus redoutée, on reproche à cette femme affable et courageuse d'avoir la langue trop bien pendue, de passer ses journées à raconter à ses filles, dans le trop bruyant confessionnal de la blanchisserie, les exploits des locataires de la maison, leurs secrets d'alcôve et drames de famille. L'hôtelier Balitran est encore plus détesté. Il loge sournoisement, pour une heure, les clients pressés de l'Oasis ou du Caveau de la Goulue, surtout s'ils sont allemands. Il connaît toutes les perversions des honnêtes commerçants du boulevard Saint-Michel qui passent les Propylées de l'Hirondelle, chapeau bas et col relevé, pour abriter rue Gît-le-Cœur leurs amours clandestines. Cet homme dangereux ruinerait une réputation, livrerait à la police, pour peu qu'elle ferme les yeux sur ses locations express, des noms suspects. Difficile d'échapper au regard de Balitran, toujours en gilet ou en bretelles sur le pas de sa porte.

Le danger peut surgir de partout : la crémière du coin, affable, ne fournit-elle pas du beurre à prix réduit à l'épouse d'un policier renommée pour sa mauvaise langue ? Cette femme, qui fait des ménages chez les boutiquiers et glane dans le quartier des potins sur ses patrons, a de quoi alimenter les fiches des Renseignements généraux. Elle a déjà perdu plusieurs places, soupçonnée d'ouvrir le courrier et d'écouter au téléphone par les portes entrebâillées. Le médecin Michaud, par exemple, s'est passé de ses services. Elle racontait des scènes où il s'était montré familier avec des belles patientes.

« À trop réfléchir, se dit Aïcha en soupirant dans son lit, on ne peut trouver de sécurité nulle part. Il faut compter sur les hasards heureux. »

Immobile, Freddy semble déjà endormi. Comme d'habitude, une brusque contrariété a suscité chez lui l'atonie, la léthargie. Il se défend ainsi contre les agressions et Aïcha s'en veut de l'avoir rendu malheureux en ayant perdu, si peu que ce fût, le contrôle d'elle-même avec Cahuzac. Elle se sent d'autant plus coupable que la sympathie naturelle qui la lie à l'affichiste endort sa vigilance, impose silence à son « sixième sens ».

« C'est ainsi qu'on se fait prendre... En faisant confiance aux amis. Il est vrai que Cahuzac est un ami et qu'on peut lui faire confiance, mais il ne faut pas croire qu'il soit capable, par sa simple présence, d'éloigner le danger. Freddy a raison. Nous déménagerons demain. »

Elle dort déjà depuis une heure quand le bruit sourd de la porte cochère trouble son sommeil léger. Pas le moindre bruit de pas sur le pavé. Quelqu'un est sorti, en pleine nuit. Elle étend aussitôt le bras pour s'assurer de la présence de Freddy. Il a disparu.

— C'est moi, Greta, ouvrez la porte, pour l'amour de Dieu !

Mme Fourquin-Trévise est réveillée en sursaut par des sonneries répétées. Courageuse, elle se lève la première, redoutant le pire. Son mari se hâte aussi. Leur valise est prête. Ils peuvent partir au premier danger par l'escalier de service, mais, d'un signe, elle prévient déjà qu'il n'y a pas lieu de s'inquiéter.

— Friedrich ! Entre, mon enfant ! Es-tu suivi, poursuivi ?

— Ne craignez rien. Je n'ai croisé personne et j'ai donné votre nom devant la loge.

— Quelle imprudence, dit Fourquin. Crois-tu que le concierge soit dupe, il avertira la police.

— Je serai parti avant.

Frédéric fait le récit de son séjour à Ménilmontant : Bacouche, son père, la Corrézienne, le clochard...

— Aller au cinéma ! C'est de la folie ! s'exclame Greta. En face d'une caserne allemande ! Cherches-tu la mort ? Ne connais-tu pas les nazis ?

— Je suis prêt à partir immédiatement pour le Sud avec Aïcha. Pouvez-vous m'aider ?

Fourquin-Trévise s'assied devant son bureau, accablé.

— La disparition de ton frère me suffit, dit-il en pesant ses mots. J'avais pourtant tout prévu, tout préparé, avec les gens les plus sûrs. Ils ont été surpris par une patrouille avant même d'avoir abordé la montagne, et en zone encore libre. Aujourd'hui tu ne dois plus prendre de risques.

— Reste à Paris, supplie Greta en le serrant dans ses bras. Tant que Kliegenstein est là, tu sais que nous ne craignons rien. J'ai juré à ta mère de te protéger. Rien ne me fera manquer à ma parole.

— Je le sais, dit Frédéric, ébranlé. Mais je dois partir. Je me débrouillerai seul. Je ne veux pas vous compromettre.

— Il s'agit bien de cela ! répond Fourquin, hors de lui. Le débarquement allié est imminent. La preuve, des renforts allemands arrivent tous les jours gare de l'Est. Même les unités cantonnées dans le Midi font route vers la Normandie et le Pas-de-Calais. La bataille est pour demain, pour ce matin peut-être. Les bombardements s'intensifient, tout annonce l'événement.

— Je veux m'engager, dit Frédéric.

— Tu t'engageras dès qu'ils seront là. Dans l'armée américaine. J'arrangerai tout. Mais, je t'en prie, patiente. Les juifs sont traqués plus que jamais, même à Nice, même en Savoie. Jamais les départs de Drancy pour la Pologne n'ont été plus nombreux. À l'approche de la fin, les nazis mettent les bouchées doubles. Tu ne seras nulle part plus en sécurité qu'à Paris.

— Je suis traqué. Où que j'aille, on me retrouve, on me piste, on m'observe...

— Mais on ne t'arrête pas, interrompt Greta. Ce sont les policiers français. Ils ont la manie des fiches mais ils n'osent pas en user.

— Ils sont pires que les Allemands. Sournois, insinuants, efficaces. Je crois avoir vu le salaud qui est à ma poursuite. Il ne me lâchera pas.

— Tu vas rester ici, chez nous !

— J'ai essayé. Ils me poursuivront jusque-là. Voulez-vous être compromis au point que von Kliegenstein lui-même ne puisse plus rien pour vous ? Vous connaissez la Gestapo. Elle n'a jamais été aussi active.

— Tu ignores l'esprit des officiers généraux. Ils n'ont plus confiance dans le Führer.

— La Gestapo n'en est que plus dangereuse. Je vous en prie, aidez-nous à partir !

— C'est impossible. Le chapelier m'a raconté comment sa première vendeuse est revenue de Toulouse : elle a passé près de quarante-huit heures dans un train haché menu par la mitraille, risquant cent fois la mort !

Frédéric hausse les épaules.

— Vous savez bien que je risque infiniment plus.

— Justement, toutes les gares sont occupées par des théories d'hommes en imperméable sombre qui scrutent les voyageurs. Police économique, dit-on. Mais aussi police politique. Les trains sont pour moitié attribués aux troupes allemandes avec canons antiaériens servis par des SS. Si rien de tout cela ne t'effraie, pars. Tu as une chance sur mille d'arriver à Toulouse, à Perpignan ou à Marseille. La sécurité militaire, en plus de la Gestapo, ferme les ports. Tu sais qu'un débarquement est également attendu au Sud, où se concentrent quelques-unes des meilleures troupes. La France est un champ de bataille. Le plus sûr est de rester pour quelques semaines à Paris, en attendant l'issue des combats. Ce n'est pas le moment de partir, Frédéric.

— J'irai à bicyclette, s'il le faut.

— Tu seras fusillé comme résistant. La Milice patrouille sur toutes les routes. Elle a reçu pleins pouvoirs pour fusiller séance tenante ceux qu'elle arrête. Après un passage obligé devant des tribunaux ignobles.

— Je vais entrer dans la Résistance parisienne. Ils me donneront des armes.

— Ils n'en ont pas. Ils refusent du monde, faute de mitraillettes.

— Veux-tu que j'écrive à ta mère, intervient Greta, que tu es entré chez les communistes ?

— Ils ne sont pas tous communistes.

— Le parti noyaute toutes les « brigades », comme ils disent, prêtes à l'action directe. Les autres s'activent aussi, mais dans le renseignement ou la propagande. Si tu n'es pas postier, cheminot ou électricien, il est très difficile de s'intégrer aux filières. Les responsables n'ont confiance que dans les gens qu'ils connaissent bien. Tu es un isolé.

— Tu pourras t'engager dès que les Américains seront là. La guerre sera loin d'être finie.

— En attendant...

— Tu t'installes immédiatement dans notre appartement et tu n'en sors plus, dit Greta d'un ton péremptoire. Nous ne pouvons pas cacher ton amie. Ne peut-elle rester rue Gît-le-Cœur et reprendre son travail chez le chapelier ? Il ne faut pas qu'elle te voie. Par elle, ils peuvent te suivre à la trace.

— Je ne peux me séparer d'elle, dit Frédéric. Je venais vous voir pour partir. S'il faut rester à Paris, je m'arrangerai.

— Réfléchis, dit Fourquin-Trévise. En couple, vous doublez les difficultés !

— Que faites-vous du bonheur ?

— Je vous assure que je l'ai vu, il était chez la boulangère, dit au pharmacien Goubert le Dr Michaud. Dès potron-minet, il lui rend visite. Elle l'embrassait à pleine bouche dans le magasin désert. Il était 4 heures du matin. Le mari était au pétrin.

Le docteur raffole de ces histoires d'alcôve, étant lui-même expert. Goubert n'est pas surpris des succès de l'enfant de chœur. Tout de même, la Billot, si pieuse et si coquette. Michaud doit exagérer.

Il dit, pour une fois, la vérité. Bacouche, qui a perdu la trace de Frédéric et d'Aïcha, devine qu'ils viennent d'abandonner sans crier gare, sans doute poursuivis par la police, leur retraite de Ménilmontant. « Ils reviendront dans le quartier, mais s'ils cherchent à me joindre, ils tomberont dans une souricière. » Depuis sa visite chez le commissaire, fiché, photographié, probablement pisté, Bacouche ne peut agir qu'avec prudence. La situation devient inextricable car le chapelier est aussi surveillé. Après le retour d'Éliane, la boutique est devenue un lieu suspect. Aïcha ne peut y remettre les pieds sans péril. Reste Mme Fourquin-Trévise, dont le jeune homme connaît les liens d'amitié avec Frédéric. Elle seule peut les aider. Il faut la prévenir du danger extrême qu'encourt le couple de fugitifs.

La Billot est bonne fille. Elle accepte de faire porter une lettre, avec le pain chaud du matin, chez Mme Fourquin.

— Les livraisons ne se font plus depuis longtemps, dit-elle. Je ne sais pas si elle ouvrira.

— Bien sûr que si, reprend Bacouche sur un ton sans réplique, si tu envoies ton mitron dès l'aube. Le vieux doit se lever tôt.

Penaud, le mitron-messager est de retour. Il a bien délivré la lettre de Bacouche, en main propre, au monsieur à barbichette.

— Que t'a-t-il dit ?

— Qu'il était trop tard. Il m'a donné une bonne pièce.

Trop tard pour assurer la sécurité de Frédéric ? Bacouche imagine le pire, devant son attirail de laveur de carreaux que Mme Billot l'a autorisé à installer en permanence dans son magasin, poste d'observation idéal sur la rue Saint-André-des-Arts, le lieu de passage obligé du quartier.

Fourquin veut-il dire qu'ils sont déjà arrêtés ? « Dans ce cas, je dois m'employer à les faire libérer. » Bacouche s'efforce de lutter contre la panique, il ne peut supporter l'idée des mauvais traitements que la police allemande fera subir à

Aïcha. De rage, il éclabousse d'eau savonneuse la panière de pain noir que le boulanger vient de sortir du fournil.

— Ton père est déjà veilleur de nuit, te voilà laveur de nuit, dit-il à Bacouche en le toisant.

— Je sers la première messe à Saint-Séverin, s'excuse le garçon. L'abbé n'aime pas que je sois en retard.

— Tu lui porteras un croissant chaud, dit Mme Billot, le cœur toujours sur la main.

— Es-tu folle ? Pourquoi pas des louis d'or pour sa quête ?

La crémière a surgi, un paquet enveloppé à la main. En catimini, elle gagne la caisse où Mme Billot l'accueille avec effusion, fait disparaître l'objet en échange d'un petit sac contenant des croissants chauds. La crémière sort sans demander son reste. À l'évidence, cette visite matinale n'est pas exceptionnelle.

— Il faut bien s'entraider entre commerçants, dit la boulangère à son mari qui fronce les sourcils. Où prendrais-tu le beurre et la crème, pour faire ton paris-brest ? As-tu oublié que dimanche, c'est jour de communion ?

Docile, le boulanger retourne à son fournil.

— Si tu cherches Aïcha, dit la patronne en s'approchant de Bacouche, je l'ai vue, avec son ami, à la tombée de la nuit. Ils entraient dans une maison de la rue Gît-le-Cœur. Ils doivent y être encore.

« Dieu soit loué, se dit Bacouche. Pourvu qu'ils n'aient pas été arrêtés dans la nuit. »

Il lustre nerveusement la vitrine, scrutant la rue. Une silhouette familière tourne le coin de la place, s'avance en hésitant vers la boulangerie.

— Pas de pain sans ticket, déclare, sévère, Mme Billot qui reconnaît le vieux fou. Celui-là n'a pas les moyens de se payer des croissants au beurre.

— Monsieur Cousteau ! dit Bacouche en abandonnant son chantier.

L'homme choit sans façon sur l'unique chaise du magasin, enlève son bonnet de laine, passe la main dans ses cheveux blancs. Autant il est mal vêtu, mal coiffé, mal chaussé, autant son visage aux rides profondes, au front découvert, à la bouche décidée inspire le respect. « Il a l'allure d'un clochard et la tête d'un gentilhomme », se dit Mme Billot, qui croit s'y connaître. Aussi à l'aise dans la boutique à 5 heures du matin que dans un salon, il s'adresse à la boulangère comme s'il était heureux d'être reçu.

— Que voulez-vous, madame, le temps ne compte pas quand je reçois, comme cette nuit, un lot de films inouïs. Je les ai tous visionnés jusqu'au jour et je ne regrette rien.

— Des films allemands, s'enquiert Bacouche, qui sait que Cousteau raffole du *Docteur Caligari* et autres bizarreries berlinoises.

— Pas le moins du monde, des John Ford.

Bacouche pousse un cri de joie.

— Des westerns ! Ils ont disparu des salles parisiennes depuis quatre ans ! À quand la représentation ?

— Clandestine, mon cher, clandestine. Vous y serez, madame, la première invitée. À 3 heures du matin.

— Vous n'y pensez pas, dit-elle, tentée. Et mon pain ?

— Aïcha !

Bacouche a volé dans la rue. La Marocaine gagnait la place, il l'avait presque manquée !

M. Cousteau sort à son tour, se tient à distance. La conversation est animée. Aïcha se laisse convaincre, rebrousse chemin, embrasse Bacouche sur le front.

— Superbe personne, dit Cousteau.

— Vous devez la sauver, elle n'est pas seule. Ils sont traqués jour et nuit. Je lui ai déjà dit que vous pouviez l'héberger.

— Tu t'es beaucoup avancé. Nous sommes au complet.

— Pas pour des gens en danger de mort. Pas pour Bonnie and Clyde.

Cousteau jette un coup d'œil à la boulangère qui reste sur le pas de sa porte, à épier la conversation.

— C'est bon, dit-il en entraînant Bacouche à l'écart, je prends ces deux-là dans ma collection personnelle, dans mon musée du Paris souterrain. Mais je te préviens, sans garantie d'aucune sorte. Nous pouvons tous nous retrouver à la Santé du jour au lendemain. J'ai de quoi alimenter plusieurs séances des tribunaux spéciaux, y compris les conseils de guerre.

Bacouche remercie avec effusion. Il redoute les étrangetés de Cousteau. Mais Aïcha vient de lui dire que Frédéric était au désespoir. Il ne voulait pas dormir rue Gît-le-Cœur, voilà qu'il ne peut plus en sortir. « Tu es notre dernier recours, lui dit-elle, sans toi nous sommes perdus. »

— Avertissez vos amis, dit Cousteau. Si j'étais militariste et chrétien – à Dieu ne plaise –, je leur dirais qu'ils ont pris un engagement pour l'Armée du Salut.

SAMEDI

La maison Cousteau n'est sans doute pas unique dans Paris, mais elle est incomparable. Seule la porte d'entrée n'a rien d'insolite. Elle donne accès à une longue cour intérieure, pavée de grès et plantée d'arbustes. Un saule pleureur égaie le porche, une vigne vierge court sur les murs décrépis de la façade. Les premiers bourgeons pointent à peine. Cousteau les surveille chaque jour en s'éveillant, vers midi. Son rythme de vie lui permet l'économie d'un repas quotidien. Quand il a déjeuné d'un morceau de fromage sec arrosé de faux café, il peut tenir jusqu'au soir.

Au fond de la cour, la maison basse aux vitres grillagées abrite la propriétaire, une femme solitaire qui vit avec un couple de chouettes dont les ululements bercent les nuits des locataires, en particulier les soirs de pleine lune. Cousteau part au travail, salué, comme il dit, par l'oiseau d'Athéna.

La porte d'entrée ouvre sur un demi-étage, vaste salle de séjour pavée de tomettes cirées et ornée d'une imposante cheminée de pierre où l'on ne brûle que rarement des fagots. On utilise, pour réchauffer l'atmosphère, des liasses serrées de journaux qui se consument lentement sous une couche de briquettes de tourbe, disponibles chez l'Auvergnat de la rue Monge.

Cette pièce immense, meublée presque exclusivement d'une table de ferme avec bancs et chaises pleines, sans doute d'origine bavaroise, jouxte une sorte de salle de bains. Un tub permet d'y prendre des douches glacées, de se savonner le corps hiver comme été. Les gens de la maison Cousteau aiment l'eau, la petite pièce est toujours occupée.

En dessous de l'escalier d'accès, une soupente à peu près équivalente en surface mais non revêtue de tomettes, est éclairée par une étroite lucarne. Sa porte, qui s'ouvre systématiquement dès que tinte la clochette de l'entrée, est aussitôt refermée par un personnage peu amène qui regagne sans mot dire son gîte : c'est un portier muet.

À droite de la salle commune, la chambre des maîtres : l'épouse bretonne de Cousteau a dû transporter dans les lieux, au prix de grands efforts, son lit fermé et sculpté, monumental. Plus on s'éloigne de la cheminée centrale, plus l'appartement, qui ne voit jamais le soleil, est glacé. Deux chambres en enfilade s'avancent vers le nord. La première, immense, compte quatre lits. Dans l'autre, la dernière, trône un Godin à charbon jamais en service sauf en cas de maladie grave. On y brûle alors les précieuses briquettes de tourbe cassées au marteau. Les six lits – quatre plus deux – sont occupés, défaits et jamais refaits. Point de draps mais des couettes vénérables, à l'allemande, et des polochons sans taies. Dans l'alcôve de cette pièce, dont la fenêtre fait face au grillage des chouettes, se dresse une échelle de meunier qui permet d'accéder au grenier, lieu de culture et de travail où, jadis, le projectionniste avait installé un appareil de 8 mm. Les murs sont tapissés d'ouvrages, dont la moitié au moins retracent, dans toutes les langues connues, l'histoire du cinéma. On y trouve aussi des exemplaires reliés d'œuvres rares, des Pouchkine et des Pirandello. Cousteau est un autodidacte qui fréquente régulièrement les marchands de livres d'occasion, aussi bien sur les quais qu'à Saint-Ouen et même au Kremlin-Bicêtre, le dimanche. Un tel capharnaüm décourage la Bretonne, pourtant à cheval sur l'ordre et l'hygiène : personne n'enlève jamais la vénérable poussière de ce que l'on appelle pompeusement « l'étage ».

Parler de lits ici serait excessif. Dissimulée derrière un paravent japonais dont les déchirures réduisent le Fuji-Yama à l'état de volcan éventré, voici la paillasse du peintre espagnol dont le visage, copié du Greco, présente une remarquable asymétrie du nez, résultat d'un accident de naissance. L'estimable anarchiste peint plus rarement encore qu'il ne s'exprime, à juger par la toile unique, œuvre de sa vie, qu'il expose au-dessus de sa malle. Il ne s'exprime qu'en espagnol et ne peut souhaiter la bienvenue à un inconnu sans citer Gongora et Lope de Vega, dans une profusion gestuelle très baroque. De l'autre côté du paravent vit un latiniste italien défroqué, qui a refusé en 1940 de rester à Rome pour ne pas être mobilisé dans les Alpini. Il donne au puîné des quatre enfants de la maison des leçons de latin. Cousteau est particulièrement heureux de cette recrue qui permet à son fils de rafler tous les prix de la discipline au lycée Henri-IV. Le latiniste n'aime en effet que Tacite, auteur difficile, et impose tous les jours deux heures de lecture de la *République* au malheureux potache, qui finit par connaître une grande partie du texte par cœur.

Dans sa cour des miracles internationale, Cousteau satisfait pleinement une de ses manies : la « polyglottie ». Sans parler lui-même aucune langue – « perte de temps », affirme-t-il – il lit dans le texte la plupart des grands auteurs, y compris en russe et en allemand. Dante et Cervantès n'ont pas de secrets pour lui. Il ne méprise pas les langues latines, mais ne leur accorde pas un prix particulier, les considérant comme trop proches du français pour susciter une passion. S'il tolère l'Espagnol, c'est en raison de sa connaissance de la langue médiévale. Pour le grec ancien, il a regretté de ne pouvoir héberger le pope du quartier Saint-Séverin dont la famille était trop nombreuse. Mais le pope vient lire Hérodote dans le texte tous les vendredis, en échange de billets de cinéma. Cousteau, passionné de la langue de Goethe, avait de nombreux amis allemands avant la guerre. Il ignore tout de leur destin. Il n'a reçu de nouvelles que d'un hobereau bavarois qui a récemment consenti à prendre chez lui le fils aîné pendant les vacances… « Pars jusqu'à la rentrée, a dit Cousteau. La Bavière n'est pas bombardée. » Le hobereau a inscrit le jeune Français aux *Hitlerjungen*, ce que Cousteau trouve inconvenant. Il n'aime plus les Allemands que juifs et se félicite d'avoir recruté Frédéric.

Il désigne au garçon, dès son arrivée, le « clou de sa ménagerie » : un déserteur de la Wehrmacht, Ukrainien de l'armée Vlassov.

— C'est un physicien remarquable, dit-il, jadis professeur au lycée de Kiev. Il apprend la physique aux enfants, en russe.

Pittoresque est l'entrée de la Marocaine dans l'appartement de la rue de la Bûcherie. C'est d'abord le Soviétique ébouriffé, encore revêtu d'un bourgeron de la Wehrmacht et d'un caleçon de coton enfoncé dans des bottes militaires, qui l'effraie et la précipite dans les bras de Frédéric. Puis elle croit à une agression sexuelle quand le portier rustre et muet la saisit aux épaules pour lui montrer le chemin. L'accueil mesuré de la Bretonne assise au coin du feu et les relents de briquette qui empoisonnent d'une odeur de poussière de crassier une pièce où la table d'hôte croule sous la vaisselle sale, n'arrangent en rien son trouble. Un peu gêné, Cousteau invite la jeune fille à le suivre dans un couloir mal éclairé, si étroit que l'on ne peut s'engager que de profil. Dans la chambre du fond, elle n'aperçoit qu'un grand lit : pour loger convenablement le couple dans la pièce glacée, on a évacué en hâte les deux derniers enfants de la famille. Le latiniste a refusé de déménager pour gagner l'étage, affichant pour le peintre espagnol le plus hautain mépris : l'autre n'est pas en effet comme lui un invité de premier rang, capable de soutenir le soir la conversation du maître avant qu'il ne parte pour le cinéma Champollion. Le discours de l'Espagnol est inaudible et bouffon, mieux vaut qu'on n'y comprenne rien. Le latiniste ne consent à abandonner la pièce du fond que par égard pour la dame, l'étrangère, dont il ne peut manquer d'admirer la beauté éclatante. Il accepte donc d'ajouter son lit à ceux des deux enfants, le troisième étant relégué dans la chambre des parents. Ainsi, la hiérarchie est sauve : le Russe dans la soupente, l'Espagnol au grenier et le latiniste dans un vrai lit.

Aïcha comprend très vite qu'il va être impossible de séjourner dans la pièce froide du nord : s'imposer dans la salle commune est une nécessité. Au début, Frédéric ne veut rien entendre. Méfiant et taciturne, il prétend se réchauffer en se couchant, lire au lit à la chandelle pour entretenir l'illusion d'un feu. Pendant ce temps, Aïcha réussit la conquête de la patronne, enchantée d'une présence féminine en cette maison d'hommes. Vêtue sobrement d'un pull et d'une longue jupe sombre, elle se propose à la cuisine, offre d'éplucher les légumes.

— Ici, dit la Bretonne, en dehors des choux du vendredi et des pois cassés du lundi, le plat national, c'est les nouilles au lard. On m'en envoie un peu de Bretagne : cela permet de tenir. Vous pourrez, si vous le désirez, m'accompagner deux fois par semaine aux Halles. En arrivant à 20 heures, nous faisons la fermeture. C'est le bon moment pour négocier à bas prix tout ce qu'ils veulent jeter, ce qu'ils estiment invendable. J'ai rapporté des trésors.

— Ils ne peuvent pas sortir, dit Cousteau, c'est hors de question.

La Bretonne se renfrogne, estimant son mari coupable d'introduire chez elle des gens recherchés par la police. Mais puisqu'elle loge déjà deux déserteurs des grandes armées de l'Axe, pourquoi ne pas agrandir le cercle ? Constantin non plus ne peut l'aider aux Halles, pas plus que le latiniste. Seul l'Espagnol l'a une fois accompagnée, multipliant les balourdises. Sa faible constitution ne lui permettait pas de porter trop longtemps les énormes sacs de patates et de feuilles de choux. La Bretonne enrage d'assurer le ravitaillement de toute une tribu avec la seule aide de ses fils.

Il n'importe : Aïcha trouve divers moyens de se rendre utile. Elle fait tous les lits du grand étage, une « première » depuis trois ans, époussette le matin, lave à grande eau, dépoussière même les livres, s'attirant les foudres de maître Cousteau qui ne supporte pas qu'on s'approche de ses éditions originales. Cette colère maniaque établit entre les deux femmes des connivences, des liens ténus de solidarité. La Bretonne est définitivement conquise quand Aïcha lui propose de chauffer de l'eau dans la marmite de l'âtre afin de prendre dans le tub une douche chaude en commun. Abolissant toute pudeur pour le plaisir du bain, elles deviennent amies.

Dès lors, Frédéric exige de recevoir et de donner la douche de la même manière. Un usage se crée. L'Espagnol propose le même service au latiniste qui lui demande en *lingua romana* s'il se moque du monde. Il ne vient à personne l'idée que l'Ukrainien puisse se laver. La patronne supporte mal qu'il monte à l'étage, plus mal encore que ses enfants descendent dans la soupente pour prendre les leçons de physique. Il a ses heures bien définies dans le living.

Frédéric, qui s'enhardit jusqu'à se rapprocher, par un besoin tout naturel, de la chaleur de l'âtre, assiste le matin à l'une des leçons. Il est ébloui par la facilité, la simplicité de l'enseignement de Constantin qui n'hésite pas à construire des plans inclinés avec des boîtes de conserve pour expliquer mieux les lois élémentaires de la chute des corps. Il donne à la leçon un tour concret, immédiatement perceptible par son élève qui répète en russe les notions acquises. L'homme paraît bientôt sympathique à Frédéric. Tous deux échangent des sourires et l'Ukrainien esquisse parfois une bribe de phrase en allemand.

Sa maîtrise de la langue de Nietzsche et de Schopenhauer installe définitivement le jeune homme au rang des familiers de maître Cousteau. Le latiniste rivalise de zèle pour garder son premier rang de lecteur royal, mais il est dépassé par la culture cinématographique du jeune architecte qui se souvient des séances et des débats des expressionnistes allemands au Bauhaus. Il n'a pas son pareil pour parler du *Docteur Mabuse* et Cousteau s'extasie lorsqu'il fredonne, en allemand, l'air de Marlène dans *Die blaue Angel.* Aïcha, du soleil dans les yeux, regarde Frédéric s'épanouir dans ce milieu, somme toute culturel, qui a été le sien pendant toute son enfance. Quant à Cousteau, il se surprend à souhaiter que la fin de la guerre dure encore longtemps, afin de profiter encore de la conversation de Frédéric.

Dans le froid de la chambre du nord, la nuit sera admirable. Frédéric lit toute la soirée, attendant le retour du projectionniste. Tout en commentant le film qu'il vient de servir chaud au public, Cousteau sort son image découpée aux ciseaux : ils refont ensemble le film dont le jeune homme retrouve les scènes avec une stupéfiante précision, comme s'il les avait visionnées la veille sur une table de montage. Ils parlent ainsi jusqu'à une heure avancée de la nuit, décourageant le latiniste qui, de guerre lasse, abandonne la partie. Aïcha est couchée depuis longtemps quand l'homme qui entre dans son lit en récitant des vers de Schiller ou de Rainer Maria Rilke l'étreint avec une infinie douceur. Frédéric, transfiguré, n'a plus rien du fugitif au regard fixe et aux mains moites. Ses lèvres tremblent de plaisir lorsqu'il égrène, toute la nuit, des mots d'amour. Ils entendent jusqu'au jour les chouettes d'Athéna ponctuer les silences de leur glorieux épithalame. Vers midi, par le couloir étroit, ils gagnent le sud du bâtiment, croisant l'Ukrainien dans l'antichambre. Aïcha frissonne dans son peignoir de coton, pieds nus sur le carreau. Entrant à son tour dans la salle d'eau, Frédéric bouscule un peu Constantin qui, tout heureux d'être à pareille fête, émet son rire caverneux. Il a rencontré la déesse.

Ils ne sont là que depuis vingt-quatre heures et croient y vivre depuis cent jours. En dehors du cri des chouettes sacrées, on ne perçoit dans cette retraite aucun bruit de la rue, aucun signe de l'extérieur. Ils sont comme à la Trappe. Le seul lien avec le monde est le projectionniste qui ne parle que philosophie, poésie ou cinéma. Pas plus qu'eux ne sort le latiniste, ou l'Espagnol dont les papiers d'identité sont pourtant en règle.

— C'est un assassin, dit Aïcha en regardant ses mains longues et noueuses, des mains d'étrangleur.

Frédéric convient que l'homme pourrait jouer dans un film d'épouvante mais que, pour être recueilli par Cousteau, il n'a dû tuer que des salauds. Il est le seul dont le maître de céans n'exige aucun service scolaire conséquent. Quand Frédéric, spontanément, propose de donner des leçons d'allemand aux enfants, Cousteau accepte avec effusion. Pour une seule raison : il pense que Frédéric envisage un long séjour dans sa maison et rien ne peut lui faire plus plaisir.

Grâce aux enfants qui fréquentent le lycée, le latiniste a quelques bribes d'information : aujourd'hui, quatre élèves des classes supérieures ont été arrêtés à la sortie des cours par la Gestapo, qui avait failli aussi s'emparer du professeur de grec. Heureusement, le vieil homme recevait chez lui la visite d'un de ses collègues allemands, que ses compétences pour la langue d'Homère avaient bizarrement désigné pour un poste d'officier dans la police militaire. Prévenu par la Gestapo, il s'était rendu au domicile de l'helléniste occupé à traduire un passage difficile de Thucydide. Un débat les avait aussitôt opposés, pendant que les argousins à chaînes de chien fouillaient l'appartement, sans rien trouver. La liste des numéros de téléphone des collègues résistants était dans le dictionnaire Bailly, que les deux fanatiques des guerres du Péloponnèse ouvraient et refermaient sans cesse. Sorti indemne de cette fouille, le professeur, sur les conseils du gendarme allemand, avait pris le large.

Samedi après-midi, les élèves de quatrième n'avaient pas classe. Le troisième fils s'est rendu au cinéma Le Latin avec sa mère, pour voir *Le Baron de Münchhausen*, le premier film en couleur allemand lancé à grands frais sur les kiosques des boulevards. Sur l'affiche, on apercevait le célèbre baron coiffé d'un tricorne, planant dans l'espace. À côté, une autre affiche de propagande évoquait l'échec de l'avance alliée en Italie : *It's a long way to Tipperary, it's a long way to Rome.* De retour à la maison, Frédéric doit traduire la légende et fredonner la chanson anglaise pour que les enfants saisissent le sel des astuces de la Propagandastaffel.

— Nous sommes passés devant le lycée Saint-Louis, dit Maurice, le troisième fils. Des hommes en noir gardaient l'entrée. Ils avaient des mines patibulaires et nous ont fait signe de changer de trottoir. Des camions entraient dans le lycée, des dizaines d'hommes sautaient à terre, des mitraillettes à la main.

— Ce sont les miliciens, dit Frédéric, ils préparent l'arrivée à Paris du maréchal Pétain.

— En arrêtant tout le monde, précise le latiniste.

Les enfants racontent que trois de leurs professeurs ont imité leur collègue helléniste. Ont-ils été pris à leur logement ? Le surveillant général, un Corse, ancien de la Légion étrangère, a également disparu.

— Sans doute ont-ils peur des attentats, dit Cousteau. Ils quadrillent le quartier. Il paraît que Pétain doit se rendre à

Notre-Dame. Ils auront des tireurs sur les toits. Voulez-vous visiter notre terrasse d'été, Frédéric?

Aïcha applaudit, feignant de trouver l'idée joyeuse, mais elle a vu, d'un coup, se crisper le visage de son amant. C'est l'homme de nouveau traqué qui avance dans le corridor étroit, grimpe à la suite du maître l'échelle de meunier. Avisant une trappe dans le plafond et un escabeau de libraire.

— Par ici, dit Cousteau.

L'un après l'autre, ils se hissent sur le toit de zinc.

— Vous voyez qu'il est impossible à un guetteur de se poster à cette place. Il n'aurait aucune vue sur les quais qui sont masqués entièrement par le premier bâtiment de l'immeuble. On n'aperçoit guère que le sommet des tours de Notre-Dame.

— Ils peuvent demander à visiter, dit Aïcha.

— Ou reprendre les fouilles domiciliaires au gîte des étrangers dont ils possèdent l'adresse sur leur fichier, renchérit Frédéric.

— Impossible, tranche Cousteau. Pas un de mes hôtes n'est inscrit à la préfecture. Ils sont tous dans une situation parfaitement illégale. Quant à vous, vous êtes des fugitifs. Si vous ne sortez pas, je ne vois pas comment ils peuvent retrouver votre trace.

Le projectionniste a si bien rassuré Frédéric qu'il doit batailler pour le dissuader de l'accompagner le soir même au cinéma. Le jeune homme ne craint plus rien. Ce samedi, ils s'attardent sur la terrasse où Aïcha veut profiter d'un rayon de soleil inattendu pour offrir ses seins à la nouvelle année, à l'abri des hautes cheminées branlantes dont la brique s'effrite sur le lit de zinc.

— Viens près de moi, Freddy, lui dit-elle. Imagine que nous sommes sur le sable d'Agadir.

Cousteau les abandonne sur la terrasse pour préparer sa projection du soir et vérifier la pellicule. Le soleil renvoyé par la surface claire de la toiture réchauffe les jeunes amants nus qu'on n'aperçoit de nulle part. Ils sont au paradis. Le zinc absorbe la chaleur et la restitue de façon diffuse.

— Tu es folle, dit Frédéric. On peut nous voir de l'immeuble d'en face, celui qui longe le quai.

— Impossible, il est plus bas que le nôtre. C'est nous qui pouvons voir.

Elle risque une tête. Des silhouettes vêtues d'uniformes sombres prennent position sur le toit d'en face, des jumelles à la main.

— Partons vite, lui dit-elle, ils ne peuvent pas nous voir, mais moi, je les ai vus.

— Qui ça ?

— Les miliciens. Cousteau avait raison. Ils se préparent pour le grand voyage. Rentrons dans notre caverne.

Le reste de l'après-midi est morose. Frédéric, qui veut tenter de faire du feu dans la chambre, casse des briquettes, mais ne réussit qu'à déclencher une fumée irrespirable. On ouvre la fenêtre.

— Cousteau, nazi ! glapit la propriétaire par la vitre grillagée. Tu vas enfumer mes chouettes.

— Ne craignez rien, dit le projectionniste en éteignant le poêle. La malheureuse sort d'un séjour prolongé à Charenton. Elle est sous surveillance. Il ne faut pas la provoquer. Ne répondez pas.

La Bretonne surgit, un journal à la main.

— Fermez vite les fenêtres, dit-elle, ils sont à la loge du concierge. La rue est bouclée aux voitures et aux vélos. Ils surveillent tout le quartier.

— T'ont-ils questionnée ? demande Cousteau.

— Non ! Je revenais du kiosque à journaux, comme tous les soirs. Ils n'interpellent pas les gens.

— Ils ont grimpé sur le toit, dit Frédéric, qui recherche fébrilement dans le journal des détails sur le séjour de Pétain dans Paris.

— C'est pour dimanche, ajoute-t-il, pour demain.

— Il faut partir, dit Aïcha, à la première occasion. C'est trop dangereux pour nous. Ils peuvent à tout moment fouiller les immeubles.

— Partir ? Vous n'y pensez pas, dit Cousteau. Ils tiennent la rue et gardent l'entrée de l'immeuble. Ne vous inquiétez pas. La porte dérobée du quai Montebello peut vous permettre de fuir, en cas de besoin.

— Folie pure, dit son épouse qui semble, dans le danger, dominer la situation. Il n'y a qu'un moyen de fuir, c'est le souterrain : les quais sont évidemment gardés. C'est le passage obligé du cortège, de la gare d'Austerlitz à Notre-Dame.

— On dit dans le journal, précise Frédéric, que Pétain est déjà depuis plusieurs jours dans la région parisienne, qu'il réside à Saint-Germain. En fait, les Allemands préparent la bataille de France. Ils ne veulent pas le laisser à Vichy et préfèrent l'avoir sous la main.

— Je connais le souterrain, intervient le jeune Maurice, il est parfaitement praticable. Nous y jouons quelquefois avec les voisins. Il conduit à Saint-Julien-le-Pauvre.

— Attention, intervient sa mère, les Grecs le connaissent aussi.

— Nous nous entendons bien avec eux, précise Maurice.

Ce souterrain pour enfants des écoles ne dit rien qui vaille à Frédéric. S'il est aussi fréquenté, il doit être connu des services de police et, en ce moment même, surveillé, fouillé, interdit.

Maurice décide de vérifier, avec son frère, la sécurité des lieux. La mère s'y oppose.

— C'est à moi d'y aller, dit Frédéric. À moi seul. Montrez-moi l'entrée.

Cousteau se souvient d'avoir entendu dire, par des professeurs du lycée, que les futurs polytechniciens et normaliens se livraient des batailles rangées dans un tunnel reliant Henri-IV à la célèbre école d'ingénieurs. De quand datent ces boyaux obscurs ? La montagne Sainte-Geneviève a, de tout temps, offert des carrières de pierres aux constructeurs d'églises. Sans doute, à plusieurs occasions, les jeunes révolutionnaires se sont-ils enfouis sous terre pour échapper à la police. La sécurité des communications n'est certes pas garantie.

Personne ne peut empêcher Aïcha de plonger à son tour dans la cave et de suivre Freddy dans le souterrain, barré d'obstacles nombreux. Ils progressent ainsi sur près de cent mètres, quand un éboulement les arrête.

— Il faudrait déblayer, dit Frédéric. Et repartir plus loin.

— Tu n'y songes pas. Nous pouvons être ensevelis par une nouvelle chute de terrain. Les enfants sont fous de se risquer ici. Partons. Mieux vaut, à tout prendre, s'enfuir par la porte du quai, la nuit. Nous essaierons de franchir le barrage.

— Je suggère une autre possibilité, dit Cousteau. Organiser à tour de rôle la surveillance des abords de la maison. Ils ne passeront pas la nuit dans les lieux. Ces gens-là couchent à la caserne. S'ils s'en vont à la tombée du jour, comme c'est vraisemblable, il sera temps d'aviser : partir ou défier le sort en restant sur place. Je ne pense pas qu'ils soient assez nombreux pour occuper d'autres lieux que les abords immédiats des quais. Surtout pour protéger le Maréchal, qu'ils détestent.

C'est la voix du bon sens. Mais Frédéric, qui commence à connaître les réactions de son hôte, se surprend à penser qu'il garde une idée derrière la tête.

Dix-neuf heures, samedi. Le chapelier ferme ses grilles, non sans crainte. Il aperçoit parfaitement les unités de la Milice qui se déploient sur le pont Saint-Michel. Il n'a pas encore lu *Paris-Soir*, mais a appris par la radio que le voyage du Maréchal sera un événement national, orchestré à grand frais par la Propagandastaffel. On feint de croire que Pétain ne peut résister au désir de rencontrer les populations du Nord, si éprouvées par les bombardements anglo-saxons. On suggère à la population parisienne de lui faire un accueil triomphal.

Après un après-midi radieux, le ciel se couvre brusquement. Peu après, la neige tombe à gros flocons. Le voyage du Maréchal marque le retour de l'hiver. Passera-t-il le printemps ? Depuis longtemps, le chapelier ne se risque plus en conjectures. Une seule évidence le frappe : la fin de la guerre est proche et les Allemands préparent le dernier sursaut, le plus dangereux peut-être pour les civils.

— Nous n'irons pas au cinéma ce soir, dit-il à sa femme.

L'idée de sortir dans la neige n'a rien d'enthousiasmant, surtout quand elle est foulée par les bottes des miliciens. Le chapelier a entendu dire à la radio de Londres : « Le Maréchal ne croit plus à la victoire de l'Allemagne, il cherche une issue pour s'en sortir. » Chacun sait qu'il a sa « bonne d'enfants », un Allemand, von Renthe-Fink. S'il vient à Paris, c'est évidemment sur ordre des autorités d'occupation.

— Il n'a même pas le droit d'aller à Villeneuve-Loubet pour mettre son vin en bouteille. S'il vient nous voir, ce n'est pas pour des prunes, dit le chapelier à sa femme.

— Il va sur ses quatre-vingt-huit ans, répond-elle, comme mon père. Ce n'est plus un âge pour marcher dans la neige. Il doit être gâteux, et les autres le mènent comme un pantin.

— Comme ils ont mené Hindenburg, en Allemagne. Tu te rappelles les actualités de l'époque ? Hitler devant ce vieillard qui pouvait à peine marcher, à qui il faisait passer des revues militaires ?

— Il paraît que Pétain se livre à des facéties. Le Dr Michaud, qui a une propriété de chasse en Seine-et-Marne, m'a raconté qu'il aurait dit avant-hier à Melun, aux enfants des écoles : « Qui est en cage, est-ce vous ou est-ce moi ? » Les enfants lui répondaient : « C'est nous qui sommes en cage. » Et il leur a dit : « C'est vous, mais c'est aussi moi-même, moi aussi j'y suis, nous le sommes tous. »

— Nous verrons bien ce qu'il dira à Notre-Dame.

— Je ne compte pas me déranger, dit le chapelier.

Il salue au passage l'Auvergnat Girard, patron du bistro, et fronce aussitôt les sourcils : il a reconnu dans la salle Éliane, sa vendeuse, accompagnée de son ami Bob.

— Éloignons-nous vite, dit-il à sa femme. Cet oiseau de mauvais augure ne se dérange jamais pour rien.

De fait, Bob s'est levé pour le suivre des yeux.

— Peut-il les cacher chez lui ? demande-t-il à Éliane.

— Assurément non ! C'est trop dangereux. Sa femme de ménage a un mari flic à la préfecture. Je l'ai entendue dire qu'il avait aperçu Aïcha rue Gît-le-Cœur, sans doute chez l'affichiste. Elle peut y être allée seule. Pas de contacts avec les Fourquin-Trévise ?

— Pas que je sache. Ils se méfient. Ils savent que le chapelier est sous surveillance constante.

— De la police ?

— Bien sûr. Tu n'es pas le seul à t'y intéresser. Je ne serais pas étonnée qu'il subisse un interrogatoire.

— Mauvaise affaire, dit Bob. Il faut aller vite.

— Le vin est tiré, les caves sont vides, chantonne Sandrine au comptoir. Ils sont dans les vignes, les moineaux.

Bob, cette fois, ne souhaite pas voir la Russe s'incruster ni chercher à deviner le sens caché de ses confidences.

— Tu as tort de ne pas l'inviter, dit Éliane. Elle t'annoncerait qu'une grande fête se prépare, où tu risques de recueillir de précieuses informations. Elle te l'a dit : les oiseaux ne sont pas partis, ils sont dans les vignes du Seigneur.

Bob reste silencieux. Il surprend à la dérobée certaines expressions sur le visage d'Éliane, soudain conscient qu'elle a changé. Une certaine nervosité dans ses réponses. Elle a toujours détesté Sandrine. Pourquoi attache-t-elle tant d'importance à ses fausses confidences ?

— Ils ont mangé les raisins, ils ont laissé les pépins. Les pépins, c'est toujours pour les mêmes, continue de psalmodier Sandrine.

À des signes imperceptibles, Bob aurait pu s'apercevoir plus tôt qu'Éliane n'est plus la même, mais il a négligé de l'observer, il la croit attachée pieds et poings à son char, comme les captives dans Homère. Il l'a reçue une fois pour toutes en partage et s'indigne qu'on la lui dispute. Ainsi, lui, roi des prédateurs, le voilà trahi dans son aire. La belle vole ailleurs. D'un coup Sandrine lui ouvre les yeux. Il fait signe à Girard, qui s'empresse de servir un verre de rhum à la baba colorée.

— Merci milord ! Dieu te le rendra... C'est le soir du sabbat. Attention au diable vert. Il est barbu et plaît aux femmes. À la brune comme à la blonde.

— La blonde c'est moi, dit Éliane, elle veut te mettre en garde. Le dentiste Bourdelle, qui habite la maison Fourquin, invite en effet des femmes élégantes à sa grande soirée, aujourd'hui même. Son épouse est cliente du magasin et j'y suis conviée. Tu peux te joindre à moi si tu le désires.

— Tu sais bien que c'est impossible, répond Bob en riant. Je suis ravi que tu t'amuses.

— Ce n'est pas un jeu, dit-elle, et tu devrais en être. Bourdelle est riche. Les Fourquin-Trévise ont promis de passer. Je ne serais pas étonnée d'y faire des rencontres imprévues. Ne m'as-tu pas demandé d'obtenir à tout prix des renseignements ?

— D'accord. En ce cas, je m'éclipserai très vite.

— La soirée commence tard, vers 21 heures.

— Tu seras la plus belle sorcière de la nuit, dit Bob en l'embrassant sur le front.

Sandrine, qui boit un deuxième rhum au comptoir, n'a pas le courage de lui dire, quand la belle est happée par la bouche du métro, qu'elle l'a vue, deux heures plus tôt, sortir de l'hôtel Gît-le-Cœur derrière le dentiste Bourdelle.

La surveillance de la rue de la Bûcherie donne des résultats encourageants : les trois fils Cousteau se relaient, sous des prétextes divers, pour faire le tour de l'église Saint-Julien-le-Pauvre en quêtant auprès des enfants grecs des nouvelles des miliciens. Sont-ils planqués dans les immeubles ? À l'évidence tous les témoignages concordent : ils ont regagné leur caserne du lycée Saint-Louis. La route est libre. Les fugitifs peuvent sortir.

— Il faut prendre patience, dit Cousteau. Ils seront sans doute plus offensifs demain. Il suffit de rester cachés. Personne ne doit montrer son nez à la fenêtre. Le Maréchal une fois parti, ils s'envoleront comme des moineaux.

— Ils reviendront à 4 heures du matin, affirme Maurice, pour quadriller le quartier, bloquer la circulation avec l'aide des flics, occuper les toits du quai Montebello et surveiller jusqu'aux fenêtres.

Frédéric se laisserait volontiers gagner par la politique de l'autruche. Rapide et précise, Aïcha met déjà le couvert pour le festin des nouilles au lard qui cuisent dans la marmite. Pourquoi abandonner, faute de sang-froid, une aussi accueillante caverne ? Il admire qu'elle n'ait pas remis son chandail, malgré le vif retour du froid, comme pour garder sur ses bras nus les reflets du soleil de midi qui lui rendaient l'espoir. Aïcha ne s'encombre pas de scrupules : elle bouscule le projectionniste, qui feuillette un épais volume des poèmes de Rilke, pour atteindre la nappe dans le coffre breton. Il la suit du regard quand elle se redresse, d'un souple mouvement de la taille. Frédéric réalise que Cousteau, si bavard, est devenu soudain discret, ne levant plus les yeux que pour surprendre, l'espace d'un instant, la Marocaine dans les différentes figures de son ballet ancillaire. Se donne-t-elle en spectacle ? Le garçon se surprend à penser que, si Cousteau est avec lui d'une si agréable urbanité, Aïcha n'y est sans doute pas pour rien. L'épiait-il derrière la cheminée, quand elle prenait le soleil sur le toit ? C'est elle qu'il ne veut pas laisser partir, il se moque bien de lui…

L'Ukrainien met un comble à ses soupçons paranoïaques. Obéissant à l'étrange manie de se laver les dents dès qu'il se sent oppressé, Frédéric se rend dans la salle d'eau quand il entend un appel discret. Le colosse l'entraîne dans la soupente et lui parle en allemand

— Tu ne dois pas rester ici. J'ai vu comment ils traitaient les juifs chez moi. Camions à gaz… tous tués. S'ils te trouvent, ils t'enverront en Pologne. Cousteau ne risque rien, il a relations avec tout le monde.

Impressionné, Frédéric pourtant se méfie. Si le maître des lieux est un traître, pourquoi l'Ukrainien reste-t-il chez lui ?

— Cousteau ne connaît pas les nazis. Il rôde dans Paris comme un yacht dans un port de guerre, sans voir les sous-marins. Il n'est pas dangereux mais inconscient. Il faut partir.

D'une pile de journaux aux pages illustrées de photos de stars de cinéma, il tire un revolver dans un étui.

— Il est en parfait état et contient six cartouches. Prends-le et laisse ta femme ici, tu ne peux pas fuir avec elle. Je te donne l'adresse de mes amis aux Halles. Ils y travaillent en ce moment. Ils te cacheront. Demain tu partiras avec eux en camion.

Pour la deuxième fois de la journée, quelqu'un lui demande de partir seul. Celui-là n'est pas innocent, comme son regard équivoque en témoigne. Il se chargerait volontiers d'une protection rapprochée de la Marocaine. Hier au paradis, admirant la maîtrise de Cousteau dans l'organisation de la pénurie et son art d'évoluer en seigneur au royaume des damnés, Frédéric se retrouve soudain seul au fond du gouffre. L'Ukrainien, dans sa proposition de troc – un revolver contre une fille –, imprime la mesure de sa chute, que les dialogues avec le maître sur Hölderlin et Fritz Lang lui faisaient oublier.

Avec un sourire triste, il refuse l'offre, mais ne parvient pas à quitter la tanière du Soviétique. Témoin, et probablement dans son village victime de tant d'horreurs, l'homme ne songe sans doute pas à mal en offrant un échange si honnête. Surpris, il rengaine l'arme en hochant la tête, comme si Frédéric devait plus tard le regretter.

Hier l'affichiste, aujourd'hui Cousteau, et même la brute d'Ukraine. Pensent-ils donc tous qu'Aïcha est une proie offerte à qui veut la prendre ? Est-il déjà rayé du nombre des hommes capables d'assumer, de défendre leur couple ? Par quelle étrange dureté de cœur en viennent-ils, si cultivés qu'ils soient, à réagir tels des hommes des forêts profondes ? Frédéric est brusquement tenté de prendre l'arme. Elle lui servira, du moins, à protéger Aïcha des convoitises. À peine a-t-il effacé de son esprit ce fantasme hérité des westerns d'avant-guerre que des cris retentissent dans l'escalier. Inquiète de sa disparition, Aïcha hurle :

« Il est sorti. »

Le découvrant, elle se jette dans ses bras. Ému, l'Ukrainien referme sa porte.

— Freddy, lui dit-elle doucement, j'ai cru mourir. Je pensais que tu m'avais abandonnée.

Son cœur retrouve son rythme et ses yeux leur douceur. Il lui caresse le front, les cheveux, dépose mille baisers sur ses lèvres et murmure :

— Je suis là, Aïcha, et je serai là, toujours. Ne t'inquiète de rien. N'avons-nous pas échappé à tous les pièges ? Un jour, demain peut-être, nous partirons ensemble très loin. Nous oublierons les bas-fonds de Paris pour ne plus songer qu'au soleil, au printemps, à la vie.

— Ne restons pas ici, dit-elle dans un souffle. Il faut partir cette nuit.

Dans l'escalier, la voix du projectionniste interpelle alors Frédéric :

— Après la séance de ce soir, j'ai une soirée clandestine à domicile. Un riche qui organise des projections privées. Il a les moyens de vous aider. Vous viendrez avec moi. Ne dites rien à personne.

— Nous y serons, dit Aïcha.

Frédéric n'ajoute pas un mot. Le ton soudain décidé de sa compagne lui donne à penser que son sixième sens pèse pour beaucoup dans sa décision.

SAMEDI SOIR

Dans la neige, ils suivent Cousteau de retour du Champollion. Les rares spectateurs se hâtent d'entrer dans le métro pour attraper la dernière rame. Le café Dupont-Latin a déjà fermé. La Source, un peu plus haut, reste ouvert.

— Nous n'avons même pas le temps de prendre un Viandox, dit le projectionniste qui a ses habitudes. Peu importe, là-bas, ils auront du champagne !

— C'est une chance qu'il n'y ait pas d'alerte, dit Aïcha.

— Mon client s'est fait aménager un autre studio dans sa cave. Il y projette des films quand sonnent les sirènes. Un boyard ! Pour lui, la guerre n'existe pas.

— Les dentistes sont-ils si riches en France ? demande Frédéric.

— Seulement les grands, qui ne manquent pas d'alliages ni de céramiques rares. Ceux-là demandent le prix qu'ils veulent. Il faut dire que les bourgeois, si avares à leur table, dépensent sans compter pour leurs dents.

Frédéric comprend cette attitude. Il n'est cependant pas convaincu qu'un homme puisse s'enrichir, dans le Paris de la guerre, uniquement avec des bridges et des appareils dentaires. Il doit avoir un secret. Un trafic sur l'or, peut-être ?

Aïcha a pris la précaution de chausser ses bottes. Elle tient à la main les escarpins vernis qu'elle enfilera pour la réception. Frédéric, qui patauge dans la neige fondue, l'aide à franchir les caniveaux.

— Vous devriez l'enlever dans vos bras, comme les « just married » dans les films américains : le cow-boy enlève la danseuse du beuglant pour la conduire à l'église ! Bravo shérif !

Cousteau met de l'ambiance. Il a justement promis un western au dentiste : *La Charge de la brigade légère*, dont il transporte les bobines dans un immense carton à chapeau.

— Les mariés américains sont en tilbury et traînent derrière eux des boîtes de conserve. Je ne pense pas que ce soit, ce soir, un usage à imiter, remarque finement Frédéric.

Cousteau a l'art de lui rendre instantanément son enfance. De nouveau, il ne redoute plus rien. Le bonhomme, décidément, sait marcher sur les eaux.

Deux hirondelles en ronde les arrêtent au bas du boulevard Saint-Michel. Frédéric, qui prend aussitôt Aïcha dans ses bras, regrette de n'avoir pas gardé le revolver du Russe. Vont-ils se laisser conduire au poste ?

— Vos papiers ?

Aïcha, par réflexe, ouvre son manteau sur sa robe à ramages, exhibe sa broche et ses perles.

— Vous ne voyez pas, mon ami, dit le projectionniste sans se démonter, que nous allons en soirée. Excusez-nous, les taxis se font rares et nous nous sommes mouillé les pieds.

L'agent jette un coup d'œil sur les mocassins noirs de Frédéric.

— Chez qui allez-vous ?

— Chez le Dr Bourdelle, bien sûr. Il habite sur la place.

À ce sésame, les flics saluent et enfourchent leur bicyclette. Il faut croire que le dentiste jouit au commissariat d'une sérieuse réputation…

L'incident, qui devrait rassurer Frédéric, l'inquiète tout de même.

— Tu ne sais pas le pire, dit Aïcha. Je connais très bien le docteur et sa femme. Ils habitent dans l'immeuble de la boutique du chapelier.

— Tu le savais et tu ne m'as rien dit…

— Je trouve excellente l'initiative de notre ami Cousteau. Nous faisons coup double : sortir de la souricière du quai Montebello et s'introduire, sans éveiller aucun soupçon, par la grande porte dans la forteresse des Fourquin-Trévise.

— Je crois qu'elle a raison, dit Cousteau. J'y ai pensé moi-même : il n'est pas impossible qu'il paraisse à la projection. Je l'ai déjà vu à ces séances. Pour une raison que j'ignore, le vieux est l'obligé de Bourdelle. Peut-être ne déteste-t-il pas les films un peu lestes que je leur projette. Du moins peut-on l'imaginer. Il est resté jusqu'au bout, à la dernière séance, pour voir Marika Rökk se baigner nue dans un film qui fait fureur en Allemagne. Il vient toujours seul, et personne n'en est surpris.

Cousteau n'a rien dit à Aïcha de sa visite de la veille aux Fourquin-Trévise. À quoi bon l'inquiéter ? Elle saura bien assez tôt qu'ils sont disposés à accueillir Frédéric dans leur propre appartement, à condition qu'il y réside seul. À moins qu'elle n'ait l'idée de pousser le garçon à accepter cette solution, pour le sauver, et qu'elle se mette volontairement en retrait. Il connaît assez sa générosité, son sens de la tragédie, sa capacité à se sacrifier et à lui imposer une souffrance amoureuse pour qu'il consente à sauver sa vie. Oui, décidément, ce choix est dans sa manière. Elle vient dans l'intention de parler seule à Fourquin-Trévise et de lui donner l'assurance qu'elle se retire définitivement pour ne pas perdre Frédéric.

Le vieux sera-t-il sensible à cette grandeur d'âme ? N'ayant jusque-là engagé son crédit qu'à la pressante instigation de son épouse, peut-être estime-t-il encourir un risque excessif en assurant la sécurité d'un jeune homme juif dans Paris et préférera-t-il l'expédier en Espagne comme son frère. Est-il responsable des accidents de parcours ? Il n'est pas exclu qu'il persuade la Marocaine de rechercher, à deux, une cachette plus sûre sans sortir de Paris, et en comptant sur le dentiste, comme Cousteau. Ce Dr Miracle aura fort à faire car le faisceau des enquêtes multiples se resserre autour des fugitifs. À moins qu'il ne dispose de moyens d'influence sur les Allemands plus puissants encore que ceux dont use l'architecte.

Il est minuit et demi quand le Dr Tant-Mieux ouvre la porte de son appartement au trio. Il les introduit aussitôt à l'office, leur recommandant d'être discrets. Aïcha ôte son manteau, passe ses chaussures. Juchée sur ses talons fins, elle coiffe le tambourin à voilette récupéré dans le carton contenant les bobines. Le dernier cadeau du chapelier. Rectifiant, devant Bourdelle médusé, la ligne de ses lèvres, elle lui prend le bras.

— Je suis à vous, dit-elle, comme une familière de ces séances privées.

Frédéric se laisse entraîner par Cousteau dans la cabine de projection.

— Laissez-la faire, lui dit Cousteau. Vous ne pouvez rêver d'un meilleur avocat.

Cheveux argentés lissés en arrière, collier blanc uniquement destiné à dissimuler les premiers relâchements du double menton, le dentiste porte beau. Il introduit dans la brillante assemblée la resplendissante Aïcha, dont la démarche royale étonne. Au buffet, les bijoux brillent de mille feux et les épaules nues des dames, pour la plupart assez jeunes, ne frissonnent pas dans l'ambiance feutrée, tamisée, chaude et confortable. Il faut croire que les invités sont là depuis un moment, à en juger par l'animation des conversations qui reprennent dès les présentations faites. L'épouse du dentiste accueille la jeune fille avec une vivacité affectée, comme si elle retrouvait, après une trop longue absence, une amie lointaine de la famille. Auraient-ils chassé tous ensemble le lion dans le Rif avant-guerre ? C'est la question que pose un contrôleur des impôts, fort replet, au Dr Michaud qui est de toutes les fêtes.

Bien entendu, nul ne connaît Frédéric, qui s'enferme avec Cousteau dans la salle de projection. Les plus sagaces se demandent si le dentiste, dont on ne compte plus les bonnes fortunes, a déjà fait d'Aïcha sa maîtresse ou s'il en nourrit seulement l'intention. Aux égards qu'il lui prodigue, on penche gravement pour la seconde hypothèse.

Le chapelier n'a pas été invité. En revanche, la vue d'une jeune femme blonde, au visage dissimulé par une voilette de velours noir et qui fait cercle au fond du salon, glace Aïcha.

Éliane Vidal est ici ! Décidément le dentiste ne va pas chercher loin pour agrémenter de jolies femmes ses projections mondaines. La Marocaine se demande soudain avec terreur quel crédit on pouvait accorder à un homme aussi léger dans une circonstance aussi grave.

On tarde à s'asseoir, face à l'écran, dans les fauteuils Louis XV. Donne-t-on un concert avant la représentation? Des serviteurs en veste blanche présentent à tous des flûtes de champagne, comme s'il fallait encore attendre. Un hôte de marque? Aïcha s'efforce de reconnaître les visages. Elle n'est pas au bout de ses découvertes : le pharmacien Goubert s'évertue, pour dérider Éliane, à raconter des histoires russes. La blonde a-t-elle aperçu sa rivale? « Certainement pas, se dit Aïcha, elle est myope et ne voit pas plus loin que le bout de son nez. »

Décourageant d'un sourire poli maints importuns qui l'interrogent sur son goût pour le cinéma américain – des médecins, pour la plupart, ou des avocats –, elle cherche en vain le bâtonnier et son épouse dans l'assistance. Ils sont exclus, à l'évidence, de ce cercle spécial, dont les membres n'ont pas de plaques à leur nom sur les chaises de Saint-Séverin. Aussi est-elle surprise de découvrir la soutane de l'abbé Desglières. Comment le prélat s'est-il laissé entraîner à une soirée tardive aussi profane? Il parle avec douceur à l'épouse du Dr Michaud. Sans doute évoquent-ils les malheurs du fils.

Une heure sonne au cartel du salon quand la porte s'ouvre sur la dernière invitée. Une dame aux cheveux gris, dont Aïcha devine le nom sans l'avoir jamais rencontrée : Mme Fourquin-Trévise. Elle vient seule, à la surprise générale, et les invités s'écartent pour permettre à Bourdelle de l'accueillir sans retard. Elle est immédiatement entourée d'un mur de notables qui se disputent son attention. L'abbé Desglières plante là l'épouse du médecin pour entrer à son tour dans le cercle. Elle prend place dans un fauteuil au premier rang de la salle et fait un signe à Aïcha.

— C'est vous que je veux voir, lui dit-elle à l'oreille, asseyez-vous près de moi.

Dans la cabine, Cousteau s'impatiente. Derrière la vitre qui permet de voir la salle, Frédéric a suivi l'entrée de Mme Fourquin-Trévise et détecté la présence d'Éliane qui s'est assise juste derrière le dentiste, de manière à suivre par le menu la conversation.

— Nous ne pourrons jamais rentrer avant le bouclage du quartier, dit le projectionniste. Le film dure deux heures.

— Envoyez la bobine, dit Frédéric avec impatience.

Il faut attendre la fin de l'allocution pompeuse du dentiste, lancé dans une évocation de John Ford comme s'il faisait le portrait de Jacques de Lacretelle.

— Je ne crois pas que nous puissions vous suivre après la projection, dit Frédéric. Il y a trop de danger pour vous à nous héberger. Nous devrons trouver une autre solution.

On pouvait en effet les avoir vus entrer avec Cousteau, qui serait à son tour grillé. Qu'il le veuille ou non, le sort de Frédéric dépend une fois de plus du pouvoir et de la bonne volonté de Mme Fourquin-Trévise. Il estime de bon augure qu'elle se soit dérangée seule et qu'elle ait placé Aïcha à ses côtés. Est-ce pour la convaincre de renoncer à lui ? « Elle est plus fine, se dit-il, elle voudra seulement l'éloigner. »

Quand Cousteau obtient le feu vert, la pellicule casse au bout de trois mètres. On entend des cris dans la salle soudain obscure. Des femmes se renseignent sur les abris, pensant qu'il s'agit d'une alerte. Le docteur peine à rétablir le silence. Grincent enfin sur l'écran les roues de la diligence qu'un concert d'approbations acclame jusque dans la cabine ; ils tiennent leur hochet.

Le ronron de la pellicule berce doucement Frédéric. Cousteau se garde de le réveiller. « Dans sa situation, se dit-il, on gagne à s'oublier soi-même, pour que les autres vous oublient. » Rêve-t-il à Aïcha ? Si Mme Fourquin-Trévise estime que Frédéric n'aura de salut qu'à travers la rupture du couple, Cousteau pense de même, mais en faveur de la Marocaine. Il aime et estime Frédéric, mais trouve dommage, pour ne pas dire plus, qu'une aussi belle fille soit entraînée dans un drame qui n'est pas le sien. Ne croyant pas à l'amour, il estime que ces deux-là doivent rechercher une issue chacun de leur côté, quitte à se rejoindre plus tard. Leur obstination ne peut engendrer que le malheur, que Cousteau déteste au plus haut point, comme une sorte d'inconvenance.

Les Allemands sont encore là. À Montparnasse, c'est toujours la fiesta des permissionnaires de l'armée Rommel : les bars ne désemplissent pas, à croire que le *Feldmarschall* a bourré leurs musettes de marks pour qu'ils oublient la guerre à Paris. Le bar de Bob est assiégé, plus encore que la veille. Plus il sert de l'alcool frelaté, et plus ils demandent à boire.

Sans connaître les raisons de l'éloignement d'Éliane, il ressent avec impatience ses airs d'indépendance. Ainsi n'a-t-elle pas jugé utile de l'informer avant ce soir de son invitation chez Bourdelle. Craignait-elle qu'il ne lui interdît de s'y rendre ? Elle s'est mise en situation, après son départ volontaire à Toulouse, de braver les interdits et de faire cavalier seul. Une attitude qui déplaît fort à Bob. Il se souvient soudain, en portant une bouteille de schnaps à un *Feldwebel*, de la chanson de Sandrine. « Ils sont dans les vignes, les moineaux. » Le Dr Bourdelle est-il le « diable vert » dont parle la baba ?

Il ne peut se retenir de téléphoner et saisit l'annuaire, à la recherche d'un dentiste dans le VIe arrondissement. Il n'est pas peu surpris d'apprendre ainsi que Bourdelle habite dans l'immeuble Fourquin.

— Mazette, se dit-il. S'est-elle mise à son compte ?

Il obtient Éliane au numéro indiqué. Un serveur vient la chercher en projection où le dentiste, de colère, ne peut maîtriser les tics autour de sa bouche. À l'appareil, elle est brève :

— Je ne peux pas te parler. Tu as eu tort de m'appeler. Je suis assise à côté de Mme Fourquin-Trévise.

Bob raccroche, dépité.

Les Allemands se sont emparés des chaises et forment sur la piste un train de cavaliers, frappant bruyamment le sol en chantant. Les filles de salle piétinent au centre, prisonnières. Bob ne peut délaisser son bar. Dans une heure, peut-être, ces fêtards ne seront plus tenables.

Une voiture fait crisser ses pneus en se garant juste en face. Par la lucarne ouverte, Bob aperçoit une Citroën noire. « Ce n'est pas la police militaire, se dit-il en distinguant la plaque allemande. Ceux-là sont de la Gestapo. »

Un seul homme descend de la voiture et traverse la chaussée, avec cet inimitable mouvement chaloupé des voyous français. Bob reconnaît immédiatement Lucien Laborde.

— Tu as bien un doigt de scotch pour un vieil ami ! lance l'arrivant en s'installant au bar.

— Ces messieurs ont tout bu !

— Willy ne t'a pas livré. Il est vrai qu'il n'a pas eu le temps. Il a du mal à se déplacer en ce moment.

Bob ne pipe pas. Il connaît Laborde de réputation : l'ancien gangster s'est transformé en archange noir, en liquidateur des basses œuvres. Il prend toutes les affaires dont les Allemands ne veulent pas. Un rapace. S'il s'est dérangé, ce n'est pas pour rien. Bob en serait fier s'il n'était mortellement inquiet. Il sait que Laborde ne fait pas de quartier.

— On peut parler une seconde dans un endroit tranquille ? Je vois bien que, ce soir, tu es trop occupé pour sortir avec moi. Je peux revenir demain, mais j'ai horreur de perdre mon temps.

Ils descendent à la cave où le grand Lucien avise immédiatement les caisses de whisky.

— Tu les gardes pour les Américains ? demande-t-il en décapsulant sans vergogne une bouteille de J&B. Je savais bien que ce vieux Willy n'était pas un ingrat. Il te paie tes informations rubis sur l'ongle. Combien de caisses ?

Bob n'ose lui dire que ses renseignements valent plus cher. Autant il peut traiter avec Willy, autant il doit jouer les muets devant Lucien.

— Tu n'es pas bavard. J'ai pourtant besoin d'un ou deux tuyaux. L'affaire Fourquin-Trévise, c'est sérieux ?

— Autant que je sache, dit Bob, ces gens ont les moyens de cacher qui ils veulent.

— Je vois. Tu n'as pas besoin de préciser, je suis au courant. J'en sais même plus que toi.

— Peut-être pas, dit Bob qui pense qu'en intéressant son interlocuteur sur des faits nouveaux, il détournera les soupçons.

— Je t'écoute.

— La vieille est partie en campagne. Seule. C'est elle qui assume la couverture du juif, en traitant avec des comparses. J'en saurai plus long ce soir.

— Ne te fatigue pas, Bob, cette affaire te dépasse. Elle est trop lourde pour toi. Même Willy a exagéré. On a dû le calmer. C'est fou ce que les gens prennent froid par ces temps de neige. Ce matin, il n'a pas pu venir au bureau.

— Il n'est pourtant pas fragile.

— On dit ça. Mais un jour, le virus vous tombe dessus. Le virus de l'ambition. Seulement voilà, il a trop parlé. Les Fritz sont au courant. Pas de ses petits trafics, rien que de très normal. Mais le vent tourne à Berlin. On exige des solutions nettes. On ne peut pas penser qu'à se remplir les pognes, quand on sert le Grand Reich. Il faut de temps en temps faire amende honorable. Je vais leur donner l'affaire, Bob, tu vois ce que ça implique ?

— Que je m'en désintéresse.

— Exactement. Mais je te demanderai plus. Je sais que tu es un garçon sensible. Monte-moi une belle arnaque pour coffrer les comparses, le chapelier, l'Arabe, tous ceux qui traînent. Je ne veux pas de témoins.

— Mme Fourquin a les moyens de se défendre. Tu le sais. Un frère à la Kommandantur.

— Il n'y est plus depuis ce matin. Le Führer a exigé son retour, sur les informations de Himmler. Tout ce que Speer a pu obtenir pour son protégé, c'est un poste à son cabinet. Quant à sa sœur, elle a choisi d'aller résider en Suisse avec son mari. Ils ont déjà leurs passeports et les billets pour le train de Genève. Ils partent demain matin. Si tu apprends du nouveau sur la cache du juif, fais-le-moi savoir. Je gagnerai du temps, et qui sait, peut-être que je t'en saurai gré.

Bob se garde bien de lui dire que Mme Fourquin-Trévise se trouve au domicile du dentiste Bourdelle. Qui pourrait lui en vouloir de cette attitude d'amoureux déçu ?

Éliane s'agite en vain sur son fauteuil : l'attaque de la diligence est si bruyante qu'elle n'entend pas un mot des propos que Mme Fourquin-Trévise chuchote à l'oreille d'Aïcha. Elle a changé de place, de sorte qu'elle est assise entre la Marocaine et l'abbé Desglières. De plus le pharmacien, son voisin, se fait un devoir de commenter le film en lançant de lourdes plaisanteries. Elle s'est cru l'oreille fine mais ne pourra rien rapporter à Bob d'une conversation dont elle est le témoin.

D'elle-même, Aïcha propose de s'offrir en sacrifice si la vieille dame veut assurer le salut de Frédéric : elle partira dans le Sud pour se faire oublier, chez des parents à Bordeaux qui pourront l'héberger jusqu'à la fin de la guerre, et retrouvera son amant ensuite…

— Gardez-vous-en bien, il n'a plus que vous. Je m'en vais demain pour la Suisse et ne peux plus rien pour lui, répond posément la vieille dame.

Le dentiste, qui n'a pu suivre la conversation mais voit les traits d'Aïcha se décomposer, juge utile de lui offrir une flûte de champagne. Elle l'avale d'un trait, sans pouvoir souffler mot.

— Ne craignez rien, continue Mme Fourquin-Trévise, mon voisin de droite a tout arrangé. À la fin de la projection, vous attendrez le départ des invités. Il s'attardera ensuite avec Mme Goubert. Vous le suivrez sans rien lui dire. Il est le seul qui puisse vous sauver. La Gestapo a perquisitionné chez mon frère. Elle est au courant de tout. Ne sortez plus jamais et n'abandonnez pas Freddy. Votre départ lui serait fatal.

Éliane, qui a saisi les derniers mots, croit à une banale rupture d'amoureux. Mme Fourquin-Trévise salue discrètement l'abbé tout en dissuadant Bourdelle, qui s'est levé, de la raccompagner. En se retournant, Éliane note que deux garçons gardent la porte d'entrée, dont l'un reconduit la dame à l'ascenseur. Ce luxe de précautions lui paraît suspect mais elle n'a aucun moyen de l'interpréter.

Quand la projection s'achève, il est 3 heures du matin et les invités n'ont pas l'intention de s'éterniser. Ils sont, pour la plupart, des voisins et redoutent les contrôles de police dans la rue. Le pharmacien se propose pour ramener Éliane chez elle.

— Je sais que vous habitez loin.

— Ne vous inquiétez pas, lui dit-elle rapidement, j'ai tout prévu.

Quand Bourdelle s'attarde, elle se demande s'il ne cherche pas à la retenir. Voyant alors Frédéric sortir de la cabine de projection, elle comprend tout. Elle est prisonnière.

— Nous vous offrons l'hospitalité, petite madame, lui dit d'une voix sucrée l'épouse du dentiste. Vous ne pouvez rentrer à Neuilly par ce temps. Les deux garçons que voici vont vous conduire à votre chambre.

Affolée, Éliane se tourne vers l'abbé Desglières, que rien ne semble pouvoir arracher aux confidences de la pharmacienne. Ainsi, le dentiste et sa femme sont complices. On l'a attirée dans un piège pour la neutraliser.

Après avoir pris congé, Aïcha, à voix basse, met Frédéric au courant. La vieille dame l'a prévenue : « Nous devons nous méfier de notre ombre. »

De son petit pas précis, l'abbé les guide dans la rue Saint-Séverin. Aïcha grelotte dans la neige, jamais la traversée du boulevard Saint-Michel, pourtant désert, ne lui a paru plus périlleuse. Les sirènes sonnent l'alerte quand ils arrivent aux portes du cloître.

— Ne craignez rien, dit l'abbé, les murs du presbytère sont à toute épreuve.

— Voulez-vous dire que nous allons loger chez vous ? questionne Frédéric.

— Je ne vois guère à cette heure d'hôtel pour vous recevoir, plaisante l'abbé. Mon lit est bon, vous en userez. Je trouverai le moyen de dormir ailleurs.

Frédéric s'étonne du départ précipité de Mme Fourquin-Trévise.

— C'est une femme pieuse, dit l'abbé, qui vous aime profondément. Elle vous a confié à ma garde. Vous êtes sous la protection du Seigneur. Ne craignez rien, personne ne vous trouvera chez moi.

— Éliane peut parler, dit Frédéric.

— Elle parlera d'autant moins que, dès l'aube, elle sera conduite par le Dr Bourdelle dans sa propriété de Seine-et-Marne, où le maquis prendra soin d'elle. Je suis sûre qu'elle deviendra une résistante très acceptable. Surtout quand elle apprendra que son détestable ami s'est fait arrêter par les Allemands.

— Comment pouvez-vous le savoir ?

— J'ai mes sources d'information personnelles. La Gestapo liquide tous ceux qui approchent de près ou de loin le couple Fourquin-Trévise. La pauvre Éliane ne se doute pas, en ce moment, qu'elle est aussi sur la liste. Elle nous devra son salut.

— Monsieur l'abbé, dit Aicha, je crois que vous êtes le bon Dieu en personne.

— Ne blasphémez pas, petite folle, dit l'abbé Desglières. Je puis vous assurer que si vous voulez connaître le bon Dieu lui-même, je me chargerai de vous le présenter.

Bob ne peut se débarrasser de ses encombrants clients avant 6 heures du matin. Encore doit-il, pour fermer, pousser quelques-uns d'entre eux de force sur le trottoir.

Il se précipite au domicile de Bourdelle où toutes les lumières sont éteintes. Bob remonte à bicyclette. Franchir le pont Saint-Michel gardé par les miliciens est impossible. De la préfecture de police sortent de noirs bataillons de gardiens de la paix qui prennent position, casque sur la tête, le long des quais. Il doit montrer vingt fois son *Ausweis* pour pouvoir continuer sa route, patinant sur les pavés des Champs-Élysées.

Il se demande comment Éliane a pu regagner le studio à une heure avancée de la nuit, quand le métro ne roule plus. Peut-être un des invités l'a-t-il accompagnée en voiture ; sinon, pourquoi la baie vitrée serait-elle éclairée ? À la hâte, il monte les étages, son vélo sur le dos.

— Éliane chérie ! Tu n'es pas couchée ?

Deux hommes en manteau de cuir noir l'attendent dans le living. Ils boivent tranquillement son whisky et estiment inutile de se lever à son arrivée.

— N'enlève pas ton manteau, dit l'un d'eux. Tu prendrais froid. Mais tu peux ranger ton vélo. Le taxi t'attend.

Un quart d'heure plus tard, il arrive rue Lauriston. On le boucle seul dans une cellule.

— Un peu de patience. Dans une heure au plus tard, tu auras de la visite.

On le conduit en effet dans un bureau où trône Lucien Laborde.

— J'ai fait vite, lui dit-il. Un ami commun voulait te voir.

On introduit Willy, méconnaissable : il a été torturé toute la nuit. Son visage n'est qu'une plaie.

— Je ne vous présente pas, dit Lucien.

Bob n'ose croiser le regard du supplicié. Il n'a pourtant aucune sympathie pour le colosse revêche, cynique, impitoyable qui l'a associé à cette douteuse affaire, qui n'était, au départ, qu'une tentative de chantage. Or Willy l'a entraîné sur un terrain politique. À voir le géant dans cet état, il sent la panique s'emparer de ses membres. Combien de temps tiendra-t-il, à ce régime ?

Au signal de Laborde, les deux hommes évacuent Willy, qui ne peut marcher seul. Bob croit comprendre qu'il donne l'ordre de l'achever. On n'attend rien de cette confrontation, seulement destinée à l'impressionner. Le corps torturé de Willy a fait son office : ils peuvent désormais le faire disparaître définitivement.

À l'évidence, Laborde nettoie le terrain, comme on nettoyait, en 1914, les tranchées de l'adversaire. Il ne laisse rien subsister.

— Tu te poses des questions, lui dit-il, tu as raison. Dans une heure, c'est toi qu'on peut emmener dans cet état. On va le jeter dans la chaux vive. La fosse a deux places. J'ai donné l'ordre qu'on ne la recouvre pas tout de suite, à ton intention.

Qu'attend-il de lui ? Bob ne sait rien. Éliane ne lui a donné aucune indication précise. Il vendrait sa mère pour survivre, mais il n'a aucune monnaie d'échange, pas la moindre information valable.

— C'est très laid de faire des cachotteries, dit Lucien Laborde. Tu aurais pu parler, quand je me suis donné la peine de te rendre visite. Pourquoi ne m'as-tu pas tout dit ? N'as-tu pas confiance en ton vieil ami Lucien ?

— Je n'avais rien à cacher.

Laborde s'approche de lui négligemment et le gifle soudain à toute volée.

— Pourquoi ne pas m'avoir parlé du coup de téléphone que tu as donné cette nuit ?

— Je vous l'ai dit. J'ai appelé Éliane.

— Je le sais. Nous n'avions malheureusement pas le dentiste sur table d'écoute et tu ne m'as pas tout dit.

— Je vous ai parlé de la vieille.

— Sois poli : tu veux dire Mme Fourquin-Trévise. Soit. Pour m'annoncer qu'elle avait pris la tête de la croisade pour sauver le juif. Mais cela, nous le savions. Elle s'en occupe depuis le début de la guerre.

Il lui marche sur les pieds violemment et lui cingle le visage d'un coup de cravache.

— Ce que tu n'as pas dit, c'est que Mme Fourquin-Trévise s'était rendue en personne à l'invitation du dentiste. Un de nos agents l'a vue sortir de l'appartement. Tu étais parfaitement au courant.

— Éliane n'a pu me parler, elle a raccroché presque aussitôt.

Laborde fait signe à ses assistants de se tenir prêts pour l'interrogatoire de Bob. S'il cache un élément essentiel, c'est qu'il est loin d'avoir tout dit. La visite de Mme Fourquin-Trévise, en pleine nuit, deux heures avant son départ pour la Suisse, est assurément le signe d'une connivence entre von Kliegenstein, précipitamment rappelé à Berlin, et les réseaux de renseignements de la Résistance. Le personnage du dentiste est depuis longtemps connu, et l'homme tenu à la longue corde. On épie le moindre de ses faits et gestes. S'il s'affiche avec Éliane, c'est pour surveiller Bob dont il surestime l'importance dans le camp allemand.

— Réfléchis, dit Laborde. Tu peux encore sauver ta peau, elle ne m'intéresse pas. Tu es un trafiquant minable, je suis sûr qu'après la guerre tu reprendras ton emploi de voyageur de commerce. Tu n'es pas fait pour le Milieu. De l'ambition, pas d'envergure. Pourquoi te tuer quand tu peux nous aider ? Si tu sors d'ici, ne cherche pas Éliane.

— Salaud ! Vous l'avez enlevée.

— Pas le moins du monde. Le dentiste s'en est chargé. Sais-tu qu'elle était sa maîtresse ?

Plus sûrement que la baignoire ne l'aurait fait, cette révélation achève Bob. Elle confirme ses soupçons.

Laborde abaisse le pouce en sortant de la pièce. Il déteste le spectacle de la torture et la vue du sang le révulse.

Dans la baignoire, Bob agonise. On le torture pour qu'il dise ce qu'il sait, puis pour s'assurer qu'il n'a rien de plus à dire. Sa place est creusée, aux côtés de Willy, dans la chaux vive.

Bourdelle brûle des documents dans la cheminée de marbre de son bureau. Ce n'est pas pour faire du feu. Il fouille le tiroir d'une commode, vérifie le chargement d'un pistolet Mauser et le passe dans sa ceinture. Contre toute apparence, il est le responsable d'une filière de renseignements. Ses informations, de première main, proviennent de von Kliegenstein. La vieille dame, qui rendait visite une fois par semaine à la Kommandantur, avait accepté de rapporter au dentiste les conversations échangées avec son frère. Ardente catholique, elle fait partie de ces cercles allemands de haut rang qui estiment que le devoir de ceux qui détiennent encore une parcelle d'autorité est de combattre le régime. Ainsi von Hassel, l'ancien ambassadeur de Hitler à Rome, le négociateur du pacte d'Acier, est-il passé avec armes et bagages dans la Résistance allemande.

Von Kliegenstein, ami de Speer, ne partage plus la confiance de l'ancien architecte dans les destinées du IIIe Reich. Il est vrai qu'il n'est pas tenu au courant des derniers développements des armes nouvelles, mais il partage la foi de sa sœur : l'invention d'armes apocalyptiques n'empêche pas le régime d'être condamnable. C'est un devoir de l'abattre. Très spontanément, il communique à Greta des documents qui ne sont pas de nature à compromettre les chances de la Wehrmacht sur le terrain, mais qui démontrent l'existence d'une Résistance allemande et des possibilités d'action politique. La Gestapo sait parfaitement, dès le mois de mai, que les cercles militaires sont devenus des foyers d'intrigues et de complots. D'où le rappel précipité de von Kliegenstein. Le dentiste mesure avec effroi l'importance des renseignements qu'il communique, grâce à Greta, à Londres.

Sa femme, en habit de voyage, entre dans son bureau.

— Pourquoi partir si vite ? lui dit-elle. C'est alimenter les soupçons.

— Quoi de plus naturel, un samedi, que de partir en week-end ?

— Le jour se lève à peine et les routes sont certainement surveillées. Le Maréchal est là. Le dispositif policier est exceptionnel. Nous aurons du mal, à pied, à rejoindre le garage de Notre-Dame.

— Nous prendrons le train, c'est plus prudent. À la gare de Lyon. Dès 6 heures, les rames de banlieue fonctionnent. On viendra nous attendre à Melun.

— Tu n'as même pas de nouvelles de l'évacuation de cette Éliane ?

— J'ai eu confirmation de son arrivée. Elle est en sécurité. Nous aurions pu passer tranquillement notre dimanche à Paris sans ce malencontreux appel téléphonique.

— Sommes-nous sur écoute ?

— Probablement pas encore, mais la Gestapo a dû prendre l'affaire en main pendant la nuit. Éliane n'est restée qu'une minute à l'appareil. Je l'ai observée avec attention, elle était troublée, gênée.

— Qui était-ce ?

— Son amant. Il s'appelle Bob. C'est un barman qui trafique de tout. Un homme sans importance mais qui peut avoir été pris en main. C'est pour cela qu'il faut partir très vite. Bob parlera au moindre interrogatoire. S'il n'est pas des leurs !

— Mme Fourquin-Trévise a-t-elle été inquiétée ?

— Une voiture allemande l'attendait en bas, dès qu'elle nous a quittés. Elle n'est pas rentrée chez elle. Je suppose qu'elle est dans le train avec son mari, en route pour Annemasse – la Résistance-fer fonctionne bien.

— La Gestapo peut-elle intervenir en Suisse ?

— Ils auront des protecteurs. Je ne m'inquiète pas pour eux.

Elle se hâte de remplir de linge un sac tyrolien. Il vérifie les *Ausweis* dans son portefeuille.

— Je reviens de l'église, dit-elle. Le curé a passé une mauvaise nuit. Il est mort d'inquiétude. Tout est-il prévu pour l'évacuation ? Nous avons pris cet engagement.

— Je l'ai promis à Greta von Kliegenstein et nous tiendrons parole. Mais cela ne peut se faire qu'après la visite de

Pétain, et séparément. Le couple est repéré, démasqué, traqué. Ils ont dû déménager à la sauvette plusieurs fois déjà. Aïcha ne passe pas inaperçue.

— Que comptes-tu faire ?

— Diviser la difficulté. La passer, elle, d'abord.

— Le curé m'affirme qu'il n'attendra pas vingt-quatre heures de plus. Il est à bout de nerfs et risque de commettre des imprudences.

— On pourrait commencer par Frédéric. Mais les ordres sont donnés. Il ne faut pas revenir sur le dispositif.

— Les tourtereaux sont-ils au courant ?

— Pas encore. On prévoit des difficultés avec Frédéric.

— Qui se chargera de le convaincre ?

— Le curé.

— En est-il capable ? Ces événements le dépassent un peu...

— Tout est prévu. Au besoin, nous enlèverons Frédéric.

— En plein Paris, le jour de la visite du Maréchal ?

— Nous avons un moyen infaillible, sois tranquille.

Sur le trottoir, le jour n'est pas encore levé.

— Je n'ai qu'une inquiétude, dit Mme Bourdelle. Quand j'ai vu l'abbé Desglières, il n'était pas seul. Il avait près de lui un jeune Arabe habillé en enfant de chœur. Il s'appelle Bacouche.

— Bacouche ? Quelle imprudence ! Il est fiché par toutes les polices.

Quelques instants après leur départ, une voiture noire surgit. Quatre hommes en bondissent, se lancent dans l'escalier. Ils défoncent la porte, entrent en trombe dans l'appartement.

— L'oiseau s'est envolé, dit Lucien Laborde. Mais il a le vol lourd.

DIMANCHE

Après la messe basse, l'abbé Desglières congédie Bacouche d'un geste affectueux.

— Tu as les yeux cernés, lui dit-il. Pourquoi ne partirais-tu pas à Montauban, chez mon excellent ami le chanoine Dubost ? C'est le cousin germain du chapelier. Il te trouvera du travail en ville. L'air devient malsain à Paris.

Bacouche se souvient du départ d'Éliane à Toulouse. La vendeuse du magasin de chapeaux avait été expédiée sans retard : on se méfiait d'elle. C'est son tour. Comment l'abbé peut-il savoir qu'il a été interrogé au commissariat ? Un monde souterrain s'entrouvre, et Bacouche réalise que ses moindres gestes sont épiés.

Si l'abbé Desglières, qui a toujours montré à son égard les sentiments les plus affectueux, lui suggère de partir, c'est qu'il est vraiment en danger.

— J'attends les congés scolaires, dit Bacouche. Si l'usine Renault participe encore aux colonies du métro, je partirai dans l'Ouest, comme l'an dernier.

— Je verrai ton père, dit l'abbé. Tu seras sans doute obligé de partir plus vite : en attendant, change de paroisse, passe la Seine : le curé de Saint-Eustache t'attend. Il te logera et t'introduira auprès des commerçants du Marais. Le métro marche mal et ils ont besoin de coursiers. Tu n y perdras rien. Il faut savoir changer de métier. Voici son adresse. Pars immédiatement.

Dans le regard pathétique du prêtre, le jeune homme lit la détresse et même le désarroi. « Il fait le vide autour de lui, se dit-il. Il doit être lui-même menacé. »

— Ne passe surtout pas par le magasin de chapeaux, ajoute Desglières. Je crois qu'il a fermé : le chapelier avait besoin de vacances.

— Est-il parti pour Toulouse ?

— Je ne le crois pas. Il y a dans cette maison beaucoup de départs anticipés. Que veux-tu, les gens ont besoin d'air !

— Et ses vendeuses ?

— Je ne puis t'en dire plus. Elles seront reparties dans leurs familles, sans doute. Pourquoi me poses-tu tant de questions ? Pense à ton avenir, mon cher fils, et change de quartier. Ne repasse pas dans ton logement. J'expliquerai tout à ton père. Lui aussi doit déménager.

Le curé de Saint-Eustache reçoit immédiatement le jeune Kabyle, porteur d'une lettre de l'abbé Desglières.

— Le plumassier Vignon vous attend, dit-il, au 34 de la rue d'Aboukir. Il vous logera. En échange, vous ferez ses courses. Vous ne serez pas dans ma paroisse. Allez à la messe de Bonne-Nouvelle. Le curé sera enchanté de vous recruter. Il manque d'enfants de chœur.

Le bon Desglières a placé Bacouche en chrétien exemplaire, capable de rendre tous les services. Bacouche ne s'en étonne pas. Ce cher homme lui a donné tant de preuves de tendresse qu'un pieux mensonge n'est pas fait pour le surprendre. Il prend aussitôt son service chez Vignon, qui le loge au fond de l'atelier, dans une pièce minuscule dont la fenêtre est condamnée. L'odeur des vernis et des apprêts est insupportable. La rue d'Aboukir, comme les rues proches du Caire, de Cléry ou d'Alexandrie, est entièrement investie par les artisans de la mode, qui fabriquent des plissés pour les jupes, des bijoux de pacotille, des plumes ou des rubans, et même des formes en bois pour les chapeaux. Bacouche n'ignore rien de cet univers : il connaît presque tous les fournisseurs du chapelier qui se servait souvent de lui. Ce métier de commissionnaire ne le gêne pas, surtout si on lui fournit, comme Vignon, une bicyclette.

— J'ai une livraison pour Dubost, le chapelier. Il paraît qu'il a fermé. As-tu de ses nouvelles ?

Bacouche reste muet. Il comprend que le Quartier latin, dans le périmètre Saint-Séverin, Saint-Michel, place Maubert, est une région minée que tous les suspects abandonnent. Il cherche désespérément à savoir où s'est cachée Aïcha mais n'ose questionner personne. Prononcer son nom, c'est la mettre en difficulté. Elle a disparu et les liens sont coupés, depuis la fermeture du magasin de chapeaux. À la réflexion, Bacouche se demande si l'abbé Desglières n'est pas compromis dans la cavale de la Marocaine. S'il prend tant de soin à lui faire franchir la Seine, est-ce pour la protéger ? A-t-il pris en charge le couple de fugitifs ?

Il n'a pas de course à faire, ce dimanche matin. Vignon travaille à l'atelier avec sa femme, sans désemparer, pour une grosse commande des Trois Quartiers. Ne pouvant se résoudre à rester sans nouvelles d'Aïcha, Bacouche décide de revenir, à bicyclette, de l'autre côté de la Seine. Il passe le fleuve au pont d'Austerlitz, pour éviter la région de la préfecture. Par Saint-Germain, il débouche sur la place Maubert. À la maison Cousteau, le projectionniste ne peut être dérangé, dit la Bretonne, il est rentré tard et dort. On lui fait comprendre qu'il ne doit pas s'attarder. Il s'apprête à sortir quand l'Ukrainien le prend par la manche, l'entraînant dans son antre, où l'Espagnol pathétique est assis sur le lit de fer. À 8 heures du matin, il est habillé de pied en cap, rasé de frais. Ses yeux lancent des éclairs. Bacouche croit qu'on va lui faire un mauvais parti.

— Pourquoi es-tu revenu ? dit l'Espagnol. Tu nous mets tous en danger.

— Je n'ai pas la peste, dit Bacouche, et personne ne m'a suivi.

L'Ukrainien saisit les bras du jeune homme, les tord par-derrière pendant que l'Espagnol sort de sa botte un long poignard et lui met la pointe sur la gorge.

— Je ne veux plus te revoir ici. Je ne sais pourquoi je ne t'arrache pas la langue. On traite ainsi chez nous ceux qui parlent trop.

— Que me reprochez-vous ? dit Bacouche. Je n'ai parlé à personne, sauf à l'abbé Desglières.

L'Ukrainien plaque ses énormes mains autour du cou de son prisonnier en proférant des paroles incompréhensibles. Mais l'Espagnol lui dit, en russe, de relâcher le jeune homme.

— Personne ici ne peut t'intéresser, passe ton chemin ! Nous savons parfaitement que tu es fiché. Tu as la peste noire. N'approche plus, tiens-toi à distance.

— Dis-moi au moins ce que sont devenus les fugitifs, supplie Bacouche.

— Tu n'as pas à le savoir. Ils ne sont plus dans la maison et ils n'y viendront plus jamais, *hombre !* Et toi non plus !

— Cherchez l'Arabe, dit Laborde. Il vous donnera le fil rouge.

Ses services ont réussi en un temps record une contre-enquête serrée. Ils ont retrouvé l'indicateur de Willy à Ménilmontant, la Corrézienne et même Guido, l'ouvrier italien, qui n'a pas desserré les dents. Ils n'ont pas attaqué de front l'abbé Desglières, dont la présence à la sauterie du dentiste leur a pourtant été signalée, préférant attendre un flagrant délit. Les oiseaux sortiront du nid tout seuls. Même si l'on connaît ses relations à l'archevêché avec le cardinal Suhard qui reçoit aujourd'hui Pétain, pourquoi l'abbé serait-il innocenté ? On peut lui monter, comme pour les protestataires du clergé allemand, un beau procès d'homosexualité, en présentant Bacouche comme son amant. L'enfer de Dachau est peuplé de militaires de haut grade et de curés contestataires accusés de semblables crimes et portant le losange rose. On peut même faire croire qu'il a été dénoncé par Bacouche. Cela évitera d'arrêter un Arabe, ce qui déplaît toujours à Himmler. Les juifs au service de la Résistance l'auront liquidé… On fera courir ce bruit dans les cafés maures de la capitale.

Des équipes spéciales de balayeurs ont dégagé le parvis de Notre-Dame, entièrement entouré de cordons de police. Des drapeaux français ont été hissés sur les tours, comme si les Allemands admettaient cette licence, en l'honneur du Maréchal. En revanche, tous les lieux publics qu'ils occupent dans Paris arborent l'oriflamme nazie. Tout est prêt pour recevoir le noble vieillard et le préfet de police passe sa redingote, pendant que le haut clergé se rassemble dans le presbytère de Notre-Dame. Le curé de Saint-Séverin est naturellement absent. Il ne peut abandonner ses ouailles. Les hommes de la Gestapo veillent au premier office, ils notent la présence du jeune Arabe, mais le perdent bientôt de vue dans le métro. Attendu à la station Réaumur-Sébastopol, Bacouche sort au Châtelet pour décourager tout suiveur, grâce aux longs couloirs de la correspondance. Ils ne savent pas qu'il est prêt à servir la grand-messe de Bonne-Nouvelle, en robe rouge et camail. Peuvent-ils fouiller toutes les sacristies ?

L'abbé Desglières se prépare à officier, la mort dans l'âme. On lui a promis d'assurer l'évacuation de ses protégés de toute urgence, sans lui dire comment, ni exactement à quelle heure de la journée... Dissimulés dans l'armoire aux ornements de la sacristie, ils ne peuvent attendre éternellement dans le meuble immense où pendent chasubles et soutanes.

— Ne fermez pas la porte, a dit l'abbé. Cela serait suspect. Votre libération interviendra très vite. Sans doute après l'office. Je viendrai vous chercher aussitôt. Ne tentez rien avant. Les abords de l'église sont surveillés.

En fait, les agents de Laborde ont déserté l'intérieur, après avoir constaté l'absence de Bacouche. La baraque où il loge avec son père a déjà été remuée de fond en comble, sans qu'ils y découvrent le moindre indice. Ils n'ont pas osé pénétrer dans la maison de Desglières mais la surveillent de près, persuadés que les fugitifs peuvent s'y cacher.

La foule des grands jours pénètre dans l'église. Parmi tous ces notables, combien de protestataires, refusant de se rendre à la grand-messe de Notre-Dame, où le cardinal Suhard officie en personne... Ni le bâtonnier Saillard ni le pharmacien, ni même le Dr Michaud ne manquent à l'appel. Ils tiennent à affirmer leur présence à leur banc, à leur rang. On constate seulement l'absence forcée du chapelier et de son épouse, et celle de Mme Fourquin-Trévise, d'habitude au premier rang dans le chœur. La « veuve » de la rue Gît-le-Cœur, celle dont le mari est absent depuis quatre ans, s'affiche avec ses deux fils, le regard perdu dans ses prières. Chacun remarque que l'abbé Desglières attaque le *Kyrie* d'une voix blanche. « Il a pris la grippe espagnole », chuchote bêtement à son mari la boulangère, qui se trompe de guerre. Elle en veut au prêtre de ne pas avoir gardé pour le service de l'office l'enfant de chœur Bacouche qu'elle aime voir évoluer, portant le lourd missel, la taille bien prise dans sa soutane trop courte. On la prive d'un spectacle.

— Tais-toi, répond le boulanger jaloux, les murs ont des oreilles.

— Goubert a changé de place, dit-elle. Il s'est mis près du pilier de la chaire.

— À cause des courants d'air ! Les pharmaciens sont les plus fragiles. Je n'ai jamais vu Goubert sans un mouchoir à la main. Il a toujours les yeux qui pleurent.

Toussant et éternuant, le pharmacien se dirige vers la sortie et revient à la sacristie par la porte de derrière. Il regagne précipitamment sa place. Une ombre a bougé derrière les piliers du cloître.

Desglières, le visage blanc, lit l'Évangile en haut des gradins du chœur, puis gagne la chaire pour son prêche. Il attend manifestement un signe du pharmacien qu'il regarde droit dans les yeux. Goubert mesure l'absolue détresse de l'abbé quand il hoche négativement la tête. Rien encore. Même le bâtonnier Saillard, fort indifférent au culte, note que les propos de Desglières sont incohérents. Pourquoi évoquer aujourd'hui les Arméniens massacrés près du mont Ararat par les légionnaires romains aux ordres d'un empereur intolérant ? Cela n'a strictement aucun rapport avec l'Évangile. On croirait que l'abbé veut avertir ses fidèles des dangers qui menacent la paroisse, d'une sorte de massacre des innocents qui se prépare.

— Le Christ, dit-il, n'est plus seul à porter sa croix. La relève des martyrs est assurée. De l'Orient jusqu'en Occident se dressent les croix de bois portées, de loin en loin, à la lumière des flambeaux, sur les épaules lacérées des chrétiens. Soyons toujours prêts, mes frères, hier comme aujourd'hui, à porter notre croix.

Le prêche se prolonge, haché de longs silences. Desglières, qui multiplie les pauses respiratoires, veut en fait rester face au public le plus longtemps possible, afin de surveiller les entrées dans l'église. Il parle d'habitude dix minutes. Il a déjà doublé son temps, au point que Mme Billot piétine sur ses semelles de bois.

— Au diable le bavard, il va nous faire manquer la sortie et les brioches seront froides.

Quand l'abbé remonte vers l'autel, il aperçoit à la tribune, derrière le grand orgue, une silhouette familière. C'est Bacouche qui lui fait un signe de la main. Il interprète comme il convient ce signal de détresse. Si le gosse est entré dans l'église, au péril de sa vie et au mépris des recommandations qu'il lui a prodiguées, c'est que le danger est extrême.

Pendant qu'à Saint-Séverin l'abbé Desglières commence à célébrer la communion, des mouvements de foule se dessinent aux portes de Notre-Dame. Le parvis est noir de monde qui se presse aux portes pour voir le Maréchal. Déjà, place de l'Hôtel-de-Ville, les agents ont dû dégager la foule qui hurlait « Vive Pétain ! » à pleines poitrines. « C'est la première visite que je vous fais aujourd'hui, a-t-il scandé dans un micro, à la fenêtre du premier étage. J'espère revenir plus tard. Et alors, je n'aurai pas besoin de prévenir mes gardiens. Je serai sans eux et nous serons tous à l'aise, à bientôt, j'espère. »

— Ils chantent la *Marseillaise*, dit Laborde. Il ne manque plus que cela. Son mentor, von Renthe-Fink, est furieux. Le préfet de police s'est laissé déborder par ce gâteux. Les types de Darnand font sauter le cran de sécurité de leurs mitraillettes. Gare au grabuge !

Tous les cars de police ont ordre de prendre position à l'entrée de la cathédrale. Ils se fraient un chemin en klaxonnant furieusement. Les sbires de Saint-Séverin ont dû quitter leur planque.

— Que le diable emporte le vieux drôle, fulmine Laborde. Il va me faire manquer mon bouclage. Pourvu que mes hommes n'aient pas quitté Saint-Séverin !

Laissant à ses seconds le soin de contribuer à l'opération de police, il traverse seul la Seine pour s'y rendre. Le loup ne lâche pas sa proie.

L'abbé Desglières donne la communion. Une file de fidèles a gagné le chœur et s'agenouille aux pieds du prêtre. Au premier rang, le pharmacien.

— C'est fait ! dit-il dans un souffle. Elle est partie.

L'abbé respire. Il reste encore Frédéric. A-t-il accepté de se séparer d'Aïcha ? Deux envoyés du dentiste, habillés en infirmiers, ont fait respirer à la Marocaine un tampon d'éther. Elle s'est immédiatement endormie. Ils l'ont évacuée sur une civière, dans une ambulance garée à la porte du cloître.

— Votre tour viendra, vous la rejoindrez avant le coucher du jour, s'est entendu expliquer Frédéric.

Sans voiture, sans escorte, Lucien Laborde débouche devant le porche de Saint-Séverin au moment où l'ambulance s'éloigne à toute vitesse du côté du boulevard Saint-Germain. Il se précipite à sa poursuite. Quand il arrive sur le boulevard, l'automobile, déjà loin, passe la gare d'Austerlitz. Ivre de rage, il brise la vitre des appels d'urgence de la police sur une borne de trottoir. Personne ne lui répond. Tous les postes sont occupés au service d'ordre. Persuadé qu'on a évacué d'un coup les deux fugitifs, il arrête un panier à salade qui se rend sur le parvis de Notre-Dame, monte en marche pour rejoindre ses argousins.

— Attendez les ordres avant d'arrêter le prêtre, dit-il à ses seconds. C'est un gros poisson.

L'abbé Desglières en est au *Credo* que la foule reprend en latin, dans un chœur impressionnant. Un acte de foi et d'unité. Du début à la fin de la messe, les fidèles n'ont cessé d'affluer, comme s'ils voulaient donner la preuve que tous les chrétiens ne sont pas ce jour-là à Notre-Dame. La « veuve » de la rue Gît-le-Cœur, qui n'avait pas desserré les dents à l'*Agnus Dei*, chante à tue-tête. *« Et libera nos a malo. »*

Le prêtre se sent soutenu, compris peut-être, par son chaleureux auditoire. Le danger rassemble les fidèles en une communauté soudain sécurisante : qui osera profaner une église où les gens s'écrasent contre les piliers pour entendre le saint sacrifice ? S'il osait, il recommanderait à l'auditoire de rester en place, de ne pas bouger, pour laisser aux sauveteurs le temps d'enlever Frédéric.

Le pharmacien a disparu. Le moment est venu de prononcer, face au couchant, l'*Ite missa est.* Pris d'une inspiration subite, Desglières se surprend à entonner le chant des morts, le *Dies irae*, persuadé que le public comprendra qu'il rend ainsi hommage aux victimes des bombardements. Le bâtonnier Saillard interroge des yeux sa femme. Mme Billot, furieuse, guette la sortie.

— Nous sommes bloqués, dit-elle dans l'oreille de son mari. Le curé a juré de nous retenir jusqu'à midi.

— Tais-toi, lui dit-il. À Notre-Dame c'est pire. Ici, nous avons échappé aux discours.

Toute la nef retentit de l'interminable *Dies irae*, dont Desglières n'oublie aucune strophe. Il réalise que l'opération sauvetage n'est pas terminée au moment où le pharmacien ressort de la sacristie. Au lieu de rejoindre sa place, Goubert se tient à droite du maître-autel, comme pour l'aborder plus vite dès que l'office sera terminé.

— Faufile-toi vers la sortie de derrière, dit à son mari Mme Billot, cette fois, c'est la fin.

Le prêtre s'agenouille pour se recueillir au pied de l'autel. Quand il se retourne pour bénir l'assistance et la renvoyer dans ses foyers, il a un choc : Bacouche a disparu dans la tribune de l'orgue. Il se précipite à la suite du pharmacien vers la sacristie. Porteurs de la croix et des encensoirs, les quatre enfants de chœur lui ouvrent prestement le chemin. D'un pas rapide, il pénètre dans la sacristie, prenant soin de refermer la porte derrière Goubert.

— Vous pouvez fouiller l'armoire, lui dit Goubert. Elle est vide. Personne n'a vu Frédéric.

Frédéric quitte sa cachette dès le départ d'Aïcha. Comme on ne lui a précisé ni l'heure ni la forme de son propre enlèvement, il perd patience et redoute le pire. Il se souvient de la présence de Goubert à la projection privée chez Bourdelle, et de son conciliabule toute la soirée avec Éliane, le mauvais génie du magasin de chapeaux. Peut-on se fier à ce pharmacien, mollusque aux yeux vitreux et à la main molle ? Il songe soudain à Mme von Hassel, l'épouse du diplomate allemand martyrisé, qui racontait à sa mère sa première rencontre avec Adolf Hitler. « Il vous regardait dans les yeux, disait-elle, en vous tendant une main molle… » Les infirmiers étaient-ils alliés ou ennemis ? Ils portaient des bottes sous leurs blouses, des bottes allemandes. « Les maquisards, se dit-il, sont ainsi vêtus. Ils prennent les dépouilles de leurs ennemis. Ils ont aussi des mitraillettes allemandes. »

Cela ne suffit pas à rassurer Frédéric qui regrette d'avoir laissé partir Aïcha seule. Elle n'aurait pas accepté qu'on l'enlevât sans lui. Il tente de reconstituer le stratagème dirigé contre eux. Pour les empêcher de résister, on a saisi la jeune femme la première : elle est évidemment la plus dangereuse.

Le pharmacien l'a rassuré de son mieux :

— N'ayez aucune inquiétude. Nous savons de source sûre que la Gestapo a arrêté ceux qui voulaient s'emparer de vous. Les gangsters sont sous les verrous.

— Vous parlez de Bob, le barman ?

— Lui et son complice.

Cette révélation ajoute au désarroi de Frédéric. À l'évidence, la Gestapo ou la Milice ont pris directement en charge leur affaire, éliminant les intermédiaires. Les voilà désormais poursuivis par les tueurs de l'ordre noir. Comment espérer leur échapper ? Il a été trop confiant. À le rassurer aussi maladroitement, le pharmacien joue le double jeu et veut à tout prix l'empêcher de sortir… Jamais Frédéric ne regrette autant d'avoir refusé le pistolet de l'Ukrainien. Peut-être n'est-il pas trop tard pour le récupérer et même pour inciter le sauvage à monter avec ses amis une opération de sauvetage d'Aïcha, si elle est prisonnière de la Milice. On affirme que les résistants ont toutes les audaces, en plein Paris.

Prêt à tout pour voler à son secours si Aïcha est tombée par sa faute entre les mains des nazis, Frédéric se découvre héroïque. D'abord sortir d'ici. Ne pas attendre le deuxième convoi de secouristes. Endormi à son tour, il sera incapable de contrôler l'opération. Ils l'emmèneront où ils voudront. Renouvelleront-ils le coup de l'ambulance ? À la réflexion, c'est impossible, car suspect. Le signalement de la voiture a dû être transmis par toutes les polices. Même si les sauveteurs sont du bon côté, Aïcha risque d'être prise après une poursuite infernale. L'église doit être cernée. Ils attendent la fin de l'office pour agir. « Pourquoi veux-tu toujours assumer seul ton destin ? » lui disait Mme Fourquin-Trévise. Plus que jamais, il imagine les solutions les plus fantasques pour se tirer du piège, de plus en plus persuadé qu'il est tombé dans un guet-apens dont le malheureux curé est involontairement complice. Plus la cérémonie se prolonge, plus l'angoisse lui inspire les conduites les plus désespérées, et Aïcha n'est plus là pour lui faire entendre raison.

Fébrilement, il fouille l'armoire aux vêtements sacerdotaux. Les ornements de toutes les fêtes, dorés, noir et blanc, rouge et vert, s'empilent sur l'immense table vernie de la sacristie où il les jette sans ménagement. Il trouve plusieurs soutanes noires dont aucune n'est à sa taille. Enfouissant sa veste dans le fond du placard, il revêt une immense robe à rabat, modèle périmé de l'avant-guerre que le curé conserve sans doute en souvenir d'un collègue disparu. Il renonce au chapeau à bords, trop voyant, et lui préfère une simple calotte. Dans cet équipage, il entrouvre la porte de l'église au moment où la foule, dans un ensemble vibrant, chante le *Pater noster*. Il s'approche de la fenêtre qui donne sur le cloître.

Y aurait-il une sortie par la rue ? Frédéric se souvient que Bacouche utilisait une porte basse pour rentrer chez lui. Mais le jeune Arabe n'est plus là pour le guider. Que ne donnerait-il pour l'avoir de nouveau comme pilote ! Il songe avec émotion à leur traversée nocturne dans Paris, de la place Saint-Michel jusqu'à Ménilmontant. Bacouche n'aimait pas le pharmacien, qu'il jugeait sournois et brutal sous des abords paternes. S'il était là, il l'aurait approuvé de vouloir sortir pour sauver Aïcha.

Bourdelle a-t-il dit la vérité ? Bob et les gangsters ont-ils été réellement arrêtés ? L'esprit tourmenté de Frédéric imagine des montages pervers : ils ont évacué Aïcha pour le pousser à prendre des risques. Ils la tiennent en leur pouvoir pour l'obliger à se livrer. Le pharmacien reviendra sans doute pour conduire la transaction. On lui mettra le marché en main : la fille contre sa liberté. Cette hypothèse lui semble la plus supportable. En ce cas, il peut sans risque sauver Aïcha. Il se sacrifiera pour elle. Pourquoi croire cet homme sur parole ? Le curé ne peut tremper dans une machination de ce genre. Absurde !

Il se regarde dans une glace, la calotte sur la tête. « J'ai les cheveux trop longs. On le remarquera, si je passe par l'église. Autant essayer par le cloître. »

Il veut sortir quand lui parvient un bruit de voiture. Deux hommes entrent, reconnaissent les lieux. Coiffés du béret bleu sombre de la Milice, ils portent à la ceinture deux courtes matraques. Aussitôt Frédéric reflue dans l'église, se forçant un chemin à coups de coude à travers la foule des fidèles.

« Je ne me suis pas trompé, se dit-il. Aïcha est entre leurs mains. » Il se glisse vers la sortie en suivant le bas-côté. Personne ne le remarque. Les fidèles sont agenouillés dans le chœur pour l'*Ite missa est.* Obsédé par l'absence de Bacouche, le curé n'a pas aperçu non plus Frédéric. Jetant un coup d'œil vers le cloître, il repère la traction avant noire, garée le capot orienté vers Saint-Germain. Il s'éloigne rapidement dans l'autre sens, vers Saint-Michel.

Sa soutane, trop longue, le fait trébucher dans les amas de neige que les concierges ont accumulés en bordure des trottoirs. Il glisse sur le pavé gelé, escorté par la foule, vers le parvis de Notre-Dame où l'on attend la sortie du Maréchal. Qui peut le reconnaître parmi ces milliers de personnes qui acclament Pétain et chantent la *Marseillaise* ?

Il aperçoit de loin la silhouette du vieil homme dans son habit militaire, qui pour saluer la foule porte la main à son képi. « Que peut-on espérer, se dit-il, d'un peuple qui applaudit le symbole de sa servitude ? » Un jour, sa mère lui a raconté en soupirant comment elle avait été témoin de la parade de Potsdam, quand Hitler avait rendu hommage aux cendres du grand Frédéric dans la Garnisonkirche. La foule applaudissait de même le glorieux uniforme du maréchal de la Grande Guerre, Hindenburg. Pourtant il se faisait le complice d'une bande de criminels, coiffés ce jour-là de chapeaux haut de forme probablement empruntés à un magasin de théâtre.

Frédéric échappe à la foule qui se presse vers le portail pour voir et toucher le Maréchal. Il franchit la Seine sans être inquiété, sur le pont Marie. On le prend pour un ecclésiastique de la suite du cardinal. Qui toucherait au clergé, qui soupçonnerait un séminariste en soutane, en ce jour de fête ?

Il frappe longtemps à la porte de Cousteau. Le portier ne vient pas ouvrir, c'est la Bretonne qui descend le demi-étage, entrouvre la lourde porte en laissant en place la chaîne de sécurité. Frédéric doit insister pour qu'elle le laisse entrer.

— Je veux voir Constantin, dit-il.

— Il n'est plus là. Il a repris du service dans l'armée allemande. Un camarade est venu le raisonner. Il a touché une belle prime et reçu une promotion. Il est dans les SS. Il paraît qu'il va partir pour la Bretagne.

« Même Cousteau démonte son cirque, se dit Frédéric. Sa femme dit-elle la vérité ? Pas sûr. Elle répète ce qu'il lui a seriné, au cas où elle serait interrogée. Tous les suspects doivent disparaître de la rue de la Bûcherie. » Pour confirmation, Frédéric s'enquiert de Cousteau lui-même, qu'il a quitté durant la nuit, à la sortie de la projection, place Saint-Michel.

— Il est parti pour la gare de l'Est ce matin de bonne heure.

— Pour le travail obligatoire ?

Elle crie comme les oies cacardent, en se rengorgeant et en prenant le ciel à témoin.

— Il est l'invité du baron von Lohre en Bavière, précise la Bretonne. Il a voulu revoir son fils, qui est en vacances au château.

La Milice peut venir, Cousteau a verrouillé ses arrières. Frédéric contourne la maison, s'attarde dans la cour pavée, se glisse le long du mur caché par des bosquets, sous les fenêtres du premier étage. Il distingue une silhouette derrière les rideaux fermés de la chambre haute. Celle de Cousteau, bien sûr.

Protégé provisoirement par sa soutane, Frédéric décide de mesurer les limites de la lâcheté, comme pour se convaincre qu'il n'y a plus rien à tenter. Il traverse à nouveau le pont Marie, se faufile dans la foule qui ne se résigne pas à quitter le parvis bien que le Maréchal soit remonté en voiture depuis longtemps. Là, quatre miliciens poursuivent un jeune homme dans l'indifférence générale. Personne ne réagit lorsqu'on passe les menottes au garçon terrorisé dont les vêtements sont déchirés et qui protège sa tête des coups de matraque. Le malheureux tombe à terre. L'un des miliciens le roue encore de coups de botte. Un autre le relève en le tirant par les cheveux et le jette dans une voiture.

— Livre le colis rue Lauriston, ordonne un chef au visage haineux. Ne perds pas de temps. Il est attendu.

Les gens guettent toujours la façade de Notre-dame, comme si le Maréchal devait revenir. Nul n'a remarqué la scène de l'enlèvement. « Ils les torturent à peine arrivés, se dit Frédéric. Des spécialistes, qui ne perdent pas de temps. Dans quelques heures, cet homme va mourir dans d'atroces souffrances. Qui protesterait ? Surtout pas la ganache que les gens applaudissent. On a écrit dans les journaux qu'il avait fait des reproches à Déat et à Darnand, qu'il serait pour le bon usage de la Milice, et là, presque sous ses yeux, on enlève un fugitif pour le torturer à mort. Sans doute Aïcha est-elle déjà enterrée. »

Cette pensée lui est si intolérable qu'il reste planté au bord du trottoir, devant les voitures de police qui entrent et sortent de la préfecture. À croire qu'il cherche à se faire arrêter. Peut-on imaginer un endroit plus exposé dans Paris ?

Il essuie ses lunettes teintées, passe la main dans ses cheveux, remet en place sa calotte noire et franchit le pont Saint-Michel, un bréviaire à la main. Pourquoi se cacherait-il désormais, puisqu'il n'a plus aucun but, aucun instinct de protection. Le fameux « sixième sens » dont parlait toujours Aïcha n'a plus de raison d'être. Au diable la prudence. On donne au condamné à mort le droit de fumer une cigarette. Il s'offre sa dernière gâterie, une promenade dans ce quartier qu'il a tant aimé.

La boutique du chapelier est fermée. Il a pris soin d'enduire les vitrines de blanc d'Espagne, pour signaler à ses clientes de ne pas s'attendre à une réouverture rapide. Frédéric détaille les étranges moulures de ce grand immeuble en béton armé, aux clochetons raphaélites. En face, le café Girard est ouvert. Pourquoi ne pas entrer ? Tout est permis au condamné.

Le patron blêmit devant ce fantôme qu'il reconnaît immédiatement malgré son déguisement de curé. Le bar est plein. La Billot et la Sabouret se font des grâces. Le cordonnier invalide de guerre a les larmes aux yeux.

— Tout de même, dit-il, c'est la première fois depuis longtemps que l'on voit un uniforme français dans Paris.

— Et que l'on chante la *Marseillaise*, s'exclame la Sabouret, patriote. Pétain aurait dû venir plus tôt.

— Je voudrais un verre de rhum, dit Frédéric, pris de nausée.

Au léger accent allemand, le cordonnier tressaute, se retourne, dévisage l'étranger dans sa soutane de curé, identifie enfin le visage de l'intrus.

— Nous n'irons plus au bois, les lauriers sont coupés, chante Sandrine en s'accoudant sur le zinc.

— Prendrez-vous un verre, madame ? dit Frédéric, princier.

— Sans doute, m'sieur l'abbé, sans doute. Un dernier pour la route !

Les conversations cessent d'un coup. Chacun redoute, sans oser le dire, que la Milice n'intervienne. « En ce cas, se dit le cordonnier, ils embarquent tout le monde. » Le plus inquiet est Girard, qui louche vers son téléphone. Frédéric sort d'un pas égal, les yeux fixés sur la bouche de métro. Il jette un coup d'œil au titre de *Paris-Soir* que propose le marchand de journaux. Derrière lui, autour du zinc, les conversations reprennent. Le fantôme a disparu. Le rêve patriotique peut continuer.

— C'est égal, dit la Sabouret, Paris lui a fait une belle fête au Maréchal. Il avait les larmes aux yeux.

Une voiture de la Milice stoppe devant la maison Fourquin. Quatre hommes vêtus de bleu nuit franchissent la porte d'entrée. Frédéric les a parfaitement aperçus. Au lieu de descendre l'escalier du métro, il poursuit sa route d'une allure apparemment tranquille. Il veut revoir la rue Gît-le-Cœur.

Le dimanche, l'endroit est désert. Le marchand de couleurs a fermé son rideau, la crémière doit prier à Notre-Dame. Les volets du café Aux Trois Marches, clos, laissent cependant filtrer un rai de lumière. Frédéric n'est pas tenté d'entrer, il préfère risquer un œil par la porte grande ouverte de l'Oasis. Armés de balais, deux garçons poussent sur le trottoir les reliefs de la nuit : cotillons et bouteilles d'anisette vides. Au plafond, la boule de verre qui domine la piste de danse tourne encore, diffusant sur les murs décorés de faux palmiers des rayons pâles et fatigués. Frédéric longe l'hôtel, s'engage dans le passage de l'Hirondelle. On raconte que la distance de la ruelle convient parfaitement pour les duels au pistolet des officiers allemands. Ils en usent quelquefois, condamnant le quartier, le lendemain, à un couvre-feu rigoureux. Frédéric pense au pistolet de l'Ukrainien. Il pourrait mourir là, en haut de l'escalier.

Il lui répugne de se jeter dans la Seine. C'est un fleuve sale, que les Allemands ont détourné de son lit. Personne ne sait pourquoi. Elle a coulé, pendant un bon mois, d'un seul côté de l'île Saint-Louis et de l'île de la Cité. Recherchaient-ils des caches d'armes ? Colmatait-on des fuites dans le couloir subséquanien du métro ? On a dragué dans le lit du fleuve plusieurs siècles de débris immondes au fond d'une vase puante. Comment mourir sur un lit de fumier ? Frédéric s'arrête un moment place Saint-Michel, devant la fontaine, sans un regard pour l'athlète musclé qui terrasse le monstre. Le bien n'existe pas. Dieu ne peut offrir la justice puisqu'il tolère l'ignoble et l'horrible. S'il existait, pourrait-il admettre le mal? « Cela renvoie à la question de Platon, se dit-il en passant devant le poste de police, où les hirondelles saluent la soutane en portant la main à leur casquette. Le non-être peut-il être de quelque façon? Et Dieu, qui est l'être, peut-il porter en son sein le mal, ou la vérité le mensonge? »

Collignon, le naturaliste, ôte le bec-de-cane de son magasin. Il part en Sologne mais n'a pas voulu manquer la visite du Maréchal. Frédéric s'attarde devant sa vitrine, attiré par les yeux extraordinaires d'une chouette empaillée. « Celle-ci ne chantera plus la nuit, se dit-il. Minerve est sourde et muette. Les Grecs vivaient la mort des dieux et non l'inverse. Les Apollons et les Héphaïstos seraient restés muets sans Homère. Si la mort n'a pas de sens, c'est que la vie elle-même n'en a pas. Que je sois vivant ou mort est indifférent. La mort n'est pas un passage, c'est seulement la fin de la vie, le début de l'oubli. »

Un brigadier soupçonneux observe ce curé à la soutane trop longue, en arrêt prolongé devant la chouette du magasin Collignon. « Il est temps de disparaître, se dit Frédéric. Si ceux-là m'arrêtaient, ils donneraient à ma mort un sens ignoble. Il m'appartient d'en disposer. Si je ne suis rien, j'ai ma vie en main. Je ne suis donc pas rien, à condition de disposer de moi-même. Les pendeurs en seront pour leurs frais.

De Chine sont venus les pihis longs et souples,
Qui n'ont qu'une seule aile et qui volent par couples...

Apollinaire lui revient en mémoire et lui parle d'Aïcha. Il juge indécent de lui survivre, absurde de la suivre de l'autre côté du miroir, puisqu'elle ne pourra jamais plus lui tendre la main. Tout comme il regrette le revolver de l'Ukrainien, il se surprend à envier la foi de ses ancêtres. Lui aurait-elle été de quelque secours? Rien ne pouvait lui servir à retrouver Aïcha. Il l'aimait à en mourir. Le moment était venu.

Le quai de la station Saint-Michel est plein. On fait la queue dans le couloir d'accès. Le poinçonneur a beau mettre les bouchées doubles, les rames ne peuvent se succéder plus vite et la queue s'allonge jusque dans la salle où l'on distribue les billets. Frédéric s'aperçoit qu'il ne sait plus prendre le métro. Pour le fugitif, il est lieu interdit, champ de manœuvre des traqueurs de réfractaires, des rafleurs de la police. On n'entre jamais dans le métro : une souricière.

Ce dimanche, tout est permis. Avec patience, Frédéric s'engage dans la file d'attente, demande un ticket de première. On ne lui propose pas d'aller et retour, ce n'est pas l'usage dans le métro. Le poinçonneur ne lève pas les yeux sur lui, il ne regarde jamais personne. Le voyage est anonyme, sans direction fixe. Frédéric pense à ces vitrines éclairées où l'on peut choisir sa station en appuyant sur un bouton. Un dispositif mystérieux permet de lire sur un écran les changements nécessaires. Il regrette de n'avoir pas joué, une dernière fois, à cet exercice enfantin. Une station choisie au hasard aurait donné un titre absurde à ce voyage pour l'éternel.

Il remonte le quai encombré de familles bruyantes. Les enfants brandissent encore les drapeaux tricolores en papier qu'ils agitaient tout à l'heure. Dans la cabine, un homme vêtu d'un imperméable mastic le dévisage. Frédéric ne détourne pas la tête, passe sans lui faire l'aumône d'un regard. Le temps de la cavale est fini. La rame entre en station. Trop tard, il a manqué celle-là. Les wagons vert sombre freinent tout le long du rail dans un jet d'étincelles. Frédéric a entendu dire que les suicidés du métro se jetaient simplement sur la voie, que le contact des corps avec le rail conducteur suffisait à les tuer instantanément, par une puissante décharge. Mais se jeter sous les roues du monstre est plus tentant, plus grisant. Il attendra la prochaine rame.

Les wagons sont pris d'assaut. Le conducteur multiplie les pressions d'air comprimé pour tenter de fermer les portes que bloquent les passagers en surnombre. À la longue, la rame s'ébranle, laissant sur place des grappes de familles en colère. Frédéric fixe le trou noir du tunnel pour distinguer de loin les yeux magiques, en diagonale, du wagon de tête. Celui-là est pour lui, il ne peut le manquer. Il s'annonce, dans un grondement de tonnerre.

Au moment où le garçon prend son élan, il est jeté à terre. On le tire par les bras. Deux miliciens l'entraînent par le couloir de sortie.

— Vite, dit Bacouche.

Les voyageurs n'ont rien vu, trop occupés à se disputer les wagons. Quand Frédéric ouvre les yeux, Bacouche sourit à ses côtés. Les passagers de la Citroën noire ont gardé leurs uniformes.

— Ces hommes sont du réseau Bourdelle. Nous allons rejoindre Aïcha, dans les grands bois de Seine-et-Marne.

Table

LA LIONNE DE BELFORT

Première partie
LA CHANSON DES BLÉS D'OR

I. Le tunnel de Champagney 11
II. La salle des pas perdus 23
III. Le hussard à la tranchée 37
IV. L'hôpital des premiers secours 51
V. La soirée chez Gaston 67
VI. La Planche des Belles Filles 81
VII. La java du colonel 98
VIII. La nuit bleue de la Saint-Fiacre 113

Seconde partie
L'ORAGE

IX. Le nid d'amour 131
X. Le trou noir de Foussemagne 146
XI. Le remplaçant 163
XII. Le train de Bâle 185
XIII. Le retour d'Antoine 207
XIV. Jean qui pleure 228
XV. La visite 249
XVI. La mort du hussard bleu 271

Épilogue 293

LE FOU DE MALICORNE

I. Le marché couvert 315
II. La motocyclette 329
III. Le chevalier de Malte 347
IV. Le bivouac des doryphores 368
V. La carrière de Pérassier 389
VI. La tournée de la Marie 408
VII. La dénonciation 429
VIII. La traque 449
IX. L'exécution 470
X. La vengeance 490

LE MAGASIN DE CHAPEAUX

Lundi matin 511
Lundi après-midi 528
Lundi soir 547
Mardi 567
Mercredi 586
Jeudi 605
Vendredi 624
Samedi 644
Samedi soir 662
Dimanche 679

Cet ouvrage a été composé
par Atlant' Communication
aux Sables-d'Olonne (Vendée)

Impression réalisée sur CAMERON par

CPI
Brodard & Taupin
La Flèche

en décembre 2007
pour le compte des Éditions de l'Archipel
département éditorial
de la S.A.R.L. Écriture-Communication

Imprimé en France
N° d'impression : 44696
Dépôt légal : janvier 2008